KB129636

수필의 미학

나남
nanam

趙芝薰 전집 4

수필의 미학

1996년 10월 15일 발행
2016년 5월 15일 3쇄

저자_ 趙芝薰
발행자_ 趙相浩
발행처_ (주) 나남
주소_ 10881 경기도 파주시 회동길 193
전화_ (031) 955-4601 (代)
FAX_ (031) 955-4555
등록_ 제 1-71호 (1979. 5. 12)
홈페이지_ http://www.nanam.net
전자우편_ post@nanam.net

ISBN 978-89-300-3444-9

책값은 뒤표지에 있습니다.

趙芝薰 전집 4

수필의 미학

나남
nanam

일러두기

1. 조지훈 전집 제4권 《수필의 미학》은 기간 수상집(隨想集) 《돌의 미
   학》, 《창에 기대어》, 《시와 인생》들에 실렸던 수필들을 비롯하여 일
   간지와 월간지에 발표되었던 수필들을 한데 모은 것이다. 수필 외에
   도 서간(書簡)과 취지문·보고서 등 일정한 장르에 포함시킬 수 없는
   기타 형식의 글들도 그 길고 짧음에 관계없이 여기에 포함시켰으며,
   시나리오 한 편도 편의상 여기에 수록하였다.

2. 기간 수상집 《돌의 미학》, 《창에 기대어》, 《시와 인생》들에 실렸던 글
   들은 대체로 원래의 자리에 그대로 실었으나 내용상 시론이나 문학론
   의 성격이 강한 몇 편들은 전집 '제2권'과 '제3권'에 수록하였다. 그
   리고 각 기간 수상집 부분의 첫머리에 원래 목차를 달고 그것들이 수
   록된 각 전집의 면수를 명시하여 독자들이 참고할 수 있게 하였다.

3. 표기 및 구두점은 되도록 기간서대로 따랐다. 다만, 외래어 표기는
   1986년에 개정된 외래어 표기법에 따랐다.

조지훈 전집 서문

지훈芝薰 조동탁趙東卓(1920~1968)은 소월素月과 영랑永郎에서 비롯하여 서정주徐廷柱와 유치환柳致環을 거쳐 청록파靑鹿派에 이르는 한국 현대시의 주류를 완성함으로써 20세기의 전반기와 후반기를 연결해 준 큰 시인이다. 한국 현대문학사에서 지훈이 차지하는 위치는 어느 누구도 훼손하지 못할 만큼 확고부동하다.

문학사에서 지훈의 평가가 나날이 높아가는 것을 지켜보며 기뻐해 마지않으면서도, 아직도 한국 근대정신사에 마땅히 마련되어야 할 지훈의 위치는 그 자리를 바로 찾지 못하고 있는 것이나 아닌가 하는 걱정이 없지 않다. 매천梅泉 황현黃玹과 만해萬海 한용운韓龍雲을 이어 지훈은 지조를 목숨처럼 중히 여기는 지사의 전형을 보여 주었다. 서대문 감옥에서 옥사한 일송一松 김동삼金東三의 시신을 만해가 거두어 장례를 치를 때 심우장尋牛莊에 참례參禮한 것이 열일곱(1937)이었으니 지훈이 뜻을 세운 시기가 얼마나 일렀던가를 알 수 있다.

지훈은 민속학과 역사학을 두 기둥으로 하는 한국문화사를 스스로 자신의 전공이라고 여기었다. 우리는 한국학의 토대를 마련한 지훈의 학문을 정확하게 인식해야 한다. 조부 조인석趙寅錫과 부친 조헌영趙憲泳

5

으로부터 한학과 절의節義를 배워 체득하였고, 혜화전문과 월정사에서 익힌 불경과 참선 또한 평생토록 연찬하였다. 여기에 조선어학회의 《큰사전》 원고를 정리하면서 자연스럽게 익힌 국어학 지식이 더해져서 형성된 지훈의 학문적 바탕은 현대교육만 받은 사람들로서는 감히 짐작하기조차 어려울 만큼 넓고 깊었다.

지훈은 6·25 동란 중에 조부가 스스로 목숨을 끊고 부친과 매부가 납북되고 아우가 세상을 뜨는 비극을 겪었다. 《지조론》에 나타나는 추상같은 질책은 민족 전체의 생존을 위해 도저히 참을 수 없어 터뜨린 장렬한 양심의 절규였다. 일찍이 오대산 월정사 외전강사外典講師 시절 지훈은 일제가 싱가포르 함락을 축하하는 행렬을 주지에게 강요한다는 말을 듣고 종일 통음하다 피를 토한 적도 있었다. 자유당의 독재와 공화당의 찬탈에 아부하는 지식인의 세태는 지훈을 한 시대의 가장 격렬한 비판자로 만들고 말았다. 이 나라 지식인 사회를 모독한 박정희 대통령의 진해 발언에 대해 이는 학자와 학생과 기자를 버리고 정치를 하려 드는 어리석은 짓이라고 비판한 지훈은 그로 인해 정치교수로 몰렸고 늘 사직서를 지니고 다녔다. 지훈은 언제고 진리와 허위, 정의와 불의를 준엄하게 판별하였고 나아갈 때와 물러날 때를 엄격하게 구별하여 과감하게 행동하였다.

지훈은 근면하면서 여유 있고 정직하면서 관대하고 근엄하면서 소탈한 현대의 선비였다. 매천이 절명絶命의 순간에도 '창공을 비추는 촛불' 輝輝風燭照蒼天로 자신의 죽음을 표현하였듯이 지훈은 나라 잃은 시대에도 "태초에 멋이 있었다"는 신념을 지니고 초연한 기품을 잃지 않았다. 지훈에게 멋은 저항과 죽음의 자리에서도 지녀야 할 삶의 척도이었다.

호탕한 멋과 준엄한 원칙 위에 재능과 교양과 인품이 조화를 이룬 대인을 우리는 아마 다시 보지 못할지도 모른다. 이른바 근대교육에는 사람을 왜소하게 만드는 면이 있기 때문이다. 지훈의 기백은 산악을 무너뜨릴 만했고 지훈의 변론은 강물을 터놓을 만했다. 역사를 논하는 지훈의 시각은 통찰력과 비판력을 두루 갖추고 있었다. 다정하고 자상한 스승이었기에 지훈은 불의에 맞서 학생들이 일어서면 누구보다도 앞에 나아가 학생들을 격려하였다. 지훈은 제자들과 함께 술을 마시고 서로 속마음을 털어놓기도 했고 손을 맞잡고 한숨을 쉬기도 했다. 위기와 동요의 시대인 20세기 후반기에 소용돌이치는 역사의 상처를 지훈은 자신의 상처로 겪어냈다.

지훈은 항상 현실을 토대로 하여 사물을 구체적으로 파악하려 하였고 멋을 척도로 하여 인간을 전체적으로 포착하려 하였다. 지훈은 전체가 부분의 집합보다 큰 인물이었다. 지훈의 면모를 알기 위해서는 그의 전체상을 살펴볼 필요가 있다. 한국의 현대사를 연구하려는 사람은 반드시 먼저 한국현대정신사의 지형을 이해해야 한다. 우리는 지훈의 전집이 한국현대정신사의 지도를 완성하는 데 기여하리라고 확신하고, 지훈이 걸은 자취를 따르려는 사람들뿐 아니라 지훈을 비판하고 극복하려는 사람들에게도 지훈의 전모를 객관적으로 인식할 수 있게 해야 한다고 생각하여 오래전에 절판된 지훈의 전집을 새롭게 편찬하기로 하였다. 이 전집은 세대를 넘어 오래 읽히도록 편집에 공을 들이었고, 연구자의 자료가 되도록 판본들을 일일이 대조하여 결정본을 확정하였고 1973년판 전집에 누락된 논설들과 한시들을 찾아 수록하였다.

전집 출판의 어려운 일을 맡아 주신 나남출판 조상호 회장의 특별한 뜻에 충심으로 경의를 표하며 1973년판 전집의 판권을 선선히 넘겨주신 일지사 김성재 사장의 후의에 감사드린다. 교정에 수고하신 나남출판 편집부 여러분의 노고에 깊은 사의를 표하는 바이다.

1996년 2월

조지훈 전집 편집위원

趙芝薫 전집 4
수필의 미학

차 례

10

창에 기대어

별이 흘러가듯

서간 · 기타

돌의 미학

원단元旦 유감有感
캘린더의 첫 장을 바라보며

세상일이야 뒤죽박죽이 되든 말든 성진星辰의 운행은 제 법도를 어기는 일이 없다. 또 삼백 예순 다섯 날이 다 돌아가고 새해 새 아침이 온다니 천도天道를 본받지 못하는 세상에 사는 탓인지 한 줄기 두려움이 없지 않다.

묵은해를 보내고 새해를 맞는 마당에 모든 사람에게 공통된 감회는 언제나 지난 한 해가 너무도 터무니없이 빨리 가 버린 데 대한 허무감이겠지만 정말 작년이야말로 허둥지둥하는 사이에 몰래 가 버린 서글픈 한 해였다. 동지는 지났으나마 심한 추위가 없어서 겨울을 못 느낀 때문에 아직 1년이 다 가지 않았다는 속셈인지도 모른다. 허나, 캘린더는 다 찢어진 것을 어쩌랴. 항상 같은 365일을 차츰 짧아지는 듯이 느끼는 것은 천지운행의 법도를 불신하는 것 같지만, 안다는 것과 느낀다는 것은 반드시 일치되지는 않는 것이고 보니 그렇게 느껴지는 것을 또 어떻게 부인할 도리가 없다.

실상은 새해니 첫 아침이니 하는 것부터가 우스운 노릇이다. 처음도 없고 끝도 없는 영겁永劫의 둘레 위에 어디다 금을 그어 고금古수을 가린다는 말인가.

지구가 태양의 둘레를 한 바퀴 도는 것을 1년이라고 한다지만 그 1년

의 첫 날이야 누가 아는가. 삼백예순날의 어느 날이 첫 날 아닌 날이 있
는가. 그것은 사람이 작정하고 이름 짓는 데 매일 따름이다. 아닌 게
아니라 고대의 중국사를 보면 왕조가 바뀔 때마다 정월이 달라졌었다.
하夏나라는 인월寅月로 세수歲首를 삼았으니 지금의 음력 정월이 하夏나
라의 정월이다. 그러나, 은殷나라는 축월丑月로 세수를 삼았고, 주周나
라는 자월子月로 세수를 삼았으니 축월은 현행하는 음력으로 섣달이요,
자월은 동짓달이다. 섣달은 설달正月의 음전音轉이니 우리 민족도 고대
에는 은나라와 같은 역법曆法을 썼던 모양이다. 부여족은 은족과 동일
문화권에 속하는 종족으로 많은 유연성類緣性이 있거니와 이는 어쨌든
지금의 동짓날도 섣달도 정월 노릇을 한 것만은 분명하다.

왕조가 바뀌고 새로운 역曆을 발포하면 그 역이 시행되는 곳은 그 왕
조의 명령 아래 드는 것이다. 이것이 이른바 정삭正朔을 받드는 것이다.
정삭을 받든다는 것은 그 왕조의 역을 받아 시행한다는 말이다.

서양에서도 역법曆法의 변천은 마찬가지다. 로마시대에는 March가
정월이었다. March로부터 다섯째 달이 줄리어스 시저가 난 달이라 해
서 July로 고치고, 또 여섯째 달을 August 이름을 따서 고쳤을 뿐
September는 그때 역법曆法으로는 7월이었다. 뒤에 January를 첫머리
에 놓아 정월로 삼고 February를 둘째 달에 갖다 놓아 March가 3월이
되고 July가 7월이 되고 September가 9월이 되었으며, 본디 열째 달이
던 December가 12월이 되고 만 것이다. 그러나 September와 De-
cember는 어원적으로 일곱째와 열째라는 뜻이 아직도 그냥 남아 있
다. 우리말에 12월을 섣달이라 해서 설이 있는 달, 곧 정월이란 말로
그냥 쓰는 것과 같지 않은가.

천체의 운행은 만고에 변함이 없는데 날과 달의 이름이나 한 해의
수미首尾만이 변하는 것이다. 이게 모두 사람의 행위다. "산중에 달력曆

이 없는 날에 꽃과 잎이 봄가을을 알린다"는 옛말이 있거니와 만고불변의 역은 풍화설월風花雪月이다. 한인閒人의 역법이야 이만하면 족하지 않는가.

동지冬至 후에 일양一陽이 초동初動이라 한다. 어쨌든 동지가 지났다고 생각하니 천지에 봄뜻이 움직이는 듯도 싶다. 겨울이 오면 봄은 멀지 않다는데 이건 겨울이 오는 것이 아니라 겨울도 한 고비를 넘었으니 더 이를 말이랴. 음陰이 극極하면 양陽이 생生하는 법, 음이 절정에 올라 밤이 한껏 길더니 동지로써 한풀 수그러지고 음 속에 모순으로 잠재해 있던 양이 슬그머니 고개를 들고 권토중래의 기백을 도사린다. 아마 지금쯤은 벌써 낮이 쌀알만큼은 길어졌으리라. 이제부터는 양이 승승장구할 판이다. 춘분에 이르러 잠시 음양이 균형상태에 들었다가 하지에 이르러 양이 전성하고 다시 양 속에 잠세潛勢로 남아 있던 음이 대두하는 것이니 음양설이 또한 변증법이다. 태극기 그리는 법이 아리송할 때에 이 원리를 가져다 대면 이내 괘상卦象의 위치와 태극의 형태를 부합시키는 법이 발견된다.

생각이 구울러 문득 변증법에 이른 것은 편집자가 본래 나에게 준 제목이 '송구영신의 변증법'이었다는 까닭도 있겠으나 이는 어쨌든 심원의마心猿意馬의 변덕스러움을 고소苦笑할 만하다. 눈앞의 현실적 갈등이 새해에는 좀 아우프헤벤(止揚)되었으면 하는 충정衷情이리라. 그러나 변증법은 대립자의 통일을 양자가 동시에 자기변용하는 것이 아니고 일자一者에 의한 타자의 자기에의 통일로써 함께 변용하는 것이므로 무엇에나 우선권을 주어 절대자를 상정하지 않을 수 없게 된다. 이것을 변증법의 신학성이라 할까, 종파성이라 할까? 천행天行의 변증법은 음양정반正反의 교체에 무리가 없지만 인간의 변증법은 왕왕 유혈의 참극을 동반하는 것이 탈이다.

동지는 가고 새해는 왔으나 겨울은 아직 다 가지 않았고 봄은 먼 곳에서 보일 듯 말 듯 모르겠다. 얼음장 밑으로 흐르는 물, 흙덩이 밑에 새싹을 그저 느껴서 알 뿐이다. 뜻 두고 이루지 못하는 한 때문에 새해마다 마음은 한 살씩 젊어 가고 생사람 병들기 알맞은 세태는 한 해가 10년 폭의 늙음을 주고 간다.

낡은 것이 새 것을 위하여 양보한 적이 있는가? 의義가 불의를 눈앞에서 이겨 본 적이 있는가? 낡은 것과 싸우는 동안에 새 것도 그대로 낡아 간다. 의義도 권력과 결부되면 불의를 닮아 간다. 오직 삶과 죽음만을 생각하면서 올해도 삼백예순날이 흘러가리라. 천도의 순환은 무왕불복無往不復이라 하나 어찌하여 인사人事에는 가서 아니 오고, 와서 안가는 일도 있는가. 가는 자는 세월뿐 — 천행의 건健함이여, 군자는 마땅히 그 자강불식自彊不息을 본받을진저!

— 1958. 1. 1, 《동아일보》

돌의 미학

풍상風霜의 역사에 대하여

1.

돌의 맛 — 그것도 낙목한천落木寒天의 이끼 마른 수석瘦石의 묘경妙境을 모르고서는 동양의 진수를 얻었달 수가 없다. 옛 사람들이 마당귀에 작은 바위를 옮겨다 놓고 물을 주어 이끼를 앉히는 거라든가, 흰 화선지 위에 붓을 들어 아주 생략되고 추상된 기골이 늠연凜然한 한 덩어리의 물체를 그려 놓고 이름 하여 석수도石壽圖라고 바라보고 좋아하던 일을 생각하면 가슴이 흐뭇해진다. 무미無味한 속에서 최상의 미味를 맛보고 적연부동寂然不動한 가운데서 뇌성벽력을 듣기도 하고 눈 감고 줄 없는 거문고를 타는 마음이 모두 이 돌의 미학에 통해 있기 때문이다.

동양화, 더구나 수묵화의 정신은 애초에 사실寫實이 아니었다. 파초 잎새 위에 백설을 듬뿍 실어 놓기도 하고 십리 둘레의 산수풍경을 작은 화폭에 다 거두기도 하고 소세瀟灑한 산봉우리 밑, 물을 따라 감도는 오솔길에다 나무꾼이나 산승山僧이나 은자隱者를 그리되 개미 한 마리만큼 작게 그려 놓고 미소하는 그 화경畵境은 사실이라기보다는 꿈을 그린 것이었다. 이 정신이 사군자四君子, 석수도石壽圖, 서예로 추상의 길을 달린 것이 아니던가.

괴석怪石이나 마른 나무뿌리는 요즘의 추상파 화가들의 훌륭한 오브제가 되는 모양이다. 추상의 길을 통하여 동양화와 서양화가 융합의 손길을 잡은 것은 본질적으로 당연한 추세라 할 수 있다. "살아 있다"는 한마디는 동양미의 가치 기준이거니와 생명감의 무한한 파동이 바위보다 더한 것이 없다면 웃을는지 모른다. 그러나 돌의 미美는 영원한 생명의 미이다. 바로 그것이 추상이다.

2.

내가 돌의 미美를 처음 맛본 것은 차를 마시다가 우연히 바라본 그 바위에서부터였다. 선사禪寺의 다실에 앉아 내다본 정원의 돌이었다. 나의 20대의 일이다. 나는 한때 일본 경도京都의 묘심사妙心寺에서 선禪에 든 적이 있었다. 천칠백칙千七百則 공안公案을 차례로 깨쳐 간다는 지극히 형식화된 일본 선禪은 가소로웠지만 선의 현대화를 위해선 새로운 묘미가 아주 없는 것도 아니었다. 특히 흥미로웠던 것은 사뭇 유도처럼 메어꽂기도 하고 공부가 모자라 벌을 설 때는 한겨울이라도 마당에 앉혀 놓고 밤을 새워 좌선坐禪을 강행시키는 그 수련에서 준열한 임제종풍臨濟宗風의 살활검殺活劍의 고조古調를 볼 수 있던 일이다.

그러나 얼마 가지 않아 나는 이 선의 수행에도 싫증이 났었다. 그래서 틈만 있으면 다실茶室에 가서 다도茶道를 즐기며 정원을 내다보는 것이 낙이 되었다. 일본의 정원 미술은 다실과 떠나서 생각할 수 없고 다도는 선과 떼어서 생각할 수가 없는 것은 다 아는 사실이다.

묘심사에는 다도의 종장宗匠 한 분이 있었다. 나는 가끔 이 노화상老和尙과 대좌하여 다도를 즐기며 화경청적和敬淸寂의 맛을 배우곤 하였다. 녹차를 찻종에 넣는 작은 나무국자를 찻종 전에다 땅땅땅 두드리는 것은 벌목정정伐木丁丁의 운치요, 차 주전자를 높이 들고 소리 높여 물을 따르는 것은 바로 산골의 폭포 소리를 가져오는 것이라 한다. 일본 예술의 인공성 — 그 자연을 비틀어 매는 천박한 상징의 바탕이 여기 있구나 싶어서 나는 미소를 머금기도 했다. 어쨌든, 나는 빈객으로서 다완茶碗을 받아 좌우의 사람에게 인사하는 법에서부터 잔을 들고 마시는 법, 나중에 골동으로서의 다완을 감상하며 주인을 추어주는 법을 배웠다 — 다완이 고려자기인 경우에는 주인의 어깨가 으쓱해진다. 이 사장師匠이 시키는 대로 차를 권하는 주인으로서의 예의작법禮儀作法을 시험해 보기도 하였다.

그것뿐이다. 나는 그 다도에도 흥미가 없었고 그 뒤에 이 다도를 스스로 행해 본 적도 없다. 그러면서도 내가 이 다실에 자주 놀러 간 것은 그 사장師匠과 더불어 파한破閑으로 농담의 선문답禪問答을 하는 재미에서였다. 실상은 그것보다도 다실의 정적미靜寂美에 매료되었다는 것이 더 적절할 것이다. 아담한 정원을 앞에 놓은 지극히 소박하고 단순한 이 다실은 무척 맑고 따뜻하였다. 미닫이〔障子〕는 젊은 중들이 길거리에서 주워 온 종이를 표백하여 곱게 바른 것이어서 더욱 운치가 있었다. 나중에는 이 다실에서 사장과 대좌해도 피차 무언의 행行을 하는 사이가 되었다. 이럴 때 항상 내 눈을 빼앗아 가는 것은 정원 가장 귀에 놓인 작은 바위이기가 일쑤였다. 나의 선은 이 이끼 앉은 바위를 바라보며 시를, 민족을, 죽음을 화제로 삼고 있었다. 바위는 그 어떠한 문제에도 계시啓示를 주는 성싶었다. 잔디 속에 묻혀 있는 불규칙한 징검돌〔飛石〕은 사념思念의 촉수를 어느 방향으로든 끌고 비약하였다. 이리하여 나는 선도 다도도 아닌 돌의 미학을 자득自得하여 가지고 이 이방의 절을 떠났던 것이다. 떠나던 전날 사장은 7, 8명의 귀족영양貴族令孃을 불러 다회를 열고 젊은 방랑객을 전별餞別하였다.

3.

그것도 이른바 인연인지 모른다. 그 일 년 뒤 나는 오대산 월정사月精寺
에 있는 불교전문 강원講院에서 교편을 잡게 되었고 거기서 나는 우리의
선禪과 우리의 돌의 진미를 맛보게 되었다. 내가 머물고 있던 월정사의
동향東向한 일실一室은 창만 열면 산이요, 숲이었고 밤이면 물소리, 바
람소리가 사철 가을이었다. 여기서 보는 바위는 인공으로 다스리지 않
은 자연 그대로의 암석이었다. 기골과 풍치가 사뭇 대륙적이요, 검푸
르고 마른 이끼가 드문드문 앉은 거창한 것이어서 묘심사의 인공적이
요, 온아적정溫雅寂靜하던 돌과는 그 맛이 판이하였다. 일진一陣의 바람
을 몰고 흘연屹然한 자세로 부동하던 그 바위의 모습은 나의 심안心眼의
발상을 다르게 하였다. 나는 여기서 1년 동안 차보다는 술을 마셨고 나
물만 먹는 창자에 애주무량愛酒無量해서 뼈만 남은 몸이 되어 내가 스스
로 바위가 되어 가고 있었다. 나의 선禪도 상심락사賞心樂事하는 화경청
적和敬清寂의 다선茶禪에서 방우이목우放牛而牧牛하는 불기분방不羈奔放의
주선酒禪이 되고 말았다.

오대산은 동서남북중대東西南北中臺에 절이 있다. 서대西臺절은 초옥수
간草屋數間, 잡풀이 우거진 마당에 누우면 부처도 없는 곳에 향을 사르
고 정定에 들어 있는 선승禪僧은 사람이 온 줄도 몰랐다. 그를 구태여 깨
울 것도 없었다. 구름을 바라보는 새 소리를 들으면 일천칠백칙 공안
이 아랑곳없이 나도 그대로 현묘지경玄妙之境에 들어가는 것이었다. 오
대산 상원사上院寺에는 방한암方漢巖 종정宗正이 선연禪筵을 열고 있었다.
이따금 마음이 내키면 나는 그 말석에 참參하였다.

　　구름 노을 깊은 골에

샘물이 흐르느니
우짖는 산새소리
길이 다시 아득해라
일 없는 늙은 중은
바위 아래 잠든 것을
靑天 白日에
꽃잎이 흩날린다.

　좌선을 쉴 때면 역시 바위를 내다보며 시를 생각하는 것이 좋았다. 바위를 내다보는 것은 내 마음을 들여다보는 것이었다.

　우리 선방禪房에도 차를 마신다. 오가피차나 맥차麥茶, 그것도 아무런 형식이 없이 아주 자유롭고 흐뭇하게 둘러앉아 농담을 나누면서 마시는 품이 까다롭지 않아서 별취別趣였다. 창을 열면 산이 그대로 정원이요, 소동파蘇東坡의 '계성편시광장설溪聲便是廣長舌 산색기비청정신山色豈非淸淨身'이라는 시구 그대로 화엄의 세계였다. "차茶는 찬데 왜 뜨거울까." ― 차茶는 차다冷의 동음을 이용하며 농담선문을 나에게 던지는 노승이 있었다. 나는 웃으면서 "예, 보리찹니다"라고 대답한다. 역시 보리〔麥〕와 보제菩提(俗音, 보리)의 동음을 이용한 것 ― 이쯤 되면 농담도 선미禪味가 있어서 파안대소였다.

　'풍진열뇌증삼계風塵熱惱蒸三界 법우청량주오대法雨淸凉酒五臺'의 구로 연구聯句에 끼이기도 하던 월정사의 생활도 미일전쟁이 터지고 싱가포르가 함락되고 하면서부터는 숨어서 살 수 있는 암혈岩穴은 아니고 말았다. 과음의 나머지 나는 구멍 뚫린 괴석과 같은 추상의 육체를 이끌고 오대산을 떠나고야 말았다. 뿐만 아니라, 월정사는 6·25 동란에 회신灰燼했다 한다. 내가 거처하던 동향 일실 ― 방우산장放牛山莊도 물론 오유烏有로 돌아갔을 것이다. 그러나 나의 젊은 꿈이 깃들인 숲속의 그 바위는 아직도 남아 있을 것이다. 인세人世의 풍상에 아랑곳없는 것이 아니라 그 풍상을 사람으로 더불어 같이 열력閱歷하면서 변하지 않은 데에 바위의 엄위嚴威와 정다움이 함께 있는 것은 아닐까.

4.

돌에도 피가 돈다. 나는 그것을 토함산 석굴암石窟庵에서 분명히 보았다. 양공良工의 솜씨로 다듬어 낸 그 우람한 석상의 위용은 살아 있는 법열法悅의 모습 바로 그것이었다. 인공이 아니라 숨결과 핏줄이 통하는 신라의 이상적 인간의 전형이었다. 그러나 이 신라인의 꿈속에 살아 있던 밝고 고요하고 위엄이 있고 너그러운 모습에 숨결과 핏줄이 통하게 한 것이 불상을 조성한 희대의 예술가의 드높은 호흡과 경주傾注된 심혈이었다. 그의 마음 위에 빛이 되어 떠오른 이상인理想人의 모습을 모델로 삼아 거대한 화강석괴花崗石塊를 붙안고 밤낮을 헤아림 없이 쪼아 내고 깎아 낸 끝에 탄생된 이 불상은 벌써 인도인의 사상도 모습도 아닌 신라의 꿈과 솜씨였다.

석굴암의 중앙에 진좌鎭座한 석가상은 내가 발견한 두 번째의 돌이다. 선사禪寺의 돌에서 나는 동양적 예지를 발견하였다. 그것은 지혜의 돌이었다. 그러나 석굴암의 돌은 나에게 한국적 정감의 계시를 주었다. 그것은 예술의 돌이었다. 선사의 돌은 자연 그대로의 돌이었으나 석굴암의 돌은 인공이 자연을 정련精鍊하여 깎고 다듬어서 오히려 자연을 연장 확대한 돌이었다. 나는 거기서 예술미와 자연미의 혼융渾融의 극치를 보았고 인공으로 정련된 자연, 자연에 환원된 인공이 아니면 위대한 예술이 될 수 없다는 것을 배웠다. 예술은 기술을 기초로 한다. 바탕에서는 예술이나 기술이 다 'art' 다. 그러나 기술이 예술로 승화하려면 자연을 얻어야 한다. 다시 말하면 인공을 디디고서 인공을 뛰어넘어야 한다. 몸에 밴 기술을 망각하고 일거수일투족이 무비법無非法이 될 때 예도藝道가 성립되고 조화와 신공神功이 체득된다는 말이다. 나는 석굴암에서 그것을 보았던 것이다. 돌에도 피가 돈다는 것을 말이다. 나는 그 앞에서 찬탄과 황홀이 아니라 감읍感泣하였다. 그것이 불상이었기 때문이 아니었다. 한국 예술의 한 고전이었기 때문이다. 나는 몇 번이고 그 자비로운 입모습과 수렷이 내민 젖가슴을 우러러보았고 풍만한 볼깃살과 넓적다리께를 얼마나 어루만졌는지 모른다.

내가 석굴암을 처음 가던 날은 양력 4월 8일, 이미 복사꽃이 피고 버들이 푸른 철에 봄눈이 흩뿌리는 희한한 날씨였다. 눈 내리는 도화불국桃花佛國 ── 그 길을 걸어가며 나는 '벽장운외사碧藏雲外寺 홍로설변춘紅露雪邊春'의 즉흥 일구一句를 얻었다. 이 무렵은 내가 오대산에서 나와서 조선어학회의 《큰사전》 편찬을 돕고 있을 때여서 뿌리 뽑히려는 민족 문화를 붙들고 늘어진 선배들을 모시고 있을 때라 슬프고 외로울 뿐 아니라 그저 가슴속에서 불길이 치솟고 있을 때였다. 이때의 나는 신앙인의 성지순례와도 같은 심경으로 경주를 찾았던 것이다. 우리 안에 살아 있는 신라는 서구의 희랍 바로 그것이었다. 그리하여, 나는 피가 돌고 있는 석상石像에서 영원한 신라의 꿈과 힘을 보고 돌아왔다.

5.

돌에는 맹렬한 의욕, 사나운 의지가 있다. 나는 그것을 피난 때 대구에서 보았다. 왕모래 사토길 언덕에 서 있는 집채보다 큰 바위였다. 그 옆에 비쩍 마른 소나무가 하나 ── 송충이가 솔잎을 다 갉아먹어서 하늘을 가리울 한 점의 그늘도 지니지 못한 이 소나무는 용의 비늘을 지닌 채로 이미 상당히 늙어 있었다. 또 그 옆에는 이 바위보다도 작은 판잣집이 하나 있을 뿐이었다. 이 살풍경한 언덕길을 가끔 나는 석양배夕陽盃에 취하여 찾아오곤 하였다. 그 무렵은 부산에서 백골단 땃벌떼가 나돌고 경찰이 국회를 포위하여 발췌 개헌안을 강제 통과시키던 이른바 정치 파동이 있던 임진년壬辰年 여름이다. 드물게 보는 가뭄에 균열龜裂된 논 이랑에서 농부가 앙천자실仰天自失한 사진이 신문에 실릴 무렵이었다. 그저 목이 타서 자꾸 막걸리를 마셨지만 술이란 원래 물이긴 해도 불기 운이라서 가슴은 더욱 답답하기만 하였다. 막걸리 집에 앉아 기우문祈雨文을 쓴 것도 무슨 풍류만이 아니었다. 이 무렵에 나는 이 사나운 의지 의 돌을 발견하였던 것이다. 이 세 번째 돌은 혁명의 돌이었다. 그 바위 에는 큰 나방이〔蛾〕가 한 마리 붙어 있었다. 나는 그것이 자꾸만 열리지 않는 돌문 앞에 매어 달려 울고 있는 것으로 느껴졌다. 주먹으로 꽝꽝 두드려 보면 그 바위는 무슨 북처럼 울리는 것도 같았다. 이 석문石門을 열고 들어가면 맷방석만한 해바라기 꽃송이가 우거지고 시원한 바다가 열려지는 딴 세상이 있을 것도 같았다.

나는 이 바위 앞에서 바위의 내력을 상상해 본다. 태초에 꿈틀거리 던 지심地心의 불길에서 맹렬한 폭음과 함께 튕겨 나온 이 바위는 비록 겉은 식고 굳었지만 그 속은 아직도 사나운 의욕이 꿈틀대고 있을 것이 다라고ー. 그보다도 처음 놓인 그 자리 그대로 앉아 풍우상설風雨霜雪 에 낡아 가는 그 자세가 그지없이 높이 보였다. 바위도 놓인 자리에 따 라 사상이 한결같지 않다. 이 각박한 불모不毛의 미가 또한 나에게 인상 적이었다.

6.

성북동은 어느 방향으로나 5분만 가면 바위와 숲이 있어서 좋다. 요
즘 낙목한천落木寒天의 암석미岩石美를 맘껏 완상할 수 있는 나의 산보로
는 번화의 가태假態를 벗고 미지의 진면목을 드러낸 풍성한 상념의 길
이다. 나는 이 길에서 지나간 세월을 살피며 돌의 미학, 바위의 사상
사思想史에 침잠한다. 내가 성북동 사람이 된 지 스물세 해, 그것도 같
은 자리 같은 집에서고 보니 나도 암석의 생리를 닮은 모양이다. 전석
불생태轉石不生苔라고 구르는 돌에 이끼가 앉지 않는다는 것이 암석미
의 제1장이다.

성북동은 산골 맛에 사는데 내 집은 산 밑이 아니어서 내가 좋아하
는 천석泉石은 찾아가야만 만날 수 있는 것이 일대한사一大恨事다. 집장
수가 지은 집이라서 20여 년을 살아도 정든 구석이라곤 없는 몰운치沒
韻致한 집이고 보니, 다른 욕심은 별로 없어도 산 가까운 곳에 자연스
러운 정원이 있는 집 하나 가지고 싶은 꿈은 버리지 못한다. 그래서
나는 내가 좋아하는 산장의 설계를 공상하는 것으로 낙사樂事를 삼는
것이다. 아무리 좋은 집일지라도 산이 멀고 전차 자동차 소리가 시끄
러운 동리에서는 살 것 같지가 않기 때문이다. 이른바 천석고황泉石膏
肓인지도 모른다. 그러니, 그렁저렁 수석水石에 대한 그리움이나 지니
면서 예대로 살아가는 셈이 된다.

혜화동 고개에 올라서서 성城돌에 앉아 우이동 연봉을 바라보는 맛,
삼선교에서 성북동 뒷산을 보며 황혼길을 걸어오는 맛은 동양화의 운
치가 있다. 석산과 송림 위로 지나는 사계의 산기山氣 기운과 바람 소
리의 변화를 보고 들으며 내 암석사상의 풍상의 열력閱歷을 샅샅이 알
고 있는 옛 집에서 조용히 늙게 될까 보다. 예지와 정감과 의지의 혼

융체 ─ 이제사 전체로서의 바위의 묘경^{妙境}이 알아질 듯도 하다.

─ 1963. 12, 《사상계》 문예 증간호

플라타너스 유감

플라타너스의 계절이 왔다. 그 잎새 넓은 그늘의 푸른 어둠 아래로 걸어가노라면 잊어버린 옛 기억이 하나 둘 되살아오는 것은 나만의 감회가 아닐 것이다.

무성한 플라타너스의 그늘을 지나가면서 옛 기억을 더듬는다는 것은 반드시 무슨 잃어버린 로맨스가 있어서가 아니다. 그보다는 오히려 더 근원적인 인생의 슬픔이 소낙비처럼 스쳐간 다음 바로 그 뒤에 오는 일말의 적막감 때문이다. 뜨거운 햇살을 받아 꿈같은 무늬를 길바닥에 수놓은 플라타너스를 보면 너무도 어처구니없이 사라진 사람들이 생각난다는 말이다.

내가 플라타너스에 이다지도 유정有情함을 느낀 것은 피난 짐을 이끌고 환도하던 그 해 늦은 여름의 일이다. 집이 무너져 방바닥에 풀이 우거진 옛 집을 다스리고 나서 거리로 나섰을 때의 일이다. 명륜동에서 창경원 모퉁이로 돌아서면서부터 나는 덧없는 비수悲愁에 잠기고 말았다. 원남동에서 돈화문 가는 길, 구름다리 밑 길은 그대로 절정이었다. 슬픔 속에서도 무슨 안도의 한숨이 흘렀다. 플라타너스는 옛날보다 더 무성하건만 이 길을 같이 거닐던, 이제는 영원히 만나지 못할 사람들이 수없이 떠올랐다. 선의의 사람들, 그들은 모두 다 내 청춘의 살

뜰한 연인이었기 때문에…. 며칠 뒤의 일이었다. 죽은 친구의 제삿날 저녁에 나는 그 집에서 밤을 새워 술을 마시다가 드디어 뜻 없이 이 플라타너스 유감의 정회情懷를 토로하여 친구 미망인의 두 눈을 흐리게 하고 말았다. 우리가 커다란 슬픔을 끊임없이 절약하려면 중심의 진정을 감추고 그저 넋 없이 웃어야만 할 것을…. 공담空談이 무슨 아랑곳이더냐.

서울의 플라타너스가 이렇게 무성하게 된 것은 이 대통령의 분부로 이루어진 것이라 했다. 뺏으면 들어오고 밀리면 쫓겨나기를 몇 번이나 거듭한 서울! 개폐교開閉橋 아닌 단속교斷續橋 — 한강을 건너 서울에 들어오던 날부터 플라타너스의 정경은 슬픔의 위안이었다. 그분의 치적治績 중에 가장 큰 성과를 올린 것이 무엇이던가. 나는 이 플라타너스 문화정책이 유일의 것이라고 믿는 사람이다. 아무도 부인하지 못하리라.

옛 서울에 돌아와 옛 생업을 그대로 이어가고 옛날에 걷던 길을 오늘도 걸으면서 나는 플라타너스 유감의 정회를 어쩔 수가 없다.

— 1956, 《신태양》

삼동三冬의 변辯

요즘 심한 소화불량증에 시달리면서 생각하니 병이란 놈이 자고로 고민을 가졌다는 얘기는 못 들었으나 배가 고파서 못 살겠다고 아우성치는 세상에 밥을 먹고도 삭이지 못해서 고생한다는 것부터가 어쩌면 염치없는 일이요, 무슨 어줍잖은 사치 같아서 어색하고 민망하기까지 하다. 하지만, 한편으로 다시 생각하면 먹어야 일할 수 있는 세상에, 없어서 못 먹거나 있어도 못 먹거나 못 먹어 괴롭기는 마찬가지일 듯도 하다. 다른 점이 있다면 그 괴로움의 출처와 향방이 다르다는 것뿐이리라. 마치 우리가 주머니에 돈이 떨어져서 전차도 못 타고 걸어 갈 때와 전차의 값은 있으나 중간에 볼일이 많아 걸어올 때의 그 두 가지 괴로움의 차이가 이와 비슷하다고나 할까. 앞의 것을 정신적인 괴로움, 뒤의 것을 육체적인 괴로움이라고 하겠지만 그 정신적인 괴로움이란 것도 원인은 돈이라는 물질의 없음에 연유한 것이요, 또 그 육체적인 괴로움의 원인이라는 것도 다사다심多事多心이라는 심리적인 피로에 말미암은 것임을 생각하면 그 두 가지 괴로움의 까닭을 정신적이라든가 물질적이란 두 가지 이름으로 간단히 처결處決하여 경중을 달 수는 없을 것이다. 건강의 행복은 병약의 불행을 체험한 사람만이 알듯이 다심多心의 불행은 안분安分의 행복을 누리는 사람이 아니고는 모를 일이기 때문이다.

먹어야 하는 세상이니 이식위천以食爲天이란 말을 더 덧을 말이 없다고 하자. 무슨 미각향락味覺享樂의 먹거지 노름을 찬미하는 것은 아니라 할지라도 된장 한 보시기 김치 한 포기로 밥 한 그릇을 꿀같이 먹는 행복을 잃고 보니 세상 사는 보람과 재미가 반나마 사라진 듯싶다. 피골이 맞닿도록 수척하던 몸이 작금양년 사이에 약간 살이 오르길래 은근히 기뻐했더니 한 스무 날 밥을 못 먹어 꺼얼 껄 하는 사이에 얼굴이 까슬까슬해지고 와이셔츠 컬러가 늘어나고 허리띠 구멍을 세 개나 조이게 되었다. "허어, 이거 내가 세상과 엔간히 타협된 줄로 알았더니 내 고집이 아직도 멀었나 보군" 하고 쓴웃음을 웃을 수밖에 없다.

나의 소화불량이란 놈은 도무지 원인이 불명이다. 내 거리에 자주 나가지 않고 산중에 있는 내 집을 찾아오는 벗도 없으니 혼자서는 술을 마시지 않는 성미에 과음했을 리도 만무하고, 또 고기를 즐기지 않으니 푸진 잔치를 만나 육식을 과히 해서 탈이 난 것도 아닐 테고, 그렇다 해서 못 먹을 악식에 시래기죽이 체하도록 가난하지는 않고 보니 내가 이 소화불량의 까닭을 알지 못하는 것은 자못 마땅한 일이리라. 어쨌든, 아침에 의무적으로 반 공기쯤 억지로 떠 넣고 나면 황혼까지 배가 부르다. 못 견디게 아픈 법도 없이 뱃속과 머릿속이 오만상이나 찌푸린 하늘같이 어둡고 무겁기만 하다. 점심, 저녁 두 끼쯤은 굶어도 배가 고프지를 않다. 그러니, 끼니때마다 내 몫의 밥은 식은 밥이 되기로 마련이다. 실상은 내 밥쌀쯤은 따로 내지 않아도 한 술만 뜨면 족한 판이지만 그래도 한 살림의 우두머리인데 인정이 그럴 수가 있겠는가. 소화불량에는 굶는 것이 가장 좋은 처방임을 아는 나는 아주 괴로울 때는 이틀을 고스란히 굶어 보기도 한다. 그럴라치면 누워서 말하는 내 목소리가 자꾸 목구멍 안으로 기어 들어가는 것을 느끼게 된다. 그때 미음이라도 한 모금 마시면 이건 얼마나 신기한 일이냐. 갑자기 틀어 놓은 스피커처럼 내 목소리가 내 귀에 왕하고 부딪치는 것이 아닌가. 밥이 참 좋기는 좋구나 하고 속으로 웃어 보는 것이다.

나의 이 소화불량은 요즘 처음으로 앓는 것이 아니다. 해방 전 육칠 년을 지금과 꼭 같은 증상으로 고생한 경험이 있다. 이를테면 십 사오 년 만에 그 소화불량이 재발된 셈이다. 그때도 사실은 이 병 때문에 밥 걱정은 없이 살아 왔다. 명색이 식량배급이라고 만주서 뚜껑도 없는 고삐차에 쇠똥이며 지푸라기 아울러 삽으로 퍼서 싣고 온 대두박大豆粕이라는 콩깍지도 귀해서 못 먹는 판국이었는데 나는 소화불량 덕에 배고프지 않고 지낼 수가 있었다는 말이다.

그때부터 나의 소화불량에는 이상한 비밀이 하나 있었다. 몇 달을 밥을 못 먹어 고생하다가도 마음 맞는 친구와 어울리어 하룻저녁을 유쾌히 마시고 떠들고 놀고 나면 그 이튿날 아침에는 너 언제 아팠더냐는 듯이 여상스럽게 입맛이 회복된다는 사실이다. 이 때문에 나는 가족들에게서 '기분이스트'란 별명을 얻게 되고 또 술이 과하다고 늘 걱정하시는 부모님한테서 약값 대신에 술값을 얻어 가지고 거리로 나가는 일도 간혹은 있게 되었다. 양약이고 한약이고 간에 이 병에 먹어서 효험이 있는 약을 나는 아직 보지 못했다.

해방 직전의 일이다. 견디다 못해 시골로 낙향하려는 참인데 약이나 좀 구해 가지고 가리라고 병원엘 갔더니 의사의 말씀이 '신경성 위胃 아토니'라고 하였다. 첫째, 그 진단이 내 마음에 들었다. 고치고 못 고치는 것은 고사하고 병명만은 옳은 것 같다는 생각이 들었다. 심리작용이 생리작용을 제약한다는 것을 알고 있었지만 정신의 우울 때문에 소화기까지 동정파업을 한다는 것이 얄미우면서도 한편으론 몹시 신통한 생각이 들기도 하였다.

사실은 누구보다도 내 병은 내가 잘 알고 있었다. '신경성 위 아토니'
도 '위 아토니'려니와 이건 운동부족이 첫째 원인이었다. 머리를 깎으
라느니 각반脚絆을 치라느니 오정 사이렌이 나거든 길 가다가도 묵도를
하라는 등 창씨를 왜 안했느냐는 등, 이건 사람이 성가시고 아니꼽고
창피해서 나다닐 수가 없으니 그저 문 닫고 들어앉아 몇 달이고 보내는
데, 아침에 뒷간에 가고 세수하느라 마당에 내려서는 일 외에는 방 속
에 처박혀 나오는 일이 없으니 아무리 건강한 젊은 놈이라도 배겨 낼
재간이 없을 것이다.

그렇게 지독하던 소화불량이 산중에서 해방이 되었다는 소식을 듣고
강변에 밤을 새워 남녀노소가 한바탕 춤 잔치를 벌이고 난 이튿날 씻은
듯이 다 나아 버렸다. 화색이 도는 내 얼굴을 보시고 집안 어른들은 신
경쇠약이란 별 게 아니라 심기가 펴이지 않아서 나는 병이라고 말씀하
셨다. 불출범안不出凡眼이라니 이는 내가 두 번째 공감한 내 병의 진단
이었다.

그 이래로 십 이삼 년을 나는 소화불량이란 병명을 잊어버리고 살아
왔다. 과로 때문에 쓰러지고 몇 달을 누워서 쉰 적은 있으나 소화와 수
면에는 이상이 없었다. 소화와 수면의 이상이 없으면 병은 자연히 낫
기로 마련이다. 병을 하도 많이 앓아서 이제는 질병과 건강의 한계를
모르게 된 나지만 그 때문에 투병에는 엔간히 자신이 붙었다.

나는 의약의 치료법 대신에 일종의 정신요법을 더 많이 쓴다. 과로
해서 난 병이면 방을 깨끗이 치우고 이부자리를 새로 갈아 덮고, 아주
어떤 때는 병풍까지 둘러치고 조용히 누워서 몇 날을 보낸다. 이것은
전지요양轉地療養이나 입원치료의 공덕을 대용하는 셈이다. 웬만한 병
은 병을 친구 삼아 지내노라면 병이 제풀에 심심해서 절로 작별을 고하
고 만다.

운동부족으로 생긴 병이면 이와 반대로 산 속을 거닐고 거리를 쏘다니고 유쾌히 놀고 하면 절로 낫는 것은 말할 것도 없다.

그건 그렇다 하고 이즈음의 소화불량은 왜 그리 악성인지 모르겠다. 술을 마셔도 유쾌하지 않고 유쾌한 분위기를 이룩해서 내 병을 고쳐 줄 친구도 하나 둘 없어져 가니 나의 소화불량은 비방을 잃어버리고 망연자실할 수밖에 없다.

학교엘 나가고 있으니 전같이 심한 운동부족은 아닐 게고, 술은 입에 대면 경과가 도리어 나빠지니 병이 악성인 게 아니라 나의 투병력이 줄어들었는지도 모르겠다.

아닌 게 아니라 세상도 생사람 병나기 알맞게 된 것 같다. 해방이 되고 반 동강이나마 독립이 되고 했다 해도 인심에 뭐 고금이 따로 있나. 권세와 명리名利에 붙어 구더기처럼 들끓기는 예나 이제나 뭐 다른 게 있느냐 말이다. 오늘 문득 《채근담》을 뒤적이다가 "사람으로 더불어 허물을 함께 할지언정 공을 함께 하지 말라. 공을 함께 하면 서로 시기하느니라"라는 구절을 읽고 문득 고개를 끄덕이며 내 병의 원인을 발견하였다.

해방 후 십 년간 내가 무슨 문화니 민족이니 단체니 하고 괜스레 분주했고 6·25 동란 때도 종군從軍이니 구국救國이니 해서 동서를 구치驅馳한 탓으로 터무니없는 욕을 뒤집어쓰기를 몇 차롄지 모른다. 오해와 모함으로 된 근거 없는 욕들이매 이내 모두 안개 걷히듯 했고, 내가 또 그걸 갚아서 창피하게 싸우지 않은 것은 지금 생각해도 다행한 일이지만 하고 싶은 말을 참고 억울하게 견디자니 가슴에 병이 될 지경이다.

이게 모두 내가 공연히 사람으로 더불어 환난悲難만 함께 하지 않고 약간의 공을 같이 했다는 죄인가 한다. 나를 욕하고 모함하고 무고하는 사람은 모두 옛날 나와 가깝던 이른바 동지들이다. 그들이 나를 시기하고 모해해야 할 까닭을 나는 모른다. 나는 같은 이념으로 그들을 사귀었으나 그들은 같은 이익만을 위하여 나를 사귀었던 모양인가. 동도위붕同途爲朋인 줄 알았더니 동리위붕同利爲朋이란 말이다.

해방 후 초창기의 문화전선에 나섰던 한 사람이지만 역력히 헤아려 보아도 내가 남의 공리功利를 도왔으면 도왔지 방해한 일은 없다. 이제 명분에 어긋나는 일을 못 참아 말없이 물러난 사람을 꼬집는 것은 무슨 때문인가. 저들이 나를 도려내고 배신하고도 내가 저희들과 같이 하지 않았다 해서 욕을 하는 것은 무슨 마음인가.

남 잘되는데 내가 배 아플 까닭이 없다. 그러므로, 나의 소화불량은 배가 아프지 않은 것이 특색이다. 자파 공동의 권익을 옹호하고 세력을 펴더라도 사리에 맞게 점잖이 하면 눈이라도 감아 줄 수 있지만 이건 얌치없이 무소불위니 구역이 안 나고 배겨내겠는가 말이다. 나의 소화불량은 주증主症이 구역이다. 나 같은 우졸愚拙이 소인小人의 간지奸智를 상대한다는 것부터 망발인줄 알기 때문에 나는 내 자신에 대한 일체의 변명은 하지 않을 셈이다. 소화불량으로 좀 고생하더라도 이것이 뭐 당장 죽을병은 아니니까…. 그러나 죽을병이라면 나도 할 말이 있다. 아홉 번까지 다 참고도 마지막 한 번을 못 참아 나는 내 자신의 공을 스스로 불태운 적이 여러 번이다. 격하기 쉬운 감정을 억누르며 나의 병은 고황膏肓에 드는가 보다.

공자님은 생강 잡수시기를 그친 적이 없어도 진지는 항상 조금 자셨더라니 그분의 소화불량도 어지간했던 모양이다. 천하를 두루 돌아도 쓰이지 못하고 병든 세상에 생강을 씹으며 제자나 가르치던 공자, 좀 처량하긴 하지만 소화불량도 이왕 앓을 바에는 성인의 소화불량을 배우는 것이 좋지 않겠는가.

운동부족이야 되든지 말든지 이 겨울은 삼동三冬을 문 닫고 앉아 화분에 물을 주고 화초의 먼지나 닦아 주면서 하루 한 끼 밥에 소화불량으로 더불어 소견消遣하리라. (丁酉 小雪日)

방우산장기 放牛山莊記

'방우산장'放牛山莊은 내가 거처하고 있는 이른바 '나의 집'에다 스스로 붙인 집 이름이다.

집이란 물건은 고루거각高樓巨閣이든 용슬소옥容膝小屋이든지 본디 일정한 자리에 있는 것이요, 떠 매고 돌아다닐 수 없는 것이매 집 이름도 특칭의 고유명사가 아닐 수 없으나 나의 방우산장은 원래 특정한 장소, 일정한 건물 하나에만 명명한 것이 아니고 보니 육척 수신瘦身 장구長軀를 담아서 내가 그 안에 잠자고 일하며 먹고 생각하는 터전은 다 방우산장이라 부를 수밖에 없다. 산장이라 했으니 산 속에 있어야만 붙일 수 있는 이름이로되 십 리 둘레에 일점 산 없는 곳이 없고 보니 나의 방우산장은 심산深山에 있거나 시항市巷에 있거나를 가리지 않고 일여一如한 산장이다. 이는 내가 본디 산에서 나고 또 장차 산으로 돌아갈 자이기 때문이다.

기르는 한 마리 소야 있든지 없든지 방우放牛라 부르는 것은 내 소, 남의 소를 가릴 것 없이 설핏한 저녁 햇살 아래 내가 올라타고 풀피리를 희롱할 한 마리 소만 있으면 그 소가 지금 어디에 가 있든지 내가 아랑곳할 것이 없기 때문이다.

집은 떠다니지 못하지만 사람은 떠돌게 마련이다. 방우산장의 이름에 값할 집은 열 손을 넘어 꼽게 된다. 어떤 때는 따뜻한 친구의 집이 내 산장이 되었고 어떤 때는 차운 여관의 일실一室이 내 산장이 되기도 하였다. 그나 그뿐인가. 피난 종군從軍의 즈음에는 야숙野宿의 담요 한 장이 내 산장이 되기도 하였다. 이러고 보면 취와醉臥의 경우에는 저 억조 성좌를 장식한 무변한 창공이 그대로 나의 산장이 될 법도 하지 않는가. 실상은 나를 바로 나이게 하는 내 영혼이 깃들인 고庫집, 이 나의 육신이 구극究極에는 나의 산장이기도 하다.

방우산장放牛山莊에는 아직 한 장의 현판懸板도 없다. 불행하게도 한 장의 현판을 걸었던들 방우산장은 이미 나의 집이 아니게 되었을 것이요, 나의 형터리도 없는 집 이름은 몇 번이든지 바꿔졌을지도 모른다. 그러므로, 두려운 일은 곧 뒷날 내 죽은 뒤 어느 사람이 있어 나의 마음을 가장 잘 알아 주노라는 제 정성으로 방우산장이란 묘석을 내 무덤에다 세워 줄까 저어함이다.

그때는 이미 나의 방우산장은 이 지상에서는 소멸되고 저 지하의 한 이름 모를 나무뿌리에 새겨져 있을 것이다. 땅 위에 남겨 놓고 간 '영혼의 새'가 깃들이는 곳 — 그 무성한 숲의 어느 한 가지가 방우산장이 될 것이다.

나의 소는 어느 때든지 마침내 내 집으로 돌아오리라. 그러므로, 떠나고는 다시 오지 않는 새를 나는 사랑한다. 소가 죽어서 새가 되었다고는 생각할 수가 없다. 그러나 나의 소는 저 산새 소리를 따라서 어디론가 뛰어간 것에 틀림없다. 낙엽이 날리는 산장을 쓸며 나는 소를 기다리지 않고 시를 쓰며 산다. (癸巳 暮秋)

— 1953, 《신천지》

속續 방우산장기

내가 나의 거처에다 '방우산장'放牛山莊이란 이름을 붙인 것은 신사辛巳년 봄부터 오대산에 들어가 있을 때 월정사月精寺 동향의 일실一室에 명명함으로써 비롯된 일이다.

학교를 갓 나온 스물두 살짜리 애송이 청년이 세월에게서 받은 상처를 어루만지며 쫓겨 간 곳이 오대산이요, 쓰일 곳 없는 세상이자 쓰이고 싶지도 않은 세월이더랬는데, 이 장발長髮 백의白衣의 가승假僧을 반갑게 맞아 준 곳이 월정사 강원講院의 외전강사外典講師 자리였다.

하루 한두 시간을, 더우면 법당 앞 용금루湧金樓 다락에서, 추우면 강원 큰 온돌방에서 학인學人들을 가르치고 나면 나에게는 할 일이 없었다. 빈방에 홀로 눈 감고 벽에 기대이거나 먼지 앉은 경권經卷을 내어놓고 뒤적이지 않으면, 숲 속으로 못가로 뜻 모를 생각에 잠겨 거니는 것이 일과였다.

어린 중들과 함께 산나물을 뜯는 봄 한 철, 머루와 솔잎과 당귀를 캐어 술 빚어 마시는 가을 한 철, 소란한 세상이 괴롭고 아플수록 산거山居의 미味는 깊어 가는 것이었다.

한암漢岩 노승정老僧正 — 이번 동란 중에 입적하셨다 — 의 선연禪筵에 참參해 있을 때 《문장》지 폐간호를 받았었다.

술이 두꺼운 그 폐간호에는 졸시 〈정야〉靜夜가 실려 있었다.

　한두 개 남았던 은행잎도 간밤에 다 떨리고
　바람이 맑고 차기가 새하얀데

　말 없는 밤 작은 망아지의 마판 끌리는 소릴 들으며

　산골 주막방 이미 불을 끈 지 오랜 방에서
　달빛을 받으며 나는 앉았다 잠이 오질 않는다

　풀버레 소리도 끊어졌다

라는 시. 폐간호에는 너무나 부합하는 시였다.

그러나 이 시는 《문장》 폐간호를 위하여 써 보낸 시가 아니요, 그 잡지에 투고했다가 낙선된 작품이었다. 폐간호를 꾸미기 위해서 원고 청탁을 두 번이나 보내도 어디 간지 소식이 없으니까 몰서沒書한 원고 뭉텅이에서 이 시를 골라 실은 모양이었다.

그저 가슴이 아플 따름이었다.

넓적다리에까지 눈이 쌓인 밤, 초롱불을 들고 신선神仙골 노파의 집에서 술이 취해 자빠지며 일어나며 돌아오던 밤에는 《동아일보》, 《조선일보》 종간호가 나붙은 사옥 앞에서 울며 작별하던 노인쇄공들의 모습이 어른거려 산골에서 혼자 목 놓아 울기도 했다.

나는 이 방우산장에서 일본의 진주만 폭격도, 그리고 싱가포르 함락의 소식도 들었다. 실의의 청년은 이제 실신失神의 인사이 되었다. 방우산장放牛山莊 주인 방우자放牛子는 방우선放牛禪의 개조開祖가 되고만 것이다.

자꾸만 쓰러지려는 자신을 가누려는 혈투의 몸부림이었다.

계제階梯가 없는 선禪을 설명하는 방편으로 '십우도'十牛圖의 계제가 있는 것은 주지의 사실이다.

선에서는 오도悟道의 요체要諦 '일심'一心의 파악을 전후에 나누어 범부凡夫를 실우인失牛人 — 곧 제 본성을 잃어버리고 방황하는 사람이라 하고, 그래서 마음(佛)을 소에 비하여 범부가 불佛이 되기까지를 열에 나눈 것이 심우尋牛 → 견적見跡 → 견우見牛 → 득우得牛 → 목우牧牛 → 기우귀가騎牛歸家 → 망우존인忘牛存人 → 인우구망人牛俱忘 → 반본환원返本還源 → 입전수우入鄽垂牛의 열 가지다.

방우放牛는 이 십우도의 어디에도 없다.

방우는 곧 방우이목우放牛而牧牛다. 선禪의 외도外道요, 유유儒의 사문난적斯文亂賊. 얼마나 방자한 언행이며 선 아닌 선이냐. 니힐의 기반 위에 세운 성실의 세계 — 나는 아직도 철 안 든 방우행자放牛行者다.

지금은 불타 버린 오대산 월정사의 일실. 그날의 방우산장에는 풀이 무성히 우거졌을 것이다. 놓아 버린 대로 찾지 않은 나의 '소'는 지금 어디 있는가. 소 잃은 성북의 방우산장放牛山莊. 호롱불 앞에 가만히 앉아 있으면 어디서 음매 — 소리가 들리는 것만 같다. (癸巳 暮春)

— 1953, 《신천지》

화동花洞 시절의 추억
그날의 조선어학회

내가 화동에 있는 조선어학회의 초라한 회관을 찾은 것은 1936년 늦은 가을이었다. 우리말의 정리라는 민족적 일대사업을 갖은 감시와 핍박 속에서 외로이 붙들고 노심努心하는 여러 선배들의 그때의 그 눈물겹고도 엄숙한 모습은 어린 소년의 가슴에 커다란 감격을 주었고, 그 파동은 그대로 나의 연륜에 아직도 퍼져 나가고 있는 아름다운 무늬로 남아 있다.

그래도 그 무렵은 조선어학회의 황금시절이었다. 1933년에 〈맞춤법 통일안〉이 제정 반포된 뒤를 이어 이해(1933년) 10월에는 '표준말 사정査定'이 끝났으며 〈외래어 표기법 통일안〉의 원안작성이 무르익어 가고 있었으니, 《큰사전》 편찬의 이 3 대 기초가 확립된 1940년까지 7년 간은 실로 어문語文연구 20년의 남모르는 혈한血汗이 결정되던 시기였다. 그러나 '눈물겨운 엄숙'이라는 그 첫 인상은 이내 민족적 비극의 절정에 처연히 무너져 내릴 최후의 성벽을 상징하고 있었던 것이다.

그 무렵의 나는 실상 우리말 역사와 문법에 대한 몇 권의 책을 읽었을 뿐 무슨 별달리 국어학을 전공해 보리라는 생각이 있었던 것도 아니다. 그때나 지금이나 나는 한 사람 몫의 국어학도가 아닌데 무엇이 나로 하여금 조선어학회에 무한한 경의와 애정을 가지게 하였던가. 멸滅

해 가는 민족사의 암흑기에 나의 어두운 시야를 비춰 주는 작은 호롱불과도 같은 존재로서 조선어학회가 나를 부르고 있었던 까닭이었으리라. 그러나 이 시절에 나는 어학회를 위하여 아무 일도 도와 드리지 못했다. 틈 있으면 나 혼자서 또는 아버지를 따라서 어학회를 드나들며 여러 선배들의 가르침과 사랑을 받을 따름이었다.

1941년 봄에 나는 학창學窓을 떠났다. 그때는 이미 나의 앞에는 한 발자국 내어 디딜 땅조차 없었다. 그 때문에 사회로 나선 나의 첫 발길은 오대산 속으로 더 깊이 들어간다는 결과를 낳고 말았다. 월정사 불교강원의 외전강사 자리를 스스로 택한 것은 남을 가르친다는 데 보람을 느낀 것이기보다는 쓰러지려는 나를 가누려는 불가피의 몸짓이었다.

그 전해에 《동아》, 《조선》 두 신문의 폐간을 보았고, 《문장》 폐간호를 이 절간에서 받았다. 일본의 진주만 폭격도, 싱가포르 함락의 소식도 나는 이 절간에서 들었다. 나 자신의 낙백落魄한 슬픔보다는 꺼져 가는 민족의 비운이 나로 하여금 나물만 먹는 창자에 독주를 쏟아 넣게 하여 형해形骸만 남은 이름만의 청년이 되고 말았다.

그해 겨울이었다. 싱가포르 함락의 소식이 전해지던 날 황혼에 나는 1년의 과음이 한꺼번에 터져서 졸도하고 말았다. 며칠 뒤에 전보를 받고 내려오신 아버지를 따라 나는 눈길을 헤치며 서울로 왔고, 몇 달을 문 닫고 누워서 보내게 되었다.

그 이듬해 늦은 봄에 내가 자리를 일어나자 처음 찾아간 곳은 역시 화동에 있는 조선어학회 회관이었다. 초라한 옛날의 회관은 아무것도 변한 것이 없는데 '국민총력연맹 조선어학회 지부'라는 간판 하나가 더 붙어 있었다. 2층 좁은 방에서 사전을 편찬하고 계시던 여러 선배는 옛날이나 다름없이 반갑게 나를 맞아 주었다.

그 무렵의 어학회는 눈물 날 정도로 유지가 곤란하였다. 뜻있는 이의 남모르는 후원금과 시골 소학교 선생들이 간혹 보내는 몇십 전의 성금이 어찌 일하는 이의 생계까지를 도울 수 있었겠는가. 가족의 호구 때문에 선배들은 국어 아닌 다른 과목을 맡아 시간강사로 나가고 있었다. 아침에 출근하여 다시 학교에 출강하고 무슨 항공기지처럼 또 회관에 돌아와 일하다가 퇴근하는 일과를 지켜 갔으나 피로와 우울 때문에 사전편찬 일은 진도가 자연 더디게 되었다. 한숨과 담배 연기가 봄날의 방 안을 더욱 음산하게 하고 있었다.

내가 사전 편찬을 돕기로 작정하고 출동을 시작하여 며칠 안 되는 어느 날이었다. 화창한 봄볕과 지나는 미풍을 바라보고 있던 우리는 어디선가 '보통학교 조선어 독본' 읽는 어린 소녀의 목소리가 들려와서 소스라치게 놀랐던 것이다. 이른바 '국어상용'이란 이름으로 왜어가 강제되어 소학생들은 우리말을 조금만 해도 벌을 설 때인데 버림받은 옛날의 교과서를 읽고 있는 소녀는 누구이던가.

얼마 뒤 발견된 그 목소리의 주인공은 어느 집 대문간에서 애기를 업고 잠재우는 소녀란 것을 알았다.

"네 신세가 우리 신세와 같구나."

어느 분인가 이런 탄식을 쏟았다. 버림받은 모국어를 지키는 마음은 이렇게 나락의 밑바닥을 향하여 굴러 내리고 있을 무렵이었다.

동운東芸 이중화李重華 선생 — 나는 이분에게서 점잖은 서울말을 처음 들었다 — 은 그 온순한 얼굴을 들며 돋보기를 올려 이마에 걸고 나를 돌아다보시는 것이었다.

"조 군, 요즘 원고료 받았지? 어디 한잔 사보지 않겠나" 하시며 부드러운 웃음을 짓는 것이었다.

"네, 한잔 사지요, 이런 날 한잔 안 하구 언제 하겠어요." 나는 당돌하게 이렇게 대답하였다.

내가 아래층에 주전자를 빌리러 일어설 때에 동운 선생은 주머니 끈을 풀으시면서 안주는 손수 마련하겠노라고 말씀하셨다. 내가 골목쟁이를 나가 가게에서 술을 받아 가지고 왔을 때는 이 동운 선생이 풋고추, 호박, 두부를 사 오시고 건재健齋 정인승鄭寅承 선생은 풍로를 빌려다가 찌개 끓일 채비를 하고 계셨다.

그날 어학회에 나오신 분 중 효창曉蒼 한징韓澄 선생과 《한글》편집을 맡아 오던 이석린李錫麟 형은 술을 그다지 즐기지 않는 편이라 언제나 술추렴은 동운·건재 두 분 선생과 권승욱權承昱 형과 나 이렇게 넷이서 노소동락하였다. 어학회 회관에는 작은 방 하나가 우리의 이런 모임을 위해서 알맞게 놓여 있었다.

1942년 10월 1일 — 그것은 아마 왜총감부倭總監府 시정始政 기념일이었으리라고 기억된다 — 이날 나는 아무 데도 갈 곳은 없고 해서 점심을 싸 가지고 느직이 회관으로 갔다. 회관 어귀에 있는 반찬 가게 모퉁이를 들어서자 어쩐 일인지 이층 계단에는 여러 켤레의 가죽 장화가 놓여 있었다. 불길한 예감에 나는 곧 오던 길을 되돌아 나왔으나 감시하는 왜경에 들키어 회관으로 불리어 들어갔다. 흩어진 서적과 꺼내 놓은 사전 원고 — 나는 마음속으로 드디어 올 날이 왔음을 깨달았다. 어쩐 일인지 마음이 차악 가라앉는 것이었다. 갑자기 불리어 나온 선배 여러 분이 계신 큰 방문을 열고 들어서는 것을 보자 고루古樓 선생이 매우 당황하고 난처한 얼굴을 지었다 — 나는 그때 아직 어학회 회원이 아니었고 이를테면 객원客員의 하나였다.

없으면 무사할 자리에 내가 나타났기 때문이었다. 바로 이때였다. 고루古樓 선생의 테이블 위에 놓인 종이쪽에 열기列記된 명단이 강도強度의 근시인 내 눈에 똑똑히 들어온 것은 — 거기에는 내 이름이 없었다. 나는 곧 옆방으로 끌리어 가서 문초를 받았다. 그들은 내가 오기 전에 내 테이블을 이미 수색했었다. 그러나 나의 테이블 서랍에는 사전 카드 외에는 엽서 한 장도 두지 않았었다. 그들은 나를 정태진丁泰鎭의 후임으로 온 것이 아니냐고 위협하였다. 나는 이 물음으로써 도리어 내심에 궁금하던 이 사건 발단의 원인을 알아차렸다. 나는 조선어학회의 회원이 아니고 불교를 연구하는 사람으로서 여기 있는 불경언해佛經諺解를 열람하면서 손이 모자라는 카드 정리를 도와주고 있을 따름이라고 주장하였다. 나의 책보를 끌러 본 그들이 점심밥과 그때 마침 내가 번역하고 있던 《목우자수심결》牧牛子修心訣 초고밖에 없었음을 보고 이 말에 약간 수긍하는 눈치였다.

조선어학회 수난사건의 발단은 함흥에서 일어났던 것이다. 석인石人 정태진 선생은 오랜 동안 영생고녀永生高女에 교편을 잡은 일이 있었는데 내가 정식으로 사전편찬을 돕기로 작정된 일주일 전에 함흥으로 여행을 떠났던 것이다. 영생고녀의 한 여학생이 일기에 정태진 님의 말씀을 인용하고 그렇게 우수한 어문인 우리말을 왜 공부 못하게 하느냐고 한탄한 것이 발각되어 정태진 님은 함흥에 억류되고 그 문초를 바탕으로 해서 이날 어학회는 엄습掩襲된 것이었다. 정태진 님이 일주일만 늦게 떠났던들 그 명단에 내 이름이 빠질 리가 없었을 것이 아닌가.

나는 그날 주소·성명을 써 두고 집에 가서 기다리라는 말을 듣고 초연히 집으로 돌아왔다. 가족에게 이 사실을 알리고 몇몇 가까운 스승께도 다녀와서 그 밤 나는 조만간 함흥으로 잡혀가게 될 것이라고 온전히 체념하였다. 그 이튿날 소격동昭格洞 서승효徐承孝 씨 댁을 찾았다. 이 집은 젊은 동지 권승욱權承롤 형이 하숙하고 있었고 고루古樓 선생도 가끔 들르는 집이었다. 예상한 대로 어학회 여러 분은 모두 잡혀가셨다는 것이다.

한 달이 지나도 아무런 소식이 없었다. 나는 초조한 마음을 누를 길이 없어 어느 절간으로 다시 달아났던 것이다. 그해 가을에 나는 아주 고향으로 내려오고 말았고, 누워서 해방을 맞았다. 그동안 나는 북해도 탄광행 징용검사를 받고 '노무감내불능'勞務堪耐不能이란 딱지가 붙어 10년의 장발만을 깎이우고 방면되었던 것이다.

해방되던 해 가을은 고향에서 오랜 울적을 풀어헤쳐 여러 가지 일에 참가했으나 궁금한 것은 아무래도 서울 소식이었다. 9월 어느 날 신문도 없이 캄캄하던 시골에 어디로부터 날아왔는지 조선어학회 회원이 출옥되었다는 소문이 들려 왔다. 나는 그 이튿날 아무 행장行裝도 없이 서울로 떠났다.

환산桓山 이윤재李允宰, 효창曉蒼 한징韓澄 두 선생이 옥사하신 것은 서울에 와서 알았고 천도교당天道敎堂에서 거행된 두 분의 추도회는 전민족의 지순한 경모의 눈물 속에 열렸었다. 이리하여 나는 여기서 옛 선배 동지의 손길을 잡고 다시 그분들을 따라 어학회의 재건을 돕게 되었다. 《한글》 속간호의 편집, 군정청 문교부 위촉의 《중등 국어 교본》의 편찬이 나에게 맡겨진 첫 일이었다. 잃은 줄 알았던 사전 원고를 서울역 창고에서 찾았을 때 감개는 정말 남다른 바가 있었다.

내가 조선어학회를 드나든 지도 벌써 20년. 그동안 환산, 효창 두 님이 존귀한 희생으로 옥사하셨고, 창씨 문제가 나왔을 무렵에 신명균申明均 선생이 그 스승 나철羅喆 선생의 사진을 품은 채로 자결하셨으며, 권덕규權悳奎 선생이 또한 불우한 일생을 만년에는 중풍으로 고생하시다가 어느 날 집을 나가신 다음 돌아오시지 않은 채 노방路傍에서 눈을 감으신 모양이다. 동운 선생은 동란 중 이북으로 납치되셔서 생사를 모르고, 석인 선생도 피란 중 부산에서 작고하셨다. 그리고, 몇 분은 북쪽으로 가고 남아 계신 분들은 모두 환갑 전 백발이 성성하시다. 얼마나 많은 풍상이었던가.

민족이 해방되는 그날을 믿고 기다림에야 뜻있는 이 누구가 다름이 있었으랴만 해방의 날을 위하여 우리 힘으로 준비하였고 그것 그대로 아무 번거로움이 없이 전 민족이 적용할 수 있었던 것은 무엇이었던가. 진실로 〈한글 맞춤법 통일안〉이라는 4·6 판 60페이지의 조그만 책자 한 권이 있을 따름이었다.

암흑기의 민족사, 그 험난한 물굽이 속에 각각剗剗으로 덮쳐 오는 위기를 매양 무사히 넘기는 행운을 지님으로써 나는 지금도 살아 있다. 이것을 생각할 때마다 나는 조선어학회의 그 시절을 움직이던 정신과 성력誠力이 아직도 내 가슴에 꺼지지 않는 빛으로 남아 있음을 깨닫는 것이다.

— 1955. 10. 31, 《고대신문》

수정관음水晶觀音

오대산 깊은 골에는 참 눈도 많이 쌓이긴 한다. 어린 상좌 아이가 장삼 자락을 여미고 힘껏 울리는 종소리에 문득 놀라 눈을 뜨면 노전爐殿 늙은 스님이 벌써 목탁을 두드리고 염불을 하며 법당 도는 발소리가 들린다. 눈이 밟히는 소리다. 뼛속까지 스미는 찬 기운과 고요함 속에 나는 불을 켜고 향을 사른 다음 벽에 기대어 멍하니 눈을 뜨고 있다. 전연篆煙이 방 안에 어리어 그윽한 향이 움직이면 한 자루 촛불 앞에는 가는 향 연기에 휘감기는 수정관음이 조용히 웃는다.

철에 이른 봄옷을 입고 눈을 맞으며 이 산에 처음 들어온 나는 그 밤 방 구들장 밑으로 흘러가는 물소리를 듣기에 밤 내 잠을 이루지 못했었다. 그러나 이내 이 산 속은 나의 젊음을 위로하기에 포근하였다. 중이 아닌 내가 세월과 같이 길어 가는 머리를 넘기고 흰 무명 두루마기를 입은 채 굵은 염주를 만지며, 이윽한 밤 법당 앞을 거니는 것을 보는 이는 여든이 가까운 환허노장幻虛老丈뿐이었다. 그는 어려서 중이 되어 모든 욕망을 끊었으나 성욕만은 끊을 수가 없었다는 얘기를 노상 조용히 웃으며 말하는 노인이었으니, 내가 깊은 밤 마당을 거닐 때든지 등불을 빌려 들고 십 리를 걸어 신선골에 가서 술이 취해 돌아오는 날은 내 방에 와서 날 새기까지 조을며 얘기하며 웃다가 가곤 하였다. 이 수정관음도 환허노장이 내 책상에 모셔 놓고 간 것이니 외로울 때 고요히 바라보라는 것이었다. 내 슬픔이 말하여 다할 것도 아니요, 무엇을 믿어 풀릴 것도 아니언만 수정관음의 밝은 모습 앞에 지난여름 깊은 밤마다 하루의 목숨이 다한 부유蜉蝣가 맴돌다 이내 죽은 것을 보아 온 나는 이따금 무엇을 생각해 보는 적이 많다. 잡초 우거진 서대西臺 절에 혼자 앉아 부처도 없는 곳에 향을 사르고 먼 산을 바라보며 삼매三昧에 들었던 젊은 수좌首座를 만나 나는 오래 잊었던 시를 느끼기 시작하였다.

사람 그리운 산 속에 사라니간 사람이 그립긴 하다. 어쩌다 불공 온 여인의 목소리가 비록 먼 거리일지라도 귓가에 짜르릉 울리는 것을 보면 환허노장이 성모관음聖母觀音을 가져다 준 진의를 잡은 듯싶어 스스로 혼자 웃어 본다. 그러나 이것쯤은 작은 파문이다. 뜻 모를 괴로움을 핑계 삼아 침허枕虛 스님과 같이 머루로 빚은 술은 달의 보름을 뜨고 지는 사이에 다 끝내고 이제 마음 기대일 곳이 수정관음뿐이다. 슬픔은 잠자지 않고 괴로움은 자꾸 격동한다. 타협과 굴종을 피하여 쫓겨 온 암굴의 이 50원圓짜리 가승假僧 노릇을 울면서 버리고라도 서울로 가버릴까 하면, 겨울의 오대산은 떠나려는 손님을 무릎에 쌓이도록 눈을 보내어 붙잡는가 하면, 종소리와 바리 밥과 향불을 보내어 붙든다. 눈은 자꾸 쌓인다. 아침 공양이 지나면 학인들과 판자에 참밧줄을 꿰어 가지고 밭 갈 듯이 눈을 갈아 마음의 길을 트이어야 한다.

큰방에서는 예불이 깊어 가는 듯 어린 중에서부터 늙은 중까지 경쇠소리에 맞추어 부르는 "원왕생願往生 원왕생願往生 왕생극락往生極樂 견미타見彌陀"라는 애조哀調로운 합창이 들린다.

— 1947, 《문화》 2호

무국어 撫菊語

하는 수 없이 낙향해 버리고 만 것이 어느덧 철수가 바뀌었다. 날마다 산을 바라보고, 밤마다 물소리를 이웃하는 것밖에, 나는 책 한 권 바로 읽지 못하고 소란한 세상을 병든 몸으로 숨어서 살아간다. 친한 벗에 게서는 편지 한 장 오지 않고, 들리는 소문이란 쫓기는 백성의 울부짖음밖에 아무것도 없었다.

어쩌지 못할 설음 속에 그래도 울먹어리는 마음을 다소 가라앉히기는 노란 국화가 피면서부터였다. 여름에 미리 파 두었던 한 평 남짓한 못에다 뒤꼍 미나리 강에서 물을 따 대었다. 산에 가서 기이한 돌을 가져다 쌓기도 하고 강가에서 흰모래와 갈대 몇 포기도 날라 온 보람이 있어 방 둘 부엌 하나밖에 없는, 이름 그대로 나의 외로운 초가삼간은 하루아침에 가을이 왔다. 무엇을 하며 누구와 더불어 얘기하나? 무척은 지루하고 고달프던 세월도 소슬한 바람이 불기 시작하자 줄달음질 치는 듯하였다. 쓸쓸한 벗 국화와 갈대꽃이 창밖에 와서 기다려도 어쩌지 못할 설움을 그들도 하소연하지 않는가? 높은 구름이 못 위에 어리는 날이면 창을 열고 먼 산을 바라다가, 또 꽃을 바라고 내 마음의 애무는 이 가냘픈 그러나 칼날 같은 마음 앞에 적이 설레었다.

서릿발이 높아지자 국화는 더욱 청초해 가고, 나는 국화를 바라보단

불현듯 맨발로 섬돌을 내리도록 서글퍼졌다.

논밭이 가까운 나의 집에는 이따금 메뚜기가 풀숲을 뛰어든다. 수탉은 메뚜기를 잡으러 쫓아가다간 놓쳐 버리고 담장 위에서 꼬끼요 하고 길게 목청을 뽑는다. 무척 고요한 대낮에 낮닭 소리가 끝나면 마을은 더욱 고요해진다. 서울 성북동 아무 운치도 없는 집을 꾸미라고 K 화백이 보내 주신 손수 가꾼 국화 분을 하룻밤 자고 나니 닭들이 꽃과 잎을 모조리 따 먹고 부러진 줄기가 툇마루에 떨어졌더니, 닭도 시골 닭은 국화를 먹기는커녕 국화 그늘 아래 즐거이 볕을 쪼이며 조은다. 사람이 콩깍지만 먹고살거니 미물이 꽃을 먹는 풍류를 아니 배울 수 있겠는가 하고 그때는 웃을 수밖에 없었으나 닭만큼도 국화를 즐기지 못하는 지금의 나의 마음을 국화는 알 것이다.

아아, 국화가 나에게 한갓 슬픔을 더해 준다기로소니, 영혼과 육신이 함께 목마른 지금의 나에게 국화가 없으면 낙엽이 창살을 휘몰아치는 기나긴 가을밤을 어떻게 견디랴.

— 1947, 《대조》(大潮)

멋 설說 · 삼도주三道酒

오대산 속 그날의 방우산장放牛山莊 — 나의 서실書室에서 무료할 제마다 끼적거려 두었던 구고舊稿 남은 것 중에서 두 편을 초고대로 여기 옮긴다.

　제題하여 가로되 '멋 설'이요, '삼도주'三道酒다.

멋 설

어떤 이 있어 나에게 묻되 "그대는 무엇 때문에 사느뇨?" 하면 나는 진실로 대답할 말이 없다.

　곰곰이 생각노니 살기 위해서 산다는밖에 다른 도리가 없다.

　산다는 그것밖에 또 다른 삶의 목적을 찾으면 그것은 사는 목적이 아니고 도리어 사는 수단이 되기 때문이다.

　하나의 삶에서 부질없이 허다한 목적을 찾아낸들 무슨 신통이 있겠는가.

　도시, 산다는 내가 누군지도 모르고 사는 판이니 어째 살고 왜 사는 것을 모르고 산들 무슨 죄가 되겠는가.

　하늘이 드높아 가니 벌써 가을인가 보다.

　가을이 무엇인지 내 모르되 잎이 진 지 오래고 뜰 앞에 두어 송이 황

58

국黃菊이 웃는지라 찾아오는 이마다 가을이라 이르니 나도 가을이라 믿을 수밖에 없다.

촛불을 끄고 창 앞에 턱을 괴었으나 무엇을 생각해야 할지 생각이 나질 않는다.

다시 왜 사는가. 문득 한 줄기 바람에 마른 잎이 날아간다.

유위전변有爲轉變 — 바로 그것을 위해서 모든 것이 사나 보다.

우주의 원리 유일의 실재에다 '멋'이란 이름을 붙여 놓고 엊저녁 마시다 남은 머루술을 들이키고 나니 새삼스레 고개 끄덕여지는 밤이다.

산골 물소리가 어떻게 높아 가는지 열어젖힌 창문에서는 달빛이 쏟아져 들고, 달빛 아래는 산란한 책과 술병과 방우자放牛子가 네 활개를 펴고 잠들어 있는 것이다.

'멋', 그것을 가져다 어떤 이는 '도道'라 하고 '일물一物'이라 하고 '일심一心'이라 하고 대중이 없는데, 하여간 도고 일물이고 일심이고 간에 오늘밤엔 '멋'이다.

태초에 말씀이 있는 것이 아니라 태초에 멋이 있었다.

멋을 멋있게 하는 것이 바로 무상無常인가 하면 무상을 무상하게 하는 것이 또한 '멋'이다.

변함이 없는 세상이라면 무슨 멋이 있겠는가.

이 커다란 멋을 세상 사람은 번뇌煩惱라 이르더라. 가장 큰 괴로움이라 하더라.

우주를 자적自適하면 우주는 멋이었다.

우주에 회의懷疑하면 우주는 슬픈 속俗이었다.

나와 우주 사이에 주종의 관계 있어 이를 향락하고 향락 당하겠는가. 우주를 내가 향락하는가 하면 우주가 나를 향락하는 것이다.

나의 멋이 한 곳에서 슬픔이 되고 속俗이 되고 하는가 하면 바로 그 자리에서 즐거움이 되고 아雅가 되는구나.

죽지 못해 살 바에는 없는 재미도 짐짓 있다 하랴.

한 바리 밥과 산나물로 족히 목숨을 이으고 일상一床의 서書가 있으니 이로써 살아 있는 복이 족하지 않는가.

시를 읊을 동쪽 두던이 있고 발을 씻을 맑은 물이 있으니 어지러운 세상에 허물할 이가 누군가.

어째 세상이 괴롭다 하느뇨. 이는 구태여 복을 찾으려 함이니, 슬프다, 복을 찾는 사람이여. 행복이란 찾을수록 멀어 가는 것이 아닌가.

안분지족安分知足이 곧 행복이라, 초의야인草衣野人이 어찌 공명을 바라며 포류蒲柳의 질質이 어찌 장수長壽를 바라겠는가.

사는 대로 사는 것이 나의 삶이니 여곽지장藜藿之腸이라 과욕을 길러 고성古聖의 도를 배우나니 내 어찌 고성의 도를 알리오. 다만 알려고 함으로써 멋을 삼노라.

고루거각高樓巨閣이 어찌 나의 멋이 될 수 있겠는가. 다만 멋 아닌 멋으로 멋을 삼아 법당을 돌고 싶으면 돌고, 염주를 세고 싶으면 염주를 세고, 경을 읽고 싶으면 경을 읽으며, 때로 눈을 들어 먼 산을 바라고 때로는 고개 숙여 짐짓 무엇을 생각나니 나의 선禪은 곧 멋밖에 아무것도 없는가 보다. 오늘을 모르는 세상에 내일을 생각함은 어리석은 일일러라.

내일을 모른다 하여 오늘에 집착함은 더욱 어리석을 일일러라.

다만 남에게 해를 끼치지 않으며 나를 사랑하지 않으며 남을 도우려고도 않아 들녘에 피었다 사라지는 이름 모를 꽃과 같고자 하노라.

만물이 내가 없으매 떳떳함이 없고 떳떳함이 없으매 슬프지 않음이 없으나 괴로움을 재미로 돌리고 무상無常을 멋으로 보매, 상일주재常─主宰하는 아我가 없는 것이 또 무슨 슬픔이 되랴. 없는 나를 나라고 불러 꿈같은 세상에서 다시 꿈꾸고자 할 따름이니, 내 몸을 나마저 잊어 남이 알 이 없고 푸른 메와 흐르는 물은 항시 유유悠悠하거니 다만 이와 같을 따름이로다. (辛巳 暮秋)

삼도주三道酒

나는 항상 '삼도주'란 술을 마신다. 이 술은 사람 사는 마을에는 없는 곳이 없다. 무엇으로 만든 술인고 하니 국화주도 매실주도 죽엽주竹葉酒도 아무것도 아니다. 역시 쌀과 누룩으로 빚은 술이다.

그런데, 삼도주란 이름은 어디서 왔는가.

중니仲尼 선생이 애써 가꾸신 쌀과 노담옹老聃翁이 손수 만든 누룩으로 실달다悉達多 상인上人이 길어 오신 샘물로 빚은 술인 연고緣故다.

컬컬한 막걸리지만 청신한 맛이 천하일품이다.

나는 반半 40에 삼도주를 배운다. 몇 해나 취해야 나를 볼는지 알 수 없다. 이백李白은 선주仙酒만 마셨으니 신선이 되었지만 이 삼도주는 신선도 부처도 성현도 아무것도 될 리 없다.

목적이 있어서 술을 마시는 자는 술 힘을 빌려서 싸움하려는 자를 두고는 다시없을 것이다. 신선이고 부처고 성현이고 간에 목적이 있어서 마시는 술은 하지하품下之下品이요, 속주俗酒다.

술의 진미를 완미玩味하는 심경이면 탁주, 소주, 약주 할 것 없이 가위 도주道酒라 할 것이다.

오늘 달 아래 술을 거른다. 내 손수 따온 머루와 솔잎과 당귀로 빚은 술이다.

내 앉은 키와 가지런한 술독이 아랫목에 앉아 있고 술지게미 말라붙은 체도 윗목에 걸려 있고 달 잠긴 샘물도 동승童僧이 길어 왔다.

두 팔을 걷어붙이고 주물러 걸러 내니 방 안에 이미 향기가 가득하다. 조양造釀에 동락同樂한 침허화상枕虛和尙이 한 사발을 들이킨다.

뒷입맛 다시는 소리가 북소리 같다.

영서상통靈犀相通으로 청할 겨를도 없이 들어서는 석규화상昔規和尙에게 선 채로 한 사발을 권한다.

검은 눈동자가 슬며시 옆으로 돌아간다. 어디 보자, 나도 한 사발. 그만하면 훌륭하군. 회심의 미소가 떠오른다.

머루 맛에서 老子가 웃는다.
솔잎 맛에서 佛陀가 웃는다.
當歸 맛에서 孔子가 웃는다.

머루의 이 깨끗한 맛이여. 혓바닥을 몇 번 다시는 동안 날아가는 허무적멸虛無寂滅. 솔잎의 씹을수록 향내 나는 그 묘미. 당귀의 향기는 너무 짙어서 쓰기까지 하되 훌륭한 보혈제다. 그러나 이제는 걸러 낸 술 머루는 어디 갔느뇨. 솔잎은 어디 갔느뇨. 당귀는 또한 어디 갔느뇨.

只在此山中이언마는 雲深不知處로다

三道酒를 마시고 道를 그만 잊고 만다.

—나무사바사南無沙婆詞, (辛巳 暮秋)

—1958,《신태양》

비승비속지탄 非僧非俗之嘆

내 일찍이 '증곡'曾谷이라 자호自號한 일이 있다. 고인을 흉내 냄이다. 지금도 간혹 이 졸拙한 호를 불러 주는 이 있어 미소로써 답하는 일이 있거니와 이를 처음 듣는 이는 그 출처를 묻는 것이 보통이다. 그런 경우에 내가 소개하는 증곡의 변은 다음과 같다.

증曾 자에 인人변이 있으면 '승'僧 자가 되고 곡자谷 자에 인人변이 있으면 '속'俗 자가 되지 않는가. 그러므로 증曾에 인人변이 없으니 승僧이 아니요, 곡에 인人변이 없으니 속이 아니라, 이른바 증곡은 비승비속非僧非俗의 뜻이니 우리말로 바꿔서 풀이하면 죽도 밥도 아니라는 자조自嘲에 지나지 않는다고.

대저 호號란 것은 좋든 나쁘든 간에 제 마음에 들어서 자취自取하는 것이고 보니 그것을 좋아하게 된 성격과는 뗄 수 없는 인연이 있을 것이요, 그러한 인연은 그 사람의 운명과도 적지 않은 관련이 있는 성싶다. 허기는, 운명이란 말뜻이 무엇인지를 나는 확실히 알지 못한다. '운'運이란 자가 운기運氣니 운동運動이니 하는 말에서 쓰이는 뜻을 보면 움직인다는 것, 곧 빙빙 돈다는 개념이 있는 것 같고, 따라서 운명이란 것도 빙글빙글 도는 것이어서 돌다가 어쩌다가 부닥친다는 뜻인 것 같다.

그리고 보니, 운명이란 꼭 그렇게 되지 않을 수 없는 것을 말하는 것이 아니고, 그럴 수도 있고 안 그럴 수도 있는 것이 빙글빙글 도는 가운데 어쩌다가 부닥치는 것이 운명인 것 같다. 영어의 운명이란 말의 하나인 'lot'에도 추첨抽籤이란 뜻이 있는 것을 보면 이는 동서가 공통된 생각인 듯하다.

내가 증곡이라는 자조의 호를 자취하여 제법 자락自樂의 경지에까지 끌어올려 쓰고 있다는 사실과 나의 운명과의 사이에는 졸연猝然하지 않은 관계가 있는 모양이다.

다시 말하면, 비승비속非僧非俗의 탄嘆으로 원전초탈圓轉超脫의 멋으로 삼는 나의 성격이 나의 운명을 이끌고 돌아다닌다는 말이다. 청마사백青馬詞伯의 말대로 피할 수 있는 것을 피하지 않음이 운명이라면 나의 성격이야말로 내 운명의 전부일 것이다.

사회에 첫걸음을 내놓게 되었을 때에 나는 그만 산사山寺로 달아나고 말았다. 속세가 싫다는 심사였다.

절간으로 갔으니 중이나 되었으면 그만 좋았을 것을 비구계比丘戒는커녕 거사계居士戒도 받지 않았다. 중이 될 생각은 아예 없었기 때문이다. 나의 비승비속지탄非僧非俗之嘆은 이때부터 시작되었다.

먹물장삼 대신에 흰 무명이나 흰모시 두루마기를 철따라 가져다 입고, 장발에 염주를 들고 법당 앞을 거니는 나의 모습은 이내 오대산에 괴물 중이 나타났다는 소문이 돌게 되었고 그 때문에 강릉에서 신문기자가 왔던 일을 생각하면 지금도 포복抱腹할 지경이다.

경을 읽고 싶으면 경을 읽고, 시를 읊고 싶으면 시를 읊고, 예불을 하고 싶으면 예불을 하고, 술을 마시고 싶으면 술을 마시던 비승비속非僧非俗의 멋은 그때부터 시작되었다.

내가 절에서 돌아와 지금까지 살고 있는 집이 또한 그렇다. 성북동은 성 밖이라 옛날에는 고양군이던 것이 지금은 서울특별시내이다. 이

것이 이른바 문안 문밖이다. 성외시내城外市內 사람이란 바로 비승비속의 격이 아닌가. 청량리 근처에만 가도 그곳의 누대累代 토착민은 아직도 시내에 가는 것을 서울 간다고 말한다. 이러고 보면 나는 서울 사람인가, 시골 사람인가.

나의 직업도 그렇다. 절간에 있을 때부터 지금까지 이른바 훈장노릇외에는 딴 직업을 가져 본 적이 없으니 이제는 교육자로 틀이 잡힐 때도 되었는데 도무지 그렇지가 않아서 탈이다. 그 까닭의 태반 이상이 시를 쓴다는 사실 때문이다. 시 쓰는 것을 무슨 직업이라 할 수는 없으나 이게 교육을 천직으로 삼고 침착하려는 마음을 방해하는 것만은 확실하다. 그 반면에 명색 강의를 한다는 중압과 타성이 시 창작에 방해를 하는 것은 더 큰 것 같다. 교단에 서고 창작을 하고, 이 움직임을 교체하자면 무슨 두뇌조직을 번번이 바꿔 넣어야 되는 것 같아서 그 전환수술 후의 완전회복까지의 중간의 고뇌가 말할 수 없이 크다. 방황하는 교육자, 안정하려는 시인은 결국 시인도 아니고 교육자도 아닌 것 — 어찌 비승비속非僧非俗의 탄을 금할 수 있겠는가.

장유유서長儒類鼠란 희담戱談이 있다. 오래된 선비는 땟물이 흘러 생쥐 같다는 말이다. 시로써 몸은 윤택하게 못할지라도 부유腐儒의 옹색한 마음이나 세척할 수 있으면 자위가 될 것인가. 우아미는 미의 근본이라 한다. 중정中正과 조화의 기품으로 시인의 불안한 마음이나 바로잡을 수 있으면 자위가 될 것인가. 비승비속非僧非俗의 탄은 진실로 우스운 괴로움이다. (丁酉 暮秋)

— 1958, 《신태양》

생전부귀生前富貴 사후문장死後文章

주머니가 비어야 서실書室의 진미를 아는 법이다. 돈이 없으니 오늘은 부귀를 좀 논해 보자. '생전부귀生前富貴 사후문장死後文章'이란 말이 떠오를 때마다 고소를 불금不禁하는 것은, 고인들이 이렇게 발언해 온 진의眞意보다도 그 표정이 자못 궁금하기 까닭이다. 이건 글하는 사람을 격려하는 겐지, 위협하는 겐지, 혹은 위로하는 겐지, 조롱하는 겐지, 아니면 글하는 사람 자신의 자과自誇인지, 자위인지, 아무렇게 해석해도 다 맞는 것이 이 말의 진의이다. 그러나 그 해석에 따르는 표정은 각기 다를 것이란 말이다.

생전부귀生前富貴나 사후문장死後文章이 모두 뜻 두어 저마다 될 일은 아니다. 그러나 생전의 부귀란 것은 그 방면에 뜻 두고 정성만 기울이면 부귀는 꼭 몰라도 부귀의 진체眞諦인 '의식주' 쯤이야 얻을 수 있다. 그런데 사후의 문장이란 것은 되고 안 되는 것이 전연 미지수인데다가 되고 안 되고 죽은 당자와는 전연 무관하다.

그보다도 이 미지수의 사업 때문에 그저 생전은 의식의 누累조차 벗지 못하는 슬픈 곤궁이 따르기로 마련이다. 문장의 진체眞諦는 빈천貧賤이란 말인가. 이 반면에 '사후부귀死後富貴 생전문장生前文章'이라는 것이 있다. 한평생 정성으로 돈을 모으되 자신의 의식도 넉넉히 하지 않으면서 스스로의 마음을 아껴 그 누만累萬의 적재積財를 좋은 일에 바치고 가는 사람이 '사후부귀'死後富貴이다. 생전에 그 마음의 넉넉한 것 이외에 그가 빈천인貧賤人과 다름이 무엇이 있던가. 죽기 전에 제 재주의 백 배 천 배 값을 울궈먹고 허명虛名을 얻어 거드럭거리다가 사후에는 요료무문寥寥無聞한 문인 학자가 있다. 이게 바로 생전문장이다. 얄팍한 학문지식을 두고는 그가 장사꾼과 다른 무엇이 있었던가. 이러고 보면 생전문장보다 사후문장이 나을 것은 물론이지만 생전부귀보다도 사후부귀가 나을 것 같다. 실상은 나을 것 같다고 생각하는 것부터가 무슨 고행사상과 같지 않는가. 이 생각에도 이면에는 여러 가지 진리가 있기 까닭이다.

우리가 근심하는 것은 생전의 부귀도 사후의 문장도 아니다. '생전무문生前無文 사후무문死後無文'― 생전에 돈이 없고 사후에 글조차 없으면 우리의 생은 어떻게 되는가. 마치 어느 인색한吝嗇漢이 생전에 돈만 알아 호사도 못해 보고 죽은 다음에 그 돈마저 부운浮雲이 되어 생전에 글 없고 사후에 돈조차 없는 신세와 무엇이 다르겠는가.

마음이 가난해야 참 부귀를 아는 법이다. 주머니가 가난하고 마음조차 가난한 오늘의 서실書室이 어찌 나의 부귀가 아니겠는가. 돈 모으듯이 돈을 쓰면 부귀문장의 도가 양전兩全하리라. '군자자석기심'君子自惜其心이라니 그 마음 하나이면 족하지 않은가.

뜻 두고 정성만 기울이면 문장은 꼭 몰라도 호학好學의 이름쯤은 들을 수 있다. 그러나 생전에 부귀란 선비에게 좋은 의미의 가능성은 주지 않는다. '소인기'小忍飢의 청복淸福이 제격이 아니겠는가.

'문장출어곤궁'文章出於困窮이라지만 곤궁해서 다 문장이 되는 건 아니다. 그러나 문장이 곤궁한 것은 떼어 놓은 당상이니 '곤궁출어문장'困窮出於文章이라 해야 마땅하리라.

곤궁困窮의 지족知足 ── 난세의 부귀는 이것뿐이다.

── 1958. 10. 17, 《고대신문》

금심수장錦心繡腸

어떤 이 와서 조용히 묻되, "내 듣건댄 시인은 금심수장錦心繡腸이라 하니 죽으면 마땅히 극락이나 천당에 갈 것이 아닌가"라고….

내 두 손을 비비며 웃어 가로되 "들은바 이 땅의 시인은 다섯 줄 글쓸 종이가 넉넉지 못하고 따끈한 술 한잔커녕 고요한 마음으로 차 한잔 맛볼 힘이 없다니, 죽어 극락에 가기 전에 시인은 마땅히 살아 북해도로 간다더라"고.

객이 또한 웃으며 가로되 "경經에 이르기를 살아 대도를 얻지 못하면 길이 육도六道에 윤회한다더니 꾀꼬리 같은 시인의 생사가 어이 이리도 함께 슬프뇨."

내 무연憮然히 탄식해 가로되 "시인이 비단 마음 수놓은 창자 대신에 금심수장禽心獸腸을 넣으면 살아 천당에 오를 수도 있으려니와, 어중이 떠중이 시인으로서야 환장換腸이 어찌 쉬운 일이 되리요. 축생처럼 천지에 구차히 사는 것이 본회本懷니라"라고. (辛巳 舊稿)

일제 말기라 시인들은 병정으로 안 끌려가면 북해도로 끌려갔으며 환장한 시인들은 '황도문학'皇道文學 일조一朝의 영榮에 휩싸인 때가 있었다. 동란 후에는 얼마나 많은 시인들이 소제蘇帝의 병정으로 잡혀가고

시베리아로 끌려갔으며 환장한 시인들은 또 얼마나 많았는가. 고여시
금여시古如是今如是 — 시인의 금심수장錦心繡腸을 어디서 찾노.

— 1953, 《신천지》

금치유한 金齒有恨

나는 앞 이빨 두 개 사이가 조밀하지 못하여 항상 만나는 사람마다 이를 해 넣으라는 권함을 받는다. 이래爾來 6, 7년 사이에 그대로 이 뜻을 이루지 않고 온 것은 뻐드렁니로 내가 악인이 아니라는 표치標幟를 삼으려는 것이 아니라 어쭙잖은 내정內情이 우습게 고집이 된 듯하다.

"자네 그 이를 넣지 않고는 재수가 도무지 없을 테니…." 하는 촌로가 있더니 이도 큰 거짓말은 아닌 듯, 외모와 재수에 통히 이利될 것 없는 노릇을 딱 고치지 못함은 게으른 탓밖에 또 무슨 이유가 하나 있을 성싶기도 하나 이를 뭐라고 해야 할지 말이 잘 생각나지 않는다.

시인 서정주도 나보다 좀 심한 뻐드렁니로 자못 입술을 뚫고 나온 이빨이 보이기까지 한다. 만나면 함께 금니를 하나씩 끼워 보자는 얘기가 나온다. 이 의논도 3, 4년째 계속되는가 본데 정주사백廷柱詞伯도 여전히 반이나 흔들거리는 이빨을 달고 있었다.

금니를 박을 돈이 있으면 하루 저녁 술값이 오히려 넉넉하니 언제 이 시인에게 밥 먹고 술 마시고 남는 돈이 있어 소원하는 금니를 넣을 건가. 삼류 갈보도 능히 할 수 있는 일을 시인이 못하는 것은 무슨 때문인가.

그도 역시 못 넣는 것만이 아니라 안 넣는 까닭이 있는 모양이다. 누가 나더러 금니를 넣지 않는 뜻을 묻는다면 나의 대답은 다음과 같을 수밖에 없으리라.

"가뜩이나 웃고 싶은 세상에 금니까지 박으면 사철 입을 벌리고 살아야겠으니 이 노릇이 무서워 못하노라"고. (辛巳 舊稿)

6 · 25 난리판에 내가 금니를 넣고 말았다.

동시童詩를 잘 쓰는 탓인지 시인 목월木月은 치통에도 대가다. 종군의 즈음에도 이를 앓곤 하는 목월은 대구에서 같이 머무는 동안 치과에를 자주 드나들었는데 심심해서 같이 놀러 가곤 하다가 그가 금니를 몇 개 넣을 무렵에 나도 목월의 권勸으로 10년 절개를 꺾고 금니를 맞추고 말았다.

"내 이빨과 같은 빛이 없느냐?", "금니 아니고는 더 좋은 게 없느냐?"고 따져도 백금은 비싸고 싼뿌라는 검어지면 보기 숭하니 금이 제일 낫다는 것이다. 그래도 싼뿌라를 택하고 말았다.

나의 이 쓸데없는 고집에 의사는 웃으며 타협안을 제출하였다.

싼뿌라로 테두리를 하고 가운데다 금으로 가느다란 기둥을 세우자고…. 그만 그렇게 해 달라고 응낙하고 말았다.

그러나 분分 아닌 금치金齒는 마장魔障이 많았다.

나는 그 금니를 해 넣기 전에 종군을 가서 일사천리로 서울에 입성하게 되었고 또 평양으로 뛰어가게 되었다. 그 해 12월에 평양에서 돌아와 대구에서 부쳐 온 금니를 끼우고 나니 도무지 내 이빨 같지 않고 불쾌해서 금니 넣은 것을 후회하였다. 외모와 재수에도 아무 이로움이 없다. 역시 지난날 나의 반금치변反金齒辯은 진리였나 보다.

난리판에 재앙이 거듭되어 기가 막힐 지경이어서 문득 어이없는 실소失笑로 나를 지탱하고 있는 판이기에 말이다.

정주사백도 어느새 의치가 여러 개, 목월은 충치 때문에 한 틀을 넣어 그야말로 발본색원을 했다. 그래서 그런지 두 사람이 다 웃음이 많아졌다.

금치유한金齒有限 — 울고 살 적에는 그래도 행복하던 날인가 보다. 웃고만 사는 오늘이 한스럽다. (癸巳 暮秋)

— 1953,《신천지》

항문중어구 肛門重於口

이것도 환도 직후의 일이다. 흙일을 하려고 보니 흙을 이길 물이 없었다. 구정물과 개천 물을 모으고 이웃집 샘 바닥을 긁어 간신히 일을 끝내었다. 피란 중에 살던 대구 남산동이 또한 물 귀하기로 이름이 높은 데다가 임진년 가뭄은 드물게 보는 대한大旱이라 발 씻을 물은커녕 갈증을 면할 물 한 방울도 구하기 힘들었다. 내가 지금 15년을 살고 있는 성북동 일대가 그렇다. 오나가나 물 곤란에 반생半生이 명실공히 건조무미였다.

흙일을 다 마치고 난 황혼에 일꾼과 더불어 막걸리를 받아다 해갈을 하고 마루에 누워서 헌 신문을 뒤적였더니 누차 거듭된 바 있는 수세식 변소 장려의 담화가 눈에 띄었다. 문명국가가 되자면 더러운 똥을 멀리해야 할 것인데 농사짓는 비료도 인분이 큰 몫을 차지하고 보니 똥 푸는 우마차가 새벽잠을 깨워도 도리가 없는 일이다. 그보다 더 답답한 일은 마실 물도 없는 판에 똥 씻어 내릴 물이 어디 있는가 말이다. 변소의 똥보다 뱃속의 똥을 씻어 내는 것이 선결문제가 된다.

비만 조금 와도 하수도가 메어 광화문 네거리에 물바다가 되는 것을 보면 변소만 수세식으로 개량하는 날엔 길거리에 똥물이 넘치리라. 입에 들어갈 물 걱정보다 변소 칠 물 걱정이 앞선다면 이는 항문을 입보다 중시하는 격이 안 될 수 없다.

요즘 명색 수도란 것이 또 가관이다. 격일 일회 배수配水인데 그도 시간의 제한이 짧은지라, 나 있는 곳은 밤 열시 반에 불그스름한 녹물 한 지게를 받으면 그것으로 그만이 되고 만다. 배수시간이 끝났다는 것이다. 대서울특별시는 무엇을 하며 시의회는 무엇을 하며 동회는 무엇을 하며 정부는 무엇을 하는 겐지. 시민의 생활을 위해서 해야 할 것은 별로 하는 것 없이 세금은 경치게 호되다. 문명국 수도의 체모體貌를 위해서 수세식 변소 시설의 기초공사로 우선 먹을 물부터 줘야 할 것이다.

과연 항문은 입보다 중한가. 부否라! 아직이 아니라 영원히 백성의 입은 계돈견마鷄豚犬馬 따위의 항문보다 확실히 존귀하다. 민정民情에 눈 감은 독선獨善의 호사는 기실 변소 치레일 따름이다.

피란 가는 배 위에 권문權門의 개 한 마리 때문에 사람이 못 탔다는 남의 나라 얘기가 왜 이다지 마음에 끼이는가.

— 1956. 5, 《신태양》

아첨지도 阿諂之道

아첨하는 방법이 무궁무진함은 우리 같은 어리석은 사람으로선 가위^可 ^謂 상상을 절하는 바 있거니와 가린가증^{可憐可憎}의 아첨이 때로는 기상천 외의 격을 이루어 포복절도하게 함으로써 가애^{可愛}의 경지를 여는 수가 있다. 수많은 아첨의 도를 몇 가지로 대분^{大分}한다면 무릇 세 가지의 유 형으로 나뉠 것이다.

첫째가 굴신지족^{屈身舐足}의 방법, 둘째가 반신가공^{反身假攻}, 셋째가 변 신일침^{變身一針}의 방법이다. 첫째 방법은 가련한 아첨, 둘째 방법은 가 증한 아첨, 셋째 방법은 가소^{可笑}의 방법이다. 이제 이 세 가지 방법의 실례 하나씩을 들기로 하자.

어떤 세도재상^{勢道宰相}의 집에 벼슬자리 구하러 다니는 문객이 수십 명 있었다. 어느 날은 그 재상의 어린 아들이 붓글씨를 썼는데, 이것을 호기로 해서 그 재상 앞에 아첨 경연이 벌어졌다. 필력이 비범하다느 니, 벌써 대가의 풍격이 있다느니, 왕우군체^{王右軍體}니, 안진경체^{顏眞卿} ^體니, 입에 침이 마를 정도로 가련한 아첨이 속출했다.

이때 좌중에 묵묵히 앉아 있던 한 사람이 다른 사람의 찬사가 끝날 무렵에사 돌연히 정색을 하고는 글씨 쓴 아이를 그 아버지 재상 앞에서 꾸짖기 시작했다.

"너 이 글씨가 무슨 꼴이냐. 일전에 내 앞에서 쓰는 걸 보니 이것보다 훨씬 낫게 쓰던데 이건 공도 안 들이고 함부로 쓴 게 아니냐"고.

반신가공反身假攻의 한 수 높은 아첨이었다.

이것도 어느 재상집에서 일어난 일이다. 어느 날은 주인 재상이 만좌한 손들 앞에서 자작시 한 편을 읊겠다고 하였다. 손님들은 아첨의 호기가 도래한 것을 기뻐하면서 어서 시를 읽기를 초조히 기다리고 있었다. 재상이 막 소리를 내어 시를 읽으려 하는데 갑자기 말석에 앉았던 시골 선비 한 사람이 소리쳤다.

"참 좋습니다. 참 잘 지으셨습니다." 하고.

석중席中이 모두 눈이 둥그래져서 아연하고 있을 때 주인 재상이 그 선비에게 물었다.

"시를 아직 읽지도 않았는데 좋은 건 어떻게 아는구?"

그 대답이 걸작이었다. 그것이 바로 변신일침飜身一針 최고의 아첨이었다.

"대감께서 시를 다 읽으시면 대감 가까이 앉은 분들이 먼저 갖은 찬사를 다 할 테니 시생侍生한테야 어디 좋습니다란 말 한 마딘들 차례가 돌아오겠사옵니까. 그러니 시생은 미리 좋다고 해 두는 것이올시다."

만좌가 파안대소를 하였다는 것이다. 그 선비는 이 일이 인연이 되어 그 재상에게서 벼슬 한 자리를 얻었다는 것이다.

아첨도 이렇게 멋있는 풍자를 곁들일 양이면 가히 사랑할 맛이 있지 않는가.

— 1957, 《신태양》

애국적 미신迷信

미신에 애국적 미신이 있다면 모두들 실소할 것이다. 그러나 애국적 미신이란 게 분명히 있다. 미신은 미신인데 그 신앙의 바탕에 하염없는 민족의식의 불길이 깃들여 있는 것이 보이기 때문이다. 어찌할 힘은 없고 구국적 영웅의 출현을 신앙에다 붙여 대망待望하고 자위하는 심리, 그것은 어리석다면 어리석지만 눈물겨운 게 사실이고 그 신앙 때문에 외적이나 폭정이 일시의 가정假定이라는 불신不信의 힘을 지킨 공덕도 간과할 수 없기에 말이다.

어렸을 때 흔히 들은 얘기다. 어느 시골에 이상한 사람이 나왔는데 겨드랑이 밑에 날개가 돋쳤더라고ㅡ. 이건 장순데 장차 우리나라를 독립시킬 사람이기 때문에 일본 놈들이 잡으러 찾아다닌다고 동무들이 수군대던 일이 생각난다. 장수가 나면 용마龍馬가 난다는 동화를 우린 사실로만 믿고 자랐다.

또 어느 땐 사명당이 서울 거리를 지나갔다는 얘기도 들었다.

"아니 사명당은 임진란 때 승장인데 몇백 년이 지난 지금에 사명당이 지나가다니?"

"아니야, 사명당은 죽지 않았대, 죽어 환생을 한 게 아니고 그대로 숨어 있으면서 때가 오면 우리나라를 다시 찾는다는 거야."

이것도 우리가 어렸을 때 들은 얘기다. 관우關羽 신앙 모양으로 사명당도 확실히 호국신으로 신앙했던 것이다. 그러길래 서울 세종로에 전차가 스톱하고 회오리바람이 불어 가는 것을 사명당이 간다고 믿었던 것이 아닌가.

아닌 게 아니라 해방 후에 학교에서 《임진록》을 가르치다가 그 주인공 사명당의 외교사절로서의 성공을 과장하여 종횡무진의 신도력神道力으로 일본놈들과 그 국왕의 항복을 받는다는 허황한 얘기에 미소를 머금지 않을 수 없었다. 싸움에는 지고 짓밟힌 민족사의 오기는 풀 길 없고 하니, 허구의 설화로 맘껏 복수하고 통쾌히 여긴 그 작자와 독자의 심리에 만폭萬幅의 동정과 이해가 가는 게 사실이었다. 《임진록》의 작자는 지식인이 아니었다. 강홍립姜弘立, 김응서金應瑞를 유성룡柳成龍보다 먼저 죽은 사람으로 만든 시대착오만 보더라도 말이다. 그야말로 서민의 소설이었다.

고故 죽암竹岩 장철수張澈壽가 이런 말을 했다.

"정감록, 그거 민족불멸론이야. 송도 왕王씨 오백년, 한양의 이李씨 오백년, 계룡산 정鄭씨 칠백년, 가야산 조趙씨 천년, 전주 범范씨 육백년…. 이런 차례로 왕조가 바뀐다니 누가 임금 노릇해도 우리 민족이 대승代承하는 것 아닌가. 왜놈이구 어떤 외국놈이구 들어와도 진짜 왕조는 안 된다는 게니 민족불멸론이지 뭐야?"라고.

《정감록》을 믿는 사람은 상당히 많다. 여기에 착안하면 정당도 하나 나올 법하다고 했더니 아니나 다를까 그런 정당도 이미 나온 모양이어서 말썽을 일으켰다. 《정감록》을 믿는 사람들은 지금도 이사移徙는 논산 강경 쪽으로 가야 한다고 한다. 계룡산 도읍에의 꿈이다. 새 기운이 뻗친 곳으로 가야 한자리 한다는 말이리라. 서울 가 사는 사람은 다 한자리 한다면 그 일도 큰 일, 아무리 애국적 미신이라고 하여도 이쯤 고

집하면 곤란하다. 정 도령이 나온다니, 언제 나올지 모르는 그 친구만 기다리다가 모든 정부를 다 불신하게 되면 이건 애국적 미신이 아니라 망국적 미신이 되겠기에 말이다.

"정 도령이 반드시 정鄭가라야 하나. 대통령 칭호를 정 도령正道領이라 고치면 되지!"

이런 재미있는 농담도 있다. 이것도 죽암竹岩의 말이다.

《정감록》 얘기가 나왔으니 말이지, 6·25 동란 때는 기상천외한 해석도 많았다. 비결이란 만든 사람보다 푸는 사람이 더 용하다더니, 듣고 보면 그럴싸한 것도 많았다. 진인眞人이 출어해도出於海島랬는데 그 진인이 누군가 했더니 UN군을 파한派韓하게 한 트루먼 미국 대통령이더라고. 트루먼이 진인 — True man 아닌가 말이다. 이건 6·25 때 피란 중에 듣던 얘기다. 비결을 만든 사람은 그때 벌써 영어도 알았던 모양이다. 영어는 몰랐더라도 풀이가 그렇게 나오도록 한 것이 신통한 일인지도 모른다. 이러다간 UN은 또 궁을ㅋ乙이라고 볼 수도 있지 않는가. U는 줄 없는 활, N은 을乙을 옆으로 쓴 것이라고 —.

UN군의 인천 상륙도 비결에 있다고 한다. 비결을 뒤져보니 "천소홀 박어 인부지월야天旤忽泊於仁富之月夜 만성성치어 수당지광야萬姓成峙於隋唐之廣野"라고 있었다. 인천 상륙은 추팔월달 밝은 때였지. 인천 부평의 달밤에 배 1,000척이 홀연히 대었다지 않나. 수당의 들에 만성이 재를 이루었다는 게다. 수당의 야野라기에 만주 벌판에 중공군이 나온다는 말인가 했더니, 다른 비결에는 수당지야隋唐之野는 수원 남양南陽이라고 세주細註가 붙어 있는 것도 있었다. 어느 것이 맞는 건지?

경상도에서 냉면 맛, 수심가愁心歌 창이 제대로 나는 곳은 풍기뿐이라고 한다. 비결을 믿고 십승지지十勝之地를 찾아 이주해 온 평안도 후예가 몇 대를 살아오는 까닭이다. 병화불입지지兵火不入之地 십승十勝의 땅도 6·25 때는 회신灰燼됐다. 그래도 "임진臨津 이북이 다시 되놈의 땅이 된다"든가, "되놈의 물이 배에 가득하다"〔胡水滿腹〕라는 말이 얼마나 맞느냐고 선견지명에 자못 만족함직한 일이다.

비결이란 참 묘하기는 한 것이다. 이걸 미신이랬다가 나는 어느 노인에게 꾸지람을 들은 일이 있다. 상서相書고 지서地書고 병서兵書고 간에 동양의 술서術書는 모두 다 구경究竟은 수양서修養書로 돌아가기로 마련이다. "슬기로운 선비의 뜻은 이루어지지 않고 어리석은 여편네들의 말은 반드시 맞는다"〔智士之志未遂 愚婦之言必中〕는 구句야 어느 난세엔들 맞지 않겠는가. "지사는 발자취를 감추고 우부가 나라를 맡기"〔智士去蹤 愚夫當國〕 때문에 혁명이 터지는 게 아닌가. 그런데 또 우스운 것은 '부인무수'婦人無首니, '우부실처'愚夫失妻니 하는 구절이다.

한동안 햅번 머린지 거지 머린지, 여자들이 머릴 다 자른 때가 있었다. 곗바람, 춤바람, 장삿바람에 계집을 잃어버린 사내도 많기는 한 세월이기에 말이다.

각설하고, 애국적 미신도 이젠 기다리다가 지쳤다. 몇 진사辰巳 몇 오미午未를 속았노. 지쳐도 버리지 않는 게 신앙이긴 하지만 기다리는 동안에 세월만 잘 간다는 말이다. 지나간 뒤에 보면 잘도 맞는 것이 올 것은 눈을 닦고 봐도 보이지 않으니 답답한 일이다.

— 1962. 9. 7, 《대한일보》

임기응변臨機應變

선비는 지조를 지킴으로써 그 값이 있다. 지조라는 것은 자기의 주체를 세우고 신념에 순殉함으로써 이루어지는 것이기 때문에 시세에 따라 변화가 막측莫測하지 않고 처신이 명명백백해야 하며 권력 앞에 유유낙락唯唯諾諾하여 자기를 팔지 않아 침묵도회沈黙韜晦로 소신을 시킨다. 그러므로 선비의 지조는 천태만상의 적응과 변화보다는 전석불생태轉石不生苔라는 정립된 신념의 줏대를 귀히 여긴다.

그러나 선비에게도 임기응변이라는 것이 있다. 임기응변은 수단을 위하여 신념을 굽히는 것이 아니요, 때와 곳과 일을 따라 자기의 신념을 살리는 방향 안에서 여사餘事로 있어서 멋이 있는 법이다. 그러므로 선비의 임기응변은 충간忠諫과 훈회訓誨와 풍자로 자기에게 주어진 시련을 초극하기도 하고 해학과 기개와 기경奇警으로 자기에게 주어진 난경難境을 탈출하게 하기도 한다. 이런 뜻에서 임기응변은 신념 때문에 교주고슬膠柱鼓瑟이 되기 쉬운 고루한 선비에게 '응용자재應用自在 대기설법對機說法'의 묘와 '쇄탈뢰락洒脫磊落 불기분방不羈奔放'의 멋을 가르치기도 한다.

임기응변의 명일화名逸話는 동서고금에 수두룩하다. 여기 생각나는 대로 우리 야담에서 몇 가지 임기응변의 호례好例를 들어보자.

연산조 때 표연말表沿沫이란 분이 있었다. 어느 때 연산주燕山主가 한강 위에서 뱃놀이를 하다가 배를 타고 용산 쪽으로 내려가려 하였다. 표연말이 이때 따라갔다가 삿대를 붙잡고 간하기를 "육지로 가시면 안온安穩하고 배를 타시면 위험하온데 안온함을 버리고 위태함을 쫓음은 불가합니다" 하였다. 연산주가 화를 내어 사공으로 하여금 삿대를 뺏게 하는 바람에 표연말이 물속으로 곤두박혔다.

연산주가 즉시 사람을 시켜 건져 놓고 "네가 왜 물에 빠졌니?" 하고 물었다. 표의 대답이 걸작이었다. "네, 신이 초회왕楚懷王 신하 굴원屈原을 따라가려 했습니다"라고 해서 은근히 자기가 충간忠諫하다가 물에 빠졌다는 것을 나타내니, 연산주는 자기를 초회왕에 견주는 것이 괘씸하여 성낸 말로 "그럼 네가 과연 굴원을 보았니?"하고 힐문詰問하였다.

"네, 보았습니다. 굴원이 글 한 수를 지어 줍디다." 연산주가 "무슨 글이냐"고 다시 물었다. 표연말은 서슴지 않고 글 한 수를 읊었다.

"아봉암주투강사我逢暗主投江死이어늘 이우명군저사래爾遇明君底事來오." 한즉 연산주도 어처구니가 없어서 웃고 말았다. "나는 암주暗主를 만나 물에 빠져 죽었지만 그대는 명군明君을 만났는데 왜 물에 빠져 죽으려 하느냐"고 굴원의 입을 빌려 자기의 충간 때문에 격노한 임금을 풀어 주는 명구였다. 이 또한 충간이다. 표연말은 뒤에 김종직金宗直 문도門徒로 귀양 가서 죽었다.

기경畸警한 해학으로는 오성鰲城대감 이항복李恒福 만한 이도 드물다. 선조대왕이 한번은 이항복의 기경함을 꺾기 위해서 어느 날 다른 조신들에게는 내일 입조할 때 조복朝服 속에 달걀 한 개씩을 넣어 오라고 분부하고 그 이튿날 파조罷朝시에 선조대왕이 갑자기 조신들에게 급히 유용하니 달걀 한 개씩을 당장에 구해 들이라고 했다. 다른 조신들은 분부대로 준비해 왔던 달걀 한 개씩을 소매 속으로부터 꺼내어 어전에 드리되 오성은 홀로 드릴 것이 없었다.

만조滿朝의 눈이 오성에게 집중되었다. 이번엔 기경한 그도 녹는구나 했더니 웬걸 오성은 조금도 주저하지 않고 두 조복 소매를 후닥닥 치면서 '꼬끼오' 하고 닭소리를 외쳤다. 만조가 모두 놀랐고, 선조대왕이 그 까닭을 물었다. 오성이 가로되 "신은 암탉이 아니옵고 수탉이 되어 알을 낳지 못하와 대단히 황송하오이다" 하였다. 임금과 신조들은 포복절도하고 그의 기경에 탄복할 따름이었다.

자기의 난경을 벗어날 뿐 아니라 도리어 알 가지고 온 만조백관을 암탉을 만들어 놀려 주는 그 임기응변은 가위 천하일품이다.

이무李武란 무변武弁이 있었다. 일찍이 투필投筆하여 태안방어사泰安防禦使가 되어 도임하러 가는 길에 낮에 어느 주막에 들어 중화中火 참을 대었다. 이런 행차에는 경향을 막론하고 아무리 양반이라도 행색이 초초草草하면 자리를 피하여 주는 법이었다.

그런데 우암尤庵 송시열宋時烈이 증경대신曾經大臣으로 비루먹은 나귀에 상노 하나만 데리고 그 주막에 들어서 방어사 다음 자리에 앉으니 태안 관속官屬은 함부로 들어왔다고 시비를 걸다가 송 정승대감이란 바람에 혼이 나서 방어사에게 이 일을 말했다. 일개 방어사로 즉석 파직은 고사하고 우암 심술에 걸리면 종신 귀양은 면할 수 없는 판이다.

그러나 이무는 무변이라 호매豪邁하고 담대하였다. 우암을 보고 "뉘 댁이시오" 하고 물었다. "네, 나는 송시열이오"라고 대답하니 이무는 소리를 질러 꾸짖기를 "우암 송 선생은 도덕 문장이 당대 사림의 영수가 되어 아동주졸兒童走卒이 모르는 이가 없고 감히 그 함자를 부르지 못하거늘 노형은 시골보리 동지로 어찌 남을 속이려고 우암 선생의 함자로 행세하누, 속히 고쳐야지."

"내가 이런 무식한 사람과 같이 앉는 것이 매우 창피하군" 하고 하인을 불러 속히 치행治行하라 해서 표연히 떠나 버린다.

우암이 생각하니 평생 처음 봉변에 어이가 없었으나 한 마디 대답할 겨를도 없고 또 그 말인즉 자기를 위해 한 말이요, 무인으로서 기개가 있어 인물이 쓸 만하다고 보았다. 위에 아뢰니 평안병사平安兵使로 승탁陞擢시키고 크게 등용케 했으나 불행히 병사兵使로 작고했다.

　어느 것이나 다 뜻있고 멋있고 통쾌한 임기응변! 자기 줏대를 지키면서 이만한 파란은 일소에 부칠 만한 뱃심과 응변의 바탕이 있어야 대장부라 할 것이다.

— 1961. 7. 9, 《민국일보》

물불지간勿不之間

만취하고 깬 다음의 냉수 맛을 못 잊어서 술을 못 끊는다는 술꾼이 있다. 술은 물이지만 불기운이라, 타는 목에 넘어가는 냉수 맛이 꿀맛 같다는 것이 확실히 일리가 있다. 마찬가지 논법으로 훈장 노릇은 방학 맛에 못 버린다면 웃을 것인가. 따분하고 답답하고 고되다가 일조에 해방이 되어 누옥陋屋에서나마 안한방일安閑放逸하는 멋이 없다면 갑절 빨리 늙는 훈장살이 타는 속을 무엇으로써 잠신들 위로할 수 있을까 보냐 말이다.

그러나 올해는 방학이 너무 빨리 오고 보니 방학 아닌 방학이라서 그런지 즐겁지 않고 그저 송구스럽고 한심하기만 하다. 사실은 가르칠 게 없는 훈장 노릇이지만 그래도 무슨 얘기 몇 마디를 해야지, 방학도 아닌 때에 입술 한 번 움찍하지 않고 월급봉투를 받으니 세상에 원 이런 일도 있는가 싶어서 실소가 나온다.

"이건 완전히 불로소득이군 그래."

"아니야, 가르치지 말래서 안 가르쳤으니 물로소득勿勞所得이지."

"그거 물불지간勿不之間이다."

그러나 문자를 쓰려면 바로 써야지, 물불지간이 뭔가 수화지간水火之間이라 해야지. 불로소득不勞所得이언정 물노소득勿怒笑得하게나, 불쌍한 교수들아. 하하〔呵呵〕.

임산부가 진통할 때는 남편의 신발짝도 보기 싫다고 문밖에 내다 버리라 한다는 얘기가 있다. 공연스레 애기를 배어 줘서 남 죽을 고생을 시킨다는 원한(?)이리라. 그러나 애기 울음소리만 나면 어서 그 신발 도로 들여 놓으란다고 한다. 허물이 남편에게만 있는 것이 아닌 줄 깨닫기 때문이다.

공연히 잘못 가르쳐서 남 애먹인다고 애매한 훈장들만 탓할 일이 아니다. 싸움에 나가 나라를 위해 죽는 것은 그 자식들이니 말이다. 같이 배고 같이 기른 자식이 어지러운 살림에 부모께 항의 좀 한다고 옛날의 충효를 내세울 수는 없다.

정치도 교육이다. 학생들을 선도 못한 것은 위정자의 교육이 잘못된 책임도 반 넘어 있는 것이다. 교육과 정치가 이렇게 물불지간勿不之間에 가로놓여 있다는 것은 확실히 불행한 일이다. 어서 개학이 되어야겠다. 해야 할 일을 하지 않고 사는 것도 견디기 어렵구나. 돌돌咄咄.

주객酒客 아니라는 성명聲明

하루아침에 깨어보니 이미 천하의 시인이더라는 것은 바이런의 말이지만 언젠가 모르는 사이에 일대의 주객酒客이 되고 만 것은 나의 경우다.

시우 목월木月의 편저인 《문장강화》文章講話를 한 권 받아 보니 거기 인용된 나의 글은 거개擧皆가 술 이야기였다. 그래 내 글을 이런 걸로만 뽑아 놓았으니 후인이 보면 내가 무슨 큰 주객이나 되었던 줄 알 것이 아니냐고 그 불의의 모해(?)를 공박했더니, 목월은 웃으면서, 그래 당신 글 가운데 술 이야기 빠진 것이 몇 편이나 있느냐고 슬쩍 피하면서 도리어 역습이 아닌가.

잡지사에서 간혹 청하는 잡문 제목도 8할은 주흥酒興, 주도酒道 등에 관한 것이다. 자칭 '명정사십년무류실태'酩酊四十年無類失態 옹인 수주樹州 사백이 비록 약간 노망(?)으로 휴주休酒상태에 들어 있지만 미구에 회갑만 지나면 권토중래捲土重來하리라는 것이 저간에 누설된 기밀이요, 그밖에도 쟁쟁한 주객이 선배 중에 허다한데, 어쩌자고 새파란 젊은 놈을 익주지경溺酒之境에 몰아넣으려는 셈인지 알 수가 없다.

하기는, 술을 찾아 어울려 다닌 것이 20년이라, 일배주一盃酒 안 마시는 날이 없고 보니, 하루 한 잔씩 쳐도 7,300잔인데 어디 한 잔으로 끝나는 술이 있던가. 풋술로 거드럭거릴 때는 막걸리는 대두大斗 한 말

도 무난했고 약주는 선술로 대포 스물석 잔을 쾌음하여 입상入賞한 기
록도 있다(사실은 내가 2석이요, 나보다 두 잔 더 하여 우승한 배우 R은 8·15 전
에 요절했다). 게다가 여행을 좋아해서 도처에 주명酒名을 얻었고 글까지
술이 들어간 것이 태반이고 보니 타칭으로 주객이 되는 것도 용혹무괴
容或無怪라 할 수는 있다. 그런데도 불구하고 스스로 주객칭호를 사절하
고 혐오하는 것은 무슨 까닭인가.

첫째, 나는 폭주暴酒 20년의 주력酒歷은 있지만 아직 술이 몸에 배지
않아서 술을 마시지 않아도 실상 마시고 싶어 못 견디는 일이 없다. 마
시면 통쾌히 마시되 장취불성長醉不醒의 경지는 취하지 않은 까닭이다.
이 때문에 나는 아직도 지난 20년 동안 만여 번의 술좌석에서 일어난
일을 잊어버린 것이 태무할 정도로 불행하고 속俗스러운 기억력을 지니
고 있다. 술맛을 안 지 20년이 되어도 술이 아직 심신에 젖어 들지 않은
사람을 어찌 주객이라 할 수 있는가.

둘째, 나는 혼자서 술을 마시는 일이 없다. 좋은 안주라도 있으면 아
내에게라도 한 잔 권하고 나서 마시면 된다는 편법을 모르는 바 아니지
만, 술이란 취한 뒤보다 취하는 과정이 좋은 법인데 그 진미를 거세할
양이면 애당초에 포기하는 것이 상책이기 때문이다. 그러므로 산중에
있는 내 집을 찾아오는 손이 드물 때는 술이 썩어 버리는 경우도 있다.
어디 주객이 술을 두고 안 마시는 법이 있으며 제 안 마시면 남이라도
줘야 술을 아는 사람이 아니겠는가. 그러나 나는 혼자서는 마시지 않
을 뿐 아니라 함부로 남을 주지도 않아 아까운 술이 썩는 한이 있어도
그 술을 미리 처리하지 않는다. 술이 조금이라도 집안에 없으면 어쩐
지 서운하기 때문이다. 마시진 않아도 술이 있다고 생각하는 것만으로
든든하기 때문이다. 그만큼 나는 술 외에 더 인색할 재산이 따로 없다.
또 "되잖게 취하는 자에게 술을 주는 것은 차라리 술을 썩히는 것만도

못하다"고 믿는다.

나는 주객은 아니지만 확실히 술을 좋아하는 사람임은 자인한다. 다만 술을 좋아하는 것이 아니라 술 마신 흥취를 좋아하는 자임을 스스로 안다. 그러므로, "나는 술에 뜻이 있지 않고 흥에 뜻이 있음을 안다". 이런 의미에서 나는 영원히 주객이 못 되고 한 학주배學酒輩로서 주졸酒卒의 이름을 감수하고 싶다는 것이다. 내가 학주學酒라는 생경한 문자를 감히 쓰는 것은 까닭이 있다. 명정 20년이 아니라 학주 20년에 나는 두 가지 주덕酒德을 체득했기 때문이다.

첫째, 생래의 신경질에 편협하고 꼼꼼하던 성격이 술잔 속에서 활연豁然히 소방뇌락疏放磊落의 대도를 본 것이니, 이제는 이 만만적漫漫的인 후천적 성격이 다시 자기혐오를 느낄 정도다. "말더듬이도 취해서 노래 부를 때는 조금도 더듬지 않는다." 소심공포증에는 술이 명약이란 말이다.

둘째, 나는 희로애락 애오욕喜怒哀樂 愛惡慾의 칠정七情에 흥분되었을 때 술을 마셔선 안 된다는 도리를 배웠다. "화풀이 술을 비롯한 일체의 잠재감정을 술로써 풀거나 선동하는 것은 술의 사도邪道"라는 것을 알았다. "술은 언제나 무료와 권태의 극복을 위해서 마실 때가 상책"이란 말이다.

서상敍上한 바 연유로써 주객이 아니고 영원한 주졸임을 성명한다. 따라서, 술이 내 글 속에 절로 들어오는 것은 막지 않을 뿐 아니라 오히려 기뻐하는 바이지만 나더러 강작强作히 술 이야기를 쓰라는 청은 일체 거부할 것을 부언해 둔다.

— 1956, 《신태양》

술은 인정人情이라

제 돈 써 가면서 제 술 안 먹어 준다고 화내는 것이 술뿐이요, 아무리 과장하고 거짓말해도 밉지 않은 것은 술 마시는 자랑뿐이다. 인정으로 주고 인정으로 받는 거라, 주고받는 사람이 함께 인정에 희생이 된다. 흥으로 얘기하고 흥으로 듣기 때문에 얘기하고 듣는 사람이 모두 흥 때문에 진위를 개의하지 않는다.

"술을 마시는 것이 아니라 인정을 마시고, 술에 취하는 것이 아니라 흥에 취하는 것"이 오도吾道의 자랑이거니와 그 많은 인정 속에 술로 해서 잊지 못하는 인정가화人情佳話 두 가지를 지니고 있다.

17, 8년 전 얘기다. 친구 한 사람이 관철동에 주인을 정하고 있어서 통행금지 시간이 없는 그때에도 우리를 가끔 붙잡아 재워 주곤 했다. 그 해 겨울 어느 날 몇 사람이 어울려 동아부인상회東亞婦人商會 맞은편 선술집으로부터 시작해서 '백수'白水니 '미도리'니 하는 우미관 골목을 휩쓸고 내쳐 '백마'니 '다이아몬드'니 하는 카페로 돌아다니며 밤 깊도록 마시고 나서 어찌된 셈인지 뿔뿔이 다 흩어지고 말았다.

대취한 나는 발걸음이 자연 관철동으로 접어들게 되었다. 그 친구 집 대문을 흔들고 들어가 그 친구가 쓰는 문간방에서 방 주인이 돌아오기를 기다릴 것도 없이 그냥 잠이 들었다. 새벽에 눈을 떠보니 이건 어찌된 셈인가. 옆에 자는 사람은 친구가 아니라 반백이 넘은 노인이었다. 방안을 살펴보니 내가 노상 자곤 하던 친구의 방이 아니었다. 나는 쑥스럽고 놀랍고 해서 슬그머니 일어나 뺑소니를 치려던 참이었다. 늙은이라 나보다 먼저 잠이 깨어 있던 그는 완강히 나를 붙잡았다.

"여보 노형, 해장이나 하고 가야 피차 인사가 되지 않소?"

나는 그때만 해도 아직 소심과 수줍음이 심할 때라 이 말 한 마디에 그만 취했을 때의 야성은 간 곳 없고 망연자실하여, 한참을 서 있다가 그냥 주저앉았다. 그 노인은 내가 앉는 것을 보고는 일어나 주전자와 냄비를 들고 골목 밖으로 사라졌다. 조금 뒤에 따끈하게 데운 술과 뜨거운 해장국상을 앞에 놓고 이 노소 두 세대는 이내 담론이 풍발風發했다. 다시 술이 취한 뒤에사 알았거니와 내가 친구 집인 줄 알고 문을 흔들 때 열어 준 사람도 자기였다는 것이다. 밤은 깊고 날은 몹시 추운데 낯모를 젊은이지만 그냥 돌려보낼 수가 없었다는 것이다. 서슴지 않고 방문을 열고 들어와 앉혀 놓고 잠이 드는 내 꼴이 재미가 있더라는 것이다. 백발의 위의威儀에다가 무디지 않은 그의 인품이 엿보이는 이 노인은 자기도 젊었을 땐 그런 경험이 있다는 것을 따뜻한 표정으로 말해 주었다. 그가 장성한 아들을 꺾었다는 것도 알았다. 무척 애주가이기 때문에 젊은 술꾼인 나의 행장을 미소로 들으며 흥겨워했다.

사실은 날 재운 것이 길가에 쓰러져 자다가 어떻게 될까 하는 어버이 같은 염려도 있었지만 해장술을 한 번 같이 나누고 싶은 마음이 있었기 때문이라 하였다. 나는 그분의 성함도 모른다. 그 노인은 이미 이 세상을 떠났을 것이다. 술을 아는 이만이 서로 알아주는 그것이 바로 따뜻한 정임을 이 일로써 깨달았다.

또 하나는 바로 1·4후퇴 때 일이다. 1월 3일 밤 여덟 시에 마포를 건너 수원에서 자고 거기서 기차를 탄 것이 7일 아침에야 대구에 내렸었다. 그동안 사흘 밤을 우리는 기차 안에서 잤거니와 이 이야기는 어느 작은 역을 이른 아침에 기차가 닿았을 때 일어난 이야기다. 지붕에까지 만원이 된 피란열차가 플랫폼에 멈추자 재빠른 사람들은 모두 내려와 불을 피우고 밥 짓느라고 부산하였다. 비꼬인 몸과 답답한 가슴을 풀어보려고 비비면서 뛰어내린 나는 아주 희한히 반가운 일을 보았다.

어떤 여인이 플랫폼 한쪽 귀퉁이에 불을 피워 놓고 약주를 팔고 있지 않겠는가? 벌써 어떤 중년신사가 한잔 들이키고 있었다. 나는 얼른 뛰어가서 그저 덮어놓고 한 사발 달래서 쭉 들이켰다 (그 술맛의 쾌적했음은 평생을 두고 잊지 못하리라). 안주로 찌개 두어 숟갈도 들었다. 아무래도 미진해서 한 사발만 더 달랬더니 어쩐 일인지 술 파는 부인은 웃기만 하고 술도 대답도 주지를 않았다. 그때 둘째 잔을 마시고 있던 중년신사는 술잔을 놓고 유심히 눈웃음을 지으며,

"선생도 술은 무던히 좋아하시는구료. 목마르신 것 같아서 한 잔 권했지만 이 술은 파는 게 아니요, 부산까지 가는 동안에 이렇게 아침저녁으로 한두 잔씩 하려고 가져온 것입니다."

하면서 술을 더 못 주는 이유는 말하지 않고 손수건을 꺼내어 입을 닦으면서 일어서는 것이었다.

"글쎄 자기 피란 짐은 아무것도 꾸릴 필요가 없다면서 약주 여섯 병만 묶어 들고 나섰잖아요, 호호호."

입을 가리고 조용히 웃는 그 여인, 돈 안 받고 술을 팔던 그 여인은 물론 그 신사의 부인이었다.

술로써 오달(悟達)한 그 체관(諦觀)과 유유함이 이 혼란 중에 한층 의젓하고 멋이 있어서 부러웠다. 그는 기차가 이렇게 천천히 간다면 부산까지 가는 동안에 술이 모자랄 것이라고 걱정하였다. 둘이 마주 쳐다보고 함께 웃었다. 그렇게 아끼는 술을 말없이 주는 인정, 이것이 술을

아는 마음이요, 인생을 아는 마음이 아니냐. 파는 술인 줄 알고 당당히 손을 내민 내 행색은 지금도 고소를 불금하거니와 낯모르는 사람에게 흔연히 한잔 따루어 주던 그 부인도 인생의 진미를 체득한 것 같았다. 이것이 모두 술의 감화라고 생각하면 약간의 허물이 있다 해서 덮어놓고 술을 폄貶하는 폭력의지는 아직 술을 모르는 탓이라고 규정할 수밖에 없다.

— 1956. 3, 《신태양》

적막寂寞한 이야기

어느 술자리에서 들은 이야기다. 진짜 주객의 일생은 자기가 제일 잘 아노라고 한 이는 노기老妓였다. 그리고 그가 말한 주객의 일생은 이렇다.

자기가 젊을 때 안 술꾼이 하나 있었다. 사내다운 풍채에 돈도 있어 호기가 이만저만이 아니었다는 것이다. 이 손님이 처음 자기 집에 왔을 때는 방은 제일 큰방에 요리상도 제일 크게 기생도 있는 대로 다 가져오라고 호통을 쳐서 진탕으로 때려먹는 것이 버릇이었다는 것이다. 다음에 그가 왔을 때는 젊은 호기 대신에 말쑥한 격이 붙어서 상은 얼마짜리를 차리고 기생은 두셋 부르라 하여 점잖게 놀고 가더라는 것이다. 세 번째 그가 왔을 때는 귀공자 같은 그 모습이 여위고 조금 쓸쓸히 웃으면서 조용한 방을 찾아 작은 상을 차리라 하고 기생은 아무개만 부르라 해서 조용히 놀다가 가더라는 것이다. 장단을 치면서 내는 탄성과 머리 끄덕이는 것이 아주 어울리었다는 것이다.

몇 해 뒤 그가 왔을 때는 마루에 아무렇게나 앉아 기생도 부르지 않고 자기와 수작을 건네며 외롭게 노시다가 가더라는 것이다. 호기도 격도 모두 다 귀찮다는 듯이 착 가라앉아 버렸더라고 한다. 또 몇 해 후 그가 왔을 때는 얼굴은 나이가 먹어 늙어 주름이 잡히고 머리가 희끗희끗한데다가 옷도 몹시 초라하더라는 것이다. 방에 들어가기는커녕 마루에도 오르지 않고 신발 신은 채로 걸터앉아 한 잔 달라 하더니 안주는 아무것도 받지 않고 소금을 조금 집어서 입안에 털어 넣고는 말없이 나가더라는 것이다.

그 뒤에 그 손님은 다시 나타나지 않더라는 것이다. 그 노기의 마지막 말이 더 처량하였다.

"아마 그때 왔다 가서 이내 신선이 됐을 것이에요."

그리고 노기는 쓸쓸히 웃었다. 이 어떤 일생이 바로 호리인생壺裡人生이요, 주객의 공도公道다.

인생 일대가 노기의 신세한탄 같은 줄만 알았더니 노기가 보는 인생은 이런 것도 있더군.

— 1956, 《신태양》

주도유단 酒道有段

술을 마시면 누구나 다 기고만장하여 영웅호걸이 되고 위인 현사賢士도 안중에 없는 법이다. 그래서 주정만 하면 다 주정이 되는 줄 안다. 그러나 그 사람의 주정을 보고 그 사람의 인품과 직업은 물론 그 사람의 주력酒歷과 주력酒力을 당장 알아낼 수 있다. 주정도 교양이다. 많이 안다고 해서 다 교양이 높은 것이 아니듯이 많이 마시고 많이 떠드는 것만으로 주격은 높아지지 않는다. 주도에도 엄연히 단段이 있다는 말이다.

첫째, 술을 마신 연륜이 문제요, 둘째, 같이 술을 마신 친구가 문제요, 셋째는 마신 기회가 문제며, 넷째, 술을 마신 동기, 다섯째, 술버릇, 이런 것을 종합해 보면 그 단의 높이가 어떤 것인가를 알 수 있다.

음주에는 무릇 열여덟의 계단이 있다.

① 부주不酒 ······ 술을 아주 못 먹진 않으나 안 먹는 사람.
② 외주畏酒 ······ 술을 마시긴 마시나 술을 겁내는 사람.
③ 민주憫酒 ······ 마실 줄도 알고 겁내지도 않으나 취하는 것을 민망
　　　　　　　 하게 여기는 사람.
④ 은주隱酒 ······ 마실 줄도 알고 겁내지도 않고 취할 줄도 알지만
　　　　　　　 돈이 아쉬워서 혼자 숨어 마시는 사람.

⑤ 상주商酒 …… 마실 줄 알고 좋아도 하면서 무슨 잇속이 있을 때만 술을 내는 사람.

⑥ 색주色酒 …… 성생활을 위하여 술을 마시는 사람.

⑦ 수주睡酒 …… 잠이 안 와서 술을 마시는 사람.

⑧ 반주飯酒 …… 밥맛을 돕기 위해서 마시는 사람.

⑨ 학주學酒 …… 술의 진경을 배우는 사람 — 주졸酒卒.

⑩ 애주愛酒 …… 술의 취미를 맛보는 사람 — 주도酒徒.

⑪ 기주嗜酒 …… 술의 진미에 반한 사람 — 주객酒客

⑫ 탐주耽酒 …… 술의 진경을 체득한 사람 — 주호酒豪.

⑬ 폭주暴酒 …… 주도를 수련하는 사람 — 주광酒狂.

⑭ 장주長酒 …… 주도 삼매에 든 사람 — 주선酒仙.

⑮ 석주惜酒 …… 술을 아끼고 인정을 아끼는 사람 — 주현酒賢.

⑯ 낙주樂酒 …… 마셔도 그만 안 마셔도 그만, 술과 더불어 유유자적 하는 사람 — 주성酒聖.

⑰ 관주觀酒 …… 술을 보고 즐거워하되 이미 마실 수는 없는 사람 — 주종酒宗.

⑱ 폐주廢酒 …… 술로 말미암아 다른 술 세상으로 떠나게 된 사람 — 열반주涅槃酒.

부주不酒, 외주畏酒, 민주悶酒, 은주隱酒는 술의 진경·진미를 모르는 사람들이요, 상주商酒, 색주色酒, 수주睡酒, 반주飯酒는 목적을 위하여 마시는 술이니 술의 진체眞諦를 모르는 사람들이다. 학주學酒의 자리에 이르러 비로소 주도 초급을 주고 주졸酒卒이란 칭호를 줄 수 있다. 반주는 2급이요, 차례로 내려가서 부주가 9급이니 그 이하는 척주斥酒 반주당反酒黨들이다.

애주愛酒, 기주嗜酒, 탐주耽酒, 폭주暴酒는 술의 진미·진경을 오달悟達한 사람이요, 장주長酒, 석주惜酒, 낙주樂酒, 관주觀酒는 술의 진미를 체득하고 다시 한 번 넘어서 임운자적任運自適하는 사람들이다. 애주의 자리에 이르러 비로소 주도의 초단을 주고 주도酒徒란 칭호를 줄 수 있다. 기주가 2단이요, 차례로 올라가서 열반주가 9단으로 명인名人급이다. 그 이상은 이미 이승 사람이 아니니 단을 맬 수 없다.

그러나 주도의 단은 때와 곳에 따라, 그 질량의 조건에 따라 비약이 심하고 강등이 심하다. 다만 이 대강령만은 확호確乎한 것이니 유단의 실력을 얻자면 수업료가 기백만 금金이 들 것이요, 수행 연한이 또한 기십 년이 필요할 것이다 — 단, 천재는 차한此限에 부재不在이다.

요즘 바둑열이 왕성하여 도처에 기원이다. 주도열酒道熱은 그보다 훨씬 먼저인 태초 이래로 지금까지 쇠미한 적이 없지만 난세는 사도斯道마저 추락케 하여 질적 저하가 심하다. 내 비록 학주學酒의 소졸이지만 아마추어 주원酒院의 사범쯤은 능히 감당할 수 있건만 20년 정진에 겨우 초급으로 이미 몸은 관주觀酒의 경에 있으니, 돌돌咄咄, 인생사 한도 많음이여!

술 이야기를 써서 생기는 고료는 술 마시기 위한 주전酒錢을 삼는 것이 제격이다. 글쓰기보다는 술 마시는 것이 훨씬 쉽고 글 쓰는 재미보다도 술 마시는 재미가 더 깊은 것을 깨달은 사람은 글이고 무엇이고 만사휴의萬事休矣다.

술 좋아하는 사람 쳐 놓고 악인이 없다는 것은 그만큼 술꾼이란 만사에 악착같이 달라붙지 않고 흔들거리기 때문이요, 그 때문에 모든 일에 야무지지 못하다. 음주유단飮酒有段! 고단高段도 많지만 학주의 경境이 최고 경지라고 보는 나의 졸견은 내가 아직 세속의 망념을 다 씻어버리지 못한 탓이다. 주도의 정견正見에서 보면 공리론적 경향이라 하리라. 천하의 호주^{好酒} 동호자^{同好者} 제諸씨의 의견은 약하^{若何}오.

— 1956. 3, 《신태양》

우익좌파右翼左派

이건 해방 직후의 일이다. 천하 사람이 모두 다 일조에 혁명가와 정객
이 되어 남녀 노유가 함께 휘돌 때의 일이다. 부모 형제가 당파가 갈리
고 행주좌와行住坐臥가 무비정론無非政論의 시절이었다. 누구나 아는 일
이지만 그때는 이른바 진보적 민주주의(사실은 계급독재주의의 동의어) 란
양두구육羊頭狗肉의 그 양두인 진보 두 자 바람에 제 딴에 똑똑하다는 패
들은 모두 좌익투사연하며 독립주의자들을 우익이라 불러서 갖은 욕설
과 모해를 감행하였다.

　바로 그 무렵의 일이다. 오래간만에 만난 친구 두 사람이 거리에서
만나게 되었다. 그중의 한 사람인 급조 공산주의자는 대뜸 그 친구를
붙잡고 좌우익 시비를 주로 하는 그 정론일장政論一場을 시試한 다음 친
구의 소속을 물었다. 거기 대한 대답이 천하일품이다.

　"난 요즘도 민주당을 하네."

　묻던 친구의 놀람이 이만저만 아니었다. 그때 민주당은 한국민주당
으로 우익정당의 선봉이었기 때문이다.

　"자네같이 깨끗하게 지내 온 사람이 친일파, 민족 반역자, 미군정의
주구 노릇을 하다니 그게 무슨 말인가. 빨리 자기비판하고 탈당하게.
그게 될 말인가 글쎄…."

"난 민주당을 하지만 그래도 좌파야…."

"예끼 사람, 민주당은 천하가 다 아는 극우익인데 그 안에 있으면서, 좌파가 다 무슨 좌파야. 자네가 봉건잔재와 국수주의자에게 굴종한다는 것은 아무리 생각해도 이해가 안 되네."

이번에는 아무 대꾸도 없이 공연히 흥분하는 이 좌익투사를 이끌고 오래간만에 술이나 한잔 나누자고 옆 골목 빈대떡집으로 들어갔다. 자리를 잡고 나서 민주당파가 하는 말은 이러했다.

"여기가 우리 당 본부야."

영문을 모르고 눈이 둥그레진 좌익 씨에게 술잔을 권하면서 그는 이렇게 말했다.

"난 요즘도 막걸리를 마시네, 막걸리는 백성이 마시는 술이니 민주民酒 아닌가. 그러니 난 민주당民酒黨이란 말일세."

그제사 말뜻을 안 좌익 씨 왈,

"그럼 좌파는 또 뭔구?"

"것도 모르나. 옛날엔 선술집에서 먹으니 입파立派였지만 요즘은 빈대떡집에서 앉아 마시니 좌파坐派 아니구 뭔가?"

우익좌파右翼左派, 그는 실상 막걸리당 빈대떡파였다.

— 1956, 《신태양》

호리壺裡 입법론

내 자신의 대對 인간 사회 정책인 나의 처세관은 대개 만취해서 한숨 자고 난 새벽 그 신비한 종교적 분위기 속에서 수립한 것들이다. 그러므로, 그것은 관념의 허영이 빚어내는 유희가 아니요, 내 생리가 체험한 현실의 모든 절실한 참회에서 귀납된 내 이성의 요청인 것이다.

나의 행정기관의 실태는 감정의 병리病理가 포령布令하는 취중의 허무주의에서 비롯되고 그러한 실태의 보고는 일일이 나의 준열한 사법기관인 의지의 사념思念에 의하여 수사가 시작되는 것이다. 그리하여 죄에서 깨어난 아침의 국회 ―. 이 나의 입법기관에서 성실주의 일당이 지배하는 자비스런 독재에 의해서 가장 온건하고 정당한 법안이 통과되는 것이다. 그것이 나의 호리입법壺裡立法의 구현인 내 인생관들이다.

― 나는 요즘 취중귀소醉中歸巢의 도상에서 방향도착증에 빠진다. 내가 걸어가고 있는 방향은 반드시 내가 가야 할 곳과는 정반대쪽 길인 것이다. 우산을 들고 진창에 빠진 구두를 끌고 두 시 지난 수면의 밤거리를 헤매게 된다. 이때는 삼엄한 통행시간의 제재도 선의의 신神의 율법에 귀의하여 오직 적멸寂滅의 평화만이 있는 것 ― 집을 잃은 방황이 도리어 시대적 불안을 극복해 줘서 눈물겹게 고맙기도 한 것이다.

내가 이러한 감정의 병리에서 의지의 구속 속에서 입안한 법은 이러한 조문으로 구성되었다.

  제1조 : 술이 취해서 집으로 갈 때는 너의 취중의 발길을 정반대 방향으
      로 돌려야 한다.
  제2조 : 네 집으로 가고 싶다는 너의 취중의 감정은 너를 너의 집 아닌
      곳으로 인도하기가 일쑤다.
  제3조 : 너는 모든 일에 너의 감정이 하고 싶어 하는 바의 정반대의 길
      을 취해야 한다.

  이리하여 나는 방향도착증을 극복하는 길을 얻었고, 세상살이에 기
소욕己所慾을 시어인施於人하고 안여晏如하는 달리達理를 배우게 되었다.
  — 그러나 내가 부산으로 떠나던 전날 밤, 나는 동물의 귀소성이 제
대로 실천된 탓인지 이상하게도 방향도착증에 빠지지 않은 밤에 이 법
을 적용했다가 무진 고생한 일이 있다. 왜? 나는 정당한 귀가의 길에서
이 법안으로 말미암아 딴 길을 헤매게 되었기 때문이다. 그 이튿날 아
침 나의 입법기관은 다음의 한 조를 추가 수정하지 않을 수 없었다.

  제4조 : 단, 인생의 길에는 취해서 가는 길이 옳고 바를 수도 있다.

라고 —.

— 1952,《신태양》

통행금지 시간

통행금지 시간이란 이제 와선 아무래도 선량한 백성들에게 불필요한 우수憂愁만을 강요하는 시간이 되고 만 것 같다.

허기는 이 세상에는 착한 사람만이 사는 것이 아니고 악한 사람도 사는 세상이고 보니 법이란 것이 선량한 사람만을 상대로 하여 만들어질 수는 없는 일이지만 그래도 이 세상에는 죄짓고 사는 악한 사람보다는 죄 안 짓고 사는 착한 사람이 몇천 갑절은 더 많을 것을 생각하면 법이란 것은 구경究竟 소수의 사악한 자 때문에 대다수의 선량한 인민이 덩달아 함께 골탕을 먹기로 마련된 제도인 것 같다.

더구나 진짜로 죄지은 사악한 자는 그 법망을 펄펄 뛰어넘어 달아나고 걸려드는 것이란 알량한 송사리 떼 같은 무리들뿐이고 보니 세태인심이란 자꾸 술꾼만 늘게 하는 것 같지 않은가.

통행금지 시간도 그렇다. 포화砲火를 상교相交하는 전선의 그 삼엄한 심야와, 후퇴를 목전에 둔 최후의 도시를 여러 번 목격한 나는 이런 경우는 하루 이십사시 전부가 통행금지 시간의 긴장을 지녀야 할 것을 체험하였지만, 전쟁은 비록 끝나지 않았더라도 이러한 긴장이 반드시 필요하지는 않은 오늘에 있어 통행금지 시간을 그대로 두어 민심의 평정을 방해하는 이유가 무엇인지를 나는 확실히 알지 못한다.

어지러운 세상이니 오열五列의 침투를 막기 위함이라는 것이 그 최대의 의의라면 우리는 고소를 금할 수가 없을 것이다. 우리의 좁은 소견에는 통행금지 시간에 걸려드는 오열 따위는 족히 오열이라고 이름 지을 값도 없는 시러배 자식들이라는 것이다. 진짜로 두려운 오열이란 통행금지 시간에 섣불리 나돌아다니지도 않을 것이고 돌아다닌대도 척척 그 그물을 뛰어넘을 무엇을 가진 자들일 것이기 때문이다. 이러고 보면 통행금지 시간에 걸려드는 것은 차 시간이 되어 정거장으로 달음질치는 여객이 아니면 급환자 때문에 병원으로 달려가는 그 가족일 것이고, 그도 저도 아닌 것은 죄 없는 술꾼이 한 잔 거나한 김에 닥치는 일이 거의 전부일 것이라고 믿는다.

술꾼에게도 통행금지 시간이란 반드시 나쁜 것만은 아니다. 짧은 주머니밑천이 이 시간이 있으므로 해서 과대한 적자재정이 방지되는 수도 있으니 말이다.

그러나 통행금지 시간이 술꾼에게서 빼앗아 간 것은 이러한 물질적 이익과는 비교도 안 되는 최고의 열락을 빼앗아 간 것이다. 친구와 더불어 도연陶然히 취하여 고담준론高談峻論으로 현하縣河의 변을 늘어놓고 자정 넘은 거리를 혼자서 쓸쓸히 돌아가다가 아직도 불이 꺼지지 않은 작은 술집을 보았다 하자. 슬며시 문을 밀고 들어가 한 잔 술을 앞에 놓고 낯선 사람들끼리 말없이 마주 건너보며 서로의 인생을 상상해 보는 운치가 어떻겠는가. 그러한 깊은 밤에 눈이라도 퍼억퍽 함박으로 쏟아진다면 그 유리창을 내다보는 맛을 어찌 돈으로써 값을 따질 수 있단 말인가. 통행금지 시간은 선량한 주도酒徒에게서 이 열락을 박탈한 결과밖에 무슨 다른 이득이 있는 성싶지를 않다.

하나 술꾼 치고 악인은 없는 법이요, 또 그만큼 적응성과 준법정신도 강한 법이다.

이에 통행금지 시간이 낳은, 웃고만 넘길 수 없는 삽화를 소개하기로 하자.

그 첫째의 얘기는 주객 A 씨의 경우다. 통행금지 시간이 다가오자 빨리 귀택歸宅하려고 연거푸 수삼 배를 들이키고 일어선 것이 탈이었다. 도중에서 취경醉境에 돌입하여 서상한바 주객 통유通有의 열락悅樂을 몇 곳에서 누리고 가는 중이었다. 그의 취경은 통행금지 시간 전에 첫 주석酒席을 일어선 그 신념으로 고착되었다. 그러나 돌연 "누구야" 하는 날카로운 소리에 접한 A 씨는 엉겁결에 땅바닥을 엎드려서 기기 시작하였다는 것이다. 수상해서 달려온 순경의 재차 심문에 A 씨의 대답은 이러하였다. 그것이 명답이었다. "개에게도 통행금지 시간이 있습니까?"

술 마신 사람을 술 취한 개라고도 부르는 것을 그가 취중에 생각해 낸 것일까. 어쨌든지 A 씨는 순경의 조심해서 돌아가시라는 인사와 함께 석방된 것은 물론이다.

둘째 이야기는 주객 B 씨의 경우다. 때가 피난살이하던 시절이라 회포가 많은데다가 달 밝은 밤이요 곳이 또한 경주에 가까운 대구인지라, 만취하여 귀가 도상에 B씨는 취흥이 도도해서 노래를 부르지 않을 수 없었다. 노래에 왈 "아 — 신라의 밤이여 불국사의 종소리 들리어 온다…." 당시 유행하던 유행가의 한 구절이었다. 그때 그 큰길의 저쪽 맞은편에서도 노래가 들려오지 않는가. 그 노래에 왈 "지나가는 나그네여 발길을 멈추어라…." 동지를 얻은 B 씨는 기세 한층 헌앙軒昂하여 이제 이 친구를 붙잡고 한잔 같이 나눌 심산으로 걸음을 재촉하였다. 그러나 B 씨가 찾은 동지는 바로 파출소에서 입초立哨로 서 있던 순경이었다는 것이다.

B 씨가 순경과 악수를 나누고 즉시 석방된 것은 말할 것도 없다.

— 1957. 1, 《평화신문》

동문서답東問西答

처세비법處世秘法

노신魯迅의 수필에 이런 것이 있었던 기억이 난다.

어떤 사람이 친구 아들 돌잔치에 갔더니 내객이 모두 돌 잡는 아이에 대한 덕담 한 마디씩을 하는 것이었다. 어떤 손님은 그 아이를 한 번 훑어보더니 이 아이는 뒤에 왕후장상王侯將相이 될 것이라 했다. 주인의 술잔이 그 손에게 막 기울어졌다. 다른 손님 하나는 이 아이를 보더니 그 놈 커서 죽겠군 했다. 이 친구는 말도 채 끝나기 전에 몰매를 맞고 쫓겨났다.

다른 한 손님은 생각하는 것이었다. 그 아이가 커서 왕후장상이 되는 것은 미가필未可必인데 될지 안 될지도 모르는 일을 된다고 말한 이는 주효酒肴로 환대를 받고, 그 아이가 커서 죽는 것은 확실한 일인데 틀림없는 얘기를 한 사람은 두드려 맞는 판이니 어쩌면 좋을까. 노신의 말은 그렇다. 이런 경우에는 그 아이를 한번 번쩍 들었다 놓으면서 "아이구, 글쎄 얘가 어쩌면 글쎄 얘가…"라고 하면 된다는 것이다. 짧은 글이지만 속세의 진미를 꿰뚫은 함축 있는 말이다. 처세를 매사에 이렇게 하면 후환이 없을 것이다. 하하.

이건 일본의 얘긴가 보다. 귀신을 잘 보는 사람이 있었다. 집안에 우환이 있어 약국에 약을 지으러 갔더니, 그 약국집 지붕 위에는 그 의원의 약을 먹고 죽은 귀신 수십 명이 호곡을 하고 있더라는 것이다. "이크… 이 집에서 약 지어 갔다간 큰일 나겠다" 하고 다른 약국으로 가 보면 약국마다 그런 게 아닌가. 하루 종일 돌아다니며 약 잘못 먹어 죽은 원귀가 없는 약국을 찾았으나 영 없다는 것이다.

저녁때 한 약국을 찾으니 그 지붕 위엔 귀신이 셋밖에 없었다. 이만 하면 의술이 무던한가 보다 싶어서 들어가 문약問藥을 했다.

약을 지어 가지고 나오면서 물었다. 의원 노릇한 지 얼마나 되느냐고. 그 대답이 놀라웠다. "예, 오늘 아침에 개업했습니다"라고.

아침에 개업했는데 벌써 세 명이 죽었으니 이건 덜한 게 아니라 심해도 유분수가 아닌가.

삼 대째 의원을 세업世業으로 하는 약국이 아니면 믿을 수 없다는 말도 있지만 한의고 양의고 간에 명의가 되자면 그만큼 많이 죽여 본 경험이 없으면 안 된다. 잘 고친다는 것은 곧 많이 죽여 봤다는 얘기가 되지 않을 수 없다.

"의원이 병 고치면 북망산이 저러하랴"는 옛 글은 좀 심하다고 치더라도 인술의 뒤에는 이러한 슬픈 체험이 있는 게 사실이다. 누가 와서 나에게 이런 얘기를 하기에 나는 이렇게 말할 수밖에 없었다.

"이 사람아 그러기에 의술을 인술仁術이라 하잖나. 살신성인이란 말이야."

제 몸을 죽여서 성인成仁하는 게 아니라 남을 많이 죽임으로써 인술이 이루어진다고. 돌돌咄咄.

주객전도主客顛倒

저녁 밥상을 받고 한창 먹는 참인데 주붕酒朋하나가 찾아왔다. 밥을 이미 들었으니 술을 마실 수도 없고 술친구가 왔는데 혼자 밥을 먹고 있을 수도 없고 해서 약주를 받아 오라 해서 벗에게 술을 권하면서 먹던 밥을 마저 먹노라니 주붕이 대노한다.

"'주주객반'主酒客飯이라니 주인이 술 마시고 손이 밥 먹는다는 얘기는 들어도 이건 '주반객주'主飯客酒니 주객전도가 아니구 뭔가."

내 손을 저으며 말하기를,

"술이란 원래 주객主客이 전도顛倒해야 되는 법이야. 암말 말구 술이나 마시게나."

이윽고 밥상을 물리고 세잔갱작洗盞更酌하니 취흥이 바야흐로 무르익었다. 밤이 깊어 가니 기염을 토하던 이 친구 술상 머리에 픽 쓰러지는 게 아닌가. 상을 물리고 이불을 가져오라 호통치다가 주인이 또한 쓰러졌다.

취한 사람을 가리켜 곯아떨어진다 하더니 주객전도主客顛倒가 이 아닌가. 그렇지, 주객酒客이 전도顛倒지.

숙환宿患과 괴한怪漢

어떤 노인 한 분이 나에게 물었다.

"자네 병 중에 무슨 병이 제일 무서운 줄 아나. 이건 걸리면 꼭 죽고 마는 병이야."

나는 무섭다는 병은 모조리 주워 넘겼다. 흑사병, 호열병 등…. 그러나 이 노인은 웃으면서 종시 고개를 저었다.

"그건 숙환宿患이란 병이야. 자네 사람 죽으면 부고를 받지? 부고를 보면 죽은 사람은 모조리 숙환으로 죽지 않았던가. 숙환이란 병은 걸리면 못 낫는 거야."

"하아, 참 그렇군요. 숙환이란 게 아마 심장마비인가 보죠. 무슨 병이든지 죽을 때는 심장이 마비되니까요."

둘이서 한바탕 웃어댔다. 이윽고 이번에는 내가 한 마디 물었다.

"선생님 사람 중에 제일 무서운 사람이 뭔지 아십니까?"

이번에는 이 노인이 한참 주워댔다. 도둑놈, 형사, 기자, 기생 등…. 내가 고개를 흔들었다.

"그건 괴한怪漢이란 사람입니다. 신문 기사 보세요. 암살 하수자, 강력 테러범, 살인강도, 사람을 궂히는 놈은 모두다 괴한이 아닙니까."

둘이서 한바탕 웃어댔다.

농중진弄中眞의 세계! 은근한 가운데 침이 있고 심심 파적破寂에 교훈이 있고 웃음 속에 눈물이 있는…. 그러나 그것보다 파안일소破顔一笑가 있을 뿐 아무런 죄도 없는 이 농담은 각박한 세상에 그래도 살맛을 되살려 주는 공덕이 있다. 불역쾌재不亦快哉아!

― 1961. 6. 18,《민국일보》

나의 식도락食道樂

나는 식성이 수수해서 못 먹는 음식이라곤 없다. 따라서 아주 좋아하는 음식이 따로 없으니 식도락이랄 것이 없다. 어려서는 가정의 훈련으로 미식을 삼갔고, 커서는 술을 배워서 몹시 신경질이던 성격이 대범해지는 바람에 식성도 이 성격을 따라서 도무지 까다롭지 않게 되고 말았다. 덕분에 깊은 산촌의 험한 밥도 주인이 놀랄 만큼 먹을 수 있었고 유치장 밥이나 군대 밥도 애초에 불편이 없었다. 파냉국, 풋고추에 꽁보리밥이나 시래깃국, 된장찌개에 꽁조밥도 이따금 입맛을 돋군다. 그리고, 어느 지방 어느 나라의 음식도 음식이 맞지 않아 못 견디는 법은 없어서 여행에는 큰 다행이었다.

20대 — 해방 직전 5년간은 심한 소화불량증으로 고생하느라고 서너 끼니쯤 굶는 것은 예사가 되어 산해진미를 봐도 도무지 구미가 돌지 않았으니 식도락은커녕 먹고 싶은 것이 없었다. "신경성 위胃 아토니"라는 이 야릇한 병도 하루 저녁 마음 맞는 친구들과 어울려 호식하는 날에는 씻은 듯이 없어지고 며칠 동안 소강상태가 계속되곤 하였다. 그래서 어버이께선 나에게 '기분이스트'라는 별명까지 주셨다. 옛날 무전 여행할 땐 솔잎과 날콩으로 몇 끼니를 때울 수도 있었고, 소화불량병이 깨끗이 없어진 지금에도 두세 끼 굶는 것쯤은 능히 견딜 수 있게 되었다.

이렇게 못 먹는 음식이 없고 특별히 좋아하는 음식이 없으면서도 내가 그다지 좋아하지 않는 음식과 달게 먹는 음식은 따로 있다. 나의 식성은 고기보다는 생선을, 생선보다는 나물을 더 즐긴다. 이 말은 곧 내가 담박한 음식을 좋아한다는 말이 된다.

　돼지고기는 그 느끼한 맛 때문에, 염소고기는 노린 맛 때문에, 닭고기는 너무 약냑한 맛 때문에 좋아하지 않는다. 돼지고기는 양념장에 볶은 것 한 접시 정도, 닭고기는 다리나 모이집〔똥깨〕 구운 것 하나쯤은 감식한다. 그러니 고기는 쇠고기 편이다. 너비아니보다는 곱창구이, 간천엽보다는 육회, 편육보다는 마나가 좋다. 고깃국도 무, 배추에 굵은 파를 넣고 얼큰하게 끓인 국이면 한 대접은 혀를 치면서 먹는데, 이것도 세 끼만 거듭 먹으면 맛이 없다. 이상한 것은 내장 곰이다. 갖은 내장에 기름치와 정육을 넣어 끓인 곰은 일주일쯤 계속해 먹어도 싫증이 나지 않는 것이다. 설렁탕, 해장국이 또한 그렇다. 산돼지고기 맛이 쇠고기 다음은 간다. 노루고기, 토끼고기는 별 맛이 없다. 송치〔胎牛〕, 애저〔兒猪〕는 맛은 달아도 차마 쟁그라워 못 먹는다.

　생선도 마찬가지다. 고등어는 기름기가 많아 싫고, 잉어는 너무 달아서 좋아하지 않는다. 방어는 찜이나 구워서 한 토막, 비웃은 굽거나 된장에 넣어서 한 마리 — 그러나 요즈음 것은 비싸기만 하지 맛이 없다. 그러니 자연히 동태, 가자미, 조기, 민어, 홍어, 대구 같은 슴슴한 것을 좋아하며, 굽거나 지지거나 국 끓이거나 이런 것은 다 잘 먹는다. 생선보다는 민물고기를 더 좋아하는데, 이것도 서울 근교에서 잡은 것은 맛이 없고 흙냄새가 나기 일쑤다. 수석이 맑은 산곡의 석천에서 잡은 놈이라야 맛이 달고도 맑다. 붕어, 피라미, 모래무지, 쏘가리, 메기, 뱀장어, 미꾸라지가 좋다. 조기, 전복, 새우, 게 — 이건 영덕, 울진 쪽의 '대게'가 제일, 서해 것은 맛이 없다 — 가 또한 일미다. 김과

미역도 그렇다.

　마른반찬으로는 육포, 어란, 낙지, 명태, 건대구, 전복, 홍합을 다 좋아한다. 그중에도 마른 전복 큰 놈 두세 개를 깨끗이 씻어 물에 담가 하룻밤 재운 뒤에 채를 썰어 우려낸 물에다 도로 넣고 간장과 초를 쳐서 실고추, 실백을 띄워 먹는 '전복채'는 풍미가 상 줄 만하다.

　고기 없이는 몇 달은 지낼 수 있어도 나물 없이는 한 끼를 못 먹는다. 이른 봄에 얼음을 뚫고 솟는 강미나리라든가, 달래, 물쑥, 두릅, 도라지, 고비, 고사리는 끼니마다 놓아도 주는 대로 다 먹는다. 애호박 볶음 — 이건 첫가을 송이를 넣어 볶은 끝물의 호박이 더 좋다 — 오이나 파의 장아찌 또는 냉국은 풋고추, 마늘과 함께 온 여름 내내 식탁을 떠나지 못한다. 어려서 산촌에서 자랐고 젊어서는 절간 생활에 맛을 들인 적도 있어 산나물 맛을 잊지 못한다. 나에게 식도락이 있다면 내가 좋아하는 산채를 구해다 내가 작성한 메뉴와 요리법에 의해서 만들어 먹는 일이다. 실상 산채 식도락이란 도시 생활에서는 돈이 더 많이 드는 경우가 있다. 철에 이른 소채를 사 먹는 것도 어떤 때는 고기 값보다 비싸니 산채는 더 말할 것도 없다.

산채의 맛이란 천하일품

이른 봄부터 회나무·가중나무 등속이 잎으로부터 밥취·머구취 따위 취나물 등 산채의 가짓수는 손을 꼽기 어려울 만큼 많다. 이것들을 삶아서 참기름에 무쳐 먹는 맛, 아니면 말려 뒀다가 겨울에 국 끓여 먹는 맛은 그 향취가 천하일품이다. 여러 곳 산채를 먹어 봤지만 향기로는 내 고향 일월산日月山의 산채가 제일이었다. 일월산은 한약재 산지로 손꼽히는 곳으로서 산채가 모두 약초다. 그중에도 여름 한철의 당귓잎,

챗물(냉국)은 인단 맛이 난다.

또 '금죽'이란 산채를 말려서 쇠고기를 다져 넣고 끓인 국은 정말 향기롭다. 이 나물은 어떻게 향기가 지독한지 물에 담가서 우려내야 비로소 향기가 있지 그냥 끓여서는 너무 써서 먹을 수 없을 정도다. 이것도 점점 얻어먹기가 힘들어 간다. 위창葦滄, 춘곡春谷 두 노인이 이 나물 자시기를 원하므로 한번 가져다 드렸더니 그 선미를 감탄해 마지않으셨다. 속담에 외가가 낮아도 못 먹는다는 씀바귀는 열이 많은 체질, 봄 타는 사람의 입맛을 당긴다. 잘 먹는 고수〔香菜〕는 처음 먹으면 꼭 빈대를 씹은 듯한 것이, 맛을 들이면 어찌 그렇게 고수한지. 배추에 고수를 곁들여 참기름으로 흠뻑 무친 생절이는 입맛 없는 봄철 반찬으로 일등품이었다. 중국 요리에도 드는 것으로 큰 시장에 가면 살 수 있다.

식도락은 먹는 것보다 그 풍취에

삼월 삼질은 제비가 오는 철이다. 우리 풍속에 이날이면 묵은 먼지를 말끔히 털어 내고 사방 문을 열어 놓고 대청마루에 돗자리를 깔고 앉아 개춘연開春宴 봄맞이 잔치를 연다. 친한 벗 또는 이웃을 청해다가 간단히 차리는 까닭 없는 잔치다. 내가 한 번 이 개춘연 메뉴를 작성한 적이 있다. 그것은 모두 소채, 산채, 야채, 해채로서 나물과 패류貝類만으로 된 것이었다. 무, 배추, 시금치, 콩나물, 숙주나물, 도라지, 두릅, 고사리, 냉이, 씀바귀, 달래, 물쑥, 미나리, 생미역, 다시마, 조개, 전복, 해삼, 게 따위를 단미 또는 두세 가지를 섞어서 만든 것으로, 미나리는 '강상춘'江上春, 생미역과 달래 무침은 '산해채'山海菜, 이런 식으로 접시마다 이름을 붙이고, 진달래, 개나리, 버들개지도 곁들여 운치를 돋구었다.

좋은 가양주에 가야금 한 가락 춤 한 마당까지 있으면 흥이 이에서 더함이 없었을 것이다. 취옹의 뜻이 술에 있지 않다더니 나의 식도락은 먹는 맛에만 있지 않고 풍취에 있다.

이름난 향토 음식을 찾아다니는 것은 식도락과 강산 구경을 겸해서 별미가 있다. 영광 굴비는 서울 앉아서도 먹을 수 있지만, 순창 고추장은 말만 들었다. 평양 냉면, 전주 비빔밥은 제바닥이라 그 맛이 헛된 이름이 아니었다.

그러나 개성 소주, 철원 약주, 김포 특주란 것도 술로서는 그다지 대수롭지 않았다. 찾아다니며 마신 술로는 김천 과하주, 선산 약주, 문경 호산춘湖山春, 안동 소주, 경주 법주法酒가 제 이름 값을 가지고 있었다.

언제나 다시 남북을 종횡하며 못 가본 명산, 대천의 나물맛, 고깃맛, 술맛을 볼 것이며 숨은 벗, 이름 없는 미인들을 만날 것인가.

은둔에의 추억과 기려羈旅의 정서

나의 식도락의 밑바닥에는 은둔에의 추억과 기여의 정서가 깃들어 있다. 못 먹는 것이 없고 또 별달리 치우치게 좋아하는 음식이 없듯이 경치도 그런 것이다. 아무렇게 지나다가 주막에 들려서 한잔 기울이는 술맛에 돌연 '이것 아니다'를 발견하는 수가 있다.

이십 년 전 일이다. 경주에 갔다가 옥산서원玉山書院에 들렀더니 거기서 젊은 초면의 벗들과 만나 술을 마시게 되었다. 그때 그 주막집의 안주가 가관이었다. 부엌에서 과메기(비웃 말린 것) 두세 마리를 빼내 오더니 파를 숭덩숭덩 썰어 넣은 간장에 찍어 먹으라는 것이다. 북어 찢듯이 찢어서…. 막걸리 한 사발을 들이키고 안주를 집으려는데 구더기가 몇 마리 거기서 굼실굼실 기어 나오지 않는가. 젓가락으로 집어서 마당에 팽개치고는 한 조각 뜯어서 집어넣었다. 그 맛이 별미였다. 이 것도 식도락이라 할 수 있을까. 그러나 텁텁한 막걸리 맛의 운치로는 제대로 된 자연의 묘경이었다. 하하.

— 1962. 9, 《가정생활》

춘풍주담春風酒談
패강무정浿江無情

스물 일여덟 해란 세월이 흘렀다. 평원선平原線 철로를 놓을 무렵, 나는 그 길을 걸어서 평양에까지 간 적이 있었다. 전혀 예기치 않았던 충동적인 여행이어서 문자 그대로 표연한 걸음이었는데 돌아올 땐 죽지 부러진 새가 되어 서글피 돌아온 옛이야기다.

어느 날 다방엘 들렀다가 한 친구를 만났더니 아무렇게 써도 좋을 공짜 돈이 4, 50원 생겼다면서 어디 한번 훨훨 떠나 보지 않겠느냐고 유혹하는 것이었다. 그러지 않아도 따분해서 못 견디겠던 참인데 이게 웬 떡이냐 싶어서 즉석에서 동의하고 그 자리에 모였던 세 사람이 일행이 되어 그날 저녁 차로 경원선에 몸을 실었던 것이다. 제각기 집에다가는 강산 구경을 떠난다는 엽서 한 장씩을 띄우고 말이다.

때는 여름이요, 경원선을 탔으니 삼방三防에 내려 1박, 한잔하지 않을 수 없었고 석왕사釋王寺에 내려 2박, 대취하고 원산에 내려서 5박, 연일 호음豪飮하는 바람에 우리의 군자금은 거의 바닥이 나고 말았다. 오십 원이란 돈이면 적지 않은 돈이요, 가는 곳마다 시우들 집에서 자고 술대접도 받았는데 일행이 모두 풋술이라 경음鯨飮으로 기고 만장일 때였으니 아무런 제약도 없는 나그넷길에 무슨 절제가 있을 까닭이 없었다. 아무 때 어디서나 돈 떨어지면 돌아오고 만다는 배포였기 때문이다.

석왕사 강원講院에 있던 문학청년들의 환대와, 《백지》白紙 동인 신상보申尚寶 형이 취여醉餘에 내객을 두고 안방에 들어가자는 것을 끌어내던 일이며, 그의 첫아들이 석왕사 오백나한의 모습과 꼭 같으니 훔쳐 온 게 아니냐고 놀리던 일이며, 《시학》詩學 동인 임백호林白虎 형이 그 파리한 모습으로 시렁 가득히 손수 제본하여 쌓아 둔 자작시고自作詩稿를 내어놓고 있던 일이 아직 기억에 생생하다. 이 두 시우는 그때 그 대면이 마지막으로 이미 다 고인이 되었다.

원산의 첫날은 《초원》草原 동인들과 어울렸다. 시장에서 어물전을 하는 남석종南夕鍾 형을 찾아갔더니 그는 북어北魚 한 쾌를 둘러메고 일어나 동아양조장(?)이란 데를 안내하였다. 강홍운康鴻運 형이 지배인인가 그런 자리에 있었다. 두 사람 다 초면이요, 우리 일행 중의 이낙훈李洛勳 군이 이들과 친면이 있었던 것이다. 주객 다섯 사람, 그들은 주객이었기에 소주독 앞에 꼭지를 틀어 놓고 북어 안주를 해서 컵으로 수도를 받아 마시듯 술을 마셨던 것이다. 결과는 불문가지지 새벽에 깨어 보니 주객이 모두 마룻바닥에 쓰러진 채 코를 골고 있었다. 석종夕鍾은 그 뒤 소식을 모르지만 〈노방초〉路傍草의 시인 강홍운은 해방 후 이른바 '응향'凝香 사건으로 원산에서 호되게 얻어맞은 한 사람이었음을 월남한 구상具常 형을 통하여 들었다.

원산을 떠난 우리는 고원군高原郡 성내역城內驛 — 그게 아마 종착역이었을 것이다 — 에서부터 우리의 무전여행은 시작했던 것이다.

북관北關길은 험한 산골길이었다. 조, 기장, 옥수수 밭만 잇달은 그 산길을 뻐꾸기 울음을 따라 가노라면 마을은 산촌散村, 논농사가 아니니 모여서 살 필요가 없나 보다. 집들은 오 리에 하나, 십 리에 하나, 해가 아직 많이 남았는데도 더 가면 잘 곳이 없다 해서 긴 여름날을 사십 리 정도 걷고는 촌가에 들어가자고 가는 것이었다. 인심은 후해서 두둑한 조밥에 강냉이 국수 대접이 융숭했고 떠날 때는 점심을 먹으라고 팔뚝만한 옥수수를 대여섯 자루씩 주는 것이 고마웠다. 조밥도 옥수수도 어떻게 부드러운지 남도의 그것처럼 고소하지 않고 찰기는 없으나마 먹기에 깔깔하지 않아서 좋았다. 이른 새벽에 길 떠나 해 돋을 무렵의 샘가에 앉아서 아침 식사로 먹는 옥수수 맛은 꿀맛 같았고 그나마도 떨어지고 인가조차 없는 곳에서는 솔잎과 날콩을 씹어서 허기를 면하던 일도 생각난다.

그런데 참 희한한 것은 이 길에서 고향 사람을 만난 일이다. 철로공사에 노무자로 남선南鮮서 모집해 온 일꾼들의 합숙소에 들러서 하룻밤을 묵다가 그들의 투전판에 개평을 얻어 심심풀이를 하는 참에 사투리가 비슷해서 물어봤더니 한 고을 사람이 아닌가. 나는 거기서 오래간만에 남도 막걸리를 마실 수 있었다. 남쪽 일꾼은 소주를 잘 못 마실 뿐 아니라 막걸리가 없으면 일을 못 한다 해서 막걸리 도가都家가 임시로 생겼던 것이다.

웬 터널은 그렇게도 많은 겐지 어떤 것은 한 시간 남짓 걸은 것 같은데 출구가 바늘구멍만큼 보이는 것도 있었다. 캄캄한 굴속을 터널 벽을 만지면서 걸어가다간 군데군데 만들어 둔 대피소에 철벙하고 빠지기도 하고 고생이 말이 아니었다. 이렇게 해서 몇 날이 걸렸는지 신문도 달력도 없으니 우리는 날짜를 이미 까맣게 잊고 있었다.

양덕陽德, 맹산孟山, 덕천德川, 순천順川을 거쳐 어느 날 오정 때쯤 우리는 평양성平壤城엘 들어갔던 것이다. 시장기를 면하려고 우선 호떡집에 들어가 꿀 넣은 놈 한 개씩을 먹고 세 사람이 주머니를 터니 단돈 십이 전뿐이라 삼 전이 모자라서 호떡집 주인에게 사정을 해도 막무가내였다. 무전취식의 고발로 드디어 파출소에 끌려가서 엉뚱한 신원조사를 받고 우리의 행정行程에 의혹을 받아 고생은 다른 각도로 만연되고 말았다. 간신히 혐의가 풀리고 호떡집에서까지 석방된 것은 황혼이었다.

평양에 오거든 한번 찾으라던 R의 말이 생각나 그의 집을 찾았더니 공교롭게도 어제 저녁 상경했다 하지 않는가. 우리가 이틀만 일찍 평양에 왔어도 그 아버지의 생일잔치를 푸지게 먹었을 것을 만사휴의萬事休矣가 되고 말았다.

우리는 무일푼의 주제이면서 홧김에 일류여관을 찾아 세수 도구뿐인 행장行裝을 풀었던 것이다. 몸이 고단하니 깨우지 말라고 미리 일러두고 그 이튿날 오정까지 숙면하였다. 실상은 점심 값이 없으니 아침과 점심을 겸하여 먹을 심산이었다.

하여간 아침을 먹고 나서 구수회의鳩首會議를 열고 작전계획을 짜내었으나 묘책이 있을 수가 없었다. 궁여의 일책은 한 사람은 누워 있고 두 사람씩 패를 짜서 교대하여 시내를 돌면서 아는 사람을 찾아본다는 그런 정도였다. 나는 두 번째 수색대로 박호진朴浩鎭 군과 동반하여 출진하였다. 그래도 여관 문을 나서자 발길은 먼저 모란봉으로 향하였다. 평양 와서 연광정鍊光亭, 부벽루浮碧樓, 영명사永明寺쯤 못 보고 가서야 말이 되느냐 말이다. 그러나 그 생각이 잘못이었다. 돈 있는 관광객, 청춘유자青春遊子의 호유豪遊에 눈꼴이 시어서 이 방랑 시객詩客에게는 장성일면용용수長城一面溶溶水와 대야동두점점산大野東頭點點山의 절경이 아랑곳이 없었다.

시내를 돌며 몇 곳 다방에도 들러 봤으나 아는 사람은 하나도 없었다. 유일의 방안이 그만 무너지고 말았던 것이다.

그런데 문자 그대로 절처봉생絶處逢生이라고 저녁 무렵에 또 한 바퀴 돌러 나갔던 박 군이 친구 하나를 붙들어 왔다. 일대日大 예술과 동창이란 것이다.

122

"하마터면 큰일 날 뻔했습니다. 난 오늘 밤차로 서울 가려고 차표까지 사 놓았는데…. 평양 구경을 제대로 못 해서 섭섭하겠지만 오늘 밤차로 같이 놀러 갑시다, 그만…."

이 친구 덕분에 호떡집 외상과 여관값 차표까지 신세를 지고 밤차로 평양을 떠나고 말았다. 냉면 쟁반 한 그릇 먹고 떠난 우리의 평양 구경은 돈 없이는 다시 평양에 안 온다는 둥 한번 다시 와서 멋지게 놀다 가야지 하고 제가끔 벼른 것이었으나 그 뜻을 못 이루고 해방이 되고 삼팔선이 가로막히고 말았다.

그 평양을 내가 또 찾게 된 것은 그로부터 십년이 지난 뒤였다.

6·25 동란이 터지고 가족과 이산하고 한강이 끊긴 뒤 간신히 도강 탈출, 대전에서부터 종군하여 9·28 수복과 함께 환도한 나는 지금의 의사당 자리에서 촛불을 켜 놓고 귀환보고 강연회를 마치고 곧 평양으로 떠나기로 하였다. 그러나 2, 3만 환 여비를 주는 공보처의 북한파견 문화반에도 내 이름은 빠졌고 정훈국에 군용차편을 부탁해 놓고 아무리 뛰어다녀도 차편 알선은 소식이 없었다. 당시의 스튜어트 미 공보원장에게 사람을 보내어 비행기 편 주선을 요청했더니 그 회답이 고마웠다.

"외국에서는 종군기자는 군대와 함께 들어가지만 종군작가들은 대개 점령지역의 치안이 확보된 뒤에 들어가는 게 보통인데 귀하는 전투경험도 무기도 없이 어쩔 셈인가?" 라고 물은 다음, "조금 기다리면 '시드니 킹스레이'가 한국전선에 취재차 올 테니 그때 동승시켜 주마"라는 것이었다.

나는 이미 마음속으로 결단했던 것을 다시 누그러뜨리고 세월없이 기다리고 싶지 않아 그에게 호의를 감사한다는 인사를 전하고 또 걸어서 서울을 떠났던 것이다. 이번에도 행장은 겨울 내복 한 벌만 넣은 배낭 하나뿐, 따라나선 동행은 정운삼鄭雲三 군과 이재춘李在春 군. 우리 세 사람 일행은 걸어서 파주 땅 봉일천리奉日川里까지 가서 주막에 앉아 술을 마시다가 평양 가는 군용트럭 하나를 겨우 잡아타게 되었다. 트럭에 탄 사람은 모두 잃었던 고향을 찾아가는 사람들뿐이었다. 그중에 무용가 옥파일玉波一 형과 그의 동행 두 사람이 타고 있었다.

한 이십 리쯤 달렸을까 할 무렵 우리는 비로소 급히 차에 뛰어오르느라 배낭을 주막에 놓고 온 것을 알게 되었다. 옥파일은 그까짓 내의쯤은 평양 가서 자기가 구해 줄 테니 그냥 가자는 것이었으나 이번 길이 그냥 평양에만 멈추어 있을는지도 모를 일이고 해서 나는 일행과 함께 기어 내려 이 군으로 하여금 자전거를 빌려 타고 봉일천리奉日川里 주막에 가서 짐을 찾아오게 한 다음 또 주막에 앉아 기다리고 있었다.

우리가 먼저 탔던 차는 평양으로 직행하는 차였으니까 그날 밤 평양에 도착했을 것이지만 두 번째 편승했던 군용트럭은 해주를 거쳐서 그 이튿날에사 평양에 닿을 예정이었다. 보슬비 오는 속에 트럭 안에 누워서 유감有感한 삼팔선을 넘었고 우리를 인솔한 중위의 고향 연백延白 촌가에서 닭을 잡은 밤참 국수 대접을 받던 일이며 온 마을이 모여서 그 중위를 환영하던 일과 몇해 만에 만난 아들을 하룻밤이나마 재워 보내지 못해 서러워하던 그 어머니의 모습도 선명한 인상으로 남아 있다.

평양 시내에는 사람이 없었다. 집집마다 대문에는 판자를 대고 못질을 하고 떠나가 버린 것이다.

부벽루浮碧樓, 연광정鍊光亭, 영명사永明寺도 옛 모양 그대로였으나 해방기념탑, 모란봉 극장, 현준혁玄俊赫의 무덤… 그리고 스탈린 거리 등 그때의 인상기와 오십 일간 내가 견문하고 체험한 하고 많은 이야기는 뒷날 다시 쓰기로 하자. 어쨌든 나의 슬픈 감회는 나와 평양과의 인연이 기구함에 대한 감회였다는 것을 말하고 싶을 따름이다. 번번이 빈손으로 오게 된다는 것과 그 오는 길이 또한 고난의 길이라는 것과 평양 와서 평양 사람을 못 만난다는 서글픔이었다.

청류벽清流壁 기슭 길에는 베치마 적삼에 소식蘇式 장총을 메고 잡혀 오는 여자 '빨치산'이 있었다.

평양서 만난 옥파일 형은 그때 자기가 타고 오던 차는 황주서 잔비殘匪의 습격을 받았는데 무기라곤 M1 총 한 자루가 있었을 뿐 그것을 지녔던 이는 그의 일행인 지池 씨여서 단신 응전하다가 여러 곳 관통상을 입고 후원소탕 차 왔던 미국부대에 실려 갔는데 필시 죽었을 것이라는 것이다. 내가 주막에 둔 짐을 찾으러 그 차에서 내리지 않고 그냥 타고 갔던들 무슨 환난을 당했을는지 모를 일이다.

어쨌든 나는 그때 평양에서 오십 일간 머물러 있는 동안 서울에서 하나 둘 뒤쫓아온 평양 출신의 친구들과 거기 남아 있던 친구들을 만나 분주한 나날을 보내게 되었다. 환락이 아닌 고역을 말이다. 중공군이 개입하고 그 포로가 잡혀 오던 때까지 나는 평양에 있다가 12월 3일에 오영진吳泳鎭 형과 같이 비행기 편으로 귀경했던 것이다.

평양 문화인 서울 시찰단의 구성과 그 스케줄을 짜려고 왔던 것이나 며칠이 못 가서 평양은 다시 함락되고 서울 시찰단의 멤버들은 피난민이 되어 걸어서 하나 둘 입경入京하기 시작했다.

애기를 또 좀 건너뛰어 그 후일담이나 밝혀 보자. 북한파견 문화반에 들어 여비를 탄 사람들은 평양반 원산반 할 것 없이 삼팔선을 넘어 본 사람이 없었다는 것과 황주黃州에서 잔비에게 습격 받았던 친구는 뜻밖에도 대구 피난 중에 고대극회高大劇會가 공연하는 극장으로 나를 찾아 왔었다. 그동안 스위스 병원선에 있다가 2, 3일 전에 퇴원하여 신문을 보고 소식을 알았다는 것이다. 그야말로 죽은 사람이 다시 살아온 격이

어서 놀랍고 반가웠다. 그러나 정작 죽은 것은 정운삼鄭雲三 군, 그는 피난에서 돌아와 신병으로 염세자살하고 말았다. 원통한 죽음이었다.

평양서 온 친구들은 정부가 떠난 뒤에는 서울에 합숙을 시키다가 정훈국에 문필소대文筆小隊를 편성하여 그해 '크리스마스 이브'에 박목월 형에게 맡겨 대구로 가도록 하고 나는 서울에 남아 있다가 1월 3일 밤 열한 시에 마포를 건너 대구로 갔던 것이다. 1월 3일의 서울 거리는 완연히 두 번째 본 평양의 거리와 같이 처량하였다.

또 여담餘談 하나. 평양에서 돌아와 보니 학교에서 돈을 줘서 김장도 해 놓고 장작도 좀 사 놓고 했는데 전국이 급전직하하니 시골서는 어른들께서 나의 가족을 일찌감치 데려갔던 것이다. 그냥 두었다가는 내가 또 6·25 때 모양으로 가족을 내버리고 달아날까 보아 염려가 되셨던 모양이다. 빈집에 밤이면 친구들과 들어와 자고 그냥 나가고 했는데 어느 날 평양 갔던 이 군이 소녀들을 데려와서 밥을 짓게 하였다. 누군가 했더니 평양 있을 때 우리가 간혹 들르던 술집에 있던 아이들이었다. 서울로 피난 와 보니 알 만한 사람들은 모두 대구, 부산으로 피난 가고 없고 고아가 되어 울상으로 거리에 섰더라는 것이다. 크리스마스까지 애들은 우리 집 합숙소의 살림살이를 맡고 있다가 평양 친구들 이동 때 대구로 함께 보내고 나는 그만 집을 비어 둔 채 시내 여관을 전전하고 있었다.

대구에 가서 나는 그 애들을 거리에서 만난 적이 있다. 영남일보사 뒤 어느 술집에 있으니 꼭 한번 놀러 오라는 것이었다. 신세진 것이 고마워서 대접을 하고 싶다는 눈치였다. 그래 한번 찾아가마고 대답은 했지만 내가 돈도 없으면서 그 애들 번 돈으로 술 한잔 얻어먹는다는 것이 점잖은 체면에 그다지 달갑지 않아 짐짓 가지 않고 말았다.

환도 후 몇 해 뒤였다. 선우휘 형이 대구에 갔다 와서 하는 말이 "그 애들이 돈을 벌어서 요릿집을 공동 경영한다는 것인데 조 선생을 꼭 한 번 모시고 오라"고 하더라는 것이다. 그 애들은 실상 평양서 당시 정훈국 분실장이던 선우 형의 안내로 갔던 술집에 있었다.

나는 또 전언으로 그래 한번 갈 테니 가거든 방 하나를 비워 두라고 했으나 영 또 못 가고 말았다.

패강무정浿江無情! 다음에는 또 언제나 평양을 가게 되는지 가게 된다 해도 평양길은 이번에도 적막할 것만 같은 예감이다.

이런 내정內情은 모르고 아무개가 평양 갔다가 기생들을 데리고 왔다 고 짓궂은 친구가 장난삼아 던진 말이 한 때 참말처럼 돌았던 일을 생각 하면 대동강의 추억은 무정한 것만은 아닌 흐뭇한 얘기도 남긴 것 같다.

— 1966,《신동아》5월호

조어 수칙 造語數則

민족어의 혈맥에 닿아야 한다.

국어정화운동國語淨化運動이 순수한 우리말 되찾기 운동을 바탕으로 하는 것은 누구나 아는 상식이다. 그러나 이 원칙을 시인하는 사람도 그 실천에는 도리어 야유적인 태도를 취하는 것은 무슨 때문인가. 하기는 가만히 생각해 보면 우리말을 되찾겠다는 뜻이 갸륵하듯이 그런 생각을 가진 이가 그 뜻을 실천함에 열중하는 것도 이해가 가는 바요, 우리말 되찾기의 원칙을 시인하는 것이 불가피하듯이 함부로 만들어 내는 말을 비판적으로 대하는 것도 부득이한 일이 아닐 수 없다. 자꾸 만드는 것을 노력하지 않으면 국어정화는 공염불空念佛이 될 것이요, 만드는 대로 다 통용된다면 국어정화운동이 그다지 어려운 일이 되지도 않을 것이다.

언어란 지극히 민주주의적인 것이어서 시비를 초월하여 사는 놈은 살고 죽는 놈은 죽기로 마련이다. 그러면 어떤 놈이 살고 어떤 놈이 죽는가. 시대와 사회 감정에 적절히 부합되는 것은 나쁜 말이라도 살고 그렇지 못한 것은 아무리 좋아도 죽는다. 또 민족어감民族語感과 어근語根에 혈맥血脈이 닿는 것은 아무리 소박해도 살고 그렇지 못한 것은 세련되어도 도리 없다.

그러나 살아 있던 말도 죽고 죽었던 말이 되살아나기도 한다. '자행

128

거'自行車란 말도 죽고 '자전거'自轉車란 말로 바뀌었다. 그러나 '자행거'
는 아동화兒童話에만 '쟁구'란 말로 남아 있다. '화륜선'火輪船이란 말은
났다가 죽고 '기선'汽船이란 말이 대신 자리를 차지했다. '자행거', '화륜
선'이라고 한말韓末에 우리가 번역했던 말이 '자전거', '기선'이란 일인日
人의 번역으로 바뀐 것은 그 정치가 이겼던 때문이다.

'빽'이니 '사바사바'니 '공갈 때리다' 따위는 나쁜 말이지만 썩은 세태
의 단적 표현으로 그 시대 사회감정에 맞붙어서 만연일로였으나 그 기
세가 차츰 수그러지고 있다. 세상이 좀 바로 잡히는 셈인가.

우리말 되찾기 운동의 선구자는 역시 주시경周時經 선생이요, 그 제
자들이 뒤를 이었다. '주시경'을 '두루 때 날'이라고 별명 지은 것이라든
지 '이화여자전문학교'梨花女子專門學校를 '배꽃 계집 아이 오로지 오래 배
움집'이라고 한 것은 그에 대한 반발이요, 풍자요, 야유이다. 해방 후
에도 '비행기'를 '날틀'이라고 한다고 누가 주장한지도 모르는 무대상無
對象의 공격이 성했던 것도 이와 같은 야유의 경향이다. 그러나 동물학
動物學을 '옮살이갈'(옮아 다니면서 산다고) 또는 '움살이갈'(움직이며 산다고)
이라 하고 식물학植物學을 '심살이갈', '묻살이갈' 이라고 명명한 학자는
실제로 있었던 기억이 난다.

그러나 학자들이 급조한 우리말은 살아서 통용되는 예가 극히 드물
었다. 무슨 때문인가. 그것은 학자들이 그 말에 생명을 불어넣는 '라이
프 기버'가 되지 못했기 때문이다. 이에 비하면 문학자, 특히 시인이
그 작품 속에 새로 만들어 넣은 말들은 살아 있는 것이 매우 많다. 단테
가 이태리 어를 새로 만들었다듯이 위대한 문학자를 통해서 그 나랏말
이 풍부해지고 생기를 띠는 것은 역력한 사실이다. 이내 이해할 수 있
는 일이기도 하다.

학자보다는 문인이, 문인보다는 민중이 말을 더 잘 만든다. 왜 그럴

까? 말이란 원래 민중이 만드는 작자부지作者不知의 것이다. 민중은 그 민족의 어원, 어감, 어법, 어속의 무의식적이요, 구상적具象的인 자각체自覺體이기 때문이다.

몇 가지 예를 들어보기로 하자. 민중이 번역한 외래어로 완전히 우리말의 모든 조건에 부합되는 말이 얼마든지 있다. 그것을 찾아서 완미玩味하면 어느 것이나 삼탄三嘆을 불금不禁한다.

'방울떡'이란 떡이 있다. 밀가루 반죽에 팥소를 넣어 동그란 두 쪽을 맞붙여 구워 낸 떡이다. 일어로 '다마고만쥬'란 것이다. 본래 우리나라에 없던 떡의 일종으로 이것을 백성들은 어렵게 번역하지 않는다. 그 형태가 방울에 흡사하니 직감적으로 방울떡이라 느꼈을 따름이다. 얼마나 감각적인가. 이건 시각적 조어造語의 일례다.

'똑딱 단추'라는 것이 있다. '호꾸'라고 불리는 단추의 일종을 번역한 말이다. 자웅 한 쌍의 금속으로 된 놈을 마주 끼우면 똑딱하고 소리가 나면서 끼워진다. 영어로 'hook'란 것이다. 이것을 뭐 그렇게 구차하게 머리를 앓아 가며 번역할 게 있는가. 소리가 똑딱하니 그것을 의음擬音하여 직감적으로 '똑딱'단추라고 번역했을 따름이다. 이건 또 얼마나 감각적이냐. 청각적 조어의 일례가 된다.

중앙선을 타고 갈라지면 단양·풍기 간의 죽령 높은 재에 특수한 터널이 있다. 밑으로 들어가 위로 나오는 비꼬인 터널이다. 이것을 그 지방 사람들이 뭐라고 하나 물어 봤더니 '따뱅이 굴' 또는 '따배 굴'이라 했다. '따뱅이'나 '따배'는 '또아리'의 사투리다. 또아리 틀듯이 비꼬아 올라갔다는 것을 '또아리 굴'이란 이 말 한마디로 다 설명한 셈이다.

학자나 문인이나를 막론하고 우리말을 되찾고 새로 만들려면 모름지기 이렇게 실감이 나게 만들어야 한다. 아무것도 어려운 것이 없이 쉽고 소박하지만 생명감이 있을 뿐 아니라 어느 의미에선 지극히 세련된 말들이 아닌가. '고요하다'는 형용사에서 '고요'라는 명사를, '새삼스레'라는 말에서 '새삼'이란 말을 끄집어낸다든가 하는 것은 문학작품에선 극히 자연스럽게 쓰이고 또 생신生新한 말들이다.

'함초롬히'란 말이 많이 쓰인다. 해방 직후엔 이 말이 무슨 뜻이냐고 질문이 많았다. 이슬이나 보슬비나 기름 같은 액체에 젖어 윤기와 생기가 도는 양을 표현하는 부사다. 기름을 '함치르르'하게 바르고라든가 비에 '호좀추레' 젖는다는 말과 어근이 같아서 신조어지만 국어로서 혈맥이 닿기 때문에 충분히 자립해서 사는 말이다.

옛말을 살리거나 새 말을 만드는 것은 필요한 일이다. 그러나 거기에는 무언의 원칙이 제약하고 있다. 야유가 따르는 조어는 그것이 어딘가 부자연한 점이 있기 때문이다. 자연스러운 말은 신조어란 표가 얼핏 나지 않고 본디 있던 말처럼 자연스레 지나쳐 듣게 되는 말이다. 이것이 천의무봉天衣無縫이란 것이다.

— 1961. 7. 2, 《민국일보》

속어 잡감 俗語雜感
언어의 악순환

편지봉투에 쓰는 호칭도 무슨 유행마냥 자꾸 달라지는 경향이 있다. 나한테 오는 편지들을 유심히 살펴보면, 요 근래는 '선생님先生任 귀하貴下'라고 쓴 것이 가장 많은 편이다. 주로 대학생, 고등학생들이 이런 투로 많이 쓴다. 실상은 '선생'이라든가 '임'이라든가 '귀하'는 각기 그것 하나만으로 편지 받을 이의 이름 밑에 쓰면 되는 당당한 것들이다. 그런데 그걸 셋씩이나 겹쳐 놓으니 아무래도 어색하다.

선생先生 두 자만 써서 정이 소홀한 성싶으면 '님' 자 한 자를 더 붙일 수는 있으나 '선생님 귀하'나 '선생 귀하'는 그대로 '선생'하기만 못하다. 또 선생님이면 선생님이지 꼭 '先生任'이라고 쓰는 것은 알 수가 없다. 선생님先生任의 '임'任 자는 한자 그 자체의 뜻과는 아무 관계없이 순전한 음차로서 이두식 표기법이다. 한자를 폐지해야 된다는 판에 이두식 표기까지 부활시킨다는 것은 역행도 유분수다. '선생님'이라 쓰지 않고 굳이 한자로 쓰고 싶다면 차라리 '선생주'先生主라고 쓰는 것이 낫다. 아버님은 부주父主, 형님을 형주兄主라고 쓰는 것은 주主자가 '님 주' 자이기 때문이다.

요즘 선생이란 호칭은 아무에게나 함부로 쓰지만 옛날에는 선비도 웬만한 선비의 문집에는 '○○ 선생문집先生文集'이라고 함부로 '선생' 자

132

를 넣지 못했다. 그러나 요즘은 선생 칭호의 값이 너무 폭락해서 장삼이사張三李四가 그저 모조리 선생이시다. 자기를 가르쳐 준 진짜 선생, 존경하는 선생께는 선생님의 님 자가 지닌 어감이 자못 다정스럽다. 제발 '님'任 자는 쓰지 말라고 기회 있는 대로 말해 오건만 '선생임귀하'先生任貴下는 만연일로蔓延一路다. 그렇게 한문이 쓰고 싶거든 선생임귀하先生任貴下라 말고 '함장주전상서'函丈主前上書라고 쓸 일이다. '생각'은 꼭 '생각'生覺이라고 틀리게 고쳐 써야 직성이 풀리고, 심지어는 '그동안'을 '그동안'〔同安〕이라 버릇없는 한자 모둠을 해야 하는 사람은 정말 딱하다.

우리가 아무 망설임도 없이 평상으로 쓰는 말 가운데도 웃지 못 할 실례, 망발을 범하는 수가 많다. '미망인'未亡人이란 말이 그 한 예다. '미망인'은 문자 그대로 아직 안 죽은 사람, 죽지 못하고 살아 있는 사람이란 뜻이니 본디는 남편을 잃은 여자의 자칭自稱이다. 남편을 하늘로 섬기고 따라서 순사殉死하던 그 관념이다. 이런 걸 가지고 혼자 된 남의 부인을 삼인칭으로 부를 때 아무 거리낌 없이 누구의 미망인이라고 부르는 것은 따지고 보면 실례도 이만저만이 아니다. 남편이 죽었는데 안 죽고 살아 있는 사람이라고 지목한다면 이 아니 포복절도抱腹絶倒할 일인가.

그러나 언어개념이란 변하는 법이다. 미망인이라는 말은 이런 원의原義를 떠나서 동정과 호의好意의 어감으로 변성되었다. 그것은 다분히 일본의 문학작품으로부터 온 인상印象일 것이다. 소이무부少而無夫를 과부寡婦라고 부르지만 과부라는 어감은 그야말로 형차포군荊釵布裙의 옛날 과부를 연상케 하는 말이요, 미망인이라 하면 40대의 고운 때가 묻은 과부를 연상케 하는 매력적인 어감이 있다. 파마머리에 소복단장을 한 조촐한 여인은 과부라고 부르기보다는 아무래도 미망인이라고 부르는 게 적절하다. 캡을 비스듬히 쓰고 파이프를 문 마도로스를 '뱃사공'

이라 불러서는 실감이 나지 않는 것과 마찬가지다. 미망인! 살아 있어서 다행한 사람이라 할 거다.

이른바 해방 신어新語로 등장한 말들 중에 가장 강력했던 것이 '빽'이요, '사바사바'요, '후라이 깐다'요, '공갈 때린다'이다. 그중에도 '사바사바'란 말은 한자까지 새로 만들어졌다. '삽'綝 자가 그것이다. 끈과 쌀과 돈의 합성자인 이 자는 음이 무엇이던가. 아마 '사바사바 삽'이라는 것이 적당할 것이다.

'공갈 때린다'는 말이 또 묘하게 변했다. 공갈은 공갈恐喝이니 협박공갈이라고 늘 붙어 다니는 놈이다. 그런데 이 공갈 때리다가 어느 틈에 '공갈 마라'로 되었다. 거짓말 말라는 뜻이다. 공갈도 속 빈 위협이고 보면 거짓말의 일종이긴 하지만 폭력적인 공갈이 아닌 일체의 거짓말을 공갈이라니 웃지 못 할 세태가 드러나서 미간이 찌푸려진다. 한동안은 이것이 사뭇 줄어서 골목쟁이의 애들이 지껄이는 걸 보면 그냥 '가알', '가알'이라고 했다. 처음엔 무슨 소린가 했더니 그게 거짓말이라는 말이다.

이보다도 더 전형적인 해방 신어는 '근사하다'는 말이다. '근사하다'는 말은 최고의 찬사로서 '근사近似하다'가 어원이다. 가장 비슷하다는 말이 최고의 찬사가 되는 걸 보면 애초에 진짜는 없다는 뜻이 된다. 진짜가 없는 세상, 불신의 세기世紀! 이보다 더 양심과 도의의 타락을 상징하는 말이 있는가. 혁명이 터졌으니 이제부턴 이런 속어를 정화하는 운동이 일어나야겠다. 나쁜 말은 나쁜 정신에서 우러난다. 좋은 말을 쓰자면 정신이 먼저 건전하고 아름다워져야 하지 않겠는가.

국어정화를 한다고 외국어를 무턱대고 우리말로 고치려는 이가 있지만 이것도 잘못이다. 우리나라에 본시 없던 것으로 외국서 들어온 나쁜 풍속을 나타내는 말을 굳이 우리말로 새로 만들 필요까지는 없다고 나는 주장한다.

'스리'를 '소매치기'라 번역해서 잘된 번역으로 통용하고 있지만 '스리'는 그냥 '스리' 대로 두는 것이 좋다. '야미'도 마찬가지다. 프랑스같이 언어정화에 유의留意를 하는 나라도 '스리'라는 말은 영어의 픽 포켓 pickpocket을 그냥 쓰려 한다.

요는 나쁜 말을 바로잡는다 하더라도 순수한 제 나라 말을 정화, 미화할 것이요, 좋은 것 불가피하게 받아들여야 할 말은 어떻게 아름답게 번역하여 통일하느냐에 노력을 기울일 것이지 우리나라에 본래 말조차 없던 나쁜 일까지 굳이 새로 만들려고 애쓸 까닭이 없다. 이것은 민족의 긍지에 관한 문제다.

남성용 피임구도 그렇다. '사꾸'나 '콘돔'이지 무슨 딴 말을 굳이 만들 까닭이 없다. 영국의 속어에 '불란서 투구'라 하는 것은 자못 운치가 있다. 이건 좀 외설하지만 그 이른바 '씩스 나인'이란 것 이것은 우리나라에도 있었던 모양이다. '퉁소 불고 전복 따기'란 말이 있는 것을 보면 말이다. 우리 민족의 유머 족으로서의 관록이 당당하다. 그 표현이 얼마나 풍류적인가. 하하〔呵呵〕.

— 1961. 6. 25, 《민족일보》

매력이란 무엇이냐

아름다운 육체와 호감

매력魅力이란 말이 완전히 우리말이 된 것은 그다지 오래 된 일이 아닐 것이다. 한자로 이루어진 말이면서도 오랫동안을 강력한 한문화漢文化의 영향 아래 자라난 우리말 속에서 이 말이 약간 생소한 느낌을 준다는 사실부터가 이 말의 성립연대의 짧음을 입증한다고 하겠다.

매력이란 말이 지니고 있는 어감 자체가 현대적 매력이 있다. 따라서, 매력이란 말이 내포한 느낌은 그만큼 서구적이라 할 수 있다. 말하자면, 매력이란 말은 영어의 'charm' 또는 'charming'의 역어譯語라고 보는 것이 오히려 타당하다는 말이다. 그러나 매력이란 말뜻이 우리나라에 아주 없었던 것은 아니다. 우선 한문으로 매력이란 말을 보더라도 그것은 '도깨비 매魅' 자와 '힘 역力' 자의 합성이므로 '도깨비 힘'이란 뜻이요, 도깨비의 힘을 우리말로 바꾸면 '호리는 힘'이 된다. 영어로 매력이란 말인 'charm'도 마력, 주력의 뜻이 있는 것을 보면 그 어의語義에 있어 완전히 상통함을 알 수 있다.

그러나 매력이란 말은 그 본뜻인 도깨비 힘이라든가 마력이란 말만으로써는 그 바른 어감이 나질 않는다. 가령 '이매망량'魑魅魍魎이니 '마'

魅니 '도깨비'니 하는 말은 우리에게 얼굴이 괴기하고, 하는 일이 흉측하다는 연상과 공포의 느낌을 준다. 그러나, 매력이란 말은 이와는 정히 반대로 우리에게 아름다운 육체와 잡아끄는 힘을 연상하게 하며 호감을 바탕으로 한다. 하기는 도깨비도 아름다운 여인으로 나타나는 수가 있고 세상에는 흉측한 사나이에게 매력을 느끼는 수도 있으니 홀린다는 사실 자체에는 본디 겁내면서도 꼼짝할 수 없도록 사로잡히는 것과 무조건으로 믿고 의심할 여지도 없이 호의로 끌려가는 두 가지 반대되는 바탕이 있는 모양이다.

이상하게 잡아끄는 힘

요컨대 문제는 '호린다'는 것과 호리어지는 것, 곧 '홀린다'는 것은 무엇인가, 왜 홀리는가, 그 홀리게 하는 힘이 무엇이냐 하는 데 있을 뿐이다. 호리는 힘, 홀리게 하는 힘이 매력이란 것이기 때문이다.

요즘 간행된 《큰 사전》에 '매력'이란 말을 찾아보면 '이상하게 사람의 눈이나 마음을 호리어 끄는 힘'이라고 풀이되어 있다. 매력은 사람의 눈이나 마음을 호리어 끄는 힘의 일종임에는 틀림없으나 그 잡아끄는 힘은 이상하게 잡아끈다는 것이니, 이상하다는 말이야말로 매력을 설명하는 데에 없어서는 안 될 말이다. '이상하게'라는 말은 '까닭 모르게'라는 말과는 다르다. 까닭이 있든 없든 그 까닭을 알든 모르든 시비 선악 이해 득실의 판단 이전에 일체의 계교計較를 용납하지 않고 무조건 끌리어 가는 것이 매력을 느끼는 이의 마음 바탕이다.

그러면 호리는 힘, 곧 매력을 가진 사람은 어떤가. 매력을 가진 사람도 자기의 매력이 무엇임을 확실히 모르는 데 매력의 특색이 있다. 매력은 지니는 쪽에서 보면 생래적生來的인 것이요, 기질적氣質的인 것이며 극히 자연적인 것이요, 오랜 경험에서 저절로 습득된 자세姿勢에 지나지 않는다. 가령, 어떤 사람이 있어 자기의 어떤 점에 남이 매력을 느끼는가를 찾아서 그것을 의식적으로 자각하고 과장할 때는 이때까지 그 사람의 그 점에 매력을 느끼던 사람도 차츰 매력을 상실하게 되는 것을 본다면 매력이란 그것을 지니는 사람 쪽에서 보아도 아주 계교計較 이전이요, 자각할 수 없는 데에 묘미가 있다고 하겠다.

도깨비 홀림과 비슷하다

역시 매력은 매력을 지니는 쪽보다 매력을 느끼는 쪽에 그 원인이 더 많이 있는 것 같다. 다시 말하면, 호리기 때문에 홀린 것이 아니라 홀렸기 때문에 호리게 되는 격이란 말이다. 홀리게 된 근거가 아주 없는 것은 아니지만 그것을 확대하고 과장하여 홀리게까지 되는 데는 매력을 느끼는 쪽에 무슨 까닭이 있다는 말이다. 다만 당자 자신이 그 까닭을 모를 따름이다.

　관솔불을 켜던 옛날에는 물론 도깨비가 사람하고 매우 가까웠겠지만 수소탄이 터지는 오늘에도 도깨비를 만난 사람이 간혹은 있는 모양이다. 술이 취해 돌아오다가 어떤 예쁜 여인을 만나 하룻밤을 정답게 지내고 깨어 보니 화장터 옆에서 자고 있더라는 얘기라든가, 어떤 힘센 친구가 깊은 밤에 도깨비를 만나 씨름을 한 끝에 그 놈을 꽁꽁 묶어 놓았다, 아침에 보니 방앗공이에 월경이 묻은 것이었다는 얘기는 우리의 고담에서 흔히 듣는 얘기다(우리 민속의 금기에 빗자루나 방앗공이에 월경이 묻으면 도깨비가 된다는 말이 있다). 도깨비가 있고 없는 것을 나는 확실히 모른다. 홀리었을 때는 도깨비던 것이 깨고 보니 하찮은 물건이었다든가, 여러 사람이 다 못 본 것을 혼자서만 당한다는 것은 홀린 사람 자신의 환각 탓인 듯한 경우가 도깨비 소동의 태반인 것 같다. 도깨비란 것이 이런 것이고 보면 도깨비 힘이란 것도 마찬가지다. 산 사람에게 홀린 것도 깨고 보면 대수롭지 않은 것을 그랬다고 픽하고 웃고 마는 수가 있으니 알고 보면 매력이란 것도 도깨비에 홀린 것과 비슷한 경우가 많을 것이다. 도깨비에 홀리면 식은땀이 흐르고 거기서 벗어나기를 원하지만 사람에게 매력을 느끼면 자꾸 끌리고 싶어지고 그 사람에게 안기고 싶어진다(이것은 이성 간이 아니라도 마찬가지다). 다르다면 이 점이 다르다고나 할까.

자기향락의 미적 쾌감

이렇게 본다면 매력은 매력을 가진 사람이 호리는 것이 아니라 매력을 느끼는 사람이 홀리는 것이 되고, 따라서 매력을 느낀다는 것은 저쪽이 나를 받아들이는 것이 아니라 매력을 느끼는 사람이 저쪽을 자기 안에 받아들이는 셈이 된다. 자기의 감정을 다른 사람의 감정으로 변형시키고 자기의 경험과 의식으로써 그것을 경험하고 의식하는 것이라고 할 수 있다. 그러므로, 남에게 홀리고 반한다는 것은 그 바탕이 자아감自我感이요, 자기 향락의 미적 쾌감이란 말이 된다. 이런 뜻에서 매력의 본질은 리프스 미학의 감정이입설로 설명될 수도 있을 것이다.

매력은 결국 매력을 느끼는 이의 내부의 욕망이 어떤 사람을 대하는 것을 계기로 하여 바깥으로 나타나려는 충동임에 틀림없다. 이 충동에는 자기 기호성嗜好性과 자기 반동성反動性의 두 갈래가 있다. 다만 우리가 알 수 없는 것은 그 충동 발현의 계기, 곧 어떤 사람의 어떤 점이 어째서 매력이 되느냐 하는 점이다. 매력이라는 것도 미감美感과 같아서 A와 B가 같은 점에 함께 매력을 느끼는 수도 있지만 A가 매력을 느끼는 것을 B는 전혀 느끼지 않는 수도 있다. 이로써 보면 매력이라는 것이 아무에게나 열외 없이 통하는 규격성이 없는 것을 알 것이다. 역시 매력은 취미판단趣味判斷에 매인 것이요, 따라서 매력을 느끼는 쪽의 생리生理와 심리心理에서나 그 근거를 찾을 일이다. 이제 매력의 본질에 대해서도 좀 언급하기로 하자.

성적 매력과 기능의 매력

첫째, '이드'란 것, 곧 성적 매력이란 것이 있으니 이것은 남녀 어느 쪽에나 일반적으로 공통되는 매력의 타입이 있다. 용모의 잘나고 못난 것이라든가, 체격의 좋고 나쁜 것, 금력이 많고 적은 것, 교양의 있고 없음과는 관계없이 독립하는 매력이다. 동물적인 매력이요, 관능적官能的 매력인 만큼 매력 중에는 가장 저급하면서도 그 견인력은 가장 센 것이다.

둘째, 금권의 매력이라는 것이 있다. 돈과 권세에 대한 매력이니 이것도 일반적으로 공통된 타입이 있다. 허영의 매력인 만큼 저급한 매력의 하나이지만 그 집착력은 무시하지 못한다.

셋째, 미美의 매력이란 것이 있다. 정상한 매력의 대표적인 전형으로 육체적인 매력과 정신적인 매력이 잘 조화된 것이므로 보통 우리가 말하는 매력은 이것인 경우가 많다. 그러나 이 매력은 일률적인 것이 아니요, 매우 개성적인 것이 특색이다.

넷째, 기능의 매력이란 것이 있다. 화술, 행동성, 전문적 기술, 예술적 재능 등이 모두 매력이 될 수 있다. 이 종류의 매력은 특수한 성격과 재능에 대한 매력이기 때문에 관능적인 것, 허영적인 것, 미적인 매력과 반드시 결부되지 않는 좀더 고차적인 매력이다.

다섯째, 인격에 대한 매력이다. 신뢰와 존경을 바탕으로 하는 이 매력은 이른바 인간적인 매력으로서 최고의 것이다. 선배를 따르거나 친구를 사랑하거나 이성간의 애정도 그 구경究竟은 이 인간적인 매력에 귀결된다. 그만큼 사람이란 너그럽고 고결하고 거룩한 가슴 안에 안기고 싶은 욕망이 있기 때문이다.

그러므로, 남성에게는 여성의 매력이 창부형娼婦型에서 모성형母性型에로 상승하게 마련이요, 여성에게도 남성의 매력은 시종형侍從型에서 군주형君主型에로 옮겨가게 마련이다. 나를 포용하고 위안하고 쓰다듬어 주는 인격의 힘이 없는 모든 사랑은 수명이 짧은 법이다. 싹싹한 붙임맛, 달콤한 행동은 매력의 시초는 될 수 있으나 그것만으로 만족해지지는 않는다. 불만을 자각할 때 매력이 풀어지기 시작하는 법이다. 그러므로, 인간의 어떠한 미세한 약점도 덮어 줄 수 있는 인격적 매력, 교양의 매력이야말로 모든 매력의 최고의 경지가 되지 않을 수 없는 것이다.

다윈에 의하면 새의 수컷의 깃털이 아름다운 것은 암컷을 유혹하기 위한 치장이라고 한다. 수컷이 암컷을 유혹하는 도구로서 깃털을 그렇게 지니게 되었다는 말이다. 그렇다면 수컷의 유혹을 당하는 암컷이 응당 그 수컷의 아름다움을 느낄 줄 아는 미감美感이 있어야 될 것이요, 따라서 수컷의 깃털은 결국 암컷의 취미, 기호嗜好 곧, 그 미감에 적응된 것이라 하지 않을 수 없다. 사람의 매력은 반드시 이러한 진화론의 관계에 있는 것은 아니지만 매력을 느끼고 매력을 지닌다는 것, 유혹을 당하고 유혹을 하는 것도 알고 보면 이와 비슷하게 되는 것인지도 모른다.

그러나 매력의 바탕이 유혹 당한 쪽에 근본적으로 존재한다는 것은 틀림이 없다. 어떤 사람에게 매력을 느끼는 경우 매력을 지닌 당자는 매력 또는 유혹이라는 의식적 작위가 없음에도 불구하고 홀렸다 하면 그것은 홀린 이가 절로 홀린 것이기 때문이다. 더구나 그 매력의 소유자를 다른 사람이 평범하게 보는 경우에 더욱 그러하다. 이러한 매력의 일방적 성격 때문에 세상에 짝사랑이 생겨나는 게 아니던가. 이러한 반면에 진실로 홀리고 보면 말하지 않아도 홀린 당사자에게 그 정성이 전달되는 것도 묘한 이치다. 따라서 거기에는 반응이 반드시 생기는 법이다. 이것이 매력의 조응성照應性이다.

　매력은 어째서 느끼느냐 하는 문제에 대해서 나는 아는 바 없다. 다만 모르면 이상하게 우연히 일어나는 게고 알고 보면 당연하게 필연적으로 일어난다는 사실 — 그것은 매력의 발생계기發生契機 문제이다. 월하노인月下老人이 무슨 인연의 실을 맺어 주는 것도 아니고 큐피드가 사랑의 화살을 쏘는 것도 아닌 매력의 발생계기는 매력을 느끼는 그 사람만이 알 것이다. 그러나 어째서 매력을 느꼈는가를 알게 될 때는 그 매력에서 깨어나고 있을 때의 일일 것이다.

— 1957,《여원》

연애미학 서설序說
주로 사랑의 구조에 대한 도설圖說

연애는 인간의 것

'연애의 인생적 의의'라는 제목을 받았다. 연애라는 것이 본디 인간만이 지니고 있는 황홀하고 애타고 말썽 많고 주체할 수 없는 오뇌懊惱의 행복인데 새삼스레 인생적 의의를 논할 필요가 있을까. 봄날의 아지랑이 속에 꾀꼬리란 놈의 암·수컷이 서로 부르고 가을 밤 귀뚜라미란 놈이 또 서로 울어대는 것이 제법 연애를 하는 것 같지만, 그것을 연애라고 생각하는 것부터가 연애를 아는 인간이 제 마음 제 감정으로 보고 느끼는 데 지나지 않는다. 동물에게는 쾌감은 있어도 미감이 없듯이 동물끼리의 사랑은 생식본능과 거기 동반하는 쾌감은 있어도 연애랄 것은 없다는 말이다. 그러나 우리가 느끼는 미감이 쾌감을 바탕으로 하는 것처럼 사람이 하고 있는 연애란 것도 같은 동물로서의 생식본능이라든가, 그런 성애性愛에 기초를 두고 있다는 것은 아무도 부인할 수가 없다. 그러나 미감이 단순한 쾌감만이 아니듯이 연애도 단순한 성애만으로 성립되는 것은 아니다. 오히려 그것을 바탕으로 하면서도 그것을 감추고 마침내 그것을 잊어버리는 곳에까지 도달하는 데 연애의 상승과 비약의 고귀성이 있기 때문이다.

이와 같이 볼 때에, 우리는 여기 임의로 설정한 '연애의 미학'이 연애미戀愛美를 말하는 점에서 편집자가 나에게 준 그 인생의 의의란 제목과 조금도 어긋나지 않음을 알 수 있다.

나는 앞에서 연애를 인간만이 지니는 고귀한 자랑이라 전제했으나, 황홀하면서 말썽 많고 즐거우면서도 가끔가다가 스스로 비극을 만드는 이 연애가 과연 다른 동물이 못하는 것이라 해서 인간의 자랑이 될는지, 아니면 영혼이 있다는 인간이 짊어진 어쩔 수 없는 숙명의 무거운 짐이 되는지를 단언할 수는 없다. 동물들은 연애감정이 없는 대신에 그 사랑에는 어느 의미에서 법도와 절제 같은 것이 있다. 조금 농담으로 말하면 동물은 교미유시交尾有時라는 원칙이 있어서 그 사랑에는 계절과 시기가 있다. 그런데 인간은 이 법도가 없는 점이 연애감정 항구지속恒久持續의 바탕이 되는 동시에 사회생활에 어쩌면 부질없는 파탄을 저지르는 듯한 사건을 터뜨리곤 한다. 어느 것이 득이고 어느 것이 실인 것은 잠깐 미루어 두기로 하자.

사랑의 어원

연애는 사랑의 일종이다. '사랑'이란 말은 오늘에 있어서 연애란 말의 동의어로 쓰이는 것이 보통이지만, 이것은 어느 한 부분이 확대되어 그 전체를 가리워 버린 경우와 마찬가지다.

마치 '에로'란 말이 '에로스'Eros에서 나와서 그 작은 한 부분의 뜻을 지니게 된 것과 반대되는 현상이다.

'연애'란 우리말 어원은 '생각한다'라는 뜻에 있었다. 다시 말하면 사모思慕와 사유思惟의 두 뜻을 아우른 것이 사랑이니 그 근본 개념은 플라톤의 '에로스'와 서로 통하는 바 있는 것이다. '생각한다'는 말의 한자가

'사랑'이라고 번역된 것은 우리 고전에 증거가 있다.

그러므로 '사랑'은 생각하고 그리워하는 마음의 통칭이니 연애가 생각하고 그리워하는 바탕에서 비롯되므로 사랑의 한 가지임에는 틀림없으나 생각하고 그리워하는 것을 전부 연애라고 할 수는 없다. 연애라는 언어개념은 오늘에 와서는 이미 이성 간의 사랑이란 뜻으로 국한되어 있는 까닭이다. 그러면 이성 간의 사랑은 다 연애인가 하면 반드시 그렇지도 않다. 왜 그러냐 하면 이성 간의 사랑에도 육친애와 부부애가 있고 우정도 있을 수 있고 연애 아닌 성애도 있는 것을 흔히 볼 수 있기 때문이다.

사랑의 분류

도대체 인간이 향유하고 있는 사랑은 몇 종류나 되는가. 하느님은 사랑이시라 하니 대자대비大慈大悲의 사랑에서 보면 모두가 사랑일 것이지만 나는 이 넓은 사랑을 몇 가지로 줄여서 기본적 분류를 시험하여 대개 다음의 다섯 가지로 나눌 수 있다고 본다.

① 자애自愛 : 저절로 저 스스로를 사랑하는 사람이니 이것이 근본애요, 생명애며 그 본질은 이기애利己愛다. 모든 사랑이 이로써 비롯되고 성취되며 여기서 갈등과 파멸의 싹이 자란다.

② 성애性愛 : 이성을 사랑하는 원인애原因愛이니, 이것은 생존애生存愛의 한 면이요, 생리적인 배설애, 자기 연장애延長愛이며 종족 번식애이다.

③ 연애戀愛 : 이성에 대한 이상애理想愛로서 동경애憧憬愛요, 집착애執

著愛며 자기보결애自己補缺愛이다.

④ 우애友愛 : 남녀 통성의 화합애和合愛로서 봉사애요, 사회애社會愛
이다.

⑤ 자애慈愛 : 모든 동물에서까지 볼 수 있는 근본애根本愛로서 지상애
至上愛이니, 희생애犧牲愛요, 이타애利他愛다. 친자애親子
愛를 근원적 전형으로 하여 모든 사랑이 이상하는 최고
의 경지다.

이제 다섯 가지 기본애를 그 본질과 상호관계를 밝히기 위하여 작은
원표를 그리면 다음과 같을 수밖에 없다.

사랑의 도설圖說

먼저 '생각하고 그리워하는 마음'을 중심점으로 하여 '사랑의 원'을 하
나 그어 놓고 그 원 안에 오각형 하나를 그려 그 다섯 개의 정점에다가
앞서 말한 다섯 가지 기본애基本愛를 배치하고 그 오각형 안에 다섯 개

〈그림 1〉 사랑의 도표

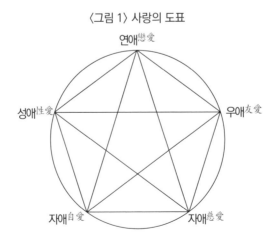

의 대각선을 그으면 이러한 도표가 나올 것이니 이 도표를 한번 봄으로써 그 다섯 가지 기본적인 사랑의 위치와 생성의 관계와 본질을 이내 알 수 있을 것이다.

첫째, 성애性愛와 우애友愛를 연결하는 선으로써 저변을 삼는 삼각형의 정점이 연애이다. 이 삼각형 안에 있는 세 개의 삼각형은 왼쪽 것이 성애적 연애, 오른쪽 것이 우애적 연애요, 가운데 것이 올바른 연애이다. 그리고 그 가운데 삼각형의 두 사변斜邊을 연장한 두 대각선은 각기 자애慈愛의 두 점에 도달하여 있음을 볼 것이니 이 두 점을 연결하는 선으로 저변을 삼은 삼각형이 부부애夫婦愛이다.

이로써 연애는 성애나 우애에서 출발하여 그 조화의 정점에 이르고 거기서 결합되어 내려오는 밑바닥이 결혼인 것이다. 그러므로 연애의 가장 정상적이고 자연한 것은 결혼에 도달해야 하고, 할 수 있는 것이라야 한다는 논리가 성립된다. 그러나 연애가 다 이렇게 될 수만 있다면 오죽 좋으랴만 반드시 그렇지 못하기 때문에 연애고戀愛苦가 생기고 연애론이 나오는 것이다.

둘째, 우애는 연애와 자애慈愛를 저변으로 하는 삼각형의 정점이다. 출발한 두 개의 대각선은 각기 자애自愛와 성애性愛의 두 점에 도달한다. 이 두 점을 연결하는 선을 저변으로 한 삼각형은 나는 동지애同志愛라고 부른다.

셋째, 자애慈愛는 우애와 자애自愛를 저변으로 한 삼각형의 정점이니 나는 이성애異性愛라고 부른다.

넷째, 자애自愛는 자애慈愛와 성애를 저변으로 한 삼각형의 정점이니, 거기서 연장된 밑바탕을 나는 가족애家族愛라고 부른다.

다섯째, 성애는 자애自愛와 연애를 저변으로 하는 삼각형의 정점이다. 그것을 정점으로 하는 또 하나의 삼각형을 나는 사회애社會愛라 부른다.

이상으로 '사랑의 분류'와 그 위치 및 생성의 관계에 대한 나의 지론의 대강을 설명하였다. 다섯 가지 기본애가 지니는 성격을 파악하여 염두에 두고 이 설명을 더 분해하면 수긍되는 바가 있을 것이다.

이 '사랑의 도표'의 원주圓周는 그 위에 있는 오각의 정점 중 자애自愛에서 출발하여 왼쪽으로 올라가서 오른쪽으로 내려오는 것을 '연애 감정의 상승 회귀선'이라 부르고, 오른쪽으로부터 올라가서 왼쪽으로 내려오는 것을 '윤리 감정의 상승 회귀선'이라고 나는 부른다. 그러나 원은 좌승우강左昇右降이 원칙이니 인생의 애정행로는 이 원주를 왼쪽으로 상승하는 것이 보통이다. 그러므로, 자애自愛가 사랑 중에서 제일 낮고 자애慈愛가 제일 높은 것이다. 사랑은 받는 것이 아니라 주는 것이라는 말도 이 도표에 부합되는 이론이다.

연애는 사랑을 주고받는 것이지만 받음이 없는 사랑, 짝사랑이 모든 사랑 중에 가장 높은 경지이다. 짝사랑은 연애의 경우에도 가장 심각하지만 다른 사랑에서도 마찬가지로 빛이 난다. 폭군 밑의 충신이 더 빛나고 난민 속의 의인이 더욱 높으며, 불효자에게 베푸는 자애慈愛, 잔혹한 부모에게 바치는 효도, 신의 없는 친구에게 주는 우정, 몰라주고 이룰 수 없는 님에게 바치는 연모戀慕, 이것이 더 고귀한 까닭은 일체의 보상을 도외시한 그 고결한 심정, 애끊는 인고忍苦가 있기 때문이다.

이 '사랑의 도표'의 중심점은 '그리움'이요, 그 원주圓周는 '사랑'이다. 호선弧線은 나타나는 사랑의 상생相生관계를 보이고 그 대각선은 그 속에 숨은 사랑의 상극相克관계를 뜻한다.

오각형의 각 정점은 그 저변이 지니지 않는 것, 그리고 자애自愛와 성애를 연결하는 선은 생물애生物愛, 성애와 연애를 연결하는 선을 윤리애倫理愛, 자애自愛와 자애慈愛를 연결하는 선을 천리애天理愛라고 이름 지음으로써 나의 농중진籠中眞의 사랑 도설圖說은 일단 끝내기로 하자.

연애가 가는 길

연애는 연애되는 순간 그 자체가 정점이다. "황금시대는 황금시대가 오기 바로 직전에 있다"는 말이 있고, "화무십일홍花無十日紅이요, 달도 차면 기우나니"라는 노랫가락도 있지만 이 두 마디 말이야말로 연애 미학에서도 그대로 하나의 공리公理가 된다. 다시 말하면, 그리운 마음이 싹터서 꽃피는 순간까지가 그 황금시대요, 절정이다. 꽃이 피어서 지고 열매를 맺는 것이 정한 이치이듯이 연애가 개화하여 결혼으로 결실하는 것이 또한 그러하다. 그러나 꽃은 피자마자 비바람에 지는 수도 있고 가지째로 꺾이는 수도 있고 화병에 꽂고 물을 주기도 하고 따서 책 사이에 끼워서 두고두고 보기도 한다.

연애의 운명이 다기多岐한 점이 꽃과도 같다. 그래서 연애를 인생의 꽃이라고 하는 모양이다.

꽃은 피는 것만으로 꽃으로 의의가 있다. 열매를 맺는 것은 꽃의 결과적인 변모요, 꽃은 아니다.

마찬가지로 연애는 연애로서 인생에서 일단의 의의가 끝나는 것이니 결혼은 연애의 결과 또는 변모는 될 수 있으나 연애 그 자체는 아닌 것이다. 결혼의 사랑은 윤리애倫理愛로의 변성이요, 순수한 연애는 아니기 때문이다.

그러므로, 연애에는 두 가지 길이 있을 뿐이다. 그 하나는 결합의 선線이니 곧 결혼하여 부부애, 육친애肉親愛로 변성變成하는 길, 다시 말하면 '변성적인 사랑의 코스'요, 다른 하나는 결별의 선이니 떨어져서 서로 사모하며 영원히 맺어지지 않는 연인애戀人愛로 환원하는 길, 바꿔 말하면 '슬픈 사랑의 코스'가 그것이다.

슬픈 사랑의 코스에는 겉으로는 결합하면서 실상은 영원히 떠나는

방향으로 정사情死라는 것이 있고, 변성되는 사랑의 코스에는 떨어지면
서도 만나는 길을 막지 않는 우정으로의 길도 있다.

'짝사랑'은 연애감정으로는 최고 경지지만 형태미로는 변상적變常的
인 것이고, '장난 사랑'은 겉보기는 연애 같지만 내용미로는 천박한 것
이다. '풋사랑'은 앳되고 울고 싶은 것이 좋고 청신淸新하고 서정적이어
서 좋다.

'늙은 사랑'은 구수하고 슴슴한 것이 좋고 소박하고 관조적인 것이 좋
다. 이러고 보면 '젊은 사랑'은 싱싱하고 무르익은 맛이 있어야 한다.
정서적이면서도 의지적인 장려미壯麗美가 단연코 멋이 되어야 할 것이
란 말이다.

연애의 윤리

나의 '연애 미학'은 이제 마지막으로 윤리문제에 부딪칠 계제에 이르렀
다. 연애에는 연애 윤리가 있다. 따라서 무슨 규범이 있어야 하지 않겠
는가. 17, 8세기 서구의 사교계에서는 연애 법전을 만들고 연애 재판
을 했다는 기록을 본 기억이 있거니와 그 연애 법전의 조문에 가로되
"사랑하는 사람은 조금 먹고 조금 잠잔다"는 구절이 있었다. 언뜻 봐서
는 코웃음이 나오는 조문이지만 법이란 것은 대개 이러한 투인지라 이
조문을 적용하면 이로써 우리는 삼각애三角愛를 재판하는 경우 그 건강
상태로써 연애의 경중을 판단할 수 있는 준거를 삼을 수 있다.

우리가 부모에게 편지를 쓸 때 제 말은 보통 면식眠食이 무탈하다고
쓴다. 잠자고 먹는 것에 이상 없으면 건강하다는 말이 되는 까닭이다.
연애는 아무리 행복된 경우라도 수면과 소화에 이상이 온다. 그러므
로, 연애를 한다면서 자고 먹는 것에 이상이 없는 사람은 진경眞境에는

아직 도달하지 못한 증거가 된다.

각설하고, 연애에 제일 기忌하는 것이 사련邪戀이다. 그런데 어떤 것이 사련이냐고 묻는다면, 이런 것이 사련이라고 내세울 수 있는 원칙은 없다. 왜 그러냐 하면, 연애는 그 결과를 봐야 그것이 바른 것인지 사邪된 것인지 판단을 내릴 수 있기 때문이다.

가령, 우리가 보통 말하는 사련은 애초부터 사회적으로 정당히 결합하여 같이 살 수 없는 사람 사이의 연애를 가리키지만 연애 그 자체에서 볼 때는 결혼의 가부가 문제가 아니라 같이 살 수 없는 그 사람이 그리워서 잊을 수 없는 감정이 일어나느냐 안 일어나느냐 하는 데 문제가 있기 때문이다. 그러나 제 것이면서 제 마음대로 못하는 것이 제 마음이라고, 번연히 안 될 것인데도 연애감정이란 놈은 염치도 체면도 없어서 저지르기가 일쑤다. 그러므로, 마음속에서 사모하는 것은 어쩔 수 없는 일이요, 아무도 억제하지는 못한다.

사모하는 것만으로는 죄가 되지 않는다. 그러나 이것이 바깥으로 나타나면 사회적으로 윤리적으로 파탄이 일어나게 되고 여론의 비판과 법의 제재가 따르기 마련이다. 이 문제를 처음부터 끝까지 내부에서 구원하고 해결하는 것이 '플라토닉 러브'다. 플라토닉 러브는 가장 고귀한 사랑일 수도 있고 일종의 정신적 간음행위일 수도 있다. 생각하고 그리워하는 것이 사랑의 중심인데, 이것이 아주 가볍고 조그맣고 짧은 계기에 자기의 운명적인 고통을 만드는 법이다. 그러니, 생각하고 그리워하는 마음을 인간에서 빼앗아 버리기 전에는 아무것도 이 연애감정을 누르지는 못한다.

그래서 그 마음을 돌리는 길로서 종교나 예술이 마련되어 있다. 슬픈 사랑을 부을 수 있는 곳은 종교 아니면 예술, 둘 중의 하나가 있을 따름이다.

슬픈 사랑은 영원의 것

연애의 정점을 해결하는 길은 미혼남녀에 있어서는 오직 결혼이 있을 뿐이지만 유부유부有夫有婦의 남녀 사이의 연애 경우, 또는 미혼 남녀와 배우자 있는 이성 사이의 연애 경우에는 세 가지 길이 있다.

영원히 생각하고 그리워만 한다는 사랑의 출발점에 환원하여 가슴 아픈 열락을 누리는 것이 그 하나요, 가정과 사회와 윤리에 대한 냉철한 이성을 움직여 우애로 길을 바꾸는 것이 그 다른 하나이다.

이 두 가지가 다 불가능한 경우에는 건곤일척乾坤一擲으로 같이 사는 것이 최후의 경우에 오는 최선의 방법이다.

그러나 이 경우에 한하여서는 그 연애 이외의 여하한 욕망도 포기해야 한다. 다시 말하면, 명예와 돈과 체면과 지위 따위는 일체 사랑을 위하여 포기하는 순애殉愛의 결벽이 있어야 한다. 모든 것을 다 하고 싶은 것은 사람의 상정常情이지만 불가능한 운명 하나를 제 손으로 극복하고도 다른 욕망을 지닌다는 것은 파렴치이다.

이런 뜻에서 일몰을 모르는 대영제국大英帝國의 왕관을 심프슨이라는 여자와의 사랑으로 바꾼 윈저 공公은 연애의 도를 체득한 오달悟達한 사람이었다.

사련邪戀은 연애에 대한 열도熱度와 성의와 품격으로 이루어지는 그 태도에서 판별할 수 있고, 사회적으로 윤리적으로 용서할 수 없는 사랑이 마침내 용서를 하지 않을 수 없게 만드는 것은 오직 사랑에 순殉하는 겸허의 엄숙성에 달린 것이다. 연애가 슬프게 끝나지 않기는 어렵다. 연애가 지저분하지 않게 끝나기는 더욱 어렵다. 연애가 애욕의 유희遊戲 되기는 쉽다. 연애가 흥정이 되기는 더욱 쉽다.

연애미戀愛美의 진경眞境

끝으로 부언하거니와 연애의 미학은 연애를 연애하는 학學이란 점이다. 사랑의 도표는 오늘 저녁에 즉흥으로 만든 것이지만 만들어 놓고 보니 제격이다. 글자 한 자를 몰라도 시취詩趣를 알면 시인이라고, 연애가 무엇인지 모르는 이도 연애를 할 수는 있으니 참으로 알고 싶은 이는 연애를 해 보는 수밖에 없다. 연애학은 연애하고 있는 사람만이 그 오류를 간파할 수 있는 것이기 때문이다.

"미워하지 말아라, 미움은 괴로우니라. 사랑하지 말아라, 사랑은 더 괴로우니라."

이것은 연애미학의 결론이다. 그 더 괴로운 것이 더 좋다고 생각하는 사람에게는 연애가 있을 것이요, 연애미학 따위는 아무런 필요도 없을 것이다. 심심파적으로 쓴 글이 이미 상당한 매수가 된 듯하므로 이쯤에서 그만 붓을 던지기로 한다.

— 1956. 3, 《여원》

시인과 군인

시인과 군인은 일상생활이라든지 그 통념의 성격이 아주 대조적이어서 얼핏 생각하면 무척 거리가 먼 부류에 속하는 것 같다. 시인은 정서적인데 군인은 의지적이라든가, 군인은 규율적인데 시인은 방종하다든가, 시인은 우유부단한데 군인은 과감실행果敢實行한다든가 이런 통념으로 본다면 군인과 시인은 서로 용납되지 못할 것 같다.

하기는 시인에도 비상히 의지적이요, 규율적이요, 과감결행하는 사람이 있는가 하면, 군인 속에도 지극히 정서적이요, 방종하면서 우유부단한 사람이 있다. 그러나 전자는 시의 세계에서 확고한 자리를 차지할 수 있으나 후자는 군인의 도에서는 성실할 수가 없다. 이러한 사실에서 우리는 무엇을 깨달을 수 있는가?

이는 곧 시인과 군인이 인생을 수업하는 길이 다른 데서 기인하는 것이니 시인은 속으로 뜨겁고 겉으로 서늘하여 일체를 자기 안에 포용하여 그 표현에 자유롭기 때문이요, 군인은 속으로 서늘하고 겉으로 뜨거워서 자기를 전체 안에 헌신하여 그 실천에 복종하기 때문이다. 그러므로 시인이 군인을 보고 사람으로 나서 그렇게 답답하게 살 수가 있느냐고 묻는다면, 군인은 시인을 보고 "썩은 저 선비야, 우리 아니 사나이냐?"고 도리어 시인의 답답함을 반문할 수 있을 것이다.

왜 그러냐 하면, 시의 세계는 군인의 도까지는 포용한 넓은 세계이므로 인간성 전체의 문제가 그 중심이 되어 있고, 군인의 도는 시인을 포함한 민족이 호흡하고 있는 현실의 모순을 해소하고 장애를 제거하는 힘이기 때문에 국가의 문제가 그 중심이 되는 것이니, 이 상호 반문은 실상 시인의 전 인류를 생각하는 자유가 민족국가를 위하여 군인의 투지를 존중하는 까닭을 보여주는 동시에, 군인의 민족국가 앞에 바치는 충성이 인류 전체를 위하여 시인의 사랑을 흠모하는 까닭을 보여 주기도 한다. 다시 말하면, 불의를 미워하는 데 더 적극적이요, 구체적이기 때문에 시인이 군인을 사랑하는 것이요, 평화를 갈구하는 데 더 적극적이요, 창조적이기 때문에 군인이 시인을 존중하는 것이다.

그러나 오늘에 와서는 이미 시인과 군인이 모두 직업이 아니게 되었다. 시인은 성격에서 오는 취미로 인간에 왔던 보람을 시에다 의탁하는 것이요, 군인은 의무에서 오는 취미로 국가에 바치는 사업을 군문에 투신케 하는 것이니, 이 때문에 현대에 있어서 시인과 군인의 관계는 더 긴밀화될 수밖에 없게 되었다. 문화의 성장과 갈등은 전쟁을 유도하고 전쟁의 길항拮抗과 파괴는 새로운 문화를 육성시키기 때문에 앞으로의 전쟁에선 군인과 시인의 기능이 혼성되고 말 것이다. 어쨌든 정치라든가 경제는 인류의 최고가치는 될 수 없다. 낮은 가치는 높은 가치에 종속하는 것이므로 정치·경제는 문화를 위하여 바쳐야 되고, 따라서 군인도 문화옹호의 첨병으로서의 긍지를 자각하여야 할 것이니 조국이란 관념 속에는 '민족문화의 전통'이란 개념이 얼마나 많은 자리를 차지하고 있는가. 국가란 결국 이 '조국의 현실적 권위'에 불외不外하기 때문이다.

통념으로 미루어 피상적으로 관찰하면 시인과 군인은 정히 대조적인 두 개의 타입을 대표하는 부류 같지만, 본질적으로 냉정히 살펴보면 군인과 시인은 인간의 여러 부류 속에서 가장 공통된 총합적 전형의 대표인 것이다. 우선 밥만 먹고사는 세상이라면 없어도 무방할 시인이 있는 것과 같이 꿈만 꾸고 사는 세상이라면 없어도 무방할 군인이 있는 것과 같지 아니한가. 병존하면서 갈등하는 이상과 현실의 양극을 같은 출발점에서 분화되어 대표하는 것이 시인과 군인이니 밥만 먹고사는 세상에 꿈을 꾸고 살도록 가르치는 자가 시인이요, 꿈만 꾸고 사는 세상에 밥을 먹고 살도록 지키는 자가 군인이기 때문이다. 바꿔 말하면, 시인은 이상을 현실화하려는 사람이요, 군인은 현실을 이상화하려는 사람이다.

자비심 많기로 말한다면 종교가 시인의 웃길에 설 것이요, 부유하게 살게 하는 데는 실업가가 시인에 앞설 것이며, 나라 살림을 잘 요리하는 데는 정치가가 시인보다 나을 것이요, 남을 잘 가르치는 데는 학자가 시인보다 우수할 것이다. 이러한 인간의 모든 면을 합쳐서 근본적으로 체득하고 교화하는 데는 다른 한 부분에서 우수한 어떠한 사람도 시인을 따르지 못할 것이니, 모든 부면部面에서 떨어지면서 그것을 아울러서 가장 앞서는 시인은 가장 바보면서 현명한 자라고 부를 수도 있겠다.

이 점에서 군인도 시인과 마찬가지다. 만일 군인이 자비심이 많다고 자부한다면 총칼을 던지고 하늘을 우러러 호곡號哭할 것이요, 군인이 돈맛을 안다면 총칼을 들이대고 약탈을 일삼을 것이며, 군인이 모두 정치에 야욕이 있다면 그 나라는 부질없는 혁명으로 병들 것이요, 군인이 학문에 강권을 쓴다면 붓과 종이는 아첨과 획일의 무문곡필誣文曲筆의 무기밖에 안 될 것이다.

이상을 종합하여 조화의 미덕으로 현실의 첨병이 되는 시인과 현실을 직시하여 과감한 의분義憤으로 사상의 십자군이 되는 군인의 숙명적

우의를 깨닫는 자만이 경국제세經國濟世의 시인과 살신성인의 군인이 별개의 부류에서 나오지 않음을 알 것이다. 성인은 모두 그 정신에 시인정신과 군인정신을 갖춤으로써 이상과 현실에 대한 그 넓은 도량과 거세비지擧世非之라도 역행이불혹力行而不惑하는 신념의 기개를 가졌던 것이니, 시인의 군인수련과 군인의 시적 체험은 그 개인에 있어서 전인全人 형성의 기틀이 될 뿐 아니라 한 민족의 건전한 문화창조의 태반이 되기도 하는 것이다.

— 1951. 4, 《국방》

운명의 극복

자기의 마음먹은 일이 뜻대로 되지 않을 때, 아무리 애써도 일이 실패로 돌아갈 때, 또는 해서는 안 될 일을 무모하게 시작하려 할 때, 사람들은 곧잘 그 모든 것을 운명에 돌리려고 한다. 이러한 운명관이 반드시 나쁜 것만은 아니다. 불운의 고난을 운명에 돌림으로써 모든 것을 체념하고 새로운 희망의 설계에로 용기를 가다듬어 소생하는 힘을 이러한 운명관에서 얻을 수 있다면 운명을 믿는다는 것은 우리 괴로운 인생살이에 큰 공덕이 될 수도 있기 때문이다.

그러나 사람들의 마음은 대체로 그렇지를 못하다. 운명을 믿는 것이 고민에서의 탈출이라든가, 잘못된 경험의 반성이라든가, 불운을 회피하는 전망이 되지 못하고 자기 원인 아닌 어떤 불가항력의 힘이 자기를 그렇게 참혹한 구렁텅이에 몰아넣는 것을 저주하고 그러한 힘에 항거하려는 만용을 부리다가 마침내 자포자기하고 마니 탈이다. 이러한 운명관은 확실히 우리 인생살이에 큰 해독을 끼치고 있다.

아무리 해도 안 되는 어떤 힘을 운명이라고들 하지만, 실상은 운명이란 영 바꿀 수 없고 면할 수 없는 결정적인 기정^{既定}의 법칙은 아니다. 정말 어쩔 수 없는 것은 숙명이란 것이다. 우리는 이 숙명과 운명을 구별해서 생각할 필요가 있다.

우선 운명이란 말의 어원을 생각해 봐도 그렇다. 운명이란 '운'運 자는 운기運氣, 운행運行, 운동運動이란 말에서 보는 바와 같이 움직이는 것이요, 빙빙 도는 것을 뜻한다. 그러므로, 운명은 빙빙 돌다가 부닥치는 것이요, 돌다가 부닥치는 것이기 때문에 부닥칠 가능성이 있던 것이 안 부닥치고 지날 수 있는 가변可變의 가능성도 지니고 있음을 알 수 있다. 일본말에 운명을 '메구리 아와세'라 하는 것도 돌다가 만난다는 뜻이요, 영어의 운명이란 말인 lot도 같은 뜻이다. 이렇게 운명이란 말은 동서가 다 같이 빙빙 돌다가 부닥친다는 뜻인 걸 보면 운명은 확고 불변의 궤도가 있는 것이 아니요, 변하고 바꾸이기도 하는 것임을 알 수 있다. 따라서, 운명과 부딪칠 당사자의 노력 여하에 따라 불운도 회피될 수 있고 호운好運은 마중할 수도 있다고 보지 않을 수 없는 것이다.

지구와 혜성이 부딪칠 운명에 놓였다고 살림을 다 털어서 술을 마시고 나니 혜성이 궤도를 바꾸어 버렸다는 얘기는 어설픈 운명론자에 경종이 될 만하거니와 세상에는 이런 유형의 난센스로 자취하는 불운이 얼마나 많은가. 또 천자天子가 될 운명을 타고났다고 평생을 앉아서 임금 되기를 기다리다가 임종에 가서 "황후여, 태자를 부르라. 짐朕이 붕崩하신다" 하고 죽었다는 얘기도 어설픈 운명론자를 야유하는 것이 아닐 수 없다. 세상에는 이런 유의 감나무 밑에 입 벌리고 누워 홍시 떨어지기를 기다리는 숙시주의자熟柿主義者가 얼마나 많은가. 결국 성실성과 노력을 바탕으로 하지 않는 운명론자는 불운을 자취하여 나락의 함정에 떨어지고 만다는 진리를 우리는 알 수 있는 것이다.

사람들은 또 말하기를 환경이 운명을 만든다고 한다. 그러나 환경도 운명의 절대 이유는 되지 못한다. 첫째, 인류가 오늘과 같은 고도의 문명에 이른 것도 다른 동물이 못하는 환경을 극복하는 힘을 가졌기 때문이고 그 힘은 인간의 이성에서 유래한다. 그러고 보면 운명을 극복하는 힘은 이성이라고 할 수도 있다. 그러나 이성만으로도 운명은 극복되지 않는다. 아무리 이성적으로 깨어 있어도 이성에도 실수와 실책이 있는 법이다. 속담에 제 꾀에 넘어간다는 말이 그것을 의미한다. 이성이 성실한 심정과 노력을 바탕으로 할 때만 운명을 극복하는 힘이 되기 때문이다.

환경이 만일 운명을 좌우한다면 가난하고 미천하고 불운에 우는 사람은 영원히 성공할 수 없고 부유하고 영달하여 호운好運에 웃는 사람은 길이 전락할 까닭이 없지 않은가. 불운한 사람이 호운으로, 호운의 사람이 불운으로 도는 것도 운명이요, 그러한 운명을 가져온 계기가 혹은 자기 환경 아닌 시기적 운세라는 별개의 환경에 지배받는 수도 있지만 그것도 알고 보면 그러한 환경의 도래에 대처할 준비가 그에게 없었다는 말이 되지 않을 수 없는 것이다.

빈농의 아들 스탈린이 독재자의 자리에 오른 것이나 구둣방 직공의 아들 H. G. 웰스가 학자로 이름을 날린 것은 두 사람 다 이 환경을 극복한 좋은 예가 된다. 내가 허다한 사례 속에서 하필 이 두 사람을 예로 드는 것은 언젠가 이 두 사람이 한 자리에 만나 인간을 얘기한 대담을 읽은 기억이 있기 때문이다. 그때 스탈린은 이렇게 말했다. 인간성이란 믿을 수 없다, 낡은 세력이 새 세력을 위해서 양보하는 일은 절대로 없으므로 투쟁으로 넘어뜨려야 한다고. 그는 낡은 세력을 썩은 고목에 비유하여 그것은 밧줄을 걸어 쓰러지게 해야 한다고 했다. 이에 대해서 웰스는 인간성은 끝까지 믿을 수 있다, 같이 살고 협동해야 한다고 하며 풍랑을 만난 배를 예로 들어 그 속에 탄 사람들이 같은 운명을 극복하기 위하여 짐짝을 함께 물에 던지고 물을 같이 퍼내지 않느냐고. 대개 그런 뜻의 주장을 서로 굽히지 않은 것으로 나는 기억하고 있다.

이 두 가지 태도를 우리는 다 시인하지 않을 수 없다. 그러나 한 걸음

물러앉아 생각한다면 이 두 가지 태도는 엄청난 차이가 있는 것을 알 것이다. 한 부분을 죽이기 위한 방법과 전체가 다 살려는 방법은 그 관점이 천양지판이란 말이다. 이러한 관점의 차이는 우리가 운명에 대하는 두 가지 기본 태도와 서로 통한다. 나아가 호운을 맞아들이고 싸워서 불운을 극복하는 적극적인 태도와 조심스럽게 불운을 피하고 운명에 인종忍從함으로써 운명을 극복하는 소극적인 태도가 그것이다. 운명과 싸워서 호운을 전취한다는 것은 자기의 호운을 위해서 타의 불운을 희생으로 강요할 수 있다는 말이 된다. 그러나 그렇게 얻은 호운은 이내 전락하고 번복될 불운을 내포하는 것이다. 운명에 수순隨順하여 불운을 극복한다는 것은 자기의 불운뿐 아니라 남의 불운까지도 함께 할 수 있다는 말이 된다. 그렇게 하여 회피한 불운은 비록 더딜망정 상승하는 행운을 향하는 것이다. 힘과 피로 얻은 비리非理의 영화는 빨리 왔다 빨리 가는 것이요, 땀과 눈물로 쌓은 정도正道의 번성은 더디 오지만 오래 간다는 말이다.

운명이 아주 바꿀 수 없는 결정적인 것이었다면 운명이란 말이 생겨나지 않았을 것이다. 적어도 빙빙 돈다는 '운運' 자가 여기 붙지는 않았을 것이다. 이와 마찬가지로 만일 운명이란 것이 우리의 총명과 이성으로 얼마든지 피할 수가 있다면 또는 어떠한 불운이라도 노력으로 완전히 다 피할 수가 있다면 역시 운명이란 말이 생겨나지 않았을 것이다. 적어도 '명命' 자가 여기 붙지는 않았을 것이다.

운명이란 말의 묘미는 진실로 이 두 자를 아우른 곳에 있는 것이다. 그럴 수도 있고 안 그럴 수도 있는 '운運' 자의 무한가능성과 수시가변성隨時可變性! 이럴 수도 없고 저럴 수도 없는 '명命' 자의 불가항력성과 영원한 체념성諦念性! 운명이란 알고 보면 필연의 것이요, 모르고 보면 우연의 것이면서 알고 봐야 우연의 것이요, 모르고 봐야 필연의 것인 불가사의한 꿈과 힘이다.

 그러면 우리는 이 운명을 어떻게 피해야 하나. 성실과 근신으로써 불운을 회피하고 인종과 체념으로써 불운을 초극하는 것이 우리가 운명을 극복하는 첩경이 된다. 운명이란 자는 거대한 암벽과 같아 운명과 끝까지 겨루어 대결한다는 것은 달걀로 바위 치기와 같은 것, 견디다 견디다 못해 쓰러지는 것은 비극적인 장엄미莊嚴美는 있을지 모르나 운명은 끝내 극복되지 않는다.

 여기다 비하면 주어진 운명에 인종忍從하여 그가 명령하는 대로 다하는 위대한 수순隨順이야말로 참으로 운명과 대결하는 태도라 할 수 있다. 이 혹독한 운명이여, 네 원하거든 모든 것을 나에게서 뺏어라, 네가 할 수 있는 어떤 형벌도 나는 견디리라고 마음먹을 때보다 더 강렬한 운명을 초극하는 힘이 있을까. 죽음을 눈앞에 둔 병자가 그 죽음의 예고를 모르고 의사의 손길에 매달리는 듯이 그러한 눈물겨운 운명에의 귀의歸依는 얼마나 거룩하기까지 한가. 굴러 내리는 바위를 정상으로 밀어 올리는 시지프스의 신화도 운명에 인종함으로써 운명을 극복하려는 거룩한 모습일 따름이다.

 불운이 아직 오지 않았을 때나 행운의 자리에 들어선 사람은 불운을 회피하기 위하여 그 무사와 그 호운을 지켜 넘치지 않도록 해야 한다. 운명의 순경順境 속에서 너 자신을 스스로 고경苦境에 넣어 조심하라. 순경을 짐짓 역경으로 받을 줄 아는 사람만이 불운을 회피할 줄 안다. 불운에 빠졌을 때는 그 불운을 너그러운 마음 자세로 받아들여 쉽사리 넘어지지 않도록 해야 한다. 역경을 순경으로 받을 줄 알아야 고苦가 그대로 낙樂이 되는 경지를 얻을 수 있는 것이다.

 내가 왜 이렇게 되었는가 하는 운명의 반성은 저주보다는 언제나 내지은 죄는 끝내 내가 져야 한다는 양심의 책임감에로 돌아가야 한다.

운명을 극복하는 길은 오직 성실이 있을 뿐이다. 지성至誠이면 감천感天이란 말을 처음 발견한 사람이야말로 운명과 싸우는 법을 가장 먼저 발견한 사람이었다.

— 1962. 1,《새길》

반야사상般若思想에 대하여
양해화상亮海和尚에 답하는 글

주신 글월 반가이 받았습니다. 형의 부단한 정진精進이 글 전체에 나타나 있음을 한 학우로서 경하하여 마지않습니다.

형의 이번 편지를 읽고, 나는 비로소 우리 두 사람 사이의 논쟁의 근본 차이점을 발견하였습니다. 우리가 반야般若 공사상空思想에 대한 논의에 구분九分의 일치를 보았으면서도 남은 일분一分에 견해의 일치를 보지 못한 것이 바로 그 때문이라는 것을 알았다는 말입니다. 형이 내 견해를 이해하지 못할 것으로 돌린 원인이 여기에 있으며 형이 하나를 미처 못 생각했다는 불찰이 또한 거기에 있는 것입니다.

이 남은 일분一分의 문제란 것이 사실은 일치를 본 구분九分보다 더 중요한 것입니다. 우리가 일치를 본 구분은 진공묘유眞空妙有의 사상이요, 남은 일분의 문제란 이 진공묘유 사상을 이루는 근저이기 때문입니다.

형의 진공묘유에 대한 해명은 간혹 모호한 약점을 잡힐 비유를 들긴 하였으나 대체로 묘妙를 얻었다 할 수 있습니다. 그러나 진공묘유만 가지고 얘기했을 따름이지 내가 여러 차례 지적한 바 있는 진공묘유 이전, 즉 진공묘유眞空妙有이게 하는 소이연所以然을 생각하지 않았습니다. 이것이 바로 양해亮海와 동탁東卓이 같다는 논리를 형이 이해하지 못할 것으로 돌린 원인이 되는 것입니다. 이 논리를 수긍하지 못하면 이때까지 우리가 합의를 보아 온 구분의 일치도 수포로 돌아가는 것입니다.

형은 말하기를 동탁은 어디까지나 동탁이요, 양해는 어디까지든지 양해기 때문에 동탁이 양해이게 하고 양해가 동탁이게 한다고 해서 볕과 그늘, 남편과 아내 등 많은 예를 들었습니다. 내가 이를 모르는 것도 아니요, 이를 부정하는 것은 더구나 아닙니다. 이러한 사실은 우리가 이미 화엄의 육상六相에서 배운 것이 아닙니까? 하늘에 있는 별과 나와의 관계, 그것은 별은 어디까지나 별로서 있으므로 동탁이고 동탁으로 존재하는 데 한 인因이 된다 하여 우주의 삼라만상이 각기 자기를 지킴으로써 적극적으로 혹은 소극적으로 상호관계를 가지지 않음이 없다는 것은 주지의 사실이 아닙니까? 이와 같은 입지에서 본다면 양해가 양해이고 동탁이 동탁일 때의 우주의 모든 것을 가능케 한다는 데는 내 또한 아무 이의를 느끼지 않습니다. 그러나 다만 이것만으로 그치는 것은 아닙니다. 양해가 양해이면서 동탁과 같고 내지 모든 것과 같다는 곳까지 이 사상은 나아가는 것이며 나아가지 않으면 안 되는 것입니다.

차별적 현상에서는 모든 것, 즉 있는 그대로의 상相은 자기가 완전히 자기일 때 가능한 것이나 원융적圓融的 본체에서는 모든 자기가 완전히 자기가 아닐 때만 가능하다는 말입니다. 형은 어째서 차별의 존재만을 말하고 원융의 실재를 보지 않습니까?

"무릇 있는 바 모양은 다 이는 허망한 것이니 만약 모든 모양을 모양 아니라고 보면 곧 여래를 보리라"〔凡所有相 皆是虛妄 若見諸相非相 卽見如來〕는 유상有相에 집執하는 견해를 파쇄破碎하는 금구金句입니다. 그러나 이 금구를 잘못 알아서 비상非相, 곧 공상空相에 집執할 때 우리는 "무릇 있는 바 모양은 다 이는 참 모양이니 만약 모든 모양이 모양 아니라고 보면 곧 여래를 보지 못하리라"〔凡所有相 皆是實相 若見諸相非相 卽見如來〕

라고 또 한 번 파쇄하지 않으면 안 되는 것입니다. "비록 모양이 있는 것을 다 허망하다 이르나 나는 모든 모양을 곧 참 모양으로 본다"〔雖云有相皆虛妄 我見諸相 卽實相〕라는 나의 풀이를 형이 공감한 것까지는 좋았으나 형은 이 실상實相을 현실존재現實存在의 유상有相으로 잘못 착각하여 부정을 통하지 않는 절대긍정을 설說하기에 이르렀습니다.

그러나 실상實相이 곧 비상非相이요, 비상이 곧 실상입니다. 비상이 아닌 실상은 없으며 실상이 아닌 비상도 없습니다. 그러므로, 제상비상諸相非相만을 봐도 이는 옳게 본 것이 못 되며 제상실상諸相實相만을 봐도 옳게 본 것이 못 됩니다. 물론 둘 다 옳기는 하지만 그것은 집執이란 말입니다. 일체 중생이 제법무아諸法無我를 모르고 상주常住의 아我를 인認할 때 거기에 제상비상諸相非相을 말하지만 제상諸相이 허망하나 또한 아주 없는 것이 아니므로 허공에 집執하는 자를 위하여 제상실상諸相實相을 말하는 것이니 이것은 다 방편일 따름입니다. 그러므로, 우리는 이 방편의 논리에서 실상과 비상을 함께 봐야 하는 것입니다. 이것은 색色에서 공空을 보고 공空에서 색色을 보는 것이며 선禪에서 교敎를 듣고 교敎에서 선禪을 보는 까닭이 되지 않습니까? "여래는 일찍이 한 자도 설하지 않았다"〔如來未曾說一字〕의 견지에서 보는 팔만대장경도 허망한 것이지만 묘심妙心의 수교垂教에서 보면 염화미소拈華微笑를 펼쳐 놓은 것이 누천만언의 광장설廣長舌이 아닙니까?

물론 형 말씀과 같이 실상은 비상을 비상케 하며 비상은 실상케 합니다. 그러나 형의 견해는 실상과 비상을 둘로 보는 것이며 그것을 반대 개념으로서 상호생성의 면만 보는 것입니다. 왜 실상과 비상이 상호긍정하고 상호부정하며 상호제약하는가에 대해서는 형은 전연 몰각하고 있습니다. 그 논리, 그 사상의 출발점을 생각지 않는다는 말입니다. 그 근본을 모르고 지말枝末만 가지고 중언부언한다는 말입니다.

166

반야사상般若思想을 한 말로 줄이면 형은 뭐라고 하겠습니까. 나는 이를 무아無我라고 보겠습니다. 형도 물론 그렇게 볼 줄 압니다. 무아이기 때문에 인연화합因緣和合하며 연기緣起하기 때문에 무상無常하며 무상하므로 고苦가 있는 것이 아닙니까? 이것이 삼법인三法印이며 곧 그대로 이 공사상空思想의 근저가 되는 것이 아닙니까? 즉 진공묘유眞空妙有의 바탕도 제법무아諸法無我를 벗어나지 않는단 말입니다. 모든 것이 아我가 없으므로 제법諸法이 환화幻化와 같은 것이니 환幻은 곧 화化라, 없다가 문득 있는 것〔無而忽有〕이 곧 그것입니다. 이 환화제법幻化諸法은 비록 있다고 하더라도 그 본체는 무아無我하며 공空한 것이니 사실은 없는데 있는 것 그것이 환화幻化며 제법諸法이란 말입니다. 이와 같이 모든 것이 자성自性이 없으므로 무無라 하며色卽是空 비록 자성自性은 없으나 인연화합하여 나타나므로 영 없는 것은 아니니 또한 유有라 하는 것이 아닙니까〔空卽是色〕. 있으되 없고 없으되 있는 이 진공묘유도 그 근저는 불타가 샛별 보고 도를 깨치신〔見明星悟道〕 제일 요체인 무아를 바탕으로 한 일채개공一切皆空의 사상일 따름입니다.

금강경金剛經 논리가 그렇게 모든 집執을 파破하면서도 "만약 모든 모양이 모양 아니라고 보면 곧 여래를 본다"〔若見諸相非相卽見如來〕고 말한 까닭이 바로 이를 증명합니다. 부정을 통한 긍정 그것은 금강경의 일관된 논리요, 사상입니다. 일체개공一切皆空, 즉 모든 현상을 부정하며 다시 말하면 모든 허망을 긍정하고 그 기초 위에 선 것이 이 진공묘유의 사상입니다. 형 말대로 한다면 개시허망皆是虛妄이란 말을 쓸데가 없으며 공사상은 일체개공이 될 수 없습니다. 그러면, 제법은 다 아我가 있습니까? 형은 공즉시색을 오해한 듯싶습니다. 공즉시색도 무아無我입니다. 없다가 문득 있는 것 '無(空)而忽有(色)'일 뿐입니다. 그러므로 있다가 문득 비어지는 것〔有而忽空〕입니다.

형! 양해亮海라는 인간 내지 일체 제법諸法이 허망하지 않은 상주常住의 것입니까? 아닙니다. 그것은 공空하고 그것은 그것이 아니고 다만 이 환화幻化의 색色에서 공空을 공이게 할 뿐입니다. 그러므로 반야사상은 진공묘유 사상이면서 일체개공 사상입니다. 그러므로 진공묘유는 제상비상諸相非相에서 출발하며 제상비상에 귀착하는 것입니다. 진공묘유이기 때문에 색과 공이 있으나 색 속에 이미 공이 있고 공 속에 이미 색이 있으므로 색도 진공眞空이며 공도 묘유妙有가 되는 것입니다.

모든 것이 자아가 아닐 때 모든 것은 우주로서 그것이 될 수 있습니다. 이것이 바로 동탁이 어디까지 동탁이면서 마침내 동탁이 아니므로 아무거든 마찬가지가 된다는 까닭입니다. 형은 어디까지나 동탁은 동탁이어야 하고 양해는 양해여야 한다고 슬픈 고집을 하지만 차별적 존재로서 동탁은 동탁이 아니려 해도 동탁일 수밖에 없으나 원융圓融의 본체로 볼 때는 아무리 동탁이려 해도 동탁의 자체가 따로 있을 수 없습니다. 현실존재로서의 동탁은 허망한 환화幻化이지만 원융의 실재로서의 동탁은 진실불허眞實不許하다는 말입니다. 형이 만일 이 말을 승인하지 않는다면 형은 일체중생 준동함령蠢動含靈이 불성佛性을 가졌다는 말을 인정할 근거를 상실할 것입니다. 모든 것이 공하므로 모든 것은 다 같은 우주, 불성을 지닌 것이니 그래도 양해와 동탁은 같을 수 없습니까? 그러면 그대가 이룰 부처와 내가 이룰 부처는 같을 수가 없을 것입니다. 형은 무슨 근거로 일체가 영원히 상즉相卽할 수 없음을 주장합니까.

요컨대 형이 반야사상에 새 해석을 붙이고 이를 형이상학形而上學 아닌 어디까지나 현실긍정으로 가장 간명한 논리를 찾겠다는 출발점에 이 오류가 기인하는 것입니다. 형은 우리 선가禪家에서 반야사상을 형이상학적으로 타락시켰다 하나 사실은 형의 과학적 해석이 반야사상을 타락시킨 것임을 자각해야 할 것입니다. 불법에 어찌 고금이 있겠습니까. 형은 과학적 해석이란 어귀에 미혹하여 반야사상을 그릇 파악하고 그릇 해석하고 있습니다. 형과 같은 방법이 아니고도 얼마든지 반야사상의 근본을 잃지 않고 현대적 해석이 가능한 것입니다. 금강경의 논리가 아무리 파상破相 파집破執하는 것일지라도 이 논리를 설하는 그 자체의 진리까지를 부정하지는 않습니다. 아니 그것마저 부정함으로써 그 자체의 진리를 더 굳게 긍정한다는 말입니다. 바른 법을 버리거든 어찌 옳지 않은 법을 버리지 않으랴 하는 것은 법을 버리지 않은 것이 옳은 반야사상이 아니란 말이요, 결코 반야사상마저 부정하는 것은 아닙니다. 이와 같이 모든 차별을 부정하고 모든 상대를 초월한 곳에 적멸寂滅의 열반涅槃이 있다는 것마저 부정한다면 반야사상은 하등의 값이 없을 것입니다. 그것은 회의론에 떨어지고 말 것입니다. 그렇다면 부처님의 깨치신 진리가 아무것도 위대할 것이 없습니다. 모든 것을 의심해도 의심하는 자기까지 의심할 수 없듯이 모든 것을 부정해도 부정하는 그것은 부정되는 것이 아닙니다. 그것은 오히려 더 긍정된다는 말입니다.

이와 같이 금강경 사상은 말로 표현할 수 없는 어떤 사상을 우리에게 시사하고 있습니다. 다시 말하면 그것은 재산목록이요, 재산 그 자체는 아닌 것입니다. 동탁이 양해요, 장미요, 꾀꼬리임을 그래도 형은 믿지 않으렵니까. 옳게 안다면 믿지 않아도 좋습니다만 지금 형의 소설所說은 옳게 알고 믿지 않는 것이 아니라 일면에 국집局執해 있습니다. 동탁이도 공空이요, 양해, 장미, 꾀꼬리도 공이면서 세상에 색色으로 나타난 것이니 이러한 색에서 공을 못 보면 어찌 반야사상을 바르게 이해한 것이라 할 수가 있겠습니까? 양해가 양해요, 동탁이 동탁이나, 양해가 양해 아니요, 동탁이 동탁 아닐 때 둘은 다 절대로서 진공眞空이니, 즉 우주며 부처며 적멸인 것입니다. 적멸계寂滅界에서도 만상은 영원히 다른 것입니까? 부처의 눈에도 모든 것은 본질적으로 천차만별입니까?

양해여, 형이나 나의 부모미생전父母未生前 면목은 어떤 것입니까? 모든 것이 이와 같이 다르면서 같은 것은 무슨 때문입니까? 그것이 바로 제법이 아我가 없고 환화幻化와 같고 공空하기 때문입니다.

형은 진공묘유만 보고 반야사상은 공空사상이 아니며 부정의 사상이 아니라 했습니다. 그러면 왜 옛사람이 반야사상을 공사상이라 했습니까? 일체개공一切皆空이면서 진공묘유에까지 나아간 데 이 공사상의 묘미가 있고 일체개공의 바탕 위에서만 진공묘유 사상이 나올 수가 있는 것입니다. 제불조사諸佛祖師가 만일 형과 같은 논리로 반야사상을 설한다 해도 단연 일봉一棒을 사양할 수 없을 것입니다.

아무리 천차만별의 법일지라도 그것이 완전히 영零일 때 비로소 절대며 진실이 되는 것이니 여기에 방하저放下著의 소식이 있는 것입니다. 이 우주의 만법을 분수分數로 본다면 그 분자야 어떻든 그 공분모는 공空입니다. 만법의 공분모를 영零으로 해 버릴 때, 결과는 어떻게 되는 것입니까? 양해여, 영분零分의 양해, 영분의 동탁이기 때문에 절대의 양해, 절대의 동탁이 됨을 모르겠습니까?

$$\frac{양해}{인간,}\quad\frac{장미}{식물,}\quad\frac{꾀꼬리}{조류鳥類}\quad 가 \quad\frac{양해}{우주,}\quad\frac{장미}{우주,}\quad\frac{꾀꼬리}{우주}$$

가 되는 것을 모르십니까? 이것이 바로 양해가 양해요, 동탁이 동탁일 때 양해와 동탁은 같을 수 없으나, 양해가 양해 아니요, 동탁이 동탁 아닐 때 양해와 동탁이 같다는 논리입니다. 그러므로, 비상非相은 그 상相이 아니라는 부정이요, '비상시명非相是名 ○○'은 그 상이 아니기

170

때문에 그것이라는 말입니다. '계성변시광장설溪聲便是廣長舌 산색기비청정신山色豈非淸淨身'은 화엄사상을 읊은 소동파의 명구名句이지만 '무일물중무진장無一物中無盡藏 유화유월유루대有花有月有樓臺'는 공사상을 읊은 소동파의 명구입니다.

이번 우리 둘 사이의 논쟁은 내가 임의의 방편으로 너무 육박했기 때문에 내가 너무 훈계조로 임한 혐이 있으나 이는 모두 다 형의 분신奮迅을 자극하기 위함이었음을 형은 아실 줄 믿습니다. 그러면 이제 결론을 내리겠습니다.

만법萬法이 절대로 같을 수 없다는 것은 형의 말씀이 옳습니다. 그러면 만물은 다 같은 것이겠습니까. 나는 다시 '부'否 자 한 자를 부르짖는 수밖에 없습니다. 이것은 결코 나 자신의 지금까지의 주장을 취소하는 것이 아니요, 형의 주장을 긍정하는 것도 아닙니다. 형 말대로 제법諸法은 영원히 같을 수 없습니다. 그러나 제법이 하나도 자성自性이 없는 곳에 무슨 피아彼我의 시비가 있겠습니까? 그러니 내 말대로 제법은 다 같을 수밖에 없습니다. 그러니 '산자산山自山 수자수水自水 한데 산시수山是水' 하는 것이 어찌 망집妄執이 아니겠습니까? 그러니 또 형 말대로 제법은 영원히 같을 수가 없습니다. 영명연수永明延壽 선사가 재미있는 말을 했습니다. '혹집망동구경지과여즉니시병'或執妄同究竟之果如卽泥是瓶(唯心訣) 라고. 그러나 절대 같지 않다는 것도 망집입니다. 그러면 제법은 동야同耶, 이야異耶? 이 답은 지극히 간단한 것입니다. '동야타同也打 이야타異也打'를 ——.

형이 집執하여 있었다는 것을 이제야 알겠습니까. 나는 형이 이 소리 한 마디 하기를 기다린 데 지나지 않습니다. 그러나 형은 끝까지 제법諸法이 같지 않다는 것만 고집하고 있었습니다. 어찌 제법이 다 같은가, 어찌 제법이 다 다른가. 형과 내가 이때까지 지껄인 소리가 무일푼의 가치이기도 합니다. 그러나 집착이 따로 있는 것이 아닙니다. 집착이라 할 때 집착이 생기는 겝니다. 속안俗眼으로 보면 아雅도 곧 속俗이 되고 아안雅眼으로 보면 속이 곧 아가 되는 것과 마찬가지입니다. 집착이라 보면 옛 조사祖師와 대덕大德보다 더 집執한 이가 또 어디 있습니까. 한갓 문자언구文字言句나 관념에 집하면 선교禪教가 아랑곳없을 것이요, 진의眞意만 체득하면 집執이 따로 없는 것입니다. 그러므로 섣부른 선객禪客들이 스스로 관념에 집한 것은 깨닫지 못하고 불완전한 문자의 교教만을 집執이라 하는 것은 제가 제 마음에 집한 까닭입니다. 교에서 선禪을 못보고 선에서 교를 못 보면 이는 편집偏執입니다. 아무리 문자를 대해도 마음으로 집하는 수 있으며 불완전한 교를 방편으로 해서도 집을 여읠 수 있기 때문입니다. 선가禪家가 턱없이 교教를 친 것이 우습지만 식자우환識字憂患 지해종도知解宗徒는 경계하여 마땅한 것입니다. (辛巳 舊稿)

방우산장 산고散稿

은일隱逸 — 1

세상이 알지도 못하는데 숨어서 사는 사람이 있다. 이는 은일이 아니다. 은일은 출세出世를 전제로 한다. 그 다음에 숨어야 한다. 불우하고 그 쓰일 때가 아님을 느낄 때 선비가 곧잘 은일이라는 미명으로 울며 물러가는 것은 실상 은일이 영달榮達보다 오히려 고가高價일 때가 많기 때문이다. 은일하는 사람은 먼저 영리하다. 성명聲名에 대한 저울질에 능할 줄 아는 사람이다.

은일 — 2

은일이란 불우不遇의 동의어다. 불우는 선비의 생명이 될 수도 있다. 그러므로 은일은 정치를 떠나 학문學問한다. 들어가 싸우지 않고 물러앉아 정관靜觀한다. 불우는 선비를 위하여 하늘이 주신 고마운 특전이다. 그 특전 때문에 은일이 웃는다.

은일 — 3

은일하는 자 흔히 산림山林의 낙樂을 말한다. 글이 좋지 않음이 아니요,

말이 좋지 않은 것이 아니지만, 나는 항시 이런 글을 읽을 때마다 그들의 처량한 카무플라주camouflage에 실소한다. 은일하는 자 자기의 가는 길이 옳음을 성명聲明할 필요가 없다. 은일은 패배기 때문에…. 그러나 은일의 진가는 세월이 증명한다. 패배가 도리어 승리가 되는 날 은자隱者는 미소하라.

은일 — 4

산림의 낙을 말한 자는 참의 은일을 모르는 자다. 은일의 즐거움을 말하는 자도 은일을 모르는 자다. 은일은 항시 슬펐다. 슬픈 가운데 말없이 낙락樂樂하는 자.

양생養生

양생이란 불안한 마음의 일소一掃다. 낙천樂天이다. 신념이다. 양생은 화려한 힘을 욕망하지 않는다. 양생은 조금 먹고 조금 힘쓴다. 유유자적한다.

행복 — 1

가장 괴로운 사람이 가장 행복한 사람이다. 자기의 괴로움만으로도 한 세상 살기에 어려운 곳에 남의 괴로움까지 맡아서 괴로운 사람 그가 행복한 사람이다. 한 집안 한 민족의 괴로움을 맡은 것이 아니라, 온 인류의 괴로움을 맡아서 괴로워하던 사람 석가, 공자 그리고 그리스도. 행복을 위하여서는 끝까지 괴롭고 아파야 한다. 괴롭고 아픈 다음에 행복이 오는 것이 아니라 괴롭고 아픈 것이 곧 그대로 행복이다.

행복 — 2

행복은 동물적 죄고를 무릅쓰고 인간의 별빛을 본 자만이 안다.

행복 — 3

스스로 안락^{安樂}을 위해 고통을 탐내는 것이 행복이라 한다면 치리^{治理}가 사람살이에 쓸 곳이 없고 성인도 인생에 존귀할 것이 못 된다. 그러므로 나는 괴롭고 아프지 않아 길이 불행하려는 범부^{凡夫}. 스스로 불행하려는 사람이 많아지는 곳에 행복한 세계의 문이 열리리라.

행복 — 4

행복은 전인성^{全人性}을 위하여 스스로 노예 됨을 깨닫는 자만이 얻을 수 있는 열매다.

대몽^{大夢}

남화진인^{南華眞人}이 가로되 큰 깨달음이 있은 다음에 비로소 그 큰 꿈임을 안다 했다. 큰 꿈이 있은 다음에 깨달음이 오는 것 ― 깨고 나니 꿈이요, 깨기 전에 꿈 아니란 말인가. 꾸고 보는 현실이요, 꾸기 전엔 꿈이란 말인가.

  남화진인이여 어느 것이 큰 꿈인가, 어느 것이 큰 깨달음인가.

적묵^{寂黙} — 1

물이 소리가 있는 것이 아니라 곧 바닥이 평^平하지 못함이요, 초목이 소리가 있는 것이 아니니 바람이 지나가는 까닭이다. 꽃이 일찍이 노래를 부른 일이 없으나 봄이 옴을 남 먼저 잘 알지 않았던가. 정적靜寂한 가운데 만상이 움직인다.

적묵 — 2

고르지 못한 바닥 위에서 물이 어찌 소리가 없으랴. 바람이 지나감에 절로 잎새가 흔들린다. 만약 이와 같지 않으면 가식假飾이다. 가식이 어찌 본연이 되리오. 연지 찍고 분 바르지 않은 속에 진실로 적寂이여 묵黙이여 그대가 있다.

적묵 — 3

꾀꼬리는 봄 한철을 잘도 운다. 그것이 생명이다. 그 다음에 침묵한다. 그것도 생명이다. 본능을 죽이지 않고 또한 집착하지 않는 것.

적묵 — 4

침묵을 과장하지 말라. 이는 오히려 소란하다. 속임 없는 광가난무狂歌亂舞 이것이 참의 침묵이다. 미소의 덕德 — 석가와 노담老聃이 다 적寂의 경지에서 살았다. 산 것이 아니라 적寂한 것이다. 홍모鴻毛보다도 가벼운 열반涅槃이여, 유마거사維摩居士의 뇌성雷聲과 같은 함묵含黙도 있다.

선禪

굳이 선을 풀이하라면 나는 이렇게 말할 수밖에 없다.

"선이란 종교에서 형식적 예의를 빼고 철학에서 논리적 사유를 쫓고 예술에서 수식적 기교를 버리고 남은 것이다"라고.

선禪 ─ 생명 그대로의 발로發露.

분별分別 ─ 1

원래 분별이 있는 것이 아니다. 미오迷悟가 따로 있는 것이 아니요, 몽각夢覺이 따로 있는 것이 아니다. 미오와 몽각은 하나일 뿐이다. 분별이라 생각할 때 분별이 비로소 분별되는 것이다.

분별 ─ 2

상대성을 바탕으로 하는 절대성의 철학, 절대성을 바탕으로 하는 상대성의 종교 ─ 여기에 상대성과 절대성의 혼일混─의 원리가 있다. 그것도 분별이다.

집착執著 ─ 1

오직 집착을 버리라. 거기에 해탈解脫이 있다. 집착을 버려야 한다는 집착 그 어찌 큰 집착이 아니랴. 해탈하고 싶다는 생각이 집착이다.

집착 ─ 2

죽고 싶거든 굳이 살라. 살고 싶거든 깨끗이 죽어라.

아속雅俗 ─ 1

아속의 차별은 착안著眼에 있다. 착안이란 벌써 아집我執이다. 속俗이

아雅가 되고 아가 속이 되는 것은 일념一念 윤회이다.

아속 — 2

선禪은 속되기 때문에 아雅가 되고 세속 것이 속되지 않으려는 것이 속俗의 장본張本이 된다. 초속超俗이란 속 밖에 있는 것이 아니다. 멋 떨어진 것이란 멋없단 말이 아니요, 더 높은 멋인 것처럼 초속이란 속없는 것이 아니요 속도 아도 다 초월한 것이란 말이다.

아속 — 3

아안雅眼으로 속俗을 관觀하면 속도 아가 되고 속안俗眼으로 아雅를 관觀하면 아도 곧 속이 된다.

미계迷界

불이不二의 법문法門에서 오늘과 내일이 입맞출 때 유有와 무無, 선善과 악惡, 내지 일체 모순이 포용할 때 그 영원한 찰나에 이 불쌍한 미계의 나 아닌 나는 절명한다. 그러나 나는 소생한다. 하건만 이 소생은 무위無爲 자재自在의 화신化身이 아니고 의연히 윤회하는 중생이란다. 어찌 슬프지 않는가.

출세간법出世間法

위대한 종교가는 시대와 민족에 수순隨順한다. 그것이 곧 세간법世間法을 바로잡기 위한 방편이다. 세간법에서는 모든 출세간법이 세간법이 된다. 출세간법에서는 모든 세간법이 출세간법이 된다.

번뇌煩惱

꽃에 접하여는 호접蝴蝶춤 추고 꾀꼬리 소리 들으매 내 마음 버들개지와 같다. 내 본디 번뇌를 모르거니 경境에 대하여 미迷홈을 오히려 즐기놋다.

언문이원言文二元

어떤 이 있어 말하기를 "문자文者는 언지분야言之糞也"라 이르더라. 내 또한 말하기를 "언자言者는 심지분지心之糞也"라고.

시詩 — 1

시는 천계天啓다. 그러나 그 천계는 스스로가 만든 것이다.

시 — 2

시는 천벌이다. 그러나 그 천벌도 시인 스스로 마련한 것이더라.

시 — 3

형이상적 타락과 형이하적 비약에서만 시는 건강하다.

시 — 4

나 아닌 것에서 찾은 나의 생명, 나에게서 찾은 나 아닌 것의 모습, 나 아님이 없는 곳에서 이루어진 그대와 나의 생명에의 향수.

시 — 5

시란 지정의^{知情意}가 합일된 그 무엇을 통하여 최초의 생명의 진실한 아름다움을 영원한 순간에 직관^{直觀}적으로 포착하여 이를 형상화한 것이다.

권태^{倦怠}

권태를 기억한다는 것은 권태보다도 더 권태로운 일이다.

성욕^{性慾}

아름다운 번뇌다. 슬픈 예지^{叡智}다. 아름다운 본능이다. 슬픈 비밀이다. 아름다운 힘이다. 슬픈 꿈이다.

비논리의 논리

"흐르는 것은 액체다. 마음은 끊임없이 흐른다. 그러므로 마음은 액체다." 중개념부주연^{中槪念不周延}의 오류라고? 형식논리가 생명의 논리를 죽인다. 합리주의의 모가지를 비틀어라.

운명의 순환논법^{循環論法}

운명은 — 성격이요, 성격은 체질이요, 체질은? 선천적 체질 — 아, 그것이 바로 운명이어라.

'사랑'의 상극성^{相克性} — 1

사랑〔愛〕 때문에 집착이 생긴다. 그것이 애착〔愛著〕이란 게다. 애착 때문에 슬픈 업보業報가 생긴다. 사랑[愛]을 버려라. 사랑[大悲]으로 해탈解脱의 공덕이 온다. 그것이 자비라는 게다. 자비 때문에 아름다운 정토淨土가 이루어진다. 사랑[悲]하여라.

'사랑'의 상극성 — 2

"사랑은 받는 것이 아니라 주는 것이니라." 받는 이 없으면 누구를 주노? 그래서 짝사랑이 최상급이란 말인가. 불타佛陀의 사랑은 무변대비無邊大悲의 짝사랑이고녀. 주는 이 없으면 못 받을 사랑. 그래서 중생은 어머니 없는 고아인가. 불타의 사랑은 자궁 없는 설움의 가엾은 모성애로다. 줌으로써 받고 받음으로써 주는 사랑이 아니라 줌으로써 주고 줌으로써 주는 사랑, 소애소욕小愛小慾이 아니라 대자대비大慈大悲. 주고 받는 사랑은 구경究竟 서로 빼앗고 빼앗기는 사랑이다. 이 애욕상쟁愛慾相爭의 어부지리 속에 애비상극愛悲相克의 논리가 있다.

인과因果의 맹점盲點

경經에 이르되 "사람이 양을 죽이면 양은 죽어 사람이 되고 사람은 죽어 양이 된다"고 했다. 어느 것이 인因이며 어느 것이 과果인가. 어느 것이 선善이고 어느 것이 악惡인가. 사람은 양을 죽여 그 양으로 하여금 유정有情의 영예榮譽요 성불成佛의 관문인 인신人身을 받게 하고 스스로 양이 되는 것이니 어찌 그 공덕을 적다 하랴. 알고 행함과 모르고 행함을 말하지 말 것이니 불사선不思善, 불사악不思惡하랴. 불사선不捨善 불사악不捨惡하랴. 하하.

방법죄謗法罪

불법佛法을 비방하는 이는 무간지옥無間地獄에 떨어진다 한다. 내 불법을 희롱하고 불조佛祖를 타매打罵하기 무릇 얼마던가. 그러나 내 무간지옥에 떨어질 것을 두려워하지 않나니 대개 내 지은 죄는 끝내 내가 지려는 생각에서이다. 불법을 그릇 해解함을 두려워하지 않고 불심을 바로 행하지 못함을 다만 두려워할 따름이다. 저 광대한 우주의 대법으로 볼 때 어찌 불조佛祖인들 망령된 방법謗法이 없으리오. 내 이제 무간지옥에 떨어지면 불조를 만나 뵐 일이 미리 즐겁기까지 하다. 슬프다. 이미 윤회도 인과도 없거니 내 어찌 무간지옥이 있기를 바라며 그들을 만나길 바라랴. 돌돌咄咄.

우주宇宙

길이 없는 시간이 곧 공간이요, 넓이 없는 공간이 곧 시간이다.

물심物心

형터리 없는 물物이 마음이요, 형터리 있는 마음이 물物이다.

전미개오轉迷開悟

영원한 찰나에 삼백육십도의 전환.

합장合掌

합장. 여기에 불이不二의 법문法門이 있다. 그대와 나 — 부처와 나 — 꽃과 나 — 가 두 손바닥을 나도 모르게 모으는 마음 가운데 있다. 전연 나를 잊고 나도 모르게 합장할 때 절대의 법열法悅이 있다.

불생불멸不生不滅

오늘 학인들로 더불어 배추밭을 매다. 젊은 그들의 무심한 문답.

갑 : "내가 뿌린 고랑은 다 잘 났더니만 가뭄에 다 죽었는걸…."
을 : "나는 씨 뿌리던 날 없었어! 심으지 않았더니 나지도 죽지도 않는군."

내 옆에서 이 말 듣고 허리 펴며 큰 소리로 웃다. 불생불멸.

— 1955. 1, 《현대문학》 창간호

대도무문 大道無門

1.

대도大道에는 들어갈 문도 나올 문도 없다. 문을 찾아서 방황하다가 문을 잊어버리고 자적自適한다. 비롯도 없고 끝남도 없으니 선후가 있을 까닭이 없으며, 위도 없고 아래도 없으니 주종主從이 있을 리가 없다. 안과 밖이 없는지라 들어갈 수도 나올 수도 없는 이 무문관無門關.

2.

일찍이 이 무문관을 들어갔다가 나온 사람의 하나 ― 싯달다悉達多는 세 개의 법인法印을 찍고 갔다.

"제법무아諸法無我 제행무상諸行無常 일체개고一切皆苦"

출발점은 언제나 귀착점이다. 이 염세관厭世觀을 보라, 이 제세관濟世觀을 보라.

3.

내 오늘 허무의 기반 위에 성실誠實의 세계를 본다.

"제법실존諸法實存 제행원융諸行圓融 일체개락一切皆樂"

귀착점歸着點은 언제나 출발점이다.

돌아가는 문은 원융문圓融門. 나오는 문은 행포문行布門.

무아의 차별상差別相 위에 제법諸法이 실존한다.

무상의 유전상流轉相 위에 제행이 원융한다.

개고皆苦의 체념 속에 개락皆樂의 의욕이 있다.

열어 놓으면 무문無門이요, 닫아 놓으면 항하사수문恒河沙數門. 많기 때문에 하나도 없는 대도大道의 무문이여!

문門을 잊은 사람에게 문門이 열린다.

4.

모든 것은 인연으로 화합한 것이기 때문에 인연이 다하면 사라진다 한다. 인연으로 이루어진 자는 그 자체가 없기 때문에 무아無我요, 공空이라는 것이다. 아我도 공하고 법法도 공하다.

5.

일체개고一切皆苦를 위한 십이연기十二緣起의 순관順觀 — 절로 두면 슬픈 생존이 있을 뿐 일체개락一切皆樂을 위한 십이연기의 역관逆觀 — 스스로 벗어 가면 즐거운 생활이 숨어 있다.

6.

몸도 공空하고 마음도 공하다.

이미 색色도 공空이요, 심心도 공일진대 무엇이 만드는가, 만들어지는가. 진공眞空이기에 일심一心이 생만법生萬法하는가. 묘유妙有이기에 만법萬法이 생일심生一心하는가.

7.

없는 곳에 홀연히 있는 것, 그것이 일심一心이다. 있는 곳에 홀연히 없음을 보면 그것이 어찌 없는 곳에 있음을 보는 것이 아니랴.

8.

제상諸相에서 비상非相을 보는 것이 마음을 보는 것이 아니요, 우주를 보는 것이며, 제상에서 실상實相을 보는 것이 물物을 봄이 아니요, 우주를 봄이다. 진공묘유眞空妙有가 마음의 용用만은 아니요, 물物의 용도 되는 것이니, 그러므로 제상비상諸相非相을 봐도 즉견여래卽見如來며 제상실상諸相實相을 봐도 즉견여래다. 제상실상이 곧 비상이요, 제상비상이 곧 실상이니, 마음에서 우주를 보고 물物에서 우주를 보는 것은 우주는 심心도 물도 아니기 때문이다. 그러므로 제상비상을 봐도 즉불견여래卽不見如來요, 제상실상을 봐도 즉불견여래다.

9.

물物에도 내가 없고 심心에도 내가 없으니 진공眞空의 우주, 묘유妙有의 적멸寂滅에 내가 있는가.

10.

선禪은 일심一心을 밝힌 것이라 한다. 마음이 곧 부처란다. 마음만이 본

186

래면목本來面目이고 색신色身은 허망한 가운데 진실을 보게 한 방편일 뿐이니 선은 일색一色을 밝힌 것이라 한들 어떠랴. 육조혜능六祖慧能이 이른바 일물一物이 곧 이를 말함이니 심心 아닌 심, 물物 아닌 물, 물이면서 심, 심이면서 물, 그것이 비로소 부처임을 안다.

11.

내적 필연의 자기원인이 모든 것을 상호 인연화합因緣和合케 한다. 생기生起가 죄악이 아니요, 집착만이 죄여야 한다. 생사生死를 여읨은 생사가 없는 것이 아니요, 생사에 집착하지 않으니, 생사가 다시 괴롭지 않을 뿐이다.

12.

집執하지 않고는 생生이 없다. 생이 있으매 집하지 않을 수 없다. 생하되 집하지 않고 집하되 생하지 않는 것, 이것이 부처라 한다. 미인迷人의 생사는 이 업과의 소치이므로 윤회라 하되 오인悟人의 생사는 곧 무생무멸無生無滅이니 자재自在의 화신이라 한다.

　그러나 다시 생각노니 미오迷悟의 생사가 어찌 다르랴. 범성凡聖이 어찌 사람으로서의 다름이 있으랴. 여기에 불교의 현묘玄妙가 있다.

13.

육신을 타고난 자의 어쩔 수 없는 주검을 보인 불타의 쌍림열반雙林涅槃 ― 십자가상十字架上의 보혈寶血로 속죄의 길을 마련한 골고다의 예수가 부르짖은 "엘리 엘리 라마 사박다니".

14.

마음을 좇아 외적 경험계經驗界가 현상現象되고 물物을 인因하여 내적 인
식이 비롯된다. 그러므로 물物이 마음을 마음ㅎ게하고 심心이 물을 물
ㅎ게 한다.

15.

심心이 어찌 물物을 만드는가. 물物이 어찌 심心을 만드는가. 심이 물을
만들었을진대 심 가운데 이미 물이 있을 것이며 물이 심을 만들었을진
댄 물 가운데 이미 심이 있을지니 심도 일묘유一妙有요, 물도 일진공一眞
空이다. 심중부유물心中復有物하고 물중부유심物中復有心하니 이와 같이
중중무진重重無盡, 심이 물인가 물이 심인가.

16.

진실의 우주는 물物도 심心도 아니다. 일一도 다多도 아니다. 물이면서
심이요, 일一이면서 다多기 때문이다. 그러면 무엇이 만상萬象을 만상ㅎ
게 하는가. 이는 신神도 우연도 아니다. 우주의 이理다. 자연이다. 그
러므로 신즉리神卽理래도 좋다. 이즉자연理卽自然이래도 좋다.

　"아유일권경我有一卷經 불인지흑성不因紙黑成 전개무일자展開無一字 상방
대광명常放大光明"

　범심汎神 범리汎理의 이 '자연경'自然經.

17.

음양정반陰陽正反이 체변遞變되는 것이 이것이 이理다.

188

음과 양은 이理가 아니다. 음양ㅎ게 하는 것이 이理다. 물物과 심心은 이理가 아니다. 무심無心ㅎ게 하는 것이 이理다. 그러나 이理가 따로 있어 음양을 음양ㅎ게 하는 것이 아니요, 음양이 따로 있어 이理에 수순隨順하는 것도 아니다.

음양의 교변交變 가운데 이理가 있고 이理 속에 음양氣의 교변이 있다. 그러므로 이발기수理發氣隨도 기발이승氣發理乘도 아니다. 생성의 형이상학, 여기에 헤겔의 "유와 무와 성成의 관계"도 들어 있다.

18.

만상萬象이 이 음양의 변變에 의하여 생긴다. 물과 심, 이도 음양지변陰陽之變의 하나이다.

그러나 음양지변이 원인으로 만물이 생生하니 만물은 음양의 과果가 되는 것인가. 인因이 어디 비롯되는가. 과果 있기 때문에 인因이 있으니 만물로 볼 때 만물이 인이요, 그 만물이 변하는 곳에 음양의 교변이 있으니 이는 과果다. 어느 것이 먼저며 어느 것이 나중인가.

19.

이理는 이 실체다. 음양은 이 작용이다. 음양은 이 현상이다. 체體를 떠난 용用이 있으며 용을 떠난 상相이 있는가. 용을 떠난 체가 있으며 상을 떠난 용이 있는가. 체를 떠난 상이 있으며 상을 떠난 체가 있는가. 체體·상相·용用, 이는 셋이 아니요, 하나의 삼면三面이다. 그러나 하나도 아니다.

20.

모든 것이 자기 원인이 있다. 자기 원인에 따라 만물이 생주이멸生住異滅할 때 거기에 음양의 교역交易이 나타난다. 그러므로 이理가 거기 따른다. 음양지변陰陽之變을 떠난 물物은 없다. 그러나 물物의 자기 원인에 좇는 변역變易을 떠나 음양지변도 없다. 그러므로 자기의 원인이 이理기도 하다. 그 우주의 이理가 모든 것의 자기 원인이다. 모든 것을 그 자신自身이게 하는 것이다. 그러므로 자기 원인은 곧 그 자신을 떠난 유일실재唯一實在의 용용用이기도 하다.

　자기 이외의 일체의 것으로 자기 존재의 인因을 삼는 자기 원인, 부분이 전체요, 보편이 특수기도 하다.

21.

우주의 이理 그것은 일一이 아니다. 만물이 각기 자기 이理가 있기 때문에…. 그러나 다多도 아니다. 그 잡다雜多 가운데 불역不易의 이理가 있기 때문에…. 그러면 이 다多를 도道라고 하고 일一을 이理라 하자. 도수다道雖多나 이즉일야理即一也. 그러면 이일원론理一元論인가. 다시 생각노니 이理가 무엇 때문에 있는가. 도道가 없으면 또 무슨 이理가 아랑곳이랴. 도리 없이 우주는 일이다원론一而多元論인가.

22.

대도무단大道無端 달리무문達理無門. 이 준엄한 순환 논법 앞에 청년의 사색이 망연자실한다. 고도古道에 사람 자취는 드물고 흐르는 물소리만 높아 간다.

"입차문내入此門內 막존지해莫存知解"

— 1955. 1,《현대문학》창간호

역일선담 亦一禪談

요즘 학생들 사이에 선禪에 대한 관심이 높아 가는 경향이 있다. 반가운 현상이다. 그러나 현대 지식인이 선에 대한 관심을 가지기는 최근에는 서구 사람이 앞서 시작한 것 같다. 구미의 젊은 시인들 사이에 이에 대한 관심이 이미 보였다니 말이다.

연전에 내가 벨기에 크노케·주테에서 열린 국제시인회의에 갔을 때일이다. 교외의 어느 여류시인 별장으로 초대받은 적이 있었다. 그날 조용한 하루의 술자리에서 수염을 기른 벨기에의 젊은 시인 하나가 선에 대한 얘기를 끄집어냈었다.

나는 그들의 선에 대한 관심이 단순한 미학적 취미에서 오는 것이라고 생각했다. 선의 미학, 다시 말하면 그 생동하는 기발한 표현이 서구의 막혀 버린 전위예술의 타개打開의 방향으로 각광을 받았을 것이라고 생각했다는 말이다. 마치 동양의 서예나 그림이 그쪽 추상파 화가의 구미를 돋우는 것과 같은 현상이다. 사실 선禪에는 그들의 이러한 호상好尙에 적응하는 면이 있기도 하다. 일체의 분석과 합리주의를 거부하는 선의 방법론, 그 절대의 직관과 생명적 체득, 또는 발랄한 꿈은 어쩌면 미학적으로는 슈르리얼리즘이나 다다이즘의 그런 것에도 상통하는 바가 있다는 말이다.

192

그래서 나는 당신들이 생각하는 선은 진짜 선이 아니고 단지 선의 미학에 대한 관심일 게라 하고 당신들이 만일 동양의 선시禪詩들을 읽으면 그건 의외로 로맨티시즘류의 서정시임에 놀랄 것이라 했다.

형식적 의례儀禮를 빼 버린 종교, 논리적 사유를 뛰어넘는 철학, 표현의 기교를 거부하는 예술인 선禪을 이해하기에는 서구인은 동양인을 따르지 못할 것이다. 그들의 사고의 전통이 아주 다르기 때문이다. 그러니 그들에게 이 선에서 섭취하기 가장 쉬운 것은 셋째 번의 것 — 선의 방법론을 예술에 적용하는 일이리라는 것이 자명한 일이다.

취여醉餘에 나는 그에게 "무엇이 부처냐"〔如何是佛〕고 선에서의 항다반恒茶飯의 질문 하나를 던졌다. 그는 매우 난처해서 웃었다. 한참 뒤에 그는 꼭 같은 질문을 나에게 되돌렸다. 나는 태연히 대답했다. "모르노라"고, 또 몇 잔을 들이킨 뒤에 우리의 시선이 창밖을 내다볼 때 나는 그의 넓적다리를 손바닥으로 쳤다. 휙 돌아보는 그를 향해서 "이것이 부처다"라고 했더니 그는 알 듯하다고 했다. 나나 그나 이 알 듯하다는 것이 실상은 선禪에서 천리현격千里懸隔인 것을 어쩌랴. 그것은 분별이다. 아니 본래 분별은 없다. 분별이라 생각할 때 비로소 분별이 생긴다.

훨씬 더 오래 전 얘기다. 경도京都 묘심사妙心寺에서 몇 날을 묵는데 경도제대京都帝大를 나왔다는 오십대의 선승禪僧이 선禪의 현대적 해설을 시試한 끝에 '다다미' 방 위에 성냥갑 하나를 던지며 "자, 들어갈 자는 들어가라"란다. 내가 두 손으로 성냥갑을 덮쳤더니 "들어갔는가"고 물었다. 나는 "들어갔다"고 했다. 또 한 번을 재우쳐 들어갔느냐고 묻기에 나는 확호하게 들어갔다고 했더니 이 친구는 "좋다" 하고 윤허를 내렸다. 이를테면 나는 깨달은 사람이 된 셈이다. 그래서 고소를 금치 못한 일이 있다.

나중에 안 일이지만 일본의 임제선臨濟禪에서는 깨치는 방법이 있어서 화두話頭(禪思索의 주제, 公案이라고도 한다) 하나를 걸고 얼마의 기간을 참구參究하면 해오解悟할 수 있고 이렇게 해오를 거듭하여 일생에 1,700칙則 공안을 다 깨닫는다는 것이다. 아연할 일이다. 화두란 것은 1,700가지 중 어느 하나만 잡아서 깨달으면 여남은 것은 저절로 함께 깨치는 것으로서 화두 하나를 가지고 평생을 참구해도 못 깨닫는 이는 마침내 깨닫지 못하고 마는 것인데 깨치는 방법이 있다니…. 이 점에서만은 우리나라의 선이 지금 많이 쇠미衰微하긴 했어도 정통이다.

만법귀일萬法歸一— 화두話頭란 것은 "만법귀일萬法歸一인데 일귀하처一歸何處오" 하는 것만을 생각하는 것이요, 백수자柘樹子 화두話頭는 "달마조사達磨祖師가 서쪽에서 온 뜻이 무엇이냐"는 질문에 "뜰 앞의 잣나무"라고 대답한 선의 종장宗匠이 있었기 때문에 조사서래의祖師西來意를 어째서 정전백수자庭前柘樹子라 하는가를 생각하는 것이다. 이건 그대로 온건한 편이고 별의별 기괴한 화두가 다 많다.

화두를 걸고 참선參禪하는 것은 임제종臨濟宗의 특색이다. 그러나 임제종에서는 자가선自家禪을 화구선話句禪이라 뽐내지만 같은 선종이라도 조동종曹洞宗 같은 데서는 본래면목本來面目은 무념무상의 경지인데 화두란 것은 뭐 썩어빠진 거냐고 간화선看話禪을 비웃는다. 딴은 그런 면도 있다. 말이란 불완전한 것이고 보면 그 진수를 말로써는 표현할 수 없는 것이고 또 화두가 아무리 그 말 그대로의 통념이 아닌 어떤 참뜻의 방편이라 하더라도 사람들은 그 나타난 말에 집착하고 그 통념의 주위를 논리적 분석으로 맴돌기가 첩경 쉽기 때문이다.

조동종의 화두에 대한 이와 같은 반박과 주장을 임제종 쪽에서는 또 이렇게 반박한다. 본래면목이니 무념무상이니 하는 것은 공부가 무르익은 사람에게나 가능한 것이지 처음부터 무념무상을 찾는다는 것은 이 무슨 어림 반 푼어치의 소리냐는 것이다. 그런 것은 무념무상이 아니라 얼이 빠져 버린 무기無記의 상태에 지나지 않는다고 조동종의 묵조선黙照禪을 맹격한다. 그것도 그렇다. 우리가 참선이 아니라 할지라도 무엇을 골똘히 생각해 보려면 5분이 못 가서 생각은 어느새 한강에 가 있고 '파리'에 가 있고 해서 생각을 도로 붙잡아다 놓으면 또 모르는 새에 그렇게 되기가 일쑤다. 심원의마心猿意馬라 해서 변하고 달리는 마음을 한 생각으로 온전히 모으기란 참으로 어려운 일이다. 그래서 생각을 붙잡아 맬 심주心柱가 필요할 성부르기도 하다.

안개 속 같은 미망迷妄을 무념무상으로 알다가는 미친 사람이 된다. 삼매三昧는 탈혼상태奪魂狀態가 아니라 환하게 깨어 있어 적적한 상태다. 그리고 화두에 나타난 언어문자에 붙잡혀서 알음알이로 풀이하려다가는 나가떨어진다. 화두는 이른바 지월지교指月之敎, 달을 가리키는 손가락에 지나지 않는다. 달을 가리키는 손가락은 달을 보라는 것이지 손가락을 보라는 것은 아니기 때문이다.

우리나라 불교는 조계종曹溪宗이라 해서 중국선中國禪의 육조혜능六祖慧能의 법맥에 닿으므로 그의 주석처柱錫處였던 조계산 이름을 딴 것이지만 임제종臨濟宗이나 조동종曹洞宗도 이 조계 혜능의 법손法孫의 분파요, 우리 선종禪宗 법맥에도 이 두 흐름은 다 들어와 있다. 다만 수에 있어서 임제종이 단연 우세하고 고려의 태고국사太古國師나 나옹화상懶翁和尙 같은 고승이 역시 중국 임제종의 의발衣鉢을 받아 왔기 때문에 임제종이라 할 수 있는 것뿐이다. 신라시대의 선禪의 구산문九山門에도 조계종은 하나밖에 없었다.

신라의 오교구산五敎九山 시대가 태종 때 와서 선교양종禪敎兩宗으로 줄어들자 교종敎宗은 일체의 현교顯敎, 밀교密敎, 정상종淨上宗 등을 아우르고 선종禪宗은 모든 선의 종파를 아울러서 선종이라 했던 것이 일제 말에 선禪 중심의 단일종 조계종이 되었다가 최근에 이르러 종단 분쟁 후다시 법화종法華宗 원불교 등 여러 종파가 열리게 된 것이다.

그러나 한국의 불교는 5교敎 9산山 시대에서 지금까지 선교 양종의 교섭交涉과 융섭融攝이 특색이 되었다. 원효元曉의 십문화쟁론十門和諍論이래 대각국사大覺國師의 선교융섭禪敎融攝, 보조국사普照國師의 정혜쌍수淨慧雙修, 서산대사西山大師의 선교통섭사상禪敎統攝思想이 전통이 되어 교종은 선禪을, 선종은 교敎를 각기 받아들여 독특한 경지를 열었다고 할수 있다.

그러므로, 한국선韓國禪의 종풍은 다분히 종교적이다. 임제종이라지만 법안종法眼宗적 성격을 지녔고 — 보조국사普照國師나 최근의 방한암方漢岩 같은 이가 그 예다 —, 혜능慧能하의 남악회양南嶽懷讓 계통의 남종南宗(頓宗)이라지만 하택신회荷澤神會 계통의 북종漸宗적 성격도 지녔다. 이러한 성격이 곧 정혜쌍수와 함께 돈오점수頓悟漸修를 표방하는 한국독특의 종지宗旨를 열게 된 것이다.

선禪은 부처의 마음이요, 교敎는 부처의 말씀이다. 마음에 얻으면 교敎(經典) 뿐 아니라 세간의 모든 심상尋常한 말과 앵음연어鶯吟燕語도 선지禪旨가 되고 입 끝에서 잃으면 세존의 염화拈花나 가섭迦葉의 미소微笑가다 교敎의 자취요 하찮은 사물死物이 되고 만다고 서산대사는 말했다. 다시 말하면 선을 말로써 풀이한 것이 교요, 교 가운데 살아 있는 참뜻을 문자의 지해知解 아닌 것으로 체득하면 그것이 곧 선이 된다는 뜻이다.

옛날에 들은 얘기다. 백룡성白龍城이 양산 통도사인가 어디서 설법을 했을 때 일이라는 것이다. 백룡성은 주지하는 바와 같이 기미己未 33인의 하나요, 당시 불교계의 거벽巨擘이었다. 그의 오도송悟道頌이라는

"금오천추월金鰲天秋月 낙동만리파洛東萬里波 고주하처거孤舟何處去 의구숙로화依舊宿蘆花"라는 시의 상상想과 기국氣局을 나는 좋아했다. 이 백룡성이 설법을 한다니까 수많은 청중이 모여들었고 그 중에는 신혜월申慧月이라는 선백禪伯도 제자들을 데리고 그 설법을 들으러 왔던 것이다. 이 혜월 화상은 무식한 이였으나 도승으로서 많은 일화를 남긴 분이다. 백룡성은 상당설법上堂說法을 끝내자 의심이 있는 이는 물으라 했다. 이때 신혜월은 옆에 있는 사미승沙彌僧 ─ 일여덟 살짜리 동자를 달랑 들어다가 백룡성의 법상法床 앞에 올려놓았다. 백룡성은 그 자리에서 말없이 일어나 내려앉았다. 이렇게 되니 회중들은 혜월스님 법문을 들어야 한다고 신혜월의 상당上堂을 청하였던 것이다. 이윽고 신혜월 상당하여 설법을 시작하자 내려앉았던 백룡성이 번개같이 일어나 주장자拄丈子를 들고 달려가 설법하는 신혜월을 내리갈기려 했다. 이때 신혜월은 벌떡 일어나서 백룡성의 주장자를 잡아당겨 빼앗아 가지고는 꽁무니에 깔고 앉아 설법을 계속하였다는 것이다. 그 설법이 백룡성의 설법이나 대동소이大同小異하더라는 것이 더욱 재미있다.

우리는 이 삽화에서 어떤 시사를 받을 수 있다. 그것은 몹시 위험하긴 해도 문답의 추이와 대책이 무엇을 뜻하는가를 느낄 수가 있다. 의심이 있는 사람은 물으라 했을 때 아이를 올려놓은 것은 그런 말은 그런 아이나 보고 말하라는 것이다. 아이가 의심이 있으면 묻지 않겠느냐는 것이다.

의심이란 어디 있느냐? 나는 이 대답을 생각하면서 어린아이에게는 실존의식이 없다는 것이 자꾸 생각나서 웃음이 절로 나왔다. 백룡성이 분명히 한대 맞은 것이다. 내려앉았던 백룡성이 달려든 것도 알 만하다. 거기서부터는 생명력의 대결이다. 그러나 신혜월이 태연히 백룡성과 같은 수작을 했다는 게 아주 재미가 있지 않은가.

백학명白鶴鳴 대선사도 이들과 동시대의 법중용상法中龍象이었다. 그는 호남의 유수한 선찰禪刹인 정읍 내장사에 주석住錫하고 있었다. 이 백학명이 어느 때 일본에 건너가 겸창鎌倉의 임제종 건장사建長寺에서 유명한 선승 석종연釋宗演을 만난 적이 있었다. 이 석종연은 선을 Zen Buddhism이란 이름으로 서구에 널리 펼친 스즈키 다이세스〔鈴木大拙〕의 스승이었다.

그때 두 고승 사이에 행해진 법어法語가 재미있길래 여기 그대로 옮기기로 한다.

연선문운演先問云 : "이미 백학인데 무엇 때문에 중옷僧衣을 입었는가?"
　　　　旣是白鶴 爲什麼著緇衣
사운師云 : "어느 곳에 백학을 보는가?"什麼處見白鶴
연운演云 : "온 십방이 백학의 곳 아님이 없으니 청컨대 화상은 구고의 울음을 울라."盡十方無不是個 白鶴之處 請和尚 作九皐之鳴
사운師云 : "세계가 모두 백학인데 노화상은 어느 곳을 향해서 안신입 명하려는가?"世界都是白鶴 老和尚 向什麼處 安身立命
연운演云 : "안신입명하는 일은 심상다반이니 도를 향상하여 일구로 와보라."安身立命之事 尋常茶飯 道將向上一句來看
사운師云 : "솔이 늙으니 학이 깃들이기 어렵도다."松老鶴難栖
연운演云 : "좋은 말이니 가위 외로운 학이 가을 하늘에 울도다."好言語 可謂 孤鶴唳秋旻
사운師云 : "소승 죄 많소이다."小僧罪過

그리고 나서 석종연은 게송偈頌을 읊었다.

演偈曰연게왈
靈山會上曾相逢영산회상증상봉
今日再來見道容금일재래견도용
未發片言意先解미발편언의선해

198

秋風古寺一聲鐘추풍고사일성종

師偈答云사게답운
　四面滄溟復鎖雲사면창명복쇄운
　超然中有楞伽云(楞伽演號)초연중유릉가운
　實難住處誰能住실난주처수능주
　萬古精神是自分만고정신시자분

　불립문자不立文字하고 직지인심直指人心한다는 선가禪家에서도 시는 쓴
다. 최고의 표현은 침묵 곧 뇌성雷聲 같은 함묵含黙이요, 양미楊眉 순목瞬
目 같은 말없는 행동과 표정, 방棒 곧 몽둥이질과 할喝 곧 규함叫喊 같은,
언어를 통하지 않는 표현이 많이 쓰이지만 언어를 완전히 여의지는 못
한다. 다만 지극히 상대적인 언어로 절대의 경지를 표현할 수 없기 때
문에 선가에서 쓰는 언어는 통념의 언어가 아니요, 표현하지 못할 어
떤 세계를 제시하는 지극히 요약된, 상징적이요, 비약적인 언어를 쓴
다. 지극히 요약된, 함축 있고 상징적인, 그리고 기발한 비약의 언어
는 시의 언어에 통하게 된다. 그러므로, 선가에서는 법어法語 전후에
게송偈頌 곧 운문이 애용된다.
　이것은 불타도 모든 설법에 애용한 형식이다. 다만 경전의 게송은
대개 설법의 요약으로서 긴 운문이 많지만 선가의 게송은 짧은 서정시
인 것이 보통이다.
　선가에서는 우선 개오開悟를 하게 되면 오도송悟道頌이란 시를 쓰게
된다. 그가 오득悟得한 정신의 세계를 표현하는 데 적합한 유일의 언어
형식은 시가 있을 뿐이기 때문이다. 장황한 산문은 선이 아니라 설교
요, 말이 길면 길수록 그만큼 선지禪旨에서 멀어져 교적敎迹이 되고 말
기 때문이다.

선가에서는 경전의 대의를 시로써 표현하여 주기도 한다. 그 좋은
예가 금강경오가해金剛經五家解의 야부冶父 천선사川禪師의 송頌이다. 우리
시조에 월산대군月山大君의 작품이라 하는

秋江에 밤이 드니 물결이 차노매라
낚시 드리우니 고기 아니 무노매라
무심한 달빛만 싣고 빈 배 돌아오노매라

는 실상 야부송冶父頌인

千尺絲綸直下垂천척사륜직하수 一波纔動萬波隨일파재동만파수
夜靜水寒魚不食야정수한어불식 滿船空載月明歸만선공재월명귀

의 의역意譯이다.

낚시를 던진 이는 누군가. 그것은 불타다. 한 물결 이는데 모든 물결
이 따른다는 것은 무엇인가. 부처가 세상에 나서 천상천하에 유아독존
이라 하고 중생을 다 건지겠다는 것이 큰 파문을 일으켰다는 것이다.

낚시를 물지 않는 그 고기들은 무엇인가. 중생들이다. 중생이 모두
불성佛性을 지녔기에 깨닫기만 하면 부처가 되는 것인데 석가모니 제가
뭐 건방진 소리냐는 것이다.

한 배 가득히 공空을 싣고(실은 것 없이) 달 밝은 아래 돌아간다는 것은
부처님 가르침의 진수를 역표현한 것. 결국 이 시는 불조佛祖(佛과 祖師)
의 출세가 무풍기랑無風起浪 곧 평지풍파平地風波라는 것과 그러므로 불타
가 49년 동안 설법했어도 마침내 얻은 것 하나 없이 빈손으로 돌아갔다
는 소식消息이다. 이와 같은 뜻을 다 떼놓아 모른다 하더라도 이 시는
그냥 시로서 맛이 난다.

어쨌든 가슴이 답답할 때 선시禪詩를 읽으면 가슴이 후련해진다. 시가 탈속하려면 먼저 이런 경지에 거닐어 보지 않으면 안 된다. 한산시寒山詩처럼 이빨이 시린 시를 읽다가 옹졸한 유자儒者의 시를 읽으면 가슴이 답답해진다.

요즘 우리 시도 좀 답답해지고 따분해 가는 것 같다. 선풍禪風이 아닌 선풍旋風이라도 좀 불어야겠다.

— 1966, 《신동아》 7월호

창에 기대어

생성生成의 장章

한 그루의 푸나무를 보아라. 연둣빛 작은 싹이 땅 껍질을 뚫고 나와 저 빛나고 따뜻한 햇살 아래 자라나는 모습을 보아라. 연한 가지가 뻗어 단단하게 굳어지고 파란 잎새가 달리기 시작하면 벌써 작은 그늘을 마련한다.

꽃을 피우고 열매를 맺고 잎새가 떨어져 뿌리로 돌아가고 하는 사이에 나무는 정정한 고목이 되어 무성한 그늘을 지니고 산새와 사람들에게까지 팔을 벌려 저의 열매나 되는 것처럼 그 품 안에 받아들인다. 아름드리 고목나무 아래 서서 까닭 모르게 흐뭇해지는 마음을 느낀 적이 있느냐. 소년들아, 너희들은 이 정정한 고목이 되기 위하여 자라고 있는 한 그루 작은 푸나무라고 생각하여라. 자연의 품안에 안기어 살기 때문에 사람도 진실로 그 한평생이 푸나무와 다를 바가 없다.

옛 사람들은 인생 일대를 칠십 년으로 금을 긋고 그 칠십 년을 반에 꺾어 소년과 노년으로 구별하였다. 칠십 년의 반이면 서른다섯 해, 마흔이면 벌써 스스로 늙은이라고 부를 수가 있었으니, 이러고 보면 서른일곱 여덟이란 나이가 소년과 노년을 갈라놓는 분수령이 되고 만다. 이와 같이 소년은 젊은이란 뜻으로, 노인이란 말의 반대말로 쓰인 것이었으나, 오늘의 소년들아, 너희에게 주어진 소년이란 대명사는 젊은

이 중에도 젊은이란 뜻이다. 싹 터서 자라는 시절이란 말이다.

　이제 꽃피는 청년기를 지내고 열매 맺는 장년기를 보내면 잎 지고 눈 서리 치는 조락凋落의 노년기 겨울이 온다고 한다.

　그러나 너희는 이것을 몰라도 좋다. 늙어 죽는 날을 미리 근심하지 말고 늙기 전에 무엇을 할 것인가에 대해서 꿈을 지니고 공부하면 그것으로 족하다.

　사람이 어머니의 태반에서 처음 떨어져 나올 때는 한 마디 울음과 젖 빠는 재주밖에 아는 것이 없다. 그러나 강보에 싸인 아기가 눈물 — 그 최초의 언어요, 최후의 언어인 눈물을 배우고 다음에 웃음을 배우고 나면 그때부터 그의 혼과 마음과 몸뚱이에 스며드는 것은 어머니의 거룩한 모습, 평생 두고 잊지 못할 그 인상이 가득 차게 된다. 그러므로, 이 세상의 어떠한 미인도 저의 어머니만큼은 아름답지 못한 것이요, 자라서 좋아하는 여성과 숭배하는 남성까지가 어머니같이 느껴지는 까닭이 여기에 있는 것이다. 어린 새싹에게 쏟아지는 포근한 태양의 빛, 어머니의 모습은 바로 그 태양의 사랑이 아니겠느냐.

　소년아, 지금까지 너희를 길러 온 것은 어머니와 태양 — 바로 자연의 사랑이라고 생각하여라.

　아주 어린 싹은 무슨 풀인지 무슨 나무인지 알 수가 없다. 마찬가지로 사람도 아주 어린 날은 사나이와 계집의 구별이 두드러진 성격으로 나타나질 않는다. 계집애 일곱 살, 사내 여덟 살, 이 무렵이 소녀와 소년으로 나뉘는 첫 갈림길이다. 일곱 살의 계집아이가 옷매무새와 얼굴 화장에 눈뜨게 되는 것, 팥알만도 못한 젖을 감추려고 하는 것은 이 나이가 여성으로서 발육의 첫 계단이 되기 때문이다. 소년들아, 너희 여덟 살의 회상은 어떠하냐. 손위 누이를 때리고 욕하며, 이웃집 아이와 주먹싸움에 코피를 터치거나 옷을 찢은 기억은 없느냐. 어른의 말을 듣지 않고 심술궂은 장난으로 이웃 아주머니의 꾸중을 들은 적은 없느냐. 벌레를 죽이는 데 잔인하고, 총칼을 만들어 차던 시절을 돌이켜 보면 대체로 너희 여덟 살 무렵에서 비롯된 일일 것이다. 이와 같이 여덟 살은 남성으로 발육되는 첫 단계인 것이다. 옛 사람들이 말한바 남녀 일곱에 한자리에 앉으면 안 된다는 듣기에 우스운 말도, 실상은 이 무렵 나이는 아무것도 모르고 어른의 흉내를 비로소 배우는 본능의 시절이기 때문이라 한다. 이때는 풀이 나무로 굳기 시작하는 철수라, 바람과 이슬을 듣고 보며 공중의 습기와 온도를 느낀다. 구름과 우레와 지저귀는 새들도 알 듯해지는 시절이다.

허나, 너희는 이미 이 시절을 지난 사람이다. 오늘 사람들이 부르는 소년이란 말의 뜻은 열 살에서 스무 살 사이의 만 십 년의 기간을 가리키는 것이 보통이다. 그러므로, 국민학교 삼년에서 고등학교를 졸업할 무렵까지의 나이에 있는 사람은 소년이라 불릴 수밖에 없다. 그러나 진실로 소년이란 이름에 값할 나이는 아무래도 열여섯 살부터 스무 살까지의 오륙 년 사이에 불과하다. 그러고 보면, 소년들아, 소년이란 이름을 누릴 날은 옛날보다 더 짧지 않느냐. 여덟 살이 남성으로 발육하는 첫 계단이라면, 이 기본 수의 배수인 열여섯은 아이가 어른으로 넘어서려는 관문이 되기 때문에 옛 사람들이 이팔청춘이라고 불렀던 것이다. 목소리가 변하여 우렁차지고 근육이 굳세어지고 육체적으로 무르익어 가는 것을 너희들이 자각하리라.

그나 그뿐인가, 까닭 없이 외롭고, 울고 싶고, 노래하고 싶고, 부르짖고 싶은 가슴은 너희가 인생의 봄철에 이르렀음을 보이는 생명력의 약동 때문이라고 믿어라. 나뭇가지에 물이 오르듯이 너희 가슴에 영혼의 핏줄이 스며 내리기 때문이라고 믿어라. 여기에 이르러 너희는 어머니 뱃속에서 떨어질 때 처음 말한 네 울음— 그 첫 발언의 뜻이 아는 듯하여질 것이다. 봄철의 산과 내, 하늘과 땅, 새들과 꽃들의 그 짙은 푸르고 붉음을 볼 때 너희 가슴이 따갑고 쓰리면서 또 달콤하고 나른해지는 것은 무엇 때문일까. 육체적으로만 아니라 정신적으로도 너희는 인생에 눈이 떠오기 때문이다. 사람 그리운 정, 무엇을 알고 싶은 충동, 그저 행동하고 싶은 의욕 — 이 한 철을 너희는 아름답게, 진실하게, 굳건하게 살지 않으면 안 된다. 너희는 아직 꽃 피고 열매 맺을 힘이 없다. 그러나 오래지 않아 꽃 피고 열매 맺을 날이 온다. 그날의 준비로 먼저 건강하고 싱싱하며 굽혀지지 말고 쓰러지지 말아야 한다. 너희 육체의 힘은 한창 나이라, 어른들을 자처할 수도 있으나 너희 정신은 아직 어린아이다. 부질없이 일찍 어른 노릇을 배울 필요가 없다. 아직 어리고 순진하여도 좋다.

사춘기의 너희 인생은 오직 고귀한 사랑에 바치고 싶은 깨끗한 정열만이 있을 것이다. 너를 키워 준 고장을 사랑하라. 죽는 날까지 잊지 못하는 고향의 산천은 어떠한 이름난 명승지보다도 아름다운 곳이다. 제 나라를 사랑하는 마음속에는 제 고향을 사랑하는 마음이 얼마나 많이 들어 있는가를 생각하여 본 적이 있느냐. 제 고향을 사랑하는 마음속에서 대대로 거기서 살다가 돌아가신 조상과 나를 길러 준 어버이와 어린 날 같이 놀던 동무를 그리워하는 정이 얼마나 많이 자리하고 있는 것을 느껴 본 적이 있느냐.

소년들아, 못 잊힐 저 자연과 인생을 사랑하기 위하여 먼저 고장과 나라와 동무를 사랑하는 정으로 너희 가슴을 따뜻하게 하여라. 예술과 학문과 정치와 종교와 그 많은 하늘에 너희 가지가 어느 방향으로 뻗어 가든지 이 마음 바탕은 언제나 옳고 바른 성장을 위한 요람이 되기 때문이다.

조국을 위하여 목숨을 바치고 죽은 이의 전기를 읽고 너는 가슴속에 불길을 태워 올려라. 인류를 위하여 위대한 업적을 남긴 이의 혼령 앞에 너는 무릎을 꿇어라. 먼 하늘을 떠가는 한 오리구름을 믿고 모시어 너는 기도를 올려라. 들녘에 피는 한 송이 풀꽃에 너는 뜨거운 가슴을 대어라. 훌륭한 문학을 읽고 그 주인공의 운명에 너는 울어라. 사람은 무엇 때문에 나며 살며 죽는가를 생각하여라. 사람의 이상과 현실과 행동은 왜 이렇게 어긋나기만 하는 것을 생각하기에 밥맛을 잃어도 보아라. 하룻밤을 울어서 새워 보지 못한 사람과는 더불어 인생을 말하지 말라는 말이 있다. 너는 벌써 이른바 신경쇠약이란 값진 병의 시초에 들어 있는지도 모른다. 인류 문화의 발달은 사람의 좋은 허영과 신경쇠약이란 뜻있는 병의 산물이다. 그러나 그 슬픔 앞에 쓰러지지 말고, 그 슬픔, 그 괴로움이 무슨 길을 얻어서라도 구체적으로 이루어질 힘을 함께 기르지 않으면 안 된다. 꿈과 힘의 평형 상태, 조화된 상태에서 우리는 인생의 보람을 얻는 자이다.

때 묻지 말아라. 더러워지지 말아라. 높은 뜻을 가져라, 소년아 ― 너희 자랑은 오직 여기에 있다.

순결純潔의 장章

순결은 너희의 둘도 없는 자랑이다. 소년아, 이 값진 너희 재산을 지키기 위하여 너희 정성을 온전히 바쳐야 한다. 너희는 육체적으로나 정신적으로도 그냥 그대로 깨끗하다. 이른바 천진天眞이란 말을 너희에게 주는 것을 탓할 사람이 없는 것이다.

그러나 소년아, 이 고귀한 너희 순결을 더럽히는 것이 있다. 그것은 무슨 옛이야기에 나오는 이야기거나 또 너희들이 보고 나서 재미있어하는 그림 속의 악한과 같은 것이 아니라 저 어쩔 수 없이 흘러가는 세월과 이웃사람이 뒤섞여 복닥거리는 사람살이라는 것이다. 우리는 세월을 막을 수 없고 사람살이를 떠나서 외로이 혼자서만 살 수가 없다는 것을 너희는 알 것이다. 그러므로, 소년아, 너희는 이 덧없이 흘러가는 세월의 한 토막 속에서 순결을 값진 자랑으로 삼는 얼마 안 되는 소년 시절을 때 묻고 병들지 않도록 깨끗이 누려야 하는 길밖에 다른 방법이 없는 것이다.

사람이란 나이를 먹으면 절로 사람과의 여러 가지 관계로 때가 묻고 더러워져서 마침내 누구나 한때는 지녔던 소년의 자랑인 순결을 버리고 사악邪惡의 구렁텅이로 전락轉落하기가 일쑤다. 진실로, 소년들아, 사람을 늙게 하고 더럽게 하는 세월 그 자체는 아무 뜻도 없는 것이요,

사람이 스스로 때 묻고 병들어 가는 것이라고 믿어라.

　동심여선童心如仙이란 말이 있다. 소년의 깨끗한 마음을 지닌 사람은 신선과 같다는 말이다. 소년의 순결한 마음을 오랫동안 지니면 지닐수록 그만큼 그 사람은 좋은 사람이요, 죽을 때까지 이 마음을 지키는 사람을 우리는 착한 사람, 어진 사람으로 부를 수밖에 없는 것이다. 소년들아, 너희는 이 마음을 되도록이면 오래 지키고 죽는 날까지, 이 마음을 지니는 이를 공경하고 또 배워라. 이 마음에서 멀어지고 빗드는 마음을 채찍질하고 바로잡으며 부끄러워할 줄 알아야 한다.

　사랑하는 소년들아, 너희가 순결한 것은 세월이 아직 너희를 더러운 세상에다 이끌어 주지 않았기 때문이다. 그러나 너희는 너도 모르는 사이 그 속으로 밀려들어 가고 있지 않느냐. 너희는 벌써 젖만 가지고 배부를 수는 없다. 어머니와 태양의 은혜만으로는 살 수가 없는 나이다.

　먹고, 배우고, 어버이를 받들며, 장가들고, 자식 낳고, 다시 그를 기르는 과정이 눈앞에 닥쳐오고 있기 때문이다. 소년들아, 사람들이 나이를 먹으면 더러워진다는 것은 어느 누구도 어쩔 수 없는 이 무거운 짐 때문이라 한다. 그러나 이 무거운 짐을 감당하지 못하여 때 묻고 더러운 일, 몹쓰고 간악한 행동을 행한다 해서 그 사악의 허물을 용서받을 수는 없는 것이다.

　소년들아, 바른 마음을 가진 사람은 남을 속이기보다 자기를 속이는 일이 얼마나 어렵다는 것을 아느냐. 자기를 속일 줄 알면서도 남이 자기에게 속지 않음을 모르는 사람은 벌써 마음의 순결을 잃어버린 사람인 줄 알아라. 세상 사람들은 어째서 깨끗하고 옳고 바른 사람을 어리고 못난 바보라고 웃고 욕하는 것이냐. 더러워진 자기를 감추고 자기가 행하지 못하는 좋은 일을 회피하기 위한 수단으로밖에 생각할 수가 없지 않느냐. 너희는 나쁜 사람의 욕을 먹는 것을 자랑삼고 좋은 이의 비웃음 받는 것을 얼굴 뜨겁게 생각하여라.

착한 사람은 바보로 업신여김을 받고, 간악한 자가 도리어 영리한 사람이라 거들거리는 것이 어느 때나 마찬가지로 사람 사는 세상의 형편이었다. 그러나 어느 나라 역사에서든지 그 나라 문화가 꽃피는 시절은 어질고 착한 이를 존경하는 때였다. 옛날 로마의 전성 시절에는 돈 있고 권세 있는 사람이면 제마다 백조의 깃털 한 개를 지녔었다고 한다. 사랑하는 소년들아, 이 백조의 깃이 무엇에 소용되었는지 아느냐. 그들은 하루에도 여러 차례 열리는 연회의 기름진 음식을 소화할 길이 없어서 이 백조의 깃을 목구멍에 넣고 구역질을 해서 말끔히 토해 버리고는 또 새로운 잔치에 나아가고 하였던 것이란다.

그 깨끗한 깃털이 소화되지 않는 똥물에 적시어졌다는 것은 순결이 더러움에 모욕 받는 일의 좋은 상징象徵이 될 것이다. 그러나 이러한 로마의 성시에는 빈 지갑을 자랑하는 어질고 착한 선비가 있었고, 그들을 존경하는 백성이 더 많았기 때문에 그 문화는 빛이 난 것이다.

온 나라 백성이 모두 다 깨끗한 것만 찾으면 그 나라는 거지 나라가 된다고 한다. 그러나 모든 백성 전부가 서로 속이고 눌리고 돈 벌어 잘 살겠다는 생각만 가지면 그 나라는 도둑놈 나라가 되고 말 것이다. 소년아, 너희는 훌륭하고 참된 사람이 되기 위해서 죽을 때까지 너희 생각에 큰 영향을 주고, 쓰러지는 너를 붙잡아 주며 너를 명령할 마음의 순결을 너희 지금 마음, 때 묻지 않은 소년의 마음에서 길러라. 마음의 재산을 육신의 재산보다 고귀하다고 믿는 것이 천하에 부끄럽지 않은 일이라고 생각하여라.

간사하게 삐뚤어진 세상이라, 소년의 말과 행동이, 옳지 못한 어른들의 본을 받아 나쁜 일하는 것을 자랑삼는 것을 볼 때 뜻있는 사람들은 눈살을 찌푸리고, 긴 한숨을 쉬는 것이다. 남은 6년에 마치는 학교를 3년이나 4년에 마치는 것을 자랑삼는 세상을 어쩌느냐. 공부보다도 졸업장을 위조하는 것을 자랑삼는 소년이 있는가 하면, 공부의 힘으로써가 아니라 돈으로 사고팔고 하는 것을 자랑삼는 소년도 있었다. 이러한 행동은 어른 세상에서도 침 뱉을 일이거늘 오직 순결만이 자랑인 소년이 이럴 때 우리는 그에게서 다시 무엇을 바랄 것이냐.

소년들아, 너는 아직 사람이 아니어도 좋다, 길들지 않아도 좋다, 철없어도 좋다. 그저 깨끗하고 참된 마음, 그것 하나만으로 바른 꿈, 싱싱한 힘으로만 자라 올라라. 사람이 되었다는 것은 사람이 약아진 것이요, 길이 들었다는 것은 교활해진 것이며, 철이 들었다는 것은 더러워진 것이요, 세상을 안다는 것은 세속世俗에 물이 들어서 나빠졌다는 뜻이다.

나이를 먹으면 누구나 조금씩은 이렇게 변해 가는 법이다. 그렇게 되지 않기 위해서 사람들은 머리를 앓고 몸부림친다.

그러나 순결을 위하여 머리를 앓고 몸부림치며, 이 고개를 넘어선 사람은 죽을 때까지 이 순결이란 것이 그 사람의 가슴속에 밝은 빛이 되어 등불처럼 켜져 있는 법이다. 더러워진 순결을 스스로 괴로워해 보지 못한 사람은 얼마나 복되겠느냐. 그러나 얼마나 불쌍한 동물이겠느냐.

소년들아, 너희는 몸으로나 마음으로나 아직도 순결한 사람이다. 하늘이 주신 이 고마운 비단옷을 깨끗한 몸가짐으로써 간직하여라. 고운 비단옷이 이슬밭이나 진흙탕에 뒹굴어도 원통하지 않을 만큼 그렇게 더러운 사람이 되어서는 안 된다. 고운 옷에 고운 때! 그것은 얼마나 품격品格이 높은 모습이냐. 세상이란 약간의 때가 묻기로 마련이다. 이 슬픈 이 말마저 부인否認한다면 그 사람은 이 세상 사람이 아니요, 이 세상에서 일할 수 있는 인간이 아니다.

겉으로는 약간 때가 묻어 보이면서도 실상은 사람살이의 마음 거울인 천진天眞을 흐리지 않는 사람이 되어야 한다. 이상理想은 높이 걸고 행하지 못하는 사람을 세상에서는 위선자僞善者라 한다. 우리는 위선자가 되어서는 안 되지만 위선자란 말 듣기가 두려워서 좋은 일, 착한 꿈을 멀리 팽개치고 아무렇게나 살아서는 안 된다. 차라리 위선자라는 뜻 아닌 비웃음을 받을지라도 꿈을 가져야 한다. 이상을 가져야 한다. 이상은 저 하늘의 별빛이요, 사람은 흙 위에 발을 디디고 살기가 마련이 아니겠느냐. 너희는 순결한 마음의 거울을 갈아 저 하늘의 별빛을 남 몰래 가슴속에 가꾸는 사람이 되어라. 소년아 — .

좋은 벗을 사랑하고 좋은 벗되기를 스스로 공부하여라. 사람을 사랑하고 공경할 줄 아는 사람이 좋은 일을 하는 법이다. 그러나 사람을 사랑하는 것이 얼마나 어려우며 사람을 사랑하기 위하여 제 몸을 가누기는 또 얼마나 힘드는 일이겠느냐. 너희는 어버이와 스승과 벗을 사랑하고 공경하는 밖에 이성異性을 그리워하는 마음, 이른바 사랑의 눈이 떠 올 것이다. 이성을 그리워하는 마음을 온전히 너의 마음 안에서 불타게 하여라. 너의 육신도 너의 마음과 함께 간직하고 지켜라. 소년의 순결은 정신과 육체가 하나같이 깨끗한 곳에 천사와도 같은 긍지矜持가 마련되는 법이다. 옛사람은 우리 육신의 머리털 하나까지도 부모에게서 받은 것이라 하여 그를 상하게 하는 것을 삼갔거니와 너희는 너의 마음과 몸뚱이의 순결을 위하여 나쁜 취미 가진 벗을 삼가고 불결한 거리를 멀리하여 너의 인격과 너의 건강을 보호하고 깨끗한 소년 — 그 동정童貞의 이름을 상하게 해서는 안 된다. 사랑에 처음 눈뜨는 너의 그 리움이 고결한 영혼에 대한 숭모崇慕의 생각이 되어 너의 일생의 좋은 기억이 되게 하여라.

속되고 더러운 소설 읽기를 삼가고 사랑을 그린 소설일지라도 이름 있는 옛 사람의 것을 읽어라. 내 사랑하는 소년아, 너희는 구도자求道者의 참을성이 있어야 한다. 너의 순결은 너무나 깨끗하고 값지기 때문에 때 묻고, 금 가고, 부서지고, 썩기가 첩경 쉽다는 것을 명심하여라. 사람은 본능을 누르고 자기의 뜻을 굳게 지키는 굳세고 드높은 힘이 있다. 너희는 이것을 지킴으로써만 너희들에게 주어진 첫 시련試鍊을 벗어날 수 있을 것이다.

입지立志의 장章

소년아, 깊은 밤 빛나는 별을 쳐다볼 때나 대낮의 한길에 쏟아지는 밝은 햇빛을 받으며 걸어갈 때, 너희는 무슨 생각에 잠기느냐. 사람은 무엇 때문에 태어나며 무엇 때문에 살며, 무엇 때문에 죽어야 하는가를 생각해 본 적이 있느냐. 너희가 이 세상에 태어나기까지에는 너를 만든 수많은 까닭이 있었다. 그러므로, 너희는 너를 만들어 준, 그 수많고 어쩔 수 없는 까닭 속에 작은 씨 알맹이로 들어앉아 오랜 세월을 보내고 나서 이 20세기 한 마루턱에 이르러 싹을 트고 나온 것이 아니냐. 너희가 무엇 때문에 태어난지를 아직 너는 모른다. 다만, 너희는 너를 이 세상에 점지해 준 그 까닭을 너희 살아 있는 동안 너희가 살고 있는 현실 속에서 찾음으로써 바로 너희를 만들어 준 까닭을 위해서 살아야 한다.

끝없이 많은 세월 속에 어째서 20세기에 태어났으며, 그 넓은 땅덩이 위에 한국이란 나라에 태어났을까. 어째서 너희는 수많은 사람 속에 너의 어버이의 자식으로 태어났으며, 왜 하필 한국인의 핏줄을 타고났을까. 너는 때로 이런 것을 생각하고 이 어려운 환경을 원망할지도 모른다. 그러나 소년들아, 이렇게 되지 않으면 안 될 까닭을 네 스스로가 마련한 것이라고 생각하여라. 그렇기 때문에, 너희는 오늘의 너희가 된 것을 너의 본분으로 알고 맡은 바 모든 구실을 찾아야 하며 그 바른 구실을 다하기 위해서 살아야 한다. 그만큼 너희는 부질없는 존재가 아니고 피하지 못할 짐을 진 사람이며, 그 짐을 짊으로써 너희 고난의 자랑을 삼아야 하는 것이다.

소년아, 너희는 무엇 때문에 사느냐. 사람은 누구나 먼저, 살고 봐야 하기 때문에 동물적 생활을 전연 거부할 수가 없다. 이 때문에 괴로운 사람살이의 한평생은 먹고 입기 위해서 사는 느낌이 있다. 너의 조상과 오늘 너의 주위에 있는 사람이 다 그렇고 다른 나라의 다른 세월의 모든 사람도 이 문제에서는 변함이 없었고, 또 없을 것이다. 그러나 사람은 단순한 동물은 아니요, 이성을 가진 동물이며 이상을 가진 동물이 아니냐. 아무리 가난해도 먹기 위해서만 사는 사람이 되지 말아야 한다. 먹기 위해서 살고, 공부하기 위해서 살며, 좋은 일 하기 위해서 사는 사람의 사는 목적은 결국 사람답게 살기 위해서 산다고 밖에 할 수가 없다. 보리밥 된장을 먹거나 쌀밥에 고기를 먹거나 그것이 문제가 아니요, 의학을 공부하거나 문학을 공부하거나 그것도 문제가 아니요, 노동을 하거나 정치를 하거나 그것도 문제가 아닌 것이다. 소년아, 진실로 우리가 생각해야 할 것은 수많은 음식, 수많은 공부, 수많은 일, 그 어느 것을 고르든지 먼저 어떻게 하면 그 바탕이 되는 바른 사람이 될 것인가를 생각해야 한다.

"사람이 사람 노릇을 해야 사람이지 사람이라 해서 다 사람이 아니다"라는 옛 말이 있다. 소년들아, 이 말의 참뜻을 너희는 설명을 듣기 전에 절로 알 것 같지 않느냐. 진실로, 사람은 사람 노릇을 하기 위해서 사는 것이다. 사람 노릇을 한다는 것은 무엇이겠느냐. 이 말에 한마디로 대답할 사람은 이 세상에 없을 것이다. 오직 사람 노릇을 해야겠다고 결심하고 사람 노릇의 내용과 목적을 찾아 꾸준히 일하는 사람만이 이 말의 참뜻을 알 것이요, 그러한 사람을 공경하고 배우는 마음속에 이 말의 참뜻이 들어 있다고 믿어라. 이 시대, 이 세계, 이 나라, 이 집안을 위해서 너희에 짐지워진 사람 노릇으로서의 기본적인 의무는 이루 손꼽을 수 없을 만큼 많을 것이다. 소년들아, 너희는 충성스러운 사람이 되어라. 충성이란 무슨 봉건 시대의 군주에게나 바치는 것인 줄 너희는 알기가 첩경 쉬울 것이다마는 '충'忠이란 제가 할 수 있는 바를 다하는 것을 이름이요, '성'誠이란 있는 힘을 다해서 일한다는 뜻이다. 사람 노릇을 하기 위해서 우리는 이 세상에 태어났고, 우리는 사는 것이며, 사람 노릇을 하기 위해서 우리는 죽어가는 것이다. 먹는 것도 사람 노릇을 하기 위해서, 공부하는 것도 사람 노릇을 하기 위해서, 일하는 것도 사람 노릇하기 위해서 ― . 소년들아, 이 세상에는 사람을 욕하는 말이 별의 별 것이 다 많지만 "그 놈 사람 아니다"라는 말보다 더한 욕이 없을 것이다. 사람이 아니란 말은 짐승이란 말이요, 짐승이란 말은 사람껍질을 쓰고 사람 노릇을 못 하는 자, 다시 말하면 사람이지만 동물에 불과하다는 뜻이 아니냐.

소년아, 너희는 짐승 아닌 사람이 되기 위해서 더 훌륭한 사람이 되기 위해서, 가슴속에 향기를 지니는 사람이 되어야 한다. 우리가 오랜 세월을 학교에 다니고, 서적을 읽는 까닭도 실상은 이 마음의 향기를 마련하기 위함이다. 마음의 향기는 곧 인격人格이다. 교양敎養을 가리키는 말이다. 향기는 눈에 보이지도 않고, 귀에 들리지도 않으며 코로 맡을 수밖에 없다. 그러나 마음의 향기는 코로 맡는 것도 아니요, 마음으로 맡는 것이다. 마음속 깊은 곳에서 은은히 풍겨 나오는 이 향기는 교양을 몸에 지닌 사람만이 다른 사람에게 베푸는 고귀한 산물인 것이다. 마음의 향기를 지닌 사람과 마주 앉으면 까닭 모르게 흐뭇해지고 즐거우며 그가 비록 많은 돈과 여러 가지 옷 따위의 물질적으로 베푸는 아무것이 없어도 우리는 얻는 것이 많고, 고맙고 그립기까지 한 것이다.

옛글에도 착한 사람과 함께 있으면 그 방에는 향기가 가득 찬다는 말이 있다. 소년들아, 너희는 애써 이 마음의 향기를 지니는 사람이 되어라. 그러나 마음의 향기를 풍기려고 애쓰는 사람이 되지 말아라. 향기 있는 풀은 깊은 숲 속에 자라는 것이니, 사람이 없다 해서 향기를 안 풍기는 것이 아니요, 사향麝香노루는 절로 향기가 있는지라, 바람 부는 앞에 굳이 설 필요가 없다는 것이다.

마음의 향기를 마련하기 위해서는 공부를 해야 하고, 책을 읽어야 한다. 바꿔 말하면, 교양을 마련하고 인격을 길러야 한다. 책을 읽으면 입안에 향기가 나고, 사흘 동안만 책을 읽지 않으면 입속에 가시가 돋는다는 옛글이 있다. 독서讀書란 것이 얼마나 사람 노릇 공부에 중요한가를 밝혀 준 말씀이냐. 그러나 소년들아, 많이 아는 것만으로 마음의 향기는 마련되지 않는 것을 알아라. 만 권의 책을 다 읽어도 교양 없는 사람, 인격이 모자라는 사람이 세상에는 허다한 것을 우리는 안다. 이런 사람은 백과전서百科全書란 별명을 들어도 세상 사람들에게 모멸의 손가락질을 받는 수가 많다. 너희는 넓은 상식의 터전 위에 깊은 지식으로 기둥을 세우고, 높은 교양으로 지붕을 덮어라. 너희 자신의 공부를 너의 체계로 정리하고 너희 자신을 너희가 자율自律할 수 있는 사람이 되어라. 흐트러진 지식, 흔들리는 생각은 아직 교양과 인격의 세계에 도달하지 못한 증거가 되는 법이다.

소년아, 너희는 장차 사회에 나와 이름을 드날릴 일꾼이 된다. 학자가 되든, 정치가가 되든, 예술가가 되든, 어떤 방향에든지 그러한 너의 큰 뜻을 세워야 한다. 큰 뜻을 세우고 그 뜻을 이루기 위해서는 먼저 너희 자신을 모든 사람이 다 찾고 있는 훌륭한 사람 ─ 참사랑으로서의 일반적이요, 기본적인 터전을 굳게 다져야 한다. 비바람 치는 이 길고 어둔 밤을 곧고 날카로운 삼척三尺의 칼을 갈아 밝는 날 아침을 맞아 더럽고 어지러움을 힘차게 무찔러 버려라. 너희 스스로가 찾고 세운 뜻을 달성하기 위해 모든 것을 덮어두고 한 곳으로 열중하여라. 그 뜻을 위해 끝까지 붙잡고 늘어질 끈기를 가져라. 스스로의 머리를 날카롭게 닦지 않고 헛된 세월을 보낸다면, 제가 세운 뜻을 공중에만 매달아 두고 절로 이루어지기를 앉아서 기다린다면, 시작했던 일을 조그마한 난관으로 말미암아 쉽게 버리고 만다면, 너희는 죽는 날의 뉘우침 속에 뉘우침이란 얼마나 가련하다는 것을 깨닫는 것만으로 끝날 것이다. 뜻을 세우는 데 제 스스로의 소질에 맞지 않는 것을 고르며 뜻을 닦아 가는 데 옳지 못한 길을 취하며 뜻을 이루지 않고 중도에 버리는 사람은 아무리 재주가 있어도 쓸 곳이 없는 것이다. 끝까지 성취하기 위해서는 먼저 너희 자신을 바르게 파악해야 한다.

너희 자신을 스스로 채찍질해야 한다. 너희 자신을 스스로 격려해야 한다. 너희가 사람이 되고 안 되는 것, 너희가 훌륭해지거나 하잘 것 없는 사람이 되는 것은 너의 마음에 달려 있는 것이다. 운명은 너의 의지로 극복하고 타개하고 바꿀 수가 있으니 극복하기 위해서는 먼저 운명 앞에 인종忍從하여라. 하늘은 스스로 돕는 사람을 돕는다고 한다. 큰 뜻을 이룰 사람, 큰 사업을 맡길 사람에게는 먼저 그 사람의 몸과 마음을 수고롭게 하여 그가 얼마나 굳센가를 시련하고 그 시련 속에서 이치와 힘을 얻게 한다고도 한다.

사랑하는 소년들아 — 참다운 사람이 되어라. 향기를 지니는 사람이 되어라. 끈기 있는 사람이 되어라. 너희가 학교를 나오기 전에 어느 때 어느 곳에서나 배울 수 있는 공부는 이 세 가지뿐이다. 이 세 가지는 너희가 이 세상을 떠나는 날까지 너희를 도우고 너희를 빛내고 너희를 다듬어 줄 것이다. 향기를 지녀라. 너희 가고 난 뒷세상에 너의 향기를 끼치도록 하여라, 소년아.

사모思慕의 장章

누구의 말인지는 잊었으나, 꿈꿀 힘이 없는 사람은 살 힘도 없다라는 말이 있었다. 소년들아, 너희는 풍성한 꿈을 지니고 있지 않느냐. 그것이 바로 너희들이 살 수 있는 생명력을 누구보다도 많이 가졌다는 증거가 된다. 너희는 이 꿈을 깨뜨리려는 모든 외력外力에 대해서 항거하여야 한다. 어른들은 너희의 꿈을 '젊음의 죄'라고 보겠지만 너희는 그것을 '젊음의 권리'라고 믿어야 한다. 한 개인이든지 민족이든지 꿈을 잃어버린 자에게는 발전이란 있을 수 없고 오직 몸서리칠 어둠과 타락만이 찾아오는 것이기 때문이다. 소년들아, 새로운 꿈을 키우는 너희의 한때가 너 개인에게나 민족 전체를 위하여 얼마나 소중한 줄을 아느냐. 그러나 모든 꿈이란 깨고 보면 부질없는 꿈이다. 부질없는 꿈은 빨리 깰수록 좋지만 부질없는 꿈과 올바른 꿈은 확연한 구별이 없다. 부질없는 꿈을 두려워해서 올바른 꿈조차 잃어버림으로써 더럽고 약아빠진 속물이 되는 것을 경계하여라.

사람의 감정이란 내버려두면 장난하고 넘어지고 다치기가 일쑤다. 너희는 너희의 이성으로 장난하고 넘어지려는 감정을 통솔하여야 한다. 이 때문에 너희 아버지나 스승들의 엄격한 교육이 있는 것이요, 그만큼 너희들이 감옥처럼 생각할지 모르는 너의 집과 너의 학교는 너의 바른 꿈을 위하여 필요한 구속이기도 한 것이다. 왜 그러냐 하면, 진정한 꿈은 너의 환경과 이성의 엄격한 구속 속에서 얼마만큼 견디고 뛰어넘고 더 살찌느냐 하는 데서 결정되는 까닭이다. 오늘 너희의 꿈을 젊음의 죄라고 꾸짖고 붙잡아 매려고 하는 어른들의 생각도 실상은 그분들 자신이 한때는 너희와 같은 풍성한 꿈을 젊음의 권리로 주장하고 자랑하던 때가 있었던 때문이다.

소년들아 — 아버지와 아들, 스승과 제자 사이에 들어 있는 새로운 세대와 낡은 세대의 갈등은 오늘에만 있는 것이 아니고 먼 옛날에도 또 먼 앞날에도 있었을 것이요, 있어야 할 일이라고 생각하여라. 부질없는 꿈이라고 깨달을 때 어른들은 너의 새로운 꿈을 경계하고 방해하지만 새로운 꿈의 달성을 기다리는 마음은 너희와 조금도 다름이 없다고 믿어라. 다만 진실한 꿈이 현실로 이루어지기까지에는 현실이라는 꿈 아닌 것이 그 꿈에 굴복하지 않을 수 없도록 꿈이 먼저 현실을 알지 않으면 안 된다. 그러므로, 현실은 꿈의 어머니요, 현실이 되면 이는 벌써 부질없는 꿈으로 물러앉고 마는 법이다.

소년들아, 너희 나이면 느끼기 시작하는 성적 충동의 작용도 너희가 지닌 젊은 꿈이 낳은 바 그리움과 바람의 표현이 아니겠느냐. 너희는 이러한 감정이 아무 이해 없이 억압되어서는 너희의 본성이 비뚤어지는 비극이 일어날 우려가 있지만 그러한 이해와 억압을 받기 전에 너희의 이 방면에 대한 꿈을 너희 스스로가 먼저 순화하지 않으면 안 된다.

그리움과 바람은 그 자체가 사람이 지닌바 근원적인 본성의 하나이다. 완전을 위하여 모자라는 것을 찾는 그리움, 그리운 것을 찾고 바라게 하는 마음의 힘, 이것은 비단 사랑의 문제가 아니라, 인생 일반, 또는 나아가서 우주의 한 원리이기도 한 것이다. 그리움과 생각함이 모두 '사랑'에서 비롯된다. 그리스의 유명한 철학자 플라톤은 이 '사랑'을

'에로스'Eros라 하여 선善과 미美를 추구하는 힘으로 보았다. 젊고 아름다운 육체의 추구에서 비롯되어 정신의 아름다움이 육체의 미보다 가치가 높음을 알고 아름다운 육체에서 아름다운 행실行實에로, 다시 아름다운 학문에로 차츰 높아 가는 그리움이라 하였다. 아름다운 세계에 대한 순수한 그리움은 진리眞理를 알기 위한 철학적 충동衝動이라 하였다. 우리말에 '사랑'도 오늘은 애정愛情이란 뜻으로만 쓰이지만 옛날에 나타난 '사랑'은 생각한다는 뜻으로 쓰였던 것이다. 이 사랑이란 말의 뜻이 '에로스'란 말과 얼마나 같으냐. 오늘날 많이 쓰이는 '에로'란 말도 실상 그 어원語源은 '에로스'에 있었다는 것이다. "건전한 정신은 건전한 육체에 깃들인다"는 스파르타의 정신은 신라의 '화랑도'에서는 "아름다운 영혼은 아름다운 육체에 깃들인다"라고 표현된 것이 아니겠느냐. 고구려와 스파르타, 신라와 아테네의 정신은 서로 통하는 바가 있는 것 같구나.

사랑하는 소년들아 — 너희의 지난 바 사랑에 대한 감정은 곧 그대로 육체적인 것인 동시에 정신적인 것이다. 사랑〔愛〕을 사랑〔思〕하여라. 이성異性에 대한 그리움을 학문에 대한 그리움과 같이 깨끗이 지녀라. 학문에 대한 사랑을 이성을 사랑하듯이 열렬히 사랑하여라. 나는 너희들의 본능에서 솟아나는 사랑을 억압하려는 자가 아니다. 오직 너희의 육체적 충동이 고귀한 인격을 기르는 힘으로 순화되기를 바라는 자일 뿐이다. 요즘 우리가 보는 너희 소년들의 사랑에 대한 태도가 장사꾼이나 뒷골목 부랑자의 그것과 다른 바 없이 아무렇게나 생각하고 행동하고 치워 버리는 그러한 점을 근심하는 사람이다. 우리보다도 너희들이 더 많이 이 시대의 나쁜 풍조에 물이 들어 꿈을 잃고 있는 것을 한탄하는 사람이다.

사랑하는 소년들아, "첫사랑이 없으면 구원의 길이 막힌다"고 한다.

너희 첫사랑을 경건히 마음하여 너희 일생의 좋은 기억과 교육이 되게 하여라. 르네상스의 선구자의 한 사람인 단테는 그의 첫사랑 베아트리체를 영원한 영혼의 거울로 삼아 마침내 그 필생의 명작인 《신곡》神曲이란 작품 속에서 단테 자신을 천국에 인도하는 성스러운 여성으로 만들었던 것이다. 그는 그의 첫사랑인 베아트리체의 얼굴의 아름다움보다 정신의 아름다움을 영원히 잊지 못했던 것이라 한다. 육체의 아름다움이 사랑에 중하지 않음이 아니지만 육체의 아름다움은 불과 삼십 년 안팎에 기울기 시작하는 법이다. 늙은 뒤의 아름다움을 위해서 무엇을 노력해야겠는가. 이에는 오직 높은 교양만이 필요하다고 믿어라. 마음의 아름다움 그것뿐이라고 믿어라.

여성을 모성형母性型과 창부형娼婦型의 두 가지에 나누는 사람이 있었다. 모성형은 사랑에 살고 정조를 지키는 여성이며 창부형은 충동에 살고 음탕한 여성이라 하였다. 사랑이 한갓 땅 위의 욕망에만 멈추지 않고 순수한 헌신애獻身愛에까지 승화할 때 '구원久遠의 여성'이 되고, 충동이 허영심과 지배욕에 결부될 때 '아름다운 짐승'이 되고 만다는 말이다. 모든 여성은 이 두 가지의 중간에 있는 무수한 계단의 어느 한 자리에 자리 잡고 있는 법이다. 너희는 어머니 같고 누님과 같은 구원의 여성을 그리워하여라. 너의 육체적 충동이 너의 정신의 순결을 더럽히지 않도록 노력하여라. 사랑하는 소년들아 — .

나는 여기에 너희들이 이미 읽었을 《젊은 베르테르의 슬픔》이란 소설을 지은 괴테의 첫사랑에 대한 추억을 기록한 글 한 구절을 옮기려 한다. 소녀는 그레첸 — 뒷날 그의 명작 《파우스트》의 여주인공 이름이 이 소녀의 이름이다 — 그레첸은 괴테가 소년 시절에 친구 집에서 만난 소녀로 괴테는 그 무렵 이 소녀를 사랑하는 감정을 지니고 다른 친구들의 연애편지 대서를 써 주고 있었다. 이 대서 편지가 괴테와 그레첸의 인연을 맺어 주었던 것이다.

  … 소녀는 시로 쓴 염서艷書인 나의 원고를 손으로 집어다가 보드랍고 사
랑스런 모습으로 나직이 읽었다. 앳된 구절, 요점要點이라고 부를 수 있는
곳에 선 읽던 것을 그치고 말했다.
  "참 좋아요, 그런데 이것이 더 좋아요. 이런 글이 정말로 쓰이지 못한다
는 것은 애석한 일이라고 생각해요."
  "나두 그랬으면 하고 바라고 있지만…." 하고 나는 말했다.
  "자기가 마음으로 사랑하는 소녀한테서 이런 애정의 맹세를 받은 사람은
얼마나 행복할까요?"
  "그러자면 매우 힘들죠, 여러 가지 뜻밖에 일이 일어나곤 한답니다요."
라고 소녀는 말했다.
  "만일 당신을 알고 당신을 존경하고 숭배하는 사람이 이것을 당신 앞에
내어놓고 마음속으로 공손히 부탁한다면 당신은 어쩌겠어요?"
  그렇게 말하고 나는 그가 내 쪽으로 돌려 준 종이쪽을 그의 옆으로 밀었
다. 그는 미소를 띠면서 조금 생각하는 듯하더니 펜을 들고 거기에 사인을
해주었다. 나는 너무도 즐거워서 나도 모르는 사이 그를 껴안으려 하였다.
  "입 맞추면 안 돼요, 어쩐지 품品이 나쁘니까요. 그렇지만 될 수 있으면
서로 사랑해요."라고 소녀는 말했다.
  "사건은 이미 끝났습니다. 당신은 나를 구해 주었습니다."
  "그럼 이 구원을 완전한 것으로만 만드세요. 그리고, 다른 사람이 와서
당신이 곤란하시기 전에 어서 나가세요."
  나는 소녀의 옆을 차마 떠날 수가 없었다. 그러나 그는 두 손으로 내 오
른손을 쥐고 고이 악수하면서 나를 돌아가라고 친절히 권하였다. 나는 눈
물이 날 듯하였다. 소녀의 눈도 젖어 있는 것같이 생각되었다. 나는 나의
얼굴을 소녀의 두 손에 파묻었다가는 이내 황급히 뛰어 나오고 말았다. 나
의 생애에 이렇게 당황한 적은 없었다.
  때 묻지 않은 소년의 최초의 애착은 온전히 정신적인 방향을 잡은 법이
다. 자연은 남녀 어느 쪽이든지 이성異性에게서 선善과 미美의 모습을 찾는
것을 바라고 있는 것 같다. 이리하여 나에게도 이 소녀를 본 뒤로부터 이 소
녀를 사랑함으로써 미美와 선善과의 새로운 세계가 열린 것이다. 나는 자기

가 쓴 운문韻文의 편지를 백 번도 더 읽고 그 소녀의 사인을 뚫어지도록 익혀 보며 거기에 입 맞추고 그것을 나의 가슴에 꽉 껴안고 그 사랑스러운 고백을 기뻐했다. 그러나 나의 광희狂喜가 높아 가면 높아 갈수록 직접 찾아가서 다시 만나 이야기를 나눌 수 없는 것이 나를 더 한층 슬프게 하였다.

인생은 영원한 '에로스'의 과정過程이다. 그리움의 연속이다. 구슬같이 맑은 그리움으로 불같이 사랑하라, 소년아―.

탐구探究의 장章

중국이 낳은 성인 공자님은 말씀하시기를 "내 열다섯에 학문에 뜻을 두어 서른에 비로소 서고, 마흔에 이르러 의심하거나 방황하지 않았으며 쉰에는 천명天命을 알았노라"라고 하셨다. 사람은 누구나 한 돌을 지나면 설 수가 있는데 공자님이 서른에 비로소 섰다는 것은 무슨 뜻이겠느냐. 공자님 같은 뛰어난 어진 이도 서른에 비로소 섰으니 여느 보통 사람들이야 누구나 서른 살이면 정신적으로 뚜렷이 설 수 있다고 단언할 수 없는 것이다. 소년들아, 사람이란 자칫하면 서른은커녕 예순이나 혹은 아흔이 되어도 혹은 죽는 날까지도 정신적으로 한번 자립해 보지 못하고 죽기가 첩경 쉬운 것이다.

하물며, 열다섯이 되어도 학문에 뜻을 두지 못하고서야 어찌 서기를 바랄 수가 있겠느냐. 학교에 다니고 공부를 한다고 해서 모두가 학문에 뜻을 두는 것은 아니다. 오늘 우리나라 풍조로 보면 공부는 오직 무슨 시험을 치기 위해서만 있는 것 같다. 소년들아, 진실로 학문이란 학교 공부 한 가지로만 시험에 우등이 되거나 무슨 고등고시高等考試에 합격되는 것만으로 그 목적이 끝나는 것이 아니요, 아무리 학문이 사람 살이를 향상시키고 잘 살게 하기 위한 수단이라 할지라도 학문의 본뜻은 그런 곳에만 있는 것이 아니다. 학문은 사람을 바르게 성장시키는

데 참뜻이 있는 것이며 우리들의 인격人格을 구성構成하는 요소要素가 되는 것이다. 소년들아, 너희가 몸을 닦고 나라를 다스리기 위해 책을 읽든지, 또는 예술을 위하여 책을 읽든지, 책을 읽는 마음의 공통된 목적은 개인個人의 성장을 위한 노력과 인격의 구성을 위한 정성이라고 믿어라.

소년들아, 너희 앞에는 무한한 세계가 펼쳐져 있다. 그러나 그것은 너희들과 맞서 있는 것이기 때문에 이를 바깥세계라 부른다. 하지만 너희가 이 바깥세계를 보는 것처럼 그 관찰觀察의 눈을 돌려 너희들 자신을 대상對象으로 삼을 때 거기에는 저 바깥세계에 비하여 오히려 더 넓고 큰 세계를 발견할 수가 있을 것이다. 이것을 일러서 마음의 세계라 한다. 너희가 생각하고 느끼고 또 하고자 하는 모든 마음의 세계는 바깥세계가 남의 세계인 데 비해서 너의 자아自我의 세계라고 할 수 있다.

소년들아, 너희 자신을 세우기 위해서 너의 자아의 세계로 눈을 돌려라. 그 속으로 파고들어라. 너희 안에 있는 세계에는 지식에 대한 생각과 도덕에 대한 뜻과 예술에 대한 느낌이 이미 싹트고 있을 것이다. 모든 사람의 속에 있는 그 자아의 세계가 각기 제대로 나뉘어져서 뭉치고 쌓여진 것이 학문이요, 도덕이요, 예술이 되는 것이다. 모든 사람의 안에 들어 있고 너희의 안에도 깃들여 있는 이 마음의 세계를 밭 갈고 가꾸는 것이 교양敎養이요, 문화文化라는 것이다. 교양이란 바깥에 있는 책을 읽고 연구하는 것만으로는 이루어지지 않는다. 너희 자아의 마음밭〔心田〕을 경작耕作하는 데 비롯된다고 믿어라.

문화니 교양이니 하는 말의 서구西歐말 '컬처'와 '쿠투르'의 어원語源은 경작이란 말에 있다고 한다. 소년들아, 너희는 농사짓기를 생각해 본 적이 있느냐? 밭 갈고 씨 뿌리고 거름 주고 김매는 일은 사람이 맡아 하는 일이지만 농사란 어느 것이나 태양과 비와 이슬 따위의 저 자연自然

의 은혜를 떠나서는 있을 수 없는 것이다. 그러나 그렇다 해서 하늘에
만 맡기고 사람이 가만히 앉아 기다리기만 해서는 농사가 지어지지 않
는다. 너의 속에 있는 세계는 인간으로서 하늘이 점지해 준 하나의 자
연이지만 그 자연으로 있는 것을 갈고 가꾸는 것이 사람의 일이요, 너
희 교양과 인류의 문화를 위해서 필요한 일이 된다는 것이다. 그러므
로, 문화와 교양은 사람의 창조하는, 극복하는 힘이 환경環境의 구속拘
束 속에서 얻은 최대의 조화라고 할 수가 있다. 있는 그대로 두고만 보
는 것은 자연이요, 문화는 아니다. 그러므로, 절로 열리는 나무 열매
나 따먹고 사냥질로만 사는 사람을 우리는 자연인自然人이라 부르고 학
문과 창조의 힘으로써 제 살림을 제가 만들어 사는 사람을 문화인文化人
이라 부는 것이다.

소년들아, 너희는 있는 그대로 사는 자연인 곧 야만인野蠻人이 아니
요, 문화인이다. 너희가 문화인이 되는 까닭은 너희가 공부하는 사람
이기 때문이요, 우리 조상들이 오랜 세월을 만드는 사람으로서의 문
화를 이룩해 놓았기 때문이다. 너희들도 만드는 사람이 되어야 한다.
감나무 밑에 홍시 떨어지기를 기다려 입 벌리고 누워만 있는 사람이 되
거나 오뉴월에 늘어진 소불알 떨어지기를 기다려 소금 봉지만 마련해
두는 사람이 되지 말아라. 넓은 시야視野와 풍성한 정서情緒, 민족에 대
한 깊은 관심, 이것이 우리들이 이상理想으로 삼는 인격이요, 이러한
인격의 성장에 대한 노력이 너희가 공부하는 목적이며, 그대로 곧 인
생의 목적이 되는 것이다. 생각하는 사람이 되어라. 그리고, 항상 만
드는 사람이 되어라. 소년들아 —.

생각하고 일하는 것과 찾고 만드는 데는 끝이 없다. 사람이 안다고
뽐내는 것이 얼마나 초라한 것이겠느냐. 진실로 아는 사람은 자기의
아는 것이 너무나 작음을 아는 것이다. 언제나 지식에는 저보다 나은

사람이 있다고 믿어야 한다. 많이 알고 옳게 안다는 이름은 이와 같이 끊임없이 공부하고 찾는 사람의 겸허한 마음에 주어지는 이름이 아니겠느냐. 옳게 알지 못하는 사람에게는 무식한 만용蠻勇이 따르는 법이다. 참으로 고만高慢한 사람은 겸손할 줄 아는 사람이다.

학문하는 사람의 준비를 위해서 학교 교육의 중요성은 경시輕視되어서는 안 된다.

학교에서 배우는 수학, 지리, 역사, 생물, 광물, 공민 등의 과목은 얼마 뒤에 곧 다가설 높은 학문의 세계에 들어가는 사닥다리가 되는 때문이다. 국어 또는 한문, 영어, 독어 등의 외국어는 다른 이의 사상을 받아들이기 위한 언어문자의 이해이기 때문에 이것 없이는 진실한 학문 속으로 들어갈 수가 없는 것이다. 그러므로, 학교에서는 사색思索보다 암기暗記, 비판批判보다 향수享受가 필요한 것이다. 조숙한 청년이 학교 교육을 견디지 못해서 학교를 팽개치고 동떨어지게 높은 독서로 달아나는 것은 밟아야 할 계단을 비약飛躍하기 때문에 마침내 그 사상에는 어딘가 결함이 생기게 된다. 그러나 학교 교육의 본뜻을 알고 그것을 견디라는 말은 학교의 교과서만 읽으라는 말은 아니다. 발판을 넓고 든든하게 닦으면서 높은 곳으로 올라가는 힘을 기르란 말이다. 고등학교 상급만 되면 너희들은 마땅히 읽어야 할 고전古典이 너무도 많은 것이다. 이 무렵은 너의 일생을 그 속에서 살 수 있는 정신의 집을 지을 재목 다듬기에 착수하는 시절이기 때문이다. 기둥을 세우고 벽을 바르고 나면 그 다음 너의 세계관과 인생관이 변한다 해도 가구家具를 처음 놓았던 자리에서 조금 옮겨 놓은 정도의 변화밖에는 없을 것이다. 이만큼 고등학교 상급과 대학생의 초급 시절은 그 꿈 많은 젊음의 향수享受로 말미암아 자신의 틀을 잡게 마련이다.

학문은 지식의 체계體系이다. 지식이란 말에는 여러 가지 뜻이 있지만 먼저 모든 사람이 타당하다고 할 수 있는 지식을 말한다. 체계는 단지 단편적斷片的인 것을 기계적으로 모아 놓은 것이 아니요 일정한 중심으로써 통일하여 조직된 것을 의미한다. 그러므로, 지식의 체계인 학문은 모든 것에 타당한 지식을 자기의 보는 바를 중심으로 체계를 세운다는 뜻이 된다. 공자님이 열다섯 살에 학문에 뜻을 두었다는 것은 모든 사람이 배우는 일반 지식을 배우기 시작했다는 것이요, 서른 살에 섰다는 것은 그 일반적 지식을 자기대로 체계를 세웠다는 말이 되지 않겠느냐. 따라서, 사람이 스스로 설 수 있다는 것은 지식과 체험을 통하여 자신의 체계를 세웠다는 말이 아닐 수 없다. 자신의 체계를 세우는 데 자각自覺한 사람은 다만 교사의 손으로 길러지는 것에만 만족하지 않는다. 스스로 그것을 찾아 나아가는 법이다.

여기에 자기교육自己敎育이 출발하고 또 시작되는 것이다. 자기교육에서는 기르는 사람 곧 가르치는 사람이 자기 자신이요, 길러지는 사람은 현실現實의 자기요, 가르치는 사람은 자기 이상理想 곧 자기의 인격인 것이다. 이러한 자기교육에 있어 스승이 되고 이상이 되는 교사 아닌 교사, 사람 아닌 사람은 이와 같은 자기교육을 찾는 사람의 요구에 부합하는 서적이란 것이다. 책을 읽으라. 소년들아, 무엇을 찾고 있는 너희, 너희가 들어앉아 살 수 있는 정신의 집을 짓기 위해 재목을 다듬고 설계를 하고 있는 너희들의 책상에 꽂힌 책이 그렇게 초라해서야 쓰겠느냐. 너희의 머리가 그렇게 텅 비어 있어야 쓰겠느냐. 너희의 머릿속에는 수많은 책을 쌓아도 차지 않는 서재書齋와 도서관이 있다. 소년들아, 땅바닥을 기어 다니고 있는 정신의 유아幼兒들아, 일어설 준비를 하여라. 서른은 내일모레다, 세월이 사람을 기다리지 않기 때문에 —.

열다섯에는 기어 다니고 스물에는 붙들고 서며 서른이면 일어서고 마흔이면 걸어 다니고 쉰에는 일하고 예순에는 앉아 쉬며 일흔에는 누

위 노래하고 여든에는 눈감고 자는 인생 — . 사랑하는 소년들아, 빨리
일어서서 늦도록 일하여라. 홀로 서기까지의 젖먹이들아.

고민苦悶의 장章

불교에서는 이 세상을 '괴로움의 바다'라고 부른다. 이 세상에 나타나는 모든 현상現象은 인연因緣으로 뭉쳐서 잠시 있는 거짓 존재存在요, 어느 것 하나 진실한 저 자신이 없다고 한다. 이와 같이, 우주의 모든 현상이 '저'가 없기 때문에 이 세상의 모든 사상事相은 떳떳함이 없으며 인연으로 이루어졌다가 인연이 다하면 흩어지고 만다는 것이다. 그래서, 이 세상은 모두가 괴로운 것 ― 사는 것도 괴롭고 늙는 것도 괴로우며 병드는 것도 괴롭고 죽는 것도 괴롭다는 것이다. 사랑하면서 떠나야 하는 괴로움, 미워하면서 만나야 하는 괴로움, 구하여 얻지 못하는 괴로움, 이런 괴로움은 다만 사고四苦 팔고八苦라는 몇 가지 종류에만 멈출 수가 없는 것이다. 그래서, 어린애가 처음 어머니 뱃속에서 나올 때 울음 울며 나오는 것도 한번 인간에 떨어지면 억만 시름이 있기 때문이라는 옛글이 있는 것이다.

소년들아, 너희도 이 세상에 처음 올 때 울고 오지 않았느냐. 그러나 너의 그 첫 울음이 무슨 이 세상의 억만 시름을 슬퍼서 운 것이라고 생각할 필요까지는 없다. 울음이란 감격이 지극할 때 터지는 구극의 언어이기 때문이다.

서럽든지, 즐겁든지, 너는 모르고 울었어도 너희가 이 세상에 크나

큰 감격을 지니고 태어난 것은 틀림없는 일이다. 아무리 이 세상의 모든 존재가 저 자신이 없는 거짓 존재라 할지라도 너희가 이 세상에 태어나기까지의 그 인연이라는 이름의 전우주적全宇宙的 협동작용協同作用을 너희가 거기에 보답함으로써 너희 사는 동안 진실한 존재가 될 수 있는 것이다. 그러나 소년들아, 너희 존재를 무슨 영원한 이름으로 믿지 말아라. 시시각각으로 변하고 옮기며 터무니없이 사라져 버리는 이 세상에서 이 인생의 괴로움을 너희 자신 안에 얼마만한 즐거움으로 바꿀 수 있으며 세상의 덧없음을 얼마만큼 뜻있게 열매로 맺게 하며 너 아닌 너를 진실한 너로 파악할 수 있는가를 근심하여라. 이 세상에서 얻는 즐거움이란 한갓 육체적 향락의 그런 부질없음 속에 있는 것이 아니고 괴로움을 즐거움으로 자각하는 데서 비롯되는 법이다. 즐거움은 괴로움밖에 있는 것이 아니요, 도리어 그 괴로움 자체가 즐거움이기 때문이다.

소년들아, 이미 너희도 느꼈을 것이다마는 불교의 말을 빌리지 않아도 사람살이는 과연 괴로운 것이다. 사람들은 이승의 괴로움을 견디지 못해 스스로 목숨을 끊고 즐거운지 슬픈지도 모르는 저승으로 가는 이를 이따금 본다. 사람의 지닌 오직 하나 마지막 재산인 생명을 쉽사리 털어먹는 자살 그것만으로 청산되는 것이 아니다. 그 괴로움을 벗기 위해서 사람은 자연과 인간과 운명으로 더불어 끝까지 매달리고 괴로워하고 인종忍從하며 싸워야 하는 것이다. 가엾은 몸부림과 번민과 고뇌를 겪은 자만이 이 인생의 괴로움을 극복할 수 있다는 말이다.

사랑하는 소년들아! 너희는 괴로워하되 반드시 그 괴로움이 극복된 경지境地 — 괴로움을 너그러이 가슴에 품어 줄 수 있는 달관達觀의 경지를 향하여 괴로워하여라. 그리고, 괴로워하는 것이 먼저 너 자신의 문제보다 더 큰 민족과 인류를 향하여 괴로워하여라. 너의 나이에 민족과 인류에 대한 근심과 뜨거운 사랑을 느끼지 못하면 너희는 나이를 먹을수록 이런 방향과는 점점 멀어지는 지극히 속되고 개인적인 욕된 괴로움으로 끝나고 말 것이다.

　석가모니 부처님은 인도 가비라성의 왕자로 부귀와 영화를 헌신짝같이 버리고 달 밝은 밤 사랑하는 말 칸다카를 달려 왕궁을 벗어나 히말라야 산으로 가고 말았다. 그는 어려서 수레를 타고 거리에 나갔다가 허리 굽은 노인이 늙어서 추한 모습의 가련한 꼴을 처음 보고, "내 이제 저렇게 될 텐데 무슨 틈에 헛된 구경으로 세월을 보내랴. 마땅히 이 괴로움을 벗을 일을 생각해야겠노라" 하고 즉시 수레를 돌려 궁으로 돌아오고 말았다고 한다. 어느 날은 남문 밖에서 더러운 땅바닥에 쓰러져 신음하는 병자를 보고, 어느 날은 서문 밖에서 꽃상여 뒤에 많은 사람들이 울고 가는 것을 보고 돌아와 이 태자는 궁중의 환락歡樂된 생활에 날로 염증을 느끼게 되었고, 그 뒤 북문 밖에서 검푸른 옷을 입고 머리 깎은 중이 단정하고 화평스러운 얼굴로 걸어감을 보고 출가出家할 것을 결심하였던 것이다. 임금 자리를 버리고 고행승苦行僧이 되어 히말라야 산중에서 파리한 몸으로 수도하던 소년 싯다르타 태자 — 그가 곧 뒤에 불교라는 찬란한 가르침을 연 석가모니 부처님인 것이다. 아무것도 부러울 것 없는 왕자의 자리에서 왕궁을 벗어나지 않으면 안 되었던 싯다르타의 괴로움이 무엇 때문이었겠느냐. 사람이란 결코 의식주衣食住와 이에 따르는 모든 육체적 향락의 만족만으로는 진실한 만족이 없다는 것을 이것으로 배울 수가 있지 않느냐.

　그리고 소년들아, 너희는 성서聖書에서 그리스도의 최후의 모습을 보았을 것이다. 모든 인류를 위하여 대신 속죄하고 십자가 위에 못 박혀 죽기까지의 예수 그리스도의 괴로움과 그 외로움이 무엇 때문이란 것을 들어서 알 것이다. 겟세마네 동산에 이르러 예수가 제자들에게 앉아 있으라 하고 베드로와 세베대의 두 아들을 데리고 기도하러 가다가 "내 마음이 심히 민망하여 죽게 되었으니 너희는 여기 머물러 나와 함께 있으라" 하던 그 슬픈 목소리. 얼굴을 땅에 대고 엎디어 "내 아버지여! 만일 할 만하시거든 이 잔을 내게서 떠나게 하소서. 그러나 내가 하고자 하는 대로 하지 마옵시고 오직 아버지의 뜻대로 하옵소서" 하던 그 엄숙한 모습. "내 아버지여! 만일 내가 마시지 않고는 이 잔이 내게서 떠나지 못할 것이어든 아버지의 뜻대로 이루어지이다" 하던 그 아픈 기도. 여기에 고민하는 그리스도의 인간미를 뼈아프게 느낄 수 있지 않느냐. 소년들아, 예수는 "내가 아버지께 구하면 지금이라도 천사天使를 안 보내실 줄 아느냐" 하면서도 잡으러 온 무리를 치려고 칼을 빼는 사람에게 칼을 칼집에 꽂으라고 명령하였다. 두 사람의 도적과 함께 골고다의 형대에서 십자가에 오른 예수의 흘러내린 머리털, 창백한 뺨에 눈물이 방울졌다. "엘리 엘리 라마 사박다니! 나의 하나님이여! 나의 하나님이여 어찌 나를 버리시나이까." 이것이 예수의 마지막 말씀이었다. 젊은 예수가 무엇 때문에 괴로워하고 누구 때문에 죽었는가를 소년들아, 너희는 두고두고 《성서》 속에서 읽어서 깨닫고 배워야 할 것이다.

생사生死의 둘레를 벗어난 석가모니도 인간으로 태어났기에 쌍림雙林 숲에서 평범한 인간의 죽음을 보였고, 하나님의 독생자 그리스도도 인간으로 태어났기에 인간을 위하여 인간으로서의 괴로운 죽음을 회피하지 않은 것이 아니냐.

소년들아 ─. 너희는 괴로움을 항시 작은 데 두지 말고 살고 죽음에만 두어라. 어떻게 하면 바르게 살고 어쩌면 옳게 죽을 수 있는가를 괴로워하여라. 죽음도 괴롭고 두려울 것이지만 너의 삶을 그르치지 말고 의로운 죽음에 편안하고자 노력하여라. 병들어 죽거나 부귀한 죽음이

나 빈천한 죽음이나 죽음으로서는 다름이 없다. 오직, 죽음이 다를 수 있는 것은 죽는 까닭과 죽는 태도에 달렸을 뿐이다. 한갓 허영으로만 자신自信해서는 안 된다. 부딪쳐서 진실로 그 어려움을 자각해서 얻어야 한다.

고민의 원인을 한말로 말하라면 고상하고 원대한 이상과 추악하고 악착한 현실의 부조화라고 할 수밖에 없다. 그러므로, 고민이 크면 클수록 그 사람의 이상의 높이가 더 높은 것이니 위대한 수양과 탁월한 인격은 이 고민을 통하지 않고는 달성할 수 없으며, 큰 종교가나 철인哲人은 반드시 심각한 고민을 통해서만 능히 달리達理의 경지에 이르는 것이다. 고민을 체험하지 못한 사람이 있다고 하자. 그가 비록 돈 많고 권세있다 해도 그 지위와 환경과 모든 영화를 떼버리고 벌거숭이 인간으로서 바라보라. 얼마나 단순하고 천박하고 무가치한 존재이겠느냐.

소년들아, 너희 무렵에 고민은 먼저 극도의 자부심自負心과 강도強度의 자기멸시自己蔑視의 감정에서 비롯될 것이다. 너희들의 눈에는 선배는 모두 엉터리요, 선생은 사기꾼이요, 세상에는 인간다운 인간, 학자다운 학자는 한 녀석도 없고 오직 너희만이 가장 완전한 인격자, 진지한 학자가 될 수 있고 책임감 있는 교육자가 될 수 있다고 생각될 것이다. 세상에 법석대는 것이 모두 밉살스럽고 불쌍한 존재로밖에 보이지 않을 것이다. 그러나 너희의 이런 감정이 현실의 자기 자신을 돌아볼 때 너희들이 엉터리니, 협잡꾼이니 해서 극도로 멸시하는 사람을 따르려 해도 굼벵이 걸음으로 백두산 바라는 느낌이 있을 것이다. 세상에 나가면 하인으로 부리기도 더러운 사람들의 종놈이 되기 위하여 가진 애를 써도 안 될 일이 서러울 것이다. 이 서로 어긋나는 감정을 너희가 괴로워할 것을 우리는 안다. 자기를 알아주지 못하는 세상이 원망스럽고 불만과 불평 때문에 까닭 없이 외롭고 쓸쓸하며 가슴이 공허한 것을 느끼는 시절, 너희들은 또 세상에 살맛이 없고 죽어버리고 싶은 허무적虛無的 경향이 농후한 반면에 다른 사람보다 몇 갑절 더 살고 싶은 욕망에 허덕인다는 웃지 못할 고민이 있을 것이다. 이 서로 반대되는 두 가지 극단의 감정들은 모두가 너희의 순진한 책임감責任感에서 비롯되는 것임을 깨달아라. 공부는 하기 싫은데 부모님이 나의 공부 때문에 애쓰시는 걸 보면 공부를 안 할 수는 없고 그래서 공부를 하지도 못하고 안 하지도 못하며, 그리스도나 석가모니를 꿈꾸는 판인데 집에서는 돈벌이에 좋으니 변호사를 하라는 둥 의사를 하라니 어쩌느냐 말이다. 그러나 사랑하는 소년들아, 호랑이는 배고파도 나물을 먹지 않지만 용은 곤하면 똥개울에라도 잠겨 있을 수 있다는 것을 알아라. 카이사르나 나폴레옹을 꿈꾸는 너에게 면서기 자리, 회사의 낮은 사무원 자리밖에 없다 해서 풀이 죽어서는 안 된다.

괴로워하지 않는 곳에 환경의 극복이란 있을 수 없다. 적응성適應性이란 것이 있어 아무리 큰 괴로움도 이 적응성만 생기면 편안해지는 것이다. 그러나 편안할 때는 이미 너희의 불타는 의욕이 사라질 무렵이다. 세상을 알고 너희가 가라앉기 시작하는 때의 심경이다. 소년들아, 너희는 젊어서 흠뻑 괴로워하여라. 괴로움은 너를 단련하는 대장간이요, 또, 너의 영혼을 살지게 하는 고귀한 양식이기 때문이다.

의욕意慾의 장章

사랑하는 소년들아! 너희가 몸과 마음의 순결純潔을 지키는 것은 큰 뜻을 세우기 위함이요, 너희가 그리워하는 것은 무엇을 찾기 때문이며 무엇을 해 보고자 하는 의욕意慾 때문이라는 것을 알아라. 사람은 제 스스로 옳고 그른 것과 깨끗하고 더러움을 헤아리는 힘이 있으며 그릇된 것을 버리고 더러움을 피할 수 있는 능력이 있다는 것이다. 이것이 이른바 이성理性이란 것이니 이 때문에 사람을 다른 동물과 구별하여 이성을 가진 동물이라고 한다. 사람은 이와 같이 이성을 가졌기 때문에 다른 동물처럼 주어진 환경에만 만족하지 않고 있어야 할 세계를 그리워하고, 만들어야 할 조건을 찾으며, 그것이 뜻대로 되지 않을 때 괴로워하고 쉽사리 이루어지지 않는다 해서 이내 쓰러지지 않으며 잿더미 속에서 날개 털고 일어나는 불사조不死鳥의 의욕을 지니고 있는 것이다. 그러므로, 사람은 이성을 가진 동물이기 때문에 이상理想을 가진 동물이 아닐 수 없으며, 이상을 가진 동물이기 때문에 또한 창조하는 동물, 의욕하는 동물이 아닐 수가 없다.

소년들아 ─ . 너희가 진실로 훌륭한 인간이 되고 싶은 의욕이 있거든 먼저 너의 이성을 흐리우지 말아야 한다. 너의 이상의 깃발을 높이 달아야 한다. 그리고 끝까지 넘어지지 않는 의욕을 길러야 한다. 너희는 사람 이외의 다른 동물이 스스로 제 목숨을 바치는 것을 본 일이 있느냐. 꿀벌같이 공동생활을 하고 있는 동물은 외적이 침입해 올 때 용감히 싸워서 죽는 일이 있다. 그러나 그것은 그 이성의 시키는 바에 의함이 아니요 그의 본능이 시키는 것에 지나지 않는다. 또, 너희는 사람 이외의 동물이 제 있는 환경을 극복하는 것을 보았느냐. 후조候鳥와 같이 살 곳을 철따라 바꾸는 동물도 있기는 하다마는 그것도 그의 이성의 말미암은 바가 아니요, 그의 본능에 지나지 않는다. 그러므로, 모든 동물이 오직 적응성適應性 하나만으로 제 자신을 변모시켜 왔을 뿐, 제 힘으로 제 환경을 극복하고 제 힘으로 제 것을 만드는 동물은 사람밖에는 없다는 것이다. 이와 같이, 이성과 이상과 의욕의 세 가지 이름으로 나눠지면서도 실상은 하나인 이 사람의 본능을 너희는 다른 동물의 본능에서 구별 지음으로써 사람의 값을 다시 한 번 반성해야 한다.

죽음을 두려워하는 것은 모든 생물의 공통된 본능이다. 그러나 사람은 그 자신이 지닌 이성과 이상과 의욕 때문에 이 두려운 죽음을 스스로 취하는 고귀한 본연의 모습이 있다. 자살自殺이란 찬양할 일도 못 되고 따라서 권할 수도 없는 일이지만 자살할 수 있는 동물은 사람을 두고는 이 세상에 다시없다. 세상의 하찮은 동물적 괴로움 때문에 자살한다거나 자기의 고귀한 이상이 더러운 세상에 맞지 않는다 해서 자살하는 사람을 흔히 보지만, 이러한 자살도 어떤 때는 비난을 받고 어떤 때는 동정을 받을 뿐 존경의 대상은 되지 않는 법이다. 왜 그러냐 하면, 그런 사람은 그의 이성과 이상과 의욕을 우리가 이해할 수 있어도 그것은 끝까지 그 사람 개인의 문제에 그치기 때문이다.

사랑하는 소년들아ー. 너희는 너희의 몸과 마음이 단지 너희 자신 혼자만의 소유가 아니고 너의 가족과 이웃과 너의 겨레와 나라 또는 온 인류와 우주의 것이라고 믿어라. 그 때문에 사람은 살아서도 먼저 여

럿을 위하여 이해利害를 헤아리고 다음 제 자신의 이해를 생각해야 하는 것이다. 그러므로, 사람은 언제나 저와 남이 함께 이롭다는 필수 조건 위에서만 옳고 바른 행동을 가질 수 있으며 높은 이상을 세울 수 있으며 사람의 본연한 이성을 지킬 수가 있는 것이다. 이것을 지키기 위해서 죽는 사람, 스스로 죽음을 취한 사람을 우러러보고 찬탄하는 것이 아니겠느냐. 우리는 동서고금의 역사 위에 죽음으로써 훌륭한 이름을 남긴 사람들의 발자취를 돌아볼 때 그들의 죽음이 어느 것 하나도 위에 말한 조건을 벗어남이 없다는 것을 안다. 전쟁에서 쓰러지거나 스스로 목숨을 끊었거나를 가리지 않고 보면 그들은 모두 다 더 크고 더 바르고 더 힘센 것을 찾아 그 아깝고 무서운 죽음을 결연히 받아들여 고요히 웃으며 죽을 수가 있었던 것이다. 한말로 말하면 그러한 죽음들은 모두가 대의大義를 위하여 소아小我를 희생한 것이었다. 우리 겨레가 일본의 압제하에 짓밟힌 서른여섯 해를 민족정신의 선혈을 뿌림으로써 항쟁한 여러 충의열사忠義烈士의 사적을 너희는 알 것이다. 그분들의 죽음은 어느 의미에서 모두 일종의 자살이다. 그러나 그 자살은 제 한 몸의 고뇌를 죽음으로 구차히 청산한 보통 자살이 아니요, 민족적 대아大我의 비분을 엄숙하게 발현한 고귀한 자살이었던 것이다. 이런 뜻에서 사람의 의욕은 참고 버티고 굳세게 밀어 나가기 위해서 대의를 위해서 스스로의 목숨을 희생으로 바치는 죽음을 높이 평가하고 또한 존경의 대상으로 삼지 않을 수가 없는 것이다.

소년들아, 우리의 미더운 일꾼들아! 너희는 남을 위해서, 나라를 위해서, 너 아닌 것을 위해서, 너의 목숨을 바칠 자신이 있느냐. 마음으로 자신이 있어도 죽음에 막상 부닥칠 때 그것은 아무나 다 할 수 있는 그렇게 쉬운 일은 아니다. 그러나 소년들아, 이러한 뜻을 실천하고 간 사람들과 실천하기 위해서 노력하는 사람을 존경하는 마음이 없으면 너희는 이 세상에서 바른 사람이 되는 것을 단념하는 것이 좋다. 사람의 일생은 언제 어떠한 일이 닥칠지 모른다. 평소에 마음속으로라도 불의를 미워하고 옳은 것을 그리워하는 마음을 불태워 놓아야 어려운 자리에서 더러워지지 않으며 죽을 때도 못나고 더럽게 죽지 않는 하나의 태도가 마련될 것이 아니겠느냐. 사람은 항상 스스로의 몸가짐과 이상을 깨끗이 하고 높게 가지기 위해서 최악의 경우 — 주리고 배고픔과 한 걸음 나아가서는 죽음의 경우까지를 미리 생각하고 그런 때에는 나는 이 세상을 어떻게 살아가고 또 어떻게 죽겠다는 것을 미리 생각해 두어야 하는 것이다. 세상 일이 뜻대로 안 되는 것이 열에 여덟아홉이라니 너희가 미리 작정한 태도가 그런 경우를 당해서 반드시 그렇게 될는지는 모른다 치더라도 이러한 마음의 공부는 결코 너희를 인간적으로 손해 보이지 않을 것이며 욕되게 하지 않을 것이다. 오히려 말없는 힘을 너에게 선사할 것이다.

사랑하는 소년들아! 너희는 젊어서 먼저 죽음의 진리를 배워라.

죽음을 바르게 사랑하는 마음만으로 이 세상에서 큰일을 이룰 수가 있기 때문이다. 너희는 살아 있는 세상의 눈앞의 이익과 명예에만 팔리지 말아라. 죽어서 너희 육체가 썩은 뒤에라도 뒷사람의 위에 남을 그 명예를 더 높이 생각하여라. 사람이 세상에서 누리는 하찮은 영예는 미끼를 탐내는 고기떼와 부엌간을 엿보는 생쥐와 무엇이 가릴 바가 있겠느냐. 살아서 괴롭더라도 죽은 뒤에 더러운 이름을 남기지 않도록 노력해야 한다. 죽은 뒤의 더러운 이름은 대개 살아서 지나친 부귀영화의 허영으로 말미암아 마련되는 것이다. 더러운 이름을 남길 양이면 차라리 이름 없이 살다가 죽어 가는 것이 얼마나 부러운 일이겠느냐.

그러나 소년들아, 죽은 뒤를 겁내어 너희가 아무 일도 하지 않고 이 세상을 떠나라는 말은 아니다. 우리가 근심하는 것은 언제나 너희가 얼마만큼 의로운 사람이 되고 성실한 사람이 되는가, 그것을 지켜보는 데 있기 때문이다. 지성이면 감천이란 말이 있다. 너희의 정열과 의욕, 너희의 성실과 끈기가 언제나 의로움의 테두리를 벗어나서는 안 된다는 것을 깨우치려는 데 우리의 참뜻이 있을 뿐이다.

소년들아, 나는 여기 제 조국의 독립운동에 투신하였다가 젊은 나이로 사형을 받은 지사志士의 마지막 연설 몇 구절을 옮겨 놓으련다. 그 사람은 아일랜드의 애국지사 로버트 에메트, 어렸을 때부터 조국의 독립운동에 뜻을 두어 열여덟 살 때 혁명 투사로 참가하였다가 실패하고 프랑스로 망명하여 5년 만에 귀국해서 다시 더블린 성 습격에 참가, 뜻을 이루지 못하고 잉글랜드의 관헌에 붙잡혀 사형을 받은 이다. 이 연설은 사형 선고를 받았을 때 항변抗辯한 유명한 연설이다.

… 나는 제군이 내린 예결豫決을 번복시키거나, 혹은 제군이 여기서 선고하려는 형벌을 가볍게 하기 위해서 말하려 하지 않는다. 나는 제군이 박탈剝奪하려고 하는 이 목숨보다도 나에게 더 중요한 일에 대해서 소리를 높여 말하지 않을 수 없다. 이리하여, 이 그릇된 죄명에 의하여 더럽혀진 나의 명예를 회복하지 않으면 안 되겠다고 생각한다. 단지 내가 제군의 선고에 의하여 생명을 잃는 것뿐이라면 나는 아무 불평도 없이 조용히 나를 기다리고 있는 운명 앞에 복종할 것이다. 그러나 나를 집행인執行人에게 인도할 이 선고가 나의 명예를 더럽힌 것을 생각하면 도저히 견딜 수가 없는 것이다. 만일, 나의 영혼이 낙토를 방황하면서 조국을 위하여 사형장에서 피를 흘린, 혹은 전장에서 쓰러진 지사志士들의 영혼과 합칠 수만 있다면 이것이 나의 소원일 뿐이다. 그리하여, 나의 기억과 나의 이름이 후세의 사람들을 격려할 수 있다면 나의 만족은 그 이상 아무것도 없다.

제군! 죽음길을 가는 사람은 부당한 비난을 변명할 법률상의 특권마저 부인 당해야 마땅한 것인가. … 나는 프랑스의 간첩間諜이라는 공격을 받았다. … 나는 절대로 프랑스의 간첩은 아니다. 조국을 구제하는 이들과 함께 어깨를 나란히 하려는 것이 나의 소망일 따름이다. … 오, 아일랜드여! 나를 움직인 것은 개인적인 욕망이었던가. 과연 그렇다면, 나는 나의 교육과 나의 일족의 지위에 의하여 오만한 압제자들과 사귀려면 사귈 수 있지 않았던가. 그러나 조국은 나의 신상神象이었다. 나는 모든 것을 나라에 바쳤고 이제 나의 목숨도 바치는 것이다. 나는 아일랜드 사람으로서 조국을 독립국이 되게 하며 딴 나라의 간섭 밖에 안치安置하려고 하였던 것이다. 나는 국내의 압제에 항거하기 위해서 외국의 압제에 복종하려고 하지는 않는다. 나는 도리어 자유를 위하여 싸움으로써 적이 나의 시체를 밟고 쳐들어올 때는 몰라도 그렇지 않고서는 적이 한 발이라도 국내에 들여놓는 것을 용서하지 않는다. 오직 국가를 위하여 생존하여 온 동포에게 권리를 갖게 하려고 하다가 원수의 복수심 가득 찬 마수에 잡히어 이제 죽음의 길로 떠나려는 이 몸이 비방을 받고 죽을 것인가. 아니다. 하느님은 이것을 금하시는 것이다.

만일 영혼이 계시다면 나의 존경하는 아버지시여! 나의 행동을 보소서. 저는 어렸을 때 아버지께서 가르쳐 주신 인륜人倫과 나라를 사랑하는 대의大義를 잊지 않고 지금 여기에 목숨을 바쳤습니다.

제군! 제군은 일각이라도 빨리 나의 목숨이 끊어지는 것을 고대하고 있다. 제군이 원하고 있는 피는 두려움으로 말미암아 식기는커녕 따뜻한 그대로 나의 혈관 속을 흐르고 있다. 그러나 잠깐 더 기다려라. 나는 아직도 몇 마디 더 할 말이 있다. 나는 지금 캄캄하고 침울한 무덤 속으로 들어가지 않으면 안 될 운명에 놓여 있다. 나의 생명의 등불은 거의 꺼져 가고 무덤은 입을 벌려 나를 기다리고 있다. 머지않아 나는 그 속 깊이 빠지고 마는 것이다. 나는 이승을 떠나는 이 마당에 한 가지 원이 있다.

그것은 세상의 침묵인 것이다. 바라건대 그 누구를 막론하고 나의 비문碑文을 쓰지 말라. 시대가 바뀌고 사람은 가서 세상 사람들이 나를 이해하게 될 때까지 나와 함께 암흑과 평화 속에서 침묵을 지켜라. 우리 조국이 여러 나라와 함께 어깨를 나란히 하게 될 때 비로소 나의 비문을 써 주기를!

그리하여, 그는 죽었다. 죽음 앞에 탄탄한 그의 심경은 아일랜드 독립 운동자 이름으로 죽는 것을 영광으로 생각하였고 프랑스 간첩이란 죄명만을 거부하였던 것이다. 아일랜드는 오늘 독립국으로 되었다. 그들의 조국을 위하여 죽은 수많은 희생자의 존귀한 가르침으로써…. 아일랜드의 백성들은 이제 그의 비문을 썼는지 안 썼는지 우리는 모른다. 다만 그들 백성과 모든 나라와 조국을 근심하는 사람의 가슴속에 그의 비명이 새겨져 있을 것이다.

죽음의 승리를 신념하는 사람만이 큰 의욕을 성취한다. 소년들아, 너의 의욕을 죽음의 저 밑창에까지 닿게 하라.

창窓에 기대어

나무로 얽고 흙을 짓이겨 바르면서도 네 벽壁 어느 쪽에라도 한 개 이상의 제 몸을 용납할 만한 구멍을 뚫어야 방이 방 노릇을 하고 사람이 그 속에서 살 수 있다. 정정한 나무나 청초淸楚한 풀잎처럼 나면서부터 죽을 때까지 그 어머니인 자연의 품에 안겨 살 수는 없을망정 새들도 나뭇가지에 둥우리를 치고 항시 하늘을 우러르며 노래하고 사는데 사람만이 하늘과 담을 쌓고 살 수 있는가.

진실로 창이란 그 몸만이 드나드는 곳이 아니라 그 영혼이 갈구하는 무한에의 길이 여기서 펼쳐지는 곳이기도 하다. 애초에 사람이 집을 짓는 것이 무슨 하늘과 해와 달을 버리고 길이 어둠 속에 웅크리고 앉아 수달이처럼 외로이 앓고자 함이 아니었을 것이요, 다만 그의 몸에 지닌 털을 벗음으로부터 자연 속에서 발가숭이 그대로 오체五體를 던져 안기지 못하고 좁은 곳에 숨어 앉아서 조그만 창을 트고 내다보려는 것임에 틀림없으니, 지혜가 아무리 사람으로 하여금 자연을 이반離叛하고 정복하게 하려 할지라도 이는 그 어버이를 배반시킴과 같아 어쩌지 못할 천륜은 때로 그들을 불러 창가에 하염없이 기대이게 하는 것이니, 그들은 이곳에 기대어 저의 슬픔에 연連하는 모든 생명과 얼굴을 마주 부비며 서로 하소연하고 따슨 손길을 어루만질 수 있기 때문이다.

이 창 앞에 앉아서 초승에서 그믐까지 지는 달을 빠짐없이 보는 사람은 때로 감정의 원시림原始林에 이지理智의 도끼날이 얼마나 무딘 것을 깨달을 것이요, 또한 창 앞에 앉아 먼 산 위로 났다가 이내 죽고 끝없이 흘러가는 흰 구름을 바라보는 이는 그 푸른 하늘에서 나서 자라고 마침내 돌아갈 고향을 찾을 수도 있으리라.

창을 뚫어 놓고 몸만을 드나드는 곳이라고 밖에 생각지 못한 이에게는 창은 묘혈墓穴과 같으리니, 이는 일찍이 그가 우주의 사랑에 두 손 모아 감사하는 마음을 잊은 지 오래임을 뜻하는 것이라, 무엇이 그로 하여금 천만 근 무게의 괴로움을 덜어 줄 것인가.

형터리 없는 곳에 내 몸을 의지함은 이미 유형有形한 모든 것이 하나도 스스로 있는 것이 아니기 때문이요, 유형한 모든 것을 굳이 미워하지 않음은 그것이 모두 애초에 고향이 없는 무리기에 서로 붙들고 도우며 긍정肯定하고 제약制約하여 이 허망한 우주 가운데 진실로 살기 때문이니, 창턱에 기대어 동서남북 상하 사유四維 아무 곳에나 고향을 찾음은 실로 고향이 없는 까닭이다.

그러나 그의 마음이 통하는 곳은 이미 고향이어서 창턱에 기대어 기도하는 마음은 구름을 믿고 모시어 머리 숙여 비는 때가 있다. 스스로 마음을 가라앉혀 의지할 수 없는 곳에 아무 사邪된 마음이 없이 안길 수 없고야 어찌 창을 통하여 온몸에 스미는 거룩한 우주의 숨결을 들을 수 있으랴.

램프를 켜 놓고

전등불 아래서 책을 읽는다는 것은 이미 아득한 전설 속의 일 같다.

중세사中世史 안단테의 1세기世紀에도 비길 만한 현대사現代史 프레스토를 듣는 요즘의 하루가 전등을 여읜 채 얼마나 거듭되었느냐는 말이다.

더구나, 전등을 잃게 된 원인이 이미 형성된 민족을 다시 남북의 두 부족部族으로 환원還元시킨 데 있음을 생각하면 지성이니 새 윤리니를 입 끝에 올려도 나의 마음은 실상 원시에 방황하고 있는 듯싶다.

그러고 보니 전등을 잃고 민족을 잃은 슬픔을 술잔 속에서까지 푸념하는 동안에 나는 또 그 슬픔에 못지않게 독서讀書를 잊고 아울러 책을 사귀는 마음바탕이 되는 그리움조차 잊고 살아 왔더란 말이다. 사흘을 책을 읽지 않으면 입안에 가시가 돋는다고 옛사람은 말했는데, 내 초라한 서실書室에 불이 있는지도 없는지도 모르도록 나는 무엇이 그다지 바빴단 말인가. 요즘에야 비로소 램프를 장만해 놓고 황혼이면 등피燈皮를 닦는 서글픈 낙樂을 누리게 되었다.

밤은 깊은데 램프의 심지를 돋우고 외로이 앉았노라면 마음은 오래 잊었던 고향에나 돌아온 듯 서러워진다.

고향은 응당 있어야 할 것이 자꾸 없어지기만 하는 곳일까. 전등이 없어지고 사랑이 없어졌다. 다시 고개를 들면 오래 그리던 고향이라 설움은 미덥기조차 하다.

고향은 마땅히 이룩해야 할 새로운 하늘을 계시啓示하는 것일까. 책이 있어야 하고 그리움이 있어야 한다. 사람이 이 적응성을 타고났다는 것, 이것이 오늘 램프 앞에서 깨달은 원죄原罪의 참회다.

실상 몇 밤째나 램프의 심지를 돋우어도 아직은 책이 읽혀지지 않는다. 이 칠흑漆黑의 어둠 속의 반딧불 같은 마음의 등불 하나만으로는 나의 갈 길이 너무도 아득하기 때문이다.

해야 할 일은 산같이 쌓였는데 육신은 그것을 들어주질 않는다.

이 절대한 생명력의 시련 속에 나는 어쩌다가 허심虛心하면 폐인이 되고, 성실誠實하면 요절夭折하고 만다는 양도론兩刀論밖에 타고나지 못했단 말인가. 이 함정을 반박할 형식논리를 번연히 알면서도 이는 나의 현실에는 일편一片의 공문空文에 지나지 않는다.

약한 몸에 역사는 왜 이렇게 과중한 짐을 지우는 것이며 서른이 못된 나이에 무엇 때문에 이다지 초조하단 말인가. 이것이 도시 나의 체질이 준 성격이요, 성격이 준 운명이라면 나는 이 운명을 초극超克하기 위해서 먼저 운명을 인종忍從하고 생명력을 길러야 한다는 것이다.

허심虛心하면 요사夭死하지 않으리라. 성실하면 폐인이 되지 않으리라. 이 슬픈 양생養生의 논리에 내 오늘의 모든 꿈과 의욕의 나라가 무너진다.

책을 펴놓고도 책을 읽는 게 아니라 나의 마음은 사실 기도를 드리고 있는 것이다. 두 손을 가슴에 모두어 미간眉間을 겨냥하고 나는 이름 지을 수 없는 신神을 우러러 꿇어앉아 있는 것이다.

합장合掌이란 또 무엇일까. 그대와 나, 청산靑山과 내가 한 마음 한 몸이 된단 말인가.

그 빌어먹을 사상인지 무언지 때문에 사상보다 중한 인생을 잃고 옛 벗이 나를 모함謀陷하고 중상할 때 나는 합장을 한 것이 아니라 절교를 선언하고 울었고, 보고 듣기만 해도 미소를 머금던 자연을 잃고 나는 해방된 네 해를 이른바 화조풍월花鳥風月의 조각달조차 상심賞心하기를 잊어버리고 살았던 것이다.

덕택에 '신경성 위胃 아토니'란 야릇한 병명病名 아래 단식을 뜻한 적 없이 사흘 아홉 끼를 고스란히 굶어야 하던 소화불량은 달아났지만 부질없이 먹기만 하는 돼지생활은 차마 자랑할 수가 없었다.

과로 때문에 졸도卒倒는 할지언정 시인詩人이라 부르려거든 동물 생활의 죄고罪苦에서 오는 갈등의 참여參與만은 면죄免罪시켜 달라. 이 모든 죄악의 바탕이 되는 영원한 숙제를 풀기 위하여 영혼의 세계고世界苦 밑에 시인은 남다른 십자가를 지고 있기에 말이다.

나의 시詩가 다시 합장하는 손끝에 와 있다.

동서東西의 승려가 다 합장을 하지만 승려 아닌 내가 무엇을 향하여 합장하는 것일까.

심산深山의 절간에 있을 때 일이었다.

머리를 기르고 흰 두루마기를 입은 내가 신라의 석탑 앞에 나설 양이면 일흔이 넘은 할머니 니승尼僧 한 분이 목련꽃 지는 그늘 햇볕에 자글자글 타는 자갈밭 위에서 허공에 두 손을 모았다가는 나를 향하여 오체투지五體投地의 절을 하는 것이었다.

나에게 왜 절을 한단 말인가. 나도 그대로 나를 잊어버리고 합장의 절을 마주하게 되는 것이었다.

"포여, 나로 하여금 오늘밤 편히 쉬게 하소서" 하고 이방異邦의 시인 에드거 앨런 포의 이름을 염念하며 잠을 부르던 샤를 보들레르가 보인다.

이 심경의 체득體得만이 천만어千萬語의 합장 해설解說보다 값있는 것이 아닐까.

램프를 켜 놓고 앉으면 인정의 고마움에 눈물겨워지는 것은 나만의 감상感傷일까? 분노조차 미美로 승화昇華되는 데는 이 세계고世界苦의 감상感傷이 있어야 한다. 사랑으로 근저根柢를 삼지 않는 비극悲劇은 비극이 아니기 때문이다.

철따라 버들개지 갈대꽃을 산야山野에서 꺾어다 그 스승의 책상머리를 꾸며 주는 어느 소녀는 어쩌다 어려서 남을 가르치게 된 나의 생명이 얼마 남지 않았음을 느끼며 힘없이 가곤 가곤 하였는데, 작년에 꽂아 둔 갈대꽃이 입때 화병에 꽂혀 있고, 생각하는 갈대, 나는 아직 살아 있는 것이다.

소녀의 언니! 나의 제자가 결혼을 결심한 채 병들어 눈감은 뒤 그 죽음의 향기가 소녀의 가슴에 시詩로서 소생蘇生하였고 이 죄스러운 스승은 시와 생에 대하여 그에게 아무 가르침을 베풀 것이 없다.

다만, 나를 위하여 마음으로 기도하는 것을 느낄 때 내가 당황히 담뱃불을 끄는 것밖에…. "산이여, 강이여, 나를 길이 살게 하소서."

이제 눈감는대도 유언 하나 마련하기 싫은 내가 램프를 켜 놓고 이렇게 빌어 본다. 나를 아껴 주는 모든 사람, 아니 우주를 위하여!

슬픈 인간성
영남기행嶺南紀行

차창車窓

푸른 니힐의 하늘이 자욱한 슬픔의 안개로 가리워 있다. 영원히 교차될 수 없는 이 휴머니티의 두 줄기 평행선 위로 기차는 나를 태우고 한 속절없는 사랑과 같이도 굴러가는 것이다. 고등 수학에서처럼 평행선이 교차될 수 있다면야 나는 깊은 산골의 바위 위에라도 회한悔恨 없는 부동의 자세를 지닐 수도 있으련만, 나의 인간성이 신성에로 전화할 수 없듯이 기차는 영원히 두 줄기 레일을 생명으로 하는가 보다.

무슨 주기적으로 오는 듯한 막연한 슬픔 때문에 나의 여심旅心은 사뭇 충동에서 비롯된다. 그러기에 나의 여심의 바탕에는 일말의 구도求道의 슬픔이 깃들여 있다. "떠나 버리면 그만이다." 얼마나 매력에 찬 말이냐? 그러나 떠나 버린다는 것은 해결을 의미하는 것이 아니다. 해결될 수 없는 고뇌를 순화하려는 가없는 에로스의 과정으로 떠나 버리면 된다는 마음의 여심을 마련하기 때문이다. 사뭇 떠나 버릴 수도 없으면서 떠나면 된다는 신념은 어디서 오는 것이냐. 떠나서 이른 곳은 또 떠나지 않으면 안 되는 곳, 진실로 사랑할 수 있는 여행은 목적도 없고 기약도 없고 행정行程의 구속이 없는 여행이 아닐 수 없다.

차창에 기대인다. 잡답雜踏한 군중 속에서 나는 혼자이다. 고요한 방에서는 마음속의 소음 때문에 한 생각을 온전히 지속하지 못하는 내가 이 차중의 훤소喧騷 속에서는 정거장 서넛씩을 지나쳐 버리도록 골똘한 생각에 잠겨 있다는 것은 이상스러운 일이다. 차창은 결국 내 마음의 우수憂愁와 죄고罪苦를 들여다보는 신神의 눈동자! 어째서 진리는 이렇게도 평범한 곳에만 사는가. ─8월 8일!

부산釜山에서

저녁놀이 차창을 물들일 무렵 나는 부산에 내린다. 도무지 정이 들지 않는 이 도시, 그 닉닉한 냄새며 불안한 공기 때문에 나의 피로가 견딜 수 없다. 그까짓 싫으면 내일이라도 떠나 버리지! 어디 바다가 보이는 깨끗한 여관이라도 찾았으면 하고 골목을 헤매인다. 정이 들지 않으면서도 아는 사람을 만나지 않는 것만은 대견스럽다. 사람 그리움이 새삼스레 뼈아프기 때문이다. 서울 같으면 어쩌다 차나 한 잔 마시러 거리를 나오는 날에는 전차 정류장에서부터 만나기 시작하는 아는 사람이 밤늦게 들어올 무렵에까지 무려 30명을 넘는 것이 보통인데 여기서는 내가 온전히 한 이방인異邦人처럼 외로울 수가 있다.

내가 찾은 여관은 벽에 빈대 피가 혈란血爛을 그려 놓은 초라한 방이었다. 풀어 놓을 행장이 없으니 세수만 하고 나면 그만이다. 그 다음에는 어쩌나. 이내 자 버리기는 싫고. 오래간만에 부두埠頭에 닻을 내린 마도로스의 심정이 옮겨온다. 나는 또 혼자서 거리로 나간다. 몇 해 전에 한두 번 와 본 기억을 더듬어서 내가 찾아가는 골목은 몇 개의 다방이 있는 골목일 수밖에 없었다. 다방 '춘추'春秋에서 시암時菴과 평계平溪를 만났다. 서울서 만나면 서로 어울려서 구수한 술집을 찾아다니던

버릇이 있어 그들은 나의 여수旅愁를 위로도 할 겸 그들 자신의 황혼의 소망을 위하여 이내 술자리를 마련한다.

월하月下 김달진金達鎭 사백詞伯이 마침 진해鎭海서 나왔기에 이 우연한 해후邂逅는 못내 즐거웠다. 권하는 대로 마신 나의 술은 만취되고 이마에 맺힌 허한虛汗을 기녀妓女가 씻어 준다. 불시에 알 수 없는 설움이 취안醉眼에 고인다. 사장부인社長婦人이란 이름으로 불리는 이 여인은 알고 보니 이 술꾼 모임의 한 사람인 시인 모씨某氏의 좋아하는 여인! 가난한 문화인들이 존경하는 시인을 사장社長으로 짐짓 부르는 데 웃지 못할 세태世態가 드러나서 쓰거운 미소를 자아낸다. 우리는 술이 취하여 한 벗이 인도하는 컴컴한 골목으로 간다. 들어선 이층 넓은 방. 불을 켜고 보니 술자리에 왔던 여인이 모두 와 있었다. 다시 몇 잔 술을 나누고 월하月下와 시암時菴과 나는 서늘한 노대露臺에 나가서 청담淸談을 속옷 바람으로 나누다가 서로 껴안고 잠이 들었다. 술이 만취할수록 일찍 잠이 깨는 내가 세수를 마쳤을 때는 새벽 네 시였다. 옆방의 문을 열고 보니 구슬빛 모시치마를 벗어 덮고 여인들은 잠이 들었다. 그들의 고요할 수 없는 마음의 상징象徵으로 자는 얼굴은 모두 일그러져서 비참하다. 잔취미성殘醉未醒에서 터지는 나의 홍소哄笑, 월하 사백에게 실달다悉達多 태자의 출가 동기動機를 보라 하고 둘이서 웃었다. 우리가 잠든 뒤늦게 미인과 단꿈에 들었던 벗들은 아직 깨지 않는다. 새벽거리로 우리 세 사람은 해장국을 찾아 나선다.

송도松島에서

항만 시찰용의 백색 모터보트의 갑판에 서서 송도松島로 간다. 서울서 어느 고관高官의 딸이 왔기 때문에 이 배를 내었다는 것인데 내가 배 위에 오를 때 본 하염없이 앉아 있는 고관의 딸이라는 소녀는 실상 고관의 딸이 아니라 불행한 잡지계雜紙界의 선배로 작고한 모 씨의 영양令孃이었다. 나는 말없이 목례目禮를 나누고 이내 수평선을 바라본다. 항만을 한 바퀴 돌고 난 다음 그 소녀를 내려놓고 다시 이 배는 우리를 위하여 다시 송도까지 가겠다는 것이다.

송도는 지지난해 이른 가을 동리東里와 함께 사나흘을 보낸 곳으로 날이 갠 날은 멀리 대마도對馬島가 보이는 것이 좋았으나 백사장이 너무 좁아 해수욕으로는 보잘것없는 곳이었다. 그 복닥이는 검은 반나체의 무리 속에 살이 타는 듯한 햇살을 견딜 수 없어서 우리는 제일第一호텔의 넓은 응접실에 앉아 유리창을 마구 열어 놓고 바다를 바라보는 것이 차라리 좋았다. 주머니를 뒤져보니 담배와 함께 구겨진 종이쪽이 하나 나온다. 〈절정〉絶頂이란 시의 초고草稿였다. 옆에 있는 K와 S를 불러 시를 읽어 준다. 비극적인 성격의 K는 무슨 무거운 시름에 싸였음인지 암담暗澹한 얼굴로 노대露臺에 나가서 바다를 바라고 서 있고 S는 그 종이쪽을 받아 읽더니 나의 손수건과 땀 배인 내의를 가지고 바다로 내려갔다. 또 나는 혼자이다. 황혼이 되어도 사람은 자꾸 모여드는데 내가 아는 사람은 없다. 바로 이때였다. 이곳 시민병원에 있는 옛 제자요, 지금은 당당한 여의사인 소녀 셋이 시암時菴과 함께 나를 찾아왔다. 과일과 양주를 사들고 "선생님이 오셨으니 부산釜山 술이 몇 말은 없어지겠다"고 천진스레 떠들어대는 바람에 나의 우수憂悉가 다시 미소로 환원還元한다.

달이 찢어지게 밝은 밤이다. 사람들이 흩어진 뒤 모래밭에 나와서 우리는 배를 타기로 했다. K와 S와 나와 시암, 노석奴石 그리고 평계平溪, 두 척의 보트를 저어 우리가 가는 곳은 송도 앞바다 멀리 떨어져 있는 바위로 된 작은 섬이다. 와서 보니 제일 먼저 배가 타고 싶다던 S가

오지 않았다. K에게 들으니 S는 간밤 꿈자리가 사나워서 배 타기를 단념했다는 것이다. 노석을 보내어 기어이 S를 데려왔다. 파도가 몰려와서 바위 기슭에 부딪히는 바람에 우리의 옷은 함초롬히 젖고 말았다. 평계는 청마靑馬 사백의 시 "파도야 어쩌란 말이냐"로 시작되는 〈그리움〉이란 시를 왼다. 나는 K가 펴놓은 흰 침의寢衣로 몸을 싸고 미취微醉에서 오는 한기를 거두며 하염없는 애수의 백로白鷺처럼 젖어 있었다. 아름다움이란 이러히도 슬프기만 한 것인가.

아픈 가슴을 어쩌란 말이냐
虛空에 던져진 것은 나만이 아닌데
하늘에 달이 그렇거니 수많은 별들이 다 그렇거니
아 이 廣大無邊한 宇宙의 한 알 모래인 地球의 둘레를 찰랑이는 접시물
바다여 너 또한 그렇거니…

바다 위의 달밤이 이미 두 시를 넘었다. 우리들이 돌아오길 기다리는 보트지기는 뱃전에 기대어 조을고 있을 것이다. 문득 파도 소리 속에 들리는 여자의 목청으로 꺾어 넘기는 남도南道 판소리의 한 대목! 한참 귀를 기울인 나머지 시암時菴과 나는 술 한 병을 들고 배를 저어 노랫소리를 찾아 떠난다. 노래의 임자를 찾고 보니 뜻밖에도 술이 거나한 기생妓生이 하나 혼자서 노를 저으며 소리를 하는 것이 아닌가. 백낙천白樂天의 〈비파행〉琵琶行 쓰던 밤의 정경이 생각나서 이 기려羈旅의 풍류風流 속에 나는 그 기녀의 멋을 칭찬하고 난 다음 같이서 술 한잔 나누기를 권했으나 그는 이미 취해서 혼자 멀리로 사라져 가는 것이었다. 알고 보니 오늘이 음력으로 7월 열 엿새, 소동파蘇東坡 적벽강赤壁江 밤놀이하던 바로 그날이다. 월백풍청月白風淸의 경계境界에서야 멋을 아는 사람이고 보면 절로 이루어지는 흥취가 고금이 다를 바 없으리라. 한

갓 모방의 속유俗遊가 아닌 우합偶合에 저으기 어깨가 으쓱하지 않을 수 없다.

뱃놀이를 끝내고 호텔로 돌아왔을 때는 새벽 세 시가 지나서였다. 와야 할 잠 대신에 부산 명창名唱 원옥화元玉花의 맑은 목청과 단아한 모습이 떠오른다. '하는듸'의 '듸' 자를 길게 빼는 것이 아무래도 이 근처 태생이 아니었다. 옥화는 고향이 담양潭陽이라 했다.

통영統營

해마다 이른 봄이면 청마靑馬 유치환柳致環 사백에게서 한산도 제승당制勝堂 앞뜰 동백꽃 그늘에 벌어지는 충무공忠武公 제삿날의 술맛이 전해 왔다. 이 술맛은 못 누릴망정 이번 길엔 통영統營을 꼭 들르리라 마음했었는데, 3, 4일 후면 청마가 부산으로 나온다기에 나는 8월 12일 아침 통영 가는 배 속에 몸을 싣지 않을 수 없었다. 노타이를 벗고 넥타이를 갈아 맨 다음 모자도 없는 나는 좋은 브랜디 한 병을 손에 들면 통영 가는 행색行色이 그대로 이루어지는 것이었다. 삼등선실에 누워 지난밤 못 잔 잠을 계속하고 보니 S는 몹시 뱃멀미가 난 모양, 붐비는 선객船客 틈에 끼여 잠이 들어 있었다. 선창船窓으로 내다보니 K는 흰 원피스를 입고 갑판에 서서 바다를 굽어보고 있었다. 나는 술병을 들고 갑판으로 나갔다. 물살이 세어지는 곳에 와서 K도 얼굴이 창백해지더니 구토嘔吐가 생각이 있는 모양이다. 옆에 선 마카오 양복의 청년이 들어가 눕기를 권한다. 나는 뱃전의 로프를 깔고 앉아 혼자서 술을 마신다. 세 시간이면 닿을 이 뱃길이 아득한 나라로 가는 항해같이 생각되어 옛날 관부關釜 연락선連絡船에서 하던 식으로 달밤 갑판 위에 삐루 터뜨리는 맛을 생각하곤 하였다. 지나가는 섬들의 기이한 풍경에 또 나의 은일벽隱逸癖이 움직이기도 하였다.

통영은 깨끗한 시가市街였다. 오래 살기에는 좀 가슴이 답답할 듯하나 어쨌든 그 인상은 좋았다. 상륙하자 나는 곧 청마 사백의 한거閑居를 찾았다. 청마는 아침에 나가서 안 돌아왔는데, 아마 술을 마시고 밤늦게 돌아오리라는 부인의 말을 듣고 나는 그대로 여관을 찾아 나섰다. 낮에 배에서 만난 날씬한 청년은 신한호텔이라는 깨끗한 여관 2층 방을 얻어 주었다. 바다를 향한 넓은 방, 목욕을 하고 나니 저녁상에 술이 없다. K와 S가 이 눈치를 챈 모양, 손수 나가서 삐루 두 병을 사왔다. 여사旅舍에서 혼자 마시는 술맛도 버리기 어려운 아취雅趣가 있을 밖에…. 초저녁부터 잠이 들었다.

아침상을 물리고 우리는 청마를 찾아간다. 그의 집 청령장蜻蛉莊 앞에 이르자 짧은 바지에 단장短杖을 짚고 캡을 쓴 청마가 우리를 찾아 나온다. 청령장 앞뜰 등 넝쿨 밑 벤치에 앉아 격세隔歲의 금회襟懷를 말없이 푼 다음 찾아온 벗들과 함께 마루에서 술잔을 들었다. K와 S는 유치원 교실 오르간 앞에 잠이 들어 있었다. 청마가 인도하는 대로 몇 개의 고적과 해저 터널을 구경하고 하루 종일을 약주, 소주 타령으로 보낸 다음 문총文總 경남지부의 '건국기념建國記念 예술제藝術際' 때문에 내일 아침 부산에 가야 한다는 청마와 동행하기로 하고 여관에 돌아와 얘기로 밤을 새우고 말았다.

이번에도 다시 부산 가는 뱃길, 마시다가 남은 브랜디는 청마 사백이 단숨에 켜 버렸다. S는 뱃멀미가 나지 않았으나 그 대신 K가 여러 날의 피로에 지쳐 코피를 쏟는다. 손수건, 원고지 할 것 없이 붉게 물들여도 코피는 좀체로 그치지 않는다. 여행에서 남는 기억이란 이런 괴로움이라고 웃으며 말했으나, 문득 술 때문에 까슬까슬해진 나의 여윈 뺨이 마음 씌어서 위로가 되지 않는다.

예술제藝術際

부산에 다시 왔으나 이내 나의 주머니는 비어 있었다. 오늘 저녁에 열리는 예술제의 몇 가지 일을 보살펴 주고 나니 그 프로그램 속에 나의 시 낭독이 들어 있음을 알았다. 피아니스트 이인형李仁亨이 이 때문에 내부來釜하였다는데 나도 마침 온 서울 손님이라 이 찬조 출연을 거부하지 못할 의무를 느꼈다. 무슨 울분을 호소하고 싶은 마음에 저으기 흥분하여 있었다.

예술제가 끝난 다음 나는 시암時菴이 사는 아파트 이웃 '대중여관'이란 이름 그대로 소박한 여관, 바다가 보이는 이층의 일실로 옮겨왔다. 비가 내리고 바람이 불고 파도 소리가 귓전을 울려서 쉽게 잠이 오지 않는다. 유리창에 부딪쳐 깨어지는 파도 소리는 내 어려서 처음 바다에 갔던 날 밤 평해平海 월송정月松亭의 가슴을 치던 그 파도 소리가 생각나서 나는 어린아이처럼 두렵고 신기하고 또 쓸쓸한데다가 모기가 어떻게 성가시게 구는지 견디어 낼 수가 없었다.

둘째 날 낮에는 시 낭독을 하지 않기로 작정했다. 종일 비오는 바다를 내다보며 사다 주는 소주를 혼자 마시며 먼지 앉은 유리창에다 제각기 좋아하는 시의 한 구절을 손가락으로 썼다간 지우고 하는 것이었다. 주머니를 털어 보니 두 사람 몫의 찻값밖에 되지 않는다. 저녁때 우리는 가난한 밑천으로 다방에 들렀다가 미국문화연구소에서 열리는 예술제에 갔다. 오늘밤에는 〈완화삼〉玩花衫을 읽기로 했다. 내가 처음 경주에 갔을 때 시인 목월木月에게 써 준 시 〈완화삼〉! 나는 내일 마산으로 떠난다. 이 방랑의 정서情緖가 나의 가슴을 한나절 설레게 하기 때문이다.

마산馬山

비 오늘 마산에 내리자 곧 시인 김춘수金春洙를 찾는다. 밤 깊도록 하는 얘기가 시 이야기밖에 다른 것이 있을 수 없다.

마산 교통요양원에는 규수閨秀 시인 이영도 씨가 입원해 있기에 나는 그와 인사가 없음에도 불구하고 그냥 지나칠 수 없는 인정을 생각했다. 생각하던 것보다는 병세가 가벼워서 마음이 놓였다. 회소록回笑錄이라는 기념 사인첩에 서슴지 않고 몇 줄을 쓴 다음 써 준 사람이 가기 전엔 그 글을 읽지 않는다는 그의 말에 셋이 함께 조용히 웃었다. 여기 원장이 나와 함께 있던 이재규李在珪 교수요, 그와 나의 제자인 두 소녀가 여기에 인턴 와 있는 것을 비로소 알았다. 밤에는 나를 위하여 베풀어주는 술자리에서 만취했다. 웃지 못할 희극에 약간의 부상負傷이 되어 내일의 진주행을 무기 연기하고 철도병원 2층 베드에 누워 나는 닷새를 보내지 않으면 안 되었다. 언제든지 내가 다시 짐을 싸가지고 오거든 이 새너토리엄의 일실을 선뜻 내어 달라고 부탁해 두었다.

진주晋州에서

8월 23일 아침 마산역두馬山驛頭에서 우리는 단벌 밑천인 무임승차권을 도적맞고 기차까지 늦어서 오후에야 진주 가는 차에 몸을 실었다. 진주에 내리자 나는 몇 해 전 춘곡春谷, 소천宵泉, 이산怡山, 석천晳泉 네 분과 함께 잠시 묵은 일이 있는 진주 호텔에 방을 정해 놓고 박생광朴生光 화백이 경영하는 다방 화랑畵廊으로 갔다. 파성巴城이 와 있다. 나는 또 여기서 소정小亭 변관식卞寬植 화백을 처음 뵈었다. 정정한 기개가 그야말로 노당익장老當益壯이었다.

촉석루矗石樓 호국사護國寺를 돌아 진주의 몇 날 숙소는 비봉산飛鳳山의 곡사義谷寺로 정하였다. 주지住持 제봉濟峰 화상은 서書의 취미와 주무酒舞의 흥이 자못 깊었다. 소정小亭, 유당惟當, 생광生光, 파성巴城, 제봉濟峰, 곡풍谷 등 노소의 예술인들이 날마다 한자리에 모여 담론談論이 풍발豐發하는 단란에 감심感心하였다. 일찍이 절간 생활에 맛을 들여 본 나는 이 절에 오자 심신의 피로를 회복할 수 있었다. 보리밥 소찬蔬饌에 입맛이 부쩍 늘어 버리는 것은 주지가 밥상을 앞에 놓고 사 오는 백 원어치 소주 때문이 아니리라. 인근 고을에 반도叛徒가 소란하다 해도 우리는 문을 열어 놓고 이 위처危處에 고침안면高枕安眠할 아량이 있었다.

진주서 일주일! 시인 노천명盧天命의 언니 댁에서 받은 대접도 감회 깊으려니와 남강의 단애斷崖 위에 작은 집을 짓고 고아를 기르는 복혜정사福慧精舍에서 받은 공양은 바로 감격 그것이었다. 관비官費 보조를 사양하고 오직 탁발托鉢로 이 어려운 사업을 이끌어 가는 정사주인精舍主人 화상의 정성은 놀라지 않을 수 없었다.

이제 서울로 떠날 때가 왔다. 파성巴城은 마지막 잔치를 멋지게 놀아 보자는 것인데, 마침 의곡사에는 진주 국악 동호회 동인同人이 모임을 가지고 놀기에, 나는 그중에서 이곳 명창 모추월牟秋月의 동행을 청하여 쾌락快諾을 얻었다. 젊은 벗들은 말하기를 모추월이 소리를 하면 미모의 젊은 기생들이 기가 눌려서 소리를 못한다는 것이었으나 나는 다 들을 수 있느니라고 웃으며 말하였다. 모추월 그를 여기서는 누구나 '모 선생'이라고 부른다. 본디 광대는 아니었으나 시집가서 부엌에서 부지깽이를 두드리며 소리를 하는데 본격적이란 소문이 돌아 그만 시집을 버리고 뛰어나와 소리 공부를 해서 진주에서 1년(?)을 기생 노릇을 했다고 나직한 말로 자기의 내력을 들려주었다. 수수한 베치마 적삼을 입은 모추월의 모습에는 과히 속되지 않은 멋이 있었다. 젊은 기생들 소리를 먼저 시키고 마지막에 모추월의 소리를 들으면 그만이란 것이 내 심산이다. 옆방에 술자리를 벌이고 소정小亭, 유당惟堂, 제봉濟峰, 추월秋月을 함께 앉혔다. 파성巴城이 나를 젊은 기생의 옆으로 옮겨 앉게 하자 추월이 말하기는 "내가 조금만 젊었으면 조 선생을 빼앗기지 않을 것을" 하는 바람에 만좌가 파안일소破顔一笑하였다. "술을 당신에게 먼저 권했으니 마지막에 소리나 사양하지 마소"라고 웃을 수밖에…. 술잔은 부리나케 돌았다. 추월의 소리는 과연 관록이 있었다. 추월의 소리가 끝나자 장고는 춤 장단으로 옮긴다. 유당惟堂, 제봉濟峰의 소리와 춤에 만좌가 기무起舞, 낸들 일어나는 흥을 어쩌리오, 제봉濟峰과의 법고法鼓춤에 숨 가쁜 장단을 오랫동안 감당할 수 없어 쓰러지고 말았다.

29일 밤술이 취하여 파성巴城 집에 가서 자고 새벽에 떠나느라 이 단란한 부부 문인과 조용히 얘기를 나누지 못한 것이 유감이었다.

다시 경부선京釜線

이제부터는 친구들의 호의好意를 회상하며 손님 중 아무나 붙잡고 얘기할 수가 있었다. 그러나 쓸쓸하면서도 마음 가볍던 서울역을 떠날 때와는 반대로 서울 가는 기차는 유쾌하면서도 마음 한 편에 어두운 그림자가 내리 덮이는 것은 무슨 때문일까.

삼랑진에서 차를 바꿔 타니 시인 구상具常이 부인을 동반하고 이 차를 타고 있었다. 상常과 나는 식당차로 간다. 무임승차권을 잃은 나에게는 좌석이 없다. 상常은 부인의 무임승차권 덕택에 자리는 있겠으나 기왕 만났으니 술이나 슬슬 마셔 보지 않겠느냐는 것이다. 둘이서 주머니 셈을 따져 보면서 열차 식당의 창가 좌석을 찾는다. 기인 여름날 그보다 더 긴 서울길. 해가 지기까지는 멀고 서울까지는 먼데 짧은 것은 주머니밑천이다. 술을 아끼기를 눈물과 같이 아꼈다.

비둘기

소년은 남달리 몸이 약했습니다. 일 년 열 두 달 치고 학교에 다니는 날보다 문 닫고 누워 앓는 날이 많았고, 머리가 좀 맑은 날이라야 창 열고 앉아 먼 산빛을 보고 가까운 물소리를 들으며 그렇게 자라는 것이었습니다. 어쩌다 앞뜰이나 뒷동산에 나오는 때는, 그 푸른 하늘과 솔바람 소리며 흰 구름과 새 노래가 모두 꿈나라에 온 듯만 싶었습니다. 대추나무가 반짝이는 잎새를 달 무렵에서 꽃이 피고 파란 열매가 붉게 익어 가는 서리가을까지는 풀각시 잘 만드는 순이와 놀지만, 낙엽이 창살을 휘몰아치고 눈이 내려 쌓이는 겨울 한철은 노상 머리를 짚어 주시는 어머니 무릎을 베고 잠이 드는 것이었습니다.

어느 무르익어 가는 봄날이었습니다. 소년은 나물 캐러 가는 순이를 따라 난 후 처음으로 깊은 산 속에 왔습니다. 자꾸 고요해지기만 하는 골짜기로 이따금 들리는 나무 찍는 소릴 들으며, 소년은 순이를 따라 갑니다. 푸섶에서 놀래어 날아가는 장끼의 찬란한 깃털이 햇살에 눈부시게 펼쳐지는 것을 보고, 나뭇가지에 앉아 우는 오만 산새소리, 그중에도 비둘기의 구슬픈 듯하면서도 정답고 부드러운 울음을 듣고 소년은 무섭기만 하던 세상이 이상하게도 아름답게 보여서, 가없는 하늘을 날 수 있는 새 한 마리와 함께 산다면 이제라도 정성스런 어머니와 못 보면 그리운 순이가 없어도 기쁘게 살 수가 있을 것만 같았습니다.

몇 날 뒤 혼자서 나물 뜯으러 갔던 순이가 산비둘기 둥우리를 얻어 그 속에서 털이 엉성한 산비둘기 병아리 두 마리를 잡아 가지고 와서 소년을 주면서 길러 보라는 것이었습니다. 소년은 무척 기뻤습니다. 종이상자로 어린 비둘기의 집을 만들어 방 윗목에 둔 다음 콩을 물에 담갔다가 퉁퉁 불으면 손톱으로 잘게 뜯어서 주둥이 속에 넣어 주기도 하고, 작은 그릇에 물을 담아 두고, 때때로 먹이기도 하였습니다. 날마다 털빛에 기름이 돌기 시작하는 비둘기를 기르며 소년은 다른 때 같으면 누워서 앓을 때가 되었건만 얼굴에 붉은 웃음을 띠고 있는 것이 모두들 이상스러웠습니다. 비둘기는 이제 마른 콩을 그냥 먹을 수 있을 만큼 자라자 마당에 내려가 모래를 주워 먹고 때로는 날개를 펼치고 고운 발이 땅에 닿을 듯 말 듯이 파다닥거리며 나는 연습을 하였습니다. 가난한 마을 사람들이 보릿고개를 넘기지 못해 나물죽으로 목숨을 이어 가느라고 얼굴이 누렇게 부어 자는 줄도 소년은 까맣게 모르고 비둘기만 보면서 살았습니다. 잠이 들 때면 두 마리의 비둘기가 주둥이를 마주 대고 나직이 내는 구구 소리를 들으며 잠이 들었습니다. 순이를 생각하며….

어느 늦은 봄날이었습니다. 소년도 순이도 방 속에서 바깥으로 나오지 않은 지 오래더니, 순이 부모는 어린 순이를 이웃마을 농사꾼 집에 민며느리로 주고, 서간도로 이삿짐을 싸 가지고 떠나갔다는 것을 순이네 집에 울음소리가 나던 그 이튿날 아침에야 소년은 비로소 알았던 것입니다. 비둘기만 있으면 즐겁게 살 것 같던 소년의 눈에 영문도 모를 눈물이 맺히는 것은 알 수 없는 일이라고 소년은 생각하는 것이었습니다.

비둘기를 기르며 비둘기처럼 귀여워 가는 소년을 보고, 조금 마음을 놓으셨던지 어머니는 늘그막에 늘 몸이 편치 않으시다는 외할머니를 뵈오러 친정에 다녀오시겠다는 것이었습니다. 앞산 오솔길을 어머니 배웅을 가며 소년은 여러 날을 어머니와 떨어져 있을 일도 마음 쓰이지 않는 것은 아니었으나, 그보다도 집에 두고 온 비둘기가 혹시 고양이에게 잡혀 먹히지나 않나 하고 걱정되었습니다. 서낭당 돌더미 앞에 왔을 때 어머니는 좀 쉬자고 하면서 길옆 바위에 앉으시더니, 백설기를 내어놓고 잡수시며, 어머니 없는 동안 몸조심하고 잘 있으라고 말씀하시는 것이었습니다. 소년은 백설기도 먹지 않고 길바닥의 조약돌을 발로 차며 말이 없었습니다. 자꾸 돌아보시면서 멀어 가는 어머니를 멍하니 한참 서서 바라보던 소년은 "어머니, 잘 갔다 오세요" 소리를 입안으로 삼키며 불현듯 집으로 달음질쳐 오는 것이었습니다. 눈에는 역시 가득히 눈물이 고여 있었습니다.

집으로 달려 온 소년이 헐떡거리며 방문을 열자마자 두 마리 비둘기는 반가워라고 푸드득 날아와 소년의 어깨에, 손등에 내려앉았습니다. 소년은 넋을 잃고 비둘기 등을 쓰다듬고 있었습니다. 그때였습니다. 웬일입니까? 손등에 앉았던 비둘기가 땅에 뚝 하고 떨어지더니 푸덕푸덕 날개를 떨며 또 목을 비틀고 하더니, 그만 목을 날개 밑에 처박고는 뻣뻣해지지 않겠습니까. 소년이 급히 비둘기를 안았을 때 비둘기는 벌써 눈꺼풀을 치감고 싸느랗게 식어 가고 있었습니다. 소년은 부엌으로 뛰어가서 물을 떠 가지고 와서는 죽은 비둘기의 입을 적시었으나 소용이 없었습니다. 다만 남은 비둘기가 그 많은 물을 쉬지 않고 다 먹는 것이었습니다. 그저 눈물만 쏟아질 뿐 죽은 비둘기 옆에 쓰러져 우는 소년을 이웃집 할머니와 아이들은 도리어 놀려 주는 것이었습니다. 소년이 겨우 눈물을 거두고 났을 때는 저녁놀이 붉게 물들 무렵이었습니다. 운동화를 넣었던 마분지 통에다 보드라운 종이로 비둘기를 싸어 넣은 다음 호미를 들고 뒷동산 대추나무 밑으로 갔습니다. 땅을 파니 호미 끝에 눈물은 자꾸 떨어집니다.

그리하여, 소년이 비둘기를 그 나무 아래다 묻고 돌아온 밤 자지 못하고 호롱불 아래 누워 있으면, 어디선가 비둘기 걸어오는 발자취 소리가 들렸습니다. 죽은 비둘기가 창밖에 와서 구구구 우는 듯만 싶었습니다. 그러나 그 발자취 소리는 죽은 비둘기의 발자취 소리가 아니라, 방 윗목장 속에 넣어 둔 산 비둘기였습니다. 목을 길게 늘이고 방 네 구석을 기웃거리며 자박자박 걸어 다니는 것을 조심스레 잡아 장 속에 넣어 두고 한참 있으면 또 나와서는 그렇게 찾아다니는 것이었습니다. 밤새도록 비둘기도 소년도 잠을 자지 못했습니다. 날이 새고 아침 햇살이 눈부신 툇마루에 소년은 비둘기를 손에 앉히고 쓰다듬으며 콩을 한 개 두 개 주고 있었습니다. 콩을 다 먹은 비둘기는 마당에 내려가 모래를 먹고 이내 소년의 손으로 돌아왔습니다. 고개를 요리조리 갸웃거리다 포르르 날아서 뜰 앞 대추나무 가지에 앉아 하늘을 보더니 다시 소년에게로 돌아왔습니다. 두 번째 다시 날개를 치며 소년의 손을 떠난 비둘기는 이번에는 멀리 소년이 바라보는 남쪽 하늘로 산을 넘어가더니 영영 돌아오지를 않았습니다. 소년은 그 비둘기가 죽은 비둘기를 찾아간 것만 같고, 또 언젠가 두 마리가 함께 소년을 다시 찾아올 것만 같아 잘 때도 비둘기장을 툇마루에 내놓고 아침이면 나와서 비둘기장을 들여다보는 것이었습니다. 외가에 갔던 어머니는 벌써 오셨건만, 하루 가고 이틀 가고, 닷새 열흘이 지나도 기다리는 비둘기는 영영 소식이 없었습니다.

오래 앓지 않던 소년은 또 시름시름 앓기를 시작하였습니다. 뒷동산 대추나무 밑 비둘기 무덤 위에는 벌써 민들레나 오랑캐꽃 같은 풀꽃이 피기 시작했습니다. 마을 사람들이 기다리던 보릿가을은 누렇게 무르익어 왔는데 아침저녁 샘가에 물 길러 나오던 여린 각시 순이는 서간도로 떠난 뒤 소식 없는 어머니를 부르며 애처롭게 죽어 갔습니다. 나물 캐러 다니던 길녘, 공동묘지에 비둘기 무덤 같은 순이의 작은 무덤이 생긴 것을 소년은 까맣게 모르고 어머니 무릎에 안겨 있었습니다. 뻐꾸기 울음만이 애잔하게 들려왔습니다.

소녀세시기少女歲時記

사월편四月篇

음력 사월 달은 저무는 봄을 두고 철수가 첫여름으로 바뀌는 달입니다. 하룻밤 스쳐간 비바람에 자욱이 피었던 꽃은 떨어지고 연둣빛 보리밭이 그 비를 맞아 짙푸르게 무르익어 가는 것입니다. 떨기 밖에 오르내리며 울던 꾀꼬리 맑은 목청 대신에 떡갈잎 피어 가는 뒷산에서 뻐꾹새가 진종일 구슬프게 우는 철이 옵니다. 못자리판 마련하느라 농사일 바쁘고 뽕 따 들이기에 누에치기 골몰하여 마을 사람들은 집에 있을 틈이 없는데, 집 보는 아이조차 골목길에 나가고 집집마다 싸릿짝문이 나무 그늘에 적적히 닫혀 있을 뿐입니다. 패어 난 보리 이삭은 아직 달착지근한 물이 마르지 않고 농가에서는 모자라는 양식에 넘기기 어려운 보릿고개가 오기 때문에 나무 찍는 머슴애와 산뽕 따는 가시내는 한나절 만발한 찔레꽃 그늘에 흐르는 산골 샘물을 마시러 오기가 일쑤입니다. 그저 아늑하고 고요하면서도 나른하고 서글픈 것이 사월 달입니다.

　이 달의 명절은 사월 초파일初八日입니다. 사월 초파일은 한 나라의 왕자로서 호화로운 임금 자리를 버리고 사람이란 무엇인가, 우주란 무엇인가 하는 골똘한 생각을 깨우치려고 마침내 깊은 달밤 왕궁을 벗어

나 히말라야 산으로 가버린 인도 땅 가비라 성 싯다르타 왕자 — 뒤에
큰 성인이 된 석가모니 부처님이 탄생하신 날입니다. 눈 오는 베들레
헴의 구유간에서 나신 예수 그리스도의 탄일 크리스마스는 오늘날 우
리들에게도 즐거운 명절이 되었습니다만, 기독교가 들어오기 전 우리
의 조상들은 부처님이 룸비니 동산 무우수無憂樹꽃 그늘에 탄생하신 날
인 초파일날을 크나큰 명절로 섬겨 왔습니다. 이날이 오면 절에서는
부처님〔佛像〕을 꽃수레에 모시고 나와 굉장한 식을 올린 다음 깨끗한
물로써 목욕을 시켜 묵은 먼지를 씻기 때문에 이날을 관불일灌佛日 또는
욕불일浴佛日이라고도 부릅니다만, 그보다도 민가에서는 관등觀燈놀이
로 흥겹게 하룻밤을 보내는 것이 더 잊히지 않는 즐거움이 되는 것이었
습니다. 관등놀이란 것은 초파일 밤 부처님 성탄을 축하하기 위하여
미리 만들어 두었던 각색 초롱을 집집마다 거리마다 높이 달아 놓기 때
문에 휘황찬란한 등불 바다 속으로 끓어오르는 피리와 북소리에 따라
사람들은 어른 아이 할 것 없이 노래를 부르며 인경이 울어도 돌아가지
않고 밤새도록 끊임없이 이 불꽃바다 속에 왔다갔다 흥겹게 노는 것이
었습니다. 이날 밤의 등불놀이가 얼마나 볼만하였던가는 관등가觀燈歌
라는 옛 노래를 봐도 짐작할 수 있을 것입니다.

사월초파일四月初八日에 관등觀燈하려 임고대臨高臺하니
원근고저遠近高低에 석양夕陽은 비꼈는데
어룡정등魚龍灯 봉황등鳳凰燈과 두루미 남성南星이며
종경정鐘磬灯 선등仙燈 불등이며 수박등 마눌등
연꽃 속에 선동仙童이며 난봉鸞鳳 우에 천녀天女로다
배등 잡등 산디등이며 영정影灯 알등 병정瓶灯 벽장등
가마등 난간등과 사자 탄 채괄이며 호랑이 탄 오랑캐라
발로 차 구슬등 일월日月등 밝아있고 칠성七星등 버렸는데 동령東嶺에 월
상月上하고

곳곳이 불을 현다 우리 님은 어데 가고 관등할 쭐 모르는고

파일 밤 높은 언덕에 올라서서 가지각색으로 어울릴 등불 바다를 굽어보며 가 버린 사람을 생각하는 노래입니다. 집집이 작은 등은 그 집의 아들 딸 수대로 다는데, 아들은 여덟 모로 된 팔각등이요, 딸은 수박 모양으로 된 수박등이어서 누구나 이 등 단 것을 보고 그 집의 아들 딸이 몇인 것을 알 수 있었다 합니다. 대궐 같은 데서와 서울 종로 전방에는 큰 등을 다는데, 서로 경쟁을 해서 굵고 높은 나무 기둥 여러 개를 까맣게 쳐다보도록 세우고 그 위에다 여러 가지 모양의 등불을 달아 구름 속에 피게 하였다고 합니다.

이 관등놀이는 불교와 함께 들어온 풍속으로 고려가 가장 성하였기 때문에 고려의 서울이었던 개성에 지금 이 풍속이 좀 남아 있을 뿐 그 옛날의 호화롭던 놀이는 다시 찾아볼 수가 없습니다만, 삼십 년 전만 해도 서울 종로의 관등놀이도 굉장해서 우리의 초기 유행가에 이 관등놀이가 노래 불려진 것이 있습니다.

붉은 등불 파란 등불 사월 초파일 밤에
거리 거리 늘어진 사랑의 붉은 빛
등응불 타는 등불 좀이나 좋으냐
마음대로 주정해라 고운 이 만나면…

춥지도 덥지도 않은 포근한 첫여름! 사월 초파일 밤에 다시 이러한 옛날 놀이가 시작된다면 얼마나 하룻밤을 즐겁게 놀 것이겠습니까.

사월 파일 먹는 음식에 느티떡과 콩찐이란 것이 있습니다. 느티떡은 느티나무 연한 잎을 쌀가루에 섞어서 찐 시루떡이요, 콩찐이는 검정콩

을 쪄서 만든 것이어서 이는 제철 음식일 뿐 아니라, 이날이 부처 탄생일이기 때문에 고기를 먹지 않는 풍속이 있어 등불 밑에서 먹는 이 음식이 더욱 맛이 있었을 것이 아니겠습니까.

이달의 중요한 요리에 네 가지가 있습니다. 첫째, 증편입니다. 쌀가루를 물과 술을 쳐서 반죽하여 뜨신 아랫목에 하룻밤을 재워서 괴어오르게 한 다음, 그 위에 대추 깐 것과 석이를 곱게 펴서 부치고 국화잎, 당귀잎 같은 잎새를 붙여서 쪄 가지고 여러 가지 모양으로 끊어서 꿀에 찍어 먹는 것이니, 이 떡은 지금도 많이 만들어 먹는 것인 줄 여러분도 알 것입니다. 그 다음에 장미화전이라는 것이 있습니다. 노란 장미꽃을 쌀가루에 반죽하여 보름달 모양으로 빚어 기름에 지져 먹는 것이 그것이요, 또 어채魚菜라는 것이 있으니 생선과 국화잎과 파, 석이, 전복, 계란 등을 실같이 가늘게 썰어서 부친 다음 초장과 기름을 쳐서 먹는 것입니다. 그러나 사월 달 요리 중 첫여름의 신선한 미각을 돋구는 것은 아무래도 미나리 파 회〔芹葱膾〕일 것입니다. 미나리와 파를 깨끗이 씻은 다음 미나리 한 줄기, 파 한 줄기를 한데 어울리게 서로 감아서 고추 모양으로 만든 다음 고추장, 초, 기름에 두루 쳐서 먹는 것입니다. 이 미나리 파 회를 먹으면 전염병에 걸리지 않는다고 우리의 조상들은 한 민간약으로 생각했습니다. 사월에 반가운 손님이 오시거든 술상에는 반드시 맛좋고 약이 되는 이 미나리 파 회를 장만해 놓지 않으시겠습니까.

오월편五月篇

음력 오월 달로 접어들면 여름은 무르익을 대로 무르익는 것입니다. 검푸른 잎사귀 무성한 녹음에 쏟아지는 오월 달 햇살은 무지갯빛으로

272

찬란한데, 날로 길어 가는 해는 하룻낮 저물기가 한 해나 되는 듯이 지루해집니다. 때맞추어 훈훈히 불어오는 남풍에 패어 난 보리 이삭이 누렇게 익기 시작해서 이 곡식 아니더면 하마 목숨이 끊일 뻔한 단지 밑 긁는 살림살이가 새 힘을 얻어, 타작마당 준비에 바빠지는 보릿가을은 한철 온 집안이 애쓴 보람으로 희고 단단한 누에고치도 따게 되어 시골사람들의 다시없는 비단인 명주 낳기도 시작되는 철입니다. 집집마다 고치실을 푸느라 고요한 마을이 자새소리로 나직이 흔들리게 됩니다. 이른 봄부터 울타리를 헤매며 모이를 줍던 솜병아리도 어느새 붉은 벼슬(면두)을 단 영계가 되어 대낮이 되면 짧은 깃을 치면서 서투른 목청을 뽑아 울기 연습을 하는 것입니다. 맨드라미〔鷄冠花〕피어날 때도 멀지는 않았습니다.

장독대 옆에 탐스럽게 피었던 모란꽃이 한 잎 두 잎 떨어져 시들어 버리고 나면, 하늘은 줄기찬 비를 내리어 논고마다 철철 물이 넘치게 합니다. 넓은 들판이 커다란 호수가 되어, 흰 구름이 그 위를 한가로이 떠돌고 있는 것은 모심기 철이 왔다는 소식을 전하는 것입니다. 아낙네와 머슴꾼들이 주고받는 모심기 노래는 구성지다 못해 서러운 가락이 되는 것인데 "산유화혜여 산유화야 저 꽃 피어 번화함을 자랑 말아 구십춘광九十春光도 잠깐 간단다 얼럴럴 상사되여 어여되여 상사되"라는 민요 〈메나리〉〔山有花〕의 애달픈 가락을 듣노라면 메나리꽃〔山百合〕의 애달픈 전설이 생각나는 계절입니다. 뒤꼍 채마밭에 가지모, 고추모를 옮겨 심은 것은 처녀들이 맡은 일입니다. 어느 틈에 봉선화 모종까지 의좋게 나눠 심고 정성스레 가꾸는 처녀들의 마음을 어쩌면 총각 아이들도 알는지 모르겠습니다. 반짇고리를 밀어 놓고 새빨간 봉선화 꽃잎을 따서 백반白礬에 짓이겨 손톱을 물들이는 재미는 얼마나 애틋한 마음에서 우러난 것이며 또 얼마나 자연스럽고 소박한 미조술美爪

術입니까.

즐거운 명절 오월 단오는 오월에도 초닷새 첫 무렵에 옵니다. 제철 음식으로 조상님께 차례茶禮를 지내고 창포잎 푸른 줄기를 넣고 끓인 창포탕에 머리를 감아 빗고 창포 뿌리 씻어서 수복壽福 두 자 곱게 새긴 창포잠을 머리에 꽂고 희고 불그스레한 뒷목덜미 살빛이 반달 모양 비치는 흰 모시적삼에 옥색모시 긴치마를 휘감아 쥐면 여인의 호사가 이보다 더한 것이 또 있을 수 없습니다. 시내언덕 버드나무에 높직이 그네를 매고 오래 갇혔던 울적한 마음을 진종일 바람에 날리며 맥이 풀릴 때까지 뛰고 싶은 그넷줄, 그야말로 옛글 그대로 하늘도 아니요, 땅도 아닌 반공중에 높은 산 푸른 물이 오고가는데 푸른 하늘에 때아닌 낙화가 흩날리듯이 잔잔한 물위로 초록제비 스쳐 날듯이 그렇게 하루를 날아 보는 그네뛰기는 얼마나 멋이 있겠습니까.

사나이들은 단옷날 하루해를 강변에서 보냅니다. 강변에 벌어진 씨름판에 황혼이 오면 아기씨름은 끝나고 상씨름도 마지막 장수를 뽑게 됩니다. 오른편 다리에 샅바를 건 두 사나이는 허리띠와 샅바를 마주 잡고 황소같이 씨근대며, 힘겨룸을 한 끝에 배를 붙이면 한 사람이 넘어가고 마는 것입니다. 승부가 끝나면 강변은 갑자기 고함소리와 꽹매기, 징소리로 요란해지는 것입니다. 이 씨름은 아득한 옛날부터 이 나라에 전해 오는 것으로 중국에서 이것을 고려기高麗技라고 부르는 것이었습니다. 예전에는 이날에 활쏘기 내기도 성했던 모양입니다만 지금은 차츰 사라져서 거의 없어지게 되었습니다. 높은 언덕의 풀밭에 허리를 동여맨 남녀 활량들이 먼 과녁을 향하여 화살을 겨누는 광경은 씩씩하고도 재미나는 구경이었습니다. 푸른 하늘에 꼬리를 떨며 반원을 그리고 날아가는 화살이 겨냥한 과녁에 들어박힐 때는 그 옛날의 전쟁이 생각나서 신기하기 짝 없는 것입니다.

단오절 선물은 단오선端午扇이라고 부채가 제일이었습니다. 지방에 나간 벼슬아치들은 그 지방에서 나는 부채를 임금께 바칠 뿐 아니라, 일가친척과 벗들 사이에도 이 '단오선'을 서로 보내어 명절을 축하하는 것이었습니다. 집안에 혼인이 있을 때는 별다른 부채를 만드는 것인데, 신랑은 푸른빛 부채, 신부는 붉은빛 부채를 마련하는 것이었습니다. 그중에도 신부의 부채는 무늬 있는 반죽斑竹으로 살을 만들고 거기에 붉은 비단을 바른 다음 오색 진주로 찬란한 꾸미개를 붙이는 것이었습니다. 합죽선合竹扇, 태극선太極扇, 백선白扇, 칠선漆扇에 모양도 가지가지 그림도 형형색색 아름다운 선물이었습니다.

늙은이들은 단옷날에 잊지 않고 뜯어야 할 약풀이 있습니다. 그중에도 약쑥과 익모초益母草는 이날에 뜯지 않으면 약효가 없다고 해서 집집마다 이 약초를 뜯어다 엮어서 말리는데, 이 두 가지 약은 아랫배가 냉하거나 아기를 못 낳은 젊은 아낙네가 달여 먹으면 아기를 밴다는 민간약인 것입니다.

"오월 오일에 아으 수릿날 아춤 약藥은 즈믄 힐(천 년을) 장존長存하샬 약이라 받줍노이다 아으 동동다리"라는 옛 노래도 있지 않습니까.

오월 단옷날은 옛날부터 '수릿날'이라고 불러 옵니다. 단옷날에는 쑥으로 떡을 만들어 먹는 풍속이 있었는데, 떡 모양을 수레바퀴같이 둥글게 만든다고 해서 수릿날이란 이름이 생겼다고 옛 사람은 말했지만, 실상 수릿날은 높은 데 제지내는 날이란 뜻으로 상上날이란 뜻이니, 옛날 말에 상上을 수리라 부른 것은 《삼국사기》三國史記란 책에 상성上城을 '車城'이라고 한다는 말로써 알 수 있을 뿐 아니라, 오월은 본디 개천절開天節이 있는 시월상달과 함께 아득한 원시시대부터 이 나라의 제천절祭天節이었기 때문입니다. 지금도 오월 단옷날이면 옛날부터 전해 오는 풍속을 지켜 성황당城隍堂에 모여서 동제洞際를 지내는 마을이 많은 것입니다. 그러므로, 수리떡은 수릿날에 만들어 먹는 떡이란 뜻이요, 수리떡을 만들어 먹는다 해서 수릿날이란 이름이 생긴 것은 아닐 것입니다. 수리떡은 오월 달 제철 음식이기 때문에 그 풍미風味가 각별하기도 하려니와, 옛 조상들이 하늘에 제지낼 때 쓰던 음식이니 옛날부터 명절인 단오에 옛 풍속을 생각하게 하는 이 떡을 먹는 것은 뜻 있는 일이 아닐 수 없습니다.

단옷날 만들어 먹는 음식에 또 제호탕醍醐湯이라는 맛있고 몸에도 이로운 음식이 있습니다. 한약방에서 오매육烏梅肉, 초과草果, 사인砂仁, 백단향白檀香 같은 향기 있고 맛나는 약재를 사다가 가루를 만든 다음 꿀에다 넣고 끓여서 사느랗게 식혀 가지고 마시는 청량제淸凉劑를 제호탕이라고 불렀습니다. 옛날에는 궁중의 의약을 맡아보던 내의원에서 이것을 만들어 단옷날 임금께 진상하였다는데, 지금에라도 오월 달 귀한 손님 대접에 이 제호탕 한 그릇은 높은 음식이 될 것입니다.

불란서 인형의 추억

지난겨울 두 번째 서울을 후퇴할 때 일이었다. 이번에는 가족도 남쪽으로 실어 보냈고 여름에 지하에 잠복하여 사경死境을 치른 벗들과 평양서 온 친구들까지 떠나는 것을 다 보고 난 뒤라 무슨 짐을 벗은 듯해서 마음이 한결 가볍기는 했지만 사람 없는 서울 쓸쓸한 세모歲暮의 거리는 형언할 수 없는 적막감이 가슴을 아프게 하였다. 사실은 내가 맡은 약간의 볼일도 없는 것은 아니다. 그보다도 이렇게 내가 외로이 남아 있는 것은 이 불운한 서울의 마지막 모습을 보겠다는 것인데, 어제 저녁 자고 나온 여관이 오늘 저녁에는 문을 닫고 가 버리고 오늘 낮에 점심을 먹은 음식점이 내일 점심때는 없어지고 해서 온 거리가 첩첩이 문을 닫는 것을 봤을 때 나는 마지막 후퇴의 모든 느낌을 더 볼 필요 없이 미리 맛보고 말았던 것이다. 우리 회관을 나와 숙소로 가는 황혼의 종로, 불타 버린 보신각 앞에서 듣는 포성砲聲이며 눈 오는 밤 세종로 네거리 크리스마스 트리의 외로운 불빛만으로도 차마 버리지 못한 서울의 마지막 모습은 사무쳐 오는 것이었다.

1월 3일 밤에 서울을 나와 수원에 머물기까지 나는 방송국 뒤 어느 집을 숙소로 하고 있었다. 주인이 떠날 때에 자기 식모에게 빨갱이 노릇을 하더라도 살림을 잘 보아 달라고 했대서 우리가 빨갱이 아주머니라고 별명을 지은 주인 식모에게 술을 받아 달라고 해서 취하고 있는 판에 후퇴 준비를 갖추고 대기하라는 명령이 왔었다. 취여醉餘의 울분과 원한에 방안은 소란하였다. 학창시절에 럭비 선수였던 S 대위는 풋슈풋슈 하면서 닫힌 미닫이를 억지로 떼밀고 튀어 나가고 R은 마루 밑에 있던 도끼를 들고 나오는가 하면 시詩공부를 한 L 대위는 취하면 으레 하는 버릇의 하나인 군복 혁대 안에 감춘 빨간 염낭에서 늘 향수를 먹여 길러 온 세 개의 권총 탄환을 끄집어 내들고, "나는 후퇴하지 않는다. 나는 싸워서 죽지도 않는다. 뚝섬 강가 포플러나무 숲 속에서 이 세 개의 향탄香彈으로 눈감고 만다"고 나의 어깨를 흔들며 C 선생을 찾는다.

나는 누워서 담배만 피우고 있었다. 내가 바라보는 곳에는 높이가 삼 척 가까운 불란서 인형이 있었다. 눈 코 귀 입의 매력이며 의상의 맵시가 모두 품위 있는 인형이었다. 나는 살림이랑 아낌없이 버리고 가는 마당에 이 인형 하나를 얻어서 허전한 마음을 위로하리라 마음먹었다. 이윽고 떠날 때가 왔다. 나는 군복 위에다 평양 갔을 때 유일의 기념으로 얻어 온 검은 가죽잠바를 입고, 그리고 남빛 베레모에 불란서 인형을 비스듬히 안고 거리로 나섰다. 세종로로 나와서 종로를 돌아 명동으로 나오니 마지막 후퇴의 잡답 속에 나의 행색은 여러 사람의 시선을 집중시키지 않을 수 없었다.

불란서 인형! 군용 트럭 뒤 짐 더미에 앉아 나는 취안醉眼을 그의 뺨에 대고 밀어蜜語를 나누기 시작하였다.

수원 가까운 곳에서 우리는 UN군의 몇 부대에게 포위되었다. 불란서 인형 때문에! 그때마다 나는 인형을 높이 흔들어 주었다. 호주군濠洲軍, 터키군, 이들 속에 불란서 부대를 발견하지 못한 불란서 인형은 저으기 섭섭한 모양이었다. 나는 서울을 버리고 마음의 고향을 버리고 떠나온 시인詩人! 이 시인이 사는 나라를 위해 달려온 군대 속에 자기의 조국의 군대도 있다는 것이 불란서 인형이 저의 사랑하는 시인을 위로하는 첫말이었다. 나는 이 인형과 함께 종군從軍하리라, 그리고 어느 전투에서 빛나는 공功을 세우고 부상하여 누워 있는 사병士兵을 위하여 보내 주리라고 마음먹었다.

그러나 내가 수원에서 하루를 쉴 양으로 숙소를 찾으러 갈 때 잠시 잘못 생각으로 인형을 옆에 있는 직공職工의 품에다 맡기고 갔다 오니 그 어둠 속에서 짐짝을 풀고 하는 사이에 그 사람은 졸고 있다가 놀라 깨는 바람에 인형의 거처를 잊었다는 것이다. 나는 성냥 한 갑을 죄다 그어 가면서 근방을 찾았다. 마침내 발견된 그 소녀의 시체, 인형은 목이 잘리운 채 길가 푸섶에 있었다. 이미 한 마디의 유언도 들을 길이 없었다. 하체를 땅 속에 파묻고 그의 머리만 포켓에 넣은 다음 애석한 그 자리를 떠났던 것이다. 나는 아직도 인형의 머리를 지니고 있다. 나를 따라 도적의 손아귀에서 벗어나온 멀리 자유혁명自由革命의 조국 불란서에서 온 이 인형이 어느 묘지의 한 귀퉁이에 한 뼘의 땅을 차지하게 될 날은 언제가 되랴.

다부원^{多富院}의 가을

대구에서 부산에 이르는 외줄기 400리가 간난^{艱難}한 조국의 운명 안에 가냘픈 명맥을 잇고 있을 때, 우리는 외로이 대구에 남아, 보초도 서지 않는 오막살이 병영^{兵營}에서 하늘만 바라보며 농성^{籠城}하고 있었다. 올 적에 새파랗던 석류 열매가 날로 높아 가는 가을 하늘의 푸름에 어리어 더욱 붉게 익어도 기다리는 총반격^{總反擊}은 감감히 소식이 없고, 도리어 적의 포탄이 지척에 떨어지게 되었을 때, 이 마지막 운명의 아슬아슬한 찰나에 그때에야 비로소 무슨 기적처럼 슬픈 농성이 열리게 되었으니, 즐거운 승리의 노래가 반은 회억^{回憶}의 눈물에 젖어 있었다.

9월 10일, 영천 대회전^{大會戰}에서 우리 군대가 적의 마지막 공세를 분쇄하고 나서, 9월 15일에 결행^{決行}된 인천 상륙전에 호응하여, 적을 포위한 채로 장쾌한 진격을 전개하여, 서울로, 평양으로, 강릉으로, 원산으로 달려갈 때, 내 백의종군^{白衣從軍}의 몸으로 대구에서 뛰어나갈 제, 발길을 처음 멈춘 곳이 그 전날의 격전장^{激戰場} 다부원이었다.

다부원은 낙동강 방위선의 최대 보루^{堡壘}인 대구의 관문! 그 남방 12마일 지점에 있는 대구를 수호^{守護}하기 위하여, 산천과 초목까지 황량히 희생해버린 한 이름 없는 마을이었다. 8월 초부터 적은 대구 침공을 기도하고, 김천에서 선산으로, 문경에서 함창으로 몰려왔다. 해평에서 낙동강을 건너서 왜관에 이르고, 낙동리에서 도하渡河하여 다부원으로 쇄도殺到해서 대구를 향하여 포문을 여니, 이로부터 낙동강 전선戰線 최후의 공방전이 벌어졌던 것이다. 예천에서 안동으로, 의성으로, 군위로 침공한 적도 목표가 이 다부원이고 보니, 적의 이와 같은 막대한 병력의 집중 공격을 물리치자면 우리 군대의 사투死鬪가 어떠했을가는 상상하기에 어렵지 않다. 한 달을 두고 벌어진 피아彼我 공방攻防의 육박전에 다부원은 몇 번을 빼앗겼다가 몇 번을 도로 찾았으며, 이 혈전에 쓰러진 우리 군사와 학병이 무릇 그 얼마련가? 마을 사람들과 피난온 사람까지 뭉쳐서 총을 들고 싸워서 피눈물로 막아 낸 다부원의 싸움은 실로 전사상戰史上 드문 격전일 뿐 아니라, 우리 민족의 역사 위에 강건强健한 정신이 한마당 개화開花한 것이라 아니 할 수 없다. 대구에서 자란 사람이나 대구에 와 있던 사람이면 아무도 이 다부원을 잊지 못할 것이요, 그보다도 이 나라에 생生을 받고 나라를 위해서 싸우는 외인外人까지 이 다부원의 충혼을 잊지 못할 것이다.

조국의 안태安泰가 오는 날, 이들 다부원의 싸움에 사라진 무명無名 전사의 진기盡己의 인간성 앞에 마땅히 한 조각의 비석이라도 길가에 세워서, 뒤에 오는 사람들, 우리의 후손들이 논밭 속에서 무기의 파편을 주울 때마다, 이 싸움이 무슨 싸움이요, 어떻게 격렬했던가를 다시 깨닫게 해야 할 것이다. 나는 문득 저 텔모피레의 산험山險에서 싸우다가 죽은 레오니다스 왕 이하 300의 스파르타 용사를 위하여 새긴 비명碑銘을 생각하면서 걸음을 옮겼다.

나그네여, 고향에 돌아가 일러 달라!
우리들 300의 용사는 조국을 위해 목숨을 바치고, 여기 누워 있더라고.

이제 다부원은 말이 없다. 막 지나간 일진의 포풍탄우砲風彈雨 때문에 새로운 옛 싸움터 다부원은 지극히 고요하다. 포화에 그을린 산등성이 위에는 고기비늘 같은 얇은 구름이 뿌려져 있을 뿐 무너져 내린 석벽石壁과 언덕에는 단풍 아닌 선혈이 젖어 있다. 이렇게 익은 벼가 고개 숙인 논 뜰에는 여기저기 포탄이 뚫어 놓은 웅덩이에 가을 구름이 어리어 있다. 수많은 공산군 전사戰士는 검붉은 시즙屍汁이 배어 나오는 군복에 싸여서, 만장의 홍진 속에 버려져 있다. 쓰러진 곳도 여러 가지요, 죽을 때의 자세도 형형색색이었다. 발굽을 굴리며 그렇게 용감히 소리치던 군마도 몸뚱이는 이미 썩어 몇 줄기 물로 녹아지고 머리만 남아 있다. 이 모든 생명을 잃은 육신들이 간고등어 냄새로 썩고 있는 십리풍성의 혈전의 마당에 와서, 내 초연悄然히 다시금 인생의 덧없음을 생각하였다. 소슬한 바람, 가을 사양斜陽에 맑고 차고 고요한 생각에 젖고 보면, 그렇게 쉬운 줄 알았던 죽음에 대한 관념의 허영도 헛된 것, 아예 흘리진 않으리라던 한줄기 눈물을 제대로 맡겨 두지 않을 수 없었다.

집이란 집은 불타고, 흙벽과 장독만이 남아 있는데, 남부여대男負女戴한 마을 사람들이 옛 집을 찾아 돌아오고 있었다. 장독 옆에 임자도 없이 피어난 코스모스는 외로이 피는 꽃인지라, 아직은 그다지 춥지도 않은 가을바람을 한결 싸늘하게 느끼게 하였다. 지나가는 나그네도 잠시 여기 서서 먼 산을 보다가 떠난 다음, 옛터에 사람인들 또 어쩌려는가? 털썩 주저앉아 우는 이도 여인이요, 잿더미를 헤쳐 보는 이도 여인이다. 사나이는 그래도 먼 산이나 볼 줄 알았다….

희생이란 다 이런 것이다. 그 무엇 한 가지 때문에 제 것을 송두리째 바쳐서 없이하는 것이 희생이다. 간 이는 말이 없는데, 남은 이를 울리는 것이 무엇이냐? 우는 것은 미련이요, 집착執着이요, 아쉬움이요, 그것이 생활이란 것이다. 고귀한 뜻만 있을 양이면 마소와 같이 죽어도 좋은 것, 목숨만 남아 있으면 푸나무와 같이 헐벗어도 좋은 것, 그것이 생명이란 것이다.

　나는 군용 트럭에 올라앉아 '전진戰塵 노트'를 꺼내어 다부원의 시를 몇 줄 적은 다음, 일로 전선으로 달려갔다.

　　다부원에서

　　한달 籠城 끝에 나와 보는 多富院은
　　얇은 가을 구름이 산마루에 뿌려져 있다

　　彼我 攻防의 砲火가
　　한달을 내리 울부짖던 곳

　　아아 多富院은 이렇게도
　　대구에서 가까운 자리에 있었고나

　　조그만 마을 하나를
　　自由의 國土 안에 살리기 위해서는

　　한해살이 푸나무도 온전히
　　제 목숨을 다 마치지 못했거니

　　사람들아 묻지를 말아라.
　　이 荒廢한 風景이
　　무엇 때문의 犧牲인가를……

　　고개 들어 하늘에 외치던 그 姿勢대로
　　머리만 남아 있는 軍馬의 屍體

　　스스로의 뉘우침에 흐느껴 우는 듯

길 옆에 쓰러진 傀儡軍 戰士

일찌기 한 하늘 아래 목숨 받아
움직이던 生靈들이 이제

싸늘한 가을 바람에 오히려
간고등어 냄새로 썩고 있는 多富院

진실로 運命의 말미암음이 없고
그것을 또한 믿을 수가 없다면
이 가련한 주검에 무슨 安息이 있느냐

살아서 다시 보는 多富院은
죽은 자도 산 자도 다 함께
安住의 집이 없고 바람만 분다.

생활의 꽃밭

각박한 현실에 지칠 대로 지친 현대인에게는 생활이란 말에서 받는 어감語感조차 그저 풀 한 포기 없는 사막이 아니면 발목이 빠지는 진흙탕이나 살점이 찢기는 가시밭으로 느껴지기가 일쑤입니다. 이 적막한 풍경의 생활을 싱싱하고 아름다운 꽃밭으로 만들고 이 고난의 도정道程을 포근하고 진실한 꿈길로 설계해야 하겠다면 당신은 부질없는 꿈이라고 웃어 버리고 말겠습니까.

사람의 머리로 생각할 수 있는 일은 언젠가는 한 번 실현될 가능성도 함께 지니고 있다고 생각하면 우리가 꿈을 가지고 살고 있다는 사실부터가 하나의 크나큰 행복임을 알 것입니다. 달나라에 여행한다는 일은 인류가 영원히 도달할 수 없는 꿈인 줄만 알았더니 달을 잡으려던 옛 시인의 꿈이 이제 과학의 힘으로 실현될 날도 멀지 않은 모양입니다. 이러고 보면 꿈과 생시란 것도 딱히 구별할 수 있는 한계선이 없는 것이 아니겠습니까.

과학이란 것도 예술과 종교와 마찬가지로 인류가 지닌 영원한 꿈의 한 가지입니다. 곰 뱃속에서 부족部族의 영웅이 탄생하는 것을 발견한 원시의 과학이 로켓을 타고 우주여행의 길을 발견하게 된 오늘까지의 과학의 꿈은 얼마나 다채로운 면모를 보아 왔습니까. 그러나 과학이 이렇게 눈부신 타개打開를 감행하는 동안, 거기에 심취한 인간들은 그 과학정신을 배운다고 해서 모든 꿈을 섣불리 포기함에 이르고 말았습니다. 다시 말하면, 우리는 너무 오랜 동안 꿈을 잃고 살아 왔다는 말입니다. 꿈을 잃은 주제에 또 그것이 가장 과학적 태도라고 자랑하며 살아 왔다는 것은 얼마나 눈물겨운 일이겠습니까. 좋은 일은 모두 다 부질없는 꿈이라 하여 비웃음으로서, 따지고 속이며 감추고 할퀴는 재주를 길러 이기와 영리怜悧를, 갈등과 살벌殺伐을 자랑삼아 왔습니다. 모든 것을 믿지 않고 쉽사리 단념하며 공연히 짜증내고, 무턱대고 원망하며 살아 왔다는 말입니다. 꿈꾸는 것을 바보로 알고, 꿈이란 빨리 깰수록 좋다 해서 제가 먼저 꿈을 깼노라고 한다는 짓이 도리어 참으로 깨어 있는 사람이 보기에는 더 어리석은 꿈속에 방황하는 것을 보게 됩니다.

참으로 깨어 있는 사람이란 올바른 꿈을 지닌 사람입니다. 꿈속에서 허망한 사념邪念을 정련精鍊하여 참다운 이상을 찾아내는 사람입니다. 너무 약아빠진 나머지 허망한 꿈을 버리려다가 이상과 희망마저 잃어버리게 된 사람들 — 이것이 바로 현대인의 모습이라면 당신은 그렇지 않노라고 서슴없이 부정할 수 있겠습니까. 오늘날 우리의 생활이 불모不毛의 사막, 오욕汚辱의 진흙탕, 피비린 형극의 길로 느껴지게 되는 까닭이 바로 여기에 있습니다. 꿈을 잃어버린 생활에는 다만 동물적 죄고罪苦가 있을 따름입니다.

구복口腹의 누累 때문에 모래알을 씹는 듯이 바삭바삭한 우리 생활의 둘레에서 포근함을 다시 찾자면 우리는 먼저 생활의 꽃밭을 이룩해야 겠습니다. 사람마다의 가슴속에 그윽한 향기를 풍기는 꽃송이를 갖추어야 한다는 말입니다. 꽃밭도 크기 나름입니다. 이 세계가 온통 꽃밭이 된다면 잃었던 낙원을 다시 찾는 날일 테니 우리가 새삼스레 생활의 꽃밭을 만들 필요는 없겠지요, 이건 바로 세계의 평화나 인류의 구원을 얘기함과 같아서 범상한 사람들이 아늑한 꿈에는 지나치게 주제 넘는 일일 것입니다. 우리가 찾는 생활의 꽃밭은 전 세계를 꽃밭으로 만든다거나 혹은 몇만 평 몇천 평의 꽃밭을 이루어 아름다운 꽃은 마을마다 나눠주고 집집이 파는 그런 거창한 꿈도 아닙니다. 우리들 각자가 살고 있는 집 담장이나 울타리 밑의 그 작은 땅이면 족하고 그 지붕 아래 도란도란 살아가는 한 가족의 오붓한 마음속이면 그만입니다.

생활의 꽃밭 — 그것은 우리가 살고 있는 가장 가까운 주변에서 찾은 자그마한 낙토樂土요, 거기 자라는 화초들은 우리들의 꽃다운 꿈이며, 또 거기서 풍기는 향기는 우리의 조촐한 행복인 것입니다. 하기는, 온 세계가 꽃밭이 될 수 있는 길도 사람사람의 마음과 집집마다의 가슴에 뿌려진 꽃씨가 활짝 피어남으로써만 가능한 일이요, 몇만 평의 꽃을 가꾼다 해도 그것을 받아 심어 주고 가꾸어 주는 사람이 없다면 무슨 보람이 있는 노릇이겠습니까. 이런 뜻에서 한 사람 한 집안의 광명은 전 인류와 전 세계의 광명의 기본 단위가 된다고 하겠습니다. 우리의 한 마음은 스스로 천국과 지옥 사이를 방황하고 있습니다. 이 일념一念을 길이 아름다운 곳에 머물게 하면 거기에 절로 생활의 꽃밭이 이루어질 것입니다.

생활의 꽃밭은 바꿔 말하면 마음의 꽃밭입니다. 이를테면 마음가짐에 따라서 우리의 생활 태도는 포근할 수도 있고 각박할 수도 있기 때문입니다. 그러면, 마음의 꽃밭은 어떻게 이룩해야 하는 것입니까. 생활의 꽃밭은 어떠한 마음의 준비에서 비롯되는 것이겠습니까. 부드러운 흙, 따뜻한 햇살, 서늘한 이슬이 꽃밭을 이루는 바탕이듯이 마음의 꽃밭도 그 바탕은 부드러운 마음, 따뜻한 마음, 서늘한 마음 이 세 가지라고도 할 수 있습니다.

잎사귀 썩은 흙이 화초를 가꾸는 데는 아주 일품입니다. 그 부드러운 흙냄새는 모든 것은 경험하고 모든 것을 받아들이는 너그러운 마음씨를 생각하게 합니다. 떨어진 제 잎사귀를 거름 삼아 자라나는 초목을 보고 우리는 스스로의 지닌 교양과 체득한 덕이 우리 마음의 꽃밭의 가장 값지고 알맞은 거름이요, 영양소라는 것을 깨달을 수가 있습니다. 부드러운 마음은 첫째 고요한 웃음으로 나타납니다. 미소의 덕德에는 이해와 관용의 모습이 보입니다. 분노와 원한과 저주의 마음을 누르고 고요히 웃을 수 있는 교양의 힘은 우리가 평생에 배워야 할 고귀한 생활 태도입니다. 여성미의 최고 전형典型을 모성미母性美라고 하는 것도 그 부드러운 자애의 모습과 가슴을 지닌 까닭이 아니겠습니까. 비단 솜같이 얼굴만 묻으면 잠이 오는 그 부드러운 가슴은 부드러운 마음의 애무가 깃들여 있기 때문이 아니겠습니까. 어진 어머니, 좋은 아내를 아울러 일컫거니와 좋은 아내란 것도 결국 알고 보면 어진 어머니의 마음으로 남편을 보살피고 도우는 태도에 이름 짓는 것임을 알 것입니다. 사람에게는 위대한 인격의 힘이나 커다란 사랑의 품안에 안기고 싶어 하는 본능이 있습니다. 어진 어머니나 누이처럼 남편을 안아 주고 쓰다듬어 주는 아내와 좋은 아버지나 오빠처럼 아내를 보살피고 포옹하는 남편이 한결같이 부드러운 마음씨로 이룩하는 가정이라면 거기에는 벌써 생활의 꽃밭에 좋은 토양이 마련되었다고 믿어도 좋을 것입니다.

따뜻한 햇살이 없이는 꽃은 피지 못합니다. 향일성向日性이란 것은 유독 해바라기만이 있는 것이 아니요, 모든 초목이 한결같이 지닌 본연本然입니다. 다만 해바라기의 꽃송아리가 해를 따라 자주 고개를 돌린다는 것뿐입니다. 따뜻한 햇살 그것은 사랑의 손길이 아니겠습니까. 사랑의 손길이 닿는 곳에는 위축이 없고 공포가 없습니다. 따뜻한 사랑을 바라는 것은 사람 마음의 향일성입니다. 생활의 꽃밭에 이 따뜻한 사랑이 비춰만 준다면 거기는 오막살이 초가삼간일지라도 피비린 금전옥루金殿玉樓보다 더 꽃다운 곳이 될 것입니다. 만일 우리의 생활 주변에서 이 따뜻한 사랑을 송두리째 빼앗아 간다면 우리는 어떠한 부유와 권세로도 살아 있을 흥미를 잃고 말 것입니다. 과학이 발달되면 사람들은 조그만 환약 한 개로 몇 끼니 밥보다 나은 칼로리의 영양을 섭취하게 되리라고 합니다만 나는 그런 훌륭한 약이 발명되더라도 따끈한 된장찌개와 쌀밥을 지어 먹고 살고 싶다고 생각해 봅니다. 보글보글 끓는 찌개 냄비 앞에서 남편을 기다리는 아내의 모습은 따뜻한 애정 때문에 충분히 한 사나이의 향일성을 자극하고도 남음이 있기 때문입니다.

기계화, 공업화의 발달은 모든 식료품을 통조림으로 발전시킬지 모릅니다만, 그 인정이 스며 있지 않은 깡통만을 사다가 뜯어먹으며 가정을 이룩한다는 것이 얼마나 쓸쓸하고 살풍경殺風景한 노릇이겠습니까. 의식주 때문에 허비하는 시간을 과학적으로 합리화하여 절약하면 그 대신 큰 업적이 열리리라고 기대하고 주장하지만 의식주라는 생활 문화 — 인류의 기본적인 취미를 깡그리 거세하고 또 무슨 재미로 살라는 것이겠습니까. 기계화, 공업화된 나라에서는 사람의 손이 직접 일하는 직업에 대한 보수가 비싸다는 말을 들었습니다. 음식도 공업화하지 않은 것, 일례를 들면 소고기 같은 것이 비싼 편이라고 합니다만 이것이야말로 사람의 존귀성과 기계화의 무미성無味性을 말하는 것이 아니고 무엇이겠습니까. 따뜻한 인정이 깃들인 것은 어떠한 값비싼 물품보다도 더욱 비싼 것이 아닐 수 없습니다.

태양의 열에 의하여 낮에 하늘로 올라갔던 수증기는 밤에 서늘한 이슬이 되어 내립니다. 사랑은 심하면 불태우기 쉽습니다. 오랜 가뭄에 화초가 못 견디듯이 따뜻한 사랑만으로는 가뭄을 탈 우려가 있습니다. 그 때문에 서늘한 이지理智의 샘이 필요합니다. 뜨거운 머리를 바람에 쏘여서 식히는 것처럼 생활에는 휴식이 필요하고 애정에도 냉철한 통찰洞察이 필요합니다. 몸에 이로운 보약도 많이 먹으면 몸이 시달리고 달콤한 사랑도 때로는 괴로워합니다. 이럴 때 시원한 한 줄기 물을 뿌리면 하루 종일 볕에 후줄근하던 잎새가 싱싱하게 너울거리는 것과 같을 것이 아니겠습니까. 마음속에다 스스로 더운 머리와 손발을 씻을 샘터까지 마련해 놓은 사람은 그 생활의 꽃밭이 모자람이 없을 것입니다. 꽃씨를 골고루 심고 김을 매고 잡풀을 뽑아 주고 거름을 주고 하는 동안 날마다 들여다봐도 모르는 사이에 꽃망울은 터지고 피어나고 할 것이 아니겠습니까. 꽃밭 가에 나와 앉아 아침과 황혼과 깊은 밤의 정취를 맛보는 것은 얼마나 조촐한 복이 되겠습니까.

인권人權을 따지고 이해利害를 교제하는 가정에는 부드러운 흙이 각박해지고 따뜻한 태양이 비취지 않으며 서늘한 샘물이 마르고 말 것입니다. 무엇으로 다시 생활의 꽃밭의 터전을 마련한 것이겠습니까. 돈으로 살 수도 없고 투쟁으로 전취할 수도 없는 이 생활의 꽃밭에는 오직 마음의 향기만이 필요합니다.

주택의 멋

하늘로 날을듯이 길게 뽑은 부연끝 풍경이 운다
처마끝 곱게 늘이운 주렴에 半月이 숨어
아른 아른 봄밤이 두견이 소리처럼 깊어가는 밤
곱아라 고아라 진정 아름다운지고
파르란 구슬빛 바탕에 자주빛 호장을 받친 호장저고리
호장저고리 하얀 동정이 환하니 밝도소이다
살살이 퍼져나린 곤은 선이 스스로 돌아 曲線을 이루는 곳
열두폭 기인 치마가 사르르 물결을 친다
초마 끝에 곱게 감춘 雲鞋 唐鞋
발자취 소리도 없이 대청을 건너 살며시 문을 열고
그대는 어느 나라의 古典을 말하는 한마리 胡蝶
호접인양 사푸시 춤을 추라 蛾眉를 죽이고……
나는 이밤에 옛날에 살아 눈 감고 거문곳줄 골라 보리니
가는 버들인양 가락에 맞추어 흰 손을 흔들어지이다

　나의 시 〈고풍의상〉古風衣裳의 전편입니다.　이 시에는 무슨 심오한
사상이나 인생의 진실이 다루어져 있지는 않습니다.　그러나 그 대신에
아름다운 꿈과 생활의 운치 또는 재미가 깃들여 있다는 것을 당신은 느
낄 수가 있을 것입니다.　아름다운 꿈이라 해도 그것은 영 이루어질 가
망조차 없는 그런 꿈이 아니요,　조그마한 관심과 정성으로도 이내 얻

을 수 있는 생활의 운치, 또는 재미에 대한 꿈인 것입니다.

이 시에서 전통적인 우리 건축 일면의 모습과 고풍古風한 의상의 탯가락이 어울려 짜내는 기품 있는 조화미를 표현해 보고 싶었습니다. 그 건축이나 의상은 고풍이라 해도 삼국시대나 고려 혹은 조선 때만 볼 수 있던 그런 것이 아니요, 그러한 역사 전부가 쌓아져서 이룬 전통으로 현재의 우리 주위에서도 볼 수 있는 것들입니다. 말하자면 고풍이면서도 현재적 세련을 거쳐 한결 참신할 수 있는 아름다움이란 말입니다.

우리나라의 옛날 얘기를 들어보면 좋은 건축을 표현하는 말에 두 가지가 있습니다. "고래등 같은 기와집"과 "포르르 날아갈 듯한 기와집"이 그것입니다. 고래등 같은 기와집이라면 아마 오륙십 간이 넘는 큰집을 말하는 것이겠지요. 요즘도 서울의 골목을 거닐어 보면 지은 지 얼마 되지도 않은 기와집에도 고래등 같은 집이 있는 것을 볼 수 있습니다. 솟을대문 줄행랑 따위 모두가 옛날 봉건 시대의 신분 제도에 알맞은 상류의 규격을 흉내 낸 것이어서 아무리 호화롭다 해도 이미 우리의 현대 생활과는 동떨어진 낡은 것이 아닐 수 없습니다. 이에 비하면 포르르 날아갈 듯한 집이란 것은 칸살은 열 너덧 간 안팎의 작은 것이라 할지라도 밝고 아담하고 쓸모 있게 설계되어 다사한 생활의 햇빛이 새어 나오는 그런 집을 가리키는 말이 아닐 수 없습니다. 우리 건축의 고상한 멋을 서구풍으로 약간 세련하여 꾸민 경편한 주택도 포르르 날아갈 듯한 집이라고 부를 수 있습니다.

현대 주택의 이상은 고래등 같은 집에 있지 않고 포르르 날아갈 듯한 집에 있다고 하겠습니다. 옛날에는 자손 대대로 몇백 년을 세거世居할 터를 잡아 집을 짓는데다가 또 대가족의 시대라 고래등 같은 집이 필요하였고, 따라서 그것이 소원이요 이상이 되었지만, 오늘날은 그러한 욕망을 가진 사람도 드물려니와 있다고 해도 날로 바뀌는 세상에 아들이

나 손자 때까지 직업이나 생활의 변동에 관계없이 그 집에 반드시 살게 되리라는 것을 아무도 보증할 수가 없을 것입니다. 그러므로, 우리의 주택은 집을 마련하는 사람 당대, 기껏 많아야 삼십 년 살 것으로 셈 치면 족할 것입니다. 아무리 약한 집인들 삼십 년이야 못 견디겠습니까. 실상은 한 집에 십 년을 산다는 것도 쉬운 일이 아닙니다.

살림집이란 반드시 돈을 많이 들여 호화롭게 꾸민 것만이 제일이 아닙니다. 우리가 말하고 싶은 것은 바로 그러한 굉장히 지은 집들의 몰취미성沒趣味性입니다.

민족 정서는 초가집이나 판잣집에서도 우러날 수 있는 것이니 그 설계의 의도와 거기 생활하는 사람의 기품氣品이 얼마만큼 배어 있는가가 문제일 따름입니다. 그러므로 우리의 관심은 재래식 주택의 결점을 어떻게 현대적으로 합리화하여 개량하느냐에 있습니다. 그러나 우리의 경제력은 저마다 제 마음에 드는 집을 지어서 살지 못하고 남이 지어 논 것, 그것도 집장사들이 아무렇게나 칸살만 늘어놓은 쓸모없고 고루한 집에서 사는 수가 많습니다. 그림 한 폭 화분 하나 놓기도 마땅치 않은 정이 붙지 않은 집에 살아야 하는 비애가 보통이 아닌 것이 사실입니다. 그러나 아름다움은 처음부터 끝까지 조화의 정신의 발로입니다. 우리의 꿈은 이미 열악한 환경으로 주어진 멋없는 주택을 어떻게 만들고 꾸며나가느냐 하는 곳에 보람이 있는 것은 아니겠습니까.

재래식 주택이라 해서 무조건 나쁘다는 선입견은 버려야 합니다. 오히려 우리의 풍토와 생활 습속에는 우리의 재래식 주택이 훨씬 적응성을 더 많이 가진 것이 사실입니다. 정남향正南向, 동향대문東向大門, 서상방西上房, 두벌 축대의 우리 건축 원칙은 어느 때나 살리고 싶은 좋은 전통인 줄 압니다. 이런 점으로 보더라도 우리의 주택 문제는 십수 년래 무턱대고 개량해야 한다고만 밤낮 떠들어서 이제 남은 것은 아주 자랑거리도 없는 아주 빈약한 인상만을 주게 되었습니다.

우리 주택의 고칠 점으로 먼저 손꼽히는 것은 대개 온돌과 대청과 장독대 따위의 폐지라고 합니다. 온돌은 연료 문제도 있고 사람이 게을러진다 하나 우리의 생활과 의복, 음식부터가 이 온돌방과 떼 놓을 수가 없습니다. 의자와 침대가 아무리 편하다 해도 우리네 생활에는 온돌방, 요, 이부자리를 따르지 못합니다. 더구나, 피로하거나 감기라도 들었을 때는 침대 위에서 아스피린 먹는 것보다는 뜨끈한 온돌방 이부자리 속에서 탕약 한 첩 달여 먹고 포근히 취한取汗하는 편이 훨씬 개운해진다는 생리야 어쩔 수 없는 노릇이 아니겠습니까. 그러므로, 온돌은 전연 폐지가 되지도 않을 것이요, 그럴 필요도 없을 것입니다. 구공탄 같은 연료의 개량과 온돌의 수를 최대한으로 줄이는 문제가 남을 따름이겠습니다. 대청도 마찬가지입니다. 화문석이나 깔고 보료에 화로나 놓으면 응접실로도 쓸 것이요, 게다가 겨울이면 닫아서 봉하고 여름이면 추녀 끝에 높직이 매어 다는 장지문이나 달면 겨울에도 양실洋室과 같이 쓸 수 있을 게 아닙니까. 안방 문 위에 그림이나 걸고 뒤주 위에 예쁜 항아리나 놓아 안살림의 따뜻한 정을 풍기게 할 수도 있고 양복장 대신에 반다지 삼층 장이나 두면 또 얼마나 멋이겠습니까. 장독대 폐지 문제도 먼저 간장이나 된장 김치 같은 것을 안심하고 시장에서 사 먹게 되도록 해결해 놓고 제기할 문제일 것입니다.

집이 조선집인데 그 일본 기와란 것이 또 집 꼴을 볼썽사납게 만듭니다. 청기와를 다시 구워 냈으면 더 좋겠지만 이것이 어려우면 우리 기와의 품질을 개량해서라도 단연코 조선 기와를 써야 하겠습니다. 또 한국 집에 서양식 창문과 양가구洋家具만을 늘어놓은 것도 그렇게 품이 좋아 보이지를 않습니다. 한국식 주택에는 한국식 창문이 더 어울릴 것은 물론입니다. 갑창甲窓의 부활, 만자창卍字窓, 아자창亞字窓도 새로

294

이 부활시켜야겠습니다. 가령, 안방에 열지 않는 좁은 서향창西向窓을 붙이고 그 창밖에 매화나 난초 한 분盆을 놓으면 이슥한 달밤의 그 화분 그림자는 그야말로 기운생동氣運生動하는 한 폭의 수묵화가 될 것입니다. 가구도 보료, 사방침四方枕, 화문석花紋席, 놋재떨이, 화로, 촛대, 문갑文匣, 가께수리 등의 목물木物 고기古器를 놓으면 얼마나 운치 있겠습니까. 반드시 골동 고물이 아니라도 이런 것을 찾는 사람이 많으면 공예 작가의 새로운 디자인으로 된 자기나 목물이 나올 수도 있을 것입니다.

포르르 날아갈 듯한 아담하고 경편한 주택 — 그것은 아무리 작은 집이라도 부연만은 높이 빼야겠습니다. 거기에 풍경이나 달아 놓으면 고요한 대낮이나 깊은 밤에 바람이 지날 때마다 우리는 우리의 살림집이 문득 심산의 절간에 옮겨온 것이나 아닌가 하고 착각할 때가 있을 것입니다. 시끄러운 시가에서 깊은 산의 옛 절을 느끼고 여염에 앉아 고궁古宮의 운치를 맛볼 수 있는 것은 바로 풍경의 공덕입니다. 노산鷺山이 들은 성불사 깊은 밤의 그윽한 풍경 소리 모양 풍경 소리는 때로 불면증 있는 친한 손님에게 밤새도록 즐겁고 안타까운 벗이 되어 줄 것입니다. 그리고 부연을 높직이 빼어 올린 추녀 끝에는 늦은 봄에서부터 여름에 걸쳐 주렴珠簾을 하나 걸어 놓을 일입니다. 풀 향기 어리인 여름밤의 초생달이 고운 발〔簾〕 사이로 아른거리는 맛을 대청에 한가히 태극선太極扇 쥐고 앉아 바라보는 맛은 비길 데 없는 정경입니다(시골 같으면 때맞추어 두견의 울음도 들릴 것이고 —). 이럴 때 거문고나 가야금 하다못해 양금이라도 한 가락 아뢸 수 있으면 그 운치가 그만인 것입니다. 바깥주인이 술을 즐기거든 이럴 적엔 찾기 전에 술 한 잔을 대접하면 당신은 현처賢妻만이 아니라 천하의 가인佳人으로 추대될 것입니다. 꼭 분세수를 해야 할 필요는 없을 것입니다마는 고풍한 긴치마 짧은 저고리는 그 배경에 썩 어울릴 것입니다.

하늘로 날을 듯이 길게 뽑은 부연 끝 풍경이 운다
처마 끝 곱게 늘이운 주렴에 半月이 숨어
아른 아른 봄밤이 두견이 소리처럼 깊어가는 밤
곱아라 고아라 진정 아름다운지고
파르란 구슬빛 바탕에 자주빛 호장을 받친 호장저고리

의상의 미

외국 사람들이 우리나라에 와서 받는 인상 중에 가장 아름다운 인상이
두 가지가 있다고 합니다. 그 하나는 이 땅의 기후 풍토 곧 자연적 환경
의 아름다움이요, 다른 하나는 여자 의복의 아름다움이라 합니다. 이
건 비단 외국 사람들만이 아니라 우리나라 사람들도 세계의 여러 나라
를 구경하고 돌아와서 한결같이 이 두 가지 아름다움을 이 고장을 떠나
서 남의 것과 비교해 보고 비로소 깨달았다고들 합니다. 사실은, 아득
한 옛날 북쪽의 광야를 떠돌며 살던 우리의 조상들이 이 강산에 처음
발을 디디었을 때도 이 풍토의 아름다움에 흡인吸引되어 여기에 머물러
살게 되었을 것이요, 이 땅에 자라난 사나이들에게 우리 여자의 의상
이 영원한 매력이 되는 것은 어쩔 수 없는 생리이기도 할 것입니다.
  의복은 본래 기후 풍토와 떼려야 뗄 수 없는 관계가 있습니다. 우리
나라의 의복의 변천을 역사적으로 살펴본다면 물론 거기에는 시대에
따라, 계급에 따라 수많은 종류의 옷이 있다가 없어지고 또 생겨난 것
을 알 수 있을 것입니다마는 그러한 여러 가지 변화의 바람을 찾는다면
누구나 저고리와 바지와 치마와 두루마기, 이 네 가지가 그 근본 형식
인 줄 알 것입니다. 그러면, 이 네 가지 우리 의복의 근본 형식은 우리
의 풍토와 어떠한 관계가 있고 어떻게 영향 받은 것이겠습니까. 우리

나라는 온대에 있으나 추위와 더위의 차가 심하여 북방적인 기후와 남방적인 기후를 아울러 지닌 것을 우리는 잘 알고 있습니다. 또 삼면이 바다로 싸이고 일면만 대륙에 붙은 반도여서 섬나라 같은 밝고 따뜻함이 있으면서 한편으로는 대륙적 정취情趣라고 할까, 그런 일말의 쓸쓸함이 깃들어 있습니다. 북방의 의복은 추위를 막는 데 주안이 있기 때문에 그것은 긴속력緊束力이 있습니다. 북방 의복의 전형으로서 호복胡服을 보시면 마치 사람을 속에 넣고 꿰맨 듯한 제도임에 비하여 남방의 의복은 이와 반대로 옷감을 그냥 몸에 휘감은 듯한 통 넓은 것이 근본 특질입니다.

그러면, 우리의 의복은 어떻습니까. 우리의 기후 풍토가 이 두 땅의 중간에 위치하듯 우리의 의복도 이 두 가지 면이 합쳐진 것임에 틀림이 없습니다. 다시 말하면, 저고리나 바지는 북방적인 것이요, 치마와 두루마기는 남방적인 것이란 말입니다. 특히, 여자의 의복은 이러한 기후에서 오는 이유 이외에 예절이랄까 정결貞潔의 관심이 강하게 움직여 그 제도가 대단히 은비隱秘함을 볼 수 있으니 이것은 이를테면 윤리적인 긴속력의 표현이라 볼 것입니다. 여자의 바지도 본래는 남자바지처럼 통바지던 것을 연산주燕山主란 임금이 궁중의 시녀에게 바지 밑 트는 것을 실현시킨 후로 차츰 전반이 다 그렇게 되었다는 설이 있지만 이는 어쨌든 삼십 년 전만 해도 여자들이 치마 속에 입는 옷은 속속곳, 바지, 단속곳을 입었으며 젊은 부인은 치마를 더 내리기 위하여 무지개란 것을 또 입었다 합니다. 아랫내의 한 벌 아니면 여름엔 이른바 팬티 하나로 통한다는 지금 세태에 비하면 세상은 많이 변했다고 하겠습니다.

옛날에는 머리와 옷을 겹겹이 크게 함으로써 치례를 삼았으나 오늘은 머리와 옷을 다 자르고 벗고 해서 홀쭉하게 함으로써 멋을 삼는다는 데 근본 차이점이 있는 모양입니다. 기후도 확실히 덜 추워진 것이 사실이지만, 여성 의복의 긴속력 해이는 전통과 사회와 건강 문제로 일고一考의 가치가 있게 되었습니다.

우리 의복의 색채도 우리의 풍토적 자연과 조화된 아름다움입니다. 옥색이나 흰 저고리에 남호장 또는 온색溫色 바탕에 자줏빛 호장 같은 것은 누가 시킨 것도 아니요, 옛날부터 이 풍토에서 절로 우러난 조화미라고 볼 것입니다. 이로써 생각하면 옛 사람들도 색채에 대하여 대단히 고급한 취미를 가졌던 것을 알 수 있습니다. 우리 의복의 빛깔이 좀 단조單調한 것은 사실이지만 기품이 높은 것임에는 틀림이 없다는 말입니다. 조선에 들어와서는 숭유배불崇儒排佛의 정책을 쓴 나머지 사찰의 채화彩畵 같은 것이 천대받게 되고, 그럼에도 묵화墨畵만 숭상하고 채화를 천대한 까닭에 색채에 대한 지식과 연구가 전반적으로 퇴보된 것도 사실입니다만 그것만이 우리 의복의 색채의 발달을 막은 것은 아닌 줄 압니다. 여기에도 역시 우리의 기후 풍토와는 조화라는 문제가 크게 자리를 차지하고 있다고 봅니다. 다시 말하면, 우리의 풍토에는 짙고 복잡한 빛깔과 무늬의 옷감은 어울리지 않는다는 사실입니다. 한동안 선풍적인 유행을 보던 그 일본제 양단치마를 보고 우리는 마치 옛날의 일본 여자의 옷이 그들의 나라 교토〔京都〕나 나라〔奈良〕에서는 아주 아름답던 것이 한국이나 만주의 풍토에는 어색하기 짝 없던 것을 생각하게 됩니다. 교양 있다는 우리 여성들까지 이불 껍질을 뜯어 만든 듯한 난잡한 일제 양단치마를 입고 거리에서 조금 뽐내는 듯한 모습을 보고 그 너무도 미에 대한 감식안鑑識眼이 없음을 탄식해 보기도 하였습니다. 강한 자연색의 남용濫用이라든가 복잡한 왜무늬倭紋儀 등 의상의 색채 문제는 좀 신중히 생각하고 세련시켜야 할 줄 압니다.

숙녀 앞에서 얘기가 좀 지나친 감이 없지 않습니다만, 그래도 한국의 주부들을 정성스레 충고해 줄 사람은 한국의 남성밖에 없다고 생각한다면 주제넘은 소견일까요. 어쩌자고 사람들은 이렇게도 설익은 외국식만 받아들이려 하고 우리의 몸과 마음에 젖어 있는 고유한 방식은 무턱대고 천시하는 것입니까. 물론 근대화 과정에 뒤떨어진 우리니까 좋은 것을 자주 수입해야 하지만 좋은 것보다 나쁜 것을 수입하는 것이 더 많으니 큰일입니다. 마찬가지로 우리는 이 수십 년래 나쁜 것도 많이는 버렸지만 정말 좋은 것도 많이 버렸는가 합니다. 이제는 이 잊어버린 좋은 것을 다시 찾고, 받아들인 나쁜 것을 분간하여 우리 생활에 적당한 그 무엇을 이룩해야 될 때가 되었다고 생각할 수는 없습니까. 우리나라 여성의 의상에 대한 취미는 대체로 개성이 없는 것 같습니다. 획일주의畫一主義의 통폐通弊가 있다는 말입니다. 자기가 입어서 어떨까를 생각지도 않고 남이 입는 것이 보기 좋다 해서 나도 해 입는다는 심사가 너도나도 같은 천으로 한 스타일로 지어 입는 허황한 유행을 연달아 일으키기 때문입니다. 한국의 여자 의복이 아름답다는 것은 첫째, 그 선線의 미가 풍부하게 조화되었다는 점입니다. 저고리의 짧고도 잔 횡선에 치마의 길고 굵은 종선이 어울린 것이라든가, 저고리 도련과 치마 허리께가 자연스럽게 요선미腰線美를 나타내는 것이라든가, 긴치마의 앉고 설 때나 걸음 걸을 때 물결치는 멋은 매우 풍류적이라 하겠습니다. 서양의 여자 의상은 지나치게 관능의 미를 고조함으로 말미암아 때로는 천속하게 보이는 수가 있지만, 한국 여자 의복은 관능의 미를 감추는 듯하면서도 절로 나타나는 묘미가 있어 오히려 더 높은 미감을 불러일으키는 것입니다. 그런데, 이러한 한국 여자 의상의 고유한 아름다움은 우리 여성들의 체격에도 자연히 어울리는 것이니, 앞에 말한 저고리의 짧고 가는 횡선 아래, 치마의 길고 굵은 종선은 허리가 길고 하체가 짧은 결점을 많이 덮어 주는 것입니다. 이러한 미점을 이용하지 못하고 키 작은 여성이 저고리가 길고 치마가 짧은 투피스를 입어서 키가 더욱 작아 보이게 한다든가 뚱뚱한 여성이 너그러운 한국 옷의 묘미를 버리고 몸에 달라붙는 타이트를 입어서 더욱 뚱뚱해 보이게 한다는 것은 민망한 일이 아닐 수 없습니다. 한국 여복의 아름다움은 두루마기를 입음으로써 반감이 되지만 방한용이기 때문에 굳이 말리진 못해도 찬성할 수가 없는데, 한때는 긴 치마 위에 두루마기도 아닌 어색한 후레아 코트가 유행한 것은 더욱 가관이었습니다. 짧은 치마 위에 참신한 코트는 어울릴 수 있으나 긴 치마 위의 코트는 저속한 것이 아닐 수 없습니다.

한국 의복의 또 하나 장점은 남녀의 의복이 일견해서 구별된다는 점입니다. 이 말은 곧 남성과 여성의 성性의 미美가 의복에 뚜렷이 나타난다는 뜻이 됩니다. 이 성의 미가 모호하면 그런 의복은 중성 의복이 됩니다. 요즈음 유행하는 맘보바지라든가 남장男裝은 결국 중성 의복에 들어갈 성질의 것입니다. 여성이 바지를 입으면 경쾌하고 관능의 미도 돋우는 면이 있다 하겠지만 짧은 하체를 가진 여성의 바지 착용은 둔부臀部를 뚱뚱하게 보여서 더욱 짧게 보이는 결점도 있는 것입니다.

무턱대고 새것만 찾는 사람이 있는 반면에는 무턱대고 옛것을 그대로 쓰면 다 되는 줄로 아는 사람도 많습니다. 주택을 개량한다면 그저 온돌부터 없애야 한다는 식으로 우리 옷을 개량한다는 얘기만 나오면 우리 옷은 비실용적이라 해서 검은 옷이나 장려하고 옷고름을 없애야 한다는 것이 입버릇 같더니 여자 옷에 고름이 달아나 버린 지가 오래고 브로치란 것이 대신 매달리게 되어서 옷고름의 아름다움을 잃은 것도 서운한 일입니다. 그보다도 외국 사람이 올 때 마중 나가는 소녀, 외국으로 가는 여성들은 색동저고리 아니면 금박 뿌린 호장저고리로 통일된 모양인데 사진을 보면 미관상 과히 어울리지 않는 옷차림이니 딱하지 않습니까. 외국을 다녀온 어떤 분의 말을 들으면 미국에 있는 어떤 외교관 부인이 맞지도 않고 구김살 많은 금박이 호장저고리를 그래도 자랑스레 입고 나와 앉았는 것을 보고 얼굴이 뜨거워졌다는 얘길 들었습니다만, 제 나라 옷을 좋아한다는 것은 좋은 일이지만 생활에 배지 않은 차림, 격에 맞지 않은 옷은 오히려 자랑을 깎는 결과를 가져온다는 것입니다. 많이 세련되긴 했으나 이 땅의 양장이란 것도 아직 완전히 생활에 배지 않은 빈 구석이 보이는 것은 어쩔 수 없는 일입니다. 남성들의 양복 차림이란 것도 마찬가지지만 이건 어색하더라도 바깥에서는 양복으로 거의 통일이 된 셈이니 도리가 없으나 여자의 옷이야 실용으로나 미관으로나 양장에 못지않게 우리의 생활에 배어 있는 아름다운 옷이 있는데 굳이 서두를 필요가 없을 것 같습니다.

옷 얘기가 너무 길어진 모양입니다. 그러나 우리의 생활의 꽃밭에는 아닌 게 아니라 의상의 날개가 중요한 자리를 차지하고 있음을 부인할 수 없습니다. 그렇기 때문에 주부의 관심과 화제의 초점은 항상 의상과 장식품과 화장에 있는 것이 아닙니까. 남성들은 대체로 이렇게 생각한다는 조언助言에 지나지 않습니다. 끝으로 한 가지 더 부탁할 것은 현대의 디자이너와 교양 있는 주부들이 협력하여 고안하고 실천함으로써 저속한 매소부賣笑婦의 유행이 가정에 침투되지 않도록 해 달라는 것입니다. 옛날엔 품위 있는 기생들은 여염집의 멋을 배웠는데, 요즘은 반대로 여염의 주부들이 창부娼婦의 멋을 따르다니 어쩔 셈인지 모르겠습니다.

의상의 유행에 선두를 선 사람들이 좀더 민족정서에 젖어들어 새로운 고안을 만들어 내는 것도 좋겠습니다. 삼국시대의 선 두른 옷과 그 때의 장신구도 현대적 부활이 있을 수 있으니 반드시 옛날 그대로가 아니어도 좋다는 것입니다. 소매를 짧게 하고 목걸이나 단추로 양장의 멋을 순화할 수도 있을 것이요, 고구려 벽화에 보이는 선 달린 덧저고리는 스웨터와 같은 몫을 맡길 수도 있을 것이며 전투모의 앞창을 뗀 것과 똑 같은 검은 비단으로 만든 고구려 식의 경쾌한 모자를 다시 만들어 쓰는 것은 얼마나 새로운 멋이겠습니까. 새로 디자인한 삼국 시대의 옷에는 품위 있는 전발電髮이 어울리겠지만 호장저고리에는 아무래도 쪽진 머리가 제격일 것입니다. 검고 윤나는 머리에 붉은 댕기를 물려서 쪽을 찐 머리의 미는 천하일품입니다. 그것이 현대적 교양을 지닌 여인일 때는 더욱 새로운 미가 나타나지 않겠습니까.

한국 여인의 사랑의 표정 ─ 그 전형적인 미를 노래한 시 한 수를 옮김으로써 얘기를 끝내겠습니다.

紗窓을 향해 앉아
고이안고 노니나니

嬌態와 부끄럼을
반반씩 머금었네
나즉한 목소리로 가만히 물어보자
"그대 나를 사랑하는가"

두손 돌려 금비녀를 바로잡으며
가벼이 고개를 까댁이누나.

두 손의 엄지손가락으로 쪽 밑을 고이고 나머지 여덟 손가락으로 쪽을 다독거리면서 고개를 조금 까딱하는 것으로 사랑하느냐는 물음에 대답한다는 말입니다. 얼마나 정답고 은근하고 함축이 있는 아름다움입니까.

요리의 감각

겨울날 다스한 볕을 임에게 비춰고저
봄미나리 살진 맛을 임에게 드리고저
임에게 무엇이 없으랴마는 내 못잊어 하노라

누구의 작품인지는 모르나마 매우 맛이 있는 시조입니다. 강호江湖에 물러나 임금을 생각하는 진정이 전편全篇에 젖어 있음을 볼 것이니, 아무것도 아쉬울 것이 없는 임이지만 조금만 좋은 것이 있어도 문득 그 임이 생각난다는 말입니다.

겨울날 다스한 볕의 그립고도 반가움이야 사람마다 맛 볼 수 있는 일이지만 봄 미나리 살찐 맛은 아무나 흔히 맛볼 수 있는 것은 아닙니다. 초야草野에 묻혀 사는 청복淸福이 아니고는 어려운 일입니다. 이 봄 미나리는 어느 봄 미나리와는 다른 것이니 논에다 가꾼 그런 미나리가 아니라 맑게 흐르는 강물에 씻기며 자라 온 강 미나리요, 그 강 미나리가 이른 봄의 얼음 속에서 파릇한 싹을 내미는 것 바로 그것을 가리킵니다. 그 복욱馥郁한 향기가 족히 사랑하는 사람을 생각나게 한다는 것은 먹어 본 사람이 아니고는 모를 일입니다.

남쪽 땅은 요즘이 바로 강미나리 철입니다. 논밭에 재배하는 것은 아무래도 산과 들에 절로 나서 자라는 나물만큼 향기가 없습니다. 산야에 자생하는 것이라도 풍토에 따라 맛의 우열이 있으니 서울에 무엇이 없으랴만 진실로 산나물 향기만은 진짜를 맛보기가 힘듭니다.

어제 아침상에 달래와 물쑥이 올랐습니다. 봄소식은 눈보다 입으로부터 먼저 든 셈입니다. 물쑥과 달래를 곁들여 무친 나물 접시에 '봄소식'이란 이름을 붙이기로 했습니다. 달래의 알큰한 맛과 물쑥의 산뜻한 향기가 늦은 겨울의 터분한 입맛을 자극하여 문득 봄의 미각을 일깨우기 때문입니다. 날미역과 게살에 달래를 곁들여 초간장으로 무치면 그것이 또 천하일품입니다. 이제 씀바귀 냉이에 쑥국마저 나올 것이니 아침저녁 밥맛에 풀 향기가 배어들 것입니다. 싹틀 무렵의 잎사귀는 못 먹는 것이 없다 합니다. 독이 있는 것도 이때는 아직 독이 오르지 않기 때문입니다. 이러고 보면 산과 들에 절로 나는 풀잎을 미각의 전당 윗자리에 모시는 우리의 전통은 세계에 그 유례가 드물 것 같습니다. 이것도 우리가 가난해서 생긴 습속일까요. 자연에 싸여 사는 마음 착한 백성의 마음이 여기에도 나타나는 것이 아니겠습니까.

우리나라는 계절의 변화가 많고 또 명확하기 때문에 음식도 이 계절의 감각에 민감하지 않을 수 없게 됩니다. 계절의 감각은 아무래도 육류肉類만으로는 나타나지 않습니다. 채소와 어패류魚貝類가 어울려야 그것이 한결 선명해진다는 말입니다. 쇠고기 돼지고기야 사철 있지만 바닷고기나 조개나 푸성귀는 제철이 따로 있기 때문입니다. 또, 채소와 생선에도 제짝이 있으니 조기와 쑥갓이나 시금치와 조개 같은 것이 그 일례임은 누구나 아는 일이거니와 이것이 모두 우리의 계절 감각입니다.

우리 가정의 음식은 좀더 창의적이어야 하겠습니다. 적은 돈으로 가족의 입맛에 가뿐한 요리와 영양가의 적당한 배정을 한 계획적인 메뉴의 작성이 필요하다는 말입니다. 그저 좋고 비싼 것을 많이만 놓으면 되는 줄 아는 폐단은 가끔 아까운 재료를 잘못 배합한 탓으로 흐리멍텅

한 잡탕을 만드는 것을 흔히 봅니다. 재료와 재료 사이의 특성과 친화력, 재료와 양념, 양념과 양념 사이의 특성과 조화미를 치밀하고 세심하게 살펴서 간소한 재료로 쾌적한 요리 두 가지만 마련하면 한 끼의 밥은 언제나 즐거울 수 있는 것입니다. 많이 차리는 나열주의羅列主義의 폐단도 이로써 해소할 수 있을 것입니다. 또 입맛에 맞는 음식이라고 몇 때를 계속하여 놓는 것도 질색입니다. 메뉴의 작성은 언제나 적당히 돌려 가면서 오르게 하여 언제 보아도 반가운 정을 일으키게 하여야 합니다. 음악가가 악보를 읽으면 소리가 절로 들리듯이 요리도 메뉴를 보면 음식 맛이 나는 법입니다. 그런데, 신문 잡지에 나는 요리학자의 메뉴도 눈으로 보기에 탄복할 것은 매우 드뭅니다. 우리의 음식은 이렇게 초라한가 하는 느낌이 일어난다는 말입니다. 여기서 초라하다는 것은 문자 그대로 빈약한 것을 의미합니다. 가난하나마 무슨 신선한 풍미風味나 따스한 아취가 깃들이면 그것은 결코 초라하게는 느껴지지 않는 법입니다.

우리 음식에서 맛보는 민족 정서는 가정에선 아무래도 재래식 음식을 가족 구미에 맞도록 연구해서 요리하는 수밖에 없으나 일반적으로는 요리업자의 규격 있는 개선을 기대하지 않을 수 없습니다. 요릿집에 가 보면 신선로, 갈비찜, 편육, 육포, 김치, 약식, 식혜, 약과, 생률生栗정도가 우리 요리의 고유한 것이요, 그 밖에는 중국 요리, 일본 요리, 서양 요리가 악질적으로 변형된 것이 뒤죽박죽이어서 수저 갈 곳이 망연할 때가 많습니다. 게다가 소리와 춤과 장단에는 병신인 접대부란 여자가 유행가 조박이나 부르면서 기생이라고 앉아 있으니 민족 정서는커녕 어느 낯선 항구에 온 듯한 착각을 느낄 지경입니다. 이렇게 되는 데는 까닭이 있습니다. 첫째, 한국 사람들은 자기 직업을 자손에게 물려주는 것을 수치로 알아서 자기의 직업은 당대로서 끝내고 자식들을 전업시킴으로써 가업을 물려주지 않기 때문에 전문적 기술이 차츰 소멸되는데다가, 제 상품의 권위와 격조의 유지에 자존심이 없다는 한국 상인의 통폐가 한국 요리의 혼란을 초래한 원인의 하나요, 둘째로는 요리를 먹으러 다니는 사람이 한국의 정서에는 무식한 탓으로 한국 요릿집에 가서 제 구미에 따라 청요리, 양요리, 왜요리를 청하니 요리업자는 장삿속으로 그것을 수용하게 되어 한국 요리도 그 규칙을 차츰 잃게 되는 것입니다. 기생이란 것도 그렇습니다. 접대부 제도를 폐지한다면 모르거니와 옛날식 요릿집에 접대를 전문으로 하는 여자를 두는 것을 허용한다면 옛날식 아취가 있는 민족 정서의 고급한 계승자로서의 기생의 전통을 돋구어 주는 것이 더 나을 것입니다. 유행가와 사교댄스밖에 모르고 그것만을 좋아하는 사람들이 요릿집 손님이 되니 그럴 수밖에 없는 일이지만 손님부터가 청요리, 양요리, 왜요릿집과 한국 요릿집의 전통과 풍속을 이해하고 찾을 일입니다. 어쨌든 요리학자와 요리업자의 분발로 무너져 가는 한국 요리의 규격을 다시 세우고 거기서 우리 민족 정서의 독특한 풍미를 풍기면 그 규격이 일반 가정의 본보기가 될 것이요, 외국인 접대에 더 효과적인 인상을 줄 것입니다. 거기에다 우리 건축과 우리 의상의 바른 규격이 어울려야 비로소 한국의 멋과 맛을 보게 될 것이니, 외국의 귀빈을 접대하기 위하여 이러한 한국의 의식주 생활 문화의 규격이 완비된 시설 하나쯤은 국가적으로 마련할 필요가 있을 것입니다. 반도 호텔의 침대와 양요리, 덕수궁과 창경원 구경만으로는 한국의 진면목은 보이지 않기 때문입니다.

　외국 사람들이 한국의 갖은 양념에 재운 불고기를 먹으면 원더풀을 연발한다는 것은 자주 듣는 얘기입니다. 양식도 한국에서 먹는 것이 상당히 맛나다는데 우리가 이따금 먹는 비프 스테이크의 그 설익은 맛은 도저히 불고기의 재미를 따를 수가 없다는 것은 의심할 여지가 없습니다. 손에 쥐고 뜯는 갈비구이의 그 야생적인 맛, 간, 천엽, 콩팥, 마나, 차돌박이, 섯밑 무엇 무엇 등 쇠고기 요리 수가 많기로도 아마 천하제일일 것입니다. 여기다 김치, 깍두기, 동치미, 짠지, 싱건지, 석박지, 꼬갱이장아찌 등의 김장요리를 늘어놓으면 뒷맛으로도 풍성합니다. 게다가 김치에도 속박이 김치, 보쌈김치, 장김치, 총각김치 등 가지가지 아닙니까. 갈비찜, 영계백숙, 떡볶이, 전야, 누름적, 약산적이나 식혜, 수정과, 화채, 약식, 송화다식, 깨강정, 징편, 계피, 인절미 등 모두가 향토적 풍취 흐뭇한 음식들입니다.

우리나라 풍속에는 삼월 삼짇날에 개춘연開春宴이라는 봄맞이 잔치를 여는 풍속이 있습니다. 겨우내 쌓인 먼지를 털어 내고 친한 벗을 청해다가 볕바른 남창을 열어 놓고 집에서 빚은 술을 나누며 산천의 물색을 얘기하는 잔치입니다. 잔치에 오르는 요리는 거개가 산과 들과 강과 바다의 나물들입니다. 내 어느 해 이 개춘연 잔치를 열고 그 메뉴를 스스로 작성한 일이 있었습니다. 요리마다 이름을 붙였으니, 이를테면 '봄소식'이요 '마파람'〔南風〕이요 '설변춘'雪邊春이요 '호상춘'湖上春, '산해채'山海菜 등이었습니다. 어떤 것은 개나리꽃 한두 송이를 곁들이기도 하고 또 진달래 화전병花煎餠을 먹기도 하였습니다. 게다가 제비가 오고 낮닭이 울고 했으니 봄은 이목구비에 골고루 오는 셈이었습니다. 이 또한 따사한 민족 정서를 맛보기 위한 선비의 상심낙사賞心樂事라 이를 만하지 않습니까. 여름이면 냉면도 냉면이려니와 칼국수를 건져서 얼음에 채워 갖은 고명을 놓아먹는 맛도 별미요, 국화잎 냉국과 애호박 돈적이며 풋고추 파적, 오이무침 따위가 모두 풍미가려風味佳麗합니다. 미나리 파 회〔芹葱膾〕는 이보다 한 철을 앞섭니다. 가을의 그 송이와 애호박을 볶아 놓은 맛은 어떻습니까. 엎어놓은 장독 위에 몇 가지 안주를 놓고 황국黃菊을 술에 띄워 마시는 맛은 어떻겠습니까. 달이 밝고 바람이 맑은데 술이 있고 꽃이 있으니 친한 벗끼리야 장독대에 서서도 가든파티가 멋질 수 있습니다. 창밖에 눈이 내려 쌓이는 깊은 겨울밤은 뜨끈한 밤참 생각도 날 것입니다. 따뜻한 인정이 스미고 구수한 애기가 숨은 밤엔 부모 형제가 한 자리에 둘러앉아 재미있는 오락 뒤에 서늘한 김치와 뜨거운 찌개만으로도 밥맛이 꿀맛 같을 것입니다. 이런 밤엔 어른과 아이 사이에도 농담이 격 있게 흘러 일가단란一家團欒의 맛을 누려야 합니다. 웃음이란 것이 언제나 입맛을 돋구는 가장 고급한 양념이기 때문입니다.

끝으로 한마디 붙여 둘 것은 우리 가정에도 좀더 아이들의 음식을 위한 특별한 고려가 있어야 된다는 점입니다. 그리고, 잔치 때 음식을 엄청나게 괴고 쌓아 올리는 풍습을 하루바삐 청산해야 하겠다는 점입니다.

가정의 오락

한국의 가정처럼 몰취미한 가정은 드물 것입니다. 온 가족이 한자리에 모여 앉아 단란할 기회라곤 옛 시대엔 물론 없었지만 그래도 옛날보다는 많이 나아졌다는 오늘날의 한국 가정도 이 점에서는 아직 쓸쓸한 가정이라는 이름을 면하지 못할 것 같습니다. 옛날엔 가정이란 것이 남녀노소의 엄격한 구별에 매여 있었기 때문에 그랬다고 할 수 있으나 그러한 가족 윤리가 거의 다 허물어진 오늘에까지 가정이 의연히 안팎과 애 어른으로 두 조각에 나뉜 것은 무슨 때문이라고 할 것입니까. 고작해야 저녁밥 먹은 다음의 한때를 라디오 앞에 둘러앉아 즐기는 정도요, 그도 하루 종일 심신이 시달린 사람들이라 지쳐서 이내 졸게 되기가 일쑤입니다. 간혹 가다 가족이 동반하여 영화 구경이나 들놀이를 가기도 하지만 그것조차 일 년에 몇 번 되는 일이 아니고 보면 한국 가정의 대다수는 가족적 단란의 기회라곤 그렇게 많지를 못한 것이 사실인 것 같습니다.

남편은 남편대로 이따금 직장에서 집으로 돌아오기 전에 친구와 어울려 빌리어드나 바둑집으로 아니면 찻집으로 하다못해 막걸리집에 앉아 한잔 드는 정도가 최상의 낙이 되는 판이니 슬픈 일이요, 아내는 아내대로 살림살이 여가에 친구와 어울려 극장 아니면 시장이나 백화점으로 물건 구경을 나가고, 그래도 울적이 풀리지 않으면 사교에 그렇게 꼭 필요하지도 않은 사교댄스라는 것을 배워 본다는 현상이니 딱한 일이 아니겠습니까. 또 아이는 아이대로 좁은 골목이나 위태로운 한길에서 볼썽없는 장난으로 해를 보내기로 마련된 한국의 가정, 그것은 아무래도 따뜻한 영혼의 핏줄이 흐트러지고 말라 버린 느낌이 아닐 수 없습니다.

한국의 가정들이 이렇게 윤기가 없고 쓸쓸하기만 한 것은 생활이 메마르고 마음의 여유가 없는 탓이라고 볼 수도 있겠지만 반드시 그런 것만도 아닌 듯합니다. 풍족하다 못해 낭비의 여유를 지닐 정도로 생활이 윤택한 가정도 일가단란의 재미가 없기는 매일반인 것을 보기 때문입니다. 양단으로 벽을 도배하고 비싼 가구와 서화 골동품을 늘어놓았더라도 주인이 그것을 완상할 교양을 못 지니거나 그러한 시간이 없으리만큼 마음의 여유가 없을 때는 그 가정도 따뜻한 풍취와 단란의 재미는 누릴 수가 없을 것입니다. 이러고 보면 일가 화락의 기틀인 취미 있는 가정생활은 물적 곧 경제적 특권에 매인 것이 아니라 진실로 일가족의 마음가짐에 매인 것이라고 하겠습니다. 아름다움을 이해하는 것도 특권이라 한다면 그 특권이야말로 빈부의 귀천을 넘어서 주어지는 특권이라는 것을 알아야 한다는 말입니다. 옛말에도 소 타는 팔자人牛가 말 타는 팔자보다 낫다는 말이 있습니다. 소 타는 사람은 농사꾼이나 은사隱士요, 말 타는 사람은 벼슬아치를 가리키는 말입니다. 마음에 번거로움 없는 것이 가장 복이란 뜻입니다. 이러고 보면 금력과 권력의 유지를 위해서 노심초사하는 이보다 조그마한 안정에 자족할 수 있다는 것이 얼마나 즐거운 일이겠습니까.

가정 화락의 첫 바탕은 마음의 여유입니다. 저보다 더 가난하고 불행한 사람을 항상 듣고 보며 또 생각하여 스스로 족함을 알고 가족끼리

서로 어려움을 이해하고 위로하는 마음이란 말입니다. 이러한 마음바탕 위에 기둥이 선 가정은 불평과 불만의 어두운 구름이 걷히고 따스한 사랑의 햇살이 항상 쪼여 줄 것입니다.

한 가정의 임자는 부부입니다. 그러기 때문에 부부 생활이 가정의 공기를 온전히 지배하는 것입니다. 부부 생활의 청담晴曇이 자녀 교육에 절대적 영향력을 가진다는 것은 누구나 아는 상식의 하나입니다마는 자녀의 교육은 고사하고라도 당사자인 부부 자신들로부터가 찌푸린 마음으로는 한시라도 견디기가 어려운 것이 아니겠습니까. 그러나 결혼이란 것이 이미 부부 서로 사이에 자각적으로 취해진 인생 일대의 즐거운 구속이라면 거기에는 이기적인 생각만으로는 해결될 수 없는 고귀한 의무의 사랑이 요청되지 않을 수 없는 것입니다. 이 의무 속에는 같이 낳아 놓은 자녀에 대한 공동 책임이 제일 큰 것은 두말할 나위도 없습니다.

가정의 화락은 가정을 거느린 주인인 부부가 구김살 없는 마음으로 사람과 사물에 대하는 데서부터 시작됩니다. 어른으로서의 위의威儀를 지키면서 항상 어린이 같은 순진한 마음으로 자녀들과 즐긴다는 것이 무엇보다도 필요합니다. 우선 온 가족이 집안에서 같이 즐길 수 있는 기회를 자주 마련해야 하겠습니다. 반드시 무슨 푸진 음식이 있어야 하는 것이 아닙니다. 차 한잔, 과자 몇 개만으로도 부부간에 그리고 어버이 자식 간에 따뜻한 인정의 교환이 가능하기 때문입니다. 즐기는 방법은 무슨 놀이로써 하든지 무방합니다마는 진 사람 지는 편은 노래와 춤과 그 밖에 여기餘技로써 흥을 돋구어야 합니다. 목침돌림이나 수건돌리기도 좋고 서로 상대편의 등에 붙인 문제를 말로써 하지 않고 형용으로 표현하여 상대자가 알아맞히도록 하는 놀음은 이런 경우 가장 재미있는 놀이의 하나가 될 것입니다.

오락이란 것은 우리의 생활에서 정신적으로나 육체의 단련상 없지 못할 부분입니다. 특히 가정오락은 가정을 화락하게 하는 유일의 방법이므로 이 문제에 대해서 우리는 항상 유의하지 않으면 안 될 것입니다. 요즘 가정의 오락이란 것은 대개 트럼프나 다이아몬드 게임이 아니면 화투 정도를 벗어나지 못하는 것 같습니다. 바둑·장기는 아이들에게 어려울 뿐만 아니라 여러 사람이 즐길 수가 없고 화투는 천덕스럽고 다이아몬드 게임은 단조하고 그러니 제일 무난한 것이 트럼프 정도라고 할 수 있겠습니다. 오락도 우리의 조상 때부터 전해 내려온 오락이 많습니다. 그러나 이 전래 오락들은 하나 둘 자취를 감추게 되고 그중 몇 가지가 몇 해 전까지 도박 기구로 남아 있더니 요즘은 도박에도 전래해 온 오락은 하나도 쓰이지 않는 모양입니다. 투전鬪牋의 독특한 글씨를 알아볼 사람도 이제는 드물 것이요, 골패骨牌를 구경한 사람도 흔치 못할 형편이 되었습니다. 이렇게 전래 오락이 차츰 없어지게 되기까지에는 그 전래 오락들이 현대미가 박약하여 현대인의 기호에 맞도록 현대화되지 못하였다는 이유도 있겠으나 갑자기 팽창된 외래문화 숭배열과 거기서 나온 염고풍厭古風이 더 큰 원인일 것 같습니다. 그러나 화투라든가 빌리어드라든가 마작 등이 우리의 기호에 꽉 들어맞느냐 하면 반드시 그렇다고 할 수도 없는 것입니다. 그러므로, 고래古來의 오락을 되살려 현대인으로서의 우리의 취미에 맞도록 살리는 방향으로 연구해 보는 것이 필요할 것입니다. 더욱이 가정오락으로서는 점잖은 맛과 그윽한 운치에서 우리 고래의 오락이 훨씬 좋은 면이 있기 때문입니다. 왜 그러냐 하면, 현대에는 오락이라면 너무도 개인적이거나 공리적인 방향으로 흐르는데 그것은 오락으로서의 본래 목적에서 보거나 가정오락의 입지에서 보면 충분한 것이라고 볼 수가 없기 때문입니다.

가정오락으로 좋은 것 몇 가지를 들어보기로 하겠습니다. 전래 오락으로 지금 가정에 그대로 남아 있는 것은 윷놀이밖에 없는 것 같습니다만 윷놀이야말로 가족이 함께 단란하기 가장 좋은 놀이일 것입니다. 밤윷, 콩윷, 장작윷 등 여러 가지가 있으나 이것은 그 모양과 크기에 따라 붙인 이름이요, 윷말을 쓰는 데는 다름이 없습니다. 온 동네가 편윷을 놀 때는 팔뚝만 한 버드나무 윷을 두 손으로 안고 넓은 멍석 마당에 굴리며 노는 것인데 대개 정월 대보름날 밤에 끝이 나는 것이었습니다. 어른 아이가 한자리에 편을 짜서 먹고 마시고 놀다가 달밤에 풍물을 치고 쾌지나칭칭나네의 두레춤을 추며 마을을 한 바퀴 도는 것은 정말 신명나는 풍속이었습니다. 특히, 영남 지방의 윷놀이는 공중 말을 쓴다고 해서 윷말판의 한 점인 밭마다 제각기 이름이 정해져 있어서 말판도 없이 입으로 말을 옮기는 것이니, 그 기술과 기억력이 총동원되어야 상대편에 속지 않고 싸울 수가 있는 것입니다. 편윷을 놀 때는 물론 편장이 있고 말을 쓰는 일종의 작전 참모가 한 사람씩 정해지게 됩니다. 윷말판을 놓고 놀기보다 확실히 스릴이 있어 좋습니다. 윷놀이는 장차 이 공중 말 쓰기로 바꾸어 보는 것도 별다른 맛이 날 것입니다. 여기 윷말판의 밭 이름을 참고로 붙이면 그림과 같습니다.

'뒤여'는 '뒤과'라고도 합니다. 뒤를 곳는다는 뜻입니다. '사려'는 '소겨'라고도 하는바 '살린다', '속인다'는 뜻으로 '앞여' 놈이 못 잡도록 한고비 꺾는다는 뜻입니다. '두못'은 둘 모라는 뜻이요, '내째'는 내리쨌다는 뜻이요, '날지'는 '밧(밖)지'라고도 부르며, '참'은 쉰다는 뜻입니다. 또 하나 말판 놀이로는 승경도陞卿圖라는 것이 있습니다. 종경도從卿圖라고도 부르는 것으로 우리나라 지도를 새긴 큰 판을 놓고 네 사람이 앉아서 시골서 서울로 장원 급제하러 가는 놀음입니다. 여섯 모난 방망이의 각모에 1부터 6까지 표를 한 것을 떼구르르 굴려서 거기 수가 나오는 대로 말을 쓰는데 첫 번에 '개'나 '윷'이 나지 않으면 초시初試를 하고, '도'

<그림 2> 윷말판의 밭 명칭

내째 　 짜지 　 짜걸 　 짜개 　 짜도 　 뒤여

날도 　 두못 　 　 　 　 뒷모도 　 뒷지

　 　 　 윷걸 　 뒷모개 　 　 뒷걸

날개 　 　 방혀 　 　 　 뒷개

날걸 　 사려 　 앞모개

날지 　 안지 　 　 　 앞모도 　 뒷도

참 　 풋도 　 풋개 　 풋걸 　 우혀 　 앞여

가 나면 절대로 초시를 못하는 법이랍니다. 나오는 점수대로 서울을 향해 가다가 잘못되면 가던 길을 못 가거나 귀양을 가기도 하고 다시 살아 올라가서 급제까지 하게 됩니다. 노는 판이 크니까 긴 막대기로 말을 밀어 가면서 놉니다. 지금은 이 승경도 판을 구경하기조차 힘들게 되었습니다.

그 다음에 또 쌍륙雙六이란 것이 있습니다. 알기 쉽게 말하자면 요즘의 다이아몬드 게임과 비슷한 것으로 두 사람이 노는 것입니다. 말 32개를 양편에 나누어 서로 진을 치고 상대편 진으로 쳐들어가 먼저 점령하는 내기입니다. 이 놀이에 쓰는 말이 대단히 아름답고 32개의 말은 꼭대기에 고운 술이 늘어져 있어서 저편 진을 습격하려 들고 다닐 때 흔들리는 것이 참 보기 좋았습니다. 말은 바둑돌을 대신하기도 합니다.

그리고 또 시패時牌라는 것이 있습니다. 유명한 한시漢詩 몇 귀를 나무에 새기거나 당채唐彩 딱지에 한 자씩 쓴 것을 맞추어 먼저 어느 한 구

句를 다 모아 맞춘 사람이 이기는 것입니다. 춘수만사택春水滿四澤이라는 글귀를 모으기로 하였으면 자기 손에 나눠 쥔 것 중에서 필요 없는 것 한 장씩을 차례대로 땅에 엎어놓고 다른 사람이 내놓는 것과 바꾸어 옵니다. 이렇게 해서 다섯 자 혹은 일곱 자가 유명한 시의 한 귀를 다 맞추었을 때 이기는 것이니 요즘 트럼프 놀이의 한 가지와 비슷합니다. 한시漢詩 대신에 우리의 현대시 한 마디 한 자씩 써서 모아도 좋을 것입니다. 예를 들면 소월素月 시의 〈예전엔 미처 몰랐어요〉라든가 〈그때에 내 말이 잊었노라〉 하는 식으로 —.

이밖에도 골패와 수투전數鬪牋이란 것이 있으나 노는 방법이 복잡하므로 가정오락으로서는 앞에 든 것보다 못하다고 하지 않을 수 없습니다. 특히 수투전은 팔목八目 또는 팔대가八大家라고도 부르는 것으로 사람, 고기, 새, 꿩, 별, 말, 토끼, 노루 등 여덟 가지 각각 열 장씩 여든 장을 네 사람이 나눠서 하는 것인데 우리의 고래古來 오락 중 가장 고급한 것이었으나, 그 노는 방법이 까다로워서 진작부터 사라지고 이제 겨우 필자筆者의 고향 한 동리에만 전해지고 있는 오락입니다.

이렇게 몇 가지 전래 오락에 대해서 간단한 설명을 해 봤습니다만 이것들은 다시 살리는 운동이 일어났으면 하는 것은 그것이 가정오락으로서 순수하고도 우리의 기호에 맞기 때문입니다.

'쌍륙', '시패'와 '다이아몬드 게임', '트럼프', '승경도', '윷놀이'에 '가투'歌鬪 정도가 오늘 우리 가정의 오락으로 어른 아이들 할 것 없이 즐기기 가장 쉬운 것일까 합니다.

가정의 취미와 오락은 남자들의 바깥으로 끌리는 마음을 붙잡아 들이는 데 가장 효과적인 방법이니 주부가 어찌 여기에 등한할 수 있겠습니까.

한국 가정의 주부도 가야금 한 가락 춤 한 마당을 즐길 수 있어야겠습니다. 이렇게 되자면 먼저 여학교 교과목에 아악과 고전 무용의 기초가 필수 과목으로 되어야 할 것입니다. 만일 이같이 우리의 음악과 무용이 정상한 교육을 통하여 우리의 가정에 들어온다면 가정은 얼마나 화락하게 될 것이며 가정의 정서 교양은 얼마나 높아질 것이겠습니까. 남편의 방탕을 막고 자녀의 교육에도 크게 도움이 될 것입니다. 근래 여성들이 국악 방면에 취미를 기울이는 경향은 마땅히 조장되어야 할 줄 압니다.

우리나라의 전래하는 노래 중에는 가정에서 누구나 즐겁게 부르기에는 좀 난감한 것들이 많은 것은 우리의 노래가 너무 오랫동안을 기생이나 소리쟁이에게만 맡겨졌기 때문일 것입니다. 저속한 유행가 대신에 고상한 국민 가요 운동이 일어나듯이 우리의 전래하는 악곡에도 새로운 가사가 붙어야 할 것입니다.

사람의 취미란 나이를 먹을수록 전통적인 것에 향수를 느끼는 법입니다. 젊었을 때는 비상히 서구적인 것을 좋아하던 사람도 조금 지나면 의식주를 비롯하여 모든 면에서 자기의 피와 얼이 통해 내려온 것을 그리워하게 되는 것입니다.

아악雅樂은 고상하나 너무 느려서 현대인에게는 역증이 나는 것이 사실인 듯합니다. 그러나 거기에는 우리 민족의 특유한 정서가 깃들어 있을 뿐 아니라 조급한 마음을 늦추어 귀 기울여 듣노라면 공간과 시간을 초월하여 그윽한 신비神秘 속에 저도 몰래 끌려 들어가는 것을 느끼게 될 것입니다.

오늘같이 심신이 피로할 때는 그 유창한 음률이 얼마나 위안이 되겠습니까.

건전한 오락과 순수한 노래와 춤으로 우리네 가정이 포근해진다면 거기에 생활의 꽃밭이 열릴 것입니다.

생활의 취미

사람은 누구나 혼자서만 살 수는 없습니다. 일생을 결혼을 하지 않고 사는 독신자가 없는 것은 아니지만 아무리 독신으로 산다고 하더라도 이 세상에 사는 이상에는 무슨 의미로라도 다른 사람과 교섭하며 살지 않을 수 없는 것이 사람이 타고난 어쩔 수 없는 운명입니다. 이 어김없는 사실을 학자들은 일컫기를 사람은 사회적 동물이라고 합니다마는 이 사회적 동물이라는 특성 때문에 인간은 수많은 괴로움을 짊어지고 있습니다.

옛글은 이것을 가리켜 인세人世의 계루繫累라고 부릅니다. 생활의 얽매임, 그것은 사람이 혼자서 살 수 없고 복합複合되어 살기 때문에 생기는 고통이 아니겠습니까. '루累'자는 본디 '거듭 루' 자지만 '더러울 루' 자도 되는 것입니다. 그렇습니다. 사회생활을 한다는 것은 괴롭기만 한 것이 아니라 어느 의미에선 더럽기조차 한 것이 사실입니다. 그러나 이 괴로움을 회피할 수 없는 것이기 때문에 도리어 거룩한 것이 되고 말았습니다. 사회생활의 기초는 가정입니다. 결혼을 하지 않고 가정을 가지지 않으면 이 괴로움, 이 더러움이 없을 것 같지만 일생을 혼자서 마치는 데 대한 뉘우침의 괴로움이 과연 없다고 장담할 수가 있겠습니까. 자식을 위해서 부모를 위해서 친구를 위해서 이웃을 위해서 봉사하는 그 고귀한 괴로움을 다 버리고 그가 과연 별달리 더러움을 초극超克할 길이 있다는 것을 우리는 확실히 믿지 못합니다. 싫으면서 복종하는 것은 노예이지만 알면서 즐겨 괴로움을 받아 봉사하는 것은 벌써 노예의 상태는 아닙니다. 이런 의미에서 가정과 사회는 괴롭고 더러운 곳이면서 동시에 곧 그대로 거룩하고 아름다운 곳이 되는 것입니다.

문제는 다만 우리의 마음 하나 가질 탓일 뿐입니다. 그러므로, 불교에서는 그 최고의 이상으로 처염상정處染常淨을 외치는 것입니다. 더러운 곳에 살면서 그 더러움에 물들지 않고 항상 깨끗한 것! 연꽃이 불교의 상징이 되는 것도 이런 뜻에서입니다. 흙탕물에 뿌리를 잠갔으나 그 잎사귀는 그 물 한 방울만 묻어도 도르르 굴러 버릴 뿐 조금도 더러움을 묻히지는 않습니다. 그 깨끗한 꽃이 그 더러움 속에 잠긴 뿌리로부터 피어납니다. 출가出家하여 처자를 거느리지 않고 도를 닦는다는 그 궁극의 목표도 더럽고 어두운 세상을 깨끗하고 밝게 하기 위함이라면 대승불교大乘佛敎는 마침내 대중불교大衆佛敎 곧 저자와 가정으로 내려오지 않을 수 없는 것입니다. 신라의 고승高僧 원효대사元曉大師가 이 사상의 선구자인 것입니다.

유교에서도 그렇습니다. 대은은어시大隱隱於市라고 해서 위대한 은자隱子는 산간山間에 숨지 않고, 저자 곧 복잡한 도시에 숨는 법이라고 하였습니다. 사실 혼자서 살고 산 속에 숨어 살면서 깨끗하고 편안하기는 쉬운 일이지만 시끄러운 도시에 살면서 그 마음이 고요하고 깨끗하기란 쉬운 일이 아닙니다. 그러므로, 오늘날 우리가 찾아야 할 휴식과 정화淨化는 이 혼탁과 소란의 밑창에서부터 비롯되어야 할 것은 말할 나위도 없습니다. 모두가 찾고 있는 순수純粹란 것도 바로 앞에서 말한 이 정신과 다른 것이 아닐 줄 압니다.

주어진 자연을 그대로 누리지 않고는 자연의 참뜻을 알지 못합니다.

주어진 운명에 복종하지 않고는 운명을 극복할 수 없습니다. 내일의 삶을 위하여 오늘 괴로워함은 어리석은 일인지도 모릅니다. 그러나 내일을 모른다 해서 오늘에 집착하는 것은 더욱 어리석은 일입니다. 그러므로, 내일 잘 입고 잘 살기 위하여 평생을 모진 고생만 하다가 죽어 간다든가 괴로운 일을 일부러 자꾸 사서 하는 고행주의苦行主義를 우리는 찬양하진 않습니다. 그와 마찬가지로 내일은 모른다, 내 죽으면 그만이다 해서 오늘 어떻게든지 잘 살면 그뿐이라는 쾌락주의快樂主義도 우리는 취할 수 없습니다. 이 두 가지 극단의 태도는 어느 것이나 자연스럽지 못하고 스스로 불행한 운명을 자초하는 것이 되기 때문입니다. 사실은 괴로운 다음에 즐거움이 온다거나 즐거운 다음에 괴로움이 온다고 믿을 것이 아니라 괴로움 속에서 즐거움을 찾는 것, 즐거움 속에서 괴로움을 보는 것이 더 필요한 것입니다. 괴로움을 즐거움으로 전화轉化시키는 일, 몰락을 불러오는 부자연한 극도의 쾌락을 회피하는 우리의 노력이 기울여져야 한다는 말이다.

우리를 괴롭고 더럽게 하는 것도 가정이요, 우리를 포근히 안아 주고 깨끗이 순화시켜 주는 것도 가정입니다. 괴롭고 더러울 땐 자신의 가정인家庭人으로서 사회인으로서의 본분을 반성하고 그 수고로움에서 삶의 보람을 깨달으면 그 괴로움이 어찌 즐거움과 빛이 되지 않겠습니까. 남편과 아내와 자식을 위하여 괴로운 것은 팔자를 탄식할 일이 못 되고, 갚음을 바랄 일도 못 되고, 그러니 그렇게 모여 사는 속에 무슨 뜻과 보람과 기쁨의 샘을 찾지 않는다면 억울하기 짝이 없는 일이 되고 말 것입니다.

그러면, 우리는 무엇으로써 생활이 주는 괴로움을 잊고 그 괴로움을 낙樂으로 돌리며 시끄럽고 때 묻은 마음을 순화할 수가 있겠습니까. 채소를 가꾸고 화초를 가꾸며 수예手藝를 하고 차를 끓이며 책을 읽고 시를 지어 보는 것이 누구에게나 가능한 그 방법들일 것입니다.

　채소를 가꾸는 것은 아득한 옛날에는 본대 여자들이 맡은 일몫이었습니다. 사내들은 사냥을 가고 고기잡이를 나갔을 때 말입니다. 오늘날도 대부분의 경우 남편은 직장에 나가고 집안일은 아내가 보살피게 됩니다. 집 주변의 작은 땅에 조그만 채마밭쯤이야 남편이나 아들, 또는 일꾼에게 맡길 것이 아니라 주부가 손수 해야 즐거울 일입니다. 흙 내음새를 맡음으로써, 자기가 뿌린 씨앗에 싹이 나고 햇살이 내리쪼이고 이슬이 맺히고 하여 천지의 협동으로 길러 내는 그 푸성귀의 자라는 모습을 아침저녁으로 바라보며 손질하는 맛은 정말 고귀한 교훈이요, 그 속에서 위대한 사랑을 찾을 수 있을 것이니 주부의 마음은 조물주의 따뜻한 자애를 체득하여 스스로의 본분을 자각하는 기쁨에 도달할 것입니다. 손을 가꾸고 손톱을 칠하는 여인은 이 즐거움을 영원히 맛보지 못할 것입니다. 주부의 손이 반드시 뱅어같이 고와야 할 까닭이 무엇입니까. 자식에게는 아무리 못생긴 어머니라도 천하의 미인으로 느껴지는 법입니다. 가정을 위하여 그 거친 손과 많아진 주름살에서 눈물겨운 마음의 깊은 미美를 보기 때문입니다. 우리의 옛말에 손이 고우면 팔자가 사납다는 말이 있습니다. 손이 고운 것은 귀貴할 상이지만 여자가 귀를 누린다는 것은 손끝에 물을 튀기고 흙이나 바늘을 만지지 않는다는 것밖에 아니었던 옛날에는 기생도 여자의 귀로서는 적은 것이 아니었습니다. 요즘의 주부는 차츰 기생을 닮아 가는 모양입니다마는 여권운동女權運動은 결국 이 정도가 되라는 것이겠습니까.

　채소 심을 땅도 없는 집은 어떻게 하느냐구요. 깨어진 자배기에 한 포기의 채소라도 가꾸어 보면 알게 될 것입니다. 한 톨의 콩을 오줌에 여러 날 담가 두었다가 아주 불어나거든 꺼내어 그것을 쪼갠 틈 사이에 충실한 고추씨 한 개를 끼워서 흙에 묻어 두고 물을 주면 그 고추가 자라 굉장히 많은 고추가 열게 됩니다.

오줌에 절은 콩이 거름이 되어 많이 거둘 때는 한 말이 되기도 한다는 얘기입니다. 하기는 도시의 주택이란 뜰이 손바닥만 하기가 일쑤라 나무 한 포기 심을 수 없고 화초라야 기껏 해서 봉선화나 맨드라미 정도밖에 심을 수 없는 것이 사실입니다. 그것도 앞집이 꽉 막아 앉아서 햇빛이 안 들기 때문에 자라는 것이 시원치를 않습니다. 이런 경우에는 담 위에라도 벽돌로 쌓고 그 사이에 흙을 넣어 꽃을 심을 수 있습니다. 화초분을 놔서 기르는 것도 좋습니다. 물을 주고 잎사귀의 먼지를 닦아 주는 그 고요한 마음을 맛보면 아늑하기 비길 데가 없을 것입니다. 겨울에 간직할 곳이 없으면 좁은 방에 선반을 매고 얹을 것은 얹고 땅에 묻을 것은 묻으면 되지 않겠습니까. 꽃을 가꾸는 마음자리가 요긴한 것이지 꽃과 화분은 반드시 값진 것으로 사치를 해야 되는 것은 아닙니다. 옛 사람이 무너진 담장이나 성긴 울타리 밑에 꽃을 심어 깁던 그 마음씨를 본받으면 그뿐이란 말입니다.

터가 한 평쯤이라도 여유가 있을 때는 화단은 야생野生의 잡목과 초화草花가 좋을 것입니다. 찔레나무, 탱자나무, 개나리, 갈대, 어욱새 이런 것을 뒤섞어 심어서 산야山野의 운치를 맛보는 것이 그 꾀죄죄한 벽돌 조박이나 유리병을 꽂아서 만든 화단보다 더 맛이 날 것입니다. 담 밑에 드문드문 선 해바라기, 가을에는 향기 높은 황국黃菊이 아니면 청초한 '코스모스'를 한 곳에 우거지도록 심는 것이 좋겠습니다. 화초 가꾸기와 정원 만들기에 일본 냄새가 아직 다 가시지 않은 것은 탐탁지 않은 일입니다. 그것이 좋은 것이라면 구태여 버리지 않을 것은 물론 더 배워도 좋지만, 일본의 문화란 섬나라인 만큼 소규모이고 옮겨다 놓은 고립의 냄새가 나고 너무 인공적입니다. 화초를 비틀고 감는 것이든가 작은 화분에 여러 가지를 곁들여 심고 못을 파고 집을 짓는 따위 그 분재盆栽 취미란 것이 바로 그 문화의 일반 성격의 표현인 것입니다. 꽃꽂이도 그렇습니다.

교양을 쌓고 미美를 관상할 줄 알고 아름다움을 창조할 줄 알면 아무렇게나 꽂아도 절로 격에 맞는 새로움이 생깁니다. 자연은 그 자연의 본래 모습이 가장 두드러지도록 하는 게 제일 중요한 것이요, 인공은 자연에 환원되어 인공의 흔적이 보이지 않을수록 상품上品이기 때문입니다. 바느질, 수놓기, 털실 짜기, 인형 만들기 또는 글씨 쓰기 이런 것이 또 사람 마음을 가라앉히고 잠재워 줍니다. 바늘을 들고 앉으면 눈이 아물거리고 머리가 아프고 궁둥이에 좀이 나는 그런 주부는 세상에 병들었거나 마음의 괴로움에 휘둘리는 사람이니 잔잔한 호수같이 맑은 마음을 지니지 못할 것입니다. 이런 이는 먼저 눈을 자신의 내부에 돌리고 생활 그 자체를 신앙하기 위한 경건한 기도가 필요할 것입니다.

볕바른 미닫이를 깨끗이 바르고 그 앞에 앉아 차를 끓이는 마음이 또 사람을 진정시켜 줍니다. 고정자명古鼎煮茗이라 해서 옛날에는 작은 곱돌솥에다 차를 끓였던 모양입니다. 쇠주전자에 물을 끓여 조용한 마음으로 혼자 또는 가족이나 손님으로 더불어 차를 마시는 것은 부드럽고 엄숙하고 아늑하고 좀 쓸쓸한 그런 느낌으로 사람의 생각을 이끌어 갑니다. 일본 절의 다실茶室에 앉아 노승과 함께 차를 마시며 말없이 정원을 내다보는 맛도 좋았으나 그 차 마시기에는 너무 번쇄스러운 형식이 있었습니다. 또 주전자를 높이 들고 물을 따르며 산골 물소리를 생각하게 하고 말차(가루차)를 떠 옮기던 작은 나무구기로 찻종을 몇 번 두드리는 것은 벌목정정伐木丁丁이라 해서 나무 찍는 소리를 상징한다는 것은 앞에 말한 그네의 화분 취미와 같은 것입니다. 우리나라 선방禪房에서도 차를 마십니다. 오랫동안 참선參禪을 한 다음 쉴 참에 큰 방에 모여 팔십 노승에서부터 어린 중들까지 한 자리에 앉아 차를 마십니다.

열어젖혀 놓은 창문으로 떠가는 구름을 바라보며 눈앞에 전개되는 만학천봉을 숨 쉬며 차를 마십니다. 아무 차려야 할 형식도 없이 이따금 운치 있는 가벼운 농담을 조금 곁들이기도 합니다. "차는 찬데 왜 뜨거울까" 하는 투로. 전다錢茶, 작설차雀舌茶, 오가피차五加皮茶 등 여러 가지가 있습니다. 이 차 마시는 풍속도 우리 가정에 다시 살리고 싶은 것 중의 하나입니다. 손님이 왔을 때 좀더 고요하고 정성스러운 마음으로 차를 마시는 그런 운치가 그립다는 말입니다.

뭐니 뭐니 해도 사람을 괴로움과 더러움에서 건져 주고 꺼올려 주는 것은 책입니다. 예로부터 이름난 책을 골라 깊은 밤이나 이른 새벽에 깨끗한 마음으로 읽는 것도 좋고 생활에 필요한 책이나 하다못해 가벼운 오락 잡지라도 쉬는 틈에 읽다가 누워서 잠이 들어도 좋습니다. 책 볼 시간과 책 읽을 여유가 없다지만 공연한 애기입니다. 백화점과 시장에서 허비하는 시간의 삼분의 일만 쪼개어 독서에 바친다 해도 한 달에 몇 권의 책은 읽을 수가 있을 것입니다. 심신의 피로가 덜할 때 책을 가까이 하면 근심도 잊을 수가 있습니다. 독서의 취미! 그것은 어떠한 취미보다도 인생에 가장 많은 도움을 주는 취미가 아니겠습니까. 어떤 옛 시인은 책을 읽다가 싫어지면 문득 아내를 한번 돌아본다라고 읊었습니다. 주부가 책을 읽다가 싫증이 나면 아기와 놀아도 좋고 혹은 남편을 한번 바라보는 것도 좋지 않겠습니까. 독서 끝에 남편을 보면 밉살스럽던 모습도 눈 녹듯이 풀어질 것이기에 말입니다. 여가만 있으면 책을 드는 버릇을 들이면 '핸드백' 속에도 작은 책 한 권쯤 지니고 싶어질 것입니다.

끝으로 권할 것은 글짓기입니다. 이따금 시나 시조를 지어 보자는 것입니다. 글이란 많이 지어 봐야 되는 것이기 때문에 아무리 책을 많이 읽은 사람일지라도 글을 많이 써보지 않고는 처음부터 훌륭한 글이 될 수는 없는 법입니다. 그러니 주부들이 처음 시 공부를 한다면 곧잘 지어지진 않는 것입니다. 그러나 시를 공부하는 마음은 인생의 좋은 수도修道가 되는 것이요, 그것도 일종의 솜씨기 때문에 정성과 노력만 있으면 엔간히는 다 지을 수 있다는 것을 믿어도 좋습니다. 시는 무슨 사치도 허영도 아닙니다. 제 마음의 진실한 느낌을 그대로 적어 두는 데서 출발하는 것입니다. 그러므로, 솜씨만 능란하고 내용이 보잘것없기보다는 솜씨가 좀 거칠더라도 사람을 움직이는 진실이 있는 편이 시 공부에 싹이 있을 뿐 아니라 그것이 마침내 시의 정도正道가 되는 것입니다.

청춘의 특권

'젊음'을 하나의 특권이라고 할 수 있을까. 특권이란 것은 한 사회의 특정된 사람 또는 특별한 계급만이 지니는 특유한 권리의 이름인데 이 특유한 권리는 법으로 정하거나 사회상의 관습에서 유래하는 것이 보통이다. 누가 청춘의 특권을 법으로 주었던가. '젊음'이란 인생 일대의 과정에서 누구나 한번은 누리는 일이니 특권이랄 수가 없다. 어려서 죽음으로써 청춘의 자리에 들어보지 못한 사람을 제외하고는 모든 인간이 이 권리를 누릴 수 있으니 이런 의미에서 '젊음'은 특권이 아니라 도리어 공도公道라고 할 것이다.

> 백발을 功名이런들 사람마다 다툴지니
> 나 같은 愚拙이야 바라도 못 보리라
> 세상에 지극한 공도는 백발인가 하노라

라는 옛 시조가 있거니와 청춘이 또한 공명이거나 특권이라면 웬만한 사람은 청춘의 맛도 보지 못할 것이 아닌가. 바라지 않아도 백발이 오듯이 청춘이야말로 어떠한 권력으로도 독점할 수 없어서 마침내는 떠나보내지 않을 수 없는 아까운 꿈인 것이다. 그러므로, 어떠한 권력으로도 움직일 수 없는 힘을 가리켜 특권이라 한다면 청춘을 하늘이 준 가장 큰 특권이라 할 수도 있다.

그러나 인생 일대도 관점에 따라서는 모든 시기가 제대로 고귀한 값이 있는 것이다. 청춘을 유독 특권이라고 구가謳歌할 수도 없는 것이 아닐까. 세상의 사악에 물들지 않고 천진의 경지에 있는 영아기는 성인의 인간 교화 이상이 되어 다시 아이로 돌아가라는 가르침이 있을 지경이요, 속세에 약간의 때는 묻었을지라도 건실한 박력과 의지의 경험으로써 우뚝 서 있는 장년기의 매력과, 온갖 풍상을 머리에 이고 안연히 미소하는 노년기가 또한 청춘에 못지않은 특권의 시기일 수도 있지 않은가. 둥근 지구 위에서 동서남북을 나누자면 먼저 제가 선 자리를 기준으로 삼지 않을 수 없으니 유럽 사람들이 자기의 표준으로써 근동近東이니 원동遠東이니 하는 것을 우리가 그대로 쓰고 있는 것도 생각해 보면 우스운 일이 아닐 수 없다. 이와 같은 의미에서 젊음을 특권으로 보자는 것부터가 청춘의 입지에서 우러난 생각이요 그 생각의 바탕은 머지않아 떠나갈 청춘에 대한 미련의 정이 아닐 수 없다.

하나, 젊음은 아무래도 인생 일대 중에 가장 아까운 특권의 시기인가 보다. 어린이가 어른을 부러워하는 마음의 바탕에는 저 힘차고 아름다운 젊음에 대한 꿈이 깃들여 있으며 늙은이가 젊음을 부러워하는 마음의 밑바닥에는 그 무르익었던 청춘 시절에 대한 회상의 눈물이 숨어 있지 않은가.

노소老少 두 대를 사변斜邊으로 한 인생의 정점頂点! 그것은 연령의 상한上限과 하한下限을 잡기가 매우 곤란하다. 왜 그러냐 하면, 이 청춘의 개념은 이제 나이로써 그 척도를 삼지 않고 정신의 힘과 꿈으로써 이루어 가기 때문이요, 실제로도 우리가 사회적으로 활동하는 수명이 부쩍 늘어났기 때문이다.

그러나 우리가 삼십으로써 이 청춘의 정점을 삼고 싶어 하는 것은 무

슨 까닭에서인가. 공자도 삼십에 비로소 섰다고 했거니와 섰다는 것은
인생을 볼 줄 아는 눈이 바로 서고 제 힘으로 걸어 나갈 모든 힘이 갖추
어졌다는 것을 말함이라면 청춘은 배우고 꿈꾸고 고민하고 방황하는
이름이 아닐 수 없다. 여기에 청춘의 묘미가 있고 이 묘미를 맛본 다음
에 세상과의 타협이 약간 성립되기 시작한다고 보는 것은 나만의 유견
謬見은 아닐 것이다.

> 아리랑 저 고개는 임이 가신 고개고요
> 삼십고개 이 고개는 내 청춘 가는 고개,
> 정든 님 좋다 마소 꽃핀 청춘 곱다 마소
> 서러운 이몸 두고 고개 고개 넘어가네.

이 시는 시인 오일도吳一島의 젊음을 보내는 시의 한 구절이었다. 서
른이 되어 본 이만이 청춘 전별餞別의 참맛을 알 것이다. 그러나 이 맛
을 알 때는 이미 청춘의 특권이 잃어지는 순간이다.

"그대의 머리칼 한 오리가 희기 전에"라는 말은 우리에게 무거운 짐
을 지워 주지만 "서른이 되기 전에"라는 말은 그대들에게 애틋한 초조
의 느낌을 줄 것이다.

청춘이 간 뒤에도 죽을 때까지 자자히 노력하면 못할 일이 없거늘 무
엇 때문에 사람은 청춘을 이렇게 안타까워하는가. 이것이 바로 청춘이
하나의 특권이 되는 까닭이 된다.

사람에게는 특권이란 것이 있어서 안 되고 사람의 일대에도 특권기
가 따로 있어서는 안 된다. 사람에게 주어진 특권, 사람의 일대에 주어
진 특권이 비록 있다고 해도 그 모든 특권은 일시적인 것이요, 따라서
이내 소실되고 마는 것이기 때문이다.

청춘이 바로 인생에서 특권이 될 수 있는 것은 이내 사라지지 않을

수 없다는 사실 바로 그것뿐이다. 가장 영화를 누릴 수 있으면서 가장 짧은 탓에 청춘은 특권으로 착각되는 것이 아니던가.

초기의 사회주의자가 가장 반대한 것이 특권이었고 지금도 무정부주의자는 특권을 구적시仇敵視한다. 오늘의 민주주의에서도 특권은 미움을 받아서 마땅하다. 재산권마저 특권이라 해서 이를 용인하지 않으려는 이가 있는 세상에 누가 청춘에게 특권을 줄 것인가. 청춘에게 특권을 주지 않는 까닭 속에는 청춘 아닌 자의 시기猜忌도 분명히 들어 있다. 그러므로, 청춘의 특권은 옳고 바른 것을 위한 희생 속에 있는 것이요, 이런 의미에서 청춘의 특권은 특권이 아니라 도리어 특별한 의무라고 할 것이다.

청춘의 특권은 사람이 준 것이 아니요, 자연이 준 것이다. 따라서, 제 힘으로 전취한 것도 아니요, 받아서 누리는 특권이다. 어느 늙은이가 청춘 시대를 경과하지 않은 이가 있는가. 죽지 않는 다음에야 다 누릴 수 있는 특권임에도 불구하고 청춘의 특권이 사람마다에 다 주어지지 않는 것은 무슨 때문인가.

청춘의 특권은 자각하고 행동함으로써만 누릴 수 있는 특권이요, 청춘의 의의를 바르게 파악하지 못한, 연치年齒만의 청춘은 무내용의 청춘이 아니면 양두구육羊頭狗肉의 청춘이다.

청춘의 특권은 무엇인가. 나는 그것을 미美의 특권이라고 바꾸어 부르고자 한다. 청춘의 '아름다움'은 힘과 꿈으로써 그 기둥을 삼는다. 육체의 아름다움과 동경의 아름다움이 그 바탕이 된다.

청춘이 그렇게도 안타깝게 아까운 것은 바로 이 육체의 아름다움이 꽃과 같이 만개함으로써 이내 시드고 만다는 데 대한 아쉬움이다. 여인의 꽃다운 얼굴, 사내의 씩씩한 모습! 그것은 청춘의 가장 큰 매력이지만 그것이 사라지고 굵고 잔주름들이 패이기 시작할 때 만일 그 주름살

속에 채워질 교양의 아름다움을 장만하지 못했다면 그 육체의 아름다움은 너무나 하잘것없는 것이 아니겠는가. 기껏해야 십년밖에 못 가는 이 육체의 아름다움은 일생일대로 볼 때 그다지 대수롭지 않은 것이다.

세상의 어떠한 여인보다도 자기 어머니가 가장 아름다운 것은 무슨 때문인가. 그 늙음 속에 가장 고귀한 사랑이 깃들여 있는 까닭이다.

동경의 아름다움, 그것은 꿈꾸는 아름다움이다. 사람의 일생을 계획의 일생이라 하니 죽는 날까지 꿈이 끊어질 리가 없겠지만 한 점의 티끌도 묻지 않은 지순한 꿈은 청춘이 가 버린 다음에는 다시 얻진 못하는 법이다. 서정시를 한 예로 들더라도 그렇다. 젊음이 가고 나면 이해력은 늘어도 감성感性은 메마르고 마는 법이니, 동서고금의 훌륭한 서정시는 젊음의 소산이요, 이 때문에 서정시야말로 청춘의 가장 값있는 특권이 되는 것이다. 여드름이 나는 동안에 서정시로써 쟁쟁히 울려 보지 못한 사람은 다시 서정시로서는 가망이 없는 법이다. 늙으면 사상시, 잠언시箴言詩 같은 것을 쓸 수 있을 따름이다. 그러므로, 육체의 아름다움이 쇠한 뒤를 위하여 값진 교양이 필요하듯이 젊은 날의 서정 시인에게도 늙은 뒤를 위한 사상의 깊이에 대해서 마련이 있어야 할 것이지만 젊어서 서정시의 참맛을 못 본 이는 늙은 뒤의 시도 메마르기 짝이 없다. 동경의 아름다움, '에로스'의 미를 통하여 '카오스'가 '코스모스'가 되는 것이요, '파토스'를 바탕으로 해야만 참의 '로고스'가 성립되는 것이다.

젊음의 특권을 힘이라 한다면 그 힘은 바로 썩어 가는 현실에 반항하고 그것을 초극하는 힘이 될 것이다. 이런 의미에서 청춘은 인간계의 영원한 혁명가가 안 될 수 없다. 모든 나라의 민족 해방 운동 내지 자유와 정의와 진리를 위한 거룩한 투쟁에 흘린 청춘의 피가 얼마나 되며 그것은 또 우리에게 얼마나 큰 힘이 되어 있는가.

예수도 석가도 공자도 하나의 혁명가! 그들의 꿈은 젊음의 힘으로부터 우러난 것이 아니던가.

이상은 항상 앞에 있는 것이고 그것을 갈구하는 마음! 지극한 연애와도 같은 사모의 아름다움은 또 얼마나 뒤에 오는 많은 청춘의 가슴을 뒤흔들고 있는가. 이 힘과 꿈을 지님으로써 연애도 청춘의 연애가 가장 참될 뿐 아니라 청춘의 특권이 되고 만 것이다.

청춘의 아름다움을 힘의 아름다움이라 한다면 청춘미靑春美야말로 마침내 비장미悲壯美의 바탕이 될 것이다. 비장에는 본래부터 도덕적 의미의 숭고崇高라는 개념이 뒤따르고 있거니와 순결무구한 꿈은 용왕매진勇往邁進하는 힘을 얻어 고귀한 희생으로 쓰러지기도 한다. 꿈이 힘을 잃으면 슬픔이 되지만 슬픔이 힘을 얻으면 또 꿈이 된다. 현실과는 타협할 수 없고 이상은 너무 멀고 이 불가항력의 운명과 환경의 제약 속에 우뚝 선 입상立像 그것이 바로 청춘의 미였다.

꿈이 뜻대로 되지 않으면 괴로움을 낳는다. 오뇌懊惱의 미를 청춘의 특권이라 하면, 젊은이들이여, 그대들은 거부하고 싶을 것이다.

청춘의 아름다움이 만일 꿈을 잃었다면 청춘의 아름다움이 될 수 없듯이 꿈이 있는 곳에 괴로움이 있는 법이요, 따라서 괴로움 없는 청춘은 무의미하게 된다. 괴로움 없는 청춘은 경박아輕薄兒란 이름이 아니면 버릇없는 '에피큐리언' 혹은 그 흔한 '아프레게르'의 아류에 지나지 않을 것이기 때문이다. 하룻밤을 울어서 새워 본 적이 없는 사람과 더불어 인생을 얘기하지 말라는 말이 있지 않던가.

신경쇠약이란 병이 또 청춘의 특권이다. 신경쇠약은 정력의 과잉에서 오는 침체요, 이상과 현실의 괴리에 대한 고민에다가 붙인 이름이다. 잠을 못 자고 식욕이 없고 걸음 걸으면 머리가 내둘린다는 중태의 신경쇠약 환자도 신바람 나는 정치 운동에 분주하면 병이 언제 도망갔는지를 모르며, 연인과 더불어 같이 걸으면 동대문에서 서대문쯤은 두 왕복을 해도 다리 아픈 줄을 모르는 법이다. 청춘이 가고 나면 신경쇠약은 절로 낫는 것이니 신경쇠약이 나았다는 것은 이미 세상의 때가 묻어 타협이 시작되었다는 증거다.

철이 들었다는 것은 세상을 안다는 말도 되지만 그 말의 이면에는 더러워졌다는 야유가 들어 있는 것이다. 사람이란 늙으면 생각이 온건해지고 비겁해지고 더러워지기로 마련이다. 비겁하고 더럽고 한 것이 싫거든 젊은이들은 마땅히 순결 때문에 괴로운 것을 청춘의 특권으로 자랑해서 좋을 것이다.

청춘은 인생에 있어 영원히 맑은 샘! 그 샘이 혼탁한 사회에 한 줄기 청렴한 저류低流가 되어 흐르다가 표면에 떠오르게 되면 다시 새로운 젊음의 저류가 그 밑바닥을 흐르기 시작하는 것이니 인류사의 발전과 개혁과 새로운 창조가 모두 다 이렇게 이루어진 것이다.

청춘의 특권을 자각한다는 것은 얼마나 어려운 일인가. 자각은 하였다 하더라도 실천에 옮긴다는 것은 얼마나 더 어려운 일인가.

이 젊음의 자각과 실천 두 가지 중 하나도 없이 청춘을 보낸다면 그대는 청춘이면서 실상 청춘을 모른 것이요, 청춘이면서 청춘이 없었다는 말이 된다.

"화무십일홍이요 달도 차면 기우나니 인생이 일장춘몽인데 아니 놀고 어이리"라든가, "세월아 네월아 오고 가지를 말아라 알뜰한 이내 청춘아 다 늙어 간다"는 노래는 과연 만고의 명언이요, 만인이 공감할 노래이지만 뜻있는 사람의 가슴을 아프게 할 것이다.

청춘의 특권은 짧다. 짧기 때문에 특권이요, 짧은 동안에 이름이 있고야 특권이라 할 것이니 청춘의 특권은 노는 즐거움의 특권이 아니라 일하는 괴로움의 특권일 수밖에 없다. 괴로움 다음에 즐거움이 있는 것이 아니요, 괴로움 그대로가 즐거움이 되는 것이 청춘의 묘미가 된다.

청춘의 환희, 청춘의 송가頌歌를 쓰라는 청을 받고 나는 청춘의 오뇌, 청춘의 제약을 얘기하고 말았다. 내가 무슨 고행사상苦行思想을 가진 것이 아니건만 청춘의 특권을 자연히 이렇게 해석하게 된 것은 내가 벌써 청춘이 아니란 뜻이 되는 것 같아서 슬프다. 흘러간 청춘에 대해서 쓰라는 어느 잡지의 청탁을 받고 코웃음으로써 거절한 것은 내가 아직 청춘을 흘러 보내지 않은 때문이 아니던가. 흘러간 인생은 있다. 그러나 흘러간 청춘은 영원히 우리에겐 없다. 내가 청춘을 전별餞別함을 스스로 느끼는 날은 내 무덤에 한 포기 들꽃이 피리라. 청춘의 특권은 마음속에 간직할 것이요, 입 끝에서 드날릴 성질의 것은 아니다.

화랑花郎 추모문

때, 갑오중추甲午中秋라 한가위를 맞아 사흘째 되는 날, 서라벌의 끼친 백성들은 향을 사르고 술 따르어 옛날을 우러르나니, 어진 신하와 날랜 장수를 길러 안으로 도의道義의 기둥이 되며, 밖으로 국위國威를 천하에 떨치던 화랑님들의 영靈을 불러, 삼가 한 묶음 꽃다발을 올리나이다.

우리 옛 선민先民이 북쪽 벌판의 어둡고 소란함을 버리고 빛을 찾아 동방으로 물결쳐 내려온 것은 아득한 태고의 일이라, 그 어느 때임을 헤아릴 길 없사오나, 삼면 환해環海의 이 아름답고 살진 강산을 점지하사, 가시밭을 여시고 길이 자손만대의 터전을 삼아, 지금에 오히려 우리가 이 땅에 사는 것은, 진실로 느꺼운 바가 아닐 수 없나이다. 산골짝과 강기슭마다 나라와 고을이 은성殷盛하고, 언덕 아래와 논밭 두던에 마을과 이웃이 오붓하던 그 옛날을 우러르매, 비록 나라는 많아도 언어와 풍속이 통하지 못함이 없는, 같은 족류의 살림이요, 흥폐興廢는 덧없어도 실상은 한 핏줄의 대승代承이라, 그 핏줄을 받고 이 땅에 자라매 그 나라, 이 문화를 이룩하고 근심함은 임들과 우리들 사이에 어찌 다름이 있으리까. 그러하오나, 핏줄이 같아도 나라가 다르고 보면, 감정과 이해가 한결같을 수 없고 — 나라는 같아도 핏줄이 다르면, 백성의 뜻이 한 덩이로 뭉치기 어려운지라 — 오늘 우리가 하고많은 괴로움

속에서나마 한 핏줄 겨레됨을 자랑할 수 있음도 그 근원을 캐면 통일 신라의 성업聖業에서 비롯됨을 아나이다.

내외고금內外古今의 문화가 찬란하여도, 한 그릇 안에 녹지 않으면 제 생각을 못 이루는 법이요, 제 생각이 이루어져도, 사물을 보는 그 마음바탕이 낳은바 업적이 빛나지 못하면, 마침내 뒷날에 가르치고 베푸는 바가 있을 수 없는지라, 우리가 오늘, 남을 대하여 우리의 통일 문화 있음을 자랑할 수 있는 것도, 또한 살펴보면 통일 신라의 이룩한바 그 빛나는 고전 문화에 힘입음이라, 매양 저것과 이것을 돌아보고 헤아릴 때마다 서라벌은 우리의 영원한 조국이요, 영혼의 거울이라 마음먹지 않을 수 없는 것이로소이다. 거룩한지고, 서라벌의 통일이여! 우리의 옛 땅을 한 덩이로 뭉치는 데, 그 훈공을 뉘에게 돌리리요. 임들을 두고 다른 사람을 먼저 할 수 없으며, 꽃다워라 서라벌의 문화여! 우리의 앞날을 빛내는 길로 임들을 스승으로 삼지 않고, 딴 사람을 따를 수가 없는 것이로소이다.

나라에 뽑히든지, 백성의 받드는 바가 되든지, 임이 한번 우두머리로 나서면, 도중徒衆이 구름 모이듯 하였고, 모여서 함께 도의를 닦으매 민풍民風이 이로써 바로 잡혔으며, 무예를 연마하매 싸움에서 물러섬을 몰라 나라가 바깥 도적을 근심하지 않았고, 가무를 즐겨 익히매 인정이 까닭 모를 살벌을 눌렀으며, 명산대천에 두루 놀아 인심이 자연을 본받고, 옳고 그른 것을 헤아리매 들에 어진 인재가 묻혀서 썩지 않음은, 이 모두가 임들 평소 사업이라, 나라와 백성이 임들을 믿고 맡기는지라, 임들이 한 번 일어서매 울홍蔚興하는 문화, 어찌 오늘에 남은 석굴암의 솜씨와 해동 화암華嚴의 성예聲譽에만 그치리요. 사뇌가詞腦歌가 우리 문화의 창해유주滄海遺珠로 빛남이요, 호국의 대의大義가 사기史記의 열전에 남아 광망光芒이 만고를 꿰뚫는 것이로소이다. 임들의 그 많은 방명

미사芳名美事, 우리가 다 알지 못하여도, 서라벌의 이름은 임으로 하여 길이 사라지지 않으리로소이다.

열여섯 어린 몸으로 부장이 되어 황산黃山들에서 기공奇功을 세운 임, 적장도 그 용맹함을 아꼈고, 돌아온 아들의 머리를 들고 흐르는 피를 소매로 씻으며 아들을 기리는 아버지, 침체하던 사기가 그 임의 전사로써 다시 떨쳐 백제를 아울렀으며, 싸워서 죽으려는 비장裨將을 그 종이 만류挽留하여 살아오매, 어머니가 아들을 보지 않았으니 뒤에 전공을 세워 전치戰恥를 씻었어도 오히려 부모가 이를 버리도록, 이같이 엄하고 강의强毅한 신념 앞에 버림받은 그 임의 아픈 가슴을 하늘은 알아 주리로소이다.

아비가 싸우다 죽은 성에 아들이 전사하는 떳떳한 의기義氣! 그 이름을 빛낸 임은 몇 분이시며, 형이 싸우다가 죽은 자리에 아우가 연달아 뛰어들어 죽은 뜨거운 정의情義, 그 이름을 남긴 이는 또 몇 분이었나이까?

할아버지, 아버지와 그 아들 손자가 대대로 순국殉國의 공을 세워, 나라에 대한 스스로의 의리와 아울러 가훈家訓을 욕되지 않게 함은, 임들 평생의 신조인 줄 아옵나이다. 아비가 아들을 알고 부하가 윗사람을 저버리지 않음은 이 모두 의와 죽음은 일체인 까닭이라, 불의를 위하여 사는 것을 부끄러워하고, 의를 위해서는 죽음도 달게 취하는 마음이 아니오리까.

나라를 위해 몸을 바쳐도 벼슬을 사양하며, 참언讒言으로 버림받아 벽지로 귀양 가도 슬퍼하지 않음은, 일편단심이란, 본래 작은 지위와 명리名利에 매임이 아닌 것을 아는 까닭이라 이르리로소이다.

마음 바르고 아리따운 선비여! 임 이름이 화랑이라 싸움에 이기고 돌아와도 많은 상을 사양하고, 냇가의 불모지不毛地 주울 것을 자청하였으며, 나라를 위하여 싸우다 죽은 것만이 아니라, 생전에 사우死友로

맹약했던 벗의 병사病死를 슬퍼하여 죽기도 하였으니, 이로써 가히 그 신의를 볼 것이오.

아름답고 착한 선비여! 임 이름이 화랑이라 천금千金의 이利에도 마음을 움직이지 않았으니, 나라 창고에서 훔친 곡식을 나눠받지 않을 뿐 아니라, 비밀이 샐까 두려워하는 동료가 저를 죽이려 해도, 제 한 몸 죽음을 겁내어 여러 사람을 죄줄 수 없다 하여, 독약 넣은 음식을 나아가 대접받고 죽은 임도 계시니, 죽을 자리 아닌 곳에 죽음을 허물할 이 있어도 존엄한 인간성을 위하여 목숨을 홍모鴻毛의 가벼움에 비긴 일, 이 어찌 범인凡人이 능히 하올 일이오리까.

임들의 이 고귀한 뜻은, 우리의 핏줄에도 상기 흐르나이다. 임들 가신 뒤에도 수많은 충의열사가 이 겨레 이 나라와 인간의 바른 도리를 지켜 때 이르러 자리 곧 생기면 일사一死로써 바친 일, 길이 두고 이 겨레의 가슴속에서 멸할 날이 없으리라 하나이다.

우리도 임들의 핏줄을 받은 몸이라, 앞서 간 임의 뜻이 우리를 깨우치고 이끌어 줌을 깨닫나니 오늘 나라와 겨레를 위해 할 일은 많사온데, 기강紀綱의 퇴폐頹廢함은 임 계시던 때와는 하늘과 땅 사이라, 우리의 어깨가 적이 무겁사옵나이다.

하늘에 계신 영령이시여, 우리들 위하여 경경耿耿히 살피실지니, 그 아름다운 마음 굳세인 위의威儀를 우리로 하여금 더 한층 본받게 하사, 순결한 우리 마음이 때 묻지 않고 큰일 할 수 있도록 이끌어 주소서! 서라벌의 빛나는 옛 시절이 오늘에 다시 일어나게 하소서! 의를 배우기에 답답한 가슴, 말은 짧고 뜻은 기온지라, 다만 우리의 정성어리인 이 한 묶음 꽃을 드리옵나니, 그 향기를 받으옵소서, 꽃다운 영혼들이여! 화랑의 이름이여!

여성미의 매력점

유럽에 온 어떤 흑인 왕이 재미있는 말을 했다. 아마 무솔리니의 침략 때문에 유럽에 망명 왔던 에티오피아 황제였던가 싶다. 유럽의 예쁜 여배우를 만난 소감이 어떠냐는 기자들의 물음에 이 친구 태연히 하는 말이 예쁘기는 예쁜데 살빛만 까맸으면 참말 미인이겠더라는 것이다. 유머는 유머지만 그 말에는 그의 마음의 진실이 숨어 있었다.

　유럽 일대를 돌면서 여러 나라의 여자를 볼 때마다 나는 이 흑인 황제의 말을 생각하고 혼자서 웃은 적이 한두 번이 아니다. 물론 각 나라의 여성미는 특성이 있고 그것은 그대로 아름다운 것이긴 했지만 일반적으로 유럽 여성의 미는 그 의상미, 복식미服飾美, 화장미가 그들의 풍토와 생활에 적응하여 교양 있게 세련된다는 점에서 공통되었지 여성들의 본바탕의 곱기는 대수롭지가 않다는 느낌이었다. 얼굴 바탕이 아름답기로는 로마, 아테네, 이스탄불을 거쳐 동방으로 올수록 예뻐 보였다. 도쿄에 머무르다 서울에 돌아온 첫 느낌이 역시 미인은 한국에 많구나 하는 느낌이었다. 한국의 여성들이여, 열등감을 갖지 말라. 이것은 참말이다. 그렇다 해서 한국의 여성들이여, 너무 우쭐하지도 말라. 이렇게 본 내가 한국의 남성이기 때문이다. 제 살빛같이 검은 여인에게서 미인을 찾는 흑인 황제처럼 우리의 미감에는 우리의 풍토에서 우러난 우리의 미가 제일이지 무엇이 이 엄연한 사실을 덮을 수가 있을까 보냐.

그러면 한국의 남성들은 한국 여성이 지닌 미의 어떤 점에 매력을 느끼는가. 한국의 여성들은 제 풍토와 생리에 맞지 않는 섣부른 유럽풍의 유행에만 팔리지 말고 우리의 고유한 미를 현대적으로 세련하여 먼저 한국 남성을 즐겁게 해야 한다. 한국 남성이 싫어하는 것은 외국 사람도 싫어한다. 가장 한국적인 것이 세계에 통하는 길이란 말이다.

칠칠히 윤나는 검은 머리칼이 우리를 매혹한다. 거기에서 풍기는 풀냄새 같은 머릿내가 꿈결 같다. 흰 목덜미에 나부끼는 새까만 잔털이 매력적이다. 현대적 교양을 지닌 여성이 빨간 댕기를 올려서 쪽을 찌고 비취 비녀를 찌른 것이 매력적이다. 머리에 물을 들이고, 까치집처럼 지지고 거지아이 머리처럼 쏭덩 자른 꼬락서니에 한국 남성은 한숨을 쉬는 일이 많다. 제 얼굴에 맞지도 않게 공식적으로 유행에 따라 머리 모양을 만들어 달라는 여성이나 미용이 아니라 추형을 만들어 놓고 돈을 받는 미장원이나 한심하기는 마찬가지다.

거울 앞에 앉아 머리를 매만져 다듬는 여인의 모습이 매력적이다. 두 팔을 올려서 고개를 기웃이 하고 뒷머리를 매만지는 모습, 두 엄지손가락을 머리 밑에 묻고 남은 여덟 손가락으로 머리 위를 쓰다듬어 다독거리는 모습이 아름답다. 그때가 바로 그 여성의 마음이 조용히 아름다움의 외줄기 방향으로 집중되어 있는 때이기 때문이다.

사창紗窓을 향해 앉아 끌어안고 속삭일 제
반만 머금은 아양이요, 남은 반은 부끄러움을—
나직이 묻노니 "그대 나를 사랑하는가"
손으로 금비녀를 바로잡으며 말없이 고개만 까닥이누나.

이것은 우리나라 여성의 은근한 아름다움을 노래한 옛 한시를 번역한 것이다. 여기에는 손으로 뒷머리를 매만지는 모습이 매력적인 미로 읊어졌다. 말하기 어려운 수줍음을 처녀들은 옷고름 깨무는 것으로, 성숙한 여인은 머리칼 매만지는 것으로 표현해 온 것이 우리 여성들의 미덕이었다.

　한국 여성의 의상이 또한 매력적이다. 육체미를 죽이지도 않고 너무 노골적으로 드러내지도 않는 그 은근한 맛은 과연 아름답다 하겠다. 짧은치마 저고리의 경쾌하고 간편함과 긴치마 저고리의 우아하고 유장한 멋은 둘 다 버리기 아깝다. 저고리 도련의 반원의 횡선 아래 살살이 펴져 내린 치마 주름은 하체가 짧은 우리 여성의 단점을 덮어 준다. 흰 동정 남끝동 자주 회장은 더욱 곱다. 옆으로 퍼진 땅딸보, 무우다리 체격에 투피스나 타이트 스커트는 정말 볼 수가 없다. 경제 속으로 간편한 양장이면 모르되 멋을 부린다고 어울리지도 않는 양장을 한 가정부인들은 의상에 대한 교양과 개성미의 발견에 좀 노력해야겠다. 긴치마도 그렇다. 우리 풍토에 어울리지도 않는 짙은 빛깔의 일본 무늬 양단 —그것은 이불을 뜯어 두르고 다니는 꼴이었다. 이것을 백 사람이면 백 사람이 다 입고 나돌아다닌 유행 시절이 있었다. 한심한 일이었다.

　뭐니 뭐니 해도 한국 여자 옷의 매력은 여름옷에 있다. 겨울옷은 방한을 위한 두루마기라든가 또 그 서양 코트 때문에 한국 옷의 멋이 다 죽어 버리기 때문이다. 모시치마, 적삼, 갑사치마 저고리, 망사나 레이스가 다 좋다. 등어리 목께에 비취는 반원형의 살빛이라든가 휘어잡은 꼬리치마 허리께에 뒤로 두드러진 선은 정말 멋이다.

　대청마루에 화문석을 깔고 태극선 부채를 조용히 흔들고 앉아 있는 여인의 모습이 또한 매력적이다. 사방탁자나 뒤주 위에 예쁜 항아리 몇 개 혹은 의걸이나 가께수리 하나쯤 앉힌 마루에 큰 화문석이나 깔고 추녀 끝에 고운 발〔簾〕이나 하나 치면 훌륭한 응접실이 된다. 좁은 삼간 마루에 얼룩덜룩한 비닐 장판을 깔고 응접세트를 늘어놓은 응접실은 보기가 답답하고 어색하다.

고요히 앉아 바느질이나 수를 놓고 있는 여인의 모습이 또한 매력적이다. 예술을 창조하는 기쁨을 누리며 정성과 사랑으로 일심을 기울이는 그 모습 중에 가장 값진 것이다. 사회생활에 이바지하는 것도 하나 없으면서 여권론을 방패로 노라리 장단에 신바람이 난 오늘의 우리네 여성은 이 아름다움을 잊어버린 지 오래다. 한국 남성의 향수 같은 것 벌거벗고 시장에 가도 돈만 있으면 당장 속옷 버선 짝에서부터 만들어 놓은 것으로 성장을 갖출 수 있는 판이요, 건국 초부터 참정권은 물론 여자 장관도 나왔으면 한국의 여성 운동도 가정이나 사회에 좀더 봉사하는 쪽으로 방향을 돌려야겠다.

책을 읽다 싫증이 나면 아내를 돌아다본다는 옛 시가 있거니와, 독서하다가 슬며시 바느질하는 아내를 바라보는 그 맛이 얼마나 흐뭇하겠는가를 족히 상상하고도 남음이 있다.

등불 아래 혼자 앉아 책을 읽고 있는 여인의 모습이 매력적이다. 고요한 대낮에 혼자서 먹을 갈아 글씨를 쓰는 모습이 매력적이다. 더욱이 무릎 위에 태지 두루말이를 펴놓고 앉아서 왼손바닥으로 종이를 받치고 붓에 먹을 흠뻑 찍어 궁체가 아닌 한글 초서로 편지를 쓰는 모습이 멋이다. 가야금이나 피아노를 타는 여인의 기쁨에 젖은 웃는 듯한 모습이 매력적이다. 담장 밑이나 장독대 앞에 꽃을 가꾸는 여인의 모습이 또한 매력적이다.

봄을 찾아 온종일을 산과 들을 헤매어도 봄을 보지 못했다가 집에 돌아와 매화나무를 웃으며 보니 가지 끝에 봄이 이미 무르익었더라는 옛 시가 있다. 생활의 아름다움을 이렇게 제집 담장 안에서 찾을 수 있는 것이어늘, 이를 밖에서 찾으려고 헛되이 헤매는 것은 남성만이 아닌가 싶다. 너절한 영화 구경, 시들한 들놀이만이 가족 단란의 길이 되는 것은 결코 아니다.

아기에게 젖을 주는 여인의 모습, 아기를 잠재우는 어머니 모습이 또한 매력적이다. 모성애의 지순한 감정은 아기를 낳아 보지 못한 여성은 모르는 법이다. 그러나 아기에게 젖을 주고 그를 잠재우는 평화한 사랑의 모습은 누가 보아도 아름답다. 청춘이 몇 날이라고 또 그것이 뭐 그리 대단한 것이라고 늙기가 싫다는 핑계로 제 젖이 잘 나는데도 유모를 정하고 인공영양으로 기르는 천하의 여인들에게는 이 아름다움이 거세되고 만다. 연륜의 풍상 속에서 쌓아 온 교양과 인격, 품위 있는 노년의 미가 결코 청춘의 미에 못지않음을 우리는 안다. 천하의 어떠한 미인도 내 어머니보다 못하다는 모든 사람의 생각은 바로 이런 마음에서 느끼는 미다.

쏘는 맛 때문에 두꺼비가 벌을 잡아먹는다고 약간 뽀로통 토라진 여인의 모습이 매력적이다. 평온하기만 하면 심심하며 재미가 없으니 부부애에는 이따금 파란이 있어서 무방하다. 그러나 그 파란은 칼로 물 베기라고 양념격인 사랑싸움 정도라야 한다. 싸움 뒤라도 서로 이론을 따져 시비와 승패를 가리려 하지 말고 웃고 말아야 한다. 싸움 끝 밥상머리에 술 한 주전자쯤 올려놓을 줄 아는 부덕이야말로 매력적이다.

여성미의 매력점은 이렇게도 철저한 가정적 입지立地다.

남성 중심의 남성에게 복종하는 것만 바라는 관점이라고 탓할 이는 탓해도 좋다. 가정이란 원래 서로 돕고 붙들고 희생하고 양보하는 의무를 계약으로 성립되는 것이요, 그 속에 사랑도 있는 것이다.

－1962. 9,《미의 생활》

우아한 육체미의 본질

참으로 아름다운 여성이란 어떤 이를 말함일까?
참으로 여성다운 여성미女性美의 본질은 과연 무엇일까?

여성은 육체미, 남성은 정신미

사람의 아름다움이란 육체미肉體美와 정신미精神美의 두 가지로 크게 나누어 본다는 것은 동물성動物性과 신성神性의 종합체로서의 인간의 본질에 비추어서 지극히 타당한 귀결이라 할 수 있다. 그러나 사람의 아름다움을 이렇게 본질적인 각도에서 나누지 말고 형태의 면에서 나눈다면 우리는 자연히 여성미와 남성미라는 상반된 특질을 가진 두 가지 미美의 유형을 발견하게 될 것이다. 왜 그러냐 하면, 본래 인간이란 완전히 동일한 것이 아니요, 남녀 두 가지 형태의 상이한 구조로 이루어졌고, 그 천부天賦의 상이한 구조에 적응한 육체적 또는 정신적 기능의 발달을 이루어 왔을 뿐 아니라 그러한 구조와 기능의 발달 가능성은 각기 다른 성격을 형성하기에 이르렀기 때문이다.

우리는 인간의 육체미의 대표로서 여성미를, 정신미의 대표로서 남성미를 생각하게 된다. 물론 여성은 여성만이 가진 육체미와 정신미가 있고, 남성은 남성대로의 육체미와 정신미가 따로 있다. 우리는 남성의 육체미에서 직선적이요, 산악山嶽과 같이 우뚝 솟은 웅대한 힘의 미, 곧 장엄미莊嚴美를 느끼지 않음이 아니지만, 여성의 육체미에서 보는 그

곡선적이요, 잔잔한 물결과 같은 명미明媚한 매력, 곧 우아미優雅美의 염려艶麗에 더 많이 눈이 끌리는 것이 인간으로서 공통된 느낌이라는 게 사실이다.

도대체 인간이 육체에서 미를 느낀다는 것은 생명 존중 본능, 바꿔 말하면 생식작용生殖作用을 위한 성적 쾌감이 좀더 순화되고 승화된 것에 지나지 않는다. 동물에게는 쾌감만이 있고 미감美感이 없는 데 비해서 사람이 미감을 가졌다는 것부터가 미의 개념이 애초에 정신적 산물이라는 증거가 된다. 그러므로, 우리는 미적으로 승화되지 않은, 정신미의 순화가 없는 육체를 육감적肉感的이라곤 불러도 육체미라고까지 부르진 않는다. 그러나 성적 매력, 곧 관능官能의 미로서의 육체미에서 여성의 그것이 남성의 육체미보다 앞선다고 보지 않을 수 없는 것은 어쩔 수 없는 당연한 일이라 하겠다.

동물계에서는 수컷이 암컷보다 더 아름다운 게 사실이다. 여성의 육체미가 남성의 육체미보다 아름다운 인간관계와는 반대되는 현상이 있다. 진화론자進化論者들은 이 사실을 수컷의 아름다움은 암컷의 기호嗜好에 적용하여 발달된 것이라 한다. 즉, 암컷이 좋아하는 빛과 모양으로 수컷의 육체가 발달되었다는 것이다. 다시 말하면, 암컷에게 유혹 당하기 위해서 그 비위를 맞추어서 수컷이 암컷 유혹의 무기로써 그렇게 변화되었다는 말이다.

사람에게서는 이러한 현상이 남녀 사이에 바뀌어져 발달되었다. 여성이 남성에 유혹 당하기 위하여 남성이 좋아하는 방향에 맞추어 자기를 꾸미어서 남성을 유혹하게 되었다는 말이 되지 않을 수 없다. 그러면, 같은 동물로서 사람은 왜 이렇게 다른 동물과 다르게 위치가 바뀌어졌을까? 동물은 생식 시기가 일정하다. 즉 교미交尾 기간이 따로 있다. 그리고 이 기간이 되어야 암컷이 암내〔發情〕를 내어 수컷을 유혹한다.

수컷을 불러서 제 뜻에 맞는 놈을 선택한다. 그러자니 수컷이 암컷 비위를 맞추어 꾸미게 되고 육체미(?)를 갖추게 된다. 그러나 사람은 주책 없이 무시無時로 연애하고 무시로 생식生殖한다. 이 점은 생물학적으로는 발달되었지만 윤리적(?)으로는 동물보다 확실히 못하다는 농담이 성립된다. 사람은 아무리 생식 시기가 돼도 노골적으로 암내를 낼 수는 없고 남성이 자기에게 반하도록 꾸밀 수밖에 없다. 이 무의식적 본능에 인공의 화장술 발달이 가미되어 남성에 유혹 당하도록 자신을 꾸미게 되니 그러한 마음바탕으로서 여성의 육체미가 형성되는 것이다.

여성의 이상형은 애인과 어머니

우리는 여성의 그 따뜻하고 포근하고 날카롭고 치밀한 정신미를 모르는 자는 아니다. 그러나 정신미의 대표를 남성미에다 두는 것은 남성의 그 웅대하고 심원하고 꿋꿋하고 너그러운 정신미는 여성이 따를 수가 없다는 것을 알기 때문이다. 물론 여성 중에는 범용凡庸한 남성보다 월등한 정신미를 갖춘 이도 있고, 남성 중에는 예쁘기로도 여성 뺨치게 예쁜 남성이 있다. 이러한 특수한 예외를 제외한, 대체적인 비율로 볼 때 여성의 육체미와 남성의 정신미를 대비시키는 데 용감히 반대할 수 있는 근거를 세울 수 있는 사람은 없을 것이다.

　우리는 역사상에 자취를 남긴 여성들로서 남성과 어깨를 겨룰 수 있는 몇 사람의 예술가와 학자와 사회 운동가와 정치가의 이름을 기억할 수 있다. 그러나 신학神學이라든가 철학哲學에서 남성과 어깨를 겨룰 수 있는 여성의 이름을 얼핏 찾아내기는 어렵다. 여성이 남성을 능가하거나 비견할 수 있는 것은 성악의 소프라노, 섬세한 서정시, 자애로운 사회사업, 평화 시의 정치가, 이런 몇 가지 방면에 국한되는 것 같다. 기술 면에서는 심지어 바느질과 요리사까지도 남성에게 그 고봉高峰을 빼앗기고 있다. 학문의 세계에서는 날카롭고 꼼꼼한 두뇌와 정성만으로도 가능한 과학이 여성에게 알맞은 세계가 될 것이다.

이렇게 말하면 지나친 어폐가 있을는지 모르지만 우리가 말하고자 하는 것은 여성의 두뇌가 본질적으로 남성보다 저열低劣하다는 것이 아니요, 인간으로서의 여성의 구조와 사명이 그 기능과 능력을 불가피하게 제약하고 있다는 사실을 말하려는 것이다.

다시 말하면, 여성은 육체적 생명을 잉태하여 창조한다는 그 생리구조와 사명기능을 타고남으로써 막대하고 거룩한 일몫을 맡았기 때문에 이 육체의 모성母性으로서의 여성은 정신의 모성적 기능을 남성에게 넘겨주었다는 것이다. 말하자면 육체적 창조의 모성과 정신적 창조의 모성을 겸전兼全하기에는 너무나 능력에 겨운 일이 아닐 수 없기 때문이다.

그렇다 해서 여성이 산아産兒를 피하고 가정생활을 최대한으로 개선하여 의식주에 주부로서의 구실을 면제하고 완전히 남성과 동일한 위치와 조건에 두어서 경쟁하게 한다 할지라도 반드시 남성을 능가하는 대성大成의 경지에 이르리라는 것은 확신할 수가 없는 일이다. 하지 않아서 그렇지 하면 된다는 얘기는 말이 되지 않는다. 안 하고는 마지않는 집요執拗한 능력의 지속持續에서 여성은 남성에 떨어지기 때문에 정신문화사 위에 남성에 비견할 성과가 없었던 것이 아닌가.

부부夫婦를 '배터·하프'라고들 한다. 남녀 두 형태의 근본 바탕이 바로 이 '배터·하프'이다. 남녀 두 반쪽이 한데 어울리어 전일全一한 인간의 균형을 이룬다는 말이다. 마찬가지로 여성의 육체적 창조에는 남성이 조수助手요, 남성의 정신적 창조에는 여성이 조수노릇을 하기로 마련된 것이 인간이 타고난 운명인 것 같다.

앞에서도 말했지만 육체가 하나의 미감으로 승화되자면 정신의 작용이 들어가야 한다. 정신미를 지니지 않은 육체미를 미로 느끼는 것은 느끼는 자의 특수한 정신작용, 미적 취미가 들어서 성립된 변태의 것이다. 여성미 속의 백치미白痴美라든가 남성미 중의 불량미不良美가 그런 것이다. 우리가 만일 사람의 아름다움을 성적 쾌감의 바탕에서 관능미에다 기준을 둔다면 여성미의 정통은 창부형娼婦型에 있을 것이요, 남성미의 전통은 깡패형에 있을 것이다. 그러나 여성미의 이상형으로서 모성형을, 남성미의 이상형으로서 위엄 있고 인자한 인격자형을 설정하는 것은 사람들이 얼마나 정신적인 숭고와 희생적인 자애, 인격적인 포용을 갈구하는가를 알 수 있을 것이다. 남성은 처음엔 적극적인 요부 타입을 좋아하다가도 차츰 어머니같이 보살피고 쓰다듬어 주는 여성을 찾는다. 여성도 처음엔 친절하고 상냥한 사람을 좋아하다가도 나중엔 자기를 사로잡을 인격적인 힘을 그리워한다. 이러고 보면 사람은 남녀를 막론하고 사랑하고 믿는 사람에게 안기고 싶은 마음에서는 완전히 같은 것이다. 이러한 믿고 의지하는 마음이 사람이 타고난 종교심宗敎心의 바탕이기도 할 것이다.

현대의 남성들이 이상적 아내로서 낮에는 정숙한 현처賢妻요, 밤에는 창부와 같은 여성을 바란다는 것을 보면, 이건 현대에 비롯된 일이 아니요, 인류 창생 이래의 욕망이었을 것이요, 그만큼 관능미란 것이 얼마나 중대한가를 엿볼 수 있게 한다. 마찬가지로 여성들은 남편의 이상형으로 침실에서는 폭군暴君이요, 낮에는 어진 남성을 택할 것은 명약관화다. 이렇게 육체미는 성생활이라는 소홀히 할 수 없는 문제에 결부됨으로써 부끄러움과 죄악시罪惡視로 회피될 수 없는 것이기 때문에 항상 중대한 과제를 던지는 것이다.

나는 앞에서 인간의 아름다움을 육체미와 정신미의 두 가지 면에 나누어 그 바탕을 장황스레 대충 파헤쳐 보았다. 이는 여성미나 남성미는 각기 육체미와 정신미를 어떠한 비율로 이루었는가를 파악하기 위함이다. 여성미든 남성미든 그것은 육체적으로나 정신적으로 타고난 바탕을 최대한으로 갈고 닦아 세련하고 수련할 수 있을 따름이요, 근본적 변혁은 불가능한 것이다.

그러므로, 인간의 미적 형성이란 먼저 자기능력의 한계의 자각, 곧 자기에게 알맞은 자기 개성과 완성을 지향함으로써만 이룰 수 있는 것이다. 또, 이러한 정신적 육체적인 미적 형성은 선천적인 자연적인 바탕을 후천적인 인위적인 노력으로써 이루어 가는 인격미人格美요, 인공미人工美인 만큼 그것은 이상미理想美요, 예술미藝術美의 범주 안에 들어갈 성질의 것이다. 예술은 소재를 이상에 맞추어 처리하는 기술이요, 이상은 결성缺性을 충족시키려는 욕구로서 항상 현실의 앞에서 손짓하는 자이다.

이상에서 보아 온 바로서 여성미의 본질과 여성의 미적 형성으로서의 노력의 방향에 대한 결론을 도출한다면 다음과 같을 것이다.

첫째, 여성은 남성과 다른 육체적 구조를 가짐으로써 그 육체적 구조의 기능과 사명 때문에 육체미의 비중이 무거울 뿐 아니라 그에 대한 정성이 중시된다.

둘째, 여성은 그 육체적 구조 때문에 정신미의 방향이 또한 그 제약을 받아 남성의 애인으로서의 여성과 아들딸의 어머니로서의 여성의 아름다움을 동시에 이루어 가야 한다. 다시 말하면, 여성이 남성의 애인으로서 어머니로서의 두 면을 가져야 된다는 것은 여성은 남성의 아내 될 사람이요, 아내야말로 애인과 어머니를 동일한 육체로서 동시에 갖춘 통일체이기 때문이다. 청소년이 누나 같은 여성을 좋아하는 심리도 바로 이것이니 누나는 애인과 어머니적 성격의 양면을 종합 축소한 미완성의 아내상으로서 '어필'하기 때문이다.

그러나 여성에게는 이렇게 중요한 육체미가 전혀 일시적이라는 데 슬픔이 있다. 정신미는 연륜을 쌓을수록, 늙어 갈수록 아름다워지는 데 비해서 육체미는 나이와 함께 어머니로서의 생산 기능도 잃게 되고 아내로서의 육체적 기능도 쇠퇴하기로 마련이다. 만일 육체미가 쇠한 다음에도 아름다움을 주는 정신미 — 지식적 함축이라든가 인격적 교양으로 그 늘어가는 주름살 속에 채울 준비를 하지 않는다면 아무리 육체적으로 아름답던 여성이라도 고운 꽃일수록 시들 때 지저분하듯이 남성에게 환멸만을 남길 것이다. 아무리 못난 얼굴일지라도 그 자식에게는 천하의 어떤 미인보다도 저의 어머니가 아름답게 느껴지듯이 모성의 사랑의 깊이를 체득한 여성은 자식에게나 남편에게나 남자에게까지 인자하고 화평하고 깨끗하고 품위 있는 아름다움을 깊이 지니게 될 것이다. 이와 같이 여성의 대표적 정신미가 어머니적인 미, 자애의 상像에 있다는 것은 모든 여성이 타고난 육체미의 귀결이 아닐 수 없다. 성모 마리아나 관음觀音이 다 이와 같은 뜻에서 모성의 모습을 지닌 것이다. 그림으로 보는 마리아나 관음보살은 얼마나 미인인가?

결국 여성미를 대표한다는 육체미의 모자라는 점을 보충하는 것은 정신미밖에는 없다. 또 그 정신미는 어머니 같은 자애의 사랑밖에는 없다.

이유 있는 험구險口 몇 마디

육체미의 덧없음을 노래한 시가詩歌는 동서고금에 무수히 많아 늙은 미인을 울리고 권세에 영락零落한 남성을 많이도 울렸다. 이것은 육체미가 쇠퇴한 뒤의 추하고 처량함을 경계한 것이지만, 육체미란 것은 한

창 전성시절에도 너무 편중하면 야비하고 천속스럽게 보여 눈살을 찌푸리게 한다. 이제 오늘의 한국 여성미의 지니는바, 결성缺性을 보충하고 새로운 한국적 여성미, 곧 한국적 여성미의 재발견에 대한 귀띔을 주기로 하자.

첫째, 여성미 본질을 망각하고 중성화中性化되어 간다는 것.

건국 초부터 여성 참정권이 부여되고 식모, 침모, 애보기를 다 두어 살림살이 골몰할 일없고 돈만 있으면 벌거벗고 시장에 가도 버선 짝부터 금은패물까지 한 시간 만에 다 살 수 있는 세상이면 허울 좋은 여권운동女權運動도 좀 반성해야 될 것이다. 가정을 다스리고 난 다음에 사회에 나서는 것이 여성 본분에서의 엄연한 선후 문제다. 만일 이와 반대되는 견해를 가진다면 그러한 생각바탕에서 결과 되는 것은 결국 전후파戰後派적 허영으로 가정파괴밖에 남는 것이 없을 것이다. 《정감록》鄭鑑錄에 이 시대를 '어리석은 사내, 계집 잃은 때'라고 했다더니, 그야말로 4천 년 역사에 처음 보는 해괴한 일도 다 많기 때문이다.

둘째, 지성의 결여다.

대체의 여성들은 독서를 하지 않는다. 대학을 다녀도 시집갈 간판이나 마련하는 겐지, 그저 건성으로 지내는 것이, 해방 전후를 통해서 신교육 반세기 동안에 여성의 손에 학술서 한 권 저술된 것이 없다.

셋째, 의상, 복식, 미용에 대한 개성의 몰각沒覺과 무지다.

제 동족 남성이 눈살을 찌푸리고 제 남편이 싫어하는 옷을 유행이라고 너 나 할 것 없이 한결같이 입는 것은 정말 보기에 민망하다. 자기 육체미의 장점을 못 살리고 결점을 덮지 못하는 서구풍西歐風 광신狂信 맹종盲從은 한심하기만 하다. 옛날에는 기생도 여염집 부인의 품격 있는 옷맵시와 몸가짐을 배웠는데, 요즘은 이것이 바뀌어져 가정부인이 창부의 유행과 행실을 흉내 내니 그만하면 알아볼 일이다.

이렇게 말하면 나의 험구險口가 지나칠지는 모르지만 조금만 유심히 관찰한 사람이면 나의 비난과 충고를 터무니없다 할 사람이 없으리라. 한국 남성에게는 한국 여성이 가장 아름답고 미더운데, 이건 한국 남성이 좋아하는 반대 방향으로만 달리니 한국 여성은 한국 남성이 싫단 말인지 딱한 일이다.

본받아야 할 여성미의 원형原型은?

한국 여성미의 재발견이란 특집을 내야만 한다는 것부터가 난센스다. 이건 한국 여성에게는 한국 여성미가 없다는 전제요, 아니면 한국 여성은 한국적 여성미를 잊고 모른다는 말이요, 한국적 여성미가 지금은 사라지고 있지만 옛날에는 있었다는 말이요, 있는데 모르니 깨우쳐 준다는 뜻이 되지 않을 수가 없는 것이다.

한국적 여성미의 재발견은 한국 여성 스스로가 찾아서 재발견하고, 체득하고, 그것의 형성을 위하여 노력해야 될 문제이다.

한국 여성미의 재발견을 위해서 한국 여성들은 먼저 봉건적이니 뭐니 하고 미리 금을 긋지 말고 우리 역사상 여류 명인의 사적을 찾아서 읽어야 한다. 아마 모르면 모르지만 현대 여성이 한국의 역사상 이름 난 여류 인물을 들라면 기껏해야 황진이, 인목대비, 아니면 사임당 신씨, 혜경궁 홍씨 정도를 알까말까 할 것이다. 알고 보면 한국의 역사상에 이름을 끼친 여류도 오늘날 대학 교육을 받은 여성보다 월등한 시인, 예술가, 학자, 정치가가 수두룩하다.

고대는 그만두고라도 조선 시대에 와서만 해도 이각李恪 부인, 신숙주申叔舟 부인 설薛 씨, 최당崔瑭 부인 성成 씨, 임벽당林碧堂부인 김金 씨, 사임당師壬堂 신申 씨, 계생桂生, 황진이黃眞伊, 유희춘柳希春 부인 송宋 씨, 이

옥봉李玉峰, 이매창李梅窓, 허난설헌許蘭雪軒, 봉원蓬原 부인 정鄭 씨, 이현일李玄逸 모母 부인 장張 씨, 시비侍婢 얼현孼玄, 시기詩妓 취련翠蓮, 참선당參宣堂 김金 씨, 영수각令壽閣 서徐 씨, 정일당靜一堂 강姜 씨, 죽서竹西 박朴 씨 등 시문서화詩文書畵에 남성을 놀라게 한 재원才媛은 얼마든지 있다.

그중에도 특출한 이는 빙허각憑虛閣 이李 씨와 사주당師朱堂 이李 씨다. 빙허각 이 씨는 규합총서閨閤叢書와 청규박물지淸閨博物誌, 빙허각고략憑虛閣稿略 등 3부 11책으로 된 《빙허각전서》憑虛閣全書라는 학술적 저술을 남겼으니 시문詩文 외에 부녀의 가정일용家庭日用에 관한 실용적 지식을 널리 망라해서 체계를 세우고 부문에 나눈 실학적實學的 저술이다.

또 사주당 이 씨는 언문지諺文志의 저자 유희柳僖의 어머니로 지금 남은 저서는 《태교신기》胎敎新記밖에 없지만, 그는 드물게 보인 여류 학자로서 그 당호堂號 사주당師朱堂에서 보는 바와 같이 주자를 표준삼아 그때의 도학道學 곧 유교 철학, 성리학性理學에 일가一家를 이루어 학식과 명망이 높아서 당시의 명사 도정都正 이창현李昌顯과 세마洗馬 강필효姜必孝는 사람을 통하여 문의文義를 질문하였고 상사上舍 이만눌李晚訥과 산림山林 이양연李亮淵은 직접 부인을 배알하고 친자親炙를 받았다 한다. 그의 저서가 적지 않았는데 임종 시에 유언하여 여자의 저서가 세상 가르침에 그리 긴절하지 않으니 모두 태워 버리고 이 《태교신기》만 전하라고 했기 때문에 그의 학문적 온축蘊蓄을 오늘에 볼 수 없는 것은 아까운 일이 아닐 수 없다. 어쨌든 이 두 분은 학문으로써 남성과 어깨를 겨루고 또 능가한 점에서 역사상 희귀한 존재임에 틀림없다.

역사상 인물로 오늘 우리 한국 여성미의 재발견에 많은 시사示唆를 주는 이로서 한국적 여성상女性像으로 우리는 다섯 사람을 손꼽을 수 있다. 선덕여왕善德女王, 사임당師壬堂 신씨申氏, 황진이黃眞伊, 허난설헌許蘭雪軒, 사주당師朱堂 이씨李氏가 그분들이다. 선덕여왕은 정치가, 사주당이 씨는 학자요, 사임당, 황진이, 허난설헌은 시인, 서화가의 여류 예술가다. 황진이는 황진사의 서녀庶女로 기생이 되었으니 말할 것 없고, 허난설헌도 부부 생활에는 불우한 사람이지만 선덕여왕, 사임당, 사주당은 재주의 아름다움 위에 복덕이 또한 원만했던 분들이다. 그만큼 이 세 분들은 슬기롭고 부덕이 있고, 너그럽고, 따뜻하던 이들이다. 정치가와 예술가와 학자로서 이 세 여성은 우리 한국 여성의 전형이 되기에 부끄럽지가 않다. 황진이의 멋, 허난설헌의 다한多恨을 기생과 가정부인 속에서 한 사람씩 대표로 뽑아 박명薄命한 가인佳人과 재원才媛의 전형으로 하는 것이 또한 망발이 아닐 것이다.

이 다섯 사람에게는 오늘 여성들이 잃어버린 한국 여성미의 순수한 격이 있어 여성의 그 방면의 규범이 될 뿐 아니라 남성의 우러름과 그리움을 받을 만한 그 무엇이 있었다. 한국 여성은 그 여성미의 재발견을 위해서 이분들의 품격을 고루 배워 종합해야 한다. 이 다섯 분 중에도 한국적 전형을 오롯이 갖춘 이는 선덕여왕과 황진이 두 사람을 들수 있으니 이 두 분을 잘 본받아 현대적으로 적응하고 세련하면 거기에 새로운 미가 있을 것이다. 황진이에 대해서는 너무나 알려진 얘기니까 길게 쓰지 않겠지만 이런 여성이 있다면 한국의 남성은 짝사랑이라도 한번 해봄직하다는 것을 말해 둘 따름이다.

선덕여왕에 대하여 나는 기록만으로도 우리는 이 여성의 재치와 슬기와 복덕 원만의 아름답고 너그러운 모습을 떠올리기에 부족함이 없다. 선덕여왕의 중요한 일화는 네 가지가 있다.

첫째, 중국 당나라에서 삼색 모란꽃 씨를 처음 신라에 보냈을 때 그 꽃이 만개한 그림을 함께 보내 왔었다. 선덕여왕이 그 그림을 보고 이 꽃은 향기가 없겠다고 했더니 과연 심어서 핀 다음에 보니 향기가 없더라는 것이다. 선덕여왕이 무엇으로써 그것을 미리 알았을까. 그 모란꽃 그림에는 나비가 없었기 때문이었다.

둘째, 영묘사靈廟寺 옥문지玉門池에 겨울철에 개구리 떼가 모여 삼사 일을 울기 때문에 백성들이 이상히 여겨 선덕여왕께 물으니 선덕여왕 은 급히 신하를 불러 정병精兵 2천을 거느리고 서쪽으로 가서 여근곡女根 谷을 찾아서 거기 잠입한 적을 토벌하라는 명령을 내렸다. 병정들이 여 근곡에 가보니 과연 백제 병이 잠입해 있어 사전에 전부 토벌이 되었던 것이다. 그 선견지명의 까닭을 물으니 옥문은 여자 생식기인데 그 빛 이 희니 흰 것은 서쪽 빛이요, 남근男根이 여근 속에 들어가면 반드시 죽으므로 쉽게 토벌할 줄 알았다 하면서 여근곡은 우리말로 ○○ 골이라 는 것이니 여근도 여자 생식기를 가리킨다. 개구리는 성낸 눈을 한 상 이니 병장기와 관계된다는 것이다.

셋째, 선덕여왕은 죽을 때 유언하기를 내 죽거든 도리천忉利天에 묻 으라 하였다. 신하들이 그 뜻을 몰라 어쩔 줄 모르니 여왕은 낭산狼山 남쪽이 거기라고 하였다. 그 뒤 십여 년 후에 문무대왕이 사천왕사四天 王寺를 대왕의 무덤 아래 짓게 되니 여왕의 무덤자리가 곧 도리천이 된 셈이어서 모두들 놀랐다. 불경佛經에 말하기를 도리천은 사천왕천四天王 天 위에 있다 했기 때문이다. 이보다도 선덕여왕은 여왕인 자기를 짝사 랑하다 제 몸에서 불이 나 타 죽은 미천한 백성 지귀志鬼의 시체 위에 자 기의 목걸이를 벗어서 걸어 주었다는 것이다.

이 아득한 옛날의 전설에서 우리가 한국적 여성미의 원형을 찾는 것 은 무슨 때문인가. 재치 있고, 슬기롭고, 따뜻하고, 너그럽고 절도 있 고 품격 있는 여성상, 한국의 여성미는 이러한 교양미가 그 육체미를 은은히 감싸서 거룩하고 황홀하게 한다.

서울 통신초^{通信抄} —1

제 1 신^信

M 선생, 어제는 한강 인도교^{人道橋}가 개통되었습니다. 끊어졌다 이어지는 개폐교^{開閉橋} 아닌 단속교^{斷續橋}, 이 다리의 운명이 이럴 줄을 누가 미리 알았겠습니까. 오늘 기지연대^{基地聯隊}에서 우리를 위하여 지프차 한 대를 빌려주기에 우리는 서울 들어가는 코스를 인도교 쪽으로 잡았습니다. 다리는 통했으나 아직 피난민의 성내귀주^{城內歸住}를 허가하지 않기 때문에 노량진 연도^{沿道}에는 수많은 피난민의 초졸한 얼굴들이 헤매고 있습니다. 한강 남안^{南岸}에는 이들이 십수만을 헤이게 있다니 딱하지 않습니까. 당국에서는 이들을 다시 남하^{南下}시키라 합니다. 오도 가도 못하고 막연자실^{漠然自失}한 사람을 불쌍하단들 이보다 더 불쌍한 백성이 있겠습니까.

이 근처에서는 우리 올 무렵엔 쌀 한 말에 일만 사천 원이더니 몇 달 동안 구호미^{救護米} 실은 차가 간혹 보이고 나선 일만 천오백 원대로 내렸답니다. 차를 타고 지나가는 동안 아는 얼굴이나 있을까 하고 찾았더니 아는 이라곤 단 한 분, 그 왜 밤거리의 술집을 단소를 불고 다니던 머리를 길게 기른 거리의 철학자 있지 않습니까. 이분이 홍진^{紅塵} 속에 초연히 서 계십니다. 역시 피난길에서 돌아왔는지도 모르겠습니다. 우리는 인도교 어귀에서 간단한 조사를 받고 통과되었습니다.

다리는 목재로 수리했으나 무거운 탱크라도 지날 수 있을 것같이 견실堅實하였습니다. 저는 작년 6월 28일날 정오경에 이 끊어진 다리 가까운 곳에 앉아 담배만 피우면서 세 시간을 보내다가 간신히 뱃전에 매달려 건넌 뒤로는 여기를 지나는 것이 1년 만이어서 더욱 감회가 깊었습니다.

도로연변道路沿邊의 파괴상태破壞狀態는 9·28 때보다 격심한 바 없었으나 진고개 일대가 폐허화된 것은 듣던 바와 같았습니다. 그러나 저를 놀라게 한 것은 이 무너진 집터라든가 뚫어진 총구멍 자리가 아니고 파출소를 지키는 경관 외에는 시민의 그림자가 보이지 않는다는 사실입니다. 용산에서 종로 4가까지 이르는 동안에 4, 5명의 시민을 보았습니다. 20여 만의 시민이 있다는데 그들은 거리에 나올 필요가 조금도 없는 모양입니다.

M 선생, 그보다 저를 놀라게 한 것은 제가 1월 3일 오후 네 시까지 앉아 있던 우리 회관의 현관에는 전국문화단체총연합회全國文化團體總聯合會라는 간판이 그대로 붙어 있었다는 사실입니다. 그 근방에 붙었던 벗들의 벽시壁詩는 찢기고 남은 조각이 벽에 붙어서 펄럭이고 있었습니다. 그리고 중공군中共軍에게 읽히기 위해서 우리가 붙여 놓고 간 글 중에는,

蠢彼毛逆준피모역　爲蘇作侵위소작침
夷我都鄙이아도비　屠我男婦도아남부
不戚巍巍불함외외　鴨水洋洋압수양양
指以爲誓지이위서　同飮賊血동음적혈

의 구가 보였습니다. 백화문白話文을 몰라서 이렇게라도 약을 올려 보자는 것이었지요. 그러나 마포에서 영등포까지 노변에 크게 써 붙였던 "맹서하여라. 다시 돌아와 여기서 도적의 피를 함께 마실 것"이라는 글은 후퇴하는 병사를 울렸던 모양입니다. 얼마 전 대구서 만난 어떤 군인이 저에게 왜 그런 것은 써 붙이고 가서 사람을 울리느냐고 항의하기에 저는 분해서 우는 수도 있으니 그 분한 눈물을 잊지 말라고 대답하였습니다만, 도저히 피를 마시기는커녕 도적의 그림자도 없어진 뒤 돌아온 자신을 생각하니 가소롭기 짝이 없습니다. 우선 이만 쓰겠습니다.

제2신

M 선생, 서울에는 현재 다방이 셋, 댄스홀이 하나 있습니다. 드나드는 이는 군인이 있을 뿐입니다. 종로 전찻길 가의 빈대떡 안주도 파는 술집에도 성장盛裝한 여인이 문을 열어 놓고 앉아 있습니다. 손님은 없습니다. 시장엘 가 보았습니다. 거리에는 그렇게도 안 보이던 사람들이 여기서는 무척 붐비고 있습니다. 파는 물건을 둘러보니 모두 놋그릇, 사기그릇, 재봉틀, 전축, 기타의 사치품뿐이었고 음식은 빈대떡, 빵 이런 것 외에는 음식 같은 것이 통 보이지 않으니 어찌된 일이겠습니까. 이상한 것은 헌책 가게가 상당히 많다는 것입니다. 쓸 만한 책이 더러 보이더군요. 이러한 상품의 구매층購買層이 남하했다가 내왕來往하는 상인과 출장 온 군인들이라는 것은 상품의 성질만으로도 알 수가 있었습니다만 여기 복닥이는 시민들은 무얼 먹고사는지 모르겠습니다.

　R 형 댁에 들렸더니 자당慈堂과 부인은 40일 전에 걸어서 내려갔는데 어데 갔더냐고 남아 있는 분이 걱정하셨고, C 여사 댁에 들렸더니 그 자당 70 노인이 바느질을 하다가 뜻 아닌 인기척에 놀라서 떨리는 목

소리로 안타까움을 하소연합디다. 저의 친척 되는 이 한 분을 찾으니 살기는 사는 모양인데 녹슨 자물쇠를 달아 놓고 나가고 없습디다. 이 분도 육십 줄에 든 안노인老人이라 아마 아까 제가 들렀던 시장 어느 귀퉁이에 앉아 빈대떡이라도 지져 파는 것이리라고 생각되었습니다.

M 선생, 이제는 거의 입경일정표入京日程表에 마지막으로 남아 있는 제 집을 방문하는 일만이 있습니다. 우리 집 골목에도 사람 사는 집이라곤 단 한 집 있는데 이분도 안노인입니다. 집집마다 대문에 못질을 하고 번호 있는 출입금지의 봉함지封函紙가 붙어 있었습니다. 이웃집 망치를 얻어 열고 들어가 보니 정말 황량荒凉하였습니다. 방문과 궤짝문은 닫혀져 있는 것이 없고 도적이 지나간 뒤에 또 도적이 들었던 모양으로 마룻바닥과 마당에는 가져가도 쓸 곳 없는 헌 옷가지와 구기具器가 짓밟혀서 산란散亂하였습니다. 저의 집은 적이 병원으로 썼던 듯했습니다. 약병과 의료품 상자가 남아 있고 방마다 피고름 묻은 흰 이불들이 쌓여 있었습니다. 내가 가장 아끼던 책은 어떻게 되었는지 모릅니다.

문득 마당 구석에서 눈에 뜨이는 한 양장의 표지를 주워 보니 그것은 분명히 릴케의 "풍경화론"風景畵論이었습니다. 불쏘시개를 하고 남은 것이겠지요. 그 표지 안쪽 흰 종이에는 소학교 2학년 정도의 필치로 이런 기막힌 글이 쓰여 있었습니다. 대강 읽어보니 이런 뜻이었습니다. 중화민국中華民國 군대는 지금 동양귀東洋鬼(日本)하고 싸우고 있다고. 아마 중공군 부상병의 낙서인 듯, 저는 이 글을 읽고 나서 이들이 소속한 중공군이 국부군國府軍에서 넘어온 부대라는 것을 알았습니다. 그를 통솔한 장수만이 아는 일이요, 병졸들은 무슨 영문을 모르는 모양입니다. 어떤 자들은 아직도 자기가 싸우는 최고사령관最高司令官은 그저 장대인大人인 줄로만 안다니까요.

저는 한 10분 동안 이 방에서 저 방으로 말없이 왔다 갔다 하다가 그대로 나와서 다시 대문을 못질하고 말았습니다. 간다는 인사는 이웃 노인께 가서 여쭙고 빈손으로 회로回路에 올랐습니다. 역시 안 오기만 못했어요. M 선생!

— 1951. 7. 9

서울 통신초 — 2

제1신

K 형, 나는 오늘 C 47기 편을 얻어 무척은 오고 싶던 서울에 내렸습니다. 오늘은 날씨가 아주 쾌청하여서 정말 즐거운 여행을 할 수 있었습니다. 지난겨울 평양에서 돌아올 때는 풍설風雪이 있어서 기체가 좀 흔들렸고 올봄 부산길은 달밤의 운치韻致를 기상機上에서 맛볼 수는 있었으나 조감鳥瞰이 안 되었는데, 이번에는 첫여름 활짝 갠 창공에 우기友機의 폭음爆音을 들으면서 쾌적한 비상을 하고 나니 답답한 가슴이 좀 후련해지는 것 같습디다. 구름은 역시 아득한 창공에 떠 있는 것이 아니라 낮은 민가民家나 산마루 위를 담배 연기처럼 풀려 가는 것이더군요.

우리가 착륙한 공항은 우리 공군 101 전대戰隊의 기지였습니다. 절호한 천후天候를 이용하여 우리 전투기 편대의 폭격행은 쉴 새 없이 대공大空을 제압制壓하고 있습니다.

날씬한 항공피복航空被服에 권총을 차고 무전 리시버를 목에 건 젊은 조종사는 공격목표를 기입한 지도 한 장을 집어넣고 무언의 결심 때문에 침중沈重한 안색으로 애기愛機를 향해 걸어가는 것이었습니다. 그러나 한번 애기에 탑승하고 나면 아무 잡념도 없는 무아無我의 심경心境에

360

드는 듯 그들의 얼굴은 갑자기 활기가 샘솟는 것이었습니다. 시동하는 기상機上에서 정비사를 보고 미소를 띄우는 조종사들! 천천히 활주하여 출발선에 정렬하는 F 51 전투기들 ─ . 활주로를 달린 끝에 이륙하는 비행기마다 손을 흔들어 주면서 나는 한나절을 넋을 잃고 바라보았습니다. 조종사가 지닌 지도면에 적색기호로 기입되어 있는 적의 대공사격對空射擊 중화기重火器의 위치가 자꾸 마음에 쓰이는 탓일지도 모르겠습니다.

애기愛機를 통하여 맺어지는 정비사와 조종사의 전우애에 대한 얘기를 들으며 비행기 앉았다 떠나간 자리에서 나는 정비사와 함께 담배를 태우며 앉아 있었습니다.

K 형! 강 하나만 건너면 서울입니다. 지난 1월 3일 황혼黃昏에 쓸쓸한 서울 거리를 뒤에 두고 다시 강을 건너던 원통함이 다시 새롭습니다. 곧 뛰어 들어가고 싶기야 하지만 우선 이 기지에서 내가 맡은 일을 대강 끝내야겠습니다. 비행기에 대한 상식과 오늘의 공군으로 발전하기까지의 경로의 대략大略과 전투조종사의 체험담, 전사장병의 인간 면을 그들 전우에게서 듣는 일이 나의 맡은 바 일입니다. 눈물 없이는 들을 수 없는 이야기가 하도 많아서 자청해 온 이번 걸음이 보람 있음을 기뻐합니다. 이번에 들은 바 세상에 잘 알려져 있지 않은 얘기들은 뒤에 한잔 나누며 조용히 얘기하기로 하지요. 우선 무사히 온 뜻이만 두어 자 알립니다.

─ 1951. 5. 29

제 2 신

K 형, 나는 서울에 온 지 나흘째 되는 오늘에도 아직 시내에 들어가 보지 못하고 있습니다. 작년 여름 남하 후 석 달 동안을 초조히 기다리던

서울 입성의 소식과도 같이 서울을 지척에 둔 이곳에서 그때의 심경을 다시 맛본다는 것은 딱한 일이 아닙니까. 동행한 R 대령은 그저께 시내로 들어가 나오지 않고 또 소설가 C는 아무래도 답답해 안 되겠다고 하더니 어저께 강 밖에 있는 자기 집을 다녀왔는데 집과 살림이 그대로 있더라고 한잔 얼근한 말씨로 얘기합디다. 그렇게 무사한 연유가 또 이웃할머니의 지성스레 돌봐 준 까닭이라니 세상엔 그래도 인정의 씨가 영 떨어진 것은 아니라고 둘이서 함께 기뻐했습니다. 이제는 나도 볼일이 대강 끝났으니 내일쯤엔 어떻게 해서라도 시내에 한번 들어가야겠다고 마음했는데 이걸 어떻겁니까.

그 좋던 날씨가 흐려지고 엊저녁부터는 비가 내립니다. 천막 위가 뚫어져서 곤한 잠을 이마에 듣는 빗방울 때문에 깨었던 것입니다. 침대 밑에는 모래밭에 물 스며드는 소리가 가늘게 들렸습니다.

비오는 항공기지는 조용합니다. 기상보도판氣象報道板에는 내일이면 이 비가 개리라 하니 나는 오늘 하루만 더 이 텐트촌村을 돌아다니며 한담閑談으로 보내야겠습니다. 이제는 담배도 떨어졌는데 술 대신에 커피 생각이 몹시 납니다. 여기서 나는 우연히 두 사람의 젊은 장교 — K 대학에서 나의 강의를 들었다는 다정한 두 소위少尉가 끓여 주는 커피와 간단한 통조림 요리로 맛있는 식사를 나눌 수 있었습니다. 고향 친구를 만난 듯이 안타깝던 마음이 누그러지는 것이었습니다.

K 형, 형이 찬가讚歌를 쓴 우리 공군육성空軍育成의 은인인 헤스 중령中領은 이곳에서도 그의 인간성에 대한 경모敬慕의 얘기를 하는 사람이 많았습니다. 그가 이 기지를 떠날 때 공중을 나직이 선회旋回하며 우는 바람에 지상의 여러 사람도 다 울었더라니 어지간히 정이 들었던 모양이지요, 오늘은 그가 재임 중에 아끼던 비서라는 미스 이李를 조종사 방에서 만났습니다. 무척 똑똑하고 상냥한 소녀였습니다. 아무리 생각

해도 알 듯한 소녀였는데 영 생각이 나질 않고 해서 그냥 지나치고 말았습니다만, '인간 헤스 중령'을 나더러 쓰라니 몇 날 여기서 더 머물게 되면 아마도 이 소녀에게서 들어야 할 얘기가 절로 있을 것 같습니다.

이 비가 개고 나면 서울을 다녀와서 나는 전대장戰隊長 김 중령이 손수 조종하는 정찰기에 동승하고 이북以北 전선前線의 정찰을 가기로 하였습니다. 이것이 실상은 내가 여기 온 목적이기 때문에…. 또 가능하다면 다른 기지로 가서 폭격기에도 동승해 볼까 합니다. 염려는 마십시오. 사람이란 그렇게 쉽게 죽는 것이 아니니까요. 허지만 비행기를 타면 영원한 결별訣別이 생각나서 죽음에 대한 허영虛榮이 안 움직이는 것은 아닙니다. 또 쓰겠습니다.

— 1951. 6. 1

창공 구락부와 나

창공구락부蒼空俱樂部는 공군空軍 종군문인단從軍文人團의 명칭이다. 실질적으로는 공군의 정훈업무政訓業務에 협조 봉사하는 군의 한 부속기관이었지만, 종군문인단이란 딱딱한 이름을 붙이지 않고 창공구락부란 경쾌한 이름을 붙인 것은 그만큼 공군이 현대적인 참신한 군대라는 것을 의미한다. 삼군의 종군작가단에 구락부俱樂部란 이름이 붙은 것은 창공구락부밖에 없었다.

이름 그대로 창공구락부는 공군에 종군하는 문인들의 친목단체, 사교社交구락부적 성격이 짙었다. 1·4 후퇴로 대구에 피난 와서 모인 시인·작가들이 서로 의지가 되어 애환哀歡을 함께 나눈 가지가지 추억을 이 창공구락부는 지니고 있는 것이다.

금金 펜에 은익銀翼 — 금 펜은 가느다란 금색선金色線의 원형으로 싸서 단결을 상징한 창공구락부의 배지는 우리 단체의 성격을 잘 표현한 맵시 있는 것이어서 요즘도 책상 서랍에서 가끔 꺼내어 보곤 웃음 짓는다.

창공구락부 동인은 다재다능한 사람이 모였고 일에 대한 의무감과 정열情熱도 있어서 무슨 일이든 계획하고 추진하면 손발이 척척 맞아서 신이 있다. 환도還都 후 시나 소설뿐 아니라 잡지편집이나 문화계 어느

면에서도 창공구락부 동인들이 일제히 두각을 드러낸 적이 있거니와 이는 애초에 멤버의 구성이 짜임새가 좋았던 것이라 할 수 있다. 창공구락부는 환도 후 얼마 되지 않아 해체하였으나 옛날의 동인들은 매주 수요일마다 한 번씩 막걸리 추렴하는 모임을 몇 해 동안 계속하였다. 수요일 오후가 되면 다방 거리에 잘 나오지 않는 마해송馬海松, 최정희崔貞熙 두 분을 비롯하여 동인들이 모여들기 시작하므로 다른 사람들까지 "아 참, 창공구락부 회의날이군, 그래" 하고 술자리에 끼어들기가 일쑤였다.

창공구락부에 관계하는 동안 내가 한 일은 역시 가사작사歌詞作詞가 가장 많았던 것 같다. 작곡作曲은 대개 그때 군악대軍樂隊에 있는 김성태金聖泰 씨께, 이분과는 동란 전에도 작사·작곡에 콤비가 된 적이 많았기 때문에 생소하지가 않았다.

종군으로 기억에 남는 것은 51년 봄에 최인욱崔仁旭 형과 더불어 여의도에 내려 일주일 동안 천막살이를 하면서 조종사들과 공군 창설비화創設秘話, 전투회고담戰鬪回顧談을 듣던 일과, 이한직李漢稷 형과 같이 눈 오는 대관령을 넘어 제10 전투비행단 창립기념식전에 참석하러 갔다가 김영환金英煥 준장准將이 사천기지泗川基地에서 비래飛來 도중 동해상에서 조난遭難하여 잔칫집이 그만 초상집이 되는 바람에 우울한 밤을 새우던 일과, 대구로 오는 토이기土耳其 비행기를 편승하였을 때 해상에서 낙하산을 지워 주고 벨이 울리거든 뛰어 내리라면서 간단한 예비훈련을 했기 때문에 입맛이 쓰던 일이 생각난다. 또 유주현柳周鉉 형이 사천기지에 종군했을 때 연습기를 한 번 타라 해서 탔다가 공중에서 몇 차례 물레바퀴 놀음을 하는 바람에 창공을 쳐다보니 갑자기 하늘이 시뻘건 흙빛이 되더라나. 비행기에서 내리니 담가擔架를 가지고 왔더라는 것이다. 간신히 일어나 비틀거리며 걸어가니깐 모두들 웃으면서 그래도 창

공구락부원이라서 공군에 적성適性이라고 하더라는 얘기를 듣고 얼마
나 웃었는지 모른다.

집회행사로서는 대구 문화극장에서 열렸던 '창공문학의 밤'이 가장
성황盛況이었다. 이때는 이미 일부 단원이 상경하였을 때고 또 부산에
도 내려가 있을 때지만 대구로 총집결시켜서 공군 군악대軍樂隊의 찬조
출연을 얻어 프로그램이 꽤 다채로웠다. 이날 내가 약간 계획적으로
미취微醉하여 "날개는 경금속輕金屬, 음악은 경음악, 경쾌한 군대 공군空
軍의 공空짜 홍행興行…" 하는 투로 명사회(?)를 해서 홍을 돋구던 일이
생각난다.

창공구락부가 서울로 이동하기 직전 우리는 공군 장교 구락부를 빌
려 고별연告別宴을 열고 많은 인사人士를 초청하여 그동안 여러 가지로
신세진 것을 사謝하고 하룻밤을 즐기던 일이 또 가끔 생각나는 일이
다. 홀에선 칵테일 파티, 마당에는 막걸리 독까지 갖다 놓았던 멋진
잔치였다.

15년이란 세월이 흘렀다. 창공구락부가 있던 시절의 역대 공군 참모
총장參謀總長 제씨諸氏는 모두 예편豫編, 그동안 몇 번씩을 만나서 석일담
昔日談을 했으나 그때 조종사로 있던 분들도 많이 예편했고 남은 이는
이제 원로급에 올랐을 것이다. 창공구락부 시절에 우리와 가까웠던 분
으로 그 뒤에도 가끔 만나게 된 이는 이계환李繼煥 씨, 현역으로는 파일
럿 박재호朴在浩 씨(지금은 계급과 보직을 모른다)를 거리에서 몇 번 만났을
뿐이다.

그러나 이분들도 2, 3년래年來 소식이 끊어졌다. 백의종군 3년 중에
2년 2개월을 공군에 관계했던 나도 예비역종군문인豫備役從軍文人이 된
지 오래다. 창공구락부 시절! 그때는 그래도 좀 젊은 힘이 창공蒼空을
치솟고 있을 때였다.

—1966. 1. 25

태극기太極旗 붙이고
첫 전투기 편대의 추억

지난해 6·25 적침敵侵이 있었을 때 의정부 동두천 방면에서 몰려오는 탱크군群 때문에 우리의 지상병력이 그 딱총 같은 M1소총만으로는 어쩔 수가 없어서 피눈물을 뿌릴 때, 우리들 공군은 비행기만 있으면 문제없이 부숴 버릴 수 있는 호이好餌인 탱크 때문에 몰리어서 우는 전우戰友를 보고 울었다. 비행기 없는 공군이 어디 있길래 비행기만 있다면, 이라는 말이 있었을까. 비행기가 있기는 있었다. 그러나 그것은 L4니 L5니 T6이니 하는 무장도 조준장치도 없는 경비행기 ○○대가 있을 따름이었다. 그러나 이 공군력 전기全機는 연일 출격되었다. 병기창兵器廠에 있는 15킬로 폭탄 270개가 떨어질 때까지 조종사 뒤에 탄 사람이 폭탄 두 개씩을 안고 가서 눈으로 겨냥하여 던지곤 하였다.

이리하여 이들 세칭世稱 잠자리비행기는 남하하는 적군 전차, 군용화차軍用貨車를 격파 염상炎上하였다. 자결한 용사는 두고라도 이 비장한 출격에 참가하였던 용사들은 아직도 그때 껴안고 간 갓 만든 폭탄의 페인트가 옮아 묻은 항공피복航空被服을 소중히 간직하고 있다는 것이다. 어쨌든 서울은 함락되고 말았다. 그 함락을 24시간 연장시키기 위한 공륙空陸의 혈전에 우리 경비행기의 초기술적超技術的 훈공勳功이 어떠했다는 것을 아는 이는 별로 없다.

이 치열한 전투의식과 기적을 낳은 조국애의 자연한 기술은 우군을 감동시킨바 되어서 동년 6월 26일 미 극동 공군사령부에서는 신예전투기 F51 ○○대를 우리 공군에 양여讓與하게 되었던 것이다. 비행단 조종장교 ○○명은 이를 수령受領하러 즉일로 파견되었던 것이다. F51은 세계에 이름난 고급전투기, 더구나 평소 손에 익도록 훈련을 쌓아야 조종할 자신이 생기는 것인데 풍전風前의 등화燈火 같은 조국의 운명을 생각할 때 이들은 도저히 여러 날을 연습하고 있을 수가 없었다. 그래서 그들은 단 한 번 이착륙 비행을 하고는 위급한 고국의 하늘로 달리고 말았던 것이다.

이 비장한 충성은 일체의 모험을 초극시켜 주었던 것이다. 그들은 거기서 대구마저 함락되었다는 풍설風說을 들었다. 이제는 죽든 살든 서울로 가서 중앙청 그 위에 부딪쳐 전원이 분사하면 고만이라고 비장한 결심을 하였다. 5천 피트 상공에 미소를 띠면서 날아오는 이 감격의 편대는 쓰시마를 지나 부산항구가 보일 때 손에는 땀이 눈에는 감루感淚가 방울지고 있었다. 7월 3일! 해상에는 수많은 함선이 병원兵員과 물자를 만재滿載하고 줄을 지어 오고 있었다. 이날 대구의 상공에 나타난 이 감격의 편대는 대구 상공을 누차 저공으로 선회하고 착륙했었다. 그 다음날 이 편대의 기장 이근철李根哲 대령은 안양, 수원 사이에서 적의 탱크를 육탄으로 공격하여 비장한 자폭自爆의 최후를 마쳤다(士爲知己者死)! 그렇게 타고 싶던 내 나라 전투기, 적敵의 미숙한 기술을 바라보면서도 비행기가 없어서 함루含淚한 그로서는 이 최후야말로 얼마나 안심입명安心立名의 죽음이었으랴. 죽어도 한이 없다는 것은 이런 일을 두고 이름이리라. 그때에도 수많은 전사자가 일어났다. 그때 일본으로 F51 전투기를 가지러 갔던 조종사의 한 사람인 김신金信 중령은 그때의 감격을 이렇게 말했다.

"F51 전투기의 번쩍이는 동체胴體에 찬란한 태극기를 그려 붙이고 나란히 현해탄玄海灘을 건너올 때 그 감격은 평생 두고 잊지 못할 장면이었습니다. 아! 태극기 표지標識 하나이 이렇게 사람을 울리고 사람을 즐겨서 싸우다 죽게 하는 것은 진실로 무엇 때문인가."

— 1951. 8. 3

비행기만 있으면 나도 날 줄 안다

조종사의 고백

그는 전투조종사였다. 어려서부터 하늘을 날고 싶어서 일제日帝 때는 기어이 소년항공병少年航空兵을 지원하여 보르네오로 수마트라로 남국南國의 하늘에 붕익鵬翼을 펼치고 폭탄을 콩 심듯이 던지고 돌아온 전투경력이 있었다. 거무스레한 얼굴, 넓죽한 입이며 괄괄한 성미는 마치 그의 애기愛機 F51 전투기의 별명 (무스탕) 이 야마野馬의 뜻인 것과 같이 그도 야생의 길 안 든 말처럼 분방奔放하였다. 그러나 단순하고 소박한 그의 심성은 자기의 사명과 기술만으로 만족하기 때문에 가위可謂 그 임자만 만나면 천리마 노릇을 감당하리만큼 천성의 길이 들어 있는 것이었다. 자신만만한 조종술은 그로 하여금 선배와 외군外軍에게 칭찬 받던 일을 자랑하게 하였고 적의 제트기와 멋진 공중전투 한 번 못해 본 것을 한스럽게 생각하는 것이었다. 그까짓 죽는 것쯤이사 아무렇지도 않은 그에게는 공명심功名心이 있다면 신명나는 공격을 성공하고 회로回路에 오를 때 입가에 떠오르는 회심의 미소가 있을 따름이요, 적개심이라 해도 그저 대공화기對空火器의 사격권을 넘나들며 폭탄을 투하하고 로켓포를 공격할 때 백미러 비취는 처참한 안면표정顔面表情뿐이라는 것이다.

이처럼 지극히 침착하고 담담한 인생관을 가진 전투조종사 K는 "그 까닭은?" 하고 물으면 그런 기록이란 결국 대개가 자기공로의 과장욕誇張慾의 소치所致밖에 아무것도 아니기 때문이라는 것이다. 제 조국을 위해 일하다가 죽으면 그로써 족하지 않느냐는 것이다. 이 전투조종사가 조국에 돌아와 공군의 용사가 되기까지에는 앞길 막힌 청춘의 눈물겨운 이야기가 먼저 있었다.

그가 8·15 해방을 맞아 대만인가, 어데선가 돌아올 때 조국을 위해서 하늘을 달리다가 떳떳이 죽을 수 있는 벅찬 감격으로 고향에 돌아왔을 때 놀란 것은 그가 아니요, 그의 가족이었다. 이른바 내선일체內鮮一體를 강조하기 위해서였던지 그의 집에는 K가 전사했다는 소식과 약간의 돈이 나온 뒤이기 때문이었다. 죽었던 아들이 살아온 것은 좋았으나, 잃었던 조국을 되찾은 것은 좋았으나 한 해를 기다려도 공군空軍은 서지를 않았다.

하늘을 달리고 싶은 K의 소원은 이루어질 가망이 없고 그에게는 기껏해야 면서기 자리가 기다리고 있을 따름이었다. K는 농사꾼인 그 아버지의 소망을 거스르고 아무것도 하지 않은 채 아침저녁을 소먹이는 일로 보냈다는 것이다. 소를 제 갈 데로 맡겨 두고 풀밭에 누우면 그 가없는 하늘이 펼쳐져서 좋았다. 어쩌다 그 가없는 하늘에 비행기의 폭음爆音이 들리면 귀를 쫑긋거리기가 일쑤고 그의 시야에 정작 비행기가 나타날 양이면 그의 심장은 뛰어서 터질 것 같았다. 그럴라치면 K는 미친 사람처럼 벌떡 일어나 소리치는 것이다.

"흥, 너만 날 줄 아느냐. 비행기만 있으면 나두 날 수 있다"라고 —.

하늘에서 귀양살이 온 목동, 그리고 다시 천마天馬가 된 K의 오늘의 분방奔放하고도 침착한 성격은 어쩌면 이 기간에 이루어진 것인지도 모른다. 1949년 10월 1일에 우리 공군이 육군에서 분립分立하고 1950년 7월 3일 미 공군당국이 F51 쾌속전투기 ㅇㅇ대를 줘서 전투조종사 K는 옛 동지와 더불어 오늘의 자리에 들게 된 것이었다.

"비행기만 있으면 날 수 있는 사람에게 비행기를 줘야 합니다. 그보다도 비행기만 있으면 날 수 있는 사람이 나처럼 소먹이는 아이 속에도 있게 돼야 해요. C 선생."

K 조종사는 ○ ○ ○ 비행기지 활주로 근방을 거닐며 얘기하는 것이었다. 많은 조종사를 육성하기에 필요한 연습기도 모자라는 형편 ─ . 이 설움을 우리 백성들이 깨달아서 비행기 헌납운동을 전개하면 조종사들은 얼마나 기뻐할 것이며 우리의 현대전現代戰 과학전科學戰에 대한 관심이 없지 않음을 외국外國도 알아줄 것이다.

"비행기만 있으면 날면서 싸울 수 있는 사람을 길러 두자."

그러자면 우리는 최소한도 100대의 연습기나마 백성의 정성으로 마련해야 한다.

─ 1951. 8. 4

별이 흘러가듯

이 장에 수록된 글들은 기간 수상집 《시와 인생》(1959)에 실렸던 것들과, 어느 기간서에도 실리지 않았던 것들이다. 《시와 인생》의 원래 목차는 다음과 같다.

詩와 人生
—

한국의 하늘

1.

이 맑고 다사로운 하늘에 떠오는 한 오리 슬픔의 구름은 어디서 오는가. 아니 이 맑고 차가운 하늘에 가뭇없이 사라져 버린 그 사랑의 입김 같은 한 가닥 슬픔의 구름은 무엇인가. 결코, 검거나 흐리지 않고 밝고 맑은 슬픔 — 그것은 정말 어디서 오는 건가. 불린 노래와 시詩, 만들어진 자기瓷器와 조각에 이르기까지 우리 예술의 어디에나 아늑하고 포근한 속이면 몰래 깃들여 있는 이 측측惻惻한 슬픔이야말로 우리만이 느끼고 알 수 있는 빛이요, 자랑이다.

울음 울되 넋두리하지 않고 숨어서 고요히 메아리처럼 멀어 가는 것! 그것은 조화의 극치요, 아름다움의 자연한 해조諧調가 아니던가. 이 슬픔을 우리 겨레의 정치적 불운에서 오는 것이라고 가벼이 논단論斷하는 사람이 있어도 이는 마땅한 언설言說이 될 수 없는 것이니 정치로나 문화로나 꽃 피던 성시盛時의 예술에도 이 슬픔이 깃들여 있는 것은 무슨 때문인가.

야위지 않고 포근한 슬픔, 절망하지 않고 희구希求하는 슬픔, 미워하지 않고 사랑하는 슬픔 — 그것은 반성하고 동경하는 슬픔이다.

우리 문화의 연원淵源인 서라벌의 에스프리는 지극히 밝은 것이되, 약간 슬펐고 뜨겁고 힘찬 것이면서 고요하고 서늘함을 잃지 않았다. 이는 모름지기 뜨거운 사랑과 그윽한 슬픔이 합일된 심화深化에서 이루어진 것이라고 볼 것이니 뜨거운 속에 고요하고 서늘함의 깊이를 가져온 것은 이 그윽한 슬픔이 아니던가. 슬픔으로써 살찌고, 슬픔으로써 희망하고 심화되는 것, 그는 불타는 정열이 아늑한 정서로 바뀌는 곳에 커지는 혼의 촛불이 아니던가.

문과 무가 알력軋轢하지 않고 어울려 이루어진 화랑정신은 의리의 뜨거움과 이지理智의 서늘함이 조화되어 예술적 함양涵養에 무르녹았으니 예술정신의 극치를 우리는 화랑정신에서 볼 수 있다.

사랑이 슬픔이란 모습을 빌려 다多를 통일하는 아름다움, 그것을 우리는 아름다운 슬픔이라 부르자. 아름다이 살고 아름다이 죽는 사랑의 슬픔, 그것은 한갓 비애悲哀의 비悲가 아니라 자비慈悲의 비悲며 육체의 비悲가 아니고 영혼의 비悲이다.

우리의 혈관에 흐르고 있는 이 전통적 슬픔의 핏줄은 결코 연약한 것이 아니다. 백금선白金線같이 모질면서도 비단결같이 부드러운 선線, 우리의 슬픔은 선 속에 산다.

2.

어느 겨레에게나 그 마음의 고향이 있다. 그 겨레 전체가 그리워하는 마음의 향방이 있다는 말이다. 그 겨레의 예술 문화는 그 마음의 고향에 뿌리를 박는 법이다. 이 마음의 고향은 그의 떠나온 곳이 아니라 그가 가고 싶어 하는 곳이니 일종의 이상향理想鄉과도 같은, 실재할 듯이 믿어지는 방향에의 그리움이다.

그러면 우리 마음의 고향은 어디에 있는가. 그것은 남쪽이다. 초록제비 신고 불어오는 마파람 그 남풍이 불어오는 남쪽이란 말이다.

우리의 고어古語에 남南과 앞(앒), 북北과 뒤는 동의어였다. 이로써, 우리는 우리의 선민들이 원시에 옮겨 온 방향을 알 수 있으니 북쪽을 뒤로 두고 항시 남쪽을 향하여 물결쳐 내려왔다는 것은 역사가 밝혀 보여주는 사실이다.

남쪽은 희망의 나라, 향상발전向上發展의 고장이요, 북쪽은 사멸死滅의 나라, 침체후퇴沈滯後退의 땅이다. 그러므로 우리 예술에서 밝고 온화한 특색은 곧 우리의 풍토적 자연의 밝음과 따뜻함에서 오는 것이다. 우리의 시가 저 푸른 남구南歐의 하늘과는 통할지라도 어둡고 침울한 북구와는 잘 어울리지 않는 것은 이 때문이다.

한국의 하늘을 알려면 그 진수를 가을 하늘에서 찾아야 한다. 티 없는 옥같이 맑은 하늘은 바늘 끝만 대어도 천둥을 치며 금이 갈 듯하다. 추위도 한국 추위는 대륙의 추위처럼 가열苛烈하고 둔탁하지 않고 카랑카랑한 추위가 맑고 향기롭기가 고추 맛이다. 이것은 북방의 바람이 삼면을 바다로 싼 남쪽으로 불어오면서 변성된 것이 아니던가.

사철을 뜨거운 햇볕이 내리쪼이는 인도印度에서는 안식安息이란 해진 뒤에 오기로 마련이다. 해는 서쪽으로 지므로 그들은 그들의 육체가 휴식하는 밤이 서쪽에서 오듯이 그들의 혼이 휴식할 마음의 고장을 해지는 서방의 십만억十萬億 국토國土를 지낸 곳에 설정하였으니 그것이 곧 극락정토極樂淨土다. 그들의 극락이란 정적靜寂이었다.

그러나 우리의 선민先民이 밟아 온 북방광야北方廣野의 생활에는 추위와 밤은 어둠이요, 협위脅威였으며, 밤이면 추위와 맹수로 더불어 다투다가 날이 새고 해가 떠오르면 새로운 빛과 힘을 얻는 것이다. 그러므로 그들에게는 해 뜨는 동쪽, 동터 오는 새벽이 곧 그들의 극락이 되지 않을 수 없었다. 우리의 극락은 움직임이요, 노력이요, 인도의 극락은 고요함이며 안일安逸이다.

정남향正南向 집에 동향東向 대문을 달고 서쪽으로 머리 두고 자기를 좋아하는 우리의 풍속은 아직도 우리 겨레의 마음의 고장을 밝히고 있다.

— 1941. 5.

무궁화

온 나라의 백성이 한결같이 사랑하고 그리워하는 꽃을 그 나라의 꽃이라 합니다. 한 가지의 꽃이 수많은 사람에게 한결같이 사랑을 받는 것은 그 꽃이 모든 백성의 마음과 통하는 바 있기 때문이 아니겠습니까? 그러므로 온 백성의 사랑을 받는 나라꽃은 곧 그 민족 전체의 혼의 모습이라 합니다. 우리의 나라꽃은 무궁화입니다. 어느 한 사람이 이 꽃으로 나라꽃을 삼자 하여 사랑하는 것이 아니라, 아득히 먼 옛날부터 이 나라 안에는 방방곡곡에 무궁화가 피어 있어, 그 아름다움을 외국 사람까지 일컫게 되고 우리도 또한 스스로 우리나라를 무궁화동산이라 불러온 것입니다.

무궁화는 몹시 예쁜 꽃이거나 향기가 짙은 꽃이 아닙니다. 아담하고 은은한 향기를 지닌 순결한 꽃입니다. 희디흰 바탕은 이 나라 사람의 깨끗한 마음씨요, 안으로 들어갈수록 연연히 붉게 물들어 마침내 한복판에서 자줏빛으로 활짝 불타는 이 꽃은 이 나라 사람이 그리워하는 삶이라 합니다. 수많은 사람이 한 가지 꽃을 사랑함은 이미 그 수많은 마음이 뭉쳐진 한마음이 있기 때문이며 이 한마음은 한 꽃을 사랑함으로 말미암아 하나의 힘을 이루는 것입니다.

무궁화는 한 송이 한 송이로 볼 때, 아침에 피었다 저녁에 떨어지는 하잘것없는 목숨을 가진 꽃입니다. 그러나 새로 뒤달아 피고 이어 피기 때문에 언제나 예대로 조금도 줄지 않고 새로운 꽃이 가득히 피어 있는 것입니다. 이리하여 이 꽃은 늦은 봄철에서부터 여름을 거쳐 서릿발이 높아 가는 가을에까지 피기 때문에 무궁화란 이름이 생기게 된 것입니다.

무궁화는 깨끗이 피고 깨끗이 지는 꽃입니다. 모든 꽃이 아무리 아름답더라도 질 때는 더러워지는 것인데 이 무궁화만은 곱게 오므라진 뒤에 꼭지가 빠지는 것이므로, 여간 깨끗하게 지는 것이 아닙니다. 한 사람 한 사람은 죽어 갈지라도, 새로 이어 나고 자라나서 길이 무궁한 빛을 누리는 우리 겨레, 이 모든 겨레의 힘으로 또한 무궁히 뻗어 나갈 우리나라. 이는 오로지 사람사람이 제 스스로의 구실을 다하고 깨끗이 지는 무궁화를 배움으로써 이루어질 수 있는 것입니다.

무궁화는 쓸쓸한 울타리 옆, 거친 들판, 외로운 길가 아무 데나 피어, 쓸쓸하고 거칠고 외로움을 아늑하고 아름답고 즐겁게 하는 꽃입니다. 가지를 꺾어 심으면 그대로 살고 씨를 받아 심으면 그대로 나서 피는 꽃입니다. 장차 이 무궁화의 정신으로 온 누리의 거친 곳을 아름답게 꾸며야 하지 않겠습니까?

눈부신 아침 햇살을 받고, 새로 핀 무궁화가 웃고 있습니다. 유달리 맑고 푸른 하늘 아래 함초롬히 이슬을 머금은 무궁화! 우리는 날마다 무궁화 앞에 옷깃을 여미고 앉아, 그의 높은 뜻과 맑은 몸가짐을 배우는 것입니다.

자, 호미를 들고 이 강산에 더 많이 무궁화를 심지 않으렵니까? 그리고, 우리 힘으로 길이 이 무궁화를 북돋우며, 나아가 온 누리에 이 무궁화의 정신을 고루 펴지 않으면 안 됩니다. 무궁화를 사랑하는 마음이 아니면, 피투성이 싸움에 젖은 머리를 무엇으로 바로잡겠습니까?

우리는 이 강산을 빛낼 이 나라의 일꾼입니다. 우리는 내일이면 이 누리에 피어날 무궁화 꽃봉오리입니다.

—《중등 국어 교본》

책이 놓는 다리

책이란 무엇인가

인류가 이렇게 찬란한 문명을 이룩하게 된 그 바탕이 되는 힘이 무엇인가를 생각하여 본 적이 있는가? 인류가 저 자신도 땅 위에 사는 하나의 동물이면서, 다른 동물은 물론, 이 세상에 있는 모든 것을 제 뜻대로 부리고, 또 이용하게 된 것은 무엇 때문인지 아는가? 그것은 실로 아득한 옛날 사람이 처음 태어날 때부터 지녀 온 이성, 다시 말하면 정신의 작용에 말미암은 것이라 한다. 사람에게 만일 이성이란 것이 없었다면, 오늘 같은 눈부신 문명은 만들기는커녕, 다른 동물과 아무것도 가릴 바 없는 삶을 계속하고 있었을 것이다. 혹은, 산과 들을 외로이 방황하다가, 자연의 힘이라든지 더 힘센 동물 때문에 지쳐서, 씨가 없어졌을지도 모르는 것이다.

사람을 다른 동물과 구별 짓게 하는 이 정신의 작용은, 인류의 생활을 힘차게 발전시키는 두 가지 가장 요긴한 방법을 가지고 있다. 두 발만 가지고 꼿꼿이 설 수 있고 걸을 수 있기 때문에, 손을 마음대로 사용할 수 있다는 것이 그 하나요, 허파에서 나오는 소리를 목구멍과 입안에서 여러 가지 소리로 조절하여, 독특한 뜻을 나타내는 말을 할 줄 안다는 것이 그 다른 하나다. 손이 있기 때문에 손이 못하는 일을 손 대신 할 수 있는 연장을 만들었고, 손이 있기 때문에 무엇을 서로 비비고 부딪게 하여서 불을 일으킬 수가 있었던 것이다. 오늘의 찬란한 기계문명도 알고 보면, 그 바탕은 연장과 불을 만들 줄 아는 데서 비롯된 것이다. 그러나 아무리 손이 있더라도 말을 할 줄 모른다면, 사람은 제가 체험하고, 제가 만드는 일을 남에게 가르칠 수가 없었을 것이다. 말을 가졌기 때문에, 사람은 말을 하고 들음으로써 남의 경험을 그대로 제 경험으로 삼을 수가 있다는 말이다. 그렇지만, 말은 그때 그 자리에 있는 사람이 아니면 듣지 못한다. 또 사람의 기억은 들은 말을 완전하게 받아서 오랫동안 지니고 있지를 못한다. 말의 이 같은 모자라는 점을 보충하기 위하여서, 사람은 글자라는 것을 발명하여, 말을 기록하기 시작하였던 것이다. 말을 그림과 글자로 기록함으로써 말의 뜻은 더 먼 곳 사람에게도 전하여지고 훨씬 뒤에 오는 사람에게도 알려질 수가 있게 되었다. 말을 글자로 기록한 것이 글이요, 글을 손으로 쓰거나 인쇄한 것이 책인 줄은 말하지 않아도 알 것이다.

책이 놓은 다리

말과 글이 사람의 정신과 정신이 오고 가는 다리이듯이, 책이 또한 그렇다. 그러나 책이 놓은 다리는 말과 글보다 더 넓게 퍼지고, 가장 오래 갈 수 있는 다리가 된다. 만일 책이 없었다면, 어떻게 되었을까? 책이 없었다면, 사람들은 옛날 사람이나 멀리 있는 사람이 체험하고 발명한 것을 까맣게 모르고 밤낮 남이 이미 지나간 뒤를 밟아서, 조금씩 나아가다가 죽고 말 것이 아닌가? 또 그 조금 얻은 지식조차 그 사람 당대에만 끝나고 마는 까닭에, 인류 문화는 도저히 오늘과 같이 높은 곳에까지는 이르지 못하였을 것이다. 다시 말하면, 사람들은 책을 통하여서 남의 경험을 제 경험으로 삼을 수가 있다는 것이다. 그러므로, 사람들은 항상 먼저 간 사람이 도달한 곳에서부터 자기의 공부를 시작할 수가 있는 것이다. 옛 사람이 쌓아 놓은 탑 위에 새 사람이 탑 한 층을 더 쌓는 셈이요, 옛 사람이 들고 온 햇불을 새 사람이 받아 들고뛰는 격이란 말이다. 인류의 역사는 이러한 방법으로 이루어졌기 때문에 오늘 같은 찬란한 위치에 도달한 것이다.

책을 통하여 우리는 인류 문화 6,000년의 정화精華를 지니고 있다. 사람의 한 평생은 겨우 7, 80년을 넘지 못한다. 그동안 경험한 것이 많으면 얼마나 많겠느냐마는, 책이 있기 때문에 우리는 인류가 쌓아 올린 지난날의 모든 재보財寶를 그 7, 80년 사는 동안에 이어받아서 누릴 수가 있는 것이다. 책을 읽음으로써, 우리는 앉아서 공자나 석가나 그리스도가 가르침을 베푸는 자리에 참석할 수 있고, 을지문덕과 이순신 같은 민족적 영웅을 만날 수 있으며, 데모스테네스, 키케로, 링컨의 웅변에 귀를 기울일 수 있을 뿐 아니라, 호머와 단테, 셰익스피어의 글을 읽을 수 있고, 북극이나 바닷속 같은 곳에도 가 볼 수가 있을 것이다. 모든 철학, 모든 문학, 모든 과학은 책으로써 보존되고, 책으로써 전달되기 때문이다. 이 세상에서 일체의 서적을 없애 버린다면, 전지전능한 신도 입을 다물 수밖에 없고 정의는 잠들 것이요, 과학은 막힐 것이며, 철학은 눈이 멀고, 문학은 벙어리가 되고, 정치는 절름발이가 되지 않을 수 없을 것이다. 그리하여, 영원한 어둠만이 우리의 주위를 싸고 있을 것이 아닌가!

책은 우리에게 넓은 상식을 준다. 그것을 즐기는 것이 우리의 취미다. 책은 또 우리에게 깊은 지식을 준다. 그것을 파고드는 것이 우리의 연구다. 그리고 책은 우리에게 높은 교양을 베푼다. 그것을 닦아 가는 것이 우리의 수양이 된다. 넓은 생각, 깊은 지식, 높은 교양, 이와 같은 사람이 사람 된 구실을 가르치고 일깨우고 만들어 주는 것이 책의 가치인 것이다.

책은 어떻게 읽을 것인가

책은 먼저 많이 읽는 것으로 첫 태도를 삼는다. 많이 읽어야 공부의 바탕이 넓어질 것이 아닌가? 다음으로 정밀하게 읽는 것이 독서의 가장 바른 방법이다. 많이 읽는다 하여, 아무런 책이나 마구 읽어서는 안 된다. 이것을 남독濫讀이라 한다. 남독은 머리를 뒤죽박죽으로 만들어, 피로와 혼란을 줄 뿐 아니라, 시간의 낭비를 가져오는 것이다. 책이라고 하여서 다 유익하고 훌륭한 것은 아니요, 부질없고 방해되는 책도 이 세상에는 적지 않다. 그러므로 독서를 할 때에는 무엇보다도 좋은 책을 골라서 읽는다는 생각을 가져야 할 것이다. 좋은 책이란 무엇인가? 요령 있게 씌어지고, 감동 깊게 쓰인 것, 풍부한 내용, 고귀한 사상을 지닌 책을 가리켜 좋은 책이라고 한다. 그러면 그러한 책을 읽기 전에 어떻게 아는가? 이 물음에 대답하는 말은 지극히 간단하다. 예로부터 이름 있는 책, 훌륭한 문인 학자들이 추장推奬하는 책, 학문의 바탕이 되는 책, 인생 체험에 많은 가르침을 주는 책, 이런 책들이 양서다. 공부하는 도중의 독서는 흥미만을 표준삼지 말라. 유행하는 책만을 탐내지 말라. 제 실력 제 정도에 넘치는 책을 함부로 읽지 말라. 멋모르고 주워 읽은 책은 그 책의 가치를 모를 뿐 아니라, 뒷날 다시 읽으려 하면, 한 번 읽은 것이라 하여 다시 펴기가 싫어지기 쉬운 것이다. 어린 날의 독서 태도는 먼저 이 세 가지를 명심하여야 한다.

책을 읽거든 중요한 대문大文을 뽑아서 정리하여 두는 습관을 길러야 한다. 뒷날 그 책을 참고할 일이 있을 때 수고를 덜어 줄 것이다. 누구의 무슨 책 몇 페이지에 있다는 것을 밝혀 두면 더욱 좋다. 책을 읽은 뒤의 느낌을 요약하여서 적어 두도록 하라. 책 속에 들어 있는 사상을 이해하고 비판하는 공부에 도움이 되는 까닭이다. 그리고 책을 읽는 동안에 모르는 말이 나오거든 뒤로 미루지 말고, 그 자리에서 사전을 찾는 습관을 기르라. 책에서 얻은 지식을 활용하고 체험하는 노력을 가지는 것이 또한 좋다. 그리고 책을 소중히 할 줄 알아야 한다. 이는 그 책을 애써 쓴 사람에 대한 예의요, 공부에 대한 엄숙한 마음을 길러 준다. 책장이 떨어지면, 그 자리에서 곧 붙일 것이요, 책가위를 종이로 싸서 두는 것도 이러한 마음의 표현이 아니겠는가?

—《중등 국어 교본》

양생법養生法

양생이란 생명력을 배양한다는 뜻이다. 고래로 발달해 온 동서의 보약이란 것도 그것이 생명력을 배양하는 약물인 점에서 양생약養生藥의 일종이다. 그러나 양생법이란 말은 약물에 국한하는 것이라기보다도 약물과는 오히려 관계없는 평상시의 건강생활에 대한 수양의 태도라 할 것이다. 옛 노인들이 아침에 일찍 일어나서 문지방을 붙들고 뒤로 자빠져서 허리 운동을 하는 거라든가 손바닥과 발바닥을 비비고 아래위 이빨을 딱딱 마주치는 것이라든가 자고 난 입을 우물거려 많은 침을 고이게 해서 꿀꺽 삼키는 것이 보기에는 따분하지만 그것이 그때의 보건체조요, 건치술健齒術이요, 소화약이었다. 이것도 충분한 이론적 근거가 있다.

밥은 반찬이 있거나 없거나 일정한 분량을 먹어 배의 팔분八分을 채우고 굶거나 포식暴食을 하지 않을 것이라든지 '백해제송일점혈'白骸啼送一點血 곧 일백 뼈다귀가 울면서 정액精液 한 방울을 내어 보낸다 해서 성性생활의 절도를 강조하는 것은 물론 방오교구方午交媾(대낮의 성교), 병촉행방秉燭行房(불 켜 놓고 하는 성교), 취포행방醉飽行房(취하거나 포식한 뒤의 성교)을 경계하고 금지한 것은 모두 그 본의가 양생에 있었던 것이다.

한 말로 말해서 동양의 양생은 조금 먹고 조금 일하는 것을 대원칙으로 삼는다. 사람의 몸을 작은 우주라 보고 천지운행天地運行의 법칙과 절도에 맞추어 조화와 질서를 찾는 데 안목이 있었다. 양생법뿐 아니라 동양의 학문기술의 귀결점歸結點이 모두 다 그렇다. 의학, 병법兵法, 관상觀象, 풍수이론風水理論이 다 그렇다.

동양뿐 아니라 서양에서도 정신생활을 하는 사람들은 채식주의를 비롯하여 동양의 양생법과 통하는 이론을 실천한 사람이 많았다.

정신생활을 하는 사람에게나 또는 옛날과 같이 육체를 과로하지 않고도 살 수 있었던 시대에는 이러한 양생법만으로도 충분히 건강을 지탱했으나 오늘과 같이 활동과 경쟁이 혹심酷甚해서 육체와 정력을 마음껏 부려야 하는 세상에는 잘 먹고 많이 일해야지 조금 먹고 적게 일하려다가는 굶어죽기 알맞을 만하다.

기계를 막 돌려서 열이 나는데 기름을 치지 않으면 깨지고 말 것은 너무나 당연한 일이다. 안 쓰면 녹이 스는 것은 사람의 육체도 마찬가지다. 쓸수록 샘솟는 것이 정력이란 말에는 확실히 일면의 진리가 있다.

정력만 그런가, 두뇌도 그렇다. 사흘을 독서를 하지 않으면 입에 가시가 돋는다는 옛말이나 일 년만 학문을 버리면 새로 회복하기가 무척 힘들다는 것도 같은 소리다.

그러나 쓸수록 힘이 난다는 것도 정도 문제지 아무리 보약으로 기름칠을 해도 너무 지나치게 쓰면 망가지고 만다.

그러므로 양생법 정신의 절도는 예방의학 정신과 함께 현대인이 역시 지켜서 이로운 신조信條가 되지 않을 수 없다.

보약은 몸을 도우는 약이지만 어디까지나 보조수단이요, 진짜 생명력 그것이라고 과신해서는 안 된다. 보약은 우리 육체의 파괴破壞된 균형을 바로잡는 휴양 활력의 수단이 되어야지 그것을 진짜 생명력인 줄로만 알면 언제나 과잉지출로 본전이 손해나는 법이다.

그러나 피로한 육체에 감미로운 활력제 한 모금은 정력의 소모를 보충하고 아울러 정신적인 위안을 줘서 고달픈 현대인에게 심리적으로 생리적으로 도움을 주고 있는 것은 나도 인정한다.

양생養生을 하며 명상 속에 생각을 가다듬어 글을 쓰던 시대는 바뀌어 이제 벽에 고기를 매달아 놓고 칼로 썩 베어서 제 손으로 구워 먹어가며 정력적으로 제작하는 시대가 되었다.

양생법을 지키자니 세상에 재미난 것 좋은 것 다 내버리고 무슨 맛에 사느냐 하겠지만 현대인의 과도한 정력소모 경향은 항상 이 양생의 정신으로 절제해야 한다고 믿는다. 양생의 성의와 유유자적에는 모든 질병 노이로제가 무산되기 때문이다.

나의 아호雅號 유래

지훈芝薰이 나의 본명이 아닌 줄 아는 사람은 알지만, 모르는 사람은 이따금 나에게 아호雅號가 무어냐고 묻는 일도 있다. 그때마다 나는 아호가 무어라고 대주는 것이 있는데 어쩐지 그 아호는 통용通用이 되지 않고 지훈이란 이름이 아호 노릇을 하고 있다. 워낙 지훈이라는 글자가 아호 같은 이름이어서 달리 아호가 없어도 무방하다는 뜻에서 친구들이 짐짓 내 아호를 보이콧하는 건지도 모른다.

지훈은 나의 필명筆名이다. 어린 시절에 고노古老에게서 얻은 이름이니 아명兒名이랄 수도 있고, 본명 아닌 또 하나 이름이니 자字라고 할 수도 있겠으나 나는 그저 이것을 필명이라고 생각하고 있다. 그래서 이 사정을 모르는 사람들은 지훈을 나 아닌 별개의 사람으로 생각하기도 하고, 간혹 연구실을 찾아오는 사람들 중에는 조지훈이란 이름이 없는 것을 보고 내가 이 학교를 떠난 줄 아는 사람도 있다. 이는 모두 필명의 사용이 낳은 희극이거니와 동인이명同人異名의 재미도 적은 것은 아니다. 두 개의 이름은 두 개의 인간적 모습을 형성하며, 서로 그 비판자가 되고 적이 되고 또 동지가 되고 이해자理解者가 되기 때문이다. 두 가지 이름은 자기 안에서 좋은 경쟁자가 될 때일수록 재미가 깊은 것이지만, 나의 경우는 그렇지 못해서 슬프다.

각설 — . 나의 이름이요, 조모趙某의 필명인 지훈의 유래와 어의語義는 이렇다.

芝蘭生於深林不以無人不芳^{지란생어심림불이무인불방}

— 《공자가어》孔子家語

여기서 지芝자와 방芳자를 따서 고노古老는 나에게 지훈이란 이름을 주었다. 어린 마음에 이 구절의 뜻은 나의 성격과 운명을 말해 주는 듯싶어서 매우 마음에 들었었다. 나는 이것을 이름 삼아 쓴 지가 스물 두세 해나 된다. 이름의 연륜도 이제는 본명보다 지훈이 더 오랜 것이 되고 말았다.

조지훈의 아호雅號는 자그마치 세 개나 된다. 일왈一曰 증곡曾谷이니 증曾과 곡谷에 인人변을 붙이면 승僧과 속俗이 된다. 그러므로 증곡曾谷은 비승비속非僧非俗이라, 학자도 시인도 교육가도 정치가도 아무것도 아닌 사람의 자호自號 왈曰 증곡曾谷이다. 다음 하나는 방우자放牛子다. 선禪에서 범부凡夫를 실우인失牛人으로 보기 때문에 심우尋牛, 목우牧牛 등 십우도十牛圖에 비할 것이 있는데, 나는 이 십우十牛의 어디에도 없는 방우인放牛人이란 말이다. 다른 하나는 침우당주인枕雨堂主人이다. 밤비 오는 소리를 듣는 게 좋아서 그저 이렇게 침우당枕雨堂이라고 불러 본 것이다. 내 주제에 무슨 아호가 있겠느냐. 다만, 아호를 가지고 싶은 심정은 자기정화自己淨化의 한 표현이 되기도 한다. 그러나 혜안慧眼으로 보면, 아호의 취미도 속인속사俗人俗事에 지나지 않을 것이다.

약력略歷과 느낌 두셋

본명은 조동탁趙東卓, 나이는 갓 스물, 신유辛酉년 1월 11일부터 경북慶北
영양군英陽郡 주곡注谷이 나의 고향이 되었습니다. 시를 쓴 것은 한 해하
고 다섯 달, 시를 씀으로 또 하나의 나의 비극은 자라기 시작했습니다.
화려한 도피에서 명랑한 슬픔을 지니기에 나는 화려한 비애悲哀를 먹고
삽니다. 시론詩論이 무슨 소용이 있나요, 옳다면 곧 그른 것인데….

　언구言句에 떨어지는 것이 흔히 사도邪道가 되고 이런 분위기에서 나
는 현현玄玄한 나라를 꿈꿔 봅니다. 미개未開에서 얻은 슬픔이야 과학에
서 얻지만 과학에서 얻은 권태와 불안은 어디서 찾나요. 앙상한 분석
을 거쳐 나는 다시 타고난 천품天稟, 통일된 하나의 세계인 우리의 고향
동양의 하늘로 돌아가겠습니다.

　그러나 지나온 발걸음이 회상의 꽃이 되듯이 지성을 무르녹혀 감성
을 배양培養하고 나의 운율 속에서 나의 노래가 빛을 잃을 때까지 나는
이름 없는 산새처럼 노래하겠습니다. 노래가 끝나는 날 광명이야 와도
좋지요. 밥을 먹고 살되 나는 시에다 밥을 먹여 키우고 싶진 않습니다.
철없는 영해嬰孩에게 사상을 강요하지도 않겠습니다. 그냥 둬도 제가
잘나고만 보면 찬란한 혼을 지니는 것인데요. 좋은 생각하면 완전히
피와 살로 시인의 육신에 밸 것이요, 피가 된 다음이면 혈액은 온몸을

도는 것이 아닙니까. 살아 있는 글일 바에야 어느 한 귀퉁이를 따도 선혈鮮血이 임리淋漓할 것입니다. 그러나 완전히 소화도 못 되는 많은 사상을 섭취하기에 우리의 몸은 얼마나 야위었습니까. 시의 골수骨髓에 스며들어 사상이 원융圓融한 시의 세계에 살기 전에 시가 사상성을 지님으로써 불구의 육체를 어쩌는 도리가 없습니다.

그러므로 시에 요구될 사상성이란 반드시 산문에 요구될 그것과 구별되는 것은 아닙니다. 요컨댄 기법(이 기법이란 시인 각자가 가지는 인격의 촛불입니다), 그 소화의 방법이 문제인 것입니다. 시가 이렇듯이 사상성을 지니기에 크나큰 난관이 있지만 고귀한 사상을 온전穩全히 자기화하기 전엔 기운氣韻 생동生動하는 시는 이루어지기가 힘든 것입니다. 그대는 예술이 사상성을 지닐 것을 당연으로 아십시오, 그러나 시가 사상을 지니기란 불가능에 가깝도록 어렵다는 것도 아십시오. 결국 시는 사상의 성명서聲明書 되기에는 적당치 않습니다. 건강한 생리生理란 돈육豚肉이나 비타민의 식탁에만 있는 것이 아니요, 초가집 추녀 밑에도 있습니다.

시가 살고 보면 시인이야 야위어도 좋고 야위어 오히려 행복함은 형이상形而上의 나라에 살아지는 것입니다. 뚜렷한 혼魂의 원광圓光이 퇴색하지 않는 한 시詩는 얼마든지 형식을 달리할 수 있지 않습니까. 우리가 언제나 같은 생활과 감정을 되풀이한다면 시인은 시를 그만두기 전에 인생도 폐업廢業했을 겝니다.

— 1942, 《문장》 3월호

나의 서재書齋

아담한 서재를 하나 가지고 싶다는 것은 나의 30년래年來 소망이다. 내가 그리고 있는 나의 서재는 그다지 엄청난 꿈은 아닌데도 나는 아직이 꿈을 실현시키지 못하고 있다.

네 평坪이면 족하다. 벽장으로 된 장방형長方形의 서고書庫가 한 평, 나머지 세 평은 온돌 — . 고풍한 문갑文匣 하나에 난초분蘭草盆 하나, 사방탁자四方卓子에 백자 항아리 하나, 서화書畵 한 폭幅에 차茶 끓이는 도구만 있으면 읽고 쓰고 생각하고 잠자는 나만의 세계에 모자람이 없을 것이다. 좀더 여유가 있다면 삼 면의 문을 열어 추녀 끝에 높직이 매어다는 마루 하나를 더 붙이면 여름철의 유유자적悠悠自適에 더할 나위가 없을 것이다. 초옥草屋이라도 좋다. 그러나 될 수 있으면 그 위치만은 산 밑이 좋고, 넓은 뜰과 개울물 소리를 곁들이고 싶다. 그러나 나에게는 이런 큰 욕망도 아닌 조촐한 서실書室이 아직은 없다.

나는 장서벽藏書癖이 없다. 그때그때 필요한 책을 구해 오고 그것을 뽑아다 머리맡에 두고 누워서 읽는다. 그러나 때로는 방바닥에 수십 권의 책을 흩어 놓고 소반을 책상 삼아 밤을 새워 가며 집필執筆하기도 한다. 그러자니, 자연 나의 서가書架는 볼품없는 책들이 꽂혀 있고 종이봉투 속에 나에게 필요한 문헌文獻의 인덱스와 스크랩과 메모만이 소중한 재산으로 쌓여 있다.

　서가에 아무렇게나 꽂힌 책과 다락과 궤짝에다 여기저기 쌓아 둔 책이 신고新古의 잡지를 제除하고 1, 200권쯤 되는 듯 하나 그 대부분은 해방 후의 신간서요, 6·25 전에 가지고 있던 것은 300권쯤 남았지만 거의 모두가 기증 받은 서적들이다. 시집詩集도 구하기 힘든 것은 다 가져가고 없었다. 책 도둑도 공부하는 방면方面이 나하고 같은 사람이던 모양으로 내가 애써 모으고 아끼던 고전古典, 국학연구國學硏究 관계서적은 깡그리 가져가서 여남은 권 남은 건 다 낙질落帙로 병신이 돼 버린 것이다. 값으로 따지면 비싼 것도 안 가져간 것이 있고 초판본初版本이나 보잘 것 없는 체재體裁의 진귀본珍貴本을 다 가져간 걸 보면 견식이 있는 내 학문의 동지를 얻은 것 같은 느낌을 맛볼 때도 있다. 더구나 300매 넘었을 "단군신화논고"檀君神話論考 초고가 없어진 것은 6·25 당시 집을 떠났던 나의 생사를 염려한 친구의 호의가 아니었을까 하고 생각해 본 적도 있다.

　침실도 되고 응접실도 되고 서실도 되는 이름뿐인 초라한 나의 서재지만 추억과 꿈은 많다. '나의 서재'에 대한 꿈을 설계하며 아무 곳에서나 그 꿈속의 서재에 앉아 읽고 쓰고 생각하고 또 잔다. 명창정궤明窓淨几에 폐호간서閉戶看書 다세월多歲月을 지상의 낙으로 염원하면서도 방황하는 뜨내기 신세로 어느덧 지명知命의 고개를 바라게 된 것이 오늘의 감개感慨다. (甲辰 4월 2일)

　　　　　　　　　　　　　　　　　－ 1964. 5,《乙酉저널》

유행성 자학증

일제 말기에 우리 지식인들이 '엽전'葉錢이라고 자칭한 적이 있다. 동경 유학생 사이에서 유행된 이 말은 공부했자 쓰일 곳 없는 신세를 돈은 돈이지만 못 쓰는 돈인 엽전으로 상징한 것이다. 당시의 현실이 그랬으니까 자못 처량한 실감實感이 났으나 한편 생각하면 구국救國의 지사志士를 자처하던 3·1 운동 전후의 학생 기질氣質에 비하여 그 의기意氣가 천양天壤의 차差여서 한심하였다.

이 자조自嘲와 자학自虐의 바람은 해방 20년에 다시 불어오는 듯하다. 그것도 지성인을 자학하는 젊은 세대에 퍼져 가는 것이 엽전풍葉錢風과 비슷하여 근심스럽다. 한국韓國은 이렇다, 이것이 한국이다, 라고 한국의 거름더미를 파헤쳐서 내어 드는 것은 지저분하고 볼썽없고 창피하고 몹쓸 것뿐이니 고왕금래古往今來에 잘한 것 잘 만든 것 하나 남기지 못한(?) 조상의 초라한 꼴을 중인환시衆人環視 아래 드러내 놓고 "보십시오, 이 사람이 제 조상이오. 저희들은 이 못난 조상의 똑똑한 자식들입니다. 조상은 못났지만 전무후무한 민족 문화는 우리가 만들 수 있습니다"고 외친다면 자존自尊일까 자조自嘲일까.

나쁜 것을 좋다거나 결점을 덮어두라는 것이 아니다. 어쩌면 그렇게 철저히 나쁘기만 하고 무엇 때문에 필요 이상으로 나쁜 점만 파헤쳐 가

뜻이나 자신 잃은 민족을 절망의 구렁이로 몰아넣어야만 되는 것인지 알 수가 없다. 또, 제 얼굴에 침 뱉고 욕하고 때리는 일에 쾌재를 부르는 오늘의 풍조風潮 — 이 자학증自虐症은 분명히 '마조히즘'의 발로發露다.

자시自恃와 자면自勉의 신념이 없는 곳에 창조가 없고 자가自家의 소질의 자각과 좋은 점의 발현에 대한 자조自助의 의욕이 없는 곳에 전통이란 서지 않는 법이다. 우리 민족은 조선 오백년과 일제 36년래年來 이 자신을 많이 잃어버린 민족이어서 이것을 회복하는 일이 무엇보다 급한 것이다. 혹은 새로운 건설을 위해서 자기반성과 비판이 필요하다 하리라. 그러나 그것은 못 쓸 것이 자존의식自尊意識이 되어 개혁의 암癌이 될 때만 파쇄破碎와 공격의 대상이 되는 것이지, 좋은 의미의 자신조차 상실한 경우에는 민족 주체의식主體意識의 집결을 저해하는 것이 파쇄공격破碎攻擊의 대상이 되어야 한다.

중국의 근대화운동을 위하여 5천년 자존自尊의 역사를 폄하貶下한 호적胡適이나 곽말약郭沫若 등의 논법을 주체를 상실한 우리 문화에 적용한다면 착각이랄 수밖에 없다. 오늘의 이 자조자학증自嘲自虐症의 병원病源은 분명히 일본의 교육과 선전宣傳, 또는 과학적이란 가면을 쓴 공산주의이론이 끼친 악영향의 합성이다.

나는 이 거지같은(?) 민족과 문화에서 좋은 것을 찾고 그 양질의 창조적 전통을 인습 속에서 정련精鍊하기 위하여 민족자시民族自恃의 기풍을 진작振作시켜 주기를 바라는 자이다. 좋은 면에서 본 '이것이 한국이다'가 나와야 한다.

— 1964. 10. 26, 《동아일보》 '서사여화'(書舍餘話)

잠시 눈을 감고

꽃이 폈다는 소문은 들었으나 꽃을 완상玩賞한 적이 없고 달이 밝은 계절이 와도 달 한번 조용한 마음으로 쳐다볼 겨를도 없이 세월은 잘도 간다. 뭐니 뭐니 해도 시詩는 여유와 안한安閑과 게으름의 산물인데 풍화설월風花雪月을 잊어버리고 시를 쓴다는 것은 쉬운 일이 아닌 것 같다.

시의 붓을 놓은 지 오래 되니 적막하긴 해도, 그 적막을 한탄할 겨를도 없이 묵은 논고論考를 정리하고 새 연구자료를 수집蒐集하노라 몰두하는 것도 시 쓰는 즐거움에 못지않은 것 같다. 문제는 시고 학문이고 먼저 내 자신의 정신 상태를 어떻게 가누고 무엇에 열중하느냐 하는 것이 중요하기 때문이다.

일전日前 어느 회합會合에서 문우文友 C 씨를 만났더니 하는 말이 그 자제의 평이라면서 조지훈 씨가 요즘 자꾸 늙은 글을 쓴다 하더라는 것이다. 이 말을 듣고 고개를 끄덕인 것은 실상 늙는 것이 그렇게 두렵지 않다는 저간這間의 내심內心을 자각했기 때문이다. 장미의 가지를 자르고 파초를 옮겨 심어야 할 겨울이 눈앞에 다가왔기 때문일까?

늙기는 싫다면서 세월은 빨리 가기만 기다리는 것이 우리네 실정이다. 꾸고 빚내고 잡히는 살림살이에는 쌀값이야 아무리 폭락하건 말건 기다리는 것이 어서 가을 오기만 기다리는 일이요, 외상값이네 무엇입

네 하고 다 빼어 주면 사흘이 못 가 빈 봉투가 되는 월급쟁이는 기다리는 것이 새 달 월급날일 수밖에 없다. 이게 세월 빨리 가기만 기다리는 것이 아니고 뭔가. 세월 빨리 가기만 기다리는 것은 빨리 늙을 날만 기다리는 것과 다름이 없다.

그런데 딱한 것은 월급날 오기 전에 글 쓸 차례가 자꾸 빨리 돌아오는 일이다.

할 말이 있어야 글을 쓰지…. 화조풍월花鳥風月을 노래할 때는 그래도 좋은 시절이었다. 선비는 돈 이야기, 농사 이야기를 해선 못 쓴다는 고인古人의 딱한 경계의 진실을 아는 듯해서 고소를 머금어 본다. 답답한 가슴은 역시 논문 써 가지고는 안 풀어진다. 낙엽이 창살을 휘몰아치거든 시나 한 수 읊어 볼까. 격정의 세월을 잊어 보기 위해서.

— 1964. 10. 3, 《동아일보》 '서사여화'(書舍餘話)

납량삼제 納凉三題

로마의 인상

내가 로마에 닿은 것은 이른 가을로 접어들 무렵이었다. 맡아 가지고 떠났던 사명도 무사히 치렀고 유럽 일대의 관광도 대개는 마친 다음 들른 곳이어서 마음이 가벼운데다가 맑은 남구南歐의 하늘이 연일 쾌청이어서 나의 여심旅心은 가위可謂 금상첨화錦上添花였다. 그래서 나는 로마에 닿자마자 짐을 묶어서 맡겨 버리고 유한悠閑한 마음으로 강산 구경을 나섰던 것이다. 이탈리아 구경이 끝나면 나는 아테네, 카이로, 이스탄불을 거쳐 회로回路에 오를 심산이었기 때문이다.

로마는 시가 전체가 하나의 거대한 박물관이었다. 루브르나 대영박물관에서도 나는 벌어지는 입을 다물지 못했지만 그것도 이 살아 있는 박물관에서 느끼는 정감을 따르진 못하였다. 그냥 천공天空에 노현露顯된 고대와 현대의 조화 있는 공존은 별다른 맛을 풍기고 있었다는 말이다.

오늘의 이탈리아는 여관업이라고 깎아서 말하는 사람이 있을 정도로 초라한 바도 있지만, 그러나 로마라는 이름에는 아직도 성대盛大의 이미지와 스케일을 느끼게 하는 어감이 깃들이어 있는 것이 사실이다.

그것은 파리나 런던이란 이름에서 느끼는 것과는 다른 웅대한 그 무엇이 느껴진다는 말이다.

공항에서 로마 역으로 들어오는 버스 안에서 한 이탈리아 신사는 나의 어깨를 흔들면서 창밖을 가리켰다. 아! 콜로세움하고 나는 외치듯이 대답했다. 이와 같이, 설명을 기다리지 않고도 내가 그것이 무엇인 줄 익히 알고 있는 것이 참 많았다. 아마 유명한 고적古蹟의 거의 모두가 그랬을 것이다. 사원과 벽화와 조각은 물론 지금은 심상한 풀밭일지라도 그것이 네로의 궁전이거나 스키피오와 한니발의 격전장激戰場이라는 식의 이름이 붙은 것이면 그것은 곧 우리나라의 사적을 보듯이 생생한 감동으로 살아오는 것이 내 자신이 생각해도 참 신기할 정도였다.

아테네에서 경주를 느꼈듯이 나는 로마에서 평양이나 개성에서와 같은 감개感慨를 느꼈다. 석굴암 불상 조각에는 '헬레니즘'의 수법이 흘러온 것이 사실이고 또 신라정신과 희랍정신 사이에는 상통하는 점이 많지만 평양이나 개성은 로마와는 인상印象부터가 다르다. 그러나 로마에서 평양이나 개성에서와 같은 감개를 느낀다는 것은 로마사에서 고구려나 고려의 이념과 의욕意慾을 느꼈기 때문일까.

어쨌든 이 생소한 수만리 이국에 와서 그 문화의 유적에 아무런 생소함이 없이 친근감을 느끼고 제 나라 사적을 보듯 한다는 것은 우리의 역사의식 또는 현대 문화의 바탕에 서구사西歐史의 인식이 강한 뿌리를 내리고 있다는 뜻이 아닐 수 없다. 그래서 나는 로마의 인상이 어떠냐는 물음에 우리나라의 고도古都에 온 느낌이라 하고 웃은 일이 있거니와 전형적 동양인을 자처하는 내가 서구에 와서 뜻밖에도 나 자신 안에 서구문화가 차지하고 있는 자리가 크다는 데 놀랐다면 좀 재미있는 이야기가 될 것이다.

로마역은 광대한 건물 — 에어터미널도 이 안에 있다 — 로, 영화

〈종착역〉終着驛으로 우리에겐 낯익은 얼굴이지만 내가 투숙한 호텔에서 15분 정도의 거리기 때문에 나는 심심하면 그 주변을 산책하였다. 〈종착역〉의 화면에 나오는 것이 이 부근이었구나 하고 찾아보기도 하고—.

그런데, 로마에 닿던 날 나는 안내소에다 택시를 하나 불러 달라 하고 내가 가는 호텔까지 택시값은 얼마 정도 주면 되느냐 물었더니 300리라 정도일 것이라고 했는데 그 늙은 운전사는 700리라를 달라고 떼를 쓰지 않나. 미터에는 170리라가 나왔는데 트렁크 하나에 100리라씩 가산해도 370에서 500리라면 된다. 첫 번 속는 거니깐 눈 딱 감고 인심을 쓰고 말았다. 팁을 좀 더 줄까고 물었더니 이 친구 어색해서 씩 웃고 돌아섰다. 그런데, 호텔에 여장旅裝을 풀어놓고 맥주 한잔을 마신 다음 산책 삼아 슬슬 나와 봤더니 로마 역이 바로 그 근처에 있었고 시계를 보니 시간은 15분밖에 안 걸리는 거리였다. 요즘은 어떤지, 그때만 해도 전후의 피폐疲弊가 덜 가시어서 인심이 사나웠다. 나는 이 첫날 속은 벌충으로 그 다음날 우리 대사관을 찾아갈 때는 택시를 타지 않고 시내버스로 갔더니 이종찬李鍾贊 대사는 용하게 잘 찾아왔다고 했다.

구경은 걸으면서 하는 게 제일이다. 비엔나에서 혼자 걸으며 구경하면서 마시면서 다뉴브 하구까지 갔다가 황혼에 돌아오는데 혼이 난 일이 있지만.

내 머리에 남아 있는 로마의 인상은 난황색卵黃色과 적자색赤緖色의 중간쯤 되는 빛깔이다. 이 빛깔은 로마의 흙빛깔이요, 아마 고대건축의 빛깔일 것이다. 검푸른 이끼가 앉은 흰 돌집이나 조각은 유럽의 고도시 어디서나 볼 수 있지만 이 난황색 인상印象은 아무 데나 공통共通한 것은 아니다. 암회색暗灰色의 런던, 창백색蒼白色의 파리에 비하면 로마는 아무래도 난황색이다. 그 위에 펼쳐진 푸른 하늘은 일말의 소조감蕭

條感을 던지고 있었다.

폼페이 밀실密室

피렌체, 밀라노, 베니스를 보고 로마로 돌아온 나는 주머니와 상의한
끝에 나폴리, 폼페이, 산타 루치아, 소렌토, 카프리를 향해 떠났다.
이 코스의 명미明媚한 풍광風光은 내가 지금 우리나라 동해안을 달리고
있는 게 아닌가 하고 착각하고 있을 지경이었다. 푸른 물, 푸른 하늘,
맑은 햇빛이 우리의 그것과 흡사하였다. 조금 덜 푸르고 덜 맑은 흠은
있지만 산기슭에 있는 돌집들만 없다면 그것은 우리나라 동해안의 풍
경에 방불하였다.

우리 일행은 가지각색 얼굴빛과 언어를 가진 사람들이었다. 한국 사
람은 나 하나뿐 거개가 부부동반인데 외톨은 나와 창흑색蒼黑色의 청년
이 하나. 안내하는 소녀가 정답게 혼자 가는 사람 옆에 앉아 말벗이 되
어 주었다. 그 영어는 이탈리아 사투린가 악센트가 어미에 붙는 버릇
이 있었다.

나폴리는 그야말로 명불허전名不虛傳으로 아름다웠다. 우리는 여기서
점심을 먹었는데 나는 생선요리를 시켰더니 기껏 가져온 것이 상어요
리인데다가 그냥 익히기만 한 것이 아무 맛도 없어 실망했다.

점심을 든 뒤에 잠시 쉬는 틈을 타서 나는 바다에 눈이 팔려 버스가
떠나는 줄도 모르고 서 있었다. 나를 찾아 달려온 관광사의 소녀는 나
의 어깨에 기대며 "당신 여기서 살고 싶으냐"고 물었다. 그래 내가 "당
신과 같은 예쁜 소녀와 함께라면" 하고 웃었더니 여기서 살기만 한다면
저보다 예쁜 소녀는 얼마든지 있다고 했다. 사실은 저 하늘빛과 물빛
이 너무도 우리나라와 같아서 바라보고 있는 것이라 했더니 관광을 하

면서도 고국故國 생각을 하는 걸 보니 여기 살기는 어렵겠다고 해서 둘이 함께 소리 높여 웃으며 버스 있는 데로 달려 왔다.

폼페이에 이르자 우리는 해설용어별로 여러 반을 나누는데 나는 영어반에 끼여 먼저 이 도시가 폐허가 되던 날에 폭발한 산을 바라보고 거기서 흘러내린 불과 잿더미가 밀려 내려왔었다는 지점까지를 바라보고 나서 그 폐허, 땅속에 들어갔던 도시를 조용히 구경하였다.

도로는 포석鋪石으로 꽉 째였고 수도관은 오늘 것과 같고 집들은 지붕이 없고 진열창에는 그때 아비규환阿鼻叫喚으로 고통苦痛하던 자세대로 화석化石된 사람과 그때의 먹던 빵조각이 있는 것이 인상에 박혀 있으나 그보다도 그 유적에서 보는 바 당시의 사치와 부패와 향락이 어떠했었느냐에 대한 문제 그것이 더 인상적이었다. 어떻게 말하면, 망하지 않을 수 없는 데까지 폼페이는 가고 말았던 것 같았다. 천벌天罰과 같이 폭발한 그 죽음의 재는 오늘 핵무기의 실험으로 다시 날아오고 있는 듯한 느낌이었다.

어느 건물 내부를 돌아다니며 우리에게 설명해 주던 이탈리아 인은 말끝마다 "You know that"을 입버릇처럼 연발하는 50대의 중년신사였는데 어느 방문 앞에 멈춰 서더니 일행을 돌아보고 이 방에는 "숙녀들은 들어오는 것을 사양해 달라"고 요청하였다. 그 까닭을 모르는 숙녀들은 왜 우리는 못 보느냐고 항의했다. 그 대답은 아주 간단했다. "신사숙녀가 함께 볼 수 없는 것이기 때문"이라 했다. 이쯤 되면 대강 눈치를 차릴 수 있는 것인데 숙녀들은 그럼 숙녀들만이 먼저 보고 나서 신사들이 보면 될 게 아니냐라고 반문했다. 그 말에 대한 해설자의 대답이 걸작이었다. "저도 신사인걸요"라고 ─. 그리하여, 숙녀들은 후퇴하고 우리 신사들만이 그를 따라 들어가게 되었다. 열쇠를 넣어 문을 열고 들어서니 세 평 남짓한 이 방에는 들어서면서 왼쪽 구석에 동자童

子의 나상裸像이 하나 서 있었다. 그런데, 그 동자상童子像은 상아로 된 고추가 나이에 비해서 대단히 성숙한 것이었고 그것은 수도구水道口였다. 그리고, 그것은 구조로 봐서 음료수용은 아니었다. 그 다음, 침대가 하나 있고 침대 후면 벽에는 얼마 크지 않은 벽화가 붙어 있었다. 이 벽화가 숙녀의 입실을 금지한 문제의 그림이었다.

그림은 전라全裸의 남녀를 그린 것인데 남자는 누워 있고 여자는 남자의 배를 타고 앉아 남자의 머리칼을 움켜쥐고 있는 것이었다. 그것뿐이었다. 그러나, 이 그림으로 미루어 그 옆의 동자상이 무엇이고 그 밀실의 용도가 무엇인가는 자명自明하게 되어 있는 것이다. 우리 신사들은 그림 속 신사의 몰골을 보고 또 처음 들어올 때의 굉장한 기대에 대한 가벼운 실망도 곁들여서 실소失笑하고 말았다.

짧은 기간의 구경을 끝내고 웃으면서 나오는 신사들 앞에 문 앞에서 기다리고 있던 숙녀들은 무엇이더냐고 열심히 묻는 것이었으나 여러 사람들 앞에서 자기 부인에게 그 물음에 답할 수 있는 용기를 가진 사람은 하나도 없어서 모두들 말없이 쓴웃음만 짓고 있었다.

점심때 나와 같은 식탁에 앉았던 캐나다서 왔다는 노부부는 종시 나와 같이 다녔는데 그 부인은 그것이 춘화春畵란 것을 대체로 짐작한 듯이 노안老眼에 웃음을 지으며 반은 농담조로 나에게 물었다. 어째서 숙녀는 못 보게 하는 것이더냐고. 나도 웃으며 대답했다. "당신들은 '젠틀맨'이 아니고 '젠틀우먼'이기 때문이에요"라고…….

구경을 하고 나온 '젠틀맨'들은 모두 내 말에 홍소哄笑를 터뜨렸다. 그러나 그림 속의 여자의 '젠틀'하지 않은 행신行身을 못 본 숙녀들이야 내 말이 진의를 알 턱이 없었을 것이다.

여성 관람금지는 또 한 군데 있었다. 이것은 벽장처럼 벽에 약간 높이 붙어 있는 것인데 역시 열쇠로 잠긴 문을 여니까 또 하나의 그림이 붙어 있었다. 그림은 저울대 위에 한 쪽에는 돈주머니를 얹어 놓고 한 쪽에는 남근男根을 얹어 두었는데 돈 얹어 놓은 쪽이 가벼워서 올라가도록 되어 있는 것이 재미있었다. 돈보다 비중이 큰 남근男根, 그날의 폼페이 사람들은 그것을 요즘말로 참 좋아하신 모양이다. 그런데 문제는 돈보다도 나은 그것이 미녀가 아니고 남근이라는 것과 신사의 위치가 압도壓倒된 데 있는 것이다. 서구의 여존남비女尊男卑의 전통은 과연 역사가 오래다 할 만하다.

유녀遊女 명의名義

유녀遊女를 가리키는 우리말은 다른 나랏말에 비해서 그 수가 많은 편은 아니지만 그래도 모두 다 독특한 맛이 있다. 생각나는 대로 몇 가지를 적어 보자. 무자이, 화랑이, 사당, 들병장수, 논단이, 곱단이, 갈보, 득이, 코머리, 색주가, 작부, 술어미, 밀가루, 다방머리, 은근짜, 기생, 일패, 이패, 삼패….

《성호사설》星湖僿說에 의하면 우리나라 기종妓種은 양수척楊水尺에서 나왔다. 양수척은 유기장柳器匠이니 성호星湖는 이를 고려 태조 왕건王建이 후백제後百濟를 칠 때에 제압하기 어려웠던 족류族類의 유종遺種으로 수초水草를 따라 옮겨 다니며 버들로 그릇을 만들어 팔던 무리들인데 이들을 잡아 남자는 노예로 삼고 여자는 비婢 또는 기妓로 삼았다 했으며 정다산丁茶山도 《아언각비》雅言覺非에서 이 양수척을 관기지별명官妓之別名이라 하고 이 뜻을 '무자이'巫玆伊 곧 '몰수자'沒水者라 했다. 유기장은 도살 또는 수육판매업獸肉販賣業을 하는 백정白丁들의 직업으로 이 백정은 고려시대에 대륙으로부터 이주한 달단족韃靼族의 유민流民이 하던 천업이라니까 이 창기업娼妓業도 처음에는 백정과 같은 뿌리에서 나왔는지 모르겠다.

《조선실록》朝鮮實錄에 보면 성종년간成宗年間에 각 지방, 원院, 관館, 영營, 진鎭과 산사山寺에 화랑유녀花郎遊女의 폐폐가 컸음이 기록되었고 선조宣祖, 중종中宗에 와서는 사찰거사寺刹居士라는 남자집단과 절돌림〔回寺〕이란 여자집단이 있어 그 폐단이 말썽이 났는데 이것이 이른바 '남사당'男社堂과 '여사당'女社堂의 기원이다. 여사당은 지금도 속어에 "사당년의 넋이 들렸나, 돈만 달란다"고 한다는 말이 남아 있거니와 사당은 가무歌舞와 매음賣淫으로 업을 삼은 순회연예단巡廻演藝團이니 일본의 '가비구니'歌比丘尼와 같은 존재이다. 이 사당社堂의 본산本山은 경기도 안성安城 청룡사青龍寺라 한다. 사찰의 노비들이 만든 흥행연예단興行演藝團이다. 3, 40년 전만 해도 지방에서 가끔 이 사당패의 흥행興行을 볼 수 있었다. '여사당女社堂 자탄가自歎歌'란 노래를 보면 그 행색行色을 가히 알 수 있다.

  한산韓山 세모시로 잔 주름 곱게곱게 잡아 입고,
  안성청룡安城青龍으로 사당질 가세.
  이내 손은 문고린가 이놈도 잡고 저놈도 잡네.
  이내 입은 술잔인가 이놈도 빨고 저놈도 빠네.
  이내 배는 나룻밴가 이놈도 타고 저놈도 타네.

'들병 장수'는 매주행상賣酒行商, 뜨내기처럼 몸만 돌아다니며 아무데나 자리 잡고 술과 노래를 파는 종류, '논단이'는 유녀遊女, '곱단이'는 미색美色의 뜻으로 둘 다 창녀娼女의 범칭이다. '갈보'는 갈보蝎甫 곧 빈대처럼 피를 빤다는 뜻에서 온 말이고, '득이'는 진드기眞德伊(蜈)의 준말, 뜻은 갈보와 같고, 개성에서 많이 쓰던 말이다. '코머리'는 비두鼻頭 곧 머리 틀어 얹은 모양이니 평양말로서 기생이 30이 넘으면 퇴기하여 술

팔이 장사하는 것을 가리키는 말이다. '색주가'는 색주가色酒家, 지금도 흔히 쓰는 말이요, 이것이 변해서 '개량改良목로'가 되기도 했고 '작부'는 작부酌婦, 술 따르는 여자의 뜻으로 색주가와 비슷하다. '술어미'는 주모酒母, 나이 먹은 작부다. '밀가루'는 문자 그대로 소맥분小麥粉, 분을 발랐다 해서, 그리고 밀매음密賣淫의 '밀'密자와 음이 같아서 생긴 말인 듯, '다방머리'는 이른바 취음取音으로 탑앙모리搭仰謀利라 쓰는 창녀로, 접객接客에 잡가雜歌나 불렀지 기생들의 가무를 못하는 부류이다. '은근짜'는 은근자殷勤者, 또는 은군자隱君者라고도 쓰지만 우리말로 다정하고 은밀한 것을 은근이라 하는 데서 생긴 말이다. 이 은근짜는 대개 남의 첩류妾類가 은밀히 매춘하는 것을 말한다. '기생'은 기생妓生으로 지금도 쓰는 말이니 풀이는 그만 둔다.

이 중에 기생이 제일 급이 높으므로 '일패'一牌라 하고 은근짜는 대개 기생출신이 많으나 기생에 비해서 급이 좀 떨어졌으므로 '이패'라 하고 다방머리는 급이 좀 떨어지므로 '삼패'三牌라 불러 구별했었다. 기생은 관기官妓와 사기私妓가 있었고 대개 경기京妓는 유부기有夫妓요, 향기鄕妓는 무부기無夫妓였다 한다. 기생에게 가무를 가르치는 곳은 교방敎坊, 이것이 변하여 기생조합妓生組合이 되었다가 일본식으로 권번券番이 되었었다. 기생조합은 평양기平壤妓들로 된 '다동조합'茶洞組合이 있었고 경기京妓들로 된 '광교조합'廣橋組合은 유부기조합有夫妓組合이었다. 뒤에 '신창조합'新彰組合이란 것이 생겨 삼패三牌를 승격시켜 기생으로 부르게 되면서 일, 이, 삼패의 구별이 없어진 것이라 한다.

이능화李能和의 《조선해어화사》朝鮮解語花史에는 이와 같은 창기사娼妓史의 대강을 기록하여 사학斯學의 선편先鞭을 쳤으나 많이 미흡하고 이 방면의 풍속을 아는 이도 차츰 없어져 가니 학적學的 정리가 시급한 바 있다.

화류계花柳界의 풍속, 은어隱語, 외담猥談, 이런 것은 점잖은 사람이 못할 일인 줄 아는 타부를 먼저 깨뜨려야 한다. 그것은 이제 풍속사 또는 민속학의 영야領野인 것이다.

'일온'一溫, '이앙'二仰이니 '감투걸이', '신코쥐기' 등 많은 방면의 어휘語彙는 한국인의 유머 족으로서의 관록을 약여躍如하게 하는 바 있다. '식스 나인'보다는 퉁소 불고 전복 따는 운치가 더욱 한국적이 아닌가.

― 1966년, 《신동아》 8월호

동도풍류東都風流

20여 년 전 일이다. 괴로운 세월에 정신을 가누기가 어려운데다가 겨우내 닫혔던 심회心懷도 하 울적해서 무슨 충동에나 부닥친 듯이 경주를 찾았을 때의 추억 한 토막이다. 이른 봄철의 서울 날씨는 쌀쌀했지만 남국의 봄빛을 남 먼저 맛보려고 떠나는 길이니 아무래도 무거운 코트를 입을 수는 없고 해서 내친 김에 봄옷까지 갈아입고 나니 날 듯이 가벼운 기분이었다.

그러나 죽령을 넘어서면서부터 찌푸렸던 하늘은 끝내 진눈깨비를 흩뿌리고 말았다. 비비霏霏한 풍설風雪에 손의 마음이 다 젖누나. 모처럼 부러 보려던 멋이 도리어 나그네 행색을 초라하게 만들었다. 그날 황혼에 경주 역에 내리자 초면初面의 시우詩友 목월木月이 마중을 나왔었다. 조용한 여관방에 들어앉아 둘이서 법주를 마시며 밤늦도록 시를 얘기하고 세월을 얘기하였다. 언 몸 언 마음이 노곤히 풀어지는 듯하여 다 설핏이 눈을 붙였다가 뜨니 이미 날이 새어 있었다. 문을 열쳤다. 그대로 쾌청! 여관 뒤뜰 울타리에 복사꽃 한 송이가 웃고 있지 않는가.

來詩故國路내시고국로 白雪正紛繽백설정분빈 茅屋三更雨모옥삼경우 今朝一朶春금조일타춘 — 즉흥일절卽興一絶을 끼적여 놓고 심기가 문득 일전一轉하

410

였다. 여러 날 봄바람에 꽃망울을 맺어 놓고 짐짓 춘설春雪을 곁들인 일 그 아니 조화의 묘경妙境인가.

경주의 풍광風光 신라의 문물은 나의 어지러운 마음을 잠재우기에 족하였다. 일주일 동안을 고도에 머무르는 동안 고적은 대개 나 혼자서 조용히 구경했다. 성지순례와도 같은 경건한 마음으로, 신라문화에 대한 관심을 불태우기도 했다. 그러나 명미明媚한 경주의 풍광 그 수정 하늘에는 사뭇 도취하고 탐혹耽惑하고 말았다. 그리하여, 그날의 나의 인상에는 나대羅代의 문물에서 오는 환상이 어울린 풍류의 행각이 더 많이 박혀 있는 것이 사실이다.

경주를 떠나던 전날 밤의 일이다. 그 전날 나는 옥산서원玉山書院에서 자고 그곳의 벗들과 나눈 낮술에 취하여 황혼 무렵에 여사旅舍에 돌아왔다. 목욕을 하고 자리에 들려는 참에 C 신문 지국을 경영하던 R 형이 찾아와서 떠나는 전날 밤을 이렇게 무미無味하게 보낼 수 있느냐고 굳이 잡아 일으키는 바람에 마지못해 옷을 입고 따라 나섰다. 그때의 경주는 동도교방東都敎坊이란 이름의 권번券番이 해산解散된 직후여서 기생들이 모두들 앉은 술집을 차리고 있을 때다. 교촌校村의 기가妓家에서 젊은 술꾼들 등살에 머리를 싸매고 누운 미기美妓 — 명작소설을 많이 읽어 제법 문학을 얘기하던 기생의 치마폭에 시를 쓰기도 했고 또 어느 날은 달밤의 문내〔蚊川〕가를 거닐어도 봤거니, 오늘밤은 또 어떤 곳을 안내하려나 하는 호기심이 머리를 든 것이 사실이다.

R 형이 인도한 곳은 자그만 구릉 밑에 자리 잡은 초가삼간草家三間 노기老妓의 집, 청靑대로 겨른 사립을 밀고 들어서니 그래도 분벽粉壁 영창映窓에 불빛이 어리어 있었다. 월매月梅의 집을 찾는 이도령李道令의 심정으로 들어가 자리를 잡고 조촐한 주안상에 세 사람이 마주앉아 풍류담소에 밤이 깊은 줄을 몰랐다. 판소리 한 가락을 듣기도 하고 — . 취

기가 바야흐로 무르익을 무렵이 되자 노기는 문득 서울서 온 조趙 주사主事를 은근히 부르는 것이었다.

조 주사를 보아하니 멋쟁이신데 색향色鄕 경주에 오셨던 기념을 하나 남기고 가라는 것이다. 내 속짐작으로는 또 무슨 시나 한 수 쓰라는 것인가 했더니 듣고 보니 아주 상상불도처想像不到處의 소식이었다. 말인즉 요 등 너머에 예쁜 동기童妓가 하나 있는데 나더러 그 동기의 머리를 얹으라는 것이다. 말없이 미소를 머금고 있는 나는 거참 좋은 말이라고 그래 얼마면 되느냐고 했더니 한 500원圓이면 된다는 것이다. 하하, 이 친구 나를 잘못 보았구나. 그 전에 내 절간에서 50원짜리 월급을 받다가 던지고 돌아온 나에게 1년 벌이를 바치는 거금인 줄 모르구 — 이게 내가 추위에 떨며 입고 온 봄 양복 덕택인가, 그렇다면 전화위복轉禍爲福, 아니면 애송이 유자遊子가 오입쟁이로 합격한 셈인가. 그렇다면 이건 전복위화轉福爲禍! 어쨌든 언하言下에 승낙했다. 내일 저녁 셋이서 함께 가기로 하고 다시 술잔을 돌렸다.

그리하여 닭이 두 홰를 친 뒤에 우리는 술상을 윗목에 밀어 놓고 잠이 들었다. 술이 취할수록 잠이 짧은 나는 먼동이 틀 무렵에 잠이 깨었다. 슬며시 일어나 주머니를 뒤져서 10원圓 한 장을 술상 위에 얹어 놓고 넥타이를 매었다. 서울행 차표 값만 남겨 두고 — . R 형도 마침 잠이 깨어 나의 거동을 보더니 주머니를 부스럭거린다. 우리 둘이는 노기를 잠재워 두고 아직 어두운 새벽길을 가만히 대사립을 열고 나섰다. 거리의 해장집에서 술 사발을 들며 우리는 파안대소破顔大笑했다. 그리하여 나는 바로 서울행 첫 차에 탔다. 서울 조趙 주사主事 새벽 탈출 얘기는 이것으로 끝이 난다.

돌아오는 차창에는 진눈깨비 대신에 낙화落花가 흩날렸다. 기녀妓女가 부르던 노랫가락 "말은 가자고 울고 임은 잡고 아니 놓네"가 생각나서 차창에 그 노래를 번역해 봤다.

遊子留情折柳妓_{유자류정절유기}
佳人多淚濕羅衣_{가인다루습라의}
落花征馬蕭蕭雨_{낙화정마소소우}
千里長程日暮時_{천리장정일모시}

　지금도 경주를 얘기할 때나 경주에 들를 적이면 이 일이 먼저 생각
나 스스로 웃음을 짓는다. 스물 세 살짜리 흘러간 풍류風流 그것은 아직
도 사그라지지 않는 청춘의 불길에 신라천년新羅千年의 꿈길을 불러일
으킨다.

등산임수탄登山臨水嘆

바다에를 가서 푸른 물이 찰싹이는 모래톱을 걸어도 생각하는 것이 시사時事요, 산골에 가서 바위에 앉아 새 소리를 들어도 생각하는 것이 시사고 보면 생각하는 때문에 척서滌暑가 도루아미타불이 된다.

시사일비時事日非 ─ 심화心火를 끄기 전에는 척서滌暑는 바랄 수도 없는 일 ─ 만고흥망萬古興亡은 어느 날 비롯되었기에 백년풍우百年風雨가 오늘 와서 이다지도 잦으며 풍우대작야風雨大作夜에 일수고등一穗孤燈을 어쩌란 말이냐.

속기도 남보다 먼저 속고 속은 줄 깨닫기도 남보다 먼저 깨닫는 백성이 진실로 현명한 자요, 조그만 일에 노여워하고 작은 고마움에도 눈물을 흘리는 백성이 알고 보면 참으로 선량한 자이어든, 백성의 마음을 헤아리는 사람이 없으매 삼계三界를 찌는 업화業火여, 사람을 꾀어 심화心火를 끄는 것은 단념하는 것이 현명한가 한다.

산에도 가지 말고 바다에도 가지 말고 감나무 밑에 나가서 한 잔 술을 앞에 놓고 어질지도 말고 슬기롭지도 말고 어리고 못나게 돌아앉아 흐렁흐렁 사는 수밖에 없다. 미상불 심화心火를 끄는 데는 술이 제일이더라. 거배소수수경수擧盃銷愁愁更愁를 탄식해 무엇하는가. 조반석죽朝飯

414

夕粥이 어려운 세상에 조죽석주朝粥夕酒가 양식이 될 것이요, 술은 물이지만 불기운이라 타는 몸에 부어서 이열제열以熱制熱의 공공功이 있으니 이른바 인화귀원引火歸源의 법이다. 취여醉餘에 방성대곡放聲大哭하여 성루구하聲淚俱下하면 어찌 가슴에 불길인들 사그라지지 않으리오. 오도吾道는 양심의 눈물밖에 없으니 울기조차 마음대로 못할 양이면 살아서는 무엇하랴. 이 넓은 세상에 울려고 온 것을 새삼스레 한탄하지도 말 것이다.

술을 마시는 데도 까닭이 있다. 순수한 주덕酒德은 유령劉伶, 이백李白이래로 허다한 선각자가 설진說盡했거니와 금세今世의 주덕은 별반別般의 해석이 있다. 뉘 내에게 묻기를 술은 마셔서 무슨 덕이 있으며 어쩌자고 술만 마시는가 하기에 내 시주반생詩酒半生에 탐닉耽溺하였으니 인심人心의 기미機微를 헤아림을 아직 버리지 못한지라, 언하言下에 대답하기를 음주는 분명히 자독행위自瀆行爲의 하나이다. 자독自瀆은 부자연한 일이로되 처녀와 총각이 자독의 공덕功德으로 정조貞操와 동정童貞을 보전하듯이 금세今世에는 음주로써 선비의 지조志操가 무너지지 않는 길이 있다 하였다. 우졸愚拙한 선비에겐들 우국개세憂國慨世의 정이야 어찌 없을까마는 소인만이 득실거리는 세상에 술조차 안 마시면 들먹이는 팔뚝이 어찌 온전할 수 있겠는가. 경국제세經國濟世의 현인군자賢人君子는 못 되어도 소인이 되지 않기 위해서 술을 마신다고 하였다. 취중의 고언장담高言壯談은 사람마다 하는 바이지만 취중의 진정眞情이 생시生時에 일관一貫함에 못난 것으로써 하는 것이 오도吾道의 자랑이 되는 것이다.

울어서 고위高位를 얻는 무리는 있어도 취해서 천하를 바로잡은 자는 없다. 그러므로, 일하기 위하여 세상에 나가는 것을 탓하지 않는 것이니 나가서 벼슬하는 자를 다 소인이라 할 수는 없으나 그 진퇴進退와 이합離合을 보고 소인과 군자를 가리는 것이다. 금세今世의 선비는 진퇴의 떳떳한 바를 잃어 염치가 없고 이합이 오직 명리名利에만 있어 신의信義를 저바리매 소인의 기롱譏弄을 면할 자가 백에 하나 꼽기 어려울 지경에 이르렀다고 할 것이다.

나는 다시 감나무 밑 막걸리 자리로 가야겠다. 우리의 별유천지別有天地로 돌아가서 감나무집, 석류나무집 상량문上樑文이나 한 장 쓰고 석굴암 동해안에서 울지 못한 이 감회를 술잔 속에서나 풀어야겠다. 산을 봐도 울고 싶고 물을 봐도 울고 싶은 날 내 무어라 산에 오르고 물가에 이르렀노. 가리로다 — 대구 난중우거亂中寓居 주붕酒朋의 자리에 내 자리가 비어 있으리로구나.

— 동해에 와서

416

포호삼법捕虎三法
한국의 유머

한국의 예술은 슬픔과 한恨의 예술이라 부를 수 있으리만큼 슬픔이라든가 한이 주조主調가 되어 있다는 것은 흔히들 말하는 사실이다. 슬프고 한이 많으면서도 절망하지 않고 희구希求하며 퇴폐에 떨어지지 않고 반성하고 도사리는 것이 그 특색이다. 이러한 슬픔과 한의 유래를 이 민족의 불운한 역사 탓이라고 보기 쉽지만 실상은 역사적으로 성시盛時이던 시대의 예술에도 이 고결高潔한 슬픔은 나타나고 있었던 것이다. 그러고 보면 이 슬픔이라든가 한은 단순한 역사적 환경의 산물産物만이 아니고 오히려 근원적인 민족성의 바탕에 들어 있는 것이라고 보는 것이 타당할 것이다.

슬픔과 한의 뒤에는 멋과 유머가 붙어 표리表裏를 이루고 있다. 멋과 유머가 어찌 슬픔과 한을 바탕으로 삼을 수 있는가. 그러나 진실로 이 멋은 슬픔이 초절超絶된 경지다. 슬픔과 고뇌를 체득한 자의 한바탕 춤이 비로소 멋이 되듯이 유머의 바닥에는 눈물이 깔려 있는 것이다.

한국의 유머는 중국과 영국으로 더불어 비견比肩할 수 있는 고차高次의 유머라는 것을 이에 유의한 이는 진작 간파할 수 있었을 것이다. 연착延着된 기차를 기다리며 깊은 밤 정거장에 모닥불을 놓으며 둘러앉아 처음 만나는 사람들끼리 주고받는 농담, 또는 통행금지시간에 걸려 임시유치장에서 밤을 새우며 주고받는 농담, 나는 몇 차례 이런 경우를 겪으면서 한국인의 유머족族으로서의 관록을 재인식하였다. 역경에 안여晏如하는 그 뱃심에는 유머가 가득 들어 있음을 발견하고 미소를 머금은 적이 한두 번이 아니다.

한국의 유머는 기발하기보다는 은근하고 슴슴한 숭늉 같으면서도 버리기 어려운 운치韻致가 있고 눈물이 스며 있고 달관과 농세弄世가 있어 좋다. 자자분하고 얌체 없는 것이 아니고 아주 의젓하면서 실소失笑와 홍소哄笑를 금할 수 없게 하는 그 맛이란 천하일품의 것이다. 각국의 유머를 비교해 보면 거기는 제각기의 민족성이 단적으로 발로됨을 볼 수 있거니와 우리 유머의 묘처妙處는 그 결구結構의 단락段落을 마지막 한 마디에 두는 것 다시 말하면 점층법으로 쌓아 올라가다가 클라이맥스에 가서 일격에 무너뜨리는 고대古代 비극적 수법의 대단원大團圓에 있다.

각설却說하고, 한국 유머의 전형적인 일례一例를 들어보자.

포호삼법捕虎三法이란 것이 있다. 호랑이를 잡는 데 세 가지 방법이 있다는 말이다. 호랑이도 여러 가지가 있어서 어리석은 놈, 범상凡常한 놈, 영웅적인 놈의 세 유형이 있다는 것이다. 호랑이를 잡자면 이 유형에 따라 법을 달리해야 한다.

첫째, 어리석은 호랑이를 잡는 법은 한국 사람이면 누구나 다 안다. 호랑이가 잠잘 때에 살그머니 가서 잘 드는 칼로 호랑이 얼굴을 열십자十字로 쫙 그려 놓고 뒤로 돌아가 호랑이 꼬리를 잡고 "이놈" 하고 소리를 지르면 깜짝 놀라 깨어 후닥닥 달아나는 바람에 알맹이만 쑥 빠져 달아나고 껍질은 제대로 남는다는 그 방법이다.

그러나, 둘째 방법, 범상凡常한 호랑이를 잡는 데는 이 방법으로는 안 된다. 범상한 호랑이지만 어리석은 놈과 달라서 두피頭皮를 칼로 가르려다가는 큰 코를 다친다. 말하자면 범상한 호랑이지만 우호愚虎보다는 똑똑하다는 셈이다. 이런 호랑이를 잡자면 왜 그 진드기란 기생충$_{寄生蟲}$이 있지 않은가. 그 진드기란 놈 한 스무나문 마리만 잡아 가지고 호랑이 자는 데를 찾아가서 호랑이란 놈 불알 근처에 놓아두면 된다. 진드기 스무 마리가 한꺼번에 총공격하는 바람에 잠자던 호랑이는 근지러워 못 견디겠어서 잠을 깨 가지고는 이빨로 제 불알을 자근자근 깨문다는 것이다. 한창 시원한 고비에 이르면 그만 저도 모르게 꽉 하고 깨무는 통에 불알이 딱 끊기어 호랑이 입속에 남게 되고 그래서 호랑이는 제풀에 죽는다는 것이다.

그러나 셋째 방법, 즉 영웅 호랑이는 이 두 가지 방법으론 다 안 된다. 영웅 호랑이는 머리가 기민$_{機敏}$할 뿐 아니라 기개$_{氣槪}$가 높아서 함부로 다루지 못한다. 그러나 영웅 호랑이는 사람 세상과 마찬가지로 지조$_{志操}$를 지키노라 대개 아호$_{餓虎}$가 많다. 이런 영웅 호랑이를 잡으려면 여자의 서답〔$月經帶$〕을 가지고 가야 한다. 영웅 호랑이가 자는 코앞에 이 서답을 던져두면 된다. 배가 고픈 영웅 호랑이는 무슨 피비린내를 맡고 눈을 뜬다. 앞발을 내밀어 서답을 당겨다 놓고 가만히 들여다본다. 이게 무슨 고길까, 토끼고기도 아니고 노루고기도 아니고 이게 무얼까. 서답을 한번 뒤집어 놓으며 고개를 기울이고 호랑이는 심사숙고하게 된다. 이윽고 영웅 호랑이는 고개를 끄덕인다.

"내 일찍이 들으니 인간 여자의 하문$_{下門}$에서 이런 것이 나온다더니 이게 바로 그건가 보구나. 내가 아무리 배가 고픈들 이거야 먹을 수 있나."

영웅 호랑이는 한숨을 한 번 쉬고는 분연$_{憤然}$히 자살하고 만다.

늙어서 토끼나 노루를 쫓을 힘도 없고 불의$_{不義}$와 창피를 무릅쓰자니 자존심이 허락하지 않아 마침내 영웅 호랑이는 자살하고 만다는 것이다. 죽어서 호피$_{虎皮}$만을 남기는 것이 아니라 호랑이도 영웅은 분사$_{憤死}$

의 기개氣槪로 이름을 남긴다는 것이다.

　이것으로 포호삼법捕虎三法은 끝난다. 　호랑이 많은 한국에 호랑이 잡는 법도 비상非常히 한국적이다.

　이건 호랑이 잡는 법이 아니라 사람 잡는 법이로구나.

노낭비화露囊悲話
한국의 유머

어느 시골의 가난한 양반 한 사람이 남긴 이야기다. 적빈赤貧이 여세如洗라, 집 한 채 건사하지 못하고 방 하나를 얻어서 형제부부 두 세대世帶가 살고 있었다. 두 세대가 한방에 산다고 해도 명색이 양반인데 두 내외가 한 방에 살 수는 없었다. 그러자니 사랑舍廊으로 형제가 자기도 하고 안방으로 동서끼리 자기도 하고 간혹 두 부부가 교대하여 동침하기도 하는 계획경제計劃經濟였다. 어쨌든 두 사람이 자면 다른 두 사람은 이웃집에 가서 자야 하게 되었다. 이 웃을 수 없는 슬픈 얘기는 여기서부터 시작된다.

이 형제는 나이가 열다섯 살이나 차가 있어서 형은 말이 형이지 아버지뻘이 되는 장형인데다가 조실부모早失父母한 뒤로 실지로 형이 아우를 길러서 장가까지 들인 것이다. 어느 날은 형이 마침 출타할 일이 생겼다. 오늘 장에 가면 여러 가지 볼일도 있고 해서 자고 올 것 같으니 오늘 저녁엔 동생 내외를 한데 모아 주라고 부탁하고 갔다. 동생 녀석한테도 오늘 저녁은 집에 와서 자라고 일러 준 것은 물론이었다.

그날의 가족계획은 예정대로 진행되었다. 저녁이 되자 맏동서는 마을 가서 자기로 하고 아우 동서를 집에 보내어 자게 했다. 동생 녀석도 제 친구들 노름판에 가서 놀다가 와서 잔다고 했다. 이렇게 제대로 되었으니 아무 문제가 없었을 것을 갑작스레 큰 파탄이 온 것이다. 그것은 장에 갔던 형이 볼일이 순조로이 끝나서 당일로 돌아오게 되었기 때문이다.

당일로 돌아오더라도 아침에 한 약속을 잊어버리지만 않았더라도 친구 집 사랑방에 가서 놀다가 잤으면 그만인 것을, 이 친구 장에서 친구를 오래간만에 만나 한잔 걸치는 바람에 고주가 되어 비틀거리며 오는 바람에 아침의 가족계획을 까맣게 잊어버리고 그만 제 집으로 돌아온 것이다.

문을 열고 방으로 들어간 형은 의관衣冠을 벗어 걸고는 문 앞이자 아랫목인 제 자리에 누웠다. 취중에 옛일을 생각하고 자못 감회가 깊었다.

옆에 자고 있는 것은 아우려니 생각하니 어린 동생을 기르던 괴롬과 이제 아우의 다 자란 모습이 대견스럽기 그지없고 장가까지 들었으니 한 시름 놓았다는 생각이 자못 흐뭇했다. 어디 이놈 연장이 얼마나 완실完實한가 보자 하고 아우를 쓰다듬던 손길을 아우의 두 다리께로 썩 집어넣었다. 마땅히 연장이 있을 곳에 연장이 없었다. 완실完實한 놈은 커녕 그것을 찾던 손이 빠지고 말지 않는가. 이 친구 술이 번쩍 깨고 정신이 번뜩 났다. 아침의 약속이 그때야 소생한 것이다. 동생이 아니라 제수弟嫂란 것을 그제야 알았다. 형은 번개같이 일어나 윗목에 벗어 놓은 옷을 주섬주섬 입고는 문을 열치고 휭하니 뛰어 나왔다. 아우놈 또래가 모여 노는 집으로 달려갔다. 아무개 예 있냐고 문 밖에서 소리쳤다. 방안에서 "예 — ." 하고 긴대답 소리가 났다. "어서 집에 가 자거라" 하고 점잖게 말하면서도 등에는 식은땀이 흘렀다. 형은 그 걸음으로 자기 친구들이 모이는 사랑을 찾아갔다.

방안에 들어서자 이 친구 "어, 춥군" 하고 수선을 떨면서 윗목에 주저앉아 쌈지를 끌러 방바닥에 놓고 담배 한 대를 담으려는 참이었다.

아랫목에 누워 있다가 지금 막 들어서는 사람이 누군가하고 쳐다보던 사람이 픽 하고 웃었다. "자네 그 밑에 늘어진 건 뭔가?" 하고 담배물부리로 가리키는 걸 내려다본 이 친구는 경풍을 했다.

"이키 제수弟嫂 고쟁이를…."

좌중座中이 이 기상천외의 발성發聲에 포복절도抱腹絶倒했다. 당황히 튀어나오느라 웃목에 벗어 놓은 제수 고쟁이를 바꿔 입고 온 것이다. 고쟁이를 입고 주저앉았으니 늘어진 것이 무엇이었을까는 불문가지다. 점잖은 일물一物 그 고환睾丸이었다. 방 없는 서민庶民의 슬픔, 그래서 슬퍼도 울 수 없는 노낭비화露囊悲話다.

상사호 想思虎
한국의 유머

이건 내가 처음 오대산에 갔을 때 들은 얘기다.

옛날 어느 절간에 젊은 비구比丘가 하나 있었다. 도를 통하지 않으면 산을 나가지 않겠다고 발원發願을 하고 여러 해 동안 그 절에서 도를 닦고 있었다. 어느 해 봄이었다. 먼 마을의 처녀 몇 사람이 이 절 근처에 나물 캐러 왔다가 폭우를 만나 절에 들어와 비를 피하게 되었다.

그러나 비는 좀처럼 개지 않아 처녀들은 절간의 한 방을 얻어 하루를 묵고 돌아갔다. 그런데, 그중의 처녀 하나가 아까 말한 도 닦는 중을 짝사랑하여 상사병相思病에 걸렸다. 음식도 먹지 않고 날로 얼굴이 노래 가는 딸을 달래어 물어본 부모들은 딸의 병이 아무 절의 아무 스님을 사모하기 때문이라는 것을 알았다. 다 죽게 된 딸의 애처로움을 보다 못해 부모는 그 비구比丘를 찾아가서 그저 얼굴이라도 한번 대해 주시면 한恨이 없겠다고 간청하였다.

그러나 그 비구는 그것 때문에 십수 년의 적공積功을 무無로 돌릴 수는 없어서 종래 거절하였다. 애원하던 그 부모가 돌아간 며칠 뒤 다시 한 사람이 왔다. 처녀가 임종에 이르렀다는 것이다. 이 말을 들은 젊은 비구는 자기를 원망하고 죽어 갈 처녀를 위로해 줄 것을 결심하고 산을 내려 그 처녀의 집을 찾아갔다. 방안에 들어섰을 때는 이미 처녀의 명

424

命은 경각頃刻에 있었다.

그러나 젊은 비구가 왔다는 소리를 들은 처녀는 눈을 떠서 화안히 웃었다. 처녀의 소원대로 그 스님이 젖가슴을 어루만져 주자 그 처녀는 죽었다. 그리고 십여 년 세월이 흘러갔다. 그 젊은 중은 공부를 쌓아 어느 절의 조실 스님이 되었다. 그 스님이 있는 절에 새로운 일이 일어났다. 그것은 해만 지면 호랑이 한 마리가 절 뜰 앞에 나와 앉았기 때문에 중들이 꼼짝을 할 수 없었던 것이다. 중들은 회의를 열었다.

이 호랑이가 이렇게 나오는 것은 아마 우리들 중에 호식虎食할 팔자를 가진 사람이 있는 모양이다. 들으니 호랑이에게 옷을 던져 보면 다른 옷은 다 버리고 호식 당할 사람의 옷은 깔고 앉는다고 하니 우리도 그렇게 해 보자, 하고 절 안에 있는 온 중이 다 모여서 주지로부터 시작해서 호랑이에게 입은 옷을 벗어 던지기로 했다. 주지의 옷을 호랑이는 가볍게 도로 내던지었다.

연달아 노승 몇 사람이 던진 옷을 차례대로 집어던지던 호랑이는 조실 스님이 던진 옷만은 던지기가 무섭게 대뜸 깔고 앉았다. 중들은 호랑이가 찾는 사람은 조실 스님이라고 떠들었고 조실 스님은 자기 때문에 호랑이가 이렇게 와서 지키는 것이라면 자기가 희생이 되리라고 가사 장삼을 떨쳐입고 호랑이 앞으로 나섰다.

호랑이는 조실 스님을 한참 뚫어지게 바라보더니 저를 따라오라는 듯이 꼬리를 흔들며 앞산을 올라갔다. 조실 스님이 그 뒤를 따라간 것은 물론이다. 몇 시간 뒤에 중들은 횃불을 들고 조실 스님의 시체를 찾아 산을 뒤졌다. 어느 남향南向한 잔디판에 조실 스님은 가사 장삼을 입은 채 자는 듯이 누워 있었다. 이상한 것은 호식 당한 자리에 피 흔적이 하나도 없다는 것이었다.

시체를 자세히 살피던 중들은 마침내 이상한 일 하나를 발견하였다.

그것은 호랑이가 조실 스님의 불알만을 따 가지고 간 것이었다.

　불교의 인과설因果說이 한국적으로 윤색潤色되어 미소를 머금게 하지 않는가.

기우문祈雨文

임진년壬辰年이라 윤오월閏五月 일日에 해동海東의 한 포의布衣 조지훈趙芝薰은 감나무 아래서 한 잔 술을 따루어 놓고 문득 저 푸른 자紫 하늘을 우러러 탄식한 나머지 땅에 엎디어 삼가 천지신명天地神明을 부르나니 목마른 창생蒼生에게 젖같이 단비를 내려 줍시사 비나이다.

지지난해 병란兵亂에 이 백성의 유리流離함이 필설筆舌에 못다 할 바이라. 부모형제가 이산離散하고 친척고구親戚古舊를 잃은 채로 잔명을 어쩌지 못했더니 지난해 가뭄이 또한 금고今古에 드문지라, 산야山野에 나무껍질이 없고 사람이 소여물을 삶아 먹으매 금수禽獸가 그 재앙을 나눴나이다. 올해는 또 이 어찌 더한 고초苦楚를 내리시나이까. 양식이사 없을 손 물이라도 마셔야 온몸에 타는 불꽃을 식혀 볼 것이 6월이 가까워도 모 한 포기 못 꽂고 메마른 황토흙에 가슴이 메여 삼촌三寸이 혓바닥을 흙에다 처박은 채로 말 못 하고 죽어 갈 지경에 이르렀나이다. 어찌 만물萬物의 영장靈長이라는 인간만이 받는 고통이리요. 초목금수草木禽獸까지 제 목숨을 보전하지 못하나이다.

준동함령蠢動含靈이 모두 그대 천지신명의 자애로운 품안에 있거니 핏줄을 잊음이 어찌 이다지 심한 것이오니까. 창포滄泡의 물이 맑으면 가히 갓끈을 씻을 것이요, 창포의 물이 흐리면 가히 발을 씻으리라더니 발 씻을 물조차 없으매, 슬프다 창포의 물은 마른가 하나이다.

인화人和를 못 얻은지라, 나라 안팎이 어지럽고 지리地利를 못 얻었으매 국토가 이미 두 동강이 난 지 오래거늘 감히 뉘 천시天時의 고름을 기다릴 수 있으리오만 이 죄 많은 백성을 한 번만 더 가련히 여기사 늦으나마 지금이라도 한 줄기 비를 내려줍소서.

옛 봉건封建의 때에는 천자제후天子諸侯로부터 수령방백守令方伯에 이르기까지 천신지지天神地祇를 제祭지내매 그 분分이 있는지라 오늘날 아무리 민주주의 세상이기로소니 어찌 한 미약한 포의布衣가 그대 천지신명의 이름을 부를 수 있으리까마는, 밖으로 외모外侮를 막지 못하고 안으로 민생의 도탄塗炭을 잊은 지 오랜 무리에게 무엇을 더 바랄 수 있으리까. 여기 수심愁心을 잊으려고 술을 마시려도 우국憂國의 지정至情에 불인하인不忍下咽의 슬픔을 맛보는 필부필부匹夫匹婦가 민생의 그 아픈 가슴을 헤쳐 그대의 자비에 애소哀訴하나이다.

옛날 은殷나라에 대한大旱이 들었을 때 그 임금 성탕成湯이 몸에 백묘白茆를 감고 상림桑林에 나아가 엎드려 울며 스스로의 부덕을 뉘우쳐 기도하니 말이 끝나기도 전에 은나라 천리에 패연沛然히 비가 내렸다 함은 옛 글로 읽어 아나이다. 이제 치자治者로서 성탕成湯의 덕을 갖춘 자 없으매 우리가 한 잔 술을 따르고 대신 속죄하여 천지신명께 기도하나이다. 사람을 탓하고 싶지 않은 것은 괴롬을 많이 겪은 백성의 덕德이라, 우리가 벌罰주지 않나이다. 아마 민심民心이 천심天心이라거니 천지신명은 불쌍한 백성들 한 번만 더 궁휼히 여기사 오늘밤에라도 비를 내리어 물 한 방울 때문에 빈사頻死의 경경境에 이른 우리 몸을 구원하소서.

아뢸 말은 많사오나 만목소조滿目蕭條 마음의 적막寂寞을 누를 길 없사와 땅에 엎디어 다만 절하옵고 신명께 따른 이 술을 우리가 나누어 마시나이다.

해토解土머리

경칩驚蟄이 지나면 산하도 긴 동면冬眠에서 깨어난다. 개울물 소리는 갑
작스레 높아지고 싱그러운 바람결에는 새들의 밝은 우짖음이 휘날리기
시작했다. 재빨리 뛰어나왔던 개구리가 쉽사리 물러가지 않는 추위에
놀라고 햇살 바른 가지 끝에 뾰족이 내밀었던 새싹이 도로 움츠린다 해
도 봄소식은 이미 산하山河에 그 입김 그 손길을 스치며 조용히 다가오
는 것이다.

해토解土머리의 갈라진 땅은 흐뭇한 물기로 솜같이 부드러워진다. 이
가난한 토양에서나마 푸진 가을을 염원하는 어설픈 일년지계一年之計가
기지개를 켜고 일어선다. 시달리고 쪼들린 살림살이에도 낙망하지 않
는 순한 마음 위에 봄은 소생의 꿈으로 흥겨워진다.

메마른 산하가 초록빛으로 물들면 꽃은 또 예대로 난만爛漫히 피어날
것이다. 씨 뿌리고 못자리하고, 바쁜 일손에 새벽일 보고, 들에 나와
해진 뒤 달빛 아래 돌아오는 사람들은 봄빛을 까맣게 잊어버리고 만다.

허기진 장장춘일長長春日을 풀뿌리, 나무껍질로 명맥을 이으려면 아
득한 보릿고개를 두고 봄은 그대로 잔인殘忍하기만 할 것을.

잃어버린 고향, 잊어버린 흙냄새에 산하山河의 봄소식 그 화면畵面을 아지랑이 같은 수심愁心이 앞을 가린다. 사랑하라 세월이여, 이 황토 기슭에 비바람이나 고르로와 풍성한 가을을 점지하기를 ─ . 어느 때에나 이 가난한 산하山河도 이마의 주름살을 활짝 펼 것인가.

─ 1966. 4. 2,《중앙일보》

비문碑文

조세림趙世林은 한양인漢陽人이니 이름은 동진東振이요, 세림世林은 아호
雅號러라. 나라 허물어진 뒤 정사丁巳 2월 고은古隱 매계동梅溪洞 향제鄕第
에 나서 스물한 살에 세상을 버리니 미취무후未娶無後함에 다만 한 권의
시집詩集을 끼칠 따름이러라. 한恨 많은 세상에 병들어 설운 노래를 부
르더니, 이제 고향의 앞산 남쪽 기슭에 길이 묻혀 바람과 달을 벗하는
도다. 죽마竹馬의 옛 벗이 그를 아껴 찬 산에 한 조각 돌을 세우고 그의
아우 동탁으로 하여금 두어 줄 글을 울며 쓰게 하노니, "망망한 이 누
리에 임 왔다 간 줄 고향의 하늘은 아오리라."

경진 봄 동탁 삼가 지음

운강 이강년 선생 순의 기념 비문

선비의 매운 절개가 서슬을 떨치매 민족의 잠자던 대의가 어둠 속에 홀
연히 빛을 나타내니 선비는 진실로 천지의 정기요, 나라의 기강이기
때문이다. 간악한 무리가 국정을 잡아 도적에게 나라를 팔고 거짓 벼
슬에 눈이 멀었던 세월에 초야에서 몸을 일으켜 원통한 백성을 이끌고
원수를 무찌르다가 충의의 푸른 피를 천추에 뿌린 이가 계시니 이는 운
강 이강년 선생이시다.

  선생은 근조선의 국운이 이미 기울기 시작하던 철종 무오 십이월 삼
십일 문경 도태리 고향집에 나서 쉰 한 살에 순국하시기까지 일생 행적
이 구국의 대의로 시종하신 분이다. 선생이 왜적의 침략에 항거하여
처음 의병을 일으킨 것은 고종 병신 일월 십일일이요, 무너지는 사직
을 붙들고 조국의 마지막 명맥을 지키다가 마침내 순의하신 것은 순종
무신 구월 십구일이니 이 열세 해 동안의 선생의 자취는 실로 장렬하기
짝이 없었다. 더구나 을사조약과 정미조약이 강제로 체결되어 우리나
라의 외교권과 군사권이 차례로 일본에게 빼앗기게 되자 땅을 치며 통
곡하고 일어나 다시 창의의 횃불을 들었을 때 선생은 이미 한 몸을 국
운 만회의 제단에 바칠 것을 결심하였다. 순종 정미 칠월이 원주 대장
민긍호 등 사십여 진이 제천에 모여 선생을 도창의 대장에 추대하고 그

휘하에 뭉치니, 선생의 탁월한 통솔과 군략으로 가는 곳마다 무수한 적을 무찌르고 무기와 군마를 노획하여 사기와 군성이 전국을 진동하고 국민들은 선생의 손으로 국난이 극복될 것을 기원하였다.

그러나 하늘은 끝내 우리의 강토와 겨레를 버리고 말았다. 순종 무신 유월 충청도 청풍 전투에서 적의 기습을 받아 선봉장 하한서 등 칠 인이 전사하고 남은 사졸이 잇달아 쓰러지매 처절한 싸움 끝에 선생도 중상을 입고 무정한 총알이 가슴을 꿰뚫지 않음을 한탄하는 시를 읊으시면서 적에게 잡힌바 되었다. 선생이 서울로 잡혀 오시던 날은 온 장안이 철시를 하고 남녀노소가 다 목을 놓아 울었으며, 선생은 옥중 사 개월을 위의도 늠렬하게 적을 꾸짖다가 그해 가을에 처형되어 순국의 의열이 되셨다. 선생은 구국의 큰 뜻을 중도에 꺾이운 채 추적의 흉검에 쓰러졌을지라도 선생이 계심으로써 겨레의 참뜻이 서슬을 떨쳤고 반만 년 이어 온 굳센 핏줄이 아주 끊기지 않았음을 천하에 밝히 보였다.

이 고장은 선생이 나서 자라신 곳이요, 창의의 깃발을 처음 세우시던 땅이니 당년의 감개가 아직도 백성의 마음속에 생생히 살아 있는 터전이다. 이제 뜻있는 사람들이 성력을 모아 비를 세우고 선생의 의로운 사적을 새기는 것은 살신성인의 그 높은 가르침을 길이 만대에 전하고자 함이다. 이 한 조각 돌이사 비바람에 깎일지라도 임의 꽃다운 이름은 잊힐 날이 없으리라.

단기 사천 이백 구십 이년 구월 일

한양 조 지 훈 근찬

의암 손병희 선생 유허 비문

백성을 도탄 속에서 건지고 민족의 정기를 존망의 위기에서 붙드는 것은 그 나라 그 백성 된 이의 저마다 잊을 수 없는 소망이라 할지라도 몸을 온전히 구국 제민의 대의 앞에 앞장서서 바침으로써 겨레의 잠자는 혼을 일깨워 이끌기란 비상한 사람이 아니고는 능히 할 수 없는 일이다. 근조선의 국운이 기울기 시작하던 비상한 때에 몸을 초야에서 일으켜 민중운동의 선구자로 민족운동의 지도자로 역사상에 큰 자취를 남긴 비상한 인물이 계시니 이는 의암 손병희 선생이시다.

선생은 4194년 4월 초 8일 청원군 북이면 대주리에서 나셨다. 천품이 영매 호방하여 어려서부터 중망을 지녔으나 부패한 사회에 쓰일 곳이 없는 몸이라 강개한 세월을 한갓 낭인 생활로 울회를 풀 따름이더니 4225년 10월 5일에 선생은 분연히 뜻을 세우고 동학에 입도하셨다. 이는 근세 조선의 대사상가요, 동학의 창도자인 최수운의 "보국안민 포덕천하"의 교지에 깊이 공명하셨기 때문이다. 때에 선생의 나이 스물두 살이었다. 선생은 동학도에 드신 그날부터 방종하던 생활을 청산하고 문을 닫고 들어앉아 매일 동학의 주문을 삼만 독하고 짚신 두 켤레 삼는 것을 일과로 하여 정진하며 한 달에 여섯 번 청주장에 걸어가 짚신을 팔아 생계를 이으시기를 삼 년을 마치고 나서 때마침 친히 선생을 찾아오신 동학 제2세 교조 최해월 선사에게서 동학의 도통을 받으셨다. 선생은 4227년 갑오 동학 의거에 최해월의 친명을 받아 보은 장터에서 진을 갖추고 남하하여 전봉준 군과 합세하셨으니 북접통령으로 동학군을 지휘하여 탐관오리를 베어 제폭구민의 기치를 세우고 척양척왜를 표방하여 민족 자주의 대의를 밝히셨다. 선생은 4230년 서른일곱 살 되던 해에 동학의 제3세 대도주가 되시고 이듬해에 최해월 선사가 순교하자 그 교통을 이으셨으나 휘몰아치는 동아의 풍운 앞에 날로 기울어 가는 조국의 운명을 좌시할 수 없어 큰 뜻을 품으시고 이름을 이상헌이라 변칭하여 망명의 길에 오르니 때는 4224년이었다. 중국 상해에 들러 국제 정세를 살피시고 몸을 돌이켜 일본 동경에 머물 때 노일전쟁이 터지매 선생은 국내의 교중 두목과 일본에 망명 중인 여러 인사와 손을 잡고 진보회를 조직하여 일대 민중 운동을 일으켜 독립정신을 고취하셨다. 때에 일부 반동분자가 발기한 일진회가 일본의 앞잡이로 을사조약을 찬성하는 흉서를 발표하자 선생은 권동진, 오세창, 양한묵 등 제공과 같이 급히 귀국하여 동학당으로 매국노가 된 일진회의 주동분자 이용구, 송병준 등 70여 명을 출교시키고 동학을 고쳐 천도교라 개칭하여 전통 제3세 교주라 일컬으니 선생의 수하에 모이는 자 백만을 헤아리어 교도의 숭앙을 한몸에 받으셨다. 4241년에는 대도주의 자리를 박인호에게 전수하고 경향 각지에 학교를 경영하여 육영사업으로 항일투쟁의 힘을 길러 조직과 훈련을 굳게 함으로써 시기가 무르익기를 기다리시더니 때마침 일차 대전 이후 민족자결주의 조류가 일세를 휩쓸자 국내외의 여러 지사와 더불어 전 민족적인 독립운동을 전개할 것을 결의하고 그 지도자로 추대되었다. 4252년 2월 27일에 선생을 필두로 한 33인의 이름으로 독립공원에서 이를 선포하니 우리 조선의 독립국임과 조선인의 자주민임을 세계만방에 알리는 독립만세 소리가 전국의 방방곡곡에서 요원의 불길처럼 일어나서 천지를 흔들었고 이로써 상해에 우리의 임시 정부가 서게 하였다. 선생을 비롯한 33인의 민족 대표는 왜경에 붙들리어 서대문 감옥에서 갖은 고초를 당하던 중 선생은 모진 병환을 얻어 보석되니 서울 상춘원에서 요양하시다가 4255년 5월 19일 드디어 환원하셨다. 향년이 예순둘이요, 서울 북한산 밑 우이동에 묻히셨다. 아, 선생의 이 민족을 위한 일대의 서원은 중도에 꺾이셨으나 갑오 혁명에 선봉이 되고 갑진 개화에 횃불을 들었으며 기미 독립의 진두에서 이 민족을 이끄신 그 맥맥한 정기는 날이 갈수록 빛을 더하고 있다. 이 터전은 선생이 태어나신 옛터로 조국을 위한 불타는 정성을 가꾸시던 고장이다. 풍우 당년의 크나큰 갈채는 아직도 백성의 마음에 생생히 살아 있거니와 선생이 드리우신 그 높은 정신을 길이 천추에 전하고자 이 비를 세운다.

4295년 4월 8일
조 지 훈 짓고
배 길 기 쓰다

 * 4294년 8월 8일 선생의 탄생 백주년 기념일에 즈음하여 충청북도 문화재 보존회는 조지훈의 글과 배길기의 글씨를 받고 성금을 모아 그 이듬해 4295년 3월 1일에 이 비를 세우다.

박찬익^{朴贊翊} 선생 비문

한 마음 지키기에 생애를 온전히 바치며 성패^{成敗}와 영욕에 아랑곳없이 심혈을 다 기울이고 가는 것이 지사^{志士}의 천고일철^{千古一轍}이다. 이역풍상^{異域風霜} 40년을 광복 운동에 구치^{驅馳}하다가 해방된 조국에 병구^{病軀}를 이끌고 돌아와 말없이 눈감은 이가 계시니 남파^{南坡} 박찬익^{朴贊翊} 선생이 그분이시다.

선생은 반남인^{潘南}이시니 이름은 찬익이요, 자^字는 정일^{精一}이며, 남파는 그 아호이다. 단기 4217년 갑신^{甲申} 정월 초 2일에 경기 파주군 향제^{鄉第}에서 나시니 발발^{勃勃}한 의표^{儀表}와 재기^{才器}가 향당^{鄉黨}의 촉망^{囑望}을 지녔으나 때는 이미 국운이 단석^{旦夕}으로 기우는 때였다. 경술국치^{庚戌國恥} 후 선생은 큰 뜻을 품으시고 대종교^{大倧敎}에 입교하여 동지로 더불어 북간도에 망명하시니 이로부터 40년을 길림^{吉林}, 봉천^{奉天}, 북평^{北平}, 상해^{上海}, 아령^{俄領} 등지의 우리 광복운동에 선생의 발길이 이르지 않은 곳이 없었다. 기미독립운동을 서북간도에서 참획^{參畫}하시고 이듬해 경신^{庚申}에는 상해에 이르러 대한민국 임시정부 외사국장^{外事局長}에 임하여 대중교섭^{對中交涉}의 요충^{要衝}에 당^當하였으며, 이어서 광동^{廣東} 비상정부^{非常政府}에 우리 임정^{臨政}의 대표로 2년간 상임^{常任}하였고, 4255년 임술^{壬戌}에는 예관^{晲觀} 신규식^{申圭植} 공이 순국한 뒤를 이어 교포의 교육과 보호, 대종교의 압박 해제와 그 선양宣揚에 치력致力하였다. 4262년 기사己巳 이후는 상해에 장주長住하니 임정의 대중對中 교섭사무에 선생의 덕망과 수완의 보람이 컸음은 임정동지제공臨政同志諸公이 역력히 증거 하는 바요, 선생의 중국명 복순濮純은 널리 중국 조야朝野의 신망을 얻은 바 되었다. 백범白凡 김구金九 주석을 보좌하여 낙양 군관학교 한생반韓生班의 창설을 성취한 것도 선생의 공이었다. 4272년 기묘己卯 봄에 중경重慶에서 임정의 법무부장法務部長이 되시고 이듬해 경진庚辰에는 국무위원國務委員에 선임되어 6년간을 그 임에 당當하셨으니 을유乙酉 해방 후 임정이 환국還國한 뒤에도 선생은 주화대표단장駐華代表團長으로 중국에 잔류하여 삼 년간을 남북화南北華 각지를 분치奔馳하며 교포의 구호와 귀환알선사무歸還斡旋事務를 주관하였다. 극무劇務과로의 나머지 불기不起의 중환을 얻어 4281년 무자戊子 4월에 귀국 요양하였으나 약석藥石의 효效 없이 장서長逝하시니 향년이 66이요, 서울 시외 망우리 묘지에 묻힌 바 되었다. 부인 심沈 씨는 부군을 따라 남북만주와 상해, 중경을 전전轉轉하며 위로 구고舅姑를 받들고 아래로 자녀를 거느려 국사에 몸을 바친 부군을 대신하여 아들과 아버지의 구실까지 겸해서 갖은 고초를 겪으니 선생의 공적 뒤에 부인의 덕德이 큰 줄을 세상이 일컬으게 되었다. 3남 2녀를 끼치시니 아들은 천준天俊, 시준始俊, 영준英俊이요 딸은 덕원德媛, 영숙英淑이며 손자 천경天慶, 천권天權, 천인天寅, 천일天一이 있다.

금년은 선생이 돌아가신 지 열 일곱 해 되는 해이다. 선생의 아들 영준의 뜻을 듣고 선생 일대의 자취를 간추리노니

"깊이 감추고 팔지 않음이여 지사志士의 뜻이로다. 한 조각 붉은 마음이사 백일白日이 비치리라."

4297년 5월 일

한 양 조 지 훈 찬撰

위창葦滄 오세창吳世昌 선생 비명

가슴에 불꽃을 지니되 모습이 항상 부드럽고 몸을 국사다난國事多難의 즈음에 구치驅馳하되 마음이 한묵유예翰墨游藝의 고아高雅한 경지에 자적 自適할 수 있음은 이 모두 다 오랜 세월을 닦고 기른 나머지에 능히 할 수 있는 것이니, 근세사상近世史上에 이 두 가지 경지를 아울러서 큰 자취를 끼치신 분은 위창葦滄 오세창吳世昌 선생이시다.

선생은 해주인海州人이니 역매공亦梅公 경석慶錫의 맏아드님으로 1864년 갑자甲子 7월 15일에 서울 ○○동 본제本第에서 나셨다. 재기才器가 숙성夙成하고 기골이 준위俊偉하여 안으로 가학家學을 이어 금석학金石學과 서예에 정진하고 밖으로 개혁의 선봉에 서서 일찍 두각을 드러내었다. 1895년 을미乙未에 농상공부 참의參議 우정국郵政局 통신국장通信局長을 역임하고 개화운동에 투신하니 1896년 병신丙申과 1902년 임인壬寅의 두 차례에 걸쳐 일본에 망명함을 비롯하여 선생의 생애는 파란 많은 민족사와 운명을 같이하였다.

1906년 병오丙午에 동학東學에 입도入道하시고 같은 해에 《만세보》萬歲報의 사장이 되셨으며 1909년 기유己酉에는 대한민보大韓民報 사장이 되어 초창기 언론운동의 선구자의 한 분으로 공헌하셨다. 때에 이용구李容九 일파가 일진회一進會의 이름으로 친일 매국의 흉서凶書를 발표하자 선생은 권동진權東鎭, 양한묵梁漢黙 제공諸公으로 더불어 의암義庵 손병희 선생을 보좌하여 이용구 일파를 출교하고 동학의 정통으로 천도교를 세웠으며 기미독립운동己未獨立運動에는 천도교측 대표의 일인으로 33인에 열列하여 그 핵심에 획책劃策함으로써 3년의 형을 받으셨다. 손병희 선생이 환원還元한 뒤에는 박인호朴寅浩, 권동진 제공으로 더불어 천도교의 원로로서 교계의 영수領袖가 되었을 뿐 아니라, 그 뒤의 민족운동에 선생의 참획參畵과 지도와 후원의 관계가 없는 것이 거의 없을 정도로 선생은 중망衆望을 지니셨으니 을유해방乙酉解放 후에도 반탁운동反託運動을 비롯한 민족진영의 모든 대중운동에 지도자로 추대推戴되었다. 1950년 경인庚寅의 6 · 25 동란으로 대구에 우거寓居하시다가 1953년 계사癸巳 4월 16일에 장서長逝하시니 향년이 90이요 사회장으로 모시었다. 사남을 두시니 일찬一纘, 일철一澈, 일용一龍, 일육一六이요, 손자에 천복天福, 천욱天郁, 천득天得, 천익天翊, 천혁天赫이 있다. 선생은 한국 서도사상韓國書道史上 근대 독보의 거벽巨擘으로 특히 전서篆書는 동양삼국東洋三國을 울리셨고 유저遺著 《근역서화징》槿域書畵徵은 한국 미술사 자료정리의 선구로서 이미 고전이 되었다.

선생이 돌아가신 지 어느덧 열 한 해라 묘도墓道의 입석立石에 즈음하여 선생 일대의 자취를 간추리노니

"백년 비바람에 거옥巨獄이 감추임이여 일념一念 단충丹衷이사 금석金石에 남으리라."

1964년 갑진甲辰 3월 1일

조 지 훈 찬撰

* 당초 지훈에게 청탁되었던 비명碑銘의 이 원고가 늦어져서 다른 분의 원고로 대체되었음 — 위창葦滄의 삼남 오일룡吳一龍 씨의 말.

이육사李陸史 비문

광야曠野를 달리는 준마駿馬의 의지에는 조력槽櫪의 탄식이 없고 한마음 지키기에 생애를 다 바치는 지사志士의 천고일철千古一轍에는 성패成敗와 영욕榮辱이 아랑곳없는 법이다. 천부天賦의 금심수장錦心繡腸을 만강滿腔의 열혈熱血로 꿰뚫은 이가 있으니 지절시인志節詩人 이육사李陸史 님이 그분이다.

님의 본명은 원록源祿이요, 일명一名은 활活이니 육사는 그 아호이다. 1904년 갑진甲辰 4월 초 4일에 안동군安東郡 도산면陶山面 원촌遠村 향제鄕第에서 퇴계退溪 이 선생의 후예 서은공西隱公 가호家鎬의 둘째 아드님으로 나시니, 어머니 허許 씨는 허공형許公衡의 따님이요, 의병대장 왕산旺山 허위許蔿 선생은 그 종숙부從叔父이셨다. 이는 학문과 기개氣槪에 이러한 혈통을 받은지라 어려서 재기才器가 환발渙發하여 향당鄕黨의 촉망을 지녔으나 때는 국운이 이미 다한 때였다. 조부 치헌공건식痴軒公巾植께 한학을 수업하다가 스무 살에 표연히 도일渡日하여 일 년여를 방랑하고 스물세 살 되던 해에는 다시 발길을 대륙으로 돌려 북경사관학교에 입학하였으니 이로부터 님의 일생은 조국광복운동에 바친 바 되었다. 1927년 가을에 잠시 귀국하였다가 장진홍張鎭弘 의사義士의 조선은행 대구지점 폭탄사건에 연좌連坐되어 백형伯兄 원기源祺와 숙제叔弟 원일源一

더불어 삼형제가 함께 체포되어 이 년여의 참혹한 형벌을 받았다. 때에 님의 수인번호囚人番號가 64인지라 인因하여 그 음을 취하여 육사陸史로 아호를 삼았으니 자조自嘲와 자허自許가 얽힌 이 이름은 임의 생애를 상 징하는 바 되었다. 육사는 그 뒤 북경대학 사회학과를 필업畢業하고 북 화北華 남만南滿을 구치驅馳하며 때의 독립운동 집단이던 정의부正義府와 군정서軍政署와 의열단義烈團의 활동에 운계運繫하는 사이 국내에 들어와 서는 중외일보中外日報와 조광사朝光社와 인문사人文社 등 언론기관에 발길 을 멈춘 적이 있었으나 그 걸음에는 항상 정처定處의 안일安逸이 없었다. 국내외의 대소사건이 있을 때마다 검속투옥檢束投獄되기 무릇 17회. 대 구, 서울, 북경의 감옥을 드나들다가 마침내 조국광복을 한 해 앞둔 1944년 1월 16일에 북경 감옥에서 41세를 일기로 순의殉義하여 파란 많 은 생애를 마쳤다.

육사의 시가 시단에 회자膾炙된 것은 1930년대 말의 일이다. 가열苛烈 하던 저항의 의지가 점철된 님의 시는 서늘한 응결凝結과 참신한 비유 를 얻어 장엄한 율격律格을 상징하였던 것이다. 시필詩筆을 늦게 들었고 남긴 시편이 얼마 되지 않으나 스스로 겸양한 바 이 가난한 노래의 씨 들은 님의 생애가 선비의 매운 절개를 위하여 만장萬丈의 광망光芒이 됨 과 같이 불멸의 명맥을 꽃피워 갈 것이다.

육사는 부인 안安 씨와의 사이에 일점혈육으로 따님 ○○를 끼쳤고 끝의 아우 원창源昌의 아들 동박東博으로 뒤를 이었으며 유저遺著 《육사 시집》陸史詩集이 장질長姪 동영東英의 손으로 엮어져 상재上梓된 바 있다.

금년은 님이 순의殉義하신 지 스물한 해 되는 해이자 환력環曆의 해이 다. 생전의 지기知己 시우詩友와 동도同道의 후배가 성력誠力을 모아 한 조각 돌에 유시遺詩를 새기고 겸하여 일대의 자취를 간추리는 것은 님 의 높은 뜻을 길이 기념하고자 함이다.

"광야를 달리던 뜨거운 의지여 돌아와 조국의 강산에 안기라."

1964년 4월 일

한양 조 지 훈 찬撰

기당幾堂 현상윤玄相允 선생을 생각함

수많은 비극을 빚어낸 한국의 동란도 이미 세 해째의 한 마루턱을 넘기고 말았다. 국내외의 미묘한 정세의 착종錯綜은 평화와 자유를 위한 희생으로 죄 없는 이 민족을 십자가에 못 박아 둔 채로 그 명간절치銘肝切齒의 호소에는 귀를 닫고 있다. 한해를 질질 끌기만 하던 휴전회담도 포로교환 문제를 위요圍繞하고 절정에 오른 느낌이사 주지만 과연 정전停戰은 우리에게 무엇을 선사할는지 우리는 아무것도 예단豫斷할 수가 없다. 악몽이라기에는 너무나 큰 현실의 상처를 끼친 한국의 동란, 그 발발勃發의 날 6·25 전후를 돌이켜 보고 우리는 열혈만강熱血滿腔의 비분한 위개慨慨를 주체하지 못한다. 회로灰爐된 국토, 일실逸失된 문화재, 희생된 인재, 여기에 아무런 갚음이 없이 정전의 공문서 한 장이 이루어질 뿐이라면 우리는 이 원억寃抑을 어디에 호소할 것인가.

회로灰爐된 국토에는 판잣집 토막土幕이라도 지을 수 있고 일실된 문화재는 단념하고라도 원조물자援助物資에 호구糊口나마 의존한다 치더라도 희생된 인재는 불러도 대답이 없다. 이 민족의 앞날을 위하여 우리 부조父祖들이 어려운 살림 속에서 한 줄기 정성으로 길러 온 인재를 하루아침에 상실함으로써 우리 문화의 수준은 일조에 땅에 떨어진 감이 있으니 이제 바로 지적知的 복구復舊가 시작된다 해도 적어도 30년의 후퇴를 자인自認하지 않을 수 없는 것은 그 까닭이 인재의 상실에서 말미 암기 때문이다.

있어야 할 사람, 아쉬운 사람이 이렇게 그리고 기다려지는 마당에 우리가 스승으로 다시 뫼실 날이 초심고대焦心苦待되는 분이 바로 총장總長 기당幾堂 현상윤玄相允 선생이시다. 젊어서는 민족의 일꾼으로, 중년에는 학계 일방一方의 지주支柱로, 그리고 여생을 육영의 일념에 바치는 교육자로 선생의 그 강직한 기개氣槪, 치밀한 두뇌, 온화한 심흉心胸은 그 문하에 훈도薰陶를 받는 우리 고대 학생으로서 평일에도 경모敬慕의 염念이 컸거니와 이제 선생을 여의고 피난유전避難流轉의 수학修學의 때를 당하여 선생에 대한 경경耿耿한 사모가 평일에 더 함은 무슨 때문인가. 나라 안팎의 어지러운 자리에 우리가 학생으로서 어떻게 처해야 할 것과 어려운 환경에서나마 구학求學의 길을 어떻게 잡을 것과 전시 교육에 임한 학교 행정의 바른 조치措置가 선생이 계심으로써 순순醇醇하신 교론敎論을 우리에게 베푸실 수 있으리라는 선생에 대한 우리 문도門徒의 인간적 존숭尊崇과 기대의 일념이 오늘 우리들을 이렇게 간절하게 하는 것이라 믿는다.

한 번 안 된다는 말이 내리시면 끝내 변하지 않는 선생의 신념을 우리는 때로 융통성 없는 고집이라고 탓도 했으나 그른 일을 안 된다 하고 옳은 일을 허여許與하시는 선생의 태도는 옳은 것을 안 된다고 하고 그른 것을 강행하기에 기탄忌憚함이 없는 오늘의 지도자에게 얼마나 좋은 거울이 될 것인가. 학자로서의 성실과 청빈 속에 고고孤高하신 선생의 모습이 권세에 아부하여 구더기처럼 들끓는 세욕의 못된 선비에게 얼마나 좋은 채찍이 될 것인가. 의義를 위함이 그 몸의 살과 뼈를 결연히 깎으시면서도 눈물을 감추고 안으로 소리 없이 우는 선생의 심정은 또 얼마나 오늘의 우리의 가슴을 움직일 것인가. 이렇게 선생을 그리

위하는 마음이 나날이 갈수록 짙어 가도 우리는 선생이 지금 이승에 살아 계신지 혹은 타계하신지를 알지 못하고 살아 계시다면 어느 곳에 어떻게 견디시는지를 모르며 돌아오실 기약이 없음에 가슴이 막힐 따름이다. 선생이 아직 살아 계시고 돌아오실 날이 있다 치더라도 우리 앞에 오시기 전엔 이승에 안 계신 것과 다름이 없음을 생각함에 어버이를 여읜 자식과 같이 애통에 목이 메인다.

우리들 선생의 제자 된 무리는 아직 젊으며 세상에 머물 날이 선생에 비해서 길 것이니 백발의 수척하신 선생의 두 팔에 매달려 포옹할 날이 있으리라 믿으며 또 그렇게 되어야 할 것을 하늘에 기원한다. 6 · 25의 두 돌이 지나고 우리가 흩어져 귀근歸覲의 길에 오를 날이 멀지 않은지라, 옛 스승을 그리워하고 그분의 자애로운 이름을 부르는 것은 시사일비時事日非의 느낌에 목이 마르기 때문이다.

'기당幾堂 선생!' 연만만리煙萬萬里 해륙천중海陸千重의 저 하늘을 우러러 특히 선생에게 고려대학교의 소식을 아뢰고 싶은 심정으로 이 신문 한 호를 엮어 짠다.

— 1952. 7. 12, 《고대신문》

애도哀悼 강소천姜小泉 형

강소천 형이 벌써 세상을 버리다니 정말 천만뜻밖의 일이다. 아주 건강한 몸은 아니었다 할지라도 남달리 정력적으로 작품 활동을 하던 그가 간암이란 몹쓸 병을 지니고 있었다는 것을 생각이나마 한 사람은 정말이지 없었을 것이다. 북쪽에 떨쳐 두고 온 육친에의 애절한 사모思慕, 넉넉지 못한 살림을 꾸려 가는 노심초사勞心焦思, 보살펴 주는 이 없는 이 나라 어린이에게 마음의 양식을 주려는 안타까움, 이 모든 무거운 짐이 한창 일할 나이의 소천 형을 쓰러지게 한 것을 생각하면 소천 형도 모든 이 나라 선구자들이 밟은 불우한 운명의 길에 예외일 수 없는 희생이 된 것을 알 수 있다. 가슴 아픈 일이다.

강소천 형은 그의 짧은 한평생을 아동 문학의 외줄기 길에 바친 사람이다. 아동 문학을 천직으로 알고 주어진 책무에 성실하고 슬픈 운명에 수순隨順한 소천 형에게 왜 좀더 오래 살아 좋은 일 더 하지 않고 가느냐고 원망이라도 하고 싶다. 사랑하는 가족과 어린 독자들의 심정이 또한 그러할 것이다. 떠나간 사람을 돌이켜 원망하는 것은 그만큼 고인이 아깝고 아쉬운 사람이기 때문이다.

강소천 형은 이 나라 아동 문학의 터를 닦는 선배들이 모두 다 떠나간 뒤 그 뒤를 이은 분으로 우리 아동 문학사 위에 참여한 연륜으로 봐

서도 대여섯 손가락 안에 꼽힐 대가이다. 뿐만 아니라, 그는 우리 아동
문학의 한때의 새로운 전환기를 마련한 사람의 하나이다. 그의 첫 시
집 《호박꽃 초롱》은 젊은 날의 그의 모습을 지니고 이 나라 어린이의
가슴에 길이 남을 것이다. 삼십 년을 쉬지 않고 정진한 그의 수많은 업
적이 떠날 길이 바빠서 밤낮을 가리지 않은 정성으로 느껴지는 오늘의
이 마음을 일이야 좀 덜 하더라도 오래 살아 어린이의 재미로운 벗이
되어 줬더라면 하는 한스러움이 낳아 주는 부질없는 생각일 것이다.

　동심만으로 살다가 동심의 나라로 되돌아간 소천 형은 아기처럼 고
요히 잠들어 있다. 머지않아 호박꽃이 피는 계절이 온다. 소천은 호박
꽃 초롱을 들고 어디로 가려는가. 꿈을 찍는 사진관에 주인은 없고 소
천 형의 옛 꿈만이 남아 있고나.

1963. 5. 28 밤

― 1963. 6, 《아동문학》

당당한 사나이
정답던 그 이름 청마靑馬 선생

"청마靑馬 유치환柳致環 선생이 돌아가셨다"는 이 놀랍고 슬픈 소식을 신문사는 나의 귀에 분명히 들려주었다. 젊은이 못지않게 꿋꿋하던 분이 무슨 급환急患이었을까고 미처 묻기도 전에 전화는 그것이 불의의 교통사고 때문이었음을 알려 주었다.

병들어 죽는 것도 원통하다는데 더구나 이렇게 뜻 아닌 횡액橫厄으로 비명에 가셨다니 이 무슨 운수運數인가 말이다.

청마사백靑馬詞伯은 한마디로 말해서 당당한 사나이였다. 그의 부음을 받고 나는 그가 늙을수록 용렬庸劣해지는 사람들 속에서 늙어도 때묻지 않던 당당한 인간이었음을 생각하고 하나의 사표師表될 인격이 길이 이 세상에서 떠난 데 대한 슬픔과 적막감을 누를 길이 없었다. 희노喜怒를 잘 나타내지 않는 중후한 인간미는 거의 박눌朴訥에 가까우면서도 인정과 의리에는 자상하였고 항상 허무의 통찰 위에 초연코자 하면서도 현실의 속사에까지 성실하였다.

청마靑馬의 시는 이러한 그 인간성의 진솔한 구현이었다. 우리의 현대시에 끼친 바 그의 심원한 사색과 저항의 의지, 비장한 언어 등 그가 발굴하고 또 이룩한 세계는 오랜 세월을 두고 광망光芒을 잃지 않을 것이다. 스스로의 시를 일컬어 인생으로 더불어 겨루는 한마당의 격투라

고 하더니 청마靑馬는 드디어 일생을 두고 찾던 허무를 뜻 아닌 자리에
서 직면하여 대결하게 되었다. 그러나 그 대결의 뜻을 청마靑馬의 붓끝
을 통하여 들을 수 없음이 슬프구나.

청마靑馬 선생은 나보다 일갑一甲의 장이 넘으므로 그를 선배로 공경
했다. 그러나, 오랫동안의 사귐에서 이루어진 정의는 우리를 한 지기
지우知己之友로 대하게 하였다. 머릿속을 스쳐가는 그 많은 주석의 회상
에 정신 모르게 취한 청마를 본 것은 단 한번 정도로 왕년의 그는 무량
주無量酒였다.

우리가 같이 만들었던 여러 단체의 활동이며 거기에 얽혔던 슬픈 인
간성의 가지가지 이야기들이며 6·25 동란 때 같이 종군하여 청마는
원산으로 나는 평양으로 구치驅馳하던 옛 생각들, 그것도 그는 다 깨끗
이 덮어두고 갔다.

작금昨今 양년兩年 나는 병약으로 두칩杜蟄하여 거의 거리에 발을 끊
다시피 했기 때문에 간혹 잠깐씩 다녀가는 청마靑馬와 만날 기회가
없게 되었다. 어느 때든가 《현대시학》現代詩學지의 좌담회 때 술자리
를 같이했던 것이 고인故人과 마지막 작별이 될 줄은 누가 짐작이나
하였겠는가. 나의 병약은 선생을 영결永訣하는 마당에도 달려가지 못
하게 하니 멀리 운산雲山을 격隔하여 옛날의 그 음성 그 모습을 그릴
뿐이다.

청마靑馬 선생! 저승이 있다면 우리 거기서나 다시 만나 막걸리 잔을
앞에 놓고 옛날의 고담高談과 아론雅論을 계속하십시다그려. 그리고 우
리 다시 이 세상에 태어날 수 있거든 남들은 거지같은 나라라 비웃는
나라일지라도 우리 다시 한국에 태어나 괄시받는 시를 사랑하는 사람
으로 또 한세상 살다 가십시다그려. 집 한 간을 못 남겼을망정 여남은
권의 유시집遺詩集이 어찌 돈으로 따질 수 있는 부이겠습니까. 옛날의

주석에서 당신이 치시던 젓가락 장단이 그리워지는 밤입니다. 아! 청마靑馬 선생.

— 1967. 2. 16

오일도吳一島 선생 추도사

1946년 3월 초이틀은 고故 오일도吳一島 선생이 서세逝世하신 지 사흘 되는 날이니 이날 선생을 영결永訣하는 마당에 시하생侍下生 조동탁趙東卓은 삼가 일로향一爐香을 사르고 선생의 영靈앞에 아뢰나이다.

선생의 세상 버리심이 어찌 이덧 빠르시옵나이까. 병원일새病院一塞의 남쪽 창 앞에 수척하시나마 온아溫雅하온 선생의 모습을 뫼신 적이 어제 같사온데 문득 부음 받자옵고 창황히 달려오니 육신은 아직 이에 계시건만 부드러우신 음성, 순순諄諄하신 교회敎誨 이미 듣자올 길 없는지라, 평일에 남다른 권애眷愛를 받아 온 소자의 비통이 하늘을 우러러 부르옴을 선생은 아시나이까 모르시나이까.

세상이 모두 의義 아닌 권세에 팔려 병들 때에 삼간초옥三間草室에 묻혀 서권書卷 속에 낙樂을 구한 이 선생이시며 핍박과 조소嘲笑 위에 초연히 앉아 시주詩酒로 벗 삼은 이 선생이시니 비단 마음 수놓은 창자에는 슬픔과 괴로움도 욕되지 않아 지는 꽃 부는 바람 속에 눈물로 티끌을 닦으며 선생은 호올로 가셨나이까. 어버이께서 출타出他하신 지 자여自餘에 치패置牌하지 못하시와 이 자리에 선생의 손길 어루만져 나노심을 뫼옵지 못하오니 두 분 평석平昔의 사귐을 소자 아옵는지라 그 한스러움이 어떠리오만 소자의 슬픔이 더함은 다만 이와 같은 의리에 좇음만이

452

아니로소이다.

친히 고구古舊를 논하실 제 말씀이 매양 다정다한多情多恨의 구句에 이르매 문득 선생의 호를 부르시와 탄식하여 마지않으심을 어려서부터 듣자옵더니 병자丙子 가을 수사壽私의 천변소옥川邊小屋에 선생을 처음 모신 후로부터 이듬해 봄 망형亡兄의 유고遺稿를 엮으실 제 눈물을 뿌려 서序하심에 미쳐 선생의 다정을 가슴에 새겼사오며 뵈올 적마다 소자의 약한 몸을 근심하시고 졸拙한 글을 깨우치심이 어느 땐들 심금心琴에 울리지 않은 적이 없었나이다. 소란한 세상에 낙백落魄하여 강호江湖에 머무를 적에는 회포와 울분을 베푸심이 스승의 위의威義에 지기의 온정을 아울러 주신지라, 이로 하여 선생의 다한多恨을 또한 깨닫지 않을 수 없었으니, 저의 설움과 괴로움도 선생으로 하여 가라앉고 위로 받을 수 있었삽거늘 이제 선생을 여의고 다시 누에게 이를 물으오리까. 다만 남기오신 글을 기궐剞劂에 부처 안두案頭에 받들고 길이 선생을 뵈옵는 듯 읽겠나이다.

면면綿綿한 사모思慕의 정은 다할 바를 모르오나 만목소조滿目蕭條, 심중의 적막을 풀 길 없사온지라 무사蕪辭를 몇 줄을 엮어 이에 마음의 슬픔을 하소할 따름이오니 하늘에 계신 영靈은 굽어 살피옵고 올리옵는 이 한 잔 술을 드소서.

— 1946. 3. 2

별이 푸른 하늘로 흘러가듯이

정해년丁亥年 11월 8일 고 석진희石鎭喜 양을 길이 이승에서 떠내 보내는
자리에 몇 줄기 글을 엮어 삼가 고인의 영靈 앞에 드리노라.

서러워라 그대 일찍이 세상을 버림이여, 별이 푸른 하늘을 흘러가듯
이 그대 땅 위의 조촐한 넋으로 하늘나라에 옮겨갔어라.

하늘가에 그윽이 부르는 소리 있어 그의 손길이 이끄는 대로 그대는
이 육신을 한갓 육신으로서 남기고 갔으니 맘망茫茫한 이 누리에 그대
왔다 간 자취는 마침내 한 줄기 바람과 같이, 그대 떠나간 자리에 남겨
진 옛 기억은 그대 어진 마음의 향기러라.

내 그대를 안 것이 지난 해 9월이니 한 해 남짓한 동안에 안들 얼마나
깊이 알 수 있으랴만 그대 천성天性의 향기를 내 스스로 보았고, 다섯
해 그대를 사귄 벗들이 그대의 부드러운 바탕, 밝은 머리, 참된 마음을
매양 일컬음에 이르러 나도 그대를 믿고 반기던 한 사람이 되었어라.
내 젊어서 남을 가르친 허물이 있어 그대 여섯 달 나의 하잘 것 없는 얘
기에 귀 기울었나니 이로써 부질없는 사제의 의誼를 말하는 이 있더라
도 스승과 제자란 오직 착한 보람을 가지고 아름다운 삶 누리러 참된
걸음 함께 찾는 벗이란 뜻에 지나지 않나니 내 반생半生의 세월에 그대
와 더불어 10년의 옛 벗을 느꼈어라.

서른이 못 되는 스승이 있어 그 제자의 죽음 앞에 슬픈 글을 지어야 한다면 하늘이 무심함을 어찌 견디랴. 인사人事의 설움이 이에서 더함이 있으랴. 아, 내 부질없는 스승이어라.

그대 병들었다는 소식을 들었을 때 나 또한 세상 번거로움에 심신이 병들어 한 달을 누웠다. 그대를 찾으매 그대 내 건강을 근심하여 편히 쉬기를 권하였으니 내 어진 깨달음과 옳은 말을 들음으로써 삶의 보람을 삼는지라. 그대 권면이 고마웠건만 그대의 충고를 저버리고 병든 몸으로 이 자리에 섰음이 부끄럽지 않음이 아니로되 죽음 앞에 허심虛心해 버린 내 마음이 무척 가볍기도 하여라.

나 이제 세 번째 그대를 찾아옴에, 아! 그대의 넋이 이미 땅 위에 있지 않았도다.

말이 적은 사람이 더욱 말이 없는 곳에 내 안타까움을 못 이겨 이내 문을 열고 나온 것이 그대를 이승에서 길이 여읜 마지막 기억인가 싶어라. 어제 저녁 구노(Gounod─편자주)의 가극歌劇《파우스트》를 읽다 혼곤히 잠들었을 때 문門 밖에 찾는 이 있어 나아가 보니 밤비 후드득이는 속에 들리는 목소리는 그대 생전에 가깝던 두 사람이라. 내 이미 두 사람이 밤중에 찾음을 보고 그대 온전히 이 땅 위에 인연을 끊은 줄 알았어라. 아, 서러워라.

그대 스물네 해 오직 순정純情으로써 길을 닦아 천성문天城門 안에 이르렀으니 그대 소란한 이 세상에 온 뜻은 순純한 영靈만이 하늘에 통하는 길임을 알리고자 함이어라. 운명에 복종하는 이만이 운명을 초월할 수 있는 것인가?

살아서 그다지 서럽던 죽음이여, 이제 죽음 앞에 새삼스레 서러울 것 없노니 아름다운 영혼이여! 명목瞑目하라. 여기 그대를 위하여 우리가 모였노라.

─1947. 11. 8

서간·기타

김金 형에게

김 형

형을 못 만난 지도 어느새 한 열흘이 지났나 봅니다.

이제는 집안일도 좀 보살펴야겠다고 탄식하더니 요즘 몇 날을 거리에 안 나오시는 걸 보면 다시 책읽기와 화초花草 가꾸기에 재미를 붙이신 듯 소란한 거리에서 홀로 마련하신 심한경정心閑境靜의 낙樂이 부럽기 그지없습니다. 제弟는 이 부질없는 청춘의 방황이 어느 날에나 끝이 날는지 말하여 풀릴 설움이 아니요, 그렇다고 해서 무슨 까닭 있는 한恨도 아닌데, 생래生來의 소방疎放한 성질 때문에 이렇게 거리로 불려 나와 헤매면서 취하고 또 술이 깨면 엄습해 오는 뼈아픈 참회 때문에 자신의 생활에 대한 혐오를 주체할 수가 없습니다.

형과 못 만난 몇 날 동안 집안에 엎드려 있는 사이 졸拙한 시고詩稿 몇 편을 이룬 것이 누가 되어 제弟는 오늘 또 이름 없는 주사酒肆에서 이 글을 쓰고 있습니다. 옛날 같으면 술과 안주만 곁들여 있으면 하룻밤 여기 붙잡혀 있는 것도 바이 싫은 일이 아니겠으나, 이 노릇이 싫어진 것은 형도 아시는 것, 모자라는 주전酒錢 때문에 형에게 이 글을 쓰는 것이오니 이 사람 편에 더도 말고 돈 3만 원圓만 보내 주시기 바랍니다. 술자리가 흥이 있든지 형의 호탕豪蕩을 자극刺戟하고 싶으면 술값을 지

니고 오시기를 권하겠으나, 술자리도 흥겹지 못하고 형의 한거지락閑居
之樂을 깨뜨리고 싶지 않으니 그저 돈만 보내시기를—. 오늘 저녁 술
값 외에 돈은 더 필요하지도 않습니다.

　잔 들어 시름을 녹이려니 시름은 다시 시름을 더하더라는 옛 시가 있
더니, 이 편지 보고 나서 철 안 드는 제弟가 민망스러워 혀를 차시는 형
의 우정을 모름이 아니나 다만 오늘 저녁의 시름을 더 크게 하시지 마
시기를 빌 뿐입니다. 형의 화분에 기다리던 꽃이 피거든 기별하시면
제弟도 미음천작微吟淺酌의 맛을 오래간만에 누리려 합니다. 내 심정을
알아줄 이 오직 형뿐이라 나의 통음痛飮에 대한 이 미련을 너무 허물하
시지 마시압.

매화주실梅花酒屋에서

손제損弟 지훈芝薰 올림

광일화상光一和尚 예하猊下

오늘은 매우 즐겁습니다. 항시 벗을 그리워하는 정이 면면하던 중 혜엽惠葉과 용태容泰, 화룡化龍, 호진浩鎭 삼형三兄의 글월을 아울러 받으니 유달리 하늘도 밝은 날 초의범부草衣凡夫의 가슴에 고요한 유열愉悅의 물결이 입니다. 고야산高野山 속에서 경經을 펴는 그대의 양자, 다 같이 고적孤寂한 마음입니다. 조용히 편지 쓸 겨를도 없는 정진精進, 다만 부러울 따름입니다. 비제鄙弟는 열상劣狀이 의구依舊하오나 얻은 바 하나 없는 적막한 삶입니다. 외롭고 슬프고(이도 화려한 슬픔이 될 수 있겠습니까)…. 희비를 번복하는 초절超絶된 삶. 세상에 무슨 모순이 있습니까. 세상보다도 인생 일대가 비극이라더니 허언虛言이요, 재미있는 장난입니다. 슬퍼서만 눈물이 나는 것이 아니라 즐거워서도 나는 것이요, 기뻐서 웃는 것이 아니라 슬퍼서도 웃는 것이라. 천지의 정이 극極한 곳에 우리 중생은 오직 연기자이니 나의 연기에 남이 웃고 울고 남의 연기에 나도 또한 충실한 관중. "화상이시어" 중생은 완구玩具가 아닙니까. 이 완구를 감상鑑賞하는 자 또한 중생이 아닙니까. 굳이 범부凡夫를 벗어날 필요가 무엇입니까. 석가도 공자도 기독基督도 결국은 이색적인 인기배우가 아니었겠습니까. 제왕과 노예를 겸兼한 나. 부처와 나를 겸兼한 나. 나 아닌 나를 잠시 믿어 나라고 하고 밥을 먹으며 잠을 자고

소변을 보고…. 이것도 마침내 슬픔인 것입니까. 동물원의 원군猿君은
쳇바퀴를 타고 도는 것이 사람을 웃기는 재주니 우리도 육도六道에 윤
회하여 무량중생無量衆生으로 하여금 재미로운 극을 보게 하는 것은 어
떨까요. 중생이 다 성불成佛하는 날 삭막한 광야曠野에 다시 새로운 슬
픔은 없겠습니까. 개가 개가 아니요, 닭이 닭이 아니요, 내가 내가 아
니면 거짓 개, 거짓 닭, 거짓 내인지라. 진실한 나는 어디 있습니까.
번뇌는 곧 보리菩提인데 환멸의 육체와 진공眞空의 심心은 어찌 분리한
것입니까. 번뇌 즉 보리의 일원론一元論과 물심이원론物心二元論 이것을
하나로 모을 때 미운迷雲을 걷은 곳에 달 없이 밝음을 보겠습니다. 정신
을 곧 육체다 하면 번뇌는 곧 보리가 아니겠지요. 거울에 먼지를 닦기
전에 아니 닦은 다음에 그대로 성불成佛이라 할까요. 그는 집착입니다.
우리는 한 걸음 나아가 거울 뒤의 수은水銀마저 벗겨야 하겠습니다. 우
주와 천지에 통하는 역력고명歷歷孤明한 것. 마침내 부처가 없습니다.
그렇다면 중생도 없습니다. 다시 범성凡聖을 겸兼한 나! 그것은 범凡도
아니요, 성聖도 아니겠지요. 육자陸子의 우주는 변시오심便是吾心이란 말
이 있으나 오심吾心은 경하물竟何物고 하면 역시 오심吾心은 즉시우주卽是
宇宙를. 이 이상 명답은 없을 것입니다. 다음에 제弟의 시선詩禪의 결론
(그것은 다음 문제의 전제입니다)을 내리겠습니다. 파격잡문破格雜文.

    山自山　水自水　詩自詩　心自心.
    〈山水詩心都兩忘　人來鳥不驚　鳥鳴我不知.〉
    水自淸　心自明　我自生　鳥自滅.
    〈鳥生暮死貫古今　月白泉聲細　山深杜宇啼.〉

        6. 20,　오대산 월정란약月精蘭若 지훈지훈芝薰 돈수頓首

462

광일光一 형 정탑하靜榻下

시험도 끝났으므로 상원사上院寺 서대西臺, 중대中臺를 돌아오니 형의 글월과 아울러 대학신문의 반가운 선물이 와 있었습니다. 글이 곧 사람이라기 형을 대한 듯하옵니다. 어찌 변하지 않음이 있으리요만 예나 지금이나 변함없는 동탁東卓입니다. 그러면서도 나도 모르는 사이에 나는 자꾸 달라지는 모양입니다. 생멸천류生滅遷流! 그러나 변하는 가운데 변하지 않는 나를 나는 아직 모릅니다. 진실한 나 그건 알고 싶지도 않습니다. 비밀이 없는 것처럼 슬픈 일은 없나니 적나라한 나를 찾아선 무엇합니까. 알면 곧 슬픔이요, 번뇌입니다. 절대의 산山에 다시 자라는 슬픔, 그것은 상대의 세계 미망迷妄에서 찾은 절대의 기쁨입니다. 현실에 접근하여 악착한 모순에서 생의 환희를 맛보려는 형이나 기쁘지 않는 기쁨 슬프지 않는 슬픔 — 그것은 눈물입니다 — 을 낙관樂觀이라는 미명 아래 포섭시키고 짐짓 유유悠悠하려는 동탁東卓이나 나는 조금의 거리도 생각지 않습니다. 다 세상을 살아가는 소견법逍遣法인가 합니다. 나의 낙관에서 슬픔을 보시는 형! 나는 다시 형에게 감복하겠습니다. 동탁은 자기를 모르는데 형은 아시니 인간은 만물의 척도라는 말도 쾌快하지 않습니다. 생물에는 습성이라는 것이 있지 않습니까. 적응성이란 것이 있지 않습니까. 내일 내가 어떻게 변할 것을 예단豫斷

하겠습니까. 오늘 일을 내가 모르거든…. 변한다는 것도 믿을 수 없습니다. 이러는 동안에 나의 세계라는 것도 모르는 듯이 자라겠지요. 암만해도 나는 미친놈 같이만 생각됩니다. 이젠 월정사月精寺란 곳도 시끄러운 곳입니다. 더 깊이 어느 암자에서 형과 같이 먹고 잤으면 그로써 족하겠습니다. 한암漢岩 스님께는 역시 아무것도 묻지 않았습니다. 물론 얕은 물음이야 얼마든지 묻고 싶었으나 나는 그런 곁사람들보다 높고 싶진 않습니다. 무설무문無說無聞이 시진설진문是眞說眞聞이라기에 손수 권하시는 차만 마시며 먼 산의 흰 구름을 봤을 따름입니다. 영봉靈峰의 산암山庵들을 돌며 나는 다만 그들의 공부를 방해하지 않고 말없이 풀밭에서 하늘을 볼 뿐이었습니다. 나 아닌 것에서 찾은 나의 생명 그것이 바로 시詩였습니다. 번뇌란 얼마나 아름다운 꽃입니까. 아름다움은 환幻이요, 곧 추醜라 다시 이것을 뒤집고 나니 나 역亦 번뇌 앞에 무릎을 꿇습니다. 선禪도 아니요, 꿈도 아니요, 하여간 고요히 앉아 무엇을 생각한다는 것 그것만으로 살아 있는 복福이 족足하지 않습니까. 여인을 연모戀慕해도 좋습니다. 모래알처럼 바삭바삭한 삶 어쩌면 쾌히살 수 있는가. 인과因果를 부정하고 윤회를 작란作亂으로 보고 나의 여여선如如禪에는 우주구극宇宙究極의 체득도 이차원적인 문제입니다(우선 좋은 모든 잡념사려雜念思慮의 연금장鍊金場, 九九 八十一 打成一片 是甚麼 詩禪一味). 암만 생각해도 영단英斷의 집착입니다. 웃어 보십시오. 나의 이 생활을 부러워할 이 뉘 있겠습니까. 있다면 곧 뉘우칠 것을 모르는 이겠죠. 하나, 판단이 뉘우치기 때문에 살고 있는 인간 그렇기에 오히려 미덥지 않습니까. 다 뉘우칠 일이라면 어찌 뉘우침이 있겠습니까. 슬프다 생각하면 눈물도 나더니 그것이 곧 웃음입니다. 나에게는 통 불성佛性이 없습니다. 밤낮 동탁東卓이거니 보살이라 해도 좋고 부처라 해도 좋고 오불관격吾不關格으로 결국은 사람이요, 기타는 다 별명이라, 별명에 내가 팔리고⋯. 추어주는 버릇, 깎는 버릇, 기림 듣고 싶어 하는 본능. 석가는 몇 배 더 강렬한 인간본능의 추구자입니다. 동물일수록 사랑흡도다 영성靈性의 날개여. 그러니 침허화상枕虛和尙도 꽤 농담을 즐기시는 모양입니다. 그러나, 초초草草이라고 했자 조금도 부끄러울 것 없습니다. 슬프다, 광일화상光一和尙이여. 그대는 울 줄을 아는가. 세상이 어찌 이리도 재미가 없는가, 웃지 않고 배길 수 없는 슬픔. "차茶는 차인데 어째 뜨거울까" 상원다실에서 친근한 노선사의 물음. 부기不羈의 여여귀선답如如歸禪答에 왈 "지척이 천리로소이다", "천리가 곧 지척인데 여긴 어디뇨", "일생이一生二로소이다", "일자一者는 경하물竟何物고", "일리一理는 만수동야萬殊同也로소이다", "같지 않음이 없는데 만수동萬殊同은 하야何也오", "보리차의 번뇌여 만수망萬殊忘이로소이다". 형, 서로 통하지 않는 문답이 통하듯 한 것은 웬일이오. 시역망상야是亦妄想也. 그러나 망상을 물리치지 않는 나의 선은 '멋'이란 것에 귀일歸一하는가 봅니다. 불역쾌재不亦快哉아, 가가대소呵呵大笑. 꿈에 부처를 뵙고 깨니 백운천재공유유白雲千載空悠悠로다. 비너스를 본존으로 하고 석가, 기독, 노자를 뫼시는 미美의 종교를 믿으며 동탁은 미의 나라에 절대귀의絕對歸依하렵니다. 이제 나는 미美 아님이 없는 자연경自然經에서 비극미의 첫 절을 독송讀誦하고 있습니다. 가련한 이여, 짐짓 슬픔에 웃으라. 웃음 속에 너의 조국이 있나니라. 조국 있는 자여, 울면서 즐거운 자여! 어떻습니까. 작성하昨聖夏 견암見庵에서 잠시 일우一愚와 형과 더불어 몇 날 신선이 되었더니⋯. 쾌快하다, 광일이여. 쾌하다, 동탁이여. 이제 나는 붓을 멈추고 음주삼년飮酒三年의 추억을 화두話頭로 삼매三昧에 들렵니다. 내일 이곳을 떠나 8월 20일경까지 서울 있겠습니다.

광일光一 형에게

광일 형!

오대산의 아침도 퍽은 아름답다고 볼 수 있습니다. ― 제弟는 벌써 이곳으로 돌아왔고 서울을 거쳐 온 형의 글월도 오늘에야 읽을 수 있게 되었습니다. ― 그러나, 나는 아직 나의 혼을 움직이는 그런 위대한 자연에도 인격에도 접할 수 없었고 또한 지금도 없기 때문에 결국 오대산의 아침도 별다른 새 맛이 있을 리 없소. 형이 이미 오대산을 나보다 먼저 봤으니 나는 고야산의 정역淨域을 생각할 따름입니다. 서울생활 한 달 동안에 빼빼 말랐으니 이로 미루어 그를 가히 알지나 호진浩鎭은 나에게 유쾌한 기만을 당함으로 만족했고 나와 운소雲昭는 호진에게 '삐루' 한 타스의 대가로 마지막에 다만 "왕자여, 돈이 떨어졌거든 그만 궁궐로 돌아가시라"란 한 말을 남기고 셋이 쾌소快笑하던 일 정말 또한 쾌하지 않을 수 없더이다. 내가 떠나오던 전날 밤의 일(또 한 가지 쾌뉴스는 나의 와일드 사숙私淑이 낳은 연인 '완이김'을 만난 것). 준석 형은 며칠 못 놀고 떠났으나 벗 하나 만나기 위하여 보름 가까이 기다려 준 일이 못내 고마웠습니다.

각설, 나는 사흘 동안 독감이 걸려 코피를 두 차례나 대접으로 받아내고 오늘 겨우 정신을 차리자 이 붓을 들었소. 내가 이곳 온 뒤로 오직 낙이란 것이 형에게와 준석에게 편지 쓰는 것이라고 할 수도 있소(준석 역시 나에게와 형에게 편지 쓰는 것이 숨김없는 즐거움이라 했으니 형도 응당 그러리라 믿소). 그리고, 형의 여름 동안 수도원에서 보냈다는 일, 나는 놀라웠소. 그것은 무슨 별다른 뜻의 경외敬畏의 염念이 아니라 자신의 건강을 자기가 사랑할 수 있는 거리에 이르른 젊은 해진海鎭을 나는 도저히 따를 능력이 없소. 약한 몸 더구나 약만 먹는 여곽지장藜藿之腸에도 독한 소주를 간간이 들이키니 여기선들 무슨 건강이 그리 좋을 리 있겠소. 지훈이는 이제 소주 한 컵에도 녹초가 된답니다(다만 그대가 놀랄 만한 한 개의 신념으로 살아가고 있소. 그것은 무엇이뇨 왈). 아무렇게 살아도 칠십 전엔 죽지 않으리라. 형, 신념을 잃지 않은 곳에 죽음은 침범하지 못합니다. 다만 나의 생활에 이 신념까지 잃는다면 나도 물론 미완성의 천재로 요절하는 수밖에 도리가 없죠만…. "칠십을 살면 웬만한 세상맛은 다 볼 것이리라."

형은 어째서 니체에게서 지훈의 일면을 찾은 것이며 광일光一의 일면을 찾은 것입니까. 그것이 곧 나 아닌 것에서 찾은 나의 생명입니다. 먼저 편지에서 나는 극히 짧은 이 말의 서두만 뗀 것입니다만 이것은 곧 시의 가장 초기적인 보편적인 즐거움일 것입니다. 그 다음은 무엇이 필요합니까. 필요라기보다 당연으로 나에게서 찾은 나 아닌 것의 혼. 다시 나아가 나 아님이 없는 곳에 이루어진 그대와 나의 생명에의 향수. 형, 시란 철학이란 모든 인간이 영위하는 일이란 "생명에의 가없는 노스탤지어"가 아니겠습니까. 그러면 나는 이 삼단의 논조에서 연역하여 시의 정의를 불가능한 대로 시험하겠습니다.

시란 지정의知情意가 합일된 그 무엇을 통하여 최초의 생명의 진실한 아름다움을 영원한 순간에서 직관적으로 포착한 것이다. "최초의 생명은 곧 최후의 생명이니 우주를 일관하는 것이로다." 나는 일찍이 이렇게 모든 것에 너그러움을 지닌 시의 해설을 보지 못했습니다. 그러나, 사실은 시를 위해서는 이 말 한 마디가 막걸리 한 잔 값에 못 가는 것이 딱하지 않소. 하하[呵呵].

　형이 만일 니체에게서 지훈의 전체와 광일의 전체를 찾았다면 대철大哲의 사상에서 공통된 사상을 새삼스레 느낄 필요가 없을 것이오. 인간이 가진 가장 강한 본능의 하나인, 무엇을 해보겠다는 욕망 ─ 그것은 태반殆半이 명예욕을 배경으로 하는 것이라 믿소 ─ 이것밖에 또 무엇이 있겠소. 이것이 곧 같은 인간으로서의 같은 욕망으로서의 진실로 슬픈 생명에의 향수가 아니오. 일찍이 생명의 실상을 잡은 자를 나는 보지 못했소. 다만 하나인 생명을 알려고 애쓰는 인간의 노력, 땅의 동서를 물론하고 한정된 인간의 번뇌로써 어찌 공통되는 생각이 나타나지 않겠소. 우주의 광막廣漠에 비하여 인간의 두뇌란 실로 창해滄海의 일속─粟이오만 알려고 애쓰는 것이 인간의 가치요, 영원히 알려질 수 없는 것이 또한 우주의 신비며 생명의 실상이 아니겠소. 석가도 노자도 장자도 새삼스레 그런 소리를 지껄인 것이 다 집착이란 말이오. 그러니 내 일찍이 니체의 초인超人, 장자의 진인眞人, 노자의 성인聖人, 석가의 불佛을 마음해 본 적이 있으나 이제 나는 이 어느 것에도 편협된 매력을 느끼지 않소. 무의식적인 섭취로 나는 나의 이상 ─ 사실은 이상이란 말처럼 내가 싫어하는 것은 없소 ─ 하는 생의 본능을 거세하지 않고 아름다이 사는 범부凡夫, 그것은 어쩌면 쾌히 사는가, 멋있게 사는가 그것뿐이오. 그러나 정신적인 멋이 형이하적인 멋에 비길 것이 아닌 것만은 사실이오. 남을 도우려 하지 않으며 안 도우려 하지도 않으며 나를 사랑하지도 않고 안 사랑하지도 않으며 남의 도움을 바라지도 않으며 안 바라지도 않으며 오직 이와 같을 따름이로다. 종교와 철인哲人이 새삼 무슨 필요가 있으리요. 칼로카가티아 kalokagathia! 오호선이미嗚呼善而美.

시詩와 선禪, 물론 일미一味요(道離多理卽一也니까). 그러나, 양립하는 모순이 잘도 융합하는 도의 경지에서 보면 이는 한 웃음거리에 지나지 않을 것이오. 그러니 사실은 시와 선은 아무 관계가 없소. 그러나, 일찍이 즉卽과 일一의 사상을 만끽滿喫한 지훈은 계교計較니 분별分別이니 망상妄想이니 하는 것이 또한 싫증이 났소. 그렇게 말할 필요도 없는 것이니까. 다만 청산靑山도 절로절로 녹수綠水도 절로절로할 따름이오. 먼저 같지 않음이 없다는 것을 깨달은 다음 다시 같음이 없는 것도 알아야 하지 않겠소. 다 같다는 건 다 같지 않다는 말이니까 그 다 같지 않은 곳에서 공통된 시와 선을 찾아냄이 무에 그리 우습겠소. 서전西田과 니체에서 공통점을 발견하고 감격하는 형이나 시선일미詩禪一味를 새삼스레 부르짖는 나나 다 어린 일이지만 석가도 그랬거든 하물며 범부랴. 석가도 범부니 이것이 곧 살아 있는 재미로다.

세상이란 재미를 위해 사는 것이다. 재미란 우주의 도인 멋에서 나온 것, 그대와 내가 이렇게 인생을 논하고 우주를 논하는 것 이것이 어찌 멋이 아니리요(나는 지금 멋이 철학이란 내 사상과 처세관의 막연한 개념이었소). 생명을 떠나 멋이 없으니 꽃이 가고 잎이 지고 달이 이렇게 밝고 벌레가 울고 나 같은 우한愚漢이 철학을 논하고…. 쾌재快哉! 멋떨어진 것 이것이 최고의 경지니 떨어짐은 없음이 아니요, 여기에 이르면 벌써 멋 아님이 없소.

일체개고一切皆苦란 말에서 형도 응당 일체개락一切皆樂이란 뜻을 보았을 것이오. 그럼에도 불구하고 괴롭지 않음이 없음을 알면서 괴로움을 당할 때마다 괴로워하는 것은 어인 일이오. 이는 세상에 괴롭지 않은 일이 행여나 있을까 하여 행복을 찾기 때문에 괴로운 것이오. 진실로 다 괴로운 줄 알면서 무슨 괴롬이 있겠소. 이고득락離苦得樂이 별 것이 아니라 일체개고를 옳게 이해하는 데 있는 줄 아오. 즉, 일체개고에서 일체개락을 보는 것이라 믿소. 세속범용世俗凡庸의 도徒 학어지배學語之輩 능히 일一을 말하나 그 일一을 모르며 일체개고란 진리는 곧잘 설說하나 그 즐거움임을 말하지 않는도다. 이미 다 즐겁거니 다 괴롭고 그러니 나는 괴로울 때 괴로워하고 즐거울 때 즐거워하며 또는 즐거울 때 괴로워하고 괴로울 때 즐거워한단 말이오.

꽃에 접하여 호접蝴蝶 꿈꾸니 꼬꼬리 소리 들음에 내 마음 버들가지와도 같다. 내 번뇌를 사랑하거니 경境에 대하여 미迷함을 오히려 즐기놋다.

(같지 않음이 없단 말에서 우리는 다시 한걸음 나아갑시다. 이는 상식적인 권태니까…. 구원久遠의 정지靜止란 멋이 될 수 없습니다. 투쟁과 갈등도 멋 백척간두百尺竿頭에 일보를 나간 입장에서 논란합시다. 사실은 형과 나의 논쟁은 성립될 수 없는 것이니 자기의 고집이 없고 상대방을 이해하고, 다른 가운데 같음을 찾고 같은 가운데 다름을 보려고 하니 어찌 다툼이 되겠소. 끝으로 요번 형의 글을 받고 형의 집착력 세고 모든 것에 집중하기 쉽고 모든 것에 확고한 자신을 가지려고 하는 것이 우스웠소. 물론 이 글을 받고 형은 그놈 꽤 건방지다고 웃을 테지만…. 세상이란 변하기 쉬운 것 ― 어째 평범하다 ― 빨리 뜨거우면 빨리 식는 것. 그러니 형은 학문·종교 이 모든 것에 냉정하소서. 항상 안으로 불꽃처럼 작렬하면서 겉으로 빙산처럼 서늘한 것이 가장 좋은 멋이 아니겠소. 또 글을 주시오. 즉일로 답하리라.)

절대의 회의를 양식으로 순수낙관純粹樂觀하는
여여거사如如居士로부터

낙포樂圃 형 정탑하靜榻下

때마침 머루로 빚은 술이 무르익자 달이 둥그러 오고…. 병을 기울여 한 잔에 취하고 도연陶然히 달 아래 누웠더니 장에 갔던 아이가 한 장의 편지를 전하는지라 흐린 눈을 들어 살피매 그리워하던 벗의 글발일러라. 술의 흥이 다하기 전에 반가운 편지가 또 이르나니 이 밤이 어찌 쾌快하지 않을 수 있겠는가. 홍진홍래興盡興來하니 다만 세상이 쾌할 따름이로다.

글을 받고도 곧 답을 씀이 저마다 쉬운 일이 아니어늘 벗이 있는 바를 모르니 어찌 마음 옛정을 펼 수가 있으리요. 이는 피차의 허물이라 족히 말할 것이 못 되나니 어찌 다시 구구히 변명해 무엇하랴.

이미 홍진紅塵에 끼인 것이 아니니 또 무엇을 씻으리요. 다만 낮잠을 자고 싶으면 낮잠을 자고 염주를 세고 싶으면 염주를 세고 법당法堂을 돌고 싶으면 법당을 도나니 꽃이 가고 잎이 물들매 하늘을 우러르니 벌써 가을일러라. 머루를 따고 솔잎을 따고 당귀를 캐어 술을 빚으니, 슬프다 기다리는 벗은 종시 오지 않고 인호상이자작引壺觴以自酌하는도다.

선서禪書 한 권 염주 하나 술 한 병 이만 하면 살아 있는 복이 족하지 않은가. 물이 있고 뫼가 있으니 영화도 욕됨도 없는 몸 이것이 무명무위無名無位의 낙樂이로다. 철학도 문학도 선도 나는 모르노라. 다만 쾌히 아름다이 모든 것에 집執하지 않고 살아보련다.

번뇌즉보리煩惱卽菩提니 진십방盡十方이 무불시개안심입명지처無不是個安心立命之處라. 낙포樂圃여, 어디에 하룻밤 쉬어 갈 곳이 없겠는가. 청산靑山과 녹수綠水는 항시 유유悠悠하거니 새 짐승으로 더불어 풀을 베개 삼고 코를 곤들 또 무슨 슬픔이 있겠는가, 회한悔恨이 있겠는가. 흥래흥야장興來興夜長이 아니겠는가. 일체개고一切皆苦가 되는 것이 무엇이 슬플 것이랴. 나 아닌 몸을 나라고 하고 슬프지 않은 일을 슬프다 하여 소리쳐 울어본들 또한 무엇이 우습겠는가. 낙포樂圃여, 그대는 숙조투림宿鳥投林하니 일입삼경日入三更하는 때에 괴로운 나그네의 지팡막대 멈출 곳을 찾아 울며 헤매는가. 마침내 아무런 슬픔도 아닐 것이어니 따로 별다른 곳이 없는지라 청초靑草 베개 삼아 고요히 누움이 옳지 않으랴.

우리가 마음을 언제 잃었기에 다시 마음을 찾는 것인고. 마음을 잃었으면 어찌 잃은 줄을 알 것인가. 이미 잃지 않았을진댄 무엇을 또 찾을 것인가. 나는 다만 찾지도 않으며 잡지도 않으며 기르지도 않고자 하나니 이를 방우행放牛行이라 이름 짓노라. 방우이목우放牛而牧牛니 단도직입單刀直入의 상승선上乘禪이로다.

때마침 가을. 하늘은 높다. 풀밭에 누워 피리를 부나니 소는 한가히 풀을 뜯는도다. 내 소를 본 적 없으며 또한 사랑하지 않으니 소는 나를 따르고 따로 소 있는 곳을 만들지 않았으나 해가 지매 소는 집으로 돌아오는 것이니 내가 소인 것인가 소가 나인 것인가. 나도 소도 필경畢竟 공空한 것. 나는 다시 웃노라. 낙포樂圃여, 중생은 무엇을 방하放下해야 하는가. 하하[呵呵].

신사辛巳 중추中秋 월정란약류月精蘭若留

방우행자放牛行者 지훈芝薰 사상謝上

답答 홍낙포洪樂圃 형

석류꽃 피는 철에 형을 만나 오래 막힌 정회情懷를 조용히 풀 겨를도 없이 홀연히 갈린 후 형을 그리는 마음이 평일平日에 더한 바 있었는데 문득 형의 귀한 글발을 받게 되니 적막한 산창山窓에 그 반갑고 빛나옴이 측량하기 어렵습니다. 헛된 바쁨에 떠서 사는 몸이 한 조각 글월을 올리지 못하고 매양 형의 귀한 글월을 먼저 받게 되니 그 부끄럼이 어떠하리요만은 세인世人이 편지의 선후로서 그 우정의 경중輕重을 논論하지 않음이 제弟를 위하여 얼마나 다행한 일입니까. 먼 산 둘레 붉게 물든 나무에 가을바람이 날로 소슬하온데 귀하신 몸 편안 하오시며 보시는 일도 재미로울 듯 진실로 형은 섭세다방涉世多方이라 거친 물결 속에서도 유연悠然하시고 마음을 다스리기에 한 길이 있어 진누塵累의 사이에서 안여晏如하시니 뉘 장하다 이르지 않으리까. 동탁東卓은 고리故里에 돌아와서 서너 간의 초옥을 엮고 이미 어초漁樵의 반려伴侶에 들었으니 스스로 돌아보건대 한낱 좀버러지에 비길지라. 또다시 이를 말이 없으되 때로 책 덮고 붓을 던져 탄식함을 마지못하나니 청춘의 방황이 어찌 이다지 심하고 구전성명苟全性命의 괴로움 가엽고 또한 우습기까지 합니다. 다만 이사이 몇 날 동안은 두어 가지 황국黃菊으로 벗을 삼아 소견消遣하오나 서릿바람이 날로 높아 가거니 아지 못게라. 이 꽃인들 이제 몇 날이 남았으리. 잎 지고 산은 빈데 기인 밤을 잠 없이 어이 지날 것이겠습니까. 가을일이 바쁘와 촌저寸楮를 얻음이 이다지 늦었음을 용서하시기 바라오며 끝으로 정체진중淸體珍重하심 비옵나이다.

상풍일고霜風日高 미여차화지기일未如此花之幾日

답答 박준규朴浚圭 님

눈 쌓인 차운 산에 형을 맞아 청담아론淸談雅論을 즐기기에 기인 밤이 깊은 줄 몰랐더니 굳이 소매를 떨치신 후 문득 달이 넘은 듯 삼소三宵의 정다움은 새로운 꿈을 더했으나 성고成痼된 지 오랜 게으름이 진작 글월 드린다면서 뜻을 이루지 못하고 이제 먼저 베푸신 글월 받자오니 면면한 정회情懷 넘치나니 형의 길이 잊지 않으신 뜻 즐거움을 무엇에 비기리까. 날사이 남은 추위 아직 있사오나 바람이 오히려 마음 시원한 것이, 구름이 향기로워 날마다 바라도 그리운 산이요, 밤마다 들어도 싫지 않은 물소리라, 무르익는 봄보다도 이런 봄인 듯 아닌 듯이 속일 수 없는 계절의 그림자가 좋지 않습니까. 진작 도동渡東하신 듯 향정안후鄕庭安候 자로 듣자오며 귀하신 몸 편안하신지요. 진실로 진십방盡十方이 무불시개안심입명지처無不是個安心立命之處라면 대도大道는 반래개구飯來開口하고 수래합안睡來合眼하는 범상凡常의 이곳에 있을 것이오나 기우멱우騎牛覓牛의 미부迷夫에게는 정政히 대도大道는 또한 이런 곳에 있지 않고 어느 아득히 먼 칠보장엄七寶莊嚴의 그런 곳에 있지 않으리까. 하하, 청담약적유한아려淸談若寂幽閒雅麗 이런 곳에 제弟의 시심詩心을 기울였고 또 앞으로도 그럴 것이오나 가만히 생각하면 글이란 도에 있어 '참'이라 할 수 없고 시란 문장에 있어 또한 티끌이라. 그만 울면서 시를 버릴까 하노이다. 그러나, 모든 허망虛妄이 그대로 진眞일진댄 시詩나 인간이나 다 같이 없어질 것, 마침내 아름다운 허망虛妄이기 때문에 참다운 아름다움이 될 것이니 시가 어찌 영생永生을 바라리까. 무상無常이 없다면, 생멸변화生滅變化가 없다면 이미 희비애락喜悲哀樂도 없는 것, 시가 어디에 몸을 의지하리까. 그러므로, 시는 희노애락喜怒哀樂의 미계迷界에 있고 인因하여 시는 도道에 있어서 티끌塵이로되 때문에 도의 표현이 되고 그 한 상相이 될 것이다. 이렇게 생각하면 어찌 시를 쉽게 버릴 수 있으리까. 시로써 오도悟道는 못할망정 어느 젊은이 하나 되지 않는 시 쓴다고 일생을 버린 줄 누가 안다면 그로써 족하지 않으리까. 아는 이 없어도 그대로 좋은 것, 뜬구름 흐르는 물이 벗이 되지요. 종후鍾厚형 만났습니까.

趙 弟 東 卓 謝上

476

답^答 정호대아^{正鎬大雅}

오래 그리던 나머지 받자 온 글월 반갑고 빛나옴 무엇에 비기리까. 침묵의 덕德이 우정에까지 미칠 줄이야…. 무척은 추운 겨울이었습니다. 이 추운 겨울 동안을 형은 일생에 커다란 전기轉機를 지을 정신精神의 대수술을 단행하셨다니 얼마나 축하할 일이리까. 곧 뛰어가 만나 밤 깊도록 실컷 얘기 나누고 싶은 마음 금하기 어렵습니다. 제弟는 이 겨울도 그대로 무위無爲. 다만 차운 현실 속에서도 나의 밝은 슬픔과 화려한 꿈을 잃지 않고 지내온 것이 기쁜 일일 따름이로소이다. 암울한 감정은 잊어진 본성本性에 대한 구원救援을 갈구하는 시인의 상정常情이요, 밝은 감정은 스스로 일초일목一草一木이 천연 그대로의 시美에서 호흡하듯이 만상시화萬象詩化의 창조의 힘 속에 싸여 있는 본성을 찾을 때 맛보는 즐거움이라 부를 수 있겠지요. 일찍이 제弟가 얻은바 화려와 정적靜寂의 조정調整 그것은 범미론적汎美論的 낙관樂觀의 호수에 일말애수一抹哀悲의 동경憧憬의 세우細雨를 뿌리고 내 한 마리 백로처럼 고담古淡히 조으는 것이니 나의 이데아의 세계는 어디 있는 것이겠습니까. 서라벌의 에스프리는 지극히 밝은 것이되 약간 슬펐고 뜨겁고 힘찬 것이되 또한 고요하고 서늘함을 잃지 않았으니 이는 모름지기 뜨거운 사랑과 그윽한 슬픔이 합일合一된 심화에서 이루어진 것이라 함은 나의 신라문화新

羅文化에 대한 첫 인상이거니와 서라벌의 혼에서 얻은 균정均整, 조화調和, 상칭相稱, 온화溫和, 정일靜逸 이런 것이 나를 고전주의에의 발을 디디게 한 원인임은 형도 아시겠지만 여기서 내가 패션보다도 이모션에 치우치게 된 것은 그것은 또한 나의 개성이요, 어쩌면 서라벌의 개성도 애초에 여기에 기울어질 무엇이 있었던 것입니다. 형의 희랍정신希臘精神 얘기와 근자近者 제弟가 한 단락段落을 지으려는 시론詩論 '서창집'西窓集의 구상에 대해서는 복사꽃 피고 지는 철 불국사 호텔에서 나누고 싶은 것이오나 제弟의 요즘 병약과 교통난交通難 또 경제난이 뜻을 이루게 할는지? 제弟가 가든지 형이 오든지 서울서 만나든지 하여간 만납시다. 종후鍾厚형 자당慈堂 작고作故하신 줄 언제 만나셨습니까. 시는 겨우 이 〈파초우〉芭蕉雨란 것 한 편 썼으나 형의 기호嗜好 맞고 맞지 않는 것은 내 알 수 없고 또 불관不關의 일입니다. 가가呵呵.

芝 薰

여與 정호대아 正鎬大雅

뜰 앞 가득히 우거진 잡풀 사이에 빼어나 향기롭던 황국黃菊이 이울기 시작하였습니다. 두 달 가까운 날수, 작은 초가를 묻어 주던 청향淸香이 몇 달째 높아 가는 서릿바람에 그만 시들고 어제부터 소슬한 늦가을 비가 내립니다. 서리 오기를 기다려 핀 꽃이니 어찌 서리에 못 이겨 스러진 것이리까. 이제 깊은 산에 무엇을 벗하며 더욱이 잎 지고 산은 빈데 기인 밤을 잠 없이 어이 지낼 것이리까. 기인 밤처럼 고요한 삼동三冬을 문 닫고 앉아 그리운 사람에게 편지나 쓰며 또 편지나 기다리며 그렇게 살아 보겠습니다. 국화菊花가 이울었기에 벗이 불현듯 그리워지는 것입니다.

답^答 이류헌^{李榴軒} 님

깊은 산에 눈이 쌓이니 낮도 오히려 밤같이 고요한 것이 폐문종일^{閉門終}^日에 무료^{無聊}의 감이 정히 견디기 어렵더니 문득 반가운 글월 받자오매 따뜻하고 빛나는 정이 궁여^{窮廬}에 가득하옵니다. 날사이 추위 심하온데 뫼신 나머지 귀하신 몸 편안하시오며 만가^{滿架} 시서^{詩書}의 그윽한 향기 속에 심한경정^{心閒境靜}의 낙을 누리시는지 그리운 마음 헤아리기 어렵나이다. 동탁^{東卓}은 탁탁 튀어오르는 뻬루 방울이 그리워 여름 한철을 서울서 나고 돌아와 뜰 앞 가득한 황국^{黃菊}으로 더불어 가을을 보냈더니 이제 한창^{寒窓}에 기대어 홀로 눈감으니 떠오르는 이 모두 벗들의 모습이로소이다. 종매^{從妹}의 혼설^{婚說} 나던 곳이 바로 영처남^{令妻男}이신 줄은 진엽^{眞葉} 받잡고 비로소 알았사오나 종매^{從妹}의 성격과 인위^{人爲}에 대해서는 제^弟로서는 무어라 이를 수 없으니 이는 형이 양해하실 것이지만 배우자에 대해서 여러 가지 궁금한 뜻을 가지는 것은 영처남^{令妻男}으로 더불어 왕가^{枉駕}하시겠다니 미리 반갑고 기다려지옵니다. 인생일대의 가연^{佳緣}과 형아격세^{兄我隔歲}의 심회^{深懷}가 함께 맺히고 피면 또한 어찌 작은 쾌사^{快事}라 이르리까. 떠나시기 전 전보 주시기 바라옵고 우선 두어 자 올리나이다.

趙 東 卓

답答 척숙戚叔 유정기柳正基 님

적막한 궁산窮山에 찾는 이 하나 없어 날마다 홀로 창턱에 기대어 푸른 산 위로 났다가 사라지고 다시 떠오는 확연廓然한 태허太虛 위의 한 오리 구름을 벗하여 외로이 사옵더니 오늘 내리신 글월 받자오니 가득한 종이 위에 넘치는 면면한 정회情懷 그 빛나옴을 무엇에 비기리까. 애지구도愛知求道의 뚜렷한 신념 위에 살아 세론世論에 초연하여 속류俗流의 비방비방誹謗을 물리치고 잠심완리潛心玩理함이 이 마땅한 학도의 본분이라 할지라도 경境에 대함에 때로 번뇌 없을 수 없는지라, 병세病世의 울분은 정히 동병상련同病相憐의 느낌을 금하지 못하나이다. 마침내 밝음으로써 어둠을 비추일 때를 믿고 자위自慰하는 수밖에 무슨 길이 있으리까. 저는 이와 같은 괴로움을 이겨 나가시는 귀하신 뜻에 만강滿腔의 지지支持와 충심의 감동을 가지는 자입니다. 바라건댄 거세비지擧世非之라도 역행이불혹力行而不惑하소서. 저는 일찍이 산암해정山庵海亭의 사이에 헛되이 해를 보내고 이룬 바 하나 없이 이제 깊은 산에 묻혀 구전성명苟全性命에 급급할 따름이라 무엇을 운위云謂하리오만 오히려 처음 뜻을 굽히고 싶지 않거든 하물며 수권數卷의 저서를 이루고 다시 참선參禪의 법열法悅을 누리시려는 데 있어서야 또 무엇으로써 경하敬賀하오리까. 필설筆舌로 다하기 어려운 허다한 얘기는 후일 배오拜晤의 기회를 기다리기로 하옵고 하탁下託하신 데 대하여 삼가 답 드리고자 하나이다. 한암종정漢岩宗正을 방문하는 데는 저 역亦 동행하고 싶은 마음 간절하오나 소란한 때라 병약한 몸이 과시果是 진수무용振袖無勇이옵고 소개장은 어려운 것이 아니오나 무설무문無說無聞이 시진설진문是眞說眞聞이란 방화상方和尚에게서 일 년 동안에 내 들은 바 한마디 법문法門이어니와 모든 선가禪家가 그렇듯 한암종정 또한 일체의 문자저술에 대해서는 그다지 성의를 보이지 않사오므로 귀저貴著 《불수십도》佛數十圖는 차라리 교학계敎學界의 권위이신 박한영朴漢永, 권상노權相老 두 분에게 교열校閱받으심이 좋을 듯하옵니다. 박한영 선생은 교학敎學에 있어서 당대 일인자로 선禪의 방한암方漢岩과 아울러 쌍벽인바 초대 종정의 물망에 올랐던 이입니다. 그리고 상원사上院寺에 가서 참선參禪하시겠다 하오나 지금은 승려 외에 좀처럼 잘 받아 주지 않고(식량 기타 관계로) 또 감시監視가 없지 않으니 과연 용이容易히 들어갈 수 있으며 안과安過할 수 있을지 의문이므로(참선하는 수좌首座도 노무동원勞務動員의 태반이 갔겠지요) 차라리 수년 후에 가심이 어떨까요. 그러므로, 일차 상경하시와 사세事勢를 관망하심이 좋을 듯합니다. 월정사月精寺 주지 이종욱李鍾郁(總本山 太古寺 宗務總長) 상기上記 박, 권 양 선생이 모두 서울 있으니 말입니다. 상원사上院寺에 오래 있지는 못하더라도 방한암을 만나고 탐승探勝도 겸하여 굳이 가시고 싶다면 소개장을 쓸 수는 있습니다. 회교回敎하압심 바라옵고 한훤寒暄 모두 줄이오며 두어 줄 올리나이다.

을유乙酉 5월 24일

척질戚姪 조동탁 올림

답^答 유정기^{柳正基} 님

글월 받자온 지 이미 달이 넘은가 하나이다. 조용한 마음으로 쓸까 하여 하루 이틀 미루어 왔더니 집안에 우환질고^{憂患疾苦} 뺄 사이 없어 산중 일력^{日曆}이 약^藥 달이는 사이에 덧없이도 흘러갑니다. 저 또한 피로의 나머지 몇 날을 앓고 이제 겨우 병리소한^{病裡小閑}을 얻어 몇 자 올리나이다. 예^禮에 어기고 정^情에 성김이 이에 더 큼이 있으리까마는 널리 용량^{容諒}하실 줄 아옵니다. 그동안 오대산 행을 파의^{破意}하시고 고독을 벗하여 새로운 계획을 세우셨다니 반가운 마음 이루 말할 수 없습니다. 실로 진십방무불시개안심입명지처^{盡十方無不是個安心立命之處}라니 묘심^{妙心}에 절^寸도 없는 것 입처개진^{立處皆眞}이 아닙니까. 이제 동서제자^{東西諸子}의 사상이 한 전당에 꽃피는 축전! 그리고, 깊은 사색의 촛불과 날카로운 비판 아래 유두분면^{油頭粉面}의 사상타쇄^{思想打碎} 이 모든 기대는 저만이 갖는 것이 아닐 듯, 시작이 반이라 하니 필생^{畢生}의 대사업을 오직 경하^{敬賀}할 따름이옵고 다른 말을 아직 못하겠나이다. 이 크낙한 일에 저의 원조공찬^{援助共撰}을 바라시니 말씀 감사하올 뿐 아니라 도리어 송구하옵니다. 작은 힘이나마 도움을 드리면서 흐트러진 머리를 가다듬고 어두운 마음을 밝히고 싶은 마음 없지 않사오나 저의 노둔천식^{魯鈍淺識}이 그 그릇이 아님을 아옵고 아직 나이에 좀더 온축^{蘊蓄}을 뜻할 것이요, 저술이 당치 않음을 스스로 느끼오니 다만 옆에서 고독을 위안하고 힘자라는 대로 자료를 제공하여서 귀한 사업의 성공을 돕고 기다림이 저의 마땅한 길인가 하나이다. 저 마침내 아무것 이루지 못할 사람인가 하오나 산 동안 뜻은 외로이 학문을 즐기다 가려 하오니 때때로 글월 날려 가르치심을 베푸시기 바라나이다.

척질戚姪 조동탁 올림

여기 보내는 프린트(祖師禪法脈圖, 支那思想系統一覽表 上代) 는 5, 6년 전 월정사 생도에게 논아 준 것으로 남은 것이 있기에 보내나이다. 평범平凡한 것이니 족足히 무엇을 취取할 것이 있으리까.

답答 유시중柳時中 형

몇 해를 티끌 거리 시끄러운 속에 부질없이 헤매이던 몸이 이제 이룬 것 하나 없이 병들어 고향에 돌아와 누우니 벗할 이 하나 없어 날마다 무료無聊히 창턱에 기대어 나날을 보내더니 이 깊은 산 속에 형의 왕가枉駕를 맞아 짧은 시일이나마 격의隔意 없는 의사를 나눌 수 있었음은 적지 않은 인연의 선물이요, 이즈음의 쾌사快事의 하나였습니다. 서울의 한 하늘 밑에서 서로 모르고 지냈음을 뉘 허물하리요. 한 번 만나매 곧 십년의 지기知己를 얻음이 아닙니까. 두 사람 사이나 세의世誼로 봐서 제弟의 좁은 방에나마 함께 자고 함께 몇 끼를 나누는 것이 마땅한 정과 예가 될 것을 모름 아니었으나 집안에 질고疾苦 있어 초전焦煎의 즈음이라 알고도 어쩌는 수 없었음 양찰諒察하시압. 떠나신 뒤 이내 날려 주신 반가운 편지 면면히 흐르는 정회에 잊지 않으신 뜻 감사합니다. 형의 고담박람高談博覽은 모름지기 제弟의 믿고 경앙敬仰하옵는 바이어늘 제弟에게 배움을 얻지 못함을 탄嘆하심은 어찌 송구하기 짝 없는 일이 아닐 수 있으리까. 하탁下託하신 바 숙어熟語 한글 음音은 수중에 아무 참고할 책도 없어 아는 것은 되는 대로 달았사오나 틀림이나 없을는지 저으기 두렵삽고 후일 고노古老 혹은 선배에게 질의質疑 교정하심 바랄 뿐 지금 제弟에게는 아무 방책이 없습니다. 졸시拙詩 수편을 가르치신 대로 초정抄로

하오나 형의 호의를 저버리지 못함이요, 족足히 써 두고 볼 것이 못 될 뿐 아니라 때 정히 이와 같음을 행이行李에 가짐은 여러 가지로 이롭지 못하니 한번 읽으시고 그대로 뜯어 버리시기 바라나이다. 스스로의 건강을 돌보아 양생養生을 힘쓸까 하오나 어지러운 심혼心魂이 어찌 안식이 쉽게 오기를 바라리요. 오직 안심코자 힘쓸 따름인가 합니다. 못 뵈옵는 동안 형체兄體 내내 보전保全하압심 비옵고 우선 이만 줄이나이다.

趙弟 東卓 배상拜上

진주 시우^{晉州 詩友}에게

주신 글월은 반가이 받아 읽었습니다. 병상에 누워 바라보는 하늘은 잊어버린 술과 시^詩와 벗들이 생각키워 문득 진주^{晉州}가 그리워지기도 하였습니다. 꾸준히 일하시는 여러 형들에게 아무 도움도 드리지 못하는 자신의 성고^{成痼}된 게으름을 스스로 민망히 여겨도 보오나 하루아침에 고쳐질 병이 아닌지라 꾸짖은들 무슨 도리^{道理}가 있겠습니까. 진주 시협^{詩協}의 특별회원을 서울 앉아 어떻게 감당하란 말씀인지? 혼란한 시류^{時流} 속에 시정신^{詩精神}의 고수^{孤守}가 바로 민족정신의 옹호^{擁護}에 일치됨을 알기 때문에 구태여 피하지는 않겠습니다. 일배소지장강수^{一盃笑指長江水}의 기개^{氣槪}는 병들었다 버리지 못할 것, 시^詩와 민족정신의 옹호란 다름 아닌 시^詩와 민족의 생활 제가치^{諸價値} 및 만방^{萬邦}과의 관련성 위에서 찾은 독자성^{獨自性}의 절규가 아닙니까. 오늘 이 정신의 옹호를 위한 시인이 영남에 많다는 것은 명리^{名利}를 초개시^{草芥視}하던 옛 선배의 한 끼친 기풍인 것도 같습니다.

9월 15일
조지훈 올림

목남木南 형에게

목남 형

적조積阻했습니다. 간혹 인편人便에 형의 소식은 조금씩은 듣고 있습니다만 어째 한세상 사는 사람 같지가 않습니다그려. 제弟는 작금昨今 양년兩年은 숙증宿症 기관지확장氣管支擴張의 악화로 세 차례나 입원, 올해는 전후 학기를 휴강休講하고 쉬고 있습니다. 집에 누워서 심장이 상당히 쇠약해진 듯 의사는 모든 짐을 벗고 전지요양轉地療養을 가라는데 그렇게만 할 수 있으면 오죽 좋겠습니까. 그런데 요즘 약간 생기가 도는 듯해서 스스로 이상히 여기고 있습니다. 앓고 있으면서 할 것은 다한다고 형은 웃으실 줄 압니다. 그 좋아하는 술을 끊었는데. 하하〔呵呵〕.

서원용徐元龍 군에게 가는 회답 동봉합니다. 답신答信 너무 늦어 미안해하더라고 전언傳言해 주시기를.

10월 20일

趙弟 東卓 拜

시암時菴 형에게

시암 형

　오는 듯 마는 듯 봄도 어느새 그렇게 왔다가 가나 봅니다. 날사이 뙤신 나머지 귀하신 몸이나 편안하오며 아기들 무탈한지 알고자 합니다. 제弟는 그날 무사히 귀소歸巢하여 이래爾來, 누항陋巷의 일력日歷을 술잔 속에 흘려보내고 있습니다. 이번 부산 걸음은 무슨 별다른 볼일이 있는 것도 아니요, 하도 울적한 심사가 바다나 바라보고 친한 벗들과 술이라도 마시고 나면 풀릴까 해서 갔던 것인데, 도무지 옛날같이 흥이 나지 않은 것은 친구들에게도 미안한 일이지만 나 자신에게도 매우 슬픈 일이었습니다. 떠나기 전 마련했던 노자는 출발 일자를 이틀 연기하는 바람에 대구서 탕진蕩盡했고, 이 처량한 세태世態는 오래간만에 만난 주붕酒朋들을 황혼이 되어도 서로 안타까이 얼굴만 쳐다보게 만들어서 그 쓰거운 표정들이 몹시도 마음을 울리는 것이었습니다. 제弟야 언제든지 부산에 가면 으레 형을 찾는 것이 즐거움이요, 따라서 형의 신세를 질 것을 각오하고 가는 것이지만 이번 우리 일행을 맞아 과히 넉넉지도 못한 형이 주인 된 수고를 혼자 도맡아 견디는 것이 상기도 마음에 남아 있는 것입니다. 몇 날 동안 우리 때문에 형의 시간은 또 얼마나 낭비되었을는지 ─ 다만 말하지 않아도 서로 아는 심정들이 능력이

미치는 안에서 최대한으로 즐거움을 누릴 수 있었다는 것이 고마웠습니다. 벗의 슬픔을 나누며 맛보는 데 우의友誼의 길이 아직 쇠衰하지 못할 까닭이 있겠사오나 제 슬픔을 위무慰撫하기 위하여 짐짓 벗을 괴롭히는 것도 우정의 신념에 어긋나는 것이 아닐까 저어할 따름입니다. 어지러운 마음의 갈피를 잡아 부산에 머물러 있는 동안 형이 제弟에게 베풀어 준 호의를 감사하는 것을 새삼스러운 일이라 노여워 마시기를 바랍니다. 집안일 보살피기에 자당慈堂께서 기력氣力이나 첨손添損 없으신지 문안이나 아뢰어 주시기 바라며 영중令仲 씨 형에게도 안부 전해 주시압.

년 월 일

趙弟 芝薰 拜

시우詩友에게

화한華翰을 받자 온 지 이미 몇 날이 지났사온대 진작 답答을 드리지 못한 허물 널리 밝히 살피소서. 일 없이 바쁜 몸에 게으름까지 늘어 마땅히 지켜야 할 예의를 갖추지 못하온 것입니다(간혹 지상에 발표되는 옥고玉稿를 읽던 중 이제 밝은 글월을 눈앞에 받자오니 더욱 반갑습니다. 더욱이 제弟의 심우心友 해진海鎭 군과 가까이 지내신다니 한 장 글월로써 십년의 지기知己를 얻은 듯하옵니다). 고요한 정야산亭野山의 정역淨域에서 잠심수학潛心修學하시는 형들을 마음 깊이 축복합니다. 많이 공부하소서. 시詩를 좋아하신다니 더욱 정다움을 느끼오나 제弟를 선배로 뫼시겠다는 말씀은 당치도 않삽고 제弟 이왕已往에 몇 편의 시 아닌 시를 끄적였사오나 아직 시를 모르오니 어찌 남을 지도한다는 것이 성설成說이 되겠습니까(근간은 그나마도 의식적으로 혹은 무의식적으로 시를 떠나 시를 공부하므로 감히 글월로 시를 운위하기 죄스럽습니다). 시란 남에게 배워서 알 것도 아니니 다만 많이 번뇌煩惱하시고 많이 생각하시고 쓰시고 고치고 하여 스스로 점두미소點頭微笑하는 때까지 공부하소서. 자신의 시 거울에 자기의 시가 난만爛漫히 꽃필 때까지 시는 부단不斷의 노력이 있을 뿐이라고 생각합니다. 시성詩聖 괴테는 "시가 나를 쓰는 것이지 내가 시를 쓰는 것은 아니다"라고 말했습니다만, 시가 나를 쓴다는 것도 내가 시를 쓴다는 것도 시도

詩道에서는 마찬가지 집착입니다. 사람마다에게 시가 있으되 이를 포착하여 닦지 않으면 시는 나타나지 않으며 시가 나타나되 시의 본체를 모르면 그는 망상妄想이며 또는 참의 시가 아닙니다. 진실로의 시를 보면 물물두두物物頭頭에서 시가 웃고 있는 것이므로 망상환화妄想幻化 내지 비시非詩가 없습니다. 시詩를 쓰겠다는 것도 시가 나를 쓴다는 것도 다 잊어진 내적 생명의 바탕에서 자연히 유로流露될 때 거기에 시가 있는 것입니다. 그러므로, 시와 내가 둘이 아니며 하나도 아니니 우주와 내가 완전히 합일될 때 거기에 시가 다시 탄생하는 것입니다. 형이 시를 찾던 그 순간부터 형과 한 포기 꽃, 한 마리의 새 내지 하늘을 흘러가는 구름이 다 같은 것이었습니다. 정성된 피와 얼을 바쳐 미美의 신神 비너스 앞에 고요히 무릎을 꿇으소서. 그때 비로소 형의 가슴에 시가 그윽히 미소할 것입니다.

   * 이 편지는 수신인受信人을 조사하였으나 알아낼 수 없었음
     ― 편집자

남령南嶺 형에게

남령 형, 서릿바람이 날로 높아 갑니다. 간밤에는 달도 무척은 밝았고 오동잎 지는 소리가 유난히도 세차게 내 창문에 검은 그림자를 지우며 떨어지는 것이었습니다. 세 번이나 주신 글월은 반가이 받자 왔으나 울어서 다할 설움도 아니요, 약 먹어 나을 병도 아니라 다만 탈 없이 사옵니다.

우리가 마땅히 가져야 할 새로운 낭만은 지난날의 그 동물적 규환叫喚만에 치우친 것은 아니겠지요. 다만 이 기교技巧의 미매未邁에 떨어진 시詩 정신을 다시 고양해야 할 것입니다. 기교의 구극究極에서 기교를 탈각脫殼하는 것 기교의 도저처到底處에서 다시 무기교無技巧의 기교를 체득할 것이란 말입니다. 질풍노도疾風怒濤와 같은 그런 패션과 이모션을 완전히 여과하여 이루어진 것 또는 아담범상雅淡凡常에서 건조체속乾燥滯俗을 거재去滓하고 얻은, 말하자면 초절超絶(그것은 바로 질풍노도요, 아담범상일 것입니다) 된 시혼詩魂이겠지요. 이것을 잠시 새로운 낭만이라 불러 둡시다. 진미지시담眞味只是淡… 지인지시상至人只是常은 가람 스승의 시적 이상이요, 또는 형과 나의 그것이기도 하였소. 그러나, 담상淡常 그것만에 집착할 것은 아닙니다. 결국 담상에만 시가 있는 것은 아니오 보다도 담상에 집착할 때 이미 시는 도망가고 말 것이니까…. 시인이 어찌 당동벌이黨同伐異할 수 있을까요. 참의 시에는 무슨 이즘이니 주의主義니 하는 차별이 없겠지요. 담淡하려고만 하면 흔히는 체滯하고, 상常하려고만 하면 흔히 속俗해집니다. 담淡과 상常을 버릴 때가 바로 속俗이 아雅가 되고 체滯가 담淡이 되겠지요. 형의 《채근담》菜根談 인용구引用句에 대하여 제弟는 다음의 일구를 겸兼해 보셨으면 합니다.

談山林之樂者담산림지낙자 未必眞得山林之趣미필진득산림지취
厭名利之談者염명이지담자 未必盡忘各利之情미필진망각리지정

―《채근담》 후집(後集)

옥고玉稿 〈광덕처〉廣德妻는 《삼국유사》의 광덕조廣德條와 동음이의격同音異義格이니 혼동될 우려 없어 그 향가鄕歌만 인용하고 '선화'善花라고 개제改題하는 것은 어떨까요. 제弟가 본 바의 몇 마디 고언苦言을 드리겠습니다. 첫째, 전체의 구성이 무대를 생각지 않은 것인데 이런 희곡을 대개 읽을 희곡이라 하는 모양입니다. 한 사람의 대사가 너무 길어서는 무대에서 이른바 따분하다는 험을 면할 도리가 없습니다. 우선 어떤 위치에서 한 사람만이 너무 긴 독백을 해서는 이른바 연극적 조화 내지 템포가 맞지 않는 것입니다. 그리고 등장인물이 적고 스토리의 단순히 삼막물三幕物로는 적당치 않고 잘 요리하면 가벼운 라디오 드라마 같은 데 아주 맞을 것 같습니다. 희곡은 어떤 한 줄기의 근간적根幹的인 것을 세우고 거기 무수한 변화와 잔재미를 붙여 굴곡이 많게 하여 이를 하나의 클라이맥스에 모아서 고조高潮에 오르게 하고 그것으로 종막終幕 내리어야 할 듯싶습니다. 우리는 전편소篇을 통하여 아무 맺힌 데도 없는 호리멍텅한 연극을 요즘 자주 보고 실망할 때가 많으니까요. 〈광덕처〉廣德妻는 대화 같은 것이 퍽 재미있는 것이 많고 더욱이 선화善花가 고민하는 장면은 감흥 깊게 재삼 번독飜讀했습니다. 내용에 있어서는 신라에 불교가 들어올 때에 민간에는 고유의 신도신자神道信者의 핍박을 받아 여간 그 포교布敎가 힘든 것이 아닌데 여기서는 너무 그 알력軋轢 면이 무시되고 순순히 불도佛道가 유통流通된 것 같은 것은 역사적 사실에 배반되는 것인 줄 압니다. 《삼국유사》를 보시면 알겠지만 아도阿道나 묵호자墨胡子를 죽이려고까지 했고 이차돈異次頓이 순사殉死한 다음 비로소 불교가 홍포弘布된 것이 아닙니까. 유랑有郞의 등장은 매우 재미있어 젊은 베르테르를 다시 생각하여 봤습니다. 그리고, 졸견拙見에는 형의 처음 의도, 즉 어떤 도덕 내지 종교적인 안가安價한 해피엔드로 막지 말고 좀더 잔인하게 선화善花를 마침내 죽여 버렸으면 어떨까요. 아도阿道의 설법說法은 간단한 흠은 있으나 무난하고 또 선화의 심적 고민이 크므로 쉽사리 감복感服하는 것은 혹 무괴無怪하나 광덕廣德의 포용성 내지 종막終幕의 귀결은 자칫하면 통속적으로 떨어질 염려가 있습니다. 희곡 한 편 써 보지 못한 제弟로서 꽤 건방진 수작을 늘어놓았나 봅니다. 〈흰 젖〉은 물론 산만하기 짝 없는 희곡이나 그 마지막 막에서 사시史侍가 운명殞命하는 곳을 중심으로 하여 아주 줄여서 개편改編해 보고 싶습니다.

제弟가 쓰려던 작은 논문은 상경 후 겨우 탈고脫稿해서 어쩌면 《춘추》春秋 11월호에 발표해 볼까 하는 생각도 있으나 아직 추고推敲가 완전히 되지 않아 주저하고 있습니다. 여러 번 주신 시조時調를 받잡고 한수의 시도 드리지 못해 죄송합니다. 여기 시조時調아닌 시조時調 두 수를 처음 시작試作해 봤으나 고갈枯渴한 정신에 족히 글을 이룰 수 없어 그대로 올리오니 대가大家인 형은 웃어 주소서. 그리고, 시조로서의 불완전함을 쾌快히 지적하시기 바랍니다. 시를 쓴다고 한 시절을 보냈으나 다시 생각하면 나는 영원한 시로돈가 봅니다.

여與 수형대인琇馨大仁

떠나는 자리에서는 내려오는 대로 곧 글월을 올리겠다고 큰소리하여 놓고 벌써 몇 달쨀지 가을도 반 남아 기울어 잎 지고 산은 비었는데 기인 밤을 잠 없이 앉아 새우는 적이 많아졌습니다. 봄에 가꾸어 놓은 황국黃菊이 새로 목청 터진 꾀꼬리 울음처럼 향기로운 때를 턱없이 바쁜 가을일에 한가히 벗할 겨를이 없다가 어쩌다 반일半日의 유한悠閑을 얻으면 수다한 벗에게 밀린 문채文債를 뒤지워 두고 국화菊花를 어루만지며 드높은 하늘을 바라다보니 벌써 핫옷을 입을 철이 가까운 모양입니다. 고고孤高하던 황국黃菊도 날로 높은 서릿발에 시들어 지고 나니 새삼스레 외로워 사흘째 여남은 장의 편지를 날렸습니다. 형은 그동안 귀하신 몸 편안하오며 아호雅號는 무엇으로 골라 잡으셨나요. 굳이 우자牛字가 마음에 드실 바에는 우담牛潭이 가장 나을 듯. 이제 국화菊花로 술을 빚어 마시고 도연陶然히 취하여 겨울을 난 후 내년 삼월 제비와 함께 서울로 가오리다. 근원近園 선생 주소(본댁) 알려 주시면 생광生光이겠삽고 종종 소식 주시압기 바라며 우선 이만 줄이나이다.

내구주전內舅主前 상서上書

못 뵈온 지 해를 거듭하오니 우러르는 마음 날로 더한 바 있사옵나이다. 지난 몇 해 동안은 어지러운 세상에 부질없는 성명性命을 보전하노라 글월 올리울 마음의 여유를 가지지 못하였삽고 이제 살아서 볼까 싶지도 않던 조국 광복의 거룩한 날을 맞으매 만나는 사람마다 손을 잡고 웃음 반 눈물 반 어쩔 줄 모르는 사이에 또 몇 달이 흐른가 싶습니다. 그동안 글월 올리지 못함 이로써 용서하시고 과히 꾸짖지 말으소서. 이즈음 추위 날로 더하옵는데 사장 두위분 기체휘일향강능하압시고 뫼신 나머지 두 분 기력 안강하오시며 아이들 무탈하온지, 그리운 마음 무엇에 비기리까. 새로 난 아기의 재롱이 날로 더할 듯 삼가 경하하옵나이다.

이곳 부질婦姪은 두 해 동안의 두칩杜蟄에서 벗어나오아 9월 초순에 상경하오니 행幸히 친후親候가 면첨免添하옵고 저 역시 건강이 큰 탈 없으니 이 또한 평일의 깊으신 권념眷念의 덕인 줄 아옵나이다. 세수歲首에 한번 상경하시와 적회積懷 조용히 펴시고 이른바 해방 서울의 소란함도 관망하심이 좋지 않으리까. 가엄家嚴께서는 호남지방에서 아직 환선還旋치 않으시고 저는 예나 다름없이 한가합니다. 새해에 많은 복 누리시기 바라오며 우선 이만 줄입나이다. 고모님께 따로 올리지 못하오니 이를 함께 보시압소서.

을유乙酉 12월 22일

부질婦姪 조동탁趙東卓 올림

* 권유근 씨 거리에서 여러 번 만났습니다.
  역시 한번 다녀가시기 바랍니다.

사랑하는 아내에게

사랑하는 난희蘭姬!

나에게도 안해라는 여인이 있어 외로운 산사山寺에서 나직이 이름도 불러보고 고요히 생각기도 하고 이렇게 붓을 들어 편지를 쓰는 것이 어쩐지 복스러운 일 같소. 쓸쓸할 때마다 생각하면 호젓이 그리워지나 그 다음엔 다시 더 큰 외로움을 느끼지 않을 수 없고. 오늘은 처음으로 당신에게 '사랑하는 난희'라고 불러 보고 싶소. 아름다운 이름이라 생각하오. 괴팍스런 나의 성미는 세상 사람을 모두 거리낌 없는 동무로서 사귀고 싶소. 그러므로, 응당 난희는 속으로 안해를 유달리 사랑할 줄 모르는 남편이라고 생각할 것이오. 영원히 어린아이 같은 마음으로 나는 늙고 싶은 것이오. 겉으로 쌀쌀하고 매정한 동탁은 사실은 남달리 안이 뜨거운 사나이라오. 나타나지 않는 마음이 효도, 안해에의 애정, 동생들에의 우애, 이것을 당신은 나를 대신하여 겉으로 나타내시오. 결혼의 재미란 처음 세 해 안에 있다는 것인데 이렇게 운산천리雲山千里를 격隔해 사는 것이 응당 원망스런 일이 아닐 수 없으나 멀리 떠나 생각는 것도 또한 좋은 것이 아니겠소. 이도 부모를 섬기는 도리니 병약한 몸을 너무 무리하지 말고 참으시오. 내년 봄 제비와 함께 당신의 남편은 당신을 만나러 날아갈 테니…. 떠나올 때 당신의 기침이 낫는 것을 보지 못하고 온 것이 매우 마음에 끼이오. 그동안 좀 차도가 있는지 궁금하오. 둘의 건강을 위해서라도 이렇게 잠시 사는 것이 좋을 듯하오. 벌써 가을 소식이 완연하니 천고마비할 시절, 당신도 포동포동히 살이나 좀 쪄 보오. 떠나온 후 두위분 기체휘 만강하압시고 동생들 삼종남매 무탈無頃하며 방 고치는 일은 그간 끝났는지 알고 싶소. 딴 방에서 혼자 거처하며 눕기도 하고 해서, 시집살이 너무 잘 할 생각 말고 우선 건강부터 회복하시오. 나는 중로中路에서 비를 만나 하루를 더 묵고 재작일再昨日 간신히 이곳까지 무사 도착했소만 피로가 심하오. 며칠 쉬면 절로 나으리라 믿소. 이곳은 베옷을 입으면 부서질 정도로 날이 쌀쌀하오. 홑옷을 곧 보내 주오, 두루막과 함께…. 안동安東과 주실도 곧 편지 써 부치겠으니 안심하시오. 우선 잘 왔다는 뜻 몇 자 적고 다음 또 쓰겠소.

당신의 남편
동탁東卓으로부터

사진은 과히 흉하게 되지나 않았는지 빨리 보고 싶소.

난희 앞

오래 소식을 전하지 못해 적이 섭섭했을 듯하오. 옷과 편지를 받고도 벌써 여러 날이 지난 듯하오. 그동안 두위분 뫼시고 몸 편하며 기침도 나은 지 오래니 살이 좀 쪘는지 알고 싶소. 서울 추위는 더위만큼 괴로우니 이따금 집 생각이 나서 눈물도 날 듯하오마는 그 모든 괴롬이 나를 생각는 정이니 무슨 뼈아픈 괴롬이야 되겠소. 나는 음식, 거처 편하여 건강이 좋으니 염려 마시오. 월전 장모의 편지를 받았으나 아직 글월 올리지 못했소. 일없이 바빠 틈 없고 이젠 편지 쓰기도 게으름이 나는가 보오. 겨울 방학은 한 스무 날 가량 될 듯하나 상경하지 못할 듯 하오. 추위에 오고가기 성가시고 그동안 좀 공부할 일이 있으니 섭섭히 생각지 마시고 두 분께도 여쭈시오. 쇠고기, 돼지고기, 생명태 드문드문 맛보니 걱정 마시오. 사람이 마음이 편하고 바쁘지 않고 하면 병 될 리 있겠소. 나는 그동안 잘 있었고 지금도 잘 있고 또 남은 날도 잘 있다 갈 테니 염려 마시오. 걱정 말라고 해서 걱정 안 되는 것도 아니고 그래서야 안 될 일이지만…. 그럼 다만 나는 탈 없다는 것만 말할 뿐 다른 것은 모르겠소. 우선 이만 쓰오. 추위에 몸조심하기 바라오.

11월 초열흘
동탁으로부터

난희에게

　먼젓 편지 받고 귀찮아 그대로 미루다가 내일 배달부 오는 날이기에 밤에 조용히 쓸까 생각했더니 지금 장에서 돌아온 사람이 있어 또 편지를 가져왔소. 반갑긴 하나 거듭 편지를 받고 답이 늦은 것이 미안하오. 매우 원망했을 듯. 어머님 편지도 답을 못 올렸으니 이만쯤이야 양해할 줄 믿소. 추운 날씨에 살림살기 무척 괴로울 듯. 스무 해나 그래도 귀엽게 자란 남의 딸을 공연히 데려다 두고 고생시키는 일이 매우 괴롭소. 하기야 아무리 편한 시집살이라도 제집보다는 괴로운 것이라 생각하면 덜할 것이나 서울 추위가 혹독하니 나오는 눈물이야 어쩔 도리가 없겠지만…. 한참 추울 때 떠나 허다 고생하고 눈길을 더듬어 오니 이곳 추위는 서울 추위쯤은 명함도 못 들일 만한 것이었소. 요 며칠 동안은 여기도 좀 풀렸더니 오늘부터 다시 차지는 듯하나 입춘이 며칠 남지 않았으니 겨울도 차츰 물러가는 것이 아니겠소…. 안동으로 편지는 곧 써 부쳤으니 안심하시오. 이불도 별로 얇지 않고 옷도 입은 것과 바지 하나 남은 걸로 음력 이 해는 넘길 듯하니 날 풀리는 대로 해 부쳐 주오. 옷 부칠 때 와이셔츠는 그만두고 짐 묶는 헝겊 바를 보내 주오. 이제부터 상경할 준비를 시작해야겠소. 요즘은 머리 무겁고 몸도 나른한데 시험 보러 갈 학생 공부시키기에 틈 없으니 슴슴한 편지나마 자로 못 하더라도 섭섭히 생각지 마오. 겉으로 반지레하게 말하지 않고 무심스레 게으름 피워도 가족과 동무와 모든 사람을 마음 깊이 생각는 인정은 누구보다 못지않으니 내 몸 염려 말고 스스로 조심하여 추위에 다른 말 더 없도록 하시오.

28일 지훈

사랑하는 안해에게

갈린 뒤 두 달이 가까워 오는 듯한데 편지 한쪽 없고 또 편지 받고도 답장 진작 하지 않음 매우 야속히 생각했을 듯하오. 야속하게 생각는 것도 무리는 아니나 사실 편지 안 씀이 아니라 못 쓴 것. 무사분주無事奔走도 바쁘지 않은 게 아니어든 타도他道에 가서 잔치를 먹고 또 독감毒感을 열흘 가까이 앓고 시험공부를 시작해야 하고 하니 물 흐르듯 구름 가듯 바람 달리듯 빠른 세월이니 그까짓 두 달쯤이야 무에 그리 더디겠소. 동무 간 편지도 그렇거든 마누라 편지쯤이야 어떻겠소. 그저 남의 마누라란 그런 것인 줄 알아두오. 고맛 것도 몰라주고 야속히 생각는다면 정말 하잘 것 없소. 하하. 보람도 오랜만에 주고받는 글이 더욱 새뜻할 것이니…. 날씨가 제법 따뜻해 오는데 두분 뫼시고 형제들 별 탈이나 없는지 궁겁소. 무섬 소식은 다녀나온 뒤 다시 들었으며 장조

502

모 노래 기력에 별무손첨別無損添이신지. 그리고, 장모님 산월도 다가온 듯 마음 졸이겠소. 이곳은 두위분 대첨 없으시고 집안이 별걱정은 없으며 동탁도 독감 치른 후 밥 잘 먹어 요즘은 근래 드물게 살이 쪘소. 모래부터 시험이 조금씩 시작되니 며칠 밤잠 못 자면 이까짓 살쯤이야 어찌 문제가 되겠소. 셈이 안 닿을 것이오. 당신도 몸이 아프다더니 그동안 회복되었는지 알고 싶소. 우선 바빠서 이만 쓰고 시험 끝난 뒤 다시 쓰겠으며 장모님께 글월 아뢰지 못하오니 잘 말씀 여쭤 주오. 시험이 3월 4일에 끝날 테니 그동안은 여념 없을 듯. 편지 안 해도 내사 원망치 않겠소. 보름 전에 찍은 사진寫真 하나 보내니 날인 듯 반기시오.

2월 16일 동탁

아내에게

회의를 끝내고 지금 파리로 가는 길에 이곳에 잠시 들렀소. 건강 걱정, 옷 걱정 너무 마시오. 모두들 부부동반해 왔는데 동양 사람들만 모두 혼자서 왔소. 파리에 가면 약 일주일 머물러 세탁도 해 입고 좀 쉴 것 같소. 아프더라도 귀국해서 긴장이 풀어져야 아플 테니 그동안은 조심하겠소. 아직 술은 취해 본 적이 없소. 돈이 모자라는 것이 다행이오. 건강을 위해서는….

선물은 전폐全廢한다더라도 이번 길에 수고한 이와 아세아재단亞細亞 財團 사람들에게는 빼 놓을 수 없는데 걱정이오. 돈이 자라면 동경에서 모든 것을 사겠소. 물건도 낫고 값도 그 쪽이 싼 편이니까 말이오. 선물과 돌아오는 날은 너무 기다리지 마시오. 기다리면 섭섭하고 안타까울 테니까. 하하. 또 쓰겠소.

12일 부르주에서 지훈

아내에게

　예정대로 6일 밤 이곳 회의장소 크노크에 무사히 닿았습니다. 너무도 조바심치는 마음으로 떠나 불안하기 짝이 없었는데 막상 떠나고 보니 별 탈이 없이 제대로 맞아 갑니다. 모든 일을 나 혼자서 부닥치니 궁즉통이라고 이십년 만에 쓰는 일어, 영어, 그리고 당신이 웃던 떠나기 전 몇 날의 불어가 유효하게 써먹히어서 혼자서 웃을 지경입니다. 무엇보다도 당신이 가장 염려하는 건강이 아주 이상이 없으니 안심하십시오. 너그러운 식성食性 탓에 음식도 아무 불편이 없습니다. 한 나라의 대표라고 호텔 독방에 대접이 융숭하고 이곳 머무는 동안의 식비도 주최 측이 맡는다니 짧은 밑천에 이런 다행이 없습니다. 짐만 없으면 외롭긴 해도 즐거운 여행이 될 것을 그놈의 책 때문에 골머리와 팔다리가 아팠고 돈도 얼마나 더 들었는지 모릅니다. 그래도 그것이나마 가져왔기에 생색이 한결 났으니 고생한 보람이 있지요.

　동경에서 내성 아재와 운해雲海 씨 만났습니다. 갈 때 다시 들려서 몇 날 놀기로 하고 총총히 떠났습니다. 동경까진 여비가 자라야겠는데 걱정이 되어 들은 풍속대로 돈 헤아리기에 여념이 없습니다. 다행이 내 오던 이튿날 이하윤異河潤 씨가 여기 도착해서 심심하지 않습니다. 그분도 오랫동안 혼자 여행하노라고 한국말을 못 쓰다가 나를 만나 우리말로 큰 소리를 지껄이게 되니 유쾌하답니다.

　회의가 끝나면 이 나라 몇 군데를 더 구경하고 13일쯤 같이 파리에 나가서 일주일간 머물다가 갈라질 예정입니다. 편지를 자주 못 쓸 테니 무소식이 호소식이라고 너무 염려하지 마십시오. 말이 통하고 건강이 탈 없으면 그만이 아니겠습니까. 어머니 제사를 당신 혼자서 지낼 일이 마음에 쓰입니다. 밥상만 차려 놓고 절하면 되는 게지요. 백부님, 고모님께 글월 못 올리니 무사히 왔다고나 여쭈어 주시오. 이

번 수고한 친구들께도 전화 걸어서 안부나 전하시오. 또 쓰겠습니다.

10일 아침 Knokke에서 지훈

광열아 형제光烈兒兄弟 즉견卽見

동웅, 광열 4남매 함께 보아라.

무사히 도착해서 회의와 여러 가지 행사에 참가하고 있다. 4일 동경에서 일박하고 5일 밤에 동경을 떠나 6일 밤에 이곳 Knokke에 왔다. 동경서 북극으로 앵커리지, 알래스카를 거쳐 핀란드 상공을 넘어 함부르크에서 쉬고 파리에 내려 비행기를 바꿔 타고 브뤼셀에 와서 기차로 이곳에 왔다. 재미있는 것은 동경에서 5일 밤 10시 반에 출발했는데 앵커리지에 도착한 것은 5일 아침이었다는 사실이다. 시간이 후진을 한 것이다. 파리에 오니 비로소 6일 3시가 되었다. 눈으로 뒤덮인 알래스카의 상공을 지나 다시 이곳 해수욕장의 벌거벗은 사람들을 보니 신기하지 않을 수 없다. 이 회의에서 내가 가장 먼 곳에서 왔고 그렇게 먼 곳에서 많은 돈을 들여서 왔을 테니 큰 부자 줄 아는 것이 우습다. 하기는 어느 나라든 시인은 돈이 없는 법이어서 일본도 대표가 시인이 오지 않고 파리에 있는 비교문학자比較文學者를 보냈는데 한국에선 시인 두 사람이 와서 좀 우쭐해진 것이 사실이다. 회의는 11일 끝난다. 대표는 40개국 300명이 넘는다. 이곳은 북쪽 화란 접경의 해안 명승도시名勝都市다. 13일쯤 파리에 가겠다.

10일 아침 지훈

10일 Knokke에서 부친 편지는 받았을 줄 안다. 그동안 집안에 별고 없는지? 나는 11일 회의를 마치고 그날 오전 Knokke를 떠나 이곳 Brugges란 곳에 머무르고 있다. 내일 오후 브뤼셀을 떠나 이하윤異河潤 선생과 같이 파리로 간다. 피로하긴 해도 건강은 나쁜 편이 아니니 염려하지 말아라. 내의도 와이셔츠도 아직 한두 번밖에 갈아입지 않아서 여유가 있다. 파리에서나 런던에서 세탁 한번 하면 자랄 것 같다. 나의 여행예정은 다음과 같다. 일정은 수시 변경될 것이고 돈 자라는 대로 많은 곳을 구경할 작정이다.

Brussels — Paris — London — Amsterdam — Frankfurt (Cologne) — Zurich — Vienna — Rome — Athens — Istanbul — Cairo — Beyrouth — New Dehly — Bangkok — Saigon — Hongkong — Tokyo — Seoul

돈이 자라면 서반아西班牙를 들러서 가겠다. 이렇게 되면 그냥 통과하는 곳까지 아울러서 유럽의 일주가 되는 셈이다. 너들도 영, 불, 독어를 열심히 해서 한번 이 길을 떠날 준비를 해라. 나는 영, 불어 짧은 말로 의사소통은 되는 편이다마는 20여 년 돌보지 않은 외국어가 후회막급後悔莫及이다. 네 나이에 공부하지 않으면 유학은 가망이 없는 법이다.

나에게 이만한 용기가 있다는 것이 스스로 대견스럽다. 모든 면에 체모體貌을 지켰고 나 자신에게나 한국 시단을 위해서나 이번 길은 보람이 있었다. 불충분하고 초조한 준비로 불안하기 짝이 없었으나 좋은 경험을 얻었으므로 다음 길에 참고가 될 일이 아주 많다. 자세한 구경 이야기는 가서 하마. 또 쓰겠다.

12일 Brugges에서 父 書

혜경惠璟아. 공부 잘 하느냐. 여기서 네 또래의 애들을 보니 네 생각이 난다.

태열兌烈이 잘 노느냐. 아버진 여러 나라 구경 잘 한다. 어디가나 아이들은 귀여워서 안아 보고 손잡고 다녀 본다. 엄마 너무 조르지 말고 의젓하게 놀아라.

12일 부르주에서 아버지는 쓴다.

나는 지금 런던에 와 있다. 13일에 파리에 가서 9일간 즐거운 날을 보내다가 21일 저녁에 런던에 닿아 오늘이 사흘째다. 파리에서는 30도를 넘는 늦더위가 계속해서 땀에 젖었고 안개로 유명한 런던도 청명한 날씨가 계속해서 내게는 다행이다. 파리에선 저녁 한 끼는 청요리淸料理로 영양을 보충하고 두 끼는 빵조각이나 먹으며 때우는 형편, 먹는 것 싸기는 우리나라가 제일이고, 가족이 오붓이 먹는 재미도 우리가 더 나은 것 같다. 파리에는 한국 사람이 제법 많아서 하루 저녁밥을 짓고 스키야키를 해서 잘 먹었다. 런던 와서도 여기 유학생들과 대사관 직원들이 한 데 모여 갈비, 불고기, 잡채 등 온갖 요리를 남자들이 푸지게 만들었는데 음식 솜씨가 놀라웠다. 오래간만에 포식했다.

나는 길 떠난 뒤로 신문도 잘 안 보고 음력도 잘 알 수 없어 세월이 어떻게 되는지를 모른다. 오늘이 아마 추석날쯤 된다는 말을 들은 것 같다. 몸이 피로해서 호텔에 앉아 편지나 쓰며 하루를 보낸다. 혼자서 하는 여행은 쓸쓸하고 고달프다. 모처럼 온 길을 그냥 갈 수가 없어 그렇지 내 성미엔 그저 돌아가고만 싶다.

옷은 너무 많이 가지고 와서 짐만 된다. 내의나 양말 손수건 모두 한 벌씩만 더 가지고 다니면 족한 것을 대여섯 벌씩 가져왔으니 말이다.

모두 다 경험이 없어 그렇다. 27일 경에 서독으로 가겠다. 앞으로 로마, 아테네, 이스탄불, 카이로 구경에 중점을 두고 그 중로中路에 있는 명승을 잠깐씩 들를 작정이다.

내월來月 초순에 귀국할 작정이다. 늦어도 13일까지는…. 돈이 자꾸 줄어드니 돌아갈 날짜가 빨리 오는구나. 모든 노정路程은 주머니와 상의해 봐야 한다. 제대로 다 보자면 아직도 30일은 더 돌아다녀야겠는데, 돈은 일당 15달러로 쳐서 20일 분밖에 남지 않았다. 그것도 아껴 썼으니 그 정도밖에 안 쓴 거지 뭐냐.

집안에 별고는 없느냐. 가을이라서 그런지 요즘은 집 생각이 난다. 이하윤 씨는 21일 파리에서 갈라져 동경으로 가고 나 혼자만 다닌다. 남에게 의뢰하지 않고 내 힘으로 하니 재미도 난다마는 호텔의 독방은 참 적막하다. 어제는 복잡하기로 유명한 런던의 지하철을 타고 교외의 지인을 방문해서 놀라게 했다. 당하면 하는 게지 별 수 있겠니. 가족들 면면이 보고 싶다. 또 쓰마.

24일 London에서   父 書

누이 이실李室에게

이실 살펴라.

　사장査丈 오셔서 너의 모자 그동안 별 탈은 없는 줄 들었으나 그 뒤 또 몇 날이 거듭되고 소식이 다시 아득하구나. 환폐하신 후, 사장 두위분 기력이 손첨이나 없으시고 너도 뫼신 나머지 침식이나 그대로 보전하며 기형이도 무탈한지 알고 싶다. 이곳은 어머니 몇 날 병환이 어제 비로소 기동하시고 나도 일솔이 별고 없으며 동위 고향 간 후 어제 인편 있어 무사한 줄 편지 받았다. 대소가 여러 어른들 현첨은 없으시고 주실도 요즘은 시소가 조금 쉬는 듯 과히 염려하지 말아라.

　누이야, 이 몇 줄 편지를 쓰기 전에 내 응당 너를 한번 보고 왔어야 할 일이요, 가보지 못할 바에는 이 편지나마 진작 써야 할 일인데 살아서 다시 만날 기약이 없던 몇 안 되는 동기가 한 하늘 아래 살아 있어도 서로 만나 가없는 슬픔을 나누지 못하고 몇 조각 종이와 몇 방울 잉크면 쓸 수 있는 이 편지조차 이날까지 미루어 온 것을 생각하면 진실로 나는 일가친척들이 말하는 것처럼 그렇게 무심한 사람이 되고 말았나 보다. 아버지 안부와 이 서방의 소식은 물을 바 길이 없다 하더라도 할아버지 산소 앞에 엎드려 하늘을 우러러 한바탕 통곡하는 일과 너의 괴로운 심정을 위로는 못하더라도 얼굴이나마 보고 오는 일이야 바이 못할 바도 아닌데, 작년 유월 이래 열 달을 내리 서울에서 대전, 목포까지 부산에서 대구, 평양까지 이렇게 방황하고 있는 것은 무슨 때문이냐. 무심한 사람이길래 짐짓 잊어버리고 살 수도 있으나 안 잊히는 일을 잊고서 살자 하니 어찌 마음의 갈피를 잡을 수 있겠느냐. 다만 내 슬픔을 알아주는 이 있으면 고마운 일이요, 설령 몰라준대도 내가 이 세상에서 살 뜻을 버리지 않기 위해서는 남이야 뭐라 하든지 나는 나대로 좀 살아야겠다는 것이다. 지난날 그렇게 심상하게 생각했던 부모형제간의 인정과 친척고구간의 의리가 이다지 뼈아픈 줄 이제 비로소 깨달았으며 지난날 그다지 쉽게 생각했던 살고 죽는 일이 이렇게 어려움을 이제사 깨닫는다. 인정과 의리가 뼈아프기 때문에 살고 죽는 것이 제 뜻대로만 되어서 안 되는 것이요, 제 뜻대로 살고 죽는다는 것이 인생을 욕되게 하는구나.

내가 해방 후 같이 일해 오던 친구의 의리를 저버리고 도망하려 했으면 어떻게 가족과 함께 미리 떠날 수 없는 것도 아니었으나 하루 종일 거리에서 일하다 보니 몰아치는 운명은 이미 서울을 적군의 수중에 맡기고 말았던 것이다. 6월 27일 밤 미아리 쪽으로 터져 들오는 적군 속을 뚫고 내가 성북동으로 들어가서 잤더라면 나도 이렇게 편지를 쓰고 있는 사람이 못 되었을 것이니 새삼스레 세상에서 이름도 얼굴도 모르는 사람이 되지 못한 것을 한탄할 따름이었다. 나는 그날 밤 한강가 박목월의 집까지 밀려나와 자다가 한강 다리 끊는 소릴 듣고 모든 것을 단념해 버리고 말았다. 들어갈 수도 나갈 수도 없는 심경, 다리가 끊어진 한강 나룻가 수많은 군중 속에 앉아 세 시간 동안을 담배만 태우다가 친구들 의논에 좇아 강을 건너기로 하고 뱃전에 매달린 채 강을 건너게 되었던 것이다.

누이야, 나만이라도 강을 건넌 것을 다행이라 해야겠느냐, 아버지와 처자를 버리고 혼자 살아 온 이 죄를 울어야 했겠느냐. 이제 지난 일을 뉘우친들 무슨 소용이 있으랴만 대구에 와서 비로소 후회한 것은 씨나 전해야 한다고 처자까지 정처 없이 떠나보내고 부자가 생사를 운명에 맡기려고 의논했던 것이 잘못이라기보다는 너무 절망했던 까닭인가 한다. 석 달 뒤 전세가 좋아져서 내가 군대를 따라 서울에 들어갔을 때의 아픈 심경을 너는 알아 줄 것이다. 처자는 다행히 살아 와서 집을 정돈하고 있었으나 아버지는 계시지 않았다. 그 밖의 소식은 알 길이 없었다. 몇 날 뒤 동위가 와서 전하는 말을 듣고 할아버지 돌아가신 일과 이 서방이 잡혀간 것을 비로소 알았다. 내가 남하할 때 너의 내외가 수원에 그대로 남아 있었을 것을 어찌 생각이나 하였으며 외로운 몸으로 우리 집에 와서 가족과 다름이 없이 지내던 현옥 군이 또한 영 소식이 없을 줄 어찌 뜻하였겠느냐. 실상 나는 생각하기를 난리판에는 가족이 흩어져서 제각기 살 궁리를 하면 뭉쳐서 서로 매이기보다 낫다고 생각했었다. 그러나 우리의 불행은 흩어졌기 때문에 일어난 불행이 아니냐. 어디에 숨거나 뛰쳐나갔다가 다시 만나줄 줄 알았던 사람이 기다려도 소식 없을 때 내 마음이 어떠했겠느냐. 내가 가까이 지내던 사람 중에는 구사일생으로 살아 있는 사람도 많았고 너무도 쉽게 소식 없는 사람도 한둘이 아니었다.

누이야, 나는 더 쓰지 않으련다. 할아버지와 아버지가 모두 의리 때문에 오늘의 길을 취하셨고 나마저 섣부른 의리에 몸이 매어 부조에게 죄를 짓게 되었구나. 세월은 아직 어떻게 끝장을 내는지 아는 사람 하나도 없으니 우리의 한스러움이 일조일석에 피어질 것도 아닌 것, 어떻게 제 마음 제 몸을 제가 다스려 제 지킬 바 길이나 지키고 살아야 하지 않겠느냐. 나는 지금도 소식 없는 모든 사람에 대하여 영 단념하고 싶지는 않다. 다만 가신 이나 남은 이가 오랜 동안을 그리움에 고통이

512

있을 뿐이라 믿는다.

　날새도 따뜻해지고 하니 너의 모자 한번 다녀가기 바란다. 어머니 늘 편치 않으시고 나도 어디로 종군가게 될지 모르니…. 기다리고 있겠다.

3. 30　오빠 씀

이실李室아, 오늘 저녁신문을 보니 적십자사에서 발표한 납치인사 생존자 명단 중에 부주父主 옹서翁壻분이 함께 실려 있기에 하도 반가워서 이 글을 쓴다. 《동아일보》 20일자 지상이니깐 이 편지 받을 때는 너도 이미 보았을 줄 안다마는 첫날 발표 백 명에는 두 분이 다 빠졌기에 실망했더니 2회 발표에는 옹서翁壻 분이 함께 났으니 이 어찌 기쁘지 않겠느냐. 특히 이 서방은 2회 분 필두에 발표되었으므로 깜짝 반기고 기연가미연가 싶어 다시 자세히 보니 이름과 나이와 본적이 다 맞으니 의심이 없더라. 이보다 더 확실한 소식이 어디 다시 있을꼬. 구구區區하던 풍설風說도 이제는 모두 참말로 믿어진다. 불과 300여 명 명단 발표에서 두 분 소식이 끼였으니 이는 더욱 드문 일인가 한다. 서신연락도 요청 중이라니 하회下回가 궁겁다. 나는 이달 말일경 대구로 성묘省墓갈 작정이다.

11월 19일 밤　사형舍兄 씀

이실에게

　너의 두 번 편지는 잘 받았다. 지난가을 내가 병으로 대구 병원에 입원해 있다는 소식을 듣고 써 놓았던 편지를 박실朴室 다녀가는 회편回便

에 부쳤고 숙부님 상경하시와 이 서방 소식들은 줄 반가움에 곧 편지 써서 등기登記로 부쳤는데 두 번 다 못 봤다니 어찌 된 일인가. 오랫동안 소문이 막혀 답답하길래 안에서 편지를 써 놓고 나니 네 편지가 상탁相鐸 군 편에 왔었다. 그 무렵 부친 편지도 못 받았는가. 시골서 오는 편지는 보통으로도 잘 오는데 여기서 부치는 것은 등기로도 잘 안 되니 답답한 일이 아닌가. 인편人便이 제일 미더우나 네게는 편지 쓸 인편人便도 마땅하지 않으니 낙낙한 천 리 길이 정말 아득하다.

　이른 봄 날씨가 매우 쌀쌀한 이 사이 사장査丈 외내분外內分 기후강령氣候康寧하시고 대소댁大小宅 존소절尊小節이 균안均安하며 너도 몸이나 성한가. 기형淇炯 아온도 무탈한지 자로 외가 생각는 줄 기특하고 고마운 일이다. 결혼청첩結婚請牒은 겨울 방학 동안 학교에 와 있어서 나는 뒤늦게사 알게 되었다. 빈 축전祝電 한 장도 못 친 일 서운하다. 이곳도 대소가大小家가 무고無故하나 백부伯父님 기력이 쇠하심 뵈오니 송구하다. 나도 근래는 신경통으로 백사百事가 다 귀찮고 그 증세가 어머니 앓으시던 증세와 흡사하니 남다른 처지에 있는 몸으로 유시호有時呼 두려운 마음도 난다. 그러나, 아무리 가운이 비색한들 이 이상 더 무슨 재앙이야 있겠는가. 풍문風聞조차 한번 없던 이 서방 소식을 적실히 만난 사람에게서 들었으니 이 하늘 아래 살아만 있고 보면 비록 많은 세월을 기다려도 만날 날이 있을 게 아닌가, 나는 이렇게만 생각하고 믿는다. 너도 마음을 너그러이 먹고 몸조심하여 오래 살아 놓고 볼 일이다. 부질없이 병내어 네 마음과 가족을 괴롭히지 않도록 하여라. 3월 1일 납치인사 귀환이 혹여나 실행될까 하여 아버지 옷을 한 가지씩 해 두며 기다렸던 일 헛되고 보니 딱 믿지는 안 한 일이었으면서도 심신心身을 수습할 수가 없다. 고향에서는 선거운동이 방감方酣이라 납치의원拉致議員에 대한 동정여론이 일층 집중된다 하니 남들도 이렇거든 우리 그리움의 새롭기가 어떻다 할 것이냐.

나는 몇 날 전 공군의 초청을 받아 강릉에 갔다가 풍설관계風雪關係로 무진 고생을 하고 위험을 피하고자 희랍希臘 비행기 편에 대구를 거쳐 왔다. 입학시험 시절이라 못 떠날 길인데다 예정보다 5일이 늦고 보니 총망하기 짝 없는 걸음이었다. 처음에는 그 비행기가 포항을 경유한다 하기에 이왕 늦은 김에 종조모從祖母님도 보입고 너도 보고 올까 하였으나 대구로 직행하게 되어 파의破意하였다. 산소에 갔다 와서 대소가大小家에 잠깐씩 들렀고 중명重明이도 찾아보고 왔다. 어제 귀가하니 그동안 별일은 없었고 동웅東雄 군도 보성중학에 합격이 되었더라. 학렬學烈은 금년 일곱 살로 나이가 좀 모자라는데 그냥 입학을 시킬지 그만둘는지 생각는 중이다. 혜경惠璟은 백일해 기침이 좀 덜하긴 하나 완쾌치 못하니 심화心火가 난다.

노독路毒이 풀리지 않아 고단하므로 이만 쓴다. 15일부터 시험이 시작되면 이달 한 달은 눈코 뜰 새가 없을 것이다.

갑오甲午 3월 12일 밤　　동탁 씀

이실耳室아, 네 편지 받은 지도 여러 날 되었다. 더운 날씨에 학교 내왕 고달프고 또 한동안은 피로로 비혈鼻血이 잦아 이렇게 편지가 늦어졌다. 경주 다녀온 뒤로 아무 친구에게도 편지를 못 내었으니 도리가 아니다. 이 사이 사장査丈 두위분 대첨 없으시고 대소댁大小宅이 균안均安하시며 너도 모자母子 몸이나 성한가 알고 싶다. 상하相夏 군 낙선落選은 매우 섭섭한 일이나 선거란 원래 불여의不如意하면 이런 경우에 봉착한다는 것을 각오하고 시작한 일이니 이제 다시 무엇을 한恨하겠느냐. 모두 운수에 돌리고 마음 너그러이 새 힘을 길러야 할 것이다. 몇 달의 노심초사勞心焦思는 헛된 수고 같지만 실상은 그것이 진인사대천명盡人事待天命의 어쩔 수 없는 길이 아니겠느냐. 이곳은 백부주伯父主 두위분 첨절은 안 계시고 숙부叔父님 상경하시와 4, 5일 유留하신다. 못 뵈온 몇 달 동안에 백발이 어찌 많으셨는지 하정下情에 복민伏悶하다.

　나는 요즘 학교 출강을 거르지 않을 뿐 외출을 하지 않고 누워서 지낸다. 피로를 좀 회복해 볼 심산心算이다. 아이들은 무탈하니 다행이다. 생활의 쪼들림이 날로 심각해 가나 달리 타개打開할 길이 없으니 오직 절용節用하는 방법밖에 묘책이 없구나. 이런 궁핍은 나로선 처음 당하는 꼴이고 보니 가소로운 일이다. 이런 세태에 선거로 인한 경제적 타격을 이중으로 입었으니 이 상처가 아물자면 너도 한동안 정신 차려야 할 노릇이다.

　경주서 찍은 사진은 한 장도 오지 않았다. 《법화》法華를 너에게 보내준 홍태조洪泰祚는 중앙대학교 출신으로 그 잡지를 편집하는 홍묘법장洪妙法藏이다. 언젠가 네가 혜경惠璟이를 데리고 명동성당에서 하는 고대高大 연극 구경을 갔을 때 옆에 앉아 혜경에게 말을 걸더라는 그 여자이다. 진해鎭海 절에 가 있는 청신녀淸信女다. 경주 걸음이 간혹 있다니 혹 찾아갈는지도 모른다. 우선 두어 자 근황近況 알린다.

6월 1일　舍兄

저번 경주 걸음은 너무 총총하여 너와 조용히 얘기할 겨를도 없었던 일 상기도 서운하다마는 나의 행색이 밤낮 이러하니 또 무슨 얘긴들 있겠나. 만나고 싶을 때 만나고 오게 된 것만 즐거운 일인 줄 안다. 너의 편지 받아 대구 다녀간 일 알았고 훈산薰山 편지와 구상具常형 전언傳言으로 자세한 얘기 들었다. 내 대구 갔을 때 추도회追悼會를 계획한다는 말은 잠깐 들었으나 그렇게 급작히 할 줄은 몰랐고 같은 날짜에 여기서도 모임이 있어서 못 가게 된 것이다. 물론 대구 친구들은 나하고 연락도 없이 이름을 넣었기 때문에 형님 이름도 처음엔 틀리게 넣었더구나. 실상은 다녀온 지 얼마 안 되고 해서 여비旅費도 마련되지 않아 글만 보내고 나는 못 갔던 것이다.

사장社長어른 다녀가시는 편에 너의 모자 안부는 들었으나 이 사이 혹독한 추위에 대소댁大小宅 존소절尊小節이 두루 균길均吉하신지 알고 싶다. 요즘 무슨 회합會合이 그렇게 많은지 가뜩이나 게으른 사람이 심신心身의 번거로움이 과중하여 사장 어른은 번번이 한번도 가서 뵙지 못하니 인사가 말이 아니다. 오늘 잠시 틈을 얻어 여러 장 밀린 답장을 쓰는 김에 너에게도 한 장 쓴다. 항상 몸조심하고 간혹 소식이나 전해라. 나는 금년 겨울은 아직 건강이 좋은 편이다. 걱정 말아라.

1월 20일　舍兄

이실 보아라.

만나서도 말이 적었으매 떠난 뒤에사 더 말할 것 없을 것이, 이제는 세상의 슬프고 즐거운 일과 옳고 그름에도 엔간히 지친 듯싶다. 천성이 본디 가뜩이나 무심한데다가 몸과 마음이 함께 고달프고 보니 나의 무심은 어쩌면 돌같이 무표정하게 굳어 버릴지도 모르겠다. 이게 내가 애써 쌓은 수양의 덕이라면 즐거운 일일 것이고 요맛 고난을 견디지 못해서 병든 결과라면 슬픈 일이 될 것이다. 나는 그것조차 생각하지 않기로 했다. 무엇을 후회하다가는 나중엔 그 후회한다는 사실 자체조차 뉘우치게 될 테니까. 어쨌든 세상은 내가 생각하는 것과는 아주 딴판이다. 내가 마음먹는 일, 내가 행하는 일은 판판이 안 되기로 마련인가

보다. 사람으로 더불어 허물을 함께 할지언정 공을 함께 하지 말라, 공을 함께 하면 서로 시기하게 된다는 옛말이 진실임을 새삼스레 깨닫게 된다. 나의 근래 심경은 몹시 외롭고 또한 괴롭다. 가정적인 외로움과 경제적인 괴로움도 적은 것이 아닌데 사회적인 괴로움과 의리에 배신당한 외로움까지 곁들여서 견디기가 힘든다. 우리 집 성격이 원래 이러한 염량세태와는 맞지 않는 줄을 미리부터 아는 일이니 이 괴로움 때문에 나의 믿고 행하는 바에 흔들림이야 없겠으나 참는다는 일이 이렇게 힘드는 일인 줄을 다시금 깨닫게 된다. 외롭고 괴로운 것도 세상과 섞이기 어려운 나의 성격 탓으로 스스로 취한 것이니 어쩌겠느냐.

닫아 두었던 울분이 너를 향한 펜 끝에서 터졌나 보다. 일찍이 없던 일이라 해서 내가 병약한 줄 알지나 말아라. 나는 금년 가을은 건강이 매우 순조롭다. 다만 작금양년에 마음이 좀 울적할 따름이다.

너 모자 떠난 뒤로 허전한 심사 더하였으나 무사히 간 듯 진작 편지 받아 안심하였다. 그 뒤에도 박실 형제 편으로 소식 들어 별고 없는 줄은 알았으나 일간 환절 날씨에 사장 두위분 대첨 없으시고 너희 모자도 별 탈 없는지 궁겁다. 해수욕을 하면 온 겨울을 감기에 걸리지 않는다더니 나는 다녀와서 이내 감기를 앓았다. 대단하지는 않았으나 동행했던 다른 선생들은 호되게 앓았다기에 모두들 이 말 하고 함께 웃었다. 껍질은 아직도 벗고 있는 중이다. 그을렸던 살이 거의 원상회복된 셈이다. 너 모자는 감기나 앓지 않았느냐. 여기는 일솔이 별고 없다. 나도 학교에 강의 제대로 나가고 있으니 다행이다.

대구 새집 아저씨가 자동차에 치여 입원해 계시다는데 너는 대구 걸음이 있었다니 가서 뵈었는가. 생명에는 무관해도 여러 달이 걸리겠다니 큰 일이 아니냐.

사서 하는 괴롬이나마 항상 바쁘고 옳은 일에 홀로 버티는 맛으로 낙을 삼아 사는 것은 좋으나 마음이 항상 안정되지 않는 게 탈이다.
또 쓰마.

10월 8일　오빠 씀

누이야!

　다친 몸이 쾌하지도 못한 채 길 떠나서 무사히나 갔는지 마음 졸인
다. 박실에게 들으니 대구에서 전화 걸었더라고. 경주 간 뒤에도 다
른 탈은 없는가 괜찮을 것 같이 생각은 되더라만 문득 생각해도 자직
스러운 일이었다. 동지 지나면 새해 운수라니 그것으로 네 액운을 땐
줄 안다. 평심 서기 하며 심신의 수양을 쌓아 가혹한 운명 앞에 떳떳
이 버티기를 바란다. 그동안 무슨 날씨는 또 그렇게 혹독한지 방안에
들여놓은 화초마저 다 얼어 죽었다. 한심한 세태, 소란한 인심 그저
탄식뿐이다.

　이사이 사장 두위분 별첨 없으시고 기형이도 무탈한가. 이곳은 백부
께서 기력은 강왕하시나 노인이 매일 당에 나가시고 홧김에 술이 과하
신 듯, 걱정이다. 나는 세전 세후 십여 일 두문불출로 쉬고 난 다음 어
제 처음 기동하였다. 건강은 그저 그렇고 마음은 차츰 평정되어 간다.
고모가와 한들 할머니께도 찾아뵈었으니 이제 구정에 외숙모님만 뵈오
면 당분간 또 무심한 세월을 보낼 것 같다.

　나도 너 염려되고 네 또 날 걱정할 듯해서 두어 자 적는다.

　새해에는 건강에 더욱 유의하고 독서와 수양으로써 인생을 고요히
기도하는 마음으로 잡아 보아라. 괴롬을 친근한 벗으로 삼아서 —.

10일　오빠 씀

누이야, 그러지 않아도 일간 편지를 쓰려던 차에 너의 편지를 받으니 반갑다. 외로운 동기 사이라 문득 더 생각나는 무렵도 같은 모양이다. 코 수술을 했다니 그동안 완전히 나았으며 기형이도 몸 성히 공부 잘하는가. 사장 내외분께서 별첨 없으시고 대소댁이 일안하신 줄 반갑다. 이곳은 일솔이 무고하니 다행이다. 나는 이월 개학 초부터 어제 졸업식까지 두 달 동안을 학기시험, 졸업시험, 입학시험 까닭에 정신 차릴 사이 없이 바쁘다가 오늘부터 소한小閑을 얻었다. 광열은 이학기에 너무 놀아서 성적이 떨어졌다가 삼학기에는 회복되었으나 그 때문에 우등이 못되고 우등 바로 밑이 되어서 애석하나 염려할 것은 없고 학열은 우등과 개근상장을 받아서 좋아한다. 혜경인 좀 앓고 나서 입맛이 없는 듯 좀 홀쭉해졌고 태열은 충실하니 즐겁다. 큰댁에는 백부님 독감으로 여러 날 앓으시고 기력이 매우 상하신 듯 요즘은 출근은 하시는 듯하다. 고모가姑母家와 한들 할머님도 무고들 하시다. 행림서원杏林書院은 그 뒤 소식이 감감하니 화는 나도 도리 없다. 어머니 면례는 숙부님 하서대로 4월 16일(음 3월 6일) 대구에서 모실 작정이다. 산지山地는 대구 산격동이라니 공동묘지보다는 교통이 가까울 듯 그때 네가 대구 오는 것은 네 마음대로 해라. 바쁘거나 심신이 쾌하지 않으면 꼭 오지 않아도 괜찮다고 생각한다. 새집 아저씨 다녀가시는 편에 산지山地사는데 필요한 돈 5만 환은 구해서 보내드렸다. 우리의 생계는 생활비가 태부족하여 처음으로 빚을 지는 형편이니 가소롭다. 그러나, 탄솔하다는 오라비지만 그래도 잘 꾸려갈 자신이 있으니 염려하진 말아라. 건강도 그저 지탱해 나가는 편 과로하면 고단하고 고단하면 쉬고 밤낮 그것이 대중이다. 만사에 걱정하지 않는 것이 졸拙하나마 나의 수양인 줄은 너도 알 것이다. 이만 쓴다.

동탁 씀

고려대학교 부설 민족문화연구소
기념도서출판 취지문

학자 있으되 빈한貧寒하여 뜻대로 한 권의 책을 짓지 못하고 저서 있다 해도 영리營利에 맞지 않는다 하여 이를 출판해 주는 이 없어 귀한 원고 가 광저筐底에서 썩기도 한다. 그러나, 다시 생각해 보면 독실한 학자 에게 약간의 연구비를 보조하거나 그들의 값있는 저서를 출판하여 주 지 못할 정도로 그렇게 빈한한 민족은 아니다. 다만 민족문화를 아끼 고 육성하는 사회의 관심과 성의가 모자라는 데 지나지 않는다. 다른 것은 고사하고라도 우선 길흉사간吉凶事間에 허례虛禮에 맹종하거나 생 활에 여유가 있어도 부질없는 사치와 환락에 탐닉하여 무의무공無意無功 하게 자취 없이 소비하는 금액이 그 얼마나 거액에 달하는가 말이다. 허례의 비용을 절약하고 호사豪奢의 낭비를 절제하여 그 힘의 일부를 던져서 각자의 취향과 기호에 따라 어느 방면의 어떠한 저술이든지 한 권의 책을 짓게 하고 그를 공간公刊함으로써 각자의 길흉대사吉凶大事를 유의유효有意有效하게 영원히 기념할 뿐 아니라 민족문화의 발전에 아울 러 기여하여 그 뜻을 길이 남게 한다면 이 어찌 거룩한 사업을 성취하 는 것이 아니리요.

우리는 이에 우리 민족사회가 당면한 오늘의 혼란한 실정을 절감하 고 민족문화의 오늘의 적막을 심사하여 이를 타개하는 한 방법으로 별항別項의 규정規定에 보이는 바와 같은 기념 도서출판 사업을 조성코자 한다. 각자의 미성微誠을 모아 능히 유위有爲한 대업을 성취할 수 있는 민족적 기구를 창설하고 이 방향의 출판을 선양宣揚 고취鼓吹하며 이를 알선斡旋 편찬하고 중립中立 소개紹介함으로써 민족문화의 창조적 계승과 발전에 이바지하고자 한다.

초개草芥와 같이 미약하고 단명短命한 것은 개인의 영화로되 천지로 더불어 장엄하고 구원久遠한 것은 민족의 문화임을 깊이 깨달아 이 무궁한 성사盛事에 참여함으로써 우리가 공동으로 부하負荷한 사명의 성취를 위한 대원력大願力을 세우고 대현행大顯行을 함께 이루어 매진邁進하기 바란다. 써 유지有志 제현諸賢의 삼사三思와 공명共鳴과 협조가 있으라.

— 1963. 10. 3

고려대학교 부설 민족문화연구소
창립취지문

민족은 문화 창조의 주체요, 문화는 민족정신의 발현發顯이니, 민족의 흥망이 문화의 성쇠盛衰로 더불어 표리表裏의 관계에 있음은 우리가 익히 아는 사실이다. 우리 민족이 아득한 왕고往古로부터 걸어온 역사, 고난 험조險阻의 길이었으되 지금까지 연면連綿한 것은 우리 선민先民이 창조하고 계승해 온 문화에 말미암은 바이라. 참으로 우리 민족의 신상神像이 있다면 민족문화의 유산을 두고 따로 없을 것이다.

그러나, 우리의 문화 오늘의 현상은 결코 만족할 만한 것이 못 된다. 흥륭興隆이 아니라 혼란에 빠져 있는 이 문화의 저회低徊는 민족의 앞날을 위하여 우려되는 바 없지 않다. 비록 학문의 자유와 과학적 방법은 얻었다 해도 문화적 전통은 일실逸失의 위기에 놓였고 민족의 주체의식은 파멸破滅의 관두關頭에 직면하고 있다.

우리는 오늘 자기를 상실하고 있으며 자기를 몰각沒覺하고 있을 뿐 아니라 지나친 자포自暴와 자비自卑에 빠져 깊은 회의에 잠겨 있음을 본다. 민족적 현실의 타개를 염원하면서 그 현실을 파악할 정신의 기점基點을 잡지 못하고, 민족의 미래를 설계하면서도 민족이 걸어온 과거를 모르는 실정에 있다는 말이다.

전통의 자각과 주체성의 확립이 없는 곳에 문화의 새로운 창조와 정당한 수용이 있을 수 없으며, 민족 자시自恃의 신념과 자존自尊의 긍지가 없는 곳에 불운한 현실의 타개와 영광 있는 미래의 전망이 있을 수 없다. 이와 같은 뜻에서 우리는 〈민족문화연구소〉라는 기관을 창립하고, 우리의 현실 속에 살아 있는 과거 — 우리의 역사를 관통하는 전통을 탐구하며 민족의 혈맥血脈인 문화유산을 조사, 수집하고 정리, 연구하여 체계화함으로써 민족문화의 부흥과 민족적 현실의 타개를 위한 기초사업에 학적學的 기여의 일조를 바치고자 한다. 문화를 애호하고 민족을 근심하는 유지有志 여러분의 성원과 협조와 편달鞭撻을 바란다.

— 1963년 10월 일

'한국 신시新詩 60년 기념사업회' 취지문

1968년은 우리나라 문학사文學史 위에 '신시'新詩라는 이름의 새로운 시 형식이 비롯된 지 만 60년이 되는 해이다. 신시는 이른바 개화가사開化 歌辭와 창가唱歌가 발전한 형태로서 그것은 근대시 운동인 동시에 자유 시自由詩 운동이었다.

20세기 초두는 우리나라의 문화가 전반적으로 근대의 여명黎明을 맞은 연대여서, 신시는 신소설新小說, 신연극新演劇 또는 양악洋樂과 양화洋畵와 더불어 신흥新興의 기운을 함께 맞았으나, 모든 예술이나 과학 중에서도 문학이 항상 그 선두를 달리었음은 신문화新文化 수입 이래 오늘에 이르기까지 남겨진 문학작품의 양적인 누적만으로도 이를 증명할 수 있을 것이다.

우리 문화의 어느 부문이 과연 문학만큼 풍성한 업적을 남겼는가. 그 문학 중에서도 시는 항상 소설에 앞장서 왔다. 최돈성 등의 개화가사(1896)는 이인직李仁稙의 신소설 《혈血의 누淚》(1906)보다 10년을 앞섰고, 최남선崔南善의 신시 〈해海에게서 소년에게〉(1906)는 이광수李光洙의 신소설 《무정》無情(1917)보다 9년을 앞섰던 것이다. 이리하여, 신시를 남상濫觴으로 한 근대시의 강물은 곤곤滾滾히 60년을 흘러왔다. 그 동안 신시는 완전히 한국시의 주류를 이룸으로써 그 관형사 '신'新자를 떼어버리고 문자 그대로 시 곧 한국시가 되었을 뿐 아니라, 30년대에는 이미 현대시의 방향으로 그 흐름이 굽이쳐 들게 되었다.

이렇게 짧은 역사이나마 자랑스러운 전통을 이룩한 시의 나라 한국, 그 한국의 시에 침체沈滯의 기운이 덮이어 온 것은 수년래數年來의 일이다.

시를 써도 발표할 곳이 없고 읽어 주는 독자가 없고, 지나간 날의 시인에게 주어졌던 공명共鳴과 찬양讚揚은 사라지고 비웃음과 모멸侮蔑만이 그에 대신하려 한다. 양심의 소리요, 꿈과 미의 사제司祭인 시와 시인에 대한 이와 같은 완전한 소외疏外와 냉대冷待는 과연 시인들 자신에 의한 자초自招에 연유하는 것인가. 시대와 사회가 시에 대한 이해에서 차츰 외면해 가기 때문인가. 비록 그 시대나 사회, 그 민족과 국가는 시를 버린다 해도 시인은 언제나 그 시대와 사회를 지키고, 제 민족과 조국의 정기正氣를 드높여 왔다. 한국시 60년의 흐름을 꿰뚫고 있는 것이 바로 이 정신이다. 고고孤高와 저항의 의지! 이 점에 있어서도 시는 우리 문화의 어느 분야보다도 바르고 굳센 길을 보고 걸어왔다고 우리는 확언確言할 수가 있다.

이제 우리는 우리 시의 환력還曆을 맞게 되었다. 이 뜻깊은 해를 맞아 몇 가지 기념행사를 가지고자 우리는 이 모임을 열기로 하였다. 지난 날의 형극荊棘의 길 위에 피어났던 피맺힌 정혼精魂을 거두어 정리하고, 오늘의 침체에서 떨치고 일어나 잃어진 시의 권위權威를 회복하여, 미래에의 보람찬 설계를 이룩함으로써 시단중흥詩壇中興의 실實을 얻고자 하는 것이 이 모임의 근본취지根本趣旨이다. 이에 전체 시인의 참여를 요청하고 아울러 시를 사랑하는 만천하의 동호자同好者 여러분의 절대絶大한 성원과 협조가 있기를 바라 마지않는다.

우리의 일년 보고^{報告}

시인협회^{詩人協會}

'한국시인협회'^{韓國詩人協會}는 금년 2월에 창립된 단체이다. 발족한 시일^{時日}이 얕기 때문에 금년 1년은 자연히 우리가 장차 전개할 여러 가지 활동을 위한 기초를 마련하는 데 주력하지 않을 수 없었다. 그러나, 본격적 활동이란 것이 따로 있는 것이 아님을 아는 우리는 "시인들의 공동^{共同}한 뜻을 적으나마 시인들 힘으로 하나하나 이루어 가는 일 속에서 보이겠다"고 한 '시협'^{詩協}의 근본취지를 진작부터 실천에 옮겨 작지 않다기보다는 상당히 거창한 몇 가지 일을 착수한 바 있었다. 이제 금년 한 해 동안 시협^{詩協}이 의도하고 착수하여 거의 성취한 일 중에서 중요한 것을 든다면 다음과 같다.

첫째, 우리 시단^{詩壇}의 대표기관이자 우리 시인^{詩人}의 대동단결의 구현^{具現}으로서의 최초의 단체인 '한국시인협회'^{韓國詩人協會} 결성이라는 그 자체가 우리의 최대한 성취라 하겠다. 현재 회원 90명, 이는 실로 우리 시단의 거의 90퍼센트의 호응을 본 셈이다. 시협^{詩協}은 시인의 협의기관으로서 시협 안에 작은 시 그룹과 동인지를 조장^{助長}하고 있다. 새해에는 시협 산하에 몇 개의 시문학 동인지가 나타나게 될 것이다.

둘째, 기관지 《현대시》^{現代詩}의 창간이다. 금년에는 제1호만 내었을 뿐 출판사의 사정으로 처음 약속인 월간의 뜻을 다 이루지는 못했으나 그 제2호 원고가 현재 인쇄에 넘어가고 있어 새해부터는 점차 본궤도에 오르게 될 것이다. 창간호創刊號는 창간 지연이 되어 시의에 맞지 않은 원고를 뺀 탓으로 적은 면수에 비해 상당히 고가高價였음에도 불구하고 이의 육성호소育成呼訴가 독자의 지지를 얻어 이내 매진된 것은 고마운 일이었다. 증면계속增面繼續의 자신을 준 바 있었다.

셋째, '세계시인회의'世界詩人會議에 가입한 일이다. 벨기에에 본부를 둔 동회同會에 가입절차를 밟았던바, 11월 30일자로 동 본부의 한국시협韓國詩協 가입승인의 회답과 함께 기관지의 교환을 비롯한 상호교류를 제의한 서한이 온 것이다. 동 회의는 매 2년에 1차씩 개최되는 것으로 이를 통한 한국시의 대외적 교섭이 활발하게 될 것이다.

넷째, '시협상'詩協賞의 설정이다. 시협詩協을 사랑하는 어떤 분의 성금을 받아서 그것을 바탕으로 가난하나마 시상詩賞을 제정하여 1957년도부터 수상하기로 한바, 수상자가 결정되는 대로 연내에 수상식을 가지게 될 것이다. 시인들이 주는 최초요 유일의 시상詩賞이라는 영예에 작은 부상副賞이 덤으로 붙는 셈이다.

다섯째, 영역英譯《한국현대시선》韓國現代詩選의 간행이다. 이 책은 지난번 펜클럽이 초청한 외국 시인 작가에게 푸른 하늘과 박물관밖에 보일 것이 없음을 민망히 여겨 시詩의 선물이 되게 하기 위해서 편찬한 것인바, 연기되어 새해 초에 간행하게 되었다. 제2집의 편찬도 진행 중에 있다.

여섯째, 《현대시연감》現代詩年鑑 1957년판의 편집이다. '시와 시론'이란 이름의 이 책은 금년치만 한 권으로 하고 명년明年부터는 전후반기에 나누어 반년간半年刊으로 할 예정이다.

일곱째, 《한국시인전집》韓國詩人全集의 편찬 착수이다. 우선 그 제1회 배본을 위한 자료수집이 광범하게 진행되고 있다. 명년 중으로 적어도 세 권을 내놓을 작정인바, 이 일의 성취야말로 시협이 맡은 일 중에 가장 뜻 있는 일이요, 그만큼 난사업難事業인 줄 알고 있다.

이상 일곱 가지 중 5항項까지는 금년에 성취한 것이요, 6, 7항만이 명년으로 넘어가게 되었으나 시작의 어려운 고비는 이미 넘어섰다는 것을 밝혀 둔다.

— 1957. 12. 26

'국제 시인 회의' 보고서

International Biennial of Poetry 제 5 차 대회는 1961년 9월 7일부터 11일까지 5일간 Belgium 북쪽 해안 관광도시 Knokke-le-Zoute에서 열렸다. 해를 거듭할수록 참가하는 시인이 늘어 금번대회에는 대회보고서 1, 2호에만 의해도 43개국의 407명(부인과 부군까지 합하여 469명) 시인이 참가하였고, 이들 참가하는 나라는 지부로서의 조직체를 착착 이루어 가고 있어 우선 그 조직 면에 괄목했다. 또 대회의 프로그램의 구성과 진행도 꽉 짜여 있었다. 대회일정은 예정된 프로그램에 의하여 순조롭게 진행되었고 대회보大會報는 잘 만들어져 있었다.

　이번 대회의 의제는 '시와 신화神話'로 그 의제가 채택된 저의는 제 4 차 대회 의제인 '내일의 인간과 시'와 상통된 것으로 서구시西歐詩의 시대적 고민을 엿볼 수가 있었다. '시와 신화'의 신화는 협의로는 신화학神話學 또는 희랍, 로마의 신화를 뜻하지만, 여기서는 대개 '꿈'이라든가 '상상력' 같은 광의廣義로 논의되는 편이었다. 이 대회의 토의討議에서 본인이 특별히 얻은 것은 여기서 잘 얻어 볼 수 없는 세계 시인들의 생생한 의견과 그들의 동향動向을 한자리에서 폭넓게 직접 느낄 수 있었다는 점이다.

　내가 이 대회에 참석해서 배운 바로 내가 소속한 한국시인협회 또는 한국의 시단詩壇 전체를 위한 문화운동에 활용할 수 있다고 생각한 것은 이런 종류의 회의 또는 행사의 운영에 대하여 참고 되는 점이 많았다는 것이다. 자유롭고 즐거운 분위기 속에서 친선과 교제를 통한 의의 있는 공동토의가 시의 융성隆盛에 얼마나 보람 있는 것임을 배웠다. 이번 대회의 참가를 통해서 얻은 내 개인적 이득은 서구 시인의 생태生態와 그 시의 역사적 풍토적 배경을 직접 체득한 것과 그들과 의견을 교환함으로써 내 자신이 평소에 생각하고 있던 것이 한갓 정저와井底蛙의 편견偏見이 아니라는 데 대한 자신을 얻은 점이다.

이 회의의 주요한 성과는 시인의 국제적 친선과 이해로, 시의 국제적 교류 내지 시문학의 공통된 당면문제의 공동토의共同討議와 질의가 시종 화기애애和氣靄靄한 분위기 속에 이루어져서 이 대회참가에 대한 매력을 더해 주었고, 이러한 시인의 모임다운 분위기가 소수의 공산권 시인의 선전宣傳을 압도했다는 점이다. 이 회의에서만은 영원히 공산주의는 교란전술을 쓰지 못하리라는 것을 느꼈다. 우선 그들은 수적 열세를 도저히 뒤집지 못할 것이다. 이 점이 시인회의가 다른 작가회의와 다른 점이다.

제4차 회의 때는 신청만 하고 참가하지 못했지만 그 의제 '내일의 인간과 시'에 대해서 발언할 준비를 했었는데, 이번 대회에는 국내사정으로 말미암아 의제 연락을 못 받고 총총히 떠났기 때문에 토의에 발표할 기회는 못 가졌으나 유지시인有志詩人의 개별초대 파티 같은 데서 간단히 한국의 시를 소개했고 텔레비전에 자작시 낭독을 녹음하여 한국말이 아름답다는 찬사와 함께 해수욕장에서 사인 공세를 받았으며 라디오 콘닥터(프로듀서를 의미하는 듯함—편집자)의 요청으로 한국시와 그 영역시英譯詩를 기록하였다. 또 각국 시인단체 대표자회의에 참석하여 의견을 교환하였다.

본인이 지참한 Korean Verses의 증정^{贈呈}과 그 신청을 받으며 역시^譯 詩문제와 시어^{詩語}교환 등을 논의하였고, 특히 일본, 월남 등의 대표와 아세아 시인회의 개최에 대하여 의견을 교환했으며, 비교문학 내지 문화인류학적 연구를 논의하였다. 이에 대해서는 별도로 추진할 심산^{心算}이다.

거처와 식사는 관광호텔에 배정되어 모든 설비가 충분하였고, 회의 기간 중 음료대^{飲料代}를 제외한 호텔비를 주최 측이 부담하였으나, 이번 여행의 전체적인 여비는 넉넉한 것이 못 되어 귀로에는 곤란이 있었다. 언어는 아쉬운 대로 통해서 심한 불편은 느끼지 않았으나 구라파 여행 중 독일어에는 좀 녹았었다. 영어가 안 통하는 곳은 토막 불어로, 그도 안 되면 영어 대역^{對譯} 독어 회화를 활용했다.

이 회의의 사무당국도 이번 대회에 참가한 것으로 그치지 말고 계속 해서 참가해 달라고 요청했고, 우리나라 문단 실정으로나 문화의 국제 교류 및 민간외교에 의의가 크므로 계속해서 참가했으면 좋겠다. 마땅 히 우리 정부에도 이를 건의하겠지만 아세아재단^{亞細亞財團}으로서도 이 회의를 충분히 이해하여 계속 후원이 있기를 바란다. 또 하나 부언할 것은 한 사람만의 참가는 너무 외로우니까 매대회^{每大會}에 두 사람 이상 이 가야겠다는 점이다. 한두 사람의 참가로 그 성과와 반향이 큰 것은 차종류^{此種類}의 문화관계회의라고 생각한다.

나는 이 대회를 마치고 귀로에 파리에 들려 유네스코와 CCF를 방문 하고 그 활동 상황에 대한 자세한 설명을 들었으며 여러 가지 시찰^{視察} 을 하여 얻은 바가 크다. 유네스코에서는 Roger Caillois 씨(이 분은 국제 시인회의 개회식에 유네스코 대표로 참석하여 축사한 분)를 만났고, CCF에는 John Hunt 씨(CCF 한국본부 창립대회 때 왔던 분)를 방문하여 장시간 의견 을 교환하였다. CCF의 연락으로 런던에서는 Encounter로 Spender 씨

를 방문하여 30분간 환담했다. 비엔나에서는 국제 원자력原子力 회의로
한국대표단을 방문했고, 로마에서는 내이중內伊中인 한국 축구 선수단
을 방문 격려했다.

외유일지 초 ^{外遊日誌 抄}

외유일지 초 外遊日誌 抄

제5차 국제 시인대회 참가시의 노트

Sept 4. 15 : 30

김포공항 발, 남수南秀, 목월木月, 고원高遠, 한모漢模, 상원相瑗, 시헌時憲, 금진金辰, 준하俊河, 상은相殷, 혜경惠璟 모녀, 이실李室, 고모, 동창東昌 남매.

4. 17 : 25

하네다〔羽田〕공항 착. 20달러 바꾸다. 김용환金龍煥, 이규현 만나다. Belgium 문부성文部省에 타전打電. Prince Hotel 투숙.

5.

운해雲海 씨에 전화電話, 운해 씨 내방來訪. 내성숙주乃城叔主와 연락되어 신주쿠〔新宿〕에서 점심. 내성숙주乃城叔主와 맥주, 4시에 호텔로 돌아오다. Air France에서 전화 오다.

5. 22 : 30

Air France에서 자동차로 마중 오다. 하네다공항 발.

534

5. 11 : 10

Anchorage 착, 조반^{朝飯}. 시간은 후퇴하여 밤새도록 와서 5일 아침 11시가 되다. 기온 10도, 북극의 빙원^{氷原} 위로 날아오다.

6. 7 : 25

Hamburg 착, 조반^{朝飯}. 기상^{機上}에서 보는 독일 땅, 복스러운 농토^{農土}의 경치^{景致}.

6. 9 : 35

Paris Orly 공항 착, 체류^{滯留} 5시간. Brussel 향^向 Bourget 공항으로 직행^{直行}. 택시 요금 25프랑. 운전수 영어가 통하지 않다. 토막 불어로 셈을 치르다. 처음 당하는 불화^{佛貨}계산. 고약한 숫자 골머리.

6.

SABENA로 Brussel 공항 착. 100달러 바꾸다. 주최 측 안내가 없다. Information center에 상의^{相議}, 내일 10시부터 회의가 시작되기 때문에 본부는 전부 Knokke로 — Knokke에 전화 연락한 결과 나의 방이 마련되었다는 것. 파키스탄 대표 2명도 나와 같이 만도^{晩到}.

6. 18 : 00

Brussel Central Station 발 열차로 Knokke에. 책 짐 때문에 고생을 하다. 차중^{車中}에서 백이의^{白耳義} 청년을 만나 문학방담^{文學放談}. 그의 친절한 지로^{指路}로 Knokke에 안착^{安着}, 시집 1권 선사하다. 세우^{細雨}가 내리다.

6. 21：40

Knokke의 호텔에 안착, 호텔 주인 소개로 시인회의詩人會議에 참가자
로 온 각국 대표들과 인사교환人事交換.

7. 9：30

회의 본부 방문訪問, (?) 씨와 인사. 전차회의前次會議 불참사정을 얘기
하고 양해를 구하다. 한국 대표가 가장 멀리서 왔다고 반갑게 맞아 주
다. 이 참가가 이번 한 번에 그치지 말 것을 부탁 받다. 이하윤異河潤 씨
가 화란和蘭에서 편지로 미리 신청하여 대표명단에 들다. 나의 전보電報
가 늦게 도착해서 대표명단 인쇄에는 누락漏落된 것을 미안해하다. 호
텔 지정指定도 전보를 받고야 비로소 했다는 것. 두서없이 총망하게 떠
나노라, 우리의 불찰不察. 추가인쇄追加印刷가 있다는 것. 회장會場
Casino에 열린 미전美展을 참관하다가 뉴스 영화 촬영반에 붙잡혀 일장
一場 배우 노릇 — .

7. 10：30

본부에서 호텔로 돌아오는 길에서 이하윤異河潤 씨와 만나다. 금조今朝
도착운到著云. 엊저녁 Brussel에서 호텔을 못 얻어 Brugge라는 도시에
서 잤다는 것. 나의 어젯길은 고달팠으나 목적지까지 굳이 온 것이 다
행천만多幸千萬. 같이 본부로 가서 이하윤異河潤 씨의 등록을 기다리다.
또 뉴스 카메라맨에게 들켜 본부에서 두 사람이 악수하는 장면을 재연
再演 촬영 당하다. 일본 대표 고바야시〔小林正〕교수와 만나다. 동대東大
불문과佛文科 조교수로 파리 체재 중. 유트레히트 비교문학회의에 이異
선생과 같이 참석했던 사람으로 위인爲人이 조촐하고 양심적이었다. 우
리와 매우 가까이 하고자 했다. 어제 Brussel에서 만난 파키스탄 대표

와 만나다. 제4차 회의에 참석해서 지부로서의 조직을 완료했노라고 나한테 자랑하면서 내가 지난번 사정에 의하여 참석 못한 것을 말하자 이번 참석이 어려울 것이라더니 Information center에서 전화연락으로 내가 대표로 등록되어 호텔이 지정되었음을 듣고 무색無色해 하던 일이 생각나다. 그중 한 사람은 주요섭朱耀燮 씨를 잘 알다. PEN 대회에서 만난 모양. 이 친구들 영어는 잘 해도 등록에 필요한 서식의 불어佛語를 내게 묻다. 고소苦笑.

7. 12 : 00
제5차 국제 격년隔年 시인회의詩人會議 개회식.

7. 15 : 30
이異 교수, 고바야시〔小林〕 교수와 관광. 맥줏집 몇 집을 들러 한담閑談을 하다. 비교문학, 문화인류학에 관한 나의 소견을 피력披瀝하다. 문화상의 한일 관계 및 일본 어용御用 학자설의 비판에 고바야시 교수가 동감하다. 일본 시인회의 요청으로 시인이 아닌 자기가 참석했다는 것. 어느 나라나 시인은 돈이 없고 대접을 못 받는 모양. 그래도 시인이 두 사람이나 참석한 한국이 생색生色이 나다.

　Knokke는 화란和蘭 접경의 북쪽 해안의 관광도시, 바람이 몹시 찬데도 불구하고 해수욕객은 돌아가지 않다. 시인회의는 마치 관광 시즌오프를 장식하는 예술제전藝術祭典. 한국의 별신別神굿 같은 것, 거개 동부인同夫人한 시인의 태반殆半은 Belgium 시인. 어쨌든 참가 시인 근 400명, 30여 개국이 대표를 보내오다.

11. 10：00

편지를 부치다. (난蘭, 광열光烈 남매, 이실李室 모자, 고원高遠, 한모漢模, 목월木月, 남수南秀, 정희貞熙, 남조南祚)

11. 15：00

Knokke를 떠나다. 기차 편便

11. 17：30

Bruges 착. 이鼻 교수와 고바야시〔小林〕 교수와 함께 호텔에 투숙.

12. 10：00

거리에 나가 몇 가지 선물을 사다 (가죽지갑 8개, 가죽주머니 3개).

12. 13：00

Brussel에 도착, 호텔에 투숙 (넥타이 4, 머리수건 4).

13. 19：00

Paris 착. 100달러를 바꾸다. Family Hotel에 투숙. 아무도 마중을 나오지 않고 택시도 잡을 수 없어 고생하다가 10시 가까이 되어 호텔에 들다.

14. 10：00

김진옥金鎭玉 양에게 전화연락, 6시에 호텔에 오기로 약속, 11시에 고바야시 교수가 와서 청요릿집에서 점심을 내다. 소르본 대학 거리와 센 강변을 거닐다. 김제옥金濟玉 양 주소를 찾다가 실패, 거리의 Cafe에 앉아 이일李逸 군에게 속달을 띄우다. 김진옥 양 내방來訪, 월남 청년 무룡武龍 군 동반. 그의 차로 청요리 저녁 내가 사다. 23NF. 밤에 김 양이 정해 놓은 Hotel Residence Mong으로 짐을 옮기다. 14일 방값도 먼저 있던 호텔에 물어주다. 이昊 선생이 불화佛貨를 안 가졌으므로 호텔 값은 내가 전담, 49 프랑.

15. 1：00

파리공관公館 방문. 이일李逸 군이 거기 와서 기다리다. 밤늦게 속달을 보고 아침 일찍 전前 호텔로 갔더니 옮겼더라는 것, 그래서 공관으로 올 것 같아서 와 기다렸단다. 명민明敏. 함께 거리 구경을 하고 점심(11 프랑). 변종하卞種下 형을 그 아틀리에로 방문. 차를 몰고 나와 청요리 저녁을 사다. 거기서 국보전시國寶展示차 파리에 온 최순우崔淳雨 씨 외 1 명을 만나다. 밤의 파리를 구경. 백선엽白善燁 대사가 내일 만나자는 전화연락.

16. 10：00

Air France에 런던 행 좌석을 예약하러 갔다가 표에 말썽, 추가요금 25 달러 14선仙을 더 내야 한다는 것, 표를 맡기고 오다.

　백 대사 초대로 주식晝食을 대접받다. 대사관 직원 3명도 동석하다. 공관公館 사인첩에 서명, 개권開卷 벽두劈頭를 차지하다. 백 대사 취임 후 우리가 첫 손님이라고 한다.

21.

런던 착. 80달러 바꾸다. West Air Terminal 가까이 있는 Shell-bourne Hotel에 투숙(一泊 4달러).

22. 10 : 00

공관公館 방문, 현경호玄景鎬 형 전화연락. 5:30 현玄 형 호텔로 내방來訪. 스케줄 짜다. 11:00 현 형 귀댁貴宅. 내일 런던에 와 있는 유학생 전원과 대사관 젊은 직원 전부가 모여서 노는 파티에 초대하기에 쾌락快諾.

23. 11 : 00

지하철로 혼자서 교외 Gants Hill에 가서 집까지 찾아내다. 전화를 걸면 마중 나오겠다는 것을 — . 자주 물으면 어려울 것이 없다. 주식酒食 풍성, 남자들의 음식 솜씨에 여자들이 무색할 지경. 갈비, 불고기, 닭튀김, 고추소박이, 전야, 김치깍두기를 포식하다. 밤 열 시에 먼저 호텔에 돌아오다.

24.

오늘이 추석, 피로열疲勞熱과 감기로 종일 호텔에 누워 앓다. 집 생각이 나다.

25. 14 : 00

오전에 공관에 들려 김용식 대사를 만나다.

정 군이 와서 거리 구경을 안내하다. New Bond street의 Air France에 가서 Cologne 행 좌석을 의뢰하다. 또 표가 말썽, 표를 맡기고 오다. 정 군과 함께 저녁을 하고 호텔로 돌아오다. 정 군 늦도록 놀다가 가다. 현 군 전화가 오다. 김호길(宗吉 族弟) 군 착영운着英云.

26. 10:00

강 군은 바빠서 못 오고 현 군이 또 하루를 나를 위해 희생하다.

Weekday의 안내 부탁은 미안막심未安莫甚. 고모부가 부탁한 파이프를 사다. 25달러 72센트, 던힐 18달러짜리는 물건답다. 파카 7달러 72센트는 보통. Encounter로 Spender 씨 방문, 오래 기다리다. 많이 늙었다. 대단히 정답게 대해 준다. 시와 시인과 정치와 사회참여에 대해 약 15분간 대담하다. 의견 일치. 한국의 시단과 정정政情에 대해 묻기에 간단히 대답하다. 나의 난처한 물음에는 Spender 씨도 미소로 답할 뿐, Korean Verses 한 권 선사하다. 회로에 현대미술관을 보고 나서 버스를 기다리다가 Spender 씨 삼부자가 마침 같은 미술관에 들렀다가 오는 것을 만나다. 현 군과 석반夕飯. 8시 호텔로 돌아와 온다던 김호길 군을 기다렸으나 오지 않아 현 군 그냥 돌아가다.

27. 10 : 00
김 군 내방. 둘이서 Air France로. Cologne행 표 또 추가요금 25달러 40센트를 내다. 돌돌咄咄. 서울 Air France의 실수가 나를 이국에서 이렇게 골탕 먹이다. Cologne에서 Bonn으로 다시 Cologne, Frankfurt, Vienna, Rome 순으로 전부 예약하여 표를 갱신하다. 구표는 증거로 보존. 김 군과 같이 대영박물관을 보고 귀숙. 오늘 든 모든 돈은 김 군이 전담. 원자력원原子力院 파견유학생으로 여비가 두둑하다고 굳이 자기가 낸다는 것, 이국에서 동향 후배를 만나 반갑다.

28. 14 : 40
런던 발. 남은 영화英貨 7방磅 DM로 바꾸다. 80마극馬克.

28.
Bonn 도착. Hotel Savoy에 투숙. 첫날은 10달러짜리 방이다. 내일엔

4달러짜리 single로 바꿔 준단다.

29. 10 : 00
공관 방문, 신응균 대사는 Vienna에서 2주일간 열리는 원자력회의에 한국대표단을 인솔하고 참가 중. 윤석헌尹錫憲 참사관과 김인권金寅權 서기관이 반갑게 맞아 준다. 두 사람 다 구면으로 고대교우高大校友. 김 군은 나에게 배우다. 고대 법과 3회 졸. 윤 형, 김 군과 함께 청요리로 점심을 환대 받다. 오후에는 혼자서 관광. 라인 하반河畔을 돌아 저녁을 먹고 늦게 귀숙. 김 군 전화가 왔었다.

　라인 강의 물은 흐려도 그 원경遠景과 대안對岸의 풍치는 모란봉에서 대동강을 보는 느낌이다. 증기선이 쉴 새 없이 짐을 싣고 오르내린다. 라인 강반江畔의 기적이 이로써 이루어졌다. 윤석헌 형에게서 전화 오다. 오늘 저녁을 자기 집에서 같이 하자고.

30. 11 : 00
Hamburg 주소로 윤이상尹伊桑 형에게 전보를 치다. 만날 수 있겠느냐고. 혼자서 베토벤의 생가를 구경하고 돌아오는 길에 넥타이 7개를 사다. 약 17DM.

30. 19 : 50
윤 형이 차를 가지고 와서 안내하다. 새로 취임한 외무부직원 안 군이 동승하다. 취차포醉且飽. 호텔에 오니 Hamburg에서 회전回電이 오다. 이상伊桑은 Hamburg를 떠난 지 오래라고.

542

Oct. 1. 10：00

오늘은 일요일, 김 군이 차를 가지고 와서 이곳의 명승으로 안내. 히틀러의 별장이었고 지금은 관광호텔인 Petersburg와 고성 Dragon Hill을 구경하고 김 군 집에서 저녁을 하다. 취차포醉且飽. 9시에 부부 동반하여 영화 구경을 가자는 것을 사양하고 호텔로 돌아오다. 저녁 전에 어린이 놀이터에 아기들 셋을 데리고 놀다 왔고, 모처럼의 일요일을 그 부인을 위해서도 나눠야겠기에 —.

2. 10：00

걸어서 회관을 방문. 오지리墺地利 VISA를 얻기 위해 그 대사관 안내를 의뢰. 여비서가 차를 몰아 안내해 준다. VISA는 프랑크푸르트에서 내주고 여기서는 안 된다는 것, 프랑크푸르트는 1시간밖에 머무르지 않는다는 사정을 말하며 간신히 VISA를 얻다. 이번 여행은 만사가 비비 꼬이기로 마련. 하나도 순조로운 것이 없다. 그래도 결과가 풀리는 것만은 다행. 앞으로도 스무 날 동안 이런 고경苦境을 몇 번 치를는지. 오늘 동행한 독일 여자와의 영어는 8, 90점대를 상회. 마음이 안정되니 말도 술술 나오는 것을 초조하면 아는 말도 알아먹을 수가 없다. 나보다 잘 하는 이가 있으면 숫제 입이 떨어지지 않아 모두 맡겨 버리는 것이 편하고 —. 말더듬이도 노래 부를 때는 더듬지 않는다고, 하하. 예의도 깍듯이 차리고 농담도 하고 배짱이 이쯤은 갈앉아야 외국어가 늘겠다. 단 하나 다행은 나의 발음이 악센트가 틀리지는 않는지 상대방이 못 알아들은 적은 한 번도 없었다는 것. 불어는 몇 날 동안에 사 먹고 셈하는 것쯤은 통했는데 독어는 안 된다.

내일 아침 떠난다는 것을 호텔에 말하다. 저녁밥은 영독 대역對譯 회화책을 초기抄記해 가지고 가서 비싼 놈을 구해 먹어야겠다.

3. 9：40

김 군이 차를 가지고 와서 Cologne 공항까지 전송해 주다. 고맙다. 차를 나누며 환담 20분, 기상에 오르다.

3. 11：00   Cologne 출발

3. 11：50

Frankfurt 착. 남은 독화 26 DM. 06을 바꾸다. 약 170S.

3. 12：50

Frankfurt 발. Munich 경유 Vienna 착. 미화 40달러 바꾸다. 1,013.50 S(25.53 대 1). 6시경 Hotel Westminster에 투숙. single이 없어 호화로운 방에 들다. Cafe에 나가 삐루 한 잔 마시고 이름난 Vienna 요리로 배를 불리다. 밤거리 구경. 공항에서 들어오는 버스 속에서부터 아름다운 음악이 라디오에서 흐르고 손님들도 콧노래로 맞추는 멋들이 과연 음악의 도시다운 인상. 독어를 못하는 손님도 거개는 음악을 좋아해서 찾아오는 듯.

　돌아와 Regina 호텔에 전화를 걸다. 신응균申應均 대사는 Bonn으로 —. 만날 인연이 없나 보다. 원자력회의 교체대표 정태하鄭泰河 씨를 전화로 불러서 인사하다. 목욕하고 자리에 눕다. 몸이 가볍다.

4. 11：00

아침에 약간 토혈, 새까만 피다. 담배를 너무 피운 탓. 혼자서 거리 구경, 아름다운 도시다. 나의 책가방(84 S)과 여자용 돈지갑 2개(40 S과 28 S) 사다. 가죽물건은 다른 데 비해 싼 것 같은데 넥타이는 그런 것 같지 않다. 점심은 청요리, 저녁은 양요리로 포식. 영양을 보충하다.

4. 19 : 00

Hotel Regina로 정 씨 방문. 마침 신응균 대사가 Bonn에서 다시 도착해서 반갑게 만나다. 회담관계로 바쁜 듯. 약 45분 한담 끝에 돌아오다. 관광스케줄 Vienne Historique 예약(50 S).

5. 9 : 00

Cosmos 관광사에서 맞으러 오다. Vienne Historique 에 참가하다. 약 3시간 시내의 역사적 명승을 찾다. 불어와 영어 두 가지로 해설해 준다. 베토벤, 브람스, 괴테, 하이든, 모차르트, 요한 스트라우스를 비롯한 20여 개의 Monuments, 5개의 Musees, 8처의 Eglises, 세 곳의 Palais, 그 밖의 다뉴브와 오페라 등 — . Wien은 아름다운 도시, 관광시설과 안내가 꼭 짜였다. 푸른 다뉴브 강은 푸르기는 하였으나 한강만큼 맑고 푸르지는 못하고 물도 많지 못했다. 그러나 원경은 좋다. 관광버스서 내려 혼자서 번화가를 돌며 이미 본 것 중에 미진한 것을 더 가까이 가서 보기도 하고 걸음 내키는 대로 간 것이 Danube Channel까지 갔다. 5시경 버스로 돌아오다. 길을 물으면 역시 젊은 사람들은 가리켜 주고는 싶어도 모르는 모양이다. 노인에게 물으면 몇째 네거리 몇째 골목까지 틀림없이 대 준다. Vienna의 거리에서 6, 70년 늙은 사람들이었다. 저녁은 중국집에 가서 잡채에 흰밥 두 공기를 비벼 먹고 삐루 큰 병을 마시고 돌아와 일찍 자다. 텔레비전에 9 · 28 수복기념 마라톤대회 광경이 나온다. 사진도 반갑구나.

6. 6：30

호텔을 떠나다. 숙박비 총계 610 S. Alitalia terminal까지 택시 24 S, Airport까지 버스 20 S. 이것으로 Vienna의 돈 계산은 끝이다. 공항에서 남은 돈을 이화^{伊貨}로 바꾸다. 2,000 L.

6. 8：15

Vienna 출발 Munich 경유 Genova, Florence를 눈 아래로 보다. 알프스의 준령 대운해 장관. 산정의 눈을 보다.

6. 14：00

로마 시내에 들어오다. 차중에서 Colosseum을 보다. 성벽과 건축에 고대가 살아 있다. Hotel Milani에 투숙, 35호실. 이건 초라하다. Vienna의 방이 최고, Bonn이 그 다음, 도쿄, 런던, 파리, 로마의 순이다. 돈이 자꾸 줄어 들어가니 별 수 없다. 이만 한 방이라도 얻게 된 것이 다행. 손이 밀리어 호텔 reservation이 여간 어려운 게 아니다. 새벽에 폭우, 천둥 번개가 금시 벼락을 치는 듯. 개진 않았으나 비는 그쳤다.

7. 10：00

Air terminal의 Air France에 가서 12일 동경 행의 확인과 Athens, Cairo, Istanbul을 와 보는 경우의 schedule에 대해서 상의하다. 거리 구경도 겸해서 시내버스를 타고 Lovanio의 회관을 찾아가다. 버스요금 35 L, 택시를 탔더라면 600 L 정도라니 1,000 L는 떼였을 뻔했다. 이종찬^{李鍾贊} 대사를 만나다. 매우 반갑게 맞아 준다. 한담 2시간. 정낙희^{鄭樂喜} 서기관이 차를 몰아 호텔로 데려다 주다. 비가 다시 내리기 시작하다. 이번 여행 중 처음 맞는 비. 오후에는 호텔에 앉아 차를 마시며 보내다. 정 서기관의 전화 오다. 자기 집에서 저녁을 같이 하자고 — . 7시 30분에 차를 가지고 오겠단다. 고맙다. 우리 축구단이 유고슬라비아 원정 후에 이곳에서 시합이 있으리라고. 10일이면 구경을 할 수 있을 듯하다. 여기선 어림도 없다고. 2류 팀도 후보 선수를 내놓으려는 듯, 그것쯤이야 이기겠지만 지면 체통이 난처.

종전 직후에 대면 살기도 많이 좋아졌다지만 아직 인심이 좋지 않다. 물건값도 에누리가 으레 있다는 것. 첫째 음식값이 비싸서 못 배기겠다. 할 수 없는 점심을 먹자 해도 2달러가 드니깐 말이다. 처음 내리던 때의 늙은 운전수만 해도 불과 15분이면 걸을 곳을 700 L나 받지 않나. Air terminal에 물으니깐 300 L 정도일 것이라고 했는데, 미터에 170이 나왔는데도 700을 달라고 떼를 쓴다. 트렁크 한 개에 100 L씩을 가산해도 370에서 500이면 된다. 첫 번 속는 거니까 눈 딱 감고 인심을 쓰다. 팁을 좀더 줄까 하고 물으니 이 친구 어색해서 씩 웃고 돌아선다. 오늘 공관에 버스로 간 것이 결국 벌충이 된 셈. 시내버스로 왔다니깐 이 대사는 깜짝 놀란다. 용하게 찾아왔다고 — .

8. 12 : 00

관광버스를 타고 시내를 돌다. 2,000년의 고적이 장관이다. 회화의 서울은 파리일지라도 조각의 수도는 단연코 로마이다. 풍마우세風磨雨洗한 그 조각이며 비문에 얼룩이 지고 헐린 건축의 창연한 색채, 이 폐허를 교묘히 살리며 포치鋪置되는 현대건축은 남구의 아름다운 풍광으로 더불어 관광도시로서의 타의 추종을 불허한다. 콜로세움, 카다콤베 욕장, 바티칸이며 한니발, 스키피오의 결전장, 네로의 궁전터, 아는 역사의 실물 자취는 한결 감개가 깊다.

9. 7 : 30

나폴리, 폼페이, 소렌토, 카프리를 향해서 떠나다. 가지각색의 얼굴빛과 언어 속에 외톨은 한국사람 나 하나뿐이다. 중국인이 10여 명, 일인이 6, 7명, 서양 사람은 다 부부동반이다. 안내하는 소녀가 정답다. 혼자 가는 사람 옆에 와 앉아 말벗이 되어 준다. 그 영어는 이태리 사투리 악센트가 이상하다. 어미에 붙는 것이 버릇, 나처럼 혼자 가는 창흑색인의 반종청년半種靑年은 차창 밖의 풍경엔 아랑곳없이 낮잠만 잔다. 소녀는 달려가 그 청년의 뺨을 꼬집으며 굿나잇 한다. 차내가 모두 웃는다.

　나폴리는 명실공히 아름답다. 바다에 눈이 팔려 버스가 떠나는 줄도 모르고 서 있는 나에게로 달려와 어깨에 기대며 당신 여기서 살고 싶으냐고 묻는다. 당신같이 예쁜 소녀와 같이 산다면 몰라도 경치가 아무리 좋아도 혼자 살기는 적막하지 않느냐고 했더니 살기만 한다면 저보다 예쁜 소녀는 얼마든지 있다고 웃는다. 사실은 이 경치에 하늘빛 물빛이 너무도 우리나라와 같아서 조국 생각을 한다고 했더니 그리워한다는 것이 얼마나 좋으냐고 웃는다. 버스로 돌아오면서 나는 생각했다. 우리나라도 관광사업에 눈을 뜨려면 첫째 안내하는 사람은 이 정도의 세련된 교양은 길러야겠다. 아주 인상적이라는 것.

10. 10 : 00

공관 방문. 3시 일본대사관으로 VISA를 내려 가다. 오전 중에만 일본다는 것. 허행하고 오다. 로마 공관 운전수(이태리인)가 재미있는 사람이다. 5시에 전화를 걸었더니 내일 오라 한다. 사진 3매 필요운必要云. 마침 남은 것이 3매, 겨우 안심이다. 유고와의 우리 원정군 축구전은 5 대 1로 석패했다 한다. 원체 상대가 강팀이니까 영패하지 않은 것만이 다행.

11. 10 : 00

공관 방문. 우리 축구단이 12시경 도착한다고 한다. 대사 차로 일본 VISA를 얻어 오다. 11시 반 이 대사는 비행장으로 축구단 영접을 나가다. 오후 3시 축구단 숙소로 방문, 장기영 한국일보 사장과 만나다. 내일 떠날 짐을 꾸리려고 이 대사와 작별했더니 오늘 저녁을 선수단과 함께 하자고 한다. 호텔로 돌아가 있겠다고 하니 7시에 정 서기관이 차를 가지고 오겠다고 한다. 선수 중 2명이 감기와 다리를 앓는다고 약을 산다. 정 서기관 혼자 바쁘다.

　10시에 만찬이 끝나다. 대사 차로 호텔에 돌아오다. 장 사장 동승.

12. 9 : 30

호텔에 셈을 치르다. 남은 돈 2만 리라. 900리라가 남는다. 공항 나가는 버스 값이 남는다. 10시 반 출발, 짐을 부치고 버스표를 끊으니 출국세까지 1,500리라. 주머니를 다 털어도 모자라서 부득이 1달러를 현찰로 내다.

12. 12 : 40 　 로마 출발.

12. 19 : 30 　 Teheran 착.

13. 　0 : 30 　 Karachi 착.

13. 　5 : 20 　 Calcutta 착.

13. 　7 : 30 　 Bangkok 착.

13. 12 : 25 　 Saigon 착.

13. 15 : 40 　 Manila 착.

13. 20 : 20 　 Tokyo 착.

13. 21 : 00

Tokyo Tower Hotel에 투숙. 내성숙주乃城叔主에 전화. 내일 밤에 오시겠다 한다. 목욕하고 자다. 호텔에서 엽서 한 장을 얻어 목남木南에게 편지를 쓰다. 엽서를 속달로 부치고 —. 이발하고 와서 낮잠을 자다. 2시 내성숙주 오시다.

14. 10 : 00

신주쿠 명월관에 가서 불고기 안주로 정종 10여 컵, 만취해서 돌아와 호텔 바에서 삐루 3병, 몹시 떠들다가 자다. 호텔에 일하는 청년 하나가 문학청년이다. 소설 공부를 한다고 일본의 전후작가를 애기하고 천황제를 욕한다. 코스모폴리탄이란다. 고언대담高言大談을 하다가 잠이 들다.

15.

속이 좋지 않아 종일 낮잠을 자다가 3시에 일어나 점심. 내성숙주도 목남도 소식이 없다.

16. 9 : 30

한종우韓鍾愚 군에게 전화를 걸다. 외신기자구락부에 물었더니 전화번호를 가르쳐 줘서 쉽게 연결되다. 12시 한 군 내방, 같이 외인기자구락부 식당에 가서 점심. 이 식당은 외국기자들이 돈을 모아 경영한다고 —. 도서실도 있다. 한국에 관한 영문서적 수십 권, 태반은 동란에 관한 것. 3시 주일 대표부로 가다. 이동환李東煥 공사 만나다. 5시 호텔로 돌아오다. 그동안 목남 전화가 두 번 왔다 한다. 저녁 먹자니 목남 내전來電, 내일 오전 중에 오겠단다.

근수 혜등 결사문 謹修 慧燈 結社文

밝고 밝아 어둡지 않으며 본디 절로 조촐한 반야般若의 둥근 달이 몽몽한 무명無明 구름에 싸인지라, 중생은 길을 잃고 육도六道에 헤매나니 귀화형광鬼火螢光에 오히려 목이 마르도다. 불을 찾아 몸을 던져 죽는 부유蜉蝣의 무리 어찌 그 죽음을 미리 알았으랴. 수유須臾의 빛을 찾아 헛되이 제 몸을 불사르는 것이로다. 슬프다, 무량광명無量光明은 다만 상적常寂의 불토에 있건마는 무명 구름과 번뇌 비바람에 전도顚倒 호읍呼泣하나니 이는 부처 길을 모르기 때문이라, 이제 우리 불자佛子는 뚜렷한 달 찬란한 곳으로 발길을 잡았으니 이미 그 가없는 복 받음을 알겠도다. 스스로 불지佛智를 깨친 다음 널리 중생을 괴롬의 바다에서 건져 상락아정常樂我淨의 피안에 이르게 하는 것이 이 출가의 대원大願이니, 한 바리밥과 파납破衲으로써 족하다 하여 능히 세간의 명리를 버렸거든 어찌 연연히 세속을 생각하랴. 이제 산에 들어 공부함은 세상을 버림이 아니라 위함이니 부처님의 높으신 참뜻을 거스리고 무위도일無爲渡日하면 어느 때 이 두꺼운 무명 구름을 벗길 것인가. 내 마음이 곧 부처라, 한 생각 홀연히 돌린 곳에 불지佛地를 밟으련만 알고도 모름이 더욱 섧도다. 그러나, 이 슬픔이 신앙의 샘이 되고 피안에 건너게 하는 힘이 되는지라 오래고 오래면 어찌 환희의 땅이 없을 리 있으리요, 다만 끝

없는 정진이 있을 뿐이로다. 삼보三寶가 어찌 따로 나뉘어져 있는 것이랴, 부처님 가신 후 빛나는 혜명慧命이 우리 불자의 가슴속에 있으니 우리를 두고 어디에 다시 부처를 뵈오며 부처님 진리를 두고 어디에 불자가 있으리요. 삼보에 귀의함도 쉬운 일이 아니며 불자의 본분을 다함은 더욱 어렵나니 다만 부처님 가르침을 받들어 정성되이 사은四恩에 보답할 날을 준비하는 것밖에 우리 공부하는 무리의 본분이 따로 없도다. 내 몸은 소아小我가 아니요, 우주로서의 대아大我니 대아는 곧 무아無我라, 이미 내 것이 아니요, 우주의 것일진댄 어찌 이에 집執하여 구차히 이 생을 보낼 것인가. 극심한 부처 법法은 제법諸法이 견주어 미칠 바 못 되나니 우리만 이를 즐길 수 없는지라, 널리 횃불을 들고 어둠 속을 헤매는 무리를 이끌어야 하리로다. 세상은 어둔 곳이며 더러운 곳이나 이를 두고 어디에 광토光土가 있으며 정토淨土가 있으리요. 이 어두운 곳에 한 줄기 빛을 보내어 광명한 불토佛土를 만들어야 하리니 피투성이 된 금전옥루金殿玉樓를 헐고 초가집일망정 푸른 달빛 새어드는 조촐한 집을 지어야 하리로다. 이제 우리는 여러 마음을 하나로 모아 몸을 닦고 마음을 닦아 어두운 세상에 비칠 혜등慧燈을 장만하노니 이 등불을 삼가 가없는 중생과 부처님께 바치고자 하나이다. 횃불을 높이 들어 십방세계十方世界에 광명을 보내고 무변중생無邊衆生으로 하여금 삼도三途의 고뇌를 벗게 하고 혜명慧命을 길이 이어 끝이 없도록 하고자 하노니 삼학三學을 닦는 선남자善男子는 깊이 마음하시사 자비와 지혜 서로 도와 온 누리에 법우法雨가 고루 내리게 하여지이다.

辛巳菊秋신사국추 月精佛敎講院월정불교강원

東卓 謹識

결혼식 주례사

주례 인사

내빈 여러분, 여러분이 아끼고 사랑하는 ○○○ 군과 ○○○ 양은 하늘이 말미암은바 뜻과 또 그들 스스로가 선택한바 정성으로써 서로 일생의 반려伴侶가 될 것을 여러분 앞에서 굳게 맹세하고자 오늘 이곳에 여러분을 모신 것입니다. 저는 여러분과 마찬가지로 이들을 믿고 아끼는 한 사람으로서 이들의 원하는 바를 좇아 이들의 맹세를 인도하기 위하여 이 자리에 나왔습니다. 여러분은 이 두 사람의 맹세를 역력히 증거함으로써 그 앞길을 축복하고 지켜 주시기 바랍니다.

신랑신부 입장

신랑 ○○ 군과 신부 ○○ 양, 이미 장가들고 시집갈 나이에 이른 그대들이 헤아릴 것을 헤아리고 믿을 사람을 믿어 오늘 이 자리에 서게 된 것을 나는 모든 사람과 함께 기뻐합니다. 이제 나는 그대들을 위하여 천지신명과 모든 사람에게 그대들의 뜻을 전하고자 합니다. 오늘 이 자리에서 내가 말하는 것은 곧 그대들이 하고 싶은 말을 대신하는 것이며 그대들이 마땅히 인생의 길에서 밟아야 할 길이라는 것을 스스로 깨달을 줄 압니다.

○○ 군과 ○○ 양, 나는 이제 새삼스레 그대들에게 두 사람이 일생을 저버리지 않고 붙들고 도우며 살아 나갈 결심이 있는가를 물으려 하지 않습니다. 떨어져서는 살 수 없는 하늘이 주신 깊은 인연과 맹세를 서로의 가슴속에 심어 놓고 이를 북돋우어 온 그대들임을 내가 잘 알기 때문입니다.

신랑신부 교배交拜

○○ 군 ○○ 양, 이제 경건한 마음으로 마주 절하십시오. 신랑 ○○ 군 그대의 오른손을 나의 손 위에 얹으라. 신부 ○○ 양 또 그대의 오른손을 이 손 위에 얹으라.

내빈 여러분, 여러분이 똑똑히 보는 앞에서 이 두 사람은 그 결합을 요구하는 마음의 손을 저에게 맡겼습니다. 이제 저는 하늘의 은총과 여러분의 축복 속에 이 두 손을 맺어 주겠습니다.

"참되고 착하고 아름다움 속에 그대들 삶이여 길이 영광 있으라."

신랑과 신부여, 이제 잡은 그대들 두 손은 여느 때 모든 사람이 잡을 수 있는 그런 뜻의 손이 아니요, 그대들이 이때까지 희미하게 느끼던 두 영혼의 결합을 또렷이 인식시키는 손길이며 이 손길에서 새로운 꿈과 새로운 의무가 비롯된다는 것을 알아야 합니다.

예물 교환

이제 그 하나의 영혼을 깨달은 마음의 표적을 교환하십시오. 예물은 정성의 표적이요 사랑을 바치는 서약誓約의 진실한 표현입니다.

이제 그대들이 교환하는 예물은 각각 그대들의 영혼의 모습이요, 그 영혼은 이때까지는 반쪽에 지나지 않았으나 이것을 바꾸어 지님으로써 그대들은 비로소 전일全一한 영혼을 소유하는 것입니다. 이제부터 그대들의 육신은 그대들의 하나 된 영혼에 복종할 의무가 있습니다.

주례主禮 고중告衆 고천告天

내빈 여러분, 여러분은 오늘 이 자리에서 이 신랑과 신부가 저를 통하여 그 마음의 손을 잡고 또 마음의 표적을 바꾸어 간직하는 것을 보셨습니다. 하늘의 말미암은바 이 두 사람의 사랑은 누구의 이의異議도 허용하지 않는 엄숙한 사실로 나타났습니다. 고귀한 계약으로 성립되었습니다.

"하늘이여, 당신의 이름 아래 이 두 사람은 떨어질 수 없는 하나의 생명이 되었습니다."

내빈 여러분, 천지신명天地神明은 여러분의 눈과 귀에다 이 두 사람의 결합을 증거하게 하였습니다. 여러분은 지금까지도 그러하셨겠지만 지금보다도 더 깊게 이 하나 된 두 사람을 보살피고 돕고 지켜 주셔야 하겠습니다.

신랑신부여, 그대들은 지금부터 인생일대에 가장 즐거운 구속 속에 살게 되었다는 것을 알아야 합니다.

주례 축사

○○ 군과 ○○ 양, 결혼은 새로운 사랑의 요람搖籃입니다. 결혼의 사랑

은 연애의 사랑처럼 장처長處만 보고 단처短處는 안 보려는 사랑이 아니요, 단점을 봐도 그것을 서로 보충하는 사랑입니다. 다시 말하면, 연애의 사랑은 서로 마주보는 사랑이지만 결혼의 사랑은 가지런히 서서 둘이 한 곳을 바라보는 사랑이란 말입니다. 무엇을 함께 바라보는가에 대해서는 말하지 않겠습니다. 그것은 아마 실상은 모든 사람의 가슴속에 깃들여 있으면서도 항상 산 너머 저쪽에 더 멀리 있다는 행복일지도 모릅니다.

신랑신부여, 자연은 젊은 그대들에게 아름다운 본능本能으로서 사랑의 길을 열어 더 좋은 한 짝을 찾게 하였고, 이상은 그 사랑을 더 높은 꿈속에 이끌어 참다운 세상살이를 이룩해 나가는 일꾼이 되게 하였습니다. 검은머리 파뿌리같이 희게 될 때까지 그대들이 지킬 바는 본능의 자유를 절제하고 이상의 고난을 초극超克하는 일꾼이어야 합니다. 이것이 그대들의 원에 의해서 이 자리에서 서게 된 나를 진실한 증거자가 되게 하는 그대들의 의무요, 이 자리에 모인 내빈 여러분을 하늘의 이목耳目으로서 공경하고 두려워하는 그대들의 예의인 것입니다.

내빈 축사

신랑신부 인사

내빈 여러분, 이제 새로 부부가 된 이 두 사람이 여러분에게 인사를 드리겠습니다. 잠시 기립하셔서 이 절을 받아 주십시오.

신랑신부 퇴장

초청장

삼가 새해를 맞아

고당의 만복을 비옵고 뜻하시는 일마다 뜻대로 이루어지라 송축하나
이다.

올해는 우리나라에 새로운 시가 처음 발표된 지 만 60년이 되는 해입
니다. 이를 기념하기 위하여 지난해 발족한 본회는 몇 가지 기념사업
을 시작하였습니다. 그동안 여러 가지로 베풀어 주신 호의에 대하여서
는 감사하여 마지않습니다. 오랫동안 막혔던 회포도 풀고 당면한 문화
정책에 대한 여러 가지 논의와 신시 60년 기념사업 추진에 대한 구체적
인 고견을 듣고자 하와 다음과 같이 귀하를 초청하오니 바쁘신 중이라
도 왕림하여 주시기를 앙망하나이다.

기

때 : 1968년 1월 15일 하오 6시

곳 : 필동 코리아 하우스

1968년 1월 10일

한국 신시 60년 기념사업회장　조지훈

근대 명언초^{名言抄}

"내가 꾼 돈을 갚은 거지."

이건 한말^{韓末}의 갑부 민영휘^{閔泳徽}의 말이다. 그가 민 씨 오탐^{五貪}의 하나로 평안감사^{平安監司}가 되어 백성을 가렴주구^{苛斂誅求}하여 누만석^{累萬石}을 모은 것과 그 돈의 일부로 나중에 휘문의숙^{徽文義塾}을 세운 것은 세상이 다 아는 사실이다. 이때 평북^{平北} 숙천^{肅川} 사람인 이갑^{李甲}(秋汀)의 집 선대 살림의 막대한 돈이 강탈되었던 것이다. 이갑이 나중에 일본 육군사관학교를 졸업하고 귀국하여 민영휘를 찾아가 권총을 들이대고 담판^{談判}한 끝에 그 돈을 도로 찾아다가 오성학교^{五星學校}를 세웠다는 것도 세상에 이미 알려진 이야기다. 특히 그 오성학교는 일부러 민^閔 씨 집을 내려다 볼 수 있는 자리를 골라 세웠다는 것도 유명한 이야기다 (지금 낙원동에 있는 건국대학교 분교가 바로 오성학교 건물이라 한다).

이갑이 민영휘를 찾아가 권총으로 협박했다는 것은 좀 과장이고 한국 육군 장교의 정장^{正裝}을 하고 찾아가서 윗방에 앉았다가 사람이 좀 한산한 틈을 타서 아랫방으로 내려가 민영휘의 옆구리를 건드리면서 '대감^{大監} 우리 돈 내놓으라' 하였다는 것이다. 이때 민영휘가 혹시 흉기나 아닌가 해서 흠칫 하더라는 이야기다.

558

어쨌든 이갑은 민영휘에게서 그 돈을 받아 내었던 것이다. 얼마 뒤 이갑이 배일운동排日運動으로 왜헌병대倭憲兵隊에 체포된 바 있었다. 왜 헌병대에서는 이갑이 민영휘에게서 돈을 강탈해 갔다는 것을 들은지라 이갑을 강도죄로 기소하기 위해서 민영휘를 찾아갔다.

"대감, 이갑이 권총을 가져와서 거금을 강도해 갔다지요?"

입을 다물고 있던 민영휘가 천천히 고개를 돌리면서 말했다.

"내가 권총 들이댄다고 돈 뺏길 사람이야? 꾼 돈을 갚은 거지"라고.

왜 헌병은 할 말이 없었고 이갑은 곧 석방이 되었다는 것이다. 남의 돈 누거만累巨萬을 강제로 꿀 수 있는 사람인만큼 인간은 그 나름으로 컸다는 게 정평正評이다. 요즘 세태의 조무라기 같으면 자진해서 경찰에 고발했을 테니 말이다.

민족자본이 없던 그 당시에는 좋은 사업을 할 수 있는 돈이란 비리非理로 모은 민중의 고혈膏血을 뽑은 것밖에 다른 것은 있을 수가 없었다. 이용익李容翊의 보성학교普成學校도 그렇고 왕실에서 나온 돈으로 세운 여러 사학私學이 모두 다 마찬가지였다. 나쁘게 모은 돈이나마 잘 쓰게 된 것만이 대견하다 할 것이다. 요즘 부정축재不正蓄財들도 좋은 사업에 돈 좀 내놓아 속죄할 때가 된 것 같은데 교육이니 언론사업이니 하는 것도 모두 다 잇속으로만 하는 판이니 훔쳐서 꿔 간 돈 받아 낼 사람이 없어 그런가.

"벼슬 한 돈 어치만 파시오."

이건 한말韓末의 기인奇人 참봉參奉 우용택禹龍澤의 말이다. 우용택이란 이름은 잘 알려지지 않은 이름이지만 그가 남긴 유명한 일화를 아는 사람은 알고 있다. 사람됨이 괴위걸오魁偉傑傲하여 거리낌이 없어 사람들이 두려워하였다.

어느 해 서울에 올라온 그는 박제순朴齊純을 찾아 갔다. 간단히 인사를 마친 뒤에 주머니를 뒤져서 돈 한 푼을 내어놓고 하는 말이,

"대감大監, 벼슬 한 돈 어치만 파시오."

라 하였다.

박제순이 성난 얼굴로 그를 노려보며 망패한 것 같으니라고 꾸짖었다. 우용택은 그러지 말고 돈대로만 팔라고 거듭 말하였다. 박제순이 마침내 불호령을 내렸다. 이때 우용택은 맞호령을 터뜨렸다.

"네놈들이 벼슬 팔아먹는다는 것은 천하가 다 아는 사실인데 내 돈은 돈 아니냐. 왜 안 파는 거냐. 한 돈짜리 벼슬이 없다면 내가 못 사는 게지. 나는 이것밖에 없으니 그럼 간다" 하고는 그 돈 한 푼을 주머니에 도로 넣고는 횡하고 가버리는 것이었다.

또 을사乙巳년 9월에 이하영李夏榮이 외부대신으로 일사日使 하야시[林權助]에게 내지內地 하천항행권河川航行權을 허許하자 우용택은 이하영을 찾아갔다. 대뜸 하는 소리가

"네가 동래東萊 천무賤巫로 대신이 됐으면 나라에 갚음이 있어야지 나라를 팔다 못해 하천까지 팔아먹으니 장차 또 뭘 팔 테냐"고 호통을 치면서 주먹으로 이하영의 따귀를 후려 때리고 가 버렸다.

매국노들이 무소불위無所不爲로 날뛰어도 그 세력이 무서워서 말 한마디 직접 쏘는 이 없을 때여서 이 소식을 모두 다 통쾌히 여겼다.

우용택은 집이 가난하여 경술국치庚戌國恥 후 선산善山 해평海坪 면장이 된 바 있었다. 그 전에도 혹 관청에서 출두하라는 통지가 있으면 해該관청에 가서 유리창을 열고 머리만 숙 들어 밀었다. 왜 이러느냐고 물으면 "너희들이 나를 출두하라 하지 않았느냐. 그러니 내가 머리를 내놓는 것이다"라고 해서 사람을 웃겼다는 얘기가 있거니와 해평 면장

으로 있을 때 총독부總督府에서 각 지방에 충신, 효자, 열녀를 보고하
란 공문이 왔었다. 이때 우용택은 보고하기를 충신은 이완용李完用, 효
자는 장승원張承遠(칠곡의 악질부호로 광복회원에게 피살됨), 열녀는 해평
장터 김선낭金仙娘(妓女)이라 하였다. 이리하여 그는 이미 면장자리에
서 쫓겨난 바 되었던 것이다. 모두 다 기언奇言 명언으로서 일세에 회
자膾炙되었다.

우용택에 대해서 〈기려수필〉騎驢隨筆의 저자 송상도宋相燾는 다음 같
이 쓴 바 있다.

"於乎어호 從古忠志之士종고충지지사 恒出於貧寒窮苦之中항출어빈한궁고지
중 內而困身腹내이곤신복 外而厄唇舌외이액진설 多不能全其節다불능전기절 是
以餘觀龍澤之爲面長시이여관용택지위면장 亦未嘗不爲之一淚也역미상불위지일
루야"라고.

"자넨 모자 위에 남바위 쓰나?"

이건 월남月南 이상재李商在의 일화로 널리 알려진 이야기다. 노청년이
라고 불리던 지도자 월남의 풍모風貌를 방불케 할 뿐 아니라 한국적 유
머리스트의 전형典型으로서의 관록을 보이는 것이어서 근대 명언에 빼
놓을 수 없는 것이다.

월남은 겨울이면 남바위 — 재래在來의 방한모防寒帽 위에다 중산모中
山帽 쓰기를 좋아했다. 어느 날 또 남바위 위에 중산모를 쓰고 나온 월
남을 보고 어떤 젊은이가 말했다.

"선생님, 남바위 위에다 중산모를 쓰십니까?"고.

갓 쓰고 자전거 타는 것처럼 그 한양절충韓洋折衷이 우스꽝스럽다는
뜻이었다.

월남은 시치미를 뚝 떼고 응구첩대應口輒對로 대답했다.

"자넨 중산모 위에다 남바위 쓰나?"라고. 과연 명언일진저!

"오늘부턴 네가 내 속에 산다."

이것도 누구나 아는 애류崖溜 권덕규權悳奎의 유명한 일화다. 근대 유머
리스트로는 월남과 쌍벽인 애류는 유명한 주호酒豪로서 해방 후 반신불
구의 몸으로 집을 나간 채 행방이 불명 된 적막한 생애를 마친 지사志士
의 한 분이거니와 그의 유머는 모두 술과 관련되는 것으로 항상 일말의
페이소스가 깃들여 있는 것이 특질特質이다.

술을 좋아하는 그는 어느 때 집을 팔고 새로 이사 갈 집을 물색하느
라고 다니는 동안 한잔 두잔 마신 것이 몇 날 동안에 집 판 돈 전부를
고스란히 술값으로 올리고 말았다. 집 판 돈의 마지막 남은 얼마를 마
저 마시고 돌아온 그날 밤에 애류는 자기 집 대문 앞에서 단장短杖으로
꽁무니를 괴고 비스듬히 기대서 집을 불러 서글피 외쳤다.

"집아, 듣거라. 지금까지 내가 네 속에 살아 왔다만 오늘부턴 네가
내 속에 산다"라고.

집 판 값이 다 뱃속으로 들어갔으니 딴은 그럴 법도 할 일 ─ 그러나
얼마나 눈물겨운 대화인가.

"모가지가 달아나도 한 말은 했다 해야지."

이건 계원桂園 노백린盧伯麟의 일화 중의 한마디다. 그가 이갑李甲, 유동
설柳東說 등으로 더불어 관비생官費生으로 일본 육군사관학교를 졸업하
고 돌아와 승진하여 육군 무관학교 교장으로 있을 때였다. 어느 날 기

숙사를 순시하던 노盧 교장은 어느 방에서 취침시간에 얘기하는 소리를 들었다. 방문 앞에 다가서서 듣자 하니까 어느 생도 하나가

"아이 배고파 — 이럴 땐 그 살찐 노백린이라도 옆에 있으면 뜯어 먹겠는데 — ."

라 하지 않는가.

노盧 교장은 방문을 밀치고 들어왔다.

"뭐라고 했어? 이제 얘기한 놈 이리 나와"라고 호령하였다.

모두 다 일어서서 차려 자세로 서 있었으나 누구하나 내가 얘기했노라고 나오는 자는 없었다. 한참 침묵이 흘렀다. 이윽고 한 생도가 앞으로 걸어 나와 경례를 붙이고 제가 했노라고 하였다. 노백린은 뭐라고 했느냐고 재우쳐 말했다.

"예, 하두 출출해서 이럴 땐 노백린이라도 있으면 뜯어먹겠다고 했습니다"라고 큰 소리로 대답했다.

한참 그 생도를 뚫어지게 바라보던 노盧 교장은 만면에 웃음을 머금고 그 생도 앞으로 걸어가서 어깨를 탁하고 치면서

"네야말로 대장부다. 모가지가 달아나도 한 말은 했다 해야지."

하고는 한바탕 호걸웃음을 웃고 난 그가 말했다.

"좋아, 그럼 내 오늘 저녁 한턱 내지. 노백린이 고기 아닌 쇠갈비를 뜯게 할 테란 말이야."

노 교장은 당장 소 한 마리를 잡게 하고 사관생도를 푸지게 호군犒軍했다는 것이다.

"너 자신에게 침묵을 명령한다."

이건 박열朴烈의 말이다. 박열은 1924년 동경東京 진재震災 당시 일황日皇

저격모의狙擊謀議 사건으로 검거되어 이른바 대역범大逆犯으로 무기징역에 복역하여 8·15 해방과 함께 13년 만에 출옥 환국했다가 6·25 때 납북된 지사이다. 아나키즘 운동의 동지요, 부인인 김자문자金子文子와 함께 투옥되어 옥중에서 김자문자를 무릎에 안고 찍은 사진이 신문에 나서 이른바 괴사진怪寫眞 사건으로 일본 의회에서는 도각소동倒閣騷動이 나고 김자문자는 임신된 몸으로 옥중에서 독살되었던 일은 이미 널리 알려진 사실이다. 이 사진에서 박열은 일본의 재판을 안 받겠다고 버티다가 나중에는 일본의 재판관이 입은 법복法服을 보고 나도 우리나라 예복을 입고 법정에 나오겠다고 고집하여 한국의 사모관대紗帽冠帶를 차입差入해 달라는 요청을 옥외의 동지들에게 보내기도 하였다.

나는 어려서 우리 집 벽장 속에 새 사모관대紗帽冠帶 한 벌이 있는 것을 보고 어른들에게 여쭌 적이 있다. 마을에서 혼례식 때 쓰는 사모관대는 다 낡은 것인데 왜 이 새 사모관대를 쓰지 않느냐고 물었더니 그건 사형수死刑囚가 입었던 것이어서 불길해서 못 쓴다는 것이었다. 뒤에 알고 보니 그것이 바로 박열이 옥중에서 입었던 그 사모관대였다. 당시 신간회新幹會 동경 지부장, 재일본 조선유학생 학우회 회장이시던 가친家親께서 옥중에 넣어 주었던 것이라 하였다. 한때는 이 사모관대를 박열이 옥중결혼식에 입었다는 풍설도 있었으나 가친께 들은 바는 그게 아니고 앞에서 말한 법정 투쟁용이었다는 것이다.

박열은 이 사건으로 재판 받는 동안 재판관의 심문에 일체 묵비권을 행사하기를 잘 하였다. 그 묵비권을 쓸 때마다 그는 큰 소리로 외쳤다.

"박열, 너 자신에게 침묵을 명령한다"고.

그리고는 영영 함구불언緘口不言이었다. 스스로 민족의 소리를 대신하여 명령해 놓고 그 긍지를 지킨 그의 이 한마디는 장절壯絶한 바 있었다. 박열이 복역하던 형무소의 소장 일인日人 모某는 종전 후 한 팸플릿에서 박열의 첫 태도의 오만불손傲慢不遜에 화가 치밀어 사무라이 정신을 발휘해서 박열을 일본도日本刀로 참斬해 버리고 말겠다고 몇 번이나 별렀었지만 장기간 복역 중 수선자修禪者와 같은 그의 인품에 그만 경복하고 말았다고 술회한 것을 보았다.

박열—그는 지금도 자신에게 침묵을 명령하고 있는지 몹시 궁금하다.

"시간의 처음을 아십니까?"

이건 조소앙趙素昻(鏞殷)의 말이다. 소앙이 한때 오성교五聖敎란 교를 만들어 그 교주가 되었던 일화를 아는 이는 그다지 많지 않을 것이다. 오성교의 오성이란 공자, 석가, 예수, 마호메트, 소크라테스이다. 이런 심심풀이를 할 정도로 상해上海시절의 소앙은 종교와 철학에 심취한 적이 있었다. 이런 소앙이 3·1 운동 후 상해에 임정臨政이 서고 외무부장 김규식金奎植이 파리 강화회담에 한국 전권대표로 출발하게 되자 그 대표단의 일원으로 소앙도 뒤좇아 파리에 가게 되었다. 거기에는 영국에서 황기환黃紀煥이 오고 스위스에서 이관용李灌鎔이 오고 해서 한국대표단도 제법 활기를 띠게 되었던 것이다.

파리 강화회담에서의 활동이 끝날 무렵 조소앙은 당시 이름 높던 철학가 베르그송을 방문한 바 있었다. 이 석학 앞에 돌연히 나타난 젊은 내객來客 조소앙은 간단한 자기소개도 하는 둥 마는 둥 하고 대뜸 질문의 화살을 던졌다. 제1문은 이러했다.

"선생은 시간의 처음을 아십니까?"고.

베르그송은 어안이 벙벙하여 대답은커녕 얼굴만 보고 있었다. 그러자 연달아서 소앙의 제2문이 던져졌다.

"그럼, 선생은 공간의 끝을 아십니까?"

베르그송은 역시 말이 없었다. 젊은 내객来客의 당돌이 흥미가 있었을까 아니면 그 무례에 노여웠을까, 아니면 대답을 안 하는 것이 대답이었을까. 이는 그 당시의 베르그송의 표정을 내가 못 봤으니 알 길이 없다.

어쨌든 두 마디 질문을 던져도 아무런 대답이 없는 것을 본 소앙은 베르그송에게 그대로 작별을 고하고 그의 방을 나오고 말았다. 문을 닫고 나와서 하는 말이 걸작이었다.

"베르그송이 뭐 그리 대단한 학자야, 한마디도 대답 못하잖아"라고. 하하.

"사자는 소리를 치는 법이다."

이는 근대의 걸승傑僧 송만공宋滿空의 말이다. 송만공은 신혜월申慧月, 방한암方漢岩으로 더불어 근대의 선가종장禪家宗匠으로 이름 높은 이다. 풍신이 괴위魁偉하여 사람을 압도하는 바 있었다.

왜총관倭總管 남차랑南次郎이 이른바 황도불교皇道佛敎란 이름으로 한국 불교를 일본 불교에 아우르기를 종용, 획책한 바 있었다. 그 정책의 일환으로 남차랑은 전국의 노승석덕老僧碩德을 초집招集하고 일장 연설을 시試한 끝에 그에 대한 의견을 물은 일이 있었다. 이 모임에 송만공도 초청을 받았던 것이다. 뜻있는 이는 모두 불참하고 모인 사람들이라야 대개 친일불교의 앞잡이들의 군상이었다. 회의가 한창 진행되고 있는데 문이 열리더니 백발동안白髮童顔의 늠름한 체구의 풍모만으로도 고승高僧임을 짐작케 하는 한 선승禪僧이 나타났다. 송만공이었다. 장내의 시선이 모두 그리로 쏠렸다. 회장 내에 들어온 송만공은 문 앞에 그대로 버티고 선 채 소리쳤다.

"여러분 다 일어나시오. 데라우치〔寺內〕총관總管이 지금 지옥에 떨어져 신음하고 있습니다. 우리 빨리 그를 구제하러 갑시다. 데라우치는 우리 불교를 망쳐 놓은 사람이지만 불교는 대자대비라 그를 지옥에 그냥 둘 수는 없습니다. 자 어서 일어나시오."

갑자기 들어온 사람의 호통에 남차랑은 눈이 둥그레졌다. 옆의 사람의 통역으로 그 말뜻을 알아차린 남차랑은 얼굴이 붉어져서 묵묵히 앉아 있었다. 그 기세에 눌리었던 것이다.

데라우치〔寺內〕총관總管은 이른바 사찰령寺刹令으로 우리 불교를 관官의 관리 아래 몰아넣은 장본인이다. 그가 그 벌로 지금 지옥에 떨어져 있으니 남차랑이 너도 이러면 지옥 간다는 공갈이었다. 회장은 물을 뿌린 듯 조용하고 회의는 그것으로 흐지부지되고 말았다는 이야기다.

송만공이 이 회의에서 호통을 쳤다는 소식을 듣고 가장 쾌재快哉를 부른 사람은 만해萬海 한용운韓龍雲이었다. 두 사람 사이는 아주 가까웠다. 송만공이 그 회의장을 나오자 찾아간 곳이 바로 성북동城北洞 심우장尋牛莊 한용운의 서재였다. 송만공이 온다는 소문을 듣자 한용운은 버선발로 뛰어나갔다. 손을 잡고 들어와 마주 앉으며 한용운은 신바람이 나서 떠들었다.

"아, 그 남차랑이 놈을 계장자桂杖子로 한대 갈기지 그랬어."

송만공의 대꾸가 명언이었다.

"막대기는 곰이 가지고 노는 게구 사자는 소리를 치는 법이지"라고.

과연 사자후獅子吼였다. 내 어느 때 이 얘기를 조부께 아뢰었더니 조부祖父께서 하시는 말씀이 "불교에는 그래도 사람이 있단 말이야. 유림儒林에는 그럴 용기 있는 놈 하나도 없어…"하시며 찬탄讚歎하셨다.

그날 함께 술잔을 기울이다가 일어서는 송만공을 보는 한용운은 "자네 예까지 왔다가 내 마누라 입도 한번 못 맞추고 가나"라고 농담을 하였다. 이 말을 들은 송만공은 "참 그렇군" 하더니 신발을 신다 말고 부엌으로 들어가 용운 부인夫人의 입을 맞추려고 하였다는 애기도 전한다. 그의 소탈뇌락洒脫磊落함이 이러하였다. '올빽'을 하고 시녀侍女를 데리고 다녔다는 송만공은 가위 걸승傑僧이었다.

— 1966, 《신동아》 4월호

의친왕義親王 탈출사건 비사秘史

나타난 역사보다 나타나지 않은 이면사裏面史가 더 재미있다. 그런 비사의 하나로 의친왕義親王 이강李堈의 탈옥사건을 들추어 보기로 하자.

의친왕 강堈은 광무제光武帝의 황자皇子로 국망國亡 후 항상 외유의 뜻을 품고 있었다. 의례儀禮를 싫어하고 방일放逸을 좋아하는 성격인데다가 망국왕족亡國王族의 치욕과 부자유의 생활을 혐오하였기 때문이다. 의친왕 비제妃弟, 곧 그의 처남 김춘기金春基는 일찍이 미국 유학에서 돌아온 뒤로 다시 국외로 나가고자 하여 의친왕과의 동행을 상의하고 있었으나 두 사람이 다 여비의 마련이 뜻과 같지 않았다.

의친왕은 3·1운동으로 당시에는 손병희孫秉熙와 밀의密議한 일이 있어 손병희 피검被檢 후 매우 난처하였다고 전한다. 기미 선언으로 상해에 임시정부가 서게 되자 해외의 독립운동자 사이에는 의친왕을 옹립하고 구귀족과 중망 있는 인사를 상해로 유출하여 독립선언의 성세盛勢를 내외에 떨치려는 계획이 있었다. 1919년 9월 초에 강태동姜泰東(錫龍)은 이 사명을 띠고 국내에 잠입하여 의친왕의 일실一室에서 김춘기와 회합하여 상해의 정세를 알리고 의친왕 옹립계획을 알렸다. 김춘기가 의친왕에게 이 뜻을 진언하자 의친왕은 자금만 주선된다면 동의할 수 있다고 승낙하였으므로 강태동은 이 뜻을 전협全協에게 알리고 그 자금 4만 5천 원圓의 주선을 전협이 책임지기로 확약함에 이르렀다. 강태동은 이때 의친왕이 상해로 탈출할 때 사용할 여권旅券(安東縣 경찰서 발행의 여행증명) 2통을 김춘기에게 주었던 것이다.

전협全協은 이에 앞서 임시정부 특파원 이종욱李鍾郁의 방문을 받아 남작男爵 김가진金嘉鎭이 임시정부 국무총리代理 안창호安昌浩에게 상해로 가고 싶다는 편지를 보냈다는 사실과 이번에 김가진과 동행하려고 입경했다는 말을 듣고 이 사명에 협조를 요청 받은 바 있었다. 전협全協은 이종욱을 통하여 의친왕도 머지않아 상해에 갈 것임을 김가진에게 알린 다음 김가진의 아들 의한毅漢을 시켜 의친왕에게 '小人今往上海計殿下從枉駕云云소인금왕상해계전하종왕가운운'의 김가진의 편지를 보내게 하였다(金과 의친왕은 친한 사이, 의친왕의 庶女는 金의 子와 약혼이 있었다 함).

전협은 거만巨萬의 자금을 주선하는 것도 쉬운 일이 아니요, 또 다수多數한 사람이 한꺼번에 동행하는 것도 불가능한 것을 살펴서 먼저 김가진을 출발시키고 이로써 의친왕의 결심을 재촉하기로 작정한 다음 김가진을 관수동觀水洞 26번지 임춘구林春九 집으로 오게 하여 입치入齒 전부를 빼어 그 면상을 일변시키고 농부로 변장시킨 다음 그 아들 김의한과 함께 일산一山역에서 승차시켜 이종욱으로 하여금 동행하게 하여 성공한 바 있었다.

전협全協이 의친왕의 탈출자금으로 4만 5천 원의 거금을 약속한 것은 그에게 자산이 있어서가 아니었고 한 권모權謀가 있었기 때문이다. 그것은 곧 의친왕의 마음을 움직이자면 그가 신임하는 경무국警務局 촉탁囑託 정운복鄭雲復을 움직이는 것이 득책得策이요 정운복은 한때 대신까지 될 뻔하였으나 몹시 궁한 사람이므로 이利로써 이를 유혹하여 정鄭으로 하여금 차금借金을 얻도록 하려는 궤계詭計였다.

전협은 이재호李在浩(일명 範宰, 구한국 정부 技師와 侍從을 지냈으나 불평으로 사직하고 落魄하여 羅昌憲으로 더불어 독립운동에 가담한 사람)가 정운복과 평소에 친한 것을 알고 이재호를 시켜 정에게 설득하기를 "지금 일인 향추원태랑香椎源太郎이 차수借受하고 있는 의친왕의 어장漁場은 수익이 다대한바 향추와의 대차계약貸借契約 기간이 만료되면 곧 신계약이 체결될 터인데 이 어기권漁基權을 저당하면 부호 이민하李敏河와 한韓 참판이 자금조달에 참가할 것이다. 만일 향추와의 계약이 만료된 후 그 권리를 차수借受하는 계약을 해 준다면 그 전금前金으로 3만 원을 낼 것이요, 그 계약이 성립되면 주선료로 1만 5천 원을 제공하고 정에게는 특히 9천 원을 주겠다"고 하였다.

그러나 그 부호 이민하와 한 참판은 전혀 가공의 인물로서 전협 자신이 한 참판이 되고 윤희용尹喜用을 이민하로 가장시켰던 것이다. 정운복은 곧 의친왕에게 자금 조달할 뜻을 편지로 알리고 직접 찾아가 권설勸說하기도 하였는바 의친왕은 어기문제漁基問題가 이왕직李王職 사무관의 연서를 요하는 것이므로 그러한 시끄러운 절차를 밟지 않고 자금을 차용할 수만 있다면 해 보라고 답하기에 이르렀다. 정은 이를 이재호에게 알리고 이재호는 다시 전협에게 알렸다.

한 참판(전협)은 그렇다면 어기漁基를 저당하지 않더라도 전하를 위하여 자금을 융통할 수 있다고 통고하고 어느 날 이재호, 한 참판(전협), 이민하(윤희용) 외 1명은 정운복을 종로의 중국요릿집 '신세계'에 초치하여 주식酒食을 대접하고 계약을 성립시켰다. 이민하는 이 기획에 공포를 느꼈는지 소재를 감추었으므로 전협 또한 그 발각을 겁내어 일을 급히 서두르게 되었다. 이재호로 하여금 정운복을 통하여 의친왕에게 한 참판이 직접 배미拜眉하고 약속금을 드리겠다고 전언傳言한 다음 11월 9일 밤 회견會見할 것을 약속하였다.

정운복은 그날 오후 8시 공평동公平洞 3번지에 왔으나 의친왕은 오지

않았다. 그때 의친왕은 자저自邸를 탈출하여 이문동里門洞 소옥小屋 김정
완金貞完의 집에 가 있었고 거기서 현금을 수수授受하라 하였다. 정과 재
삼 왕복 끝에 오후 11시경 의친왕은 차부車夫 김삼복金三福을 데리고 한
자리에 모이게 되었다. 전협과 이재호는 주효酒肴를 준비하여 향응饗應
하였다.

전협은 의친왕이 오기 전까지는 정운복을 환대하여 조선독립에 관한
의견을 묻기도 하고 정은 그 불가능함을 설시說示했으나 의친왕이 오자
정을 별실로 불러내어 상해망명 계획의 본심本心을 말하고 숨어 있던
정남용鄭南用(일명 必成), 나창헌羅昌憲, 김중옥金中玉이 실내에 뛰어 들어
와 김중옥은 권총으로 협박하여 정운복의 동의를 요구하였다. 정은 아
연실색愕然失色하였으나 마침내 결의하고 방으로 돌아와 의친왕에게 "전
하殿下. 결심決心하소서"라고 권하였다. 전협이 직접 의친왕에게 상해
옹립擁立의 계획을 누설漏泄하여 그 응낙을 얻기에 이르렀다. 김중옥은
이때에도 권총을 들고 실내에 들어와 있었다 한다.

이때 전협은 가방을 열고 지폐 묶음을 보이면서 의친왕에게 그 총액
4만 5천 원(그러나 이 금액은 전혀 허위요, 실지로는 겨우 4백 원 남짓한 돈이었
다)은 어기권漁基權을 얻기 위함이 아니요, 모두 다 독립운동을 위해 사
용할 것이라 하였다. 그리고 동창률董昌律을 불러 돈 1천 원을 정운복의
집에 보낼 것을 명령하였다. 의친왕의 응낙이 내리자 의친왕을 인력거
에 태우고 전협의 지휘 아래 정운복은 손을 묶고 자갈을 물린 다음 또
한 인력거에 태워 창의문彰義門 밖 고양군高陽郡 은평면恩平面 구기리舊基里
73번지 최성호崔成鎬집(첩 楊楨의 집)으로 연행하였던 것이다.

의친왕은 그날 전협 등에게 상해에 갈 때는 수인당修仁堂 김흥인金興仁
(側室 李鏐의 母)과 간호부看護婦 최효신崔孝信을 동반할 것과 김흥인에게
맡겨둔 광무제光武帝가 외국인으로부터 받은 1백 십만 원의 채권증서 기

572

타 비밀서류를 넣어 둔 가방을 휴래携來할 것을 지시하였다 한다. 이재호로 하여금 전동磚洞(김춘기 邸)의 사자使者라 칭하게 하여 이를 내어 주라는 의친왕의 편지를 전하려 하였으나 이재호는 그날 밤에 의친왕 저邸에 가지 않았고 그 이튿날 아침 정남용이 이재호에게 와서 의친왕은 김흥인이 직접 가지고 오기를 기다린다는 뜻을 전했다. 이재호는 차부車夫를 시켜 이 뜻을 김흥인에게 알리자 김흥인은 그 가방과 여행 가방을 가지고 김춘기, 최효신과 함께 간동諫洞에서 나와 이재호를 만났다. 이는 김춘기의 동행을 거부하고 김 씨와 최효신만을 데리고 왔던 것이다. 의친왕은 김씨와 최를 동행하고자 했으나 전협이 굳게 거부하였기 때문에 그럼 내일 출발하라 하여 의친왕은 돈 2백 원을 전협으로부터 받아 김 씨에게 여비로 1백 원을 주었고 김 씨는 그날 서울로 되돌아 왔었다.

의친왕 저邸에서는 10여 일 전에 이미 그 탈출계획을 안 자가 있어 경찰은 경계하고 심야에 그 뒷문에서 수상한 사람을 추격하였으나 이문동 부근에서 놓친 바 있었다. 10일 조조早朝 의친왕의 존부를 물었으나 아무도 대답하는 이 없더니 오후 6시에 이르러서야 의친왕의 부재를 알게 된 경찰은 자못 당황하였다.

김춘기는 그날 의친왕이 자금을 얻었다는 소문을 듣고 강태동과 함께 모든 준비를 갖추고 출발일자 통지가 오기를 기다리고 있었으나 9일 밤 이래 그 소재가 불명하여 크게 낭패하였다. 종적을 찾은 끝에 의친왕이 창의문 밖에 있는 것을 안 김과 강은 세검정洗劍亭으로 급행하여 정남용, 김중옥, 나창헌, 이을규李乙奎와 만났다. 강태동은 격노하여 의친왕을 상해로 모셔가는 것은 우리가 오래 전부터 계획해 온 일인데 무엇 때문에 우리 기획을 방해하느냐고 소리를 지르며 피차격론彼此激論한 나머지 김춘기는 일이 용이치 않음을 보고 시내로 돌아오고 정남용 등

등은 강태동을 데리고 전기前記 최성호崔成鎬 집으로 돌아왔던바, 강은 거기서 뜻밖에 전협을 만나게 되어 두 사람은 서로 놀랐던 것이다. 교섭 결과 양측이 협력하기로 타협이 되었다.

그리하여, 10일 밤 정남용, 이을규, 한기동韓基東은 의친왕과 함께 도보徒步로 수색역水色驛에 이르러 입었던 외투를 벗고 헌 옷 바람으로 3등 열차에 타게 하였다. 또 송세호宋世浩는 관헌의 수사경계搜査警戒 정황을 살피기 위하여 동대문 역에서 승차하고 평양 역까지 배승陪乘하여 일단 하차下車하여 그 이튿날 안동현으로 떠나고 한기동은 개성開成 역까지 따라갔다가 서울로 귀환했으며 의친왕과 정남용, 이을규는 안동安東 역에 하차 이을규는 거기서 자취를 감추었던 것이다.

의친왕은 압록강 철교의 임검臨檢에 대해서는 지니고 있던 여권으로 성명을 바꾸어 무사통과했으나 안동역두安東驛頭에서 아깝게도 평안북도 경부警部 미산米山에게 잡힌 바 되었다. 미산은 의친왕 일주逸走의 경보警報를 듣고 즉각으로 자동차를 달려 신의주新義州에서 기차를 타고 그 차내를 물색했으나 찾지 못했고 국경을 넘어 안동 역에 하차하는 사람들의 거동을 보고 있던 미산은 마침내 의친왕 일행을 발견하기에 이른 것이다.

만일 조금만 더 시간을 얻었더라면 이 일행은 강태동의 계획대로 안동현의 이륭양행怡隆洋行 — 영국인 G. L. 쇼가 경영하던 상호商號로서 임시정부의 안동현 교통사무국이 그 안에 있어 국내외의 교통연락 문서 왕복이 여기를 통해서 이루어졌다 — 에 가서 기선으로 오송吳淞에 항행航行하여 상해행은 성취되고 말았을 것이다.

이리하여 의친왕 상해 유출계획은 치밀하고 기묘한 책략으로 수행되었으나 아깝게도 성공 직전에 좌절되고 말았다. 그 다음날 떠나기로 했던 김홍인, 최효신도 떠나지 못했고 따라서 이왕직의李王職醫 안상호

安商浩와 최효신을 미국에 보내어 광무제光武帝 독시毒弑의 사실을 폭로하려던 당초의 계획도 깨어지고 말았다. 이때 그들이 준비한 의친왕의 유고諭告는 다음과 같다.

　諭告 통곡하여 아我 이천만 민중에게 고告하노라. 오호嗚呼라 차행此行은 하행何行고. 아我 궁천극지窮天極地의 심수深讐를 보報하려 함이요, 아我 철골열강徹骨裂腔의 대치大恥를 설雪하려 함이다. 선년先年 선제폐하先帝陛下의 밀지密旨를 봉승奉承하여 직기直起코자 하였으나 아我 형연극벽荊延棘壁의 체자掣刺를 고顧하여 엄掩하고 수遂하지 못하였더니 희세稀世의 대흉한大凶漢은 선제先帝를 독수毒手로 시弑하였도다. 희噫라 생을 보전하여 하사何事가 유有하리요. 오직 스스로 사死하지 못함이 한이었도다. 이때를 당하매 합세융운闔世隆運의 추秋라, 아我이천만 민족 생사의 일기一機를 조照함에 회會하여 전로후편前牢後鞭도 불고不顧하고 궐연蹶然히 아我는 기起하였노라. 유아민중唯我民衆은 일의一意 아我와 함께 궐기하고 분발전진奮發前進하여 삼천리의 응기膺基를 극복함으로써 이천만의 치욕을 설雪하고 공통적 세운世運의 도래를 영迎함에 후後하지 말라.
　오호만세嗚呼萬歲.

건국 4252년 11월 9일
의친왕義親王 이 강李堈

　이 의친왕 탈출 사건의 주인공은 의친왕이지만 그 각본을 꾸민 진짜 주역은 전협全協이란 사람임을 우리는 앞의 비화에서 보았을 것이다. 그 교치한 지모智謀, 기경奇警한 수단, 대담한 행동은 단연코 범수凡手를 넘은 바 있었다.
　전협은 서울 출신, 1895년에 과거에 급제, 21세에 농상공부 주사主事

서간·기타　575

가 되어 2년 뒤에 사직하고 1904년 일진회一進會에 들어가 송병준宋秉晙, 이용구李容九의 신임을 얻어 동회同會 평의원平議員및 총무원總務員이 되고 그 이듬해 부평군수富平郡守에 임任하였으나 시사時事에 분개하여 1907년 이를 사직하고 1909년 간도로 망명하였다. 같이 이주한 천안 출신 장석우張錫祐가 노령露領을 방랑하고 돌아와 구주전歐洲戰의 결과 약소국의 독립운동에 기회가 왔다는 것을 역설, 전협과 윤기우尹基祐 등 3인은 국권회복운동에 뛰어들게 되었다. 그들은 먼저 미국으로 건너가 이승만李承晩을 만나려고 여비를 마련하여 1918년 귀국하였으나 자금 주선에 실패하고 동년 12월 10일경 다시 상해로 가서 김구金龜(金九, 당시 臨政警務局長)와 회담, 강화회의결과 독립실현을 확신하고 1919년 2월 초에 전협은 다시 국내로 잠입하여 봉익동鳳翼洞에 거주하였다.

　3월 1일 만세운동이 일어나자 전협은 참판參判 김찬규金燦奎와 원일진회원元一進會員 최익환崔益煥과 더불어 '민족대동단'民族大同團을 조직, 전협은 동지규합에 분주하고 최익환은 선언문, 진정서, 경고문, 일본 국민에게 고告하는 등의 인쇄배포를 담당하였다. 그해 6월 최익환이 검거되자 전협은 주교동舟僑洞과 예지동禮知洞 양정가楊楨家에 잠복하여 체포되지 않았다. 6월 20일경 정남용鄭南用이 대동단원 권태석權泰錫의 소개로 전협을 방문하고 최익환의 뒤를 이어 비밀문서 인쇄배포의 임任에 당할 것을 요청하였고 또 김제 사람 장의준張義俊이 금 1,350원을 출자했기 때문에 전협은 인쇄기를 구입하여 수은동授恩洞 150번지에서 표면상으로는 인쇄업을 표방하고 비밀히 '대동신문'大同新聞을 발행하였다. '대동신문'은 오늘에 별로 잘 알려지지 않은 신문이나 일본 경찰 측 기록에는 불온 험악한 문자가 많아 민심을 혹란惑亂하는 바 심대甚大하다고 하였다.

　전협은 의친왕이 안동현 역에서 체포된 8일 뒤에 서울 시내에서 피검被檢, 경성 복심법원覆審法院에서 8년 언도를 받고 복역중 위장염, 관절염으로 가출옥하여 1927년에 사망하였다. 그에게는 전국환全國煥, 전도진全道鎭, 김동진金東鎭, 한석동韓錫東, 한유동韓裕東등의 변명變名이 있었고 후사後嗣가 없었다 한다.

초년에는 비록 일진회一進會에 관계하였으나 번연대오飜然大悟하여 국외로 망명한 뒤로는 독립운동에 몸을 바쳤고 숨은 이야기 일지라도 이와 같은 지략智略의 풍운조화風雲造化를 일으킨 것은 우리 민족운동사에 흥미 있는 한 페이지를 남기게 되었다.

거의 완전한 계획이었는데 간발間髮의 차로 실패한 이 사건이야말로 운명적이랄 수밖에 없는 천추千秋의 한사恨事였다.

— 1966, 《신동아》 3월호

아름다운 소녀 '괴테'

'시와 진실' 초^抄

우리들이 도착했을 때는 이미 식탁은 깨끗하고 정연하게 준비되어 있었고 포도주도 넉넉히 마련되어 있었다. 우리는 식탁에 둘러앉자 심부름꾼을 부릴 필요도 없이 모두 다 우리만으로 척척 해냈었다. 다만 그 많던 포도주가 마침내 모자라게 됐을 때만은 누가 하녀를 불렀었다. 그러나, 방에 들어온 것은 하녀가 아니고 이러한 환경에서는 좀 상상도 되지 않을 정도로 드물게 아름다운 소녀였다. 그는 정답게 인사를 한 다음 말했다.

"부르셨나요? 하녀는 몸이 괴로워서 뉘 있어요. 뭘 시키시렵니까?"

"술이 없어서…"라고 한 사람이 말했다.

"두세 병 갖다 주면 좋겠는데" 또 한사람이 말했다.

"그레첸! 잠깐 갔다 오지."

"그럼, 가구 말구요."

그는 빈 병 두서너 개를 식탁 위에서 집어 들고 급히 나갔다. 그의 뒷모습은 더욱 아름다웠다. 죄끄만 모자가 죄끄만 머리에 더욱 어울리었다. 그의 몸치레는 모두가 그를 위해서 만들어진 것 같이 보였다. 나는 그의 조용하고 순진한 몸매와 어여쁜 입모습에만 마음이 끌려서 거기에만 사로잡히지 않았기 때문에 그의 전체의 모습을 관찰할 여유가 있

었다. 나는 그 소녀를 밤중에 혼자 보낸 것을 벗들에게 나무랐더니 그
들은 냉소하였다. 그러나, 소녀는 곧 돌아왔으므로 마음이 놓였다. 술
집은 길 건너편 멀지 않게 있었다.

"심부름해 준 상으로 우리들과 같이 여기에 앉는 것을 허락하지"라고
한 사람이 말했다. 그는 자리에 앉았으나 애석하게도 내 옆자리가 아
니였다. 그는 우리들의 건강을 위한 축배를 올린 다음 이내 물러갔었
다. 그때 어머니께서 주무시니까 너무 오래 놀지 말고 또 너무 큰 소리
로 떠들지 말라고 충고하였다. 그가 말하는 어머니는 소녀의 어머니가
아니고 그 자리에 주인 노릇 하는 청년들의 어머니였다.

이 소녀의 모습은 그 순간부터 어디를 가든지 내 마음속에서 사라지
지 않았다. 이것이 한 여성이 나에게 준 최초의 영속적永續的 인상이었
다. 나는 그 소녀를 그의 집에서 다시 만날 기회도 없었지만 구태여 그
것을 바라지도 않았다. 그 대신에 나는 그 소녀를 만나기 위해서 교회
로 갔다. 그리하여 얼마 되지 않아 소녀의 앉은 자리를 발견했기 때문
에 신교新敎의 긴 예배가 끝날 동안 마음껏 그를 바라볼 수가 있었다.
교회를 나왔을 때에도 나는 그에게 말을 걸지는 않았다. 더구나 동행
조차 되지 않았다. 그러나, 그 소녀가 나를 알아보고 나의 인사에 약간
머리를 숙이는 듯이 보인 것으로도 나는 행복하였다. 나는 그에게 접
근하는 행복을 오랫동안 기다리고 있지 않아도 좋게 되었다. 내가 비
서 노릇을 해 준 저 연애하고 있는 청년에게는 그를 대신해서 쓴 편지
가 그 여자의 손에 들어갔다는 것을 믿게 하고 이제 곧 회답이 올 것이
라는 그 청년의 기대하는 마음을 극도로 긴장시켜 놓았다. 이 회답 편
지도 내가 쓰지 않으면 안 되었다. 그리하여, 이들 장난을 즐기는 무리
들은 피라데스를 중간에 넣어서 나에게 이 대서 편지를 참으로 훌륭하
고 완전하게 쓰기 위하여 나의 재주와 역량은 온전히 발휘해 달라고 열

심히 의뢰해 왔었다.

아름다운 소녀와 재회한다는 희망을 품고 나는 곧 일을 시작하였다. 만일 그레첸이 나에게 편지를 주는데 그 속에 이렇게 써 있다면 나는 얼마나 기쁠 것인가라고 생각되는 모든 일을 상상으로써 써 나갔다. 나는 이 모두를 그 소녀의 모습, 그 소녀의 인품, 그 소녀의 태도 또는 그 성질에 입거立據해서 썼다고 생각했으므로 이것이 참이라면 하는 마음을 억제할 수가 없었다. 그리고, 이와 비슷한 것이라도 그로부터 나에게 주어졌으면 하고 생각하는 것만으로도 나는 기쁨으로 황홀하였다. 이와 같이 나는 다른 사람을 속이려고 생각하면서 자기 자신을 현혹眩惑한 셈이 되었고 이 일에서 편지를 재촉 받았을 때에는 그것이 다 끝났을 때였다. 나는 가지고 갈 것을 약속하고 시간을 어김없이 그곳으로 갔었다. 청년들 중의 한 사람밖에 집에 있지 않았다. 그레첸은 창가에 앉아 실을 짜고 있고 어머니는 이쪽저쪽으로 왔다 갔다 하고 있었다. 청년은 나에게 편지를 낭독할 것을 요구했기 때문에 나는 그 말을 좇았다. 그리하여, 눈을 돌려 이따금 아름다운 소녀 쪽을 보면서 감정을 넣어서 그것을 읽었다. 그래서 나는 소녀의 태도에 일종의 불안과 그의 뺨에 부끄러운 빛을 본 듯해서 실로 그의 입에서 듣고 싶은 것을 더욱 교묘하게 한층 열렬히 재현하였다. 몇 번이나 찬사를 보내며 듣고 있던 청년은 최후에 약간의 수정을 요구하였다. 그것은 부유한 이 시의 명망가의 딸인 예의 부인의 경우보다는 오히려 그레첸의 경우에 적당한 2, 3개소箇所에 대한 수정이었다. 청년은 나에게 수정을 희망하는 점을 설명하고 필기의 도구를 주고는 무슨 볼일이 있어 잠시 방을 나갔었다. 나는 커다란 테이블 맞은편 벽에 기대 놓은 벤치에 걸터앉아 거의 테이블 하나 가득한 석반石盤 위에다 창 기슭에 있는 석필石筆을 들어 부탁 받은 수정을 해보았다. 이 석필은 언제나 창가에 놓여 때때로 석반 위에다 계산을 하든가 여러 가지 일을 써서 놓든가 출입하는 손들이 서로 사이의 통신을 바꾸는 데 이용되고 있는 것이다.

나는 잠시 동안 여러 가지로 썼다가는 지우곤 했으나 가슴이 설레어서 '틀렸다'고 소리치고 말았다. 소녀는 침착한 어조로 말했다.

"그편이 더 좋아요. 아주 잘되지 않은 편이 도리어 좋다고 생각하는데요. 당신은 이런 사건에 관계하는 것이 좋지 않을 걸요."

그는 물레를 밀쳐놓고 일어섰다. 그리고, 테이블 옆에 있는 내 쪽으로 가까이 와서 조리 있고 친절한 훈계를 하는 것이었다.

"이 사건은 죄 없는 장난으로 보입니다만 장난이라고 죄가 없는 건 아니에요. 젊은이들이 이런 장난 때문에 큰 어려움을 당하는 예를 전 매양 보아 왔어요."

"그럼 난 어쨌으면 좋을까요?"라고 나는 대답했다. "편지는 써 버렸고 저 사람들은 내가 이 편지를 고치리라고 믿고 있습니다."

"그 편지를 고치지 마세요. 편지를 찾아서 포켓에 넣어 가지고 돌아가세요. 그래서 동무들 손으로 이 사건을 해결하도록 하세요. 저도 말로 거들어 드리죠. 전 이렇게 가난한 몸으로 친척집에 의탁하고 있지만, 이 사람들은 나쁜 짓은 안 한다고 하더라도 이익을 위해서 또는 심심풀이로 여러 가지 뒷생각 없는 일을 해요. 그래도 전 저 사람들이 부탁했을 때 첫 편지의 청서清書를 해 주진 않았어요. 저 사람들은 필적을 흉내내어 편지를 쓴 거랍니다. 이번 편지도 따로 별 방도가 없으면 역시 그렇게 하겠죠. 옳은 가문의 젊은 분으로 아무런 부자유도 없이 잘 지내는 당신이 이런 사건의 심부름꾼이 된다는 것은 무슨 때문이에요. 무슨 좋은 일이 있더라도 아마 여러 가지로 재미없는 일이 생길 거예요."

그가 계속하여 이렇게 아주 거리낌 없이 말하는 것을 듣는다는 것은 나에게는 행복이었다. 보통으로 회화할 때에 겨우 몇 마디 말을 입 밖에 낼 뿐이었기 때문에…. 나의 애착의 정은 말로써는 표할 수 없을 만큼 강해졌다. 나는 자신을 제어할 수가 없게 되어서 다음과 같이 대답했다.

"난 당신이 생각하는 것처럼 그렇게 자유로운 몸은 아닙니다. 내가 바라는 가장 귀한 것이 결여되어 있기 때문에 집이 넉넉해도 아무것도 아니에요."

소녀는 시로 쓴 염서艶書인 나의 원고를 손으로 집어다 보드랍고 사랑스런 모습으로 나직이 읽었다. 앳된 구절, 요점이라고 부를 수 있는 곳에 이르면 읽는 것을 그치고 말했다.

"참 좋아요. 그런데 이것이 더 좋아요. 이런 글이 참말로 쓰이지 못한다는 것은 애석한 일이라고 생각해요."

"나도 그랬으면 하고 바라고 있지만…" 하고 나는 소리쳤다.

"자기가 마음껏 사랑하는 소녀한테서 이런 애정의 맹세를 받은 사람은 얼마나 행복할까요."

"그러자면 힘들죠. 여러 가지 일이 뜻밖에 일어나곤 한답니다요"라고 소녀는 말했다.

"만일 당신을 알고 당신을 존경하고 숭배하는 사람이 이것을 당신 앞에 내어놓고 마음속으로 공손히 부탁한다면 당신은 어쩌겠어요?"

그렇게 말하고 나는 그가 내 쪽으로 돌려준 종이쪽을 그의 옆으로 밀었다. 그는 미소를 띠면서 조금 생각하는 듯하더니 펜을 들고 거기에 사인을 해 주었다. 나는 너무도 즐거워서 나도 모르는 새 그를 껴안으려 하였다.

"입 맞추면 안 돼요. 어쩐지 품品이 나쁘니까요. 그렇지만 될 수 있으면 서로 사랑해요"라고 소녀는 말했다.

나는 종이쪽을 집어 포켓에 넣었다. "이건 다른 사람에겐 줄 수 없다"

라고 나는 혼자서 말했다.

"사건은 이미 끝났습니다. 당신은 나를 구해 주었습니다."

"그럼 구원을 완전한 것으로 하세요"라고 그는 말했다. "다른 사람이 와서 당신이 곤란해지기 전에 어서 나가세요."

나는 소녀의 옆을 떠날 수가 없었다. 그러나, 그는 두 손으로 내 오른손을 쥐고 고이 악수하면서 나를 돌아가라고 친절히 권하였다. 나는 눈물이 날 듯하였다. 소녀의 눈도 젖어 있는 것 같이 생각되었다. 나는 나의 얼굴을 소녀의 두 손에 파묻었다간 이내 황급히 뛰어나가고 말았다. 나의 생애에 이렇게 당황한 적은 없었다.

무구無垢한 청년의 최초의 애착은 전소히 정신적인 방향을 잡는 법이다. 자연은 남녀 어느 쪽이나 이성의 안에서 선과 미의 모습을 찾는 것을 바라고 있는 것같이 생각된다. 이리하여 나에게도 소녀를 본 뒤로부터, 이 소녀를 사랑함으로써 미와 우월과의 새로운 세계가 열린 것이다. 나는 자기가 쓴 운문의 편지를 백 번도 더 통독하고 그 소녀의 서명을 뚫어지도록 익혀 보고 거기에 입 맞추고 그것을 나의 가슴에 꽉 껴안고 그 사랑스러운 고백을 기뻐했다. 그러나, 나의 광희狂喜가 높아 가면 높아 갈수록 직접 찾아가서 다시 만나 이야기를 나눌 수 없는 것이 나를 더 한층 슬프게 하였다.

성현聖賢의 생애

1. 싯달다〔悉達多〕 태자太子의 출가

인도 가비라성迦毘羅城의 임금 정반왕淨飯王은 어느 날 이상한 꿈을 꾸고
놀라서 깨었다. 자기의 어린 태자太子 싯달다〔悉達多〕가 머리를 깎고 궁
문을 나가는 꿈 — 시녀를 불러서 태자가 지금 궁성 안에 있느냐 그렇
지 않으면 나가서 노닐고 있느냐를 물었을 때 태자가 분명히 궁성 안에
있다는 대답을 들어도 마음은 놓이지 않았다. 호화로운 태자의 자리에
있으면서도 주위에 모자람이 없이 마련된 쾌락을 좇지 않고 늘 무엇을
생각는 듯 우수에 잠겨 있는 어린 아들을 볼 때 아무래도 그 생각하는
바 괴로움이 심상치 않음을 느껴 온 정반왕은 아리따운 계집으로 하여
금 태자의 육체적 쾌락을 부채질하여 이 궁성 안에 애착이 생기도록 하
리라고 마음먹었다. 태자를 위해서 새로 삼시전三時殿이란 별전別殿을
지어 겨울 추위와 여름 더위와 봄가을을 위한 갖은 시설을 하고 다시
중문重門을 만들어 여닫기 어렵도록 하여 외부에 대해서 마음을 쓰지
않도록 시설하였으나 싯달다 태자는 이 새로운 시설에는 아무 관심도
없이 홀로 인생을 생각하고 우주를 궁구窮究하기에 날로 얼굴이 창백해
갈 따름이었다. 풀릴 길 없는 시름을 이기지 못할 때면 어자御者를 불러

수레를 채비하게 하여 성 밖 구경을 나가는 것이었다. 부왕은 그를 위하여 길을 닦게 하고 땅에 향수를 뿌리며 진주 영락瓔珞과 금은보령金銀寶鈴을 나무 사이에 달아 바람이 불면 미묘한 음향이 일게 하였으나 태자는 그러면 그럴수록 이에는 눈도 돌리지 않고 그저 성 밖으로만 마음이 달리는 것이었다.

어느 날 태자는 동문 밖을 나가다가 길녘에서 백발의 파리한 노인이 지팡이를 짚고 머리로 땅을 물듯이 헐떡이며 가는 것을 보았다. 이는 빠지고 눈물 콧물을 흘리며 가다간 쓰러지고 다시 일어나서 엎어지는 것을 본 태자는 시중드는 사람을 돌아보고 "저 어인 사람이관데 형상이 이렇게 참담한고"라고 묻는 것이었다.

"이는 노인이오이다."

"무엇을 노인이라고 부르는고?"

"노인이라 함은 소년을 거쳐 차츰 쇠衰해 가는 사람을 이름이니 기력이 미微해지고 음식을 삭이지 못하며 형상이 말라빠져 몸을 마음대로 움직이지 못하며 남은 목숨이 멀지 않은 사람을 노인이라 하나이다."

"그러면, 이 사람만 홀로 이런가, 모든 사람이 다 이렇게 되는가?"

"이 세상에 생을 받은 자는 귀한 사람이나 천한 사람이나 이 고통이 다 있사옵니다."

이 말을 들은 태자, 근심스런 얼굴을 지으며 어자御者를 돌아보고 "내 이제 저렇게 될 터인데 무슨 틈에 헛된 구경으로 세월을 보내랴. 마땅히 이 괴로움 벗을 일을 생각해야겠노라"하여 즉시 수레를 돌려 궁중으로 돌아오고 말았다.

"인생은 얼마나 덧없는 것이냐." 태자의 머릿속을 떠나지 않는 것은 이 생각뿐이었다. 정반왕淨飯王은 태자太子의 언동이 즐거워했는가를 물으매 홀연히 노상에서 한 노인을 만나 태자가 시름한 얼굴로 돌아왔다는 애기를 듣고 아무래도 내 아들이 출가하고야 말겠구나 하고 탄식해 마지않았다. 태자는 부왕이 베풀어주시는 덧없는 환락에는 마음이 없고 인생의 진실을 알기에만 마음을 썼다. 그리하여, 어느 날은 남문 밖을 나가서 더러운 땅바닥에 쓰러져 헐떡이고 있는 병자를 보고, 어느 날은 서문 밖을 나가서 꽃상여가 향화香花를 뿌리며 가는데 많은 사람이 울고 따르는 것을 보고 돌아왔다. 늙고 병들고 죽어 가는 것이 모두 다 이 세상에 태어난 사람이 밟지 않을 수 없는 길임을 안 태자는 전보다 더욱 수심에 잠겨 궁중의 환락된 생활에 날로 염증을 느끼게 되었다. 어느 날 북문을 나갔다가 검푸른 옷을 입고 머리를 깎은 승려가 손에 석장錫杖을 들고 단정하고도 화평스러운 얼굴로 걸어감을 보고 그가 출가한 사람임을 알았으며 출가한 사람이란 이 세상 모든 것이 무상함을 깨닫고 친척을 떠나서 떠돌며 수행하여 이 생로병사의 고苦를 벗어나 자비한 마음으로 중생을 호념護念하고자 하는 사람임을 알았다. 태자 이 말을 듣고 문득 얼굴에 희색喜色이 가득하여 "진실로 좋은 일이여, 내 마땅히 이 길을 닦으리라" 하였다.

사문四門을 유관遊觀하여 인생의 슬픔을 안 태자는 임금의 지위도 금화옥식錦花玉食도 고루거각高樓巨閣도 이 슬픔을 채우는 데는 아무 힘이 없음을 알게 되었다. 내 무삼 일 가만히 앉아서 이 괴로움을 달게 받으랴 몸을 던져 이 괴로움과 싸워서 이기고 벗어나리라고 마음먹은 태자는 분연히 출가를 결심하고 어느 날 그 아버지인 정반왕淨飯王께 나아가 엎드려서 "부왕이시여, 근심 마시고 이 몸의 출가를 용서해 주소서" 하고 빌었다. 정반왕은 태자를 붙들어 일으키며 눈에 가득히 눈물을 머금고 "출가하는 일 이외에는 너를 위하여 이 보위寶位와 국재國財까지 일체를 버릴 테니 제발 출가만 단념하라"고 하였다. "늙지 않고 항상 젊으며 병 없고 죽음을 없게 하시면 출가할 생각을 끊겠사옵나이다"라고 굳은 결의를 아뢰고 말았다. 정반왕은 자기 뒤의 왕위를 이을 사람이 없음과 아끼는 자식에 대한 애착을 이길 수 없어서 친족을 모아 의논하고 태자가 출가할 기회를 못 가지도록 감시하기로 하였다.

그러나, 한번 출가하기로 결심한 태자는 마음을 잡지 못하고 화려한 궁중의 모든 일이 비위에 거슬리어 견딜 수가 없었다. 밤이면 잠을 이루지 못하고 침실에서 궁정으로 후원으로 방황하였다. 낮에는 그렇게도 아름다운 듯하던 시녀들도 잠든 뒤에는 머리털이 헝클어지고 화관이 이지러지며, 옷깃을 풀어헤치고 입을 벌려서 침이 흐르는 것이며, 이를 가는 것, 웃는 것, 잠꼬대로 몸부림치는 것이 모두 다 죄악 속에 허덕이고 있는 것만 같아서 눈을 감고 상을 찌푸리게 하여 이상 더 궁중에 산다는 것이 견딜 수 없는 일이 되었던 것이다.

어느 달 밝은 밤, 밤이 깊어서 태자는 어자御者 찬다카를 불러 애마 칸다카에게 안장을 얹을 것을 분부하였다. 이 밤은 궁중이 고요하게 모두 다 깊은 잠 속에 떨어져 있을 때였다. 찬다카를 설복說服하여 말을 타고 가비라 성을 벗어나는 싯달다〔悉達多〕 태자太子! 무심한 말은 코를 불며 가벼이 말굽을 떼었으나 찬다카는 울고만 있었다.

"생사의 둘레를 벗기 전에는 내 다시 가비라 성에 돌아오지 않으리." 태자의 눈에 비로소 눈물이 고일 때 찬다카는 태자를 따라 궁문을 벗어났던 것이다.

히말라야 산으로! 달밤에 궁성을 벗어나 쓸쓸히 달리는 세 그림자 ― 그 그림자가 아득히 멀어진 뒤에사 궁중은 놀라 깨어 발칵 뒤집혔다.

태자비太子妃 야수다라는 목을 놓고 울었다. 머리를 쥐어뜯으며 몸에 꾸민 보배를 집어던지며 "누구를 믿고 의지하고 살아갈꼬, 태자는 이 몸을 버리고 갔는데…." 놀라 깬 정반왕淨飯王은 잠시 동안 멍하니 말이 없었다.

히말라야 산으로! 어제의 한 나라 태자는 이제 걸식乞食의 수도자 —
그의 머리 위에는 멀리 샛별이 빛나고 있었다.

싯달다〔悉達多〕 태자는 인도 사상을 집대성하여 뒤에 불교의 개조開祖
가 된 석가모니釋迦牟尼 부처님 그분의 어릴 적 이름이었다.

2. 만년晩年의 공자

평천하平天下의 포부를 지니고 쓰임을 얻고자 천하를 주유하던 공자는
50이 지나서 노魯나라 정공定公의 지우知遇를 얻어 대사구大詞寇 벼슬로
재상의 일을 겸하게 되었으니 이때가 공자 일생에 실로 한 번뿐인 득의
지추得意之秋였다. 그는 비로소 포회抱懷하였던 역량을 기울이고 정사政
事를 어지럽히던 대부大夫 소정묘少政卯의 목을 베니 노魯나라 치적治績이
크게 떨치고 사방에서 백성이 모이게 되었다. 이때에는 공자도 희색을
감출 수 없었다.

이것을 본 그 제자가 "군자는 화禍가 이르되 겁내지 않고 복福이 와도
기뻐하지 않는다는데요" 하고 물으니,

공자는 웃으며 "그런 말이 있지. 그러나 또한 귀하게 되어 가지고 남
에게 겸손하는 것이 낙이라 하지 않았는가?"라고 대답하는 것이었다.

노魯나라가 이렇게 잘 다스려지는 것을 본 제齊나라에서 겁을 내어
고운 여자 80인을 뽑아 모두 성장盛裝을 시키고 무악舞樂을 익혀 노魯나
라에 보내니 그때 중신인 계환자季桓子가 먼저 반하여 임금과 함께 이에
빠져서 사흘을 정사를 보지 아니하는지라 공자는 시세가 그른 것을 보
고 "가히 갈지로다. 우유優遊하여 여년餘年을 마치리라"고 탄식하고 노魯
나라를 떠나 위衛나라로 가고 말았다. 이로써 현인 공자의 불우한 만년
은 다시 주유周遊 속에 시종始終하게 되는 것이다.

이때에 위령공衛靈公에게는 재색이 겸비兼備한 남자南子부인이 있어서 수완을 휘두른 때이라 현인 공자가 왔다는 말을 듣고 사람을 시키어서 "사방四方의 군자가 욕되게 알지 아니하고 과군寡君 (위령공) 과 형제가 되려 하는 자는 반드시 과소군寡小君 (自稱) 을 보게 되는데 이번에도 보고자 하노라"고 하였다. 공자가 처음에는 사양하다가 마지못해 가서 보게 되었는데 공자가 문에 들어가 머리를 조려 인사하니 부인은 비단 휘장 속에서 재배再拜하였다. 협객俠客으로 제자가 된 자로子路가 스승의 타협적인 태도를 못마땅히 여기니 공자는 "내가 굴한 것이 아니다. 천명으로 그렇게 됨을 싫어하노라" 하였다. 남자부인은 얼굴도 예쁘려니와 허영심도 강한 여자이라 위령공과 함께 한 수레를 타고 공자를 그 다음 수레에 태워서 시가를 유현遊現하여 천하의 현인 공자를 이렇게 배행陪行시킬 만큼 자기가 잘난 것을 자랑하기까지 하였다. 공자도 이 일이 불쾌하여 탄식하기를 "내가 덕을 좋아하기를 색色 좋아하듯이 하는 이를 못 보았노라"고 하였고 위衛나라를 떠났다가 조曹, 송宋, 정鄭, 진陳나라를 거쳐 다시 위衛나라에 왔으나 위령공은 정사에 게을러 공자를 쓰지 아니하니 "나를 쓰는 사람이 있으면 돌만 되면 그럴 듯하게 되고 삼년이면 성과가 있을 터인데" 하고 탄식하며 공자가 다시 위나라를 떠난 후 불혜佛肸가 반란을 일으켰는데 공자를 부르매 공자가 그리로 가려 하니 그 제자 자공子貢이 말하기를

"친히 불선不善을 행하는 사람에게는 군자가 가지 않는다는데 선생님이 가시려 하니 어쩐 일이오니까?"

"그런 말이 있지 — 굳으면 되지 않느냐 돌을 갈아도 엷어지지 아니하고, 희면 되지 않느냐 염색하여도 검어지지 않을 것이다. 내가 어찌 바가지짝같이 한 곳에 걸리어 음식에 쓰이지 않으랴" 하며 포부를 펴기 위해서 초조한 마음을 엿보이게 하였다.

공자가 위衛에서 쓰이지 못할 줄 알고 서西으로 조간자趙簡子를 보러 가다가 그 나라 신하인 두명독竇鳴犢과 순화舜華가 죽었다는 말을 듣고 물가에 이르러 탄식하기를

"미美홉다 물이여, 양양히 흐르는구나. 구丘(공자이름)가 쓰이지 못함은 이것도 천명이고녀" 하는지라

자공이 어떻게 하시는 말씀이오니까 하고 물은대 공자는

"이 두 사람은 진晉나라 현대부賢大夫로 조간자가 뜻을 얻지 못하였을 때 이 두 사람을 써서 정치를 하더니 뜻을 얻은 후에 죽이니 구丘가 듣건대 못을 말리어 고기를 잡으면 교룡蛟龍이 음양에 합하지 아니하고 새집을 엎지려 새알을 깨뜨리면 봉황이 날지 아니한다 하니, 왜 그러냐 하면 군자는 같은 무리에 대하여 슬퍼하기 때문이다. 도수島獸도 불의不義한 데는 오히려 물리칠 줄 아는데 하물며 구丘이겠느냐. 이제는 돌아가서 고향에 쉬며 향토곡鄕土曲이나 지어 스스로 슬퍼하리라" 하였다.

공자가 채蔡나라에 이르러 3년이란 세월이 흘러간 뒤의 일이었다. 이 동안에도 오吳나라는 진陳나라를 치고 초楚나라는 진陳나라를 도와 살벌의 세대가 계속될 때였다. 공자가 진채지간陳蔡之間에 있다는 말을 듣고 초楚나라는 사람을 보내 공자를 맞으니 공자가 장차 가서 배례拜禮하려 하였다. 이때에 진陳나라와 채蔡나라의 대부大夫들이 상의하기를 공자는 현인인데 싫어하는 것이 제후의 병통病痛인지라 이제 대국인 초楚나라가 공자를 맞아가니 공자가 초楚나라에 쓰이게 되면 진陳나라, 채蔡나라에서 용사用事하던 대부大夫들이 위태하게 될 것이라고 하고 서로 도당徒黨을 뽑아 공자를 들 가운데서 에워싸고 가지 못하게 하니 양식은 떨어지고 종자從子들은 병이 들어 일어나지 못하여 공자의 앞에는 화색禍色이 닥쳐왔건만 공자는 조금도 슬퍼하거나 근심하는 빛이 없이 옛글을 외고 거문고를 타며 화기 가득한 노래를 부르니 때로는 타협도

사양하지 않는 공자의 이러한 태도를 불쾌하게 여기는 자로는 빈정대는 말투로

"군자도 궁할 때가 있습니까?"라고 물으니

공자는 자로의 말뜻을 알고 "군자가 원래 궁한 때가 있느니라. 그러나, 소인이 궁하면 못할 일이 없이 함부로 하다가 비행非行이 많으니라"고 답하였다.

애제자인 자공은 죽음이 박두한 때에 오히려 글을 외고 거문고를 타고 노래 부르는 그 선생님의 위대한 인격에 깊이 감격하여 얼굴빛이 변하도록 감동하였다.

"사賜(자공의 이름)야, 오도吾道가 잘못된 것이냐? 내가 여기서 어떻게 하랴?"

답하기를 "선생님의 도가 지극히 큰고로 천하가 능히 용납지 못하는 것이올시다. 선생님은 도를 좀 덜었으면 합니다"라고 하니

"사賜야, 양농良農이 심을 때는 잘 심되 추수까지 잘 할 수도 없는 것이요, 양공良工이 물건을 교묘히 만들되 여러 사람의 뜻에 다 맞출 수는 없고, 군자가 능히 그 도를 닦아서 강기통리綱紀統理는 할 수 있으되 용납되는 것은 아니다. 이제 네가 도를 닦지 아니하고 용납되기를 구하니 뜻이 원대하지 못하구나"라고 하였다.

자공이 나가자 안회顔回가 들어왔다.

"회回야, 오도吾道가 잘못됨이냐? 내가 여기서 어찌 할 것이냐?"

안회는 "선생님의 도가 지극히 큰 때문에 천하가 용납지 못하는 것이올시다. 용납이 못 된 후에 군자임을 알 수 있습니다. 도를 닦지 못하는 것은 내 잘못이나 도가 이미 크게 닦아졌으되 쓰이지 않는다면 이는 나라 가진 이의 잘못이올시다. 용납 못 되는 것이 무엇이 병이오리까? 용납 못 된 연후에 군자君子를 알 수 있는 것이올시다"라고 하니 공자가 흔

연欣然히 웃으며 안회만이 참으로 자기를 알아주는 것을 탄식하였다.

뒤에 노나라 계강자季康子가 폐백을 보내어 공자를 맞으니 공자가 고국 노나라를 떠난 뒤 14년 만에 돌아왔으나 노나라에서는 마침내 공자를 쓰지 못하고 공자도 다시는 벼슬에 뜻을 두지 않게 되었다. 이 뒤로 그는 《예기》禮記를 짓고 《서전》書傳에 가필加筆하여 예악禮樂을 바로잡고 시서詩書를 교정함으로 여년을 보내려 하였으니 고시古詩 3,000여 수 중에서 300수를 골라서 음률에 맞게 하였으며 특히 《주역》周易을 좋아하여 읽기를 마지아니하였으므로 책을 맨 가죽끈이 세 번이나 끊어졌다는 것이다. 이와 같이 시서예악詩書禮樂으로 제자를 가르친 이가 3,000인데 6예六藝에 통한 이가 72인이라 하였다.

그가 도학道學을 후세에 전하려 한 유일한 애제자 안연顏淵(回)이 죽으매 공자는 격심한 비통과 실망에 싸여 "하늘이 나를 상喪하게 하는구나" 하고 탄식하였고, 서쪽에서 사냥하다가 기린이 잡히는 것을 보고 "나의 도가 궁하였구나" 하였으니 기린은 성인과 함께 나는 것인데 이제 잡혀 죽는 것을 보니 도를 닦는 자신도 앞길이 다하였다는 말이다. 스스로 탄식하기를 "나도 모르겠다" 하니, 자공이 듣고 "어찌하여 선생님을 모른다 하십니까?" 하매 공자는 다시 입을 열어

"하늘을 원망하지 않고 사람을 허물하지 않으며 아래로부터 배워서 위에 사무치니 나를 다 아는 이는 하늘일진저 — 그 뜻을 굽히지 아니하고 그 몸을 욕되게 아니한 이는 백이伯夷 숙제叔齊라 할 수 있고, 유하혜柳下惠와 소연少蓮은 뜻을 굽히고 몸을 욕되게 하였고, 우중虞仲 이일夷逸 같은 이는 숨어 있으며 말하지 아니하였으니, 백이 숙제는 행行이 청순한 데 맞고 후자는 폐엽廢業하면서도 권도權道에 맞았다. 나는 이와 다르니 가할 것도 없고 불가한 것도 없구나" 하다가 다시

"아니다, 아니다. 군자가 병들어 세상을 떠남에 이름이 일컬어지지

못한다. 오도吾道가 행하지 못하니 내 무엇으로써 후세를 보게 되랴” 하며 자신의 도를 행하지 못함을 탄하고 이에 역사편찬에 손을 대어 《춘추》春秋를 지으니 주周를 높이고 당시의 모든 참월僭越한 제후를 깎아 오초吳楚의 임금이 비록 왕이라 하였으나 이를 낮추어 자子라 하였으니 공자가 관리官吏로 있을 때는 문사文辭 독지獨持한 사람도 없고 평범하더니 《춘추》를 지음에 미쳐서는 필삭筆削을 몹시 하여 그의 특유한 존주대의尊周大義라는 주관을 강하게 표현하였으니 이 때문에 공자 자신도 “후세에 나를 알아 줄 사람도 ‘춘추’春秋를 가지고 할 것이요, 나를 죄 줄 사람도 또한 ‘춘추’로써 할 것이라” 하였다.

그 무렵에 위衛나라에서 위령공衛靈公의 부인 남자南子와 그 태자 사이가 좋지 못하여 태자가 쫓겨 나가고 태자의 아들 위령공의 손자가 임금이 되니 이가 위출공衛出公인데 임금 자리에 미련이 있는 태자는 중신을 시켜 난을 일으키게 하여 출공出公은 노나라로 달아나게 한 다음 위位에 올라 위장공衛莊公이 되니 이렇게 부자의 지위 다툼에 자로子路는 출공 편으로 충성을 더하여 싸우다가 칼에 맞아 죽었다. 군자는 죽을 때도 갓을 바로잡는다고 자로는 갓끈을 졸라매고 죽었다. 공자는 이 제자의 죽음을 들었을 때 더구나 자로의 시체를 젓 담았다는 말을 들었을 때 자신이 먹던 반찬 중에 젓을 일체 내 버리라 하였다. 그렇지 않아도 노경老境에 든 공자는 가뜩이나 쓸쓸한데 몇 해 전에 안연顏淵이 죽고 이어서 애자愛子 리鯉가 죽었으며 또 애제자 자로가 참혹하게 죽었다는 말을 듣고 통곡하지 않을 수 없었으니 자로의 시체가 젓 담겼다는 말에는 차마 다른 것이라도 연상의 아픔 때문에 보는 것도 못 견디겠다는 것이었다. 이 뒤로 공자는 병이 들어 다시 일어나지 못하였다.

공자의 병환을 염려하여 자공子貢이 들어가 뵈오니 공자는 마침 지팡이를 짚고 문 앞에서 거닐다가 “사賜야, 네가 어찌하여 이렇게 늦게 왔느냐?” 하여 3,000제자를 두고 천하를 주유하던 그로서도 이때만은 사람이 몹시 그리웠던 듯 무척 반겨하였다. 탄식하며 노래하기를 “태산이 무너지고 대들보가 부러지도다. 철인이 시드는구나.”

　노래가 끝나기 전에 공자의 늙은 두 눈에서는 눈물이 주루루 흘렀다. 한참 느껴 울다가 “천하에 도가 없어진 지 오래이다. 나를 따라올 사람이 없구나” 하며 자신이 머지않아 죽을 것을 말하고 언짢아하더니 과연 그런 지 7일 만에 졸卒하니 일흔세 살 때 일이었다. 제자들은 통곡하며 사수泗水위에 장사 지낸 후 삼년상三年喪을 입었다. 삼년상을 지내고 헤어질 때 서로 붙잡고 우는 제자들 속에서 다만 수제자인 자공子貢은 남아서 스승의 무덤 앞에 여막廬幕을 짓고 3년을 더 있어 6년 후에 가게 되니 차마 스승의 묘소를 못 떠나는 지정至情 때문이었다.

3. 십자가十字架의 예수

예수가 베다니에서 시몬의 집에 들어 음식을 잡수실 때 한 여인이 옥합에 매우 귀한 기름을 담아 가지고 와서 예수의 머리에 부으니 옆에 있던 제자들이 보고 한탄하기를 “이 기름을 많은 값에 팔아 가난한 사람을 구제하면 좋을 것을 왜 이렇게 허비하느냐”고 하였다. 그러나, 예수는 그 뜻을 알고 제자들에게 말하기를 “너희들이 이제 이 여인을 괴롭게 하느냐. 그가 나에게 좋은 일 한 줄로 알라. 가난한 사람은 어느 때나 너희들과 함께 있을 테지만 나는 항상 너희들과 함께 있을 수 없지 않느냐” 하며 고개를 들어 얼마 남지 않은 자신의 죽음의 날을 생각하는 것이었다.

　이틀이 지난 뒤 유월절 명절날, 예수 열두 제자와 함께 음식을 잡수시다가 “너희들 중에 한 사람이 나를 잡아 주리라” 하니 제자들이 근심하여 각기 "주여 저입니까" 하고 물었다. 예수 다시 답하기를 "나와 함께 그릇에 손을 넣는 자가 곧 나를 잡아 줄 자이다. 나는 기록에 있는 데로 가려니와 나를 잡아 주는 자는 재앙이 있으리라" 하였다.

열두 제자 중 유다가 놀라서 묻기를 "선생님이여 저입니까" 하니 예수는 "네가 바로 말하였다" 할 따름이었다. 전날 여러 제사장祭司長과 백성의 장로長老들이 대제사장 가야바의 집에 모여 예수를 잡아 죽일 공론을 할 때에 유다가 은 30에 팔려서 저의 스승 예수를 그들에게 잡아 줄 것을 약속한지라, 유다는 부끄럽고 두려움에 고개를 숙이고 말이 없었다.

예수 떡을 들고 축사한 다음 떼어서 제자들을 주며 "받아먹으라, 이것이 내 몸이라" 하고, 또 포도주를 들고 축사한 다음 제자들에게 따루어 권하며 "너희들이 다 이것을 마시라. 이것은 언약하는 나의 피니 여러 사람이 죄를 용서받기 위하여 흘리는 것이니라. 그러나, 내가 더 말하고자 하는 것은 이 포도주를 내 아버지 나라에서 너희들과 함께 새것으로 마시는 날까지는 내가 다시 마시지 않으리라" 하였다.

함께 찬미하고 감람산으로 나가다가 예수 제자들을 돌아보고 말하기를 "오늘밤에 너희들이 모두 다 나를 싫어하고 버릴 것이니 기록에 있기를 내가 목자를 치매 양의 떼가 사방으로 흩어지리라 한 것과 같다. 그러나 내가 살아나 너희들보다 먼저 갈릴리로 가리라" 하였다.

베드로가 대답하였다. "모두 다 주를 싫어서 버릴지라도 저만은 끝까지 버리지 않겠나이다."

"오늘밤 닭 울기 전에 네가 세 번 나를 모른다 하리라" 하니 베드로는 다시 맹세하기를 "내가 주와 함께 죽을지언정 모른다 하지 않겠나이다." 모든 제자들이 다 이같이 말하였다.

겟세마네라 하는 곳에 이르러 예수는 제자들에게 앉아 있으라 하고 베드로와 세베대의 두 아들을 데리고 기도하러 가다가 슬픈 목소리로

"내 마음이 심히 민망하여 죽게 되었으니 너희는 여기 머물러 나와 함께 있으라" 하고 몇 걸음 앞으로 나아가 얼굴을 땅에 대고 엎디어 기도하였다. "내 아버지여, 만일 할 만하시거든 이 잔을 내게서 떠나게 하소서. 그러나 내가 하고자 하는 대로 하지 마옵시고 오직 아버지의 뜻대로 하옵소서."

다시 제자들 있는 대로 와서 제자들이 자는 것을 보고 "베드로야, 네가 나와 함께 한 시 동안을 깨어 있지 못하느냐. 깨어 기도하여 시험에 들지 않게 하여라. 마음에는 원이로되 육신이 약하도다"라고 일깨워 놓고 두 번째 나아가 기도하였다. "내 아버지여, 만일 내가 마시지 않고는 이 잔이 내게서 떠나지 못할 것이어든 아버지의 뜻대로 이루어지리다" 하고 다시 와서 제자들을 보고 가서 세 번째 기도를 전과 같이 하고 돌아왔다. "이제는 자고 쉴지어다. 때가 가까웠으니 내가 죄인의 손에 잡혀가리라. 일어나 함께 가자. 나를 잡아 줄 자가 가까이 왔느니라" 하였다.

이때에 유다가 칼과 몽둥이를 가진 많은 군중을 이끌고 오고 있었다. 그들은 내가 입 맞추는 이가 예수 그 사람이니 잡으라고 암호를 짜놓고 예수께 나아 와서 "선생님이여, 안녕하시옵니까" 하고 입 맞추니 예수는 "내가 무엇을 하려고 왔는지 마음대로 하라" 하니 이에 군중이 몰려와 예수를 붙잡았다.

예수와 함께 있던 이 중에 하나의 칼을 빼어 대제사장大祭司長의 종을 쳐서 귀를 버히니 예수는 그를 돌아보며 "칼을 도로 칼집에 꽂으라. 칼 쓰는 사람은 칼로써 망하느니라. 네 마음에는 내가 아버지께 구하면 지금이라도 천사를 안 보내실 줄 아느냐" 하고 그들에게 끌려서 대제사장 가야바의 앞으로 가니 모든 제자들이 다 달아나고 오직 베드로만이 멀리 따라와 관속官屬들과 같이 섞여 앉아서 보고 있었다.

모든 제사장과 장로들이 거짓 증거로써 예수를 죽이고자 하나 마땅한 것이 없어서 못하더니 뒤에 두 사람이 와서 예수를 가리키며 말하기를 이 사람이 전에 말하되 "내가 하나님의 성전을 헐고 사흘 만에 능히 짓겠다 하더라"고 하니 대제사장이 일어나서 예수에게 묻기를 "왜 아무 대답도 없느냐, 이 사람이 증거하는 것이 어떠냐" 해도 예수는 아무 대답이 없었다. "내가 너를 살아 계신 하느님 앞에 맹세하게 하노니 과연 하느님의 아들 그리스도여든 우리에게 말하라."

　예수 천천히 입을 열어 "네가 말하였나니라. 이후에 내가 권능 있는 이의 오른편에 앉아 있음과 하늘 구름을 타고 오는 것을 너희들이 보리라" 하니 대제사장이 노하여 제 옷을 찢으며 "이 사람이 버릇없는 말을 하였으니 어찌 다른 증인을 또 쓰리요. 너희도 이 버릇없는 말을 들었으리니 생각이 어떠하냐" 하니 모두 다 "죽이는 것이 마땅하다" 하고 예수의 얼굴에 침 뱉으며 주먹질하고 뺨을 때리며 "그리스도여, 네가 스스로 선지자先知者라 하니 너를 치는 자가 누구냐" 하며 모욕하였다.

　베드로가 바깥뜰에 앉아 이를 보고 있을 때 종 하나이 나와서 "너도 예수와 함께 다니던 사람이라"고 하니 베드로가 모든 사람 앞에서 "네 말하는 것이 무엇인지 나는 아지 못하겠다" 하고 앞문에 나오니 거기 있던 종이 보고 "이 사람도 예수와 함께 다니던 자"라 하니 베드로가 또 "그 사람을 내가 아지 못한다" 하더니 조금 뒤에 곁에 섰던 사람들이 베드로에게 "너도 진실로 그 당黨이니 네가 아무리 모른다 해도 네 말소리는 속일 수 없다" 하는지라, 베드로가 "맹세하여 참으로 모른다" 하니 마침 그때 닭이 우는지라 그제야 베드로가 "닭 울기 전에 세 번 나를 모른다 하리라"고 한 예수의 말을 생각하고 문 밖에 나가서 통곡하였다.

　새벽이 되어 모든 제사장들이 예수를 죽이기로 결정하고 예수를 묶어서 끌고 가니 이때 유다가 옆에서 그것을 보고 스스로 뉘우쳐 제사장에게서 받았던 은銀 30을 도로 갖다 주며 "내가 무죄한 피를 팔았으니 나에게 죄가 있다" 하니 저들이 비웃을 따름이라 유다는 원통함을 못 이겨 그 은을 성전에 내어던지고 물러가서 스스로 목매어 죽고 말았다.

예수가 총독 빌라도 앞에 서니 빌라도가 물었다. "네가 유대 사람의 왕이냐?" 예수 그 말에 대답하여 "내 말이 옳다" 할 뿐 모든 제사장과 장로의 말에는 아무 대답도 하지 않으니 빌라도 심히 이상하게 여기었다. 이 유월절 무렵이면 민중의 소원대로 죄인 하나를 석방하는 전례가 있었다. 그때 바라바라는 유명한 죄인이 있었는데 여러 사람이 모였을 때를 타서 빌라도는 "이 바라바와 그리스도라는 예수 두 사람 중에서 누구를 석방할 것이냐"고 물으니 제사장과 장로들이 군중을 충동하여 바라바를 놓아 주라 하였다. 빌라도는 "그러면 내가 예수를 어떻게 하란 말이냐"고 물으니 군중들이 십자가十字架에 못 박으라고 소리 지르고 부르짖었다. "무슨 악한 일을 하였기에 십자가에 올리랴" 하며 빌라도는 말하여도 이미 헛된 일인 줄 알고 물에다 손을 씻으며 "이 옳은 사람의 피를 흘림이 내 죄는 아니니 너희들이 당하라" 하니 군중들이 대답하기를 "그 피를 우리와 우리 자손에게 돌려보내라" 하였다.

빌라도의 군사들이 예수를 이끌고 영문營門에 이르니 예수의 옷을 벗기고 붉은 옷을 입히며 가시 면류관을 엮어 그 머리에 씌우고 갈대를 그 오른손에 들리고 그 앞에 무릎을 꿇고 앉아 희롱하기를 "유대인의 왕이여 평안하냐" 하고 침 뱉고 한 뒤 홍포를 벗기고 그 옷을 다시 입힌 다음 골고다라는 형장刑場으로 끌고 갔었다.

골고다에 이르러 술에 쓸개를 타서 예수에게 마시게 하니 조금 맛보고 마시지 아니하였다. 예수를 십자가에 못 박은 후에 그 옷은 제비뽑아 나누고 병졸이 거기 앉아 지키는데 명패를 그 위에 붙이기를 "유대의 왕 예수"라고 썼다. 강도 둘이 예수와 함께 십자가에 못 박히니 예수는 이 두 강도의 가운데 십자가에 매달리게 되었다. 지나가는 사람들이 놀리는데 "성전聖殿을 헐고 사흘 만에 짓겠다 하던 자여 네가 너를 구원할 것이오, 하느님의 아들이거든 어서 십자가에서 내려오라" 하고, 또는 "저가 다른 사람은 구원하여도 제 몸은 구원하지 못하는구나" 하며 "그가 이스라엘의 왕이로다, 지금 십자가에서 내려오면 우리가 믿겠노라" 하였다.

오정이 지나고 새로 세 점쯤 되니 하늘이 흐려지기 시작하였다. 예수의 흘러내린 머리털 창백한 뺨에 눈물이 방울졌다. 예수 홀연히 "엘리 엘리 라마 사박다니"라고 큰 소리로 부르짖으니 곁에 섰던 사람들이 듣고 이 사람이 "엘리야"를 부른다 하니 예수 다시 한 번 "엘리야"를 큰 소리로 부르고 예수 영혼이 떠났다. 떠날 때 성전 휘장이 위로부터 아래까지 찢어져 둘이 되고 땅이 진동하며 바위가 터졌다.

예수가 마지막 엘리야를 부를 때 "엘리 엘리 라마 사박다니 — 나의 하느님이어 나의 하느님이어, 어찌 나를 버리시나이까"를 부를 때 갈릴리로부터 예수를 따르며 섬기던 막달라 마리아가 멀리서 바라보며 울고 있었다.

마음의 정토淨土

한국의 불교(시나리오)

(음악 ― 나직이)

잔물결 이는 못물

솟아오르는 연꽃봉오리

만개하는 연꽃
― 화면 하나 가득해지면서

　　F. O

연꽃은 못에서 핀다. 혼탁한 물에 뿌리를 박고 ― . 만개하는 연꽃

솟아오르는 꽃봉오리, 펴지는 잎새.

연꽃은 더러움에 물들지 않는다. 그 조촐한 모습이여!

어지러운 세상에 살아도 항상 깨끗한 마음을 지니면

그것이 정토淨土, 거기가 우리들 마음의 고향이다.

자막(字幕)

　A 마음의 정토(淨土)
　　― 한국의 불교

　B 공보부 제공
　　국립영화 제작소 제작

　C 조지훈 구성 고증

(음악 ― 커지면서)

그 무엇인가를 믿고 모시어 우러르는 마음은 사람이 이 세상에 태어날 때부터 지녀온 마음바탕이라 합니다. 다른 민족과 마찬가지로, 아득한 옛날의 우리 조상들도

공중에 원을 그리는 여윈 손
여윈 손의 합장
백두산
금강

높은 산, 맑은 물과 푸른 나무, 큰 바위를 살아 있는 것으로 믿고 숭배하였고, 또 그 산천이나 수목이나 암석들은 단순한 자연물이 아니요, 그 안에는 이상한 힘을 가진 정령精靈 곧 귀신이 깃들이어 있다고 믿고 두려워하였습니다. 이러한 소박한 원시신앙, 자연종교의 남은 그림자는 지금에도 오히려 더듬을 수가 있습니다. 마을마다 서낭당이나 산신당이라는 이름의 돌무더기나 고목나무 당집이 있어서 사람들은 그 앞을 지날 때 절을 하고, 한 해 한 번 거기에서 동제洞祭를 지내는 것이 아득한 옛날부터의 풍속이었습니다.

이와 같은, 자연숭배의 고유한 신앙바탕에 발달된 외래 종교가 최초로 들어온 것은 불교입니다. 우리나라에 불교가 처음 들어온 것은 고구려 소수림왕小獸林王 2년인 서기 372년이었습니다. 백제는 이보다 열 두 해 뒤인 침류왕枕流王 원년, 신라는 백제보다도 서른 세 해 뒤인 눌지왕訥祇王 원년의 일이었습니다. 그러나, 불교가 우리 민중 생활에 힘찬 뿌리를 내리고 우리의 고유신앙과 어울려 빛나는 새 문화를 이룩한 것은 신라에서였습니다. 신라에 불교가 처음 들

샘가의 바위 앞에 심야에
정성 드리는 여자

서낭당 돌무더기

새벽일 나온 농부가 절한다.
먼 길 가는 나그네가 절하고 돌을
얹는다.
동제(洞祭)
가면무(假面舞)
농악(農樂)
　F. O

먼동 트는 산곡(山谷)
　E. 종소리
멀리서 아물아물 짐을 싣고 오는
말과 마부

불상과 불경을 말에 싣고 온 마부
는 호승(胡僧)

부처의 웃는 모습
　화면이 확대되면서 F. O

민가에 뫼신 불상

그 앞에 앉아 설법(說法)하는 외국
승(外國僧)

어왔을 때, 민중들은 이 새로운 신앙을 믿으려 하지 않을 뿐 아니라, 오히려 미워했습니다만 이차돈의 순교에 나타난 이적이 조정朝廷을 감동시켜, 마침내 법흥왕法興王 14년부터 국법으로 불교가 퍼지게 되었으니 이는 서기 527년 때입니다.

우리 민족의 고전문화는 신라문화요, 신라문화는 한 마디로 말해서 불교문화라 할 수 있는 만큼 우리 고대문화는 불교를 떠나서는 말할 수가 없게 된 것입니다. 불교는 우리 고유신앙을 발전시키고 세련시켜 화랑도花郎道라는 국민도國民道를 이룩함으로써 그 자신은 호국불교의 전통을 세웠으며 위대한 학자를 낳으니 학문적으로도 세계 불교사상佛敎史上에 높은 탑을 쌓았습니다. 원효대사가 그 대표적인 고승입니다.

불교문화가 우리 문화에 공헌한 것 중에서도 가장 큰 공헌은 미술에 있습니다. 불교는 인도에서 비롯된 종교요, 인도 문화는 서구문화와 동양문화가 합쳐져서 이루어진 것이므로, 우리 미술은 이 불교를 통하여 멀리 헬레니즘의 흐름을 받았고, '아잔타', '간다라', '사산'과 중국 '육조시대'六朝時代의 수법을 종합하여 우리의 풍토와 문화에 어울리는 새 경지를 연 것입니다. 우리나라 불상은 우리 민족의 모습으로서 우리 민족을 모델로 하였기 때문에 인도나 중국이나 일본의 어떤 불상보다도 특이합니다. 원만하고서 자비롭고 위엄 있고 지혜로운 풍모는 불교의 이상을 그대로 나타내었다고 하겠습니다. 그 대표적인 예가 석굴암의 본존석가상입니다. 유백색 화강석을 깎아 만든 약 9척의 거상! 만지면 피가 도는 듯 부드러운 선이며 수렷이 내민 가슴의 시원하고 웅장함! 이는 인간적이면서 그대로 인간을 초월한 불타의 거룩한 모습입니다. 석굴암은 중국의 석굴을 본뜬 인공석굴로서 궁륭상穹窿狀의 원개圓蓋를 가진 그 구조는 다른 곳에 유례가 없습니다.

선덕왕 14년 서기 645년에 세운 황룡사 구층탑은 그 높이가 225척에 달했다 하나 지금은 없고, 그보다 11년 전에 쌓은 분황사 석탑이 조금 남아 있습니다. 이 탑은 중국의 전탑塼塔, 곧 벽돌탑을 모방하여 벽돌만 한 작은 석재로 쌓은 것으로 이채롭습니다. 벽돌 전탑은 지금도 몇 곳에 남아 있습니다.

목조탑은 우리 역사가 외적의 침입이 잦았던 탓으로 병화兵火에 사라지고 겨우 법

석굴암

벽면부조(壁面浮彫)

분황사 전탑(塼塔)
안동 법흥사 전탑(塼塔)

법주사 팔상전

주사法住寺 팔상전捌相殿이 우리나라가 중국에서 이 형식을 받아 일본에 넘겨줌으로써 나라奈良 호류우지法隆寺 건축형식을 이루게 한 다리를 놓아 줬다는 자취를 남기고 있습니다.

현존한 불교건축으로 가장 오래된 것은 영주榮州 부석사浮石寺의 무량수전無量壽殿입니다. 이 건물은 신라 때 것으로 서기 676년에 지은 것을 고려 때 재건했다는 기록이 있는데, 그 기둥이 허리가 굵고 아래위가 가는, 이른바 엔타시스 양식으로 옛 모습을 지니고 있습니다.

이와 같이, 목조 건축은 신라 때 것은 거의 불타고 지금 남은 것은 모두 후세에 중수重修 재건한 것임에 비해 신라의 석탑, 석불은 아직도 수많게 남아 있습니다.

우리나라에는 화강암이 무진장으로 많기 때문에 석조미술이 가장 눈부신 발달을 했습니다. 돌을 흙 주무르듯이 주무르고 나무 깎듯이 깎은 그 솜씨는 오직 찬탄이 있을 뿐입니다.

속세를 버리고 중이 되는 것을 출가한다고 합니다. 절에 들어가 좋은 스님을 모시고, 머리를 깎고 계戒를 받고 승국僧國의 한

부석사 무량수전

보통이를 메고 집을 나오는 동자(童子),
어머니가 따라 나오며 전송한다.

604

노승 앞에 절하는 동자
머리를 깎는 동자

계(戒)를 받은 동자

사람이 되어 정한 바 수행의 과정을 밟음으로써, 마음공부를 하여 부처님의 가르침과 뜻을 체득하여 스스로의 괴로움을 해탈하고 불교의 자비로운 손을 세상에 펴려는 것이 그들의 첫 발심發心하는 큰 소원인 것입니다.

자막—'십계(十戒)

부처 앞에 절하는 동자

스님에게서 가사 장삼과 발우대를 받는다.
법당을 도는 노전(爐殿) 스님

종 치는 중
빛 아래 세수하는 중
예불(禮佛)
소제하는 사미(沙彌)
공양(供養)
강원에서 불경을 배우는 학인
—4집: 서상, 도서, 선요, 절요

스승 앞에서 불경을 읽는 학인
—4교: 능엄, 기신, 반야, 원각

혼자서 경을 읽는 학인

대응광불(大應廣佛) 화엄경

머리를 깎고 십계十戒를 받으면 사미승沙彌僧이 되어 스님에게서 가사장삼袈裟長衫과 발우鉢盂를 받고, 스님 시중을 들며供養 강원講院에 들어가 불경을 배우는 학인學人이 됩니다. 한국 불교의 강원의 불경 교육 과정은 초등, 중등, 고등의 세 단계에 나뉘어졌습니다. 초등 과정은 사집과四集科라 하여 서상書狀, 도서都序, 선요禪要, 절요節要를 가르치고, 중등 과정은 사교과四教科라 하여 능엄경楞嚴經, 대승기신론大乘起信論, 반야경般若經, 원각경圓覺經을 가르치며, 고등 과정인 대교과大教科는 화엄경華嚴經을 배웁니다. 대교과를 마치고 많은 경을 섭렵한 이는 다른 강원에 가 강사가 될 수 있습니다. 이것은 한국 불교의 교종으로서의 전통입니다. 이러한 수행과정을 밟거나 또 강원을 거치지 않고 바로 선원禪院으로 들어가는 중도 있습니다. 선원은 불경 가르

설법하는 노강백(老講伯)

　법상(法床)

　게송(揭頌)

　설법(說法)

선원(禪院)

참선하는 수좌(首座)

결(結)가부좌

달을 가리키는 손가락

조실(祖室) 노승

가슴을 겨누는 손가락

머리를 스치는 섬광

갈(喝)과 봉(棒)

원상(圓相) 앞에 향(香)

미소하는 수좌(首座)
　화면이 용명(溶明)되면서

수풀 우거진 시냇가를 홀로 가는
운수(雲水) 행각승(行脚僧)

선방에 찾아와 합장하는 수좌

두부 갈고 같이 일하는 수좌

같이 참선하는 수좌

새벽에 말없이 떠나는 수좌

치는 것은 주로 하지 않고 참선을 함으로써 부처님의 깨달은 그 마음을 스스로 체득하게 하는 곳입니다. 선원禪院을 지도하는 스님을 조실祖室이라 합니다. 부처도 뫼시지 않고, 큰 동그라미를 그려 놓은 앞에 향불을 사루고 앉아 구름과 새 소리에 묻혀 삼매三昧에 든 중의 모습은 거룩하기 그지없습니다. 말로써 풀이할 수 없고 마음에서 마음으로 전하는 빛, 그 빛을 찔러 스스로의 본성을 보게 하는 이 선은 부처의 말씀이 아닌 바로 부처 마음을 찾아서 믿는 것입니다. 한국 불교는 참선만 하는 것이 아니라, 한편으로는 금강경, 육조단경, 전등록, 염송 같은 문자교를 병행하고 있습니다. 이와 같이, 참선을 주로 하는 중을 수좌라고 합니다. 그들은 또 운수雲水라 하여, 정처가 없이 아무 절이고 선방이 있는 데를 찾아 가면, 가는 날부터 식구가 되어 같이 일하고 참선하다가도, 떠날 때는 온다간다는 말 없이 사라지기 때문에, 구름과 물 같다고 해서 운수雲水라고 합니다. 운수는 바로 구도행각승求道行脚僧의 이름입니다.

　한국 불교는 이와 같은 교종, 선종의 전통이 합쳐졌을 뿐 아니라, 염불종의 전통도 융합되어 있습니다. 어느 절이든 어떤 중이든 예불에 참례參禮합니다. 부처님 앞에서 경쇠와 목탁을 두드리며, 늙은 중에서 동자승에 이르기까지 한 자리에 모여 일심으로 정성 드려 부르는 염불은 거룩한 합창으로서, 이를 들으면 더러운 마음이 깨끗해지고 지순한 감정이 눈물겨워지는 것입니다.

소수이지만 한국 불교에는 탁발승도 있습니다. 절을 새로 짓기 위해서 시주를 얻으려고 민가를 다니며 염불하는 중은 지금도 흔히 볼 수 있습니다. 이른 봄 청명한 날, 고드름이 녹아 낙숫물 소리가 처렁거리는 무렵에, 대문간에서 부르는 탁발승의 회심곡 소리는 한국적 정조가 무르익은 것입니다. 이러한 탁발승을 동냥승이라 부릅니다. 방울 또는 꾕매기로 반주하는 그 음조音調는 바로 민족음악인 것입니다.

이렇게 탁발로 얻거나, 또 큰 단골집의 시주를 얻어 한국 불교는 절을 세우고 탑을 쌓고 불경을 간행하고 포교당을 세워 민중 속에 불교를 펼쳐 가는 것입니다.

중들은 농사를 짓고, 소채를 가꾸고, 두부를 갈고, 기름을 짜서 자기들의 식생활

예불하는 중들

혼자서 염불하는 노승

동령승(動鈴僧)

시주 온 중

회심곡

집집마다 찾아가는 탁발승

사찰의 신건(新建)

석불 건조

석탑 조성

포교당(布教堂)

포교하는 포교사(布教師) 듣는 신도

채소를 가꾸는 중들 두부를 가는 중들

절 음식

두부, 생저리, 튀각, 버섯들, 미역국, 과줄, 국수잔치

을 자급하기도 합니다. 봄철의 산나물 뜯기와 가을철의 버섯 따기도 중요한 일이요, 그들은 고기 없이 산채, 야채, 소채, 바닷나물만으로 온갖 고기맛을 내는 요리술을 발달시키기도 했습니다.

불공

　한국 불교 의식의 진수는 불공 때와 재 올릴 때에 볼 수 있습니다. 좋은 일의 축원과 죽은 이의 천도는 불공이나 재 올리는 이의 수력에 따라 그 정도의 크기가 달라집니다. 법당이 쩌렁쩌렁 울리도록 목청을 돋구어 읽는 축원문과 염불 소리, 목탁 소리에 맞추어 온몸을 던져서 수 없이 절하는 모습은 경건하기 비할 데 없습니다. 비원悲願이란 문자 그대로 슬픈 기원을 보게 됩니다.

재 〈채일〉

승무(僧舞)
바라춤
법고(法鼓)춤

　또, 큰 재가 들면 좀처럼 못 보는 한국 불교예술의 성전을 구경할 수 있습니다. 법당 앞을 노천무대로 하여 달밤에 추는 승무, 바라춤, 법고춤, 범패汎唄는 옛날의 모습을 보여주는 것으로서 이도 정통적인 것은 그 종장宗匠들이 죽어가기 때문에 계승이 안 되고 적막해지는 느낌이 있습니다.

　한국 불교는 신라 때 원효대사가 세운 대중불교, 시민불교를 지향하여 불교를 산간

에서 민간으로, 경전에서 실생활로 옮겨, 시대에 맞추어 사는 불교를 만들어, 사람들이 찾기를 기다리지 않고 스스로 사람들의 가슴속을 찾아 가려고 애쓰고 있습니다. 이 크낙한 사업을 이끌 대인물이 없어 오랫동안 전통불교 선종파와 현대불교 교종파 사이에 종단 싸움이 있었으나, 이것이 불교의 쇠미를 자초하는 것을 깨닫고, 단합하여 새로운 불교의 수립에도 함께 매진할 결의를 하였습니다.

한국 불교는 전국 삼십 일 분산이 합쳐서 **총본산**을 세우고 중앙 총무원이 전국 불교를 통솔하고 있습니다. 불교가 세운 **동국대학교**는 기독교, 유교의 대학으로 더불어 사학 기관으로 오랜 전통을 세워 많은 명재를 길러 내었습니다. 동국대학교에는 단과대학으로 불교대학이 있어 앞날의 불교 일꾼을 기르고 있습니다. 또, **선학원**과 **불교연구소**는 각기 선과 교를 선양하고 있으며, **불교**를 주로 한 신문 잡지와 불경의 현대역이 속속 간행되고 있습니다.

이리하여, 우리 민족문화에 큰 공헌을 했고 우리 민족의 정신생활에 움직일 수 없는 뿌리를 내린 불교는 우리의 생활 깊숙이 젖어들게 되었습니다.

탑돌이 〈피리〉	달밤에 탑을 돌며 마음에 바라는 바를 기원하는 탑돌이는 신라 때 풍속으로, 밤을 새워 남녀노소가 염불을 하면서 탑을 도는
돌다가 마주치는 청춘남녀 눈짓하는 남녀 석가 탄생(그림)	것은 아름다운 풍경이요, 청춘남녀의 수많은 사랑의 기원도 이 탑돌이에서 이루어지기도 하였습니다. 사월 초파일은 부처님의 성탄일, 인도 가비라 성의 왕자로 룸비니 동산 무우수 그늘 아래 탄생하여, 왕궁을
히말라야 산(사진)	버리고 히말라야 산으로 달아나 수행한 끝에 우주의 대도를 깨달은 부타의 교리는, 세계의 종교가 되었습니다. 사월 파일에는 부처님을 모시고 나와, 오래 앉은 먼지를 씻기 때문에 관불절이라고도 합니다. 초파
관불(灌佛) 관등(觀燈)놀이 취타	일 밤에는 집집마다 등을 다는데, 큰 장대 끝에 자녀의 수대로 크고 작은 형형색색의 등을 단 것은 장관이었습니다. 네온사인이
종로 네거리 관등절	없던 옛날 종로에 공중에 꽃핀 등을 구경하는 밤놀이는 관등절이라고 해서 그대로 명절이었습니다. 삼십 년 전 유행가에 이런 것이 있습니다.

　　붉은 등불 파란 등불 사월 초파일 밤에
　　거리 거리 늘어진 사랑의 붉은 빛
　　등 은불 타는 등불 좀이나 좋으냐
　　마음대로 주정해라 고운 이 만나면…

이라고.

민가의 불단

천념(天念)을 세는 할머니

경을 읽는 할아버지

참선하는 청년

피어오르는 연꽃

잔잔한 못물

옛날의 초파일은 오늘의 기독 성탄절만큼 민중의 명절이었습니다.

집집마다 불당을 뫼시고 사람마다 염주를 헤이던, 신라, 고려 시대의 성시를 한국의 현대 불교가 어떻게 개척해 나가는가는 주목할 만한 일입니다.

芝薰 趙東卓 先生 年譜

1920. 12. 3. 경북 영양군英陽郡 일월면日月面 주곡동注谷洞에서 부 조헌영趙
憲泳(제헌 및 2대 국회의원, 6·25 때 납북됨) 모 유노미柳魯尾의 3남 1녀
가운데 차남으로 출생.

1925~1928. 조부 조인석趙寅錫으로부터 한문 수학修學, 영양보통학교에 다님.

1929. 처음 동요를 지음. 메테를링크의 〈파랑새〉, 배리의 〈피터팬〉, 와일
드의 〈행복한 왕자〉 등을 읽음.

1931. 형 세림世林(東振)과 '꽃탑'회 조직. 마을 소년 중심의 문집 〈꽃탑〉 꾸며
냄.

1934. 와세다대학 통신강의록 공부함.

1935. 시 습작에 손을 댐.

1936. 첫 상경上京, 오일도吳一島의 시원사詩苑社에서 머무름. 인사동에서 고
서점古書店 '일월서방'日月書房을 열다. 조선어학회에 관계함. 보들레
르·와일드·도스토예프스키·플로베르 읽음. 〈살로메〉를 번역함.
초기 작품 〈춘일〉春日·〈부시〉浮屍 등을 씀. "된소리에 대한 일 고찰"
을 발표함.

1938. 한용운韓龍雲·홍로작洪露雀 선생 찾아봄.

1939. 〈문장〉文章 3호에 〈고풍의상〉古風衣裳 추천받음. 동인지 〈백지〉白紙
발간함(그 1집에 〈계산표〉計算表, 〈귀곡지〉鬼哭誌 발표함). 〈승무〉僧舞

추천받음(12월).

1940. 〈봉황수〉鳳凰愁 추천받음(2월). 김위남金渭男〔蘭姬〕과 결혼함.

1941. 혜화전문학교 졸업(3월). 오대산 월정사月精寺 불교강원佛敎講院 외전 강사外典講師 취임(4월). 상경(12월).

1942. 조선어학회《큰사전》편찬원(3월). 조선어학회 사건으로 검거되어 심문받음(10월). 경주를 다녀옴. 목월木月과 처음 교유.

1943. 낙향함(9월).

1945. 한글학회 〈국어교본〉 편찬원(10월). 명륜전문학교 강사(10월). 진단 학회 〈국사교본〉 편찬원(11월).

1946. 경기여고 교사(2월). 전국문필가협회 중앙위원(3월). 청년문학가협 회 고전문학부장(4월). 박두진朴斗鎭・박목월朴木月과의 3인 공저《청 록집》青鹿集 간행. 서울 여자의전女子醫專 교수(9월).

1947. 전국문화단체총연합회 창립위원(2월). 동국대 강사(4월).

1948. 고려대학교 문과대학 교수(10월).

1949. 한국문학가협회 창립위원(10월).

1950. 문총구국대文總救國隊 기획위원장(7월). 종군從軍해 평양에 다녀옴(10월).

1951. 종군문인단從軍文人團 부단장(5월).

1952. 제 2시집《풀잎 단장斷章》간행.

1953. 시론집《시의 원리》간행.

1956. 제 3시집《조지훈 시선》간행. 자유문학상 수상.

1958. 한용운韓龍雲 전집 간행위원회를 만해萬海의 지기 및 후학들과 함께 구 성함. 수상집隨想集《창에 기대어》간행.

1959. 시론집《시의 원리》개정판 간행. 제 4시집《역사 앞에서》간행. 수 상집《시와 인생》간행. 번역서《채근담》菜根譚 간행.

1960. 3・1 독립선언 기념비건립위원회 이사.

1961. 세계문화 자유회의 한국본부 창립위원. 벨기에의 크노케에서 열린 국 제시인회의에 한국대표로 참가. 한국 휴머니스트회 평의원.

1962. 《지조론》志操論 간행.

1963. 《사상계》 편집위원. 고려대 민족문화연구소 초대 소장. 《한국문화 사대계》韓國文化史大系 제 6권 기획. 《한국민족운동사》 집필.

1964. 동국대 동국역경원 위원. 수상집 《돌의 미학》 간행. 《한국문화사대 계》 제 1권 〈민족·국가사〉 간행. 제 5시집 《여운》餘韻 간행. 《한국 문화사서설》韓國文化史序說 간행.

1965. 성균관대 대동문화연구원大東文化研究院 편찬위원.

1966. 민족문화추진위원회 편집위원.

1967. 한국시인협회 회장. 한국 신시 60년 기념사업회 회장.

1968. 5월 17일 새벽 5시 40분 기관지 확장으로 영면永眠. 경기도 양주군 마석리磨石里 송라산松羅山에 묻힘.

1972. 남산에 '조지훈 시비'가 세워짐.

1973. 《조지훈 전집》(全 7권)을 일지사一志社에서 펴냄.

1978. 《조지훈 연구》(金宗吉 등)가 고려대학교 출판부에서 나옴.

1982. 향리鄕里에 '지훈 조동탁 시비'를 세움.

1996. 《조지훈 전집》(全 9권)을 나남출판사에서 펴냄.

2000. 나남출판사에서 〈지훈상芝薰賞〉(지훈문학상, 지훈국학상) 제정.

2001. 제 1회 〈지훈상芝薰賞〉 시상. 《지훈 육필시집》(《조지훈 전집》 별책)을 나남출판사에서 펴냄.

2002. 문화부 〈이 달의 문화인물〉에 선정되어 5월에 경북 영양과 서울 고려대 민족문화연구원에서 각기 행사를 가짐.

2006. 고려대학교에 '지훈 시비'를 세움.

2007. 고려대 교우회 창립100주년 기념 '자랑스런 고대인高大人 상' 수상. 향리鄕里에 '지훈 문학기념관' 설립.

가족사항

부인   김위남金渭男 여사
장남   광열光烈 (미국 체류)   자부 고부숙高富淑
차남   학열學烈   자부 이명선李明善
장녀   혜경惠璟   사위 김승교金承敎
삼남   태열兌烈 (외교부 차관)   자부 김혜경金惠卿